王先霈文集

WANG XIANPEI WENJI

第三卷

王先霈／著

華中師範大學出版社

新出图证(鄂)字 10 号
图书在版编目(CIP)数据

王先霈文集　第三卷/王先霈著. —武汉:华中师范大学出版社, 2020.6
ISBN 978-7-5622-8936-4

Ⅰ.①王…　Ⅱ.①王…　Ⅲ.①中国文学—文学理论—文集
Ⅳ.①I206-53

中国版本图书馆 CIP 数据核字(2020)第 017853 号

王先霈文集　第三卷

责任编辑:王文琴　刘晓嘉
责任校对:王　炜
装帧设计:甘　英
编辑室:学术出版中心
电话:027-67863280/7792
出版发行:华中师范大学出版社
社址:湖北省武汉市洪山区珞喻路 152 号
电话:027-67863426(发行部)
网址:http://press.ccnu.edu.cn
电子邮箱:press@mail.ccnu.edu.cn
印刷:武汉精一佳印刷有限公司
督印:刘　敏
开本:710mm×1000mm　1/16
字数:417 千字
版次:2020 年 10 月第 1 版
印次:2020 年 10 月第 1 次印刷
印张:25.5
定价:128.00 元

欢迎上网查询、购书

王先霈教授

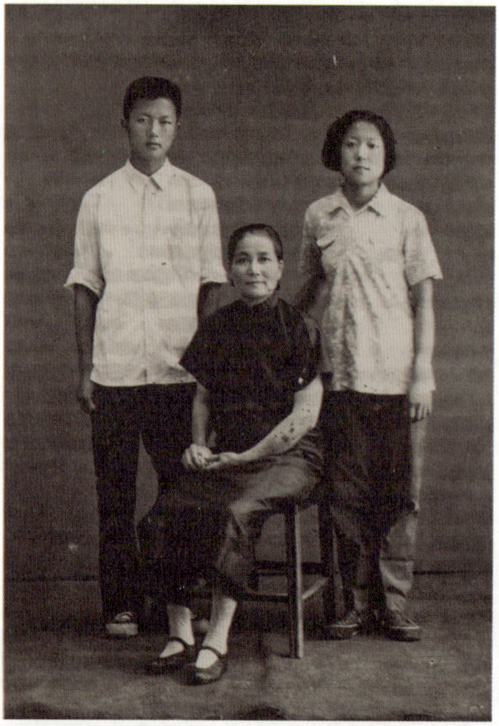

与母亲涂谦尔、姐姐王先敏 1955 年合影

与妻子陈祥馨、女儿王蔚波、儿子王蔚岚和王蔚谦 2007 年合影

与妻子陈祥馨、女儿王蔚波、女婿谢京 2011 年合影

与妻子及两个儿子全家 2005 年合影。右二人为小儿子王蔚谦及儿媳戴焱，左二人为大儿子王蔚岚及儿媳严辉，左起两个孙女为王乐言和王筱珣

1950 年同文小学毕业照，前排右起第四人为王先霈

1961 年华中师范学院中文系进研班合影。第二排右起第六人为学校书记兼院长刘介愚，后排右起第四人为王先霈

1964 年中国人民大学毕业照，第二排正中是吴玉章校长，第三排右起第七人为王先霈

目　录

文学美

古代小说序跋漫话

中国文化与中国艺术心理思想

文　学　美[①]

① 《文学美》，湖北教育出版社，1991 年。《文学美》为“中学生美学文库”之一种。

一　缪斯的请柬

大约在距离我现在写这本小书的110年以前，一个春天的下午，在俄罗斯中部小城下诺夫哥罗德的一间堆放杂物的房舍的屋顶上面，坐着一位十岁左右的男孩，正全神贯注地埋头阅读，他看的是法国作家福楼拜的短篇小说《一颗纯朴的心》。小说讲述一个名叫全福的女仆平凡的一生，情节十分简单，语言非常朴素，却把少年读者深深地吸引住了。那一天，是东正教的圣灵降临节，这是一个很重要的节日。长年忙碌辛苦的人们趁此机会尽情地寻欢作乐，城里到处飘动着彩色的头巾和衣裙，节日的喧嚣淹没了情侣们亲切的话语。屋顶上的小孩却看不到也听不到身边的这一切，完全沉浸到作品的艺术世界里边去了。过了一会儿，他忽然停止阅读，感觉到一种极大的惊讶——为什么一些他所熟悉的平常的词句，被写书的人放到这篇描写一个厨娘的“平淡的”、“没有趣味的”一生的小说中去之后，就如此地使人激动呢？小孩断定：这里肯定隐藏着不可思议的魔术！他打算弄个究竟，于是，展开一页书，对着西斜的太阳，反复仔细地察看，寻找躲藏在里面的精灵，琢磨猜破魔术的方法。这个小孩是谁呢？他的名字叫阿列克塞·马克西莫维奇·彼什科夫，也就是后来的世界无产阶级文学大师高尔基。几十年以后，他向苏联的青年文学习作者，谈到了自己童年时代的这件事情。

小阿列克塞提出的，可是一个非常重要的美学难题。每个人回顾一下自己的经验，都可以体会到：绘画和雕塑提供视觉形象，演唱和演奏提供听觉形象，它们都是具体可感的，优美的线条、色彩，优美的曲调、旋律，给人以愉悦，这是比较容易理解的；纸页上的文字，不论是方块汉字还是拼音文字，本身并不好看，一旦被小说家、诗人所驱遣，竟使人如痴如醉，这可就叫人迷惑了。

在这本小书里，让我们尝试着来讨论使小阿列克塞困惑不解的问题，谈谈什么是文学美和怎样欣赏文学美。

文学作品为什么具有巨大的魅力，使一个小孩子放弃节日的欢乐，单独地以它为伴呢？这是因为，文学作品，是女神缪斯发给人们的一张请柬，邀请人们游历天上人间各种各样的境界。凭着这张请柬，你可以去到两千年前罗马的竞技场，可以到幽深华美的大观园，可以观看拿破仑与库图佐夫两支大军的鏖战，可以倾听李白怀才不遇的苦闷或裴多菲对爱人、对祖国的一片深情……这份请柬能指引我们跨越时间与空间的界限，无论古代、现代甚至未来，无论中国、外国甚至海底、太空，还有地狱、天堂和各种幻想的领域，都可以呈现于眼前；这份请柬还帮我们抓住一闪而过的思绪，潜在的不自觉的情愫，让我们直面内心深处的隐秘……

文学作品是一份请柬，也仅仅是一份请柬，它发出游历天上、人间、内心各种境界的邀请，它本身却不是这种那种境界。在通常情况下，文学作品是白纸印着黑字装成的一本书，这就是它的物质存在形式。每一个接到请柬的人都获得了游历的权利和机会，但实际上每个人所观赏到的景致却彼此不同，甚至相差悬殊。所以，我们有必要研究一下这份请柬的特殊性质。小阿列克塞的问题指的是文学的魅力、文学美同语言的关系，我们不妨就从这里谈起。

高尔基成为著名作家之后，总结自己的切身经验，曾经多次指出，“文学的第一个要素是语言”，“语言是文学家的武器”，“语言把我们的一切印象、感情和思想固定下来，它是文学的基本材料。文学就是用语言来表达的造型艺术”。语言是文学家的工具，这是十分明白真确的事实。但是，它并不是文学家独家拥有的工具，它首先是整个人类共有的工具。语言与人类共生，有了人类就有了语言，人类不能离开语言。我们到一个生疏的地方向别人问路，到百货公司选购商品，要用到语言；老师向学生传授知识，学生向老师提出疑问，也要用到语言。没有语言，人们的交际会受到极大的限制，很难彼此配合、协作，不能组成为社会。现在的问题是，普通人在日常生活中运用的语言，同文学作品中的语言，究竟是同样的，还是有性质的区别呢？比如说，我们买铅笔、买冰棒的时候运用的语言，同艾青或顾城写诗的时候运用的语言，是不是一样的？有没有性质的区别呢？对于这个问题，可以作两个方面的回答。第一，日常生活中实用的语言同诗人、文学家写作时运用的语言，是一样的。艾青、顾城诗中的语言，同我们买铅笔、买冰棒对售货员说话时用的语言，是一样的——它们都是现代汉语，有着相同的词汇，遵守相同的语法规则。第二，它们又有着明显的、重要的区别，这种区别是我们能够感觉出来、能够加以分辨的。这也正是我们需要探讨的关键之处。

青年诗人顾城有一首由两句组成的短诗，题目叫做《一代人》——

黑夜给了我黑色的眼睛，
我却用它寻找光明。

诗中的词语都是很普通的，平日里谈话经常用到的，小孩儿也会懂得。两个句子是很规范的陈述句，句子成分完全，句子结构也毫无特异之处。在这个意义上说，这首诗的语言同日常生活中实用的语言是一样的。这些平常的词语、平常的句式被作家组合到一起，构成一首诗，立即发生了质的变异。“黑夜”这个词儿，在日常实用语言中，在科学著作的语言中，含义非常明确，是指因地球自转，本地区处在背着太阳一面的那段时间，在这段时间里，因为没有阳光照射，光线暗弱。那么，在这首诗里呢，显然“黑夜”的含义不再是这样。它的含义不再是那么明确、具体，在一个基本内涵上具有多向性、多重性、丰富性。“黑夜”可以领会成正义得不到伸张、邪恶横行无忌的年月，可以是个人遭受委屈的日子，可以是民族遭受浩劫的日子。在诗里，“眼睛”当然不再是生理学意义上人的视觉器官，而是指人对人生、对社会的态度和心理。“黑色的眼睛”是指愤懑、阴郁、多疑的心理状态。20 世纪 50 年代出生的人们（顾城本人生于 1956 年），读《一代人》这首诗，收到这一份“请柬”，心中会展现“文化大革命”的种种情景、种种心境。顾城的诗译成了多种外文，一个挪威人或者一个法国人收到这份“请柬”，心中展现的恐怕又是另外一番情景了。

说到这里，我们需要简单提到语言的性质，然后才便于进一步分析日常实用的语言同文学作品的语言的区别。按照近代语言科学的开创者、瑞士语言学家费尔迪南·德·索绪尔的说法，语言单位是一种由两项要素联合构成的双重的东西，这两项要素是音响形象和概念。

比如，“树”是一个语言单位，在现代汉语普通话中，它的音响形象是“shù”，它表示的概念是“（一切）木本植物”。用图来表示：

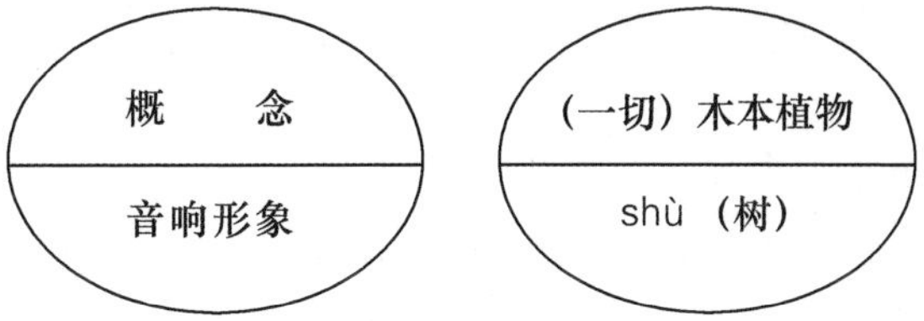

索绪尔把音响形象叫做“能指”，把概念叫做“所指”。用索绪尔的理论解释日常实用语言、科学著作的语言，能够说明问题，所以，索绪尔的学说被广泛地接受和运用。在文学作品中，在诗歌中，情况就要复杂得多。在这里，音响形象往往不再只是同概念相联结。李广田有一首诗，题目是《一棵树》——

我忽然感到自己是一棵树，
是一棵枝叶扶疏的大树。

我受大地和太阳的哺育，
我在风里雨里锻炼自己的身体。

当木叶尽脱时，
我感到舒畅而又坚实。

当新绿初生时，
我整个生命都为希望所袭击。

最幸福是果实累累，
这时候我从不感到吝惜。

最羞于满身浮华而空无所有，
想夸耀自己年轮的，就不要在地球上站立。

还是要把根扎下去，扎到最深处，
也要把枝叶伸出去，伸向太阳去。

我必须每年落一些叶，
我必须不断地脱一些皮。

我必须每年生长一些新东西，
日日夜夜，我都渴求着血液的更替。

我不知道我什么时候可以休止，
因为我自己并不属于我自己。

在这首诗里，“树”这个语言单位的所指，仍然同“木本植物”的概念密切相关。诗里写到扎根、伸展枝叶、年年落叶、年年生长，都是木本植物的共同特点。然而，诗中的“树”已不限于指木本植物，它主要地不再是指木本植物。诗的开头说，“我忽然感到自己是一棵树”，“我”是人，写树正是写人，写一切追求上进、献身于高尚事业的人。那么，可不可以说，在这首诗里，“树”这个词的所指已经由“木本植物”转换成了“追求上进的人”，也就是说，由一个概念转换成了另一个概念了呢？这样说，多少有一些根据，有一点道理。而这一点，不是这首诗的长处，恰是它的弱点。这首诗的语言的所指，还是一些概念性的东西。它说的落叶、脱皮、更替血液，是说思想上除旧布新；它说的果实累累，是说对世界、对人民有所贡献。这首诗朴素，但却过于质直，不算是诗味浓郁。诗的语言不应该那么直接地明确地同概念——不论是什么样的概念——联系起来。为了进行比照，不妨看看曾卓的《悬崖边的树》——

不知道是什么奇异的风
将一棵树吹到了那边——
平原的尽头
临近深谷的悬崖上

它倾听远处森林的喧哗
和深谷中小溪的歌唱
它孤独地站在那里
显得寂寞而又倔强

它的弯曲的身体
留下了风的形状
它似乎即将倾跌深谷里
却又像是要展翅飞翔……

这里的“树”同自然界的树木密切相关如形影相随，但它并不等同于“木本植物”的概念。它使我们想起某一些人，但它并不确指某一类人，绝不能将它置换成诸如“倔强的人”之类的概念。它向人们传达十分丰富的内涵。我最初读这首诗、收到这份“请柬”，是1979年的冬天的一个傍晚，在饭后休息翻阅报纸的时候，见一篇文章中引录了它。那平稳的陈述性的句子，竟使一刻前还处在无所用心的闲适状态中的我，眼睛潮润起来，使我斜倚在沙发上的背脊受了推撞似地猛然绷直。从诗中的树，我想到了什么呢？（20 世纪）70 年代初期，我在湖北省大冶湖边一个原来是劳改农场后来是五七干校的地方呆了两年，那里是平原，但不是也有一些留下风的形状的树，倔强地站立着倾听着吗？（20 世纪）70 年代中期，我在江西省西北角一个山区住了四年，在群峰环绕中，我又看到了一棵一棵这样的弯曲的寂寞的树。在那心儿被难解的疑虑咬啮的日子，看到年长的“干校同学”伛偻地也是沉静地倔强地站着，便觉得风虽然仍在呼啸，势头却似乎减弱了。《悬崖边的树》唤起了我的回忆，不是一种场面的回忆，而是一种心境的重现。诗中的树，让我记住那痛苦中的期待，艰难中的执著，让我不要松懈了对理想的追求。可以看出，在《悬崖边的树》里，语言的能指并不同概念一一对应，不像在《一棵树》里那样。我们还可以再看看被高尔基称为“极端真诚的诗人”的勃洛克的《槭树》——

我年轻、活泼而又钟情，
我不安，我忧郁，我哀求……
我变绿了，变成了一棵神秘的
永远向你俯首的槭树。
温和的风吹拂着叶儿，
我祈祷着，全身不住颤抖……
在仰望着苍穹的脸颊上
滚动着芬芳的虔诚的泪珠。
你来到我宽阔的帐篷下，
在这梦一般的白昼。
你望着我那可爱的衣服，
在绿荫下沉思了许久许久，
你也独自钟情了。一直到黄昏
我都在向你倾诉，倾诉着
神秘的梦，怀着淡淡的忧愁，
我向你，绿色的槭树。

槭树在和风中不住地颤抖、不停地倾诉，这本身就非常可爱。何况，这又暗示着青年人在倾心的姑娘面前的情态。同样，这首诗的语言给予我们的不是概念，而是那种“神秘的”、甜蜜又带点忧郁的感情。

曾卓、勃洛克写的是树，为什么却让读者联想到许许多多似乎有关系也似乎并无关系的情景、情绪、心理呢？原来，作为文学的材料和工具的语言，不再像索绪尔所说的由两项要素构成；在文学作品的语言中，同音响形象相对的，主要不是概念，而是意象和意味。用图来表示：

绿荫如盖的树，簌簌的叶片中滚动着晶莹的水珠；悬崖边的树，弯曲的身体留下了风的形状——多么邃远深沉的意象呀！多么温馨醇厚的意味呀！从“树”的音响形象到关于树的概括性表象，再到生动具体的弯曲的树和颤抖的树的形象，再到诗人和读者共同体验的深层的人生情味，在片刻之间同时向我们涌来。所以，同样的语言材料，同样的语言单位，科学家、一般人和文学家，各取其不同方面。科学家和一般人注重词义的确定部分即概念部分，文学家注重词义的模糊部分即意象和意味部分；科学家和一般人注重词义的常态和稳态，文学家注重词义的变态和流动形态。文学家突出词义的流动性、模糊性，传达意象，表现意味，以此来激发读者的想象，引发读者的情绪体验。在欣赏过程中，读者的和诗中语言传达的意象、意味相联系的人生经验、人生体验被引发而呈现出来，借此帮助，有创造性地再现作者所描绘的情景和所表现的情味。这就是文学家为什么能用各种人所共有的语言，创造出独特的文学美的第一个奥秘。

文学作品的语言有多层对应物而不是只有一个对应物。它的第一层对应物是概念，概念是诸多事物共同特点的概括，如“树”的概念是一切木本植物共同特点的概括。文学作品语言的音响形象的第二层对应物是意象，意象是图像或者物体的内心模拟物，是想象中的具体形象，它精确性较差而可塑性较好，不具有直接性而具有间接性。文学语言的音响形象的第三层对应物是意味，意味是文学作品的语言所隐含的和所唤起的特殊情感，它可能是由作品语言所描述、所表现的内容所包含和激起的情感，也可能是由语言的音响形象本身直接引起的，更可能是两者的融合。

如果一篇文学作品的语言单位只是传达概念，那么它很可能是一篇枯燥干涩的作品，拙劣的作品，是具有宣传性而缺乏文学性的作品。在“大跃进”时期有些诗歌，例如“人民公社就是好”等等，就属于这种类型。如果一篇文学作品的语言单位能够传达或激发意象，是不是可以证明它就是优秀作品呢？也还不一定。意象原是个心理学名词，上面我们已对它作简单的解释，更准确地说，它指的是人脑对事物的空间形象的信息所作的加工和描绘。有各种不同的意象，在文学范围内来说，有所谓寓意图像，它把理性的概念化为可感的形象，寓意图像并不都具有文学性、艺术性。许多宗教故事、道德寓言，充满说教气息，原因在于这类意象同某一概念保持过于明确、过于直接的联系，而缺乏意味。一篇文学作品的语言，既能激发生动的意象，又能孳育无穷的意味，才是卓越的作品。这样的文学作品，是一份永不过时、永远有效的“请柬”，它反复地邀请你去游览，每一次都给你新的享受。

文学美的奥秘，并不只是在语言，它还同别的一些因素相关联，其中包括作者从独特角度所摄取的生活内容，他对生活的思考和体验，以及作品的种种技巧。所有这些因素结合在一起，它们所构成，所传达的，依然是三个层次：概念、意象和意味。包含了三个层次的作品，是好的文学作品，是一份更有价值的“请柬”；领略了三个层次的读者，是好的读者，是获得充分享受的游客。盘坐在屋顶上读书的小阿列克塞，不但知道了一个法国女仆一生的遭遇，而且从中品尝了人生的甘苦，感受了文学的魅力。他宁愿牺牲节日的游乐来享受文学欣赏的愉悦，他幼小的心灵里充溢着艺术的审美的情愫。可惜，并不是所有收到缪斯的“请柬”的人，都是这样的游客。

二　文学世界里的各类游客

像小阿列克塞那样，因为一篇小说的吸引，就看不见节日的缤纷色彩、听不见节日的喧嚣嘈杂的人，虽然不能说非常之多，倒也并非绝无仅有。在欧洲著名的都城维也纳，也有那么一个人，一辈子沉溺在书的世界里如同沉在酣梦之中。这个人名叫雅科布·门德尔，是一个犹太血统的旧书商。他几十年如一日，每天从早到晚坐在同一家咖啡馆的同一张肮脏的灰色的大理石面小方桌旁，身子前后摇晃着，低声吟诵一本书或是一本杂志。就在他的身边，打弹子的人吵吵嚷嚷，电话铃阵阵作响，侍者奔来跑去，他一概毫无感觉。甚至，有一次，一块烧着的煤从火炉里掉在离他只有两步远的地板上，把地板烧焦了，冒起的烟熏到他身上，他也依然没有发觉，直到远处的顾客嗅到焦臭的气味喊叫起来，才避免一场火灾。他读起书来就像宗教徒在祈祷，像赌徒上了赌场，像酒徒盯着一杯佳酿。所以，旁观的人说，从这个书商身上才第一次看到了全神贯注的伟大奥秘。他不只是读书，而且能记住所看过的书的极其琐细的材料，能随口说出一本两百年前出版的书的作者、出版地点、装帧和插图。他读书有个特点，就是无论什么书，无论是文学作品还是科学著作，他都不注意它们的内容，不关心故事情节或者精神实质，而只是把作者姓名、价格、书名、所属门类等等材料，"像用钢水浇铸一样"存储在大脑皮层之上。这个人被称为"一头绝种的史前食书巨兽"，"一本有两条腿的百科词典或者包罗万象的图书目录"。他并不是一个真实的人，而是奥地利著名作家斯蒂芬·茨威格的小说《旧书商门德尔》的主人公。像门德尔这样的怪人是极为罕见的，但是，他那种读书方式，他那种阅读文学作品的方式，却不同程度地在许多人身上体现出来。这就是囫囵吞枣，食而不知其味。我国古代有许多读书人，是为了科举考试而读书。他们所攻读的四书五经中的《诗经》，本是周朝的民歌，他们把305篇背熟了，记住了汉代和宋代学者的注释，却从来没有能够感受优美民歌的文学魅力。我们现在中学语文课本中有不少是艺术性很高的文学作品，少年朋友也不妨问问自己，是不是把它们同那些应用文同样对待？是像小阿列克塞迷恋福楼拜的小说那样被作品所感染、所打动，还是像雅科布·门德尔那样死记硬背作者姓名、创作年代之类的材料？门德尔是文学世界的一名很不聪明的游客。另有一种人，连笨拙、盲目的游客也说不上，而像一名探子，把非审美的鼻子凑到文学作品上，想嗅出什么特殊的气味。在封建社会里，有的人借此而飞黄腾达。宋代文学家苏轼写过两首咏颂两株高大的桧树的诗，其中一首说“凛然相对敢相欺？直干凌空未要奇。根到九泉无曲处，世间惟有蛰龙知”。诗中赞美桧树不但躯干笔直高大，而且根也是又深又直。树干笔直世人能看见，树根笔直则因为埋在泥土之下不为世人所知，只有蛰伏地下的龙才知道。显然，这是托物咏志，表明自己心地高洁，是用桧树象征诗人的品格。只要把握了诗的意象，这些是不难领会的。但是，当时有人偏偏离开诗的意象，只抓住“蛰龙”这一个词做文章。因为过去，龙被说成是皇帝的象征，所以，这些人报告神宗皇帝说：“陛下龙飞在天，轼以为不知己，而求知地下之蛰龙，非不臣而何！”诬陷他有反逆之心。神宗皇帝答复进谗者说：“诗人之词，安可如此论？彼自咏桧，何预朕事！”这个皇帝倒也明白对于文学作品的语言，不能仅限于抓住它所表达的概念去加以比附，而要把眼光放在意象整体上。在20世纪50到70年代，在极左思潮泛滥的时候，尤其在“文化大革命”中，这种错误荒谬的做法竟又盛行。可以设想，缪斯对此是极为厌恶的。

撇开这种畸形的有别种用心的做法不论，在传统的和现代的文学教学中，还有一种说法，叫做字字落实；就是说，在文学阅读、文学欣赏中，每一个字词乃至每一个标点符号都不能放过，要一个词、一个字地吃透它的含义。这种说法有一定的道理。文学作品是一个字一个字地写作出来的，作品中的词语常常是作家从大量语言材料中经过比较、筛选而得，耗费了大量的心血。中国唐代的诗人贾岛慨叹过“两句三年得，一吟双泪流”；唐人卢延让说“吟安一个字，捻断数茎须”。马雅可夫斯基也说，“你想把/一个字安排得停当，/那末，就需要几千吨/语言的矿藏”。如果读者一目十行地扫过去，不仔细地体会作品中每个词语的含义和韵味，岂不是辜负了作家的用心？又怎能领会到作品的神妙之处？文学史上有些小故事，记述了读者花力气品味作品的词语，而得到极大的益处和无穷的乐趣。宋代有一个姓陈的人读杜甫的诗，读到《送蔡都尉》一首，有“身轻一鸟□”之句，这是一首五言诗，最后一个字被虫蛀破了纸页看不到了。这个人同他的几个朋友便来揣度那该是个什么字，有的说是“疾”字，形容武士的身手矫捷；也有的说是“落”字；还有人说是“起”字或者“下”字。后来找到善本，原来大家猜的都不对，杜甫用的本是“过”字。仔细一想，“过”字表现身影像飞鸟一样从眼前飘掠而过，正与下句“枪急万人呼”气势相应，实在用得好！经过这一番思索、议论，对诗的韵味体会深入多了。宋代散文大家欧阳修的名篇《昼锦堂记》，开头两句说，“仕宦至将相，富贵归故乡”，是说封建社会里一般知识分子引为荣耀的事。后来自己觉得意思有所不足，修改为“仕宦而至将相，富贵而归故乡”，用“而”字把每句分成两个层次，由一层向另一层转折和递进，以强调这是绝顶无上的荣光，为后文对这种思想的贬抑作了更有力的铺垫。“而”字是个虚词，本难深说其义，用在此处，细加体会，则意味深长，使文字流利旋转，感情色彩鲜明。杜甫有一首七言绝句，是人们历来广为传诵的：“黄四娘家花满蹊，千朵万朵压枝低。留连戏蝶时时舞，自在娇莺恰恰啼。”诗是口语化的，通俗易懂。然而，“恰恰”二字还是有许多人理解错了。有的说，“恰恰”是“刚好”的意思，莺鸟“刚好”在诗人经过的时候啼唤起来。这么解释很生硬，同全诗的情调有距离。有的说，“恰恰”是象声词。但用“恰恰”模拟莺鸟鸣啭的柔美声调，很不合适。有的说，“恰恰”是和谐的意思。这样讲仍然不太贴切。这首诗用鲜花的繁茂衬托春意的浓厚，而花的繁茂又是由莺啼蝶舞来衬托。读者应从这种整体意象把握。在唐代语言中，“恰恰”有一种含义，是“一个接着一个”，如王绩诗中“年光恰恰来”，是说时光一年接一年流逝；白居易诗中“恰恰金碧繁”，是说寺庙建筑一间连着一间，鳞次栉比。“恰恰啼”是形容莺鸣一声接着一声，同“时时舞”相配合，非常生动地描绘出春天的热烈气氛。可见，仔细地认真地理解关键词语，对于文学欣赏有多么重要，在这里，也可以说是差之毫厘，谬以千里。

现代西方国家文体研究不断有所发展，有人用文体学方法指导文学欣赏，进行文学批评，也是要求“字字落实”、“句句落实”。文体学方法主张用“客观的尺度”，对作品的语言作“清楚的和精确的”分析。它不但研究词语的选择，还研究句式的选择和组织，研究段落安排、语篇模式，乃至细致地研究语音成分在读者方面引起的心理效果。它计算典雅的书面语和粗朴的俗语以及方言在作品中各自所占的百分比，计算各种词类——

名词、动词、形容词以及虚词——所占的百分比，计算作者惯用词语出现的频率。它把数学统计方法应用到文学欣赏、文学教学和文学批评之中，表现了当代文学批评中科学主义的倾向。文体批评的手段和方法，对于我们研究文学美的奥秘，是有参考价值的，它为“字字落实”提供了新的模式。

主张和实行“字字落实”的人，比之门德尔当然高明得多，不过，“字字落实”并不是漫游文学世界的最佳方式，更不是唯一可行的方式。比如说，人们可以问，“字字落实”，到了哪一步才可以说是“落”到了“实”处呢？按照通常的看法，弄清了词义即找到词语所传达的概念就算是“落实”了。我们在前一节已经谈到，把文学作品语言单位的内涵归结为概念，是太过狭隘了。甚至有些文学界以外的人，现在也已不完全同意那样的“落实”。获得诺贝尔奖的德国理论物理学家玻恩在他的回忆录中说道：“当你把这片叶子叫做绿的，或者那片天空叫做蓝的，那时候，你究竟指的是什么呢?”听的人认为他提的问题很愚蠢，“我指的就是绿和蓝，因为，我看到的同你看到的完全一样”。可是，玻恩坚持再问：“你怎么知道，我看到的绿同你看到的绿完全一样呢?”这是一个很有趣，也很深刻的问题。这个问题牵涉到认识活动中主客体的关系，牵涉到词义理解中的主观性与客观性，也牵涉到审美活动、文学欣赏中的主观性与客观性。《庄子·秋水》篇中记述，庄子同惠子在濠水桥上游玩，庄子望着桥下说：“瞧，那条白鱼悠然从容地游来游去，它是多么快活啊!”惠子发问道：“你又不是鱼，你怎么知道鱼是快活的呢?”庄子回答：“你又不是我，你怎么断定我不知道鱼的快乐!”接着又说：“我就是在濠水桥上知道的呀!”庄子怎么知道鱼是快乐的呢？他是从人的心理出发，从他本人的心理出发推测的。庄子主张精神自由，他认为自由的鱼儿必定很快乐。人了解外界事物，首先当然必须同事物接触，同时，每个人又总是从自身的角度把握外界事物。每个人原来的知识结构、心理结构不同，他对外界事物的印象不会完全相同。你看到的叶子的绿、天空的蓝，同我看到的叶子的绿、天空的蓝，不可能完全一样。进一步说，我们读王安石的诗句“春风又绿江南岸”，每个人的感受更加不一样。若要把其中的“绿”字落实，讲清楚它究竟指的是什么，恐怕就太困难了。这位语文老师和那位语文老师，这位中学生和那位中学生，这位欣赏者和那位欣赏者，从诗中的“绿”字所体会到的，彼此都有差别。语言学家、宋诗研究专家、文学评论家也不能拿出一个标准的讲法，靠查字典、词典更不能得到理想的答案。倘若有谁宣称，他找出了什么标准讲法，那很可能是比较肤浅浮泛的。从这个意义上说，“字字落实”有时候做不到，就不必费力劳神去做。生硬地勉强地去做，把文学作品的语言与科学著作的语言等同视之，死扣词语的稳定意义，把它限制在概念的确定内涵上，读诗便失却了诗味，诵文便抛掉了文韵，不能跟随缪斯去作惬意畅快的旅游。

文学欣赏中对于作品语言的把握，不一定要求“落”得那么“实”，让它虚一点，包容性大一些，开放性强一些，反倒更好。当读者的欣赏进到高一级的境界，他可以不再求字字落实，而是采取似乎与此相反的方式，即不求甚解。现代人批评读书粗心大意不肯深入体会，用“不求甚解”，那是一种贬义。这个话原是晋代诗人陶渊明提出来的，他称自己好读书不求甚解，每有会意便欣然忘食。话语中颇有一点自我称许，“不求甚解”用的是褒义。不求甚解也是魏晋时代许多哲人、诗人的读书方式。魏晋是中国历史上思想逐步解放的时代，那时的知识分子反对汉代经学教条主义，厌恶在一字一句中孜孜考求，而着重从总体上把握作品，注意把握文字之外的意蕴。这种注重接受者主体能动性的倾向，在宗教思维中得到发挥。宋朝有个智圆和尚，他居住在荒僻之地，在无人指点、无人与之讨论的情况下，独自攻读五经之书，有一些字不认识，有些句子不能读断，而他却决心要探求“圣师之指归而会通其说”，也就是要弄清创立者的原意而融会贯通他的学说。按照“字字落实”的说法，这是绝不可能的。智圆则自信他比较“嘈嘈诵声”、“寻章摘句”者要高明得多。古人又常把这种欣赏方式比作九方皋相马。人们都知道伯乐是相马专家，他则向秦穆公推荐了九方皋，说是比他还强许多倍。伯乐同他的弟子根据马的形容筋骨来判断马的优劣，九方皋却不注意这些，他甚至把公马说成是母马、把黑马说成是黄马，使得秦穆公十分不高兴。伯乐这时长叹一声说，这正是九方皋胜过他的地方，“得其精而忘其粗，在其内而忘其外，见其所见，不见其所不见，视其所视，而遗其所不视。若皋之相者，乃有贵乎马者也”。伯乐所概括的“不见其所不见”、“遗其所不视”，也可以说就是“不求甚解”，有意地忽视不重要的外表细节，而努力抓住对象的内在精神。在文学欣赏中，就是企图大步跨越经由语词而把握概念的阶段，去着重把握作品的意象、把握作品的意味。把这种意见加以强调和夸张，古代有的人就说，“文义虽解错而道理可通行者，不害也”；或者说，“读书者字字能解，犹然一字未解也，或未必尽解，已能了然矣!”懂得文学作品的每一个字词的人，未必懂得了作品，有一些字词没有完全弄明白的人，也可能领会了作品的神韵。这些话说得很玄，似乎有些荒唐，但仔细想想，其中还是包含了若干深刻的道理。只要设想一下，对于李白的《静夜思》——“床前明月光，疑是地上霜。举头望明月，低头思故乡”，甚至学龄前儿童也能够“字字落实”、“字字能解”。但是，我们能说五六岁的小孩子领略了这首诗的意味吗？当然不能。另一方面，一个西方诗人，却可能对这首诗有相当真切独到的理解。20 世纪初，英美意象派诗人翻译介绍了许多东方诗歌，特别是中国唐代的诗歌。中国古诗在西方最好的译者是不懂汉语的诗人，而不是懂得汉语的汉学家。诗人是依靠修改别人的译稿来翻译的，他们不可能“字字落实”，但能够“得其精而忘其粗，在其内而忘其外”。这里还可以补充说说我的一点直接经验。1988 年春天，我给一位来华讲授英语课程的美国耶鲁大学毕业生讲唐诗，他学的是比较文学专业，艺术感受力较强而汉语程度很低。有一次讲王维的《鸟鸣涧》：“人闲桂花落，夜静春山空。月出惊山鸟，时鸣春涧中。”这首诗词句并不深奥，但也有不好解释的细节。比如后面说“春涧”，春天哪有桂花？有人说可能是春桂，春天开花的特殊品种。我没提这类分歧意见。他也没提出类似问题，而是很快从总体上把握了诗的意境。为了传达他的感受，他很兴奋地用德语吟诵歌德的一首意境与此相近的诗。那诗的音调真是好听。我一点也不懂德语，他又无力用汉语介绍这首诗，只说出片断而不连续的若干词句，但仅此我也受到感染，似有所悟，于是说：“你念的是《流浪者之夜歌》吧？”那诗也是四句：

一切的峰顶
沉静，
一切的树尖
全不见
丝儿风影。
小鸟们在林间无声。
等着吧：俄顷
你也要安静。

（梁宗岱译）

他欣然颔首，我们一起陶醉在两首诗的恬静平和的意境之中。这位美国人对王维诗的四句二十个字“未必尽解”，甚至“文字未必尽识”，而对于诗意即使不能说“已能了然”，总算是大体上抓住了它的意味吧。所以，我们要说，不求甚解，不求字字落实，遗其所不视，有时反而更快更好地走进诗的形象世界。

“字字落实”还容易让人理解为，按部就班地、由部分到整体地、累积式地接受，顺序地弄懂词语以弄懂句子，顺序地弄懂各句以弄懂段落，顺序地弄懂段落以最后掌握全篇。事实上，文学欣赏的心理过程并不这样单纯，不见得总是沿着从个别到总体这样一个方向进行。譬如我们登临黄鹤楼，望龟蛇对峙，长江东泻，一桥飞架，江中百舸争流，两岸高楼耸立。我们不是一条船一条船去观察，一座楼房一座楼房去观察，而后把它们合在一起成为整体画面，而是一开始就把每一细部放在宏伟画面中来感受。现代完形心理学告诉我们，整体大于它的各个部分的总和。一个句子的意思，并不是句中词语含义之总和；一段文章的意思，并不是段中各句含义之总和。对于文学欣赏来说，各部分的总和可能不是很重要的，最重要的恰恰在“字外之句”、“句外之意”和“弦外之音”，也就是各部分字句中本没有，却在整体中灌注、流动的东西。文学作品当然只能一个字一个字地顺序读下来，一般人忽视了的事实是，他从读第一句开始，就是在自己关于文学的观念支配之下，在关于诗歌、小说、散文的观念支配之下，在关于这一篇作品模糊的期待的支配之下，把第一句纳入全篇、纳入文学性的总体来领会的。善于在文学世界漫游的人，都是把部分与整体随时联系起来、融合起来。

对于少年读者来说，在文学欣赏中，可以逐步把“字字落实”同“不求甚解”（是指不钻牛角尖而不是说可以囫囵吞枣）结合起来。对于儿童和少年，阅读文学作品，要先弄通词、句；在语感能力还没有充分发展的时期，不宜随便跳过字词企图一下子把握作品的神髓。而在初步弄通词、句之后，又不必拘泥于一词一句的意思，应该及时地注意全篇的艺术构造；不再把作品中的字、词只当作一般的语言符号，而是作为构筑艺术形象的材料去对待，不只弄清词语所表达的概念，更要体会作品的意象和意味。反过来，体会到了作品的意象和意味，把握了艺术形象的整体，进入了作品的意境，也就能更细腻、更准确、更深入地体味作品的语言因素，理解每一句、每一个词语乃至某个标点符号在作品中的特殊含义。

以上我们谈的是各种人所选择和实行的，在文学世界里不同的游览方式，下面，我们还要谈一谈，各种人在文学世界里不同的游览目标。文学作品由语言构筑而成，但是，文学作品的成分并不仅限于语言，它还有许多别的同样重要或者更加重要的因子。人们接受文学作品必须经由语言的中介，显然，文学世界的大多数游客并不把玩味语言作为游览的终极目标，而是作为游览途中的桥梁。文学是一个多元的广阔世界，优秀的作品更是具有多姿多彩的许多侧面。接受者在欣赏中之所求与所得，或专或博、或丰或啬，因人而异、因时而异。游客们的眼光，有的集中在内容方面，有的流连于形式方面；有的投射到内容的这一要素，有的偏向于内容的那一要素，对各种形式要素的关心程度也彼此不同。

少数比较特殊的游客，专门从某一种职业的角度到文学世界里去探寻、搜索。我国著名的物候学家竺可桢 1973 年发表了一篇引起国内外高度重视的论文《中国近五千年来气候变迁的初步研究》，提出五千年中前两千年和现代相比，年平均气温高出约 2℃。古代不可能有详尽准确的气象记录资料，竺可桢的根据何在呢？文中引证的是古代物候记载材料，其中很大一部分来自文学作品。他引录了《诗经·秦风·终南》的诗句“终南何有？有条有梅”，表明终南山曾经生长过梅树和楸树。今天的终南山却再也找不到梅树了，这就证明那个地区的气温降低了。竺可桢指出，这一变化在 11 世纪以前就已发生，证据是苏东坡的诗句“关中幸无梅”和王安石咏红梅的诗句“北人初不识，浑作杏花看”。为了科学研究的目的，竺可桢到古典文学作品的天地作了长期而艰苦的周游，可以想见，他游览文学世界时的心理状态，同一般读者是不大一样的。少年朋友将来若从事于自然科学或社会科学的研究，他的经验是值得借鉴的。西方的一些考古学家、历史学家，从荷马史诗和古希腊悲剧、喜剧中，就获得过很多极有价值的材料。

读者可以从职业的专门角度去把握文学作品，可以在一次阅读中从一个角度去把握文学作品，但更多的情况还是，即使偏重作品内容的欣赏者，也总会兼及作品内容的诸多方面、诸多要素。他们既关心作品的故事情节，也不忽视作品中人物的性格，还会自觉不自觉对作者寄托在作品中的思想、情感作出反应；他们从作品观察民俗民风、社会心理，了解各个地方的自然风光……文学作品整体地反映以人为中心的社会生活，读者也就可以从中认识生活多方面的风貌。马克思曾经说过，英国作家查理斯·

狄更斯“在自己卓越的、描写生动的书籍中向世界揭示的政治和社会真理，比一切职业政客、政论家和道德家加在一起所揭示的还要多”。恩格斯也曾说过，他从巴尔扎克的《人间喜剧》所学到的，“比从当时所有职业的历史学家、经济学家和统计学家那里学到的全部东西还要多”。马克思和恩格斯的话表明，他们在文学欣赏中，相当注意作品的艺术形象所生动地展示的社会生活画面，相当注意从中吸取对于一定时代的社会生活的感性认识和理性认识。

常常听到一种说法，——文学是社会生活的镜子，或者说，文学是社会生活的教科书。把文学作为镜子和教科书的读者，当然是更多地注意于作品的内容方面。他们阅读文学作品，游历文学世界，借此了解各个民族各个时代的社会生活，了解社会生活的各个方面——社会的经济关系、政治制度、道德风尚、文化科学，以及他们有兴趣的某些其他的领域。社会生活无比丰富，在漫长的时间过程里和广袤的空间领域里展开，人们不可能事事都亲身经历、直接观察。每个人短促的一生活动的范围，相对说来，是十分狭窄的，许多人又不愿囿于亲见亲闻的范围，而是对上下数千年、纵横几万里的林林总总的万事万物都有兴趣，于是，就需要文学作品来帮助开阔眼界，乘文学形象的舟车，远涉外洋、追溯往古。儿童和少年经历甚少而好奇心强，他们的活动范围更加有限，较少可能参加多种社会活动、较少可能到各处旅行，也很难接触大量书面的信息资料，他们对数据、统计、调查报告等不会有很浓兴味。许许多多的儿童和少年，是借助文学欣赏而扩大知识面，了解社会人生。小读者游览文学世界的时候，把吸取知识作为重要目的，把文学当作有价值的教科书，这是很正当的有益的态度。

文学作品不仅描写各种社会生活现象，描写外在的事件、场景，而且展示人的心灵世界。作家所描绘的内在的心灵世界同外在的社会生活场景和自然风光一样迷人，甚至更加迷人。上面说到竺可桢那样的特殊游客，是从科学研究的特别需要出发，从某个学科的专门的角度，来看文学作品。就文学欣赏来说，更常见和更合理的，不是从物理学或考古学那样一些学科的角度，而是从“人学”的角度，来看文学作品，也就是通过文学来了解人，首先的和关键的是了解人心。人不仅需要了解自然，了解山川河流、花鸟虫鱼、日月星辰，人更需要了解人。了解人常常比了解矿物、植物和动物更加困难。生活中有各种各样的人，有性格明朗、表里如一的，有动摇犹疑、矛盾多变的，有伪善、阴险的……这些都不能靠放大镜和显微镜去观察。通常说少年和青年缺乏人生经验，主要就是指他们往往不善于识别人，不善于透过外表看到人的内心，容易被假象所迷惑。优秀的文学家，大都可以说是不自觉的心理学家，他们的作品常常很细腻地、很准确地描写人的感觉和知觉，描写人的情绪和心境，描写人的意志和思维，描写人的各种心理活动的萌生与发展，描写人的个性的形成和变化。鲁迅在谈到俄国小说家陀思妥耶夫斯基的时候说，凡是人的灵魂的伟大的审问者，同时也一定是伟大的犯人。这意思是说，作家从“审问者”和“犯人”两个不同方向上，深入探索人的内心世界，坦诚地、穷追不舍地揭示灵魂深处的各种潜流，并且以各种不同的方式表现在作品中间，给读者展示这虽近而远、可望而难及的领域。阅读文学作品，注意文学作品对人的精神生活的揭示，能提高我们在实际生活中观察人、分析人的能力。

游客们在文学世界里不只是观看作品所反映的社会生活内容，他们还以很大的兴趣注视作品的艺术形式，品鉴作家们的艺术技巧。聪颖的、成熟的欣赏者比粗率的、幼稚的欣赏者更加看重作品的艺术形式方面。小阿列克塞读福楼拜的小说，中间发生一个转折，他停下来，把书页对着阳光，想从中寻找奥秘。这就表明，他的兴趣从小说的故事情节转移到了小说的技巧方面。他不再只关心作品写了些什么，而是同时也思考作家怎样表达出这一切。中国古代的人们谈到文学欣赏，常常说“玩味”。《论语》记载孔子在齐国听《韶》乐，“三月不知肉味”。他们强调的就是艺术作品的形式、技巧引起欣赏者的审美愉悦。一般来说，对艺术形式美的欣赏是同作品内容的接受紧密联系在一起的，在某些特殊情况下，形式美的因素也可能突出到前方，而内容的因素则暂时地被忽略。与列宁同时代的德国著名革命家罗莎·卢森堡说，她被囚禁的时候，每当在监狱中一条碎石小路上散步，歌德的一首诗就在脑中回荡。“这首诗跟我的心情，跟我内心所思考的当然毫无关系。只是那首诗的诗句的音韵和奇异的魔力使我沉湎在恬静之中。”我们读汉代乐府民歌《江南》：

> 江南可采莲，莲叶何田田！鱼戏莲叶间。鱼戏莲叶东，鱼戏莲叶西，鱼戏莲叶南，鱼戏莲叶北。

这首诗的内容很难说有多少值得我们反复思索的东西，历代的人们喜欢它，主要是喜欢那活泼、轻快，悠游从容的声韵之美。中国古代的骈文，讲究对偶，读起来上口，铿锵悦耳，像唐代王勃的《滕王阁序》，韩愈的《进学解》，都有许多对偶工巧的句子，即使我们今天对这类文章的内容已经颇为隔膜，也还是会喜欢它们浏亮宛转的音节、整齐和谐的结构。小说、剧本、诗歌、散文的写作都要讲求技巧，技巧的良好的运用使作品具有优美的艺术形式，读者在欣赏中可以揣摩作家在运用技巧中表现出来的智慧和力量。

文学世界有多种多样的游客，我们应该争取做一名比较聪明的游览者，得到更大更多的享受和更丰硕的收获。

三　果与树

战国时代的思想家孟子很感慨地说过："颂其诗，读其书，不知其人，可乎！"在孟子看来，颂诗、读书，也就是同作者交朋友，颂古人之诗、读古人之书，就是同古人交朋友。所以，关心的范围不能仅限于作品本身，还要对作者，对作者所处的时代有所了解。绝大多数的读者并不是专业的文学研究工作者，少年儿童多半首先是为了休息和娱乐的目的去阅读文学作品的，那么，普通读者、小读者是不是也有必要在文学欣赏过程中知人论世，主动地了解有关作者和他的时代的材料呢？如果我们说，不了解作者和作者所处的时代就不能进行文学欣赏，那显然太过分了；但如果说，有了这种了解，会使文学欣赏更加深入，得到更多的收获，却是符合实际的。比如饮茶，快感当然主要来源于舌头、鼻子对于茶水和香气的直接感知，来源于味觉和嗅觉。但若有人给饮茶者讲解茶叶的产地、品种特性、制作工艺以及泡茶所用的水的特点，也能使饮者的味觉、嗅觉更加精细，因之获得更大的快感。从心理学上说，人的知觉会受到人的思想、观念、意识的影响，人对事物知觉的敏锐或迟钝，同人对事物认识的深浅、广狭有关。《红楼梦》里那个高洁而怪僻的尼姑妙玉，有一次请林黛玉、薛宝钗和贾宝玉吃茶，这三个人"细细吃了，果觉清淳无比"。"清淳"是三人对自己味觉、嗅觉感受的描述。但他们不知道泡茶用的是什么水。黛玉问道："这也是旧年的雨水？"妙玉乃冷笑道："你这么个人，竟是大俗人，连水也尝不出来！这是五年前我在玄墓蟠香寺住着，收的梅花上的雪，统共得了那一鬼脸青的花瓮一瓮，总舍不得吃，埋在地下，今年夏天才开了。你怎么尝不出来？隔年的雨水，那有这样清淳？"不知道用的什么水，照样品出了清淳。但听了妙玉这番话，饮茶的人倘若再静心品味一番，尝到一丝丝梅花的香甜，岂不是有了更大的愉快吗！

文学作品好比一只水果，为了更好地品尝它的滋味，我们常常需要了解结出这只果实的树，了解生长这株树的土壤，了解树木四周的生态环境。

有一些文学理论家和文学批评家，把文学作品看成作家的自叙传。对于这种观点，也可以有两个方向上的理解。一种理解是，把文学作品的故事情节，尤其是把主人公的遭遇，同作者本人的生活经历加以比照，认为作品的故事是作者经历的缩写或变形；另一种理解是，把文学作品当作作者灵魂的投影，认为必须从作家的内心世界，特别是从深藏的无意识出发，才能参悟和解释作品。前一种理解较带狭隘性和片面性，古今中外文学作品繁多，一般读者很难对于每一部作品都去探究其故事情节与作者生平的关系，作品情节与作者生平也未必都有密切关系。不过，流传广远、影响深巨的文学作品，会使千千万万读者发生了解作者的兴趣，倒也是常见的事。《红楼梦》的读者，往往不免要关心和揣想曹雪芹其人。所以，当有人自称发现了曹雪芹家使用过的书箱、曹雪芹晚年在北京西山的住宅、曹雪芹的画像或者曹雪芹作的画，便都引起小小的轰动。北京什刹海边的恭王府，传说是曹雪芹“悼红轩”的所在。在前海之西、后海之南，清代有和珅府（恭王府的前身）与蒙古罗王府，当地老辈儿称呼为“东府”、“西府”，据说即为荣国府、宁国府之原型。这些说法的可信程度如何，专家中怀疑者大有人在。即使知其为乌有之事，也不妨碍愈来愈多的游人，怀着盎然情兴前往探胜寻踪。曹雪芹和贾宝玉，曹氏家庭、曹家宅邸与贾氏家族、贾府宅邸，在若干读者心中混融一片。这种情况每每强化了阅读的兴味和增添了读后的谈资，绝不是什么坏事。但它同对作品思想的领悟和对作品艺术的鉴赏确实还隔着一层。对“自叙传”说的后面一种理解，则要深刻一些，同文学欣赏的关系也更密切一些。司马迁的《史记》有屈原传，他在记述了屈原的生平事迹之后说：“余读《离骚》《天问》《招魂》《哀郢》，悲其志；适长沙，观屈原所自沉渊，未尝不垂涕，想见其为人。”他在这时所“想见”的，自然不是屈原的经历，而是屈原的抱负、情操、性格，是屈原的内心世界。因为能把他所了解的屈原的生平同他所想见的屈原的性格结合起来，就在新的高度上把握了屈原的诗歌。直到现在，对于曹雪芹生于哪一年、死于哪一年，对于他生平的重大关节，都远没有弄清楚。但根据片断材料，我们依然可以想见其为人，那是一个肝胆似铁、傲世疾俗的人。他住处满径蓬蒿，经常举家食粥，还是“白眼向人”，著书于黄叶村中。认识到这样的曹雪芹，就可能更多地领悟到《红楼梦》深刻的悲剧性。

在文学欣赏中，“论世”显得比“知人”更为必要。有的文学作品，其作者不但对于一般读者，就是对于专门家，也已是无法考知的，这样的作品仍然能被人们欣赏。比如《诗经》的作者，我们极少有所知晓，但我们却可以喜爱而咏诵这些诗篇；最新发表的文学作品，读者对其作者的名字也许完全陌生，但却也可能欢迎这些作品。然而，大部分文学作品，特别是那些有深刻历史内容和强烈时代精神的作品，如果读者不了解其产生的社会背景，就不容易进入作品的境界，就不容易读懂它。

俄国作家契诃夫有篇中篇小说《第六病室》，描写外省一家混乱的医院里的故事。拉金医师对医院里种种反常现象十分不满，自己又不想过问。医院里有个年轻的病人格罗莫夫，他读过很多书，对生活有一套独到的看法。人们认为他患了精神病。“他那些疯话是很难写到纸上来的。他讲到人的卑鄙，讲到蹂躏真理的暴力，讲到将来终有一天会在地球上出现的灿烂生活，讲到时时刻刻使他想起强暴者的冷酷和残忍的铁窗。结果他的话就变成一首由许多古老而尚未过时的歌合成的杂乱无章的乐曲了。”拉金和格罗莫夫交上朋友，却因此也被当作精神病人，被关在病室中并遭到毒打。他觉悟到，“不以暴力抗恶”是不对的，但第二天就因中风而死去。这篇小说是什么意思？它是反映医院的管理、医疗制度上的问题吗？今天的读者，尤其是青少年读者不太容易明白。当这篇小说刚刚发表的时候，22 岁的列宁读到它，立刻引起强烈的共鸣。他对妹妹说：“昨天晚上，我读完这篇小说后，觉得可怕极了。我在房间里待不住，站起来走了出去。我觉得自己也好像被关在‘第六病室’里了。”列宁之所以迅速而准确地几乎是不假深思地领会了作品的意旨，是因为他和作者生活在同一社会环境中。所谓“第六病室”，就是专制的沙皇俄国的象征，小说中批评的“不以暴力抗恶”也是当时社会思潮之一种，文学家列夫·托尔斯泰主张和宣传过这种观点。沙皇俄国实行严密的书报检查制度，小说的许多地方写得非常含蓄。读者需要对 19 世纪后期俄国历史具备一定的知识，对当时的社会政治、社会思想和心理有所了解，对契诃夫的生平和创作倾向、创作手法有所了解，才能对这篇小说的各个方面发生比较充分的反应。

时代、作家、作品的关系是多样的、复杂的。一片果林中的树，有良有劣；一棵树上的果，有好有次。从时代环境到作家的思想倾向再到作品的内涵意蕴，中间要经过许许多多中介环节，不会是那么简单直接的。我们从土壤、气候推断树的品性，从树推断果的品性，也不能那么简单直接。

鲁迅的《雪》被选进中学语文课本，很多少年朋友认真地阅读过。鲁迅先生是人们很熟悉的伟大的革命文学家。欣赏这篇散文，怎样把对作家的思想性格的了解，对本文写作的1925年前后中国形势的了解，同对作品本身的领悟结合起来？关于这个问题，人们提供过好多种答案。有的人根据鲁迅的籍贯、经历和他的若干小说、散文的内容，认为《雪》是一篇眷念故乡、回忆儿时的抒情小品，在对南方景物的描写中流露了深刻的恬适的回味。又有的人说，当时南方是革命中心，北方是军阀统治的黑暗世界，文中赞美南方的雪，是把希望寄托在南方，寄托在中国共产党和人民大众身上，表现了对革命策源地广东的赞美和向往。在我们看来，前面一种解释，多少忽视了时代环境和它对作者心境的影响；后面一种解释，则对这两种因素同作品内容的关系，作了十分机械的理解。我们不妨再来咏诵《雪》中对江南雪野的描绘：

> 江南的雪，可是滋润美艳之至了；那是还在隐约着的青春的消息，是极壮健的处子的皮肤。雪野中有血红的宝珠山茶，白中隐青的单瓣梅花，深黄的磬口的蜡梅花；雪下面还有冷绿的杂草。胡蝶确乎没有；蜜蜂是否来采山茶花和梅花的蜜，我可记不真切了。但我的眼前仿佛看见冬花开在雪野中，有许多蜜蜂们忙碌地飞着，也听得他们嗡嗡地闹着。

这段文字吸引我们的不只是缤纷华艳的色彩：血红、白中隐青、深黄、冷绿，更在于作者的主观感受，他从雪中感觉到的青春的消息；“记不真切”、“仿佛看见”这几个句子，于不知不觉之中流露了作者深情回忆时的陶醉之感。从《故乡》以及《朝花夕拾》中的那些散文，我们知道，鲁迅对自己的故乡、对自己的童年时代，确实怀着深深的眷恋。但仔细涵咏《雪》的文字，则除了人之常情的乡恋和对童年的怀恋之外，还有别一种意味。在“五四”文化革命的高潮消退之后，在北洋军阀统治之下的北京，鲁迅感到苦闷甚至颓唐。对现实的深深厌恶强化着对纯洁欢快的往昔的追忆、眷恋，强化着对美好事物的向往。同时，鲁迅并没有真的消沉下去，而是在坚韧地求索。文章的后一部分有对北方的雪的描绘：

> 朔方的雪花在纷飞之后，却永远如粉，如沙，他们决不粘连，撒

在屋上，地上，枯草上，就是这样……在晴天之下，旋风忽来，便蓬勃地奋飞，在日光中灿灿地生光，如包藏火焰的大雾，旋转而且升腾，弥漫太空，使太空旋转而且升腾地闪烁。

在无边的旷野上，在凛冽的天宇下，闪闪地旋转升腾着的是雨的精魂……

是的，那是孤独的雪，是死掉的雨，是雨的精魂。

南方的雪景秀媚，北方的雪景则粗莽、肃杀而悲壮，对北方雪景的描绘中浸透了倔强的战斗者孤独、悲愤的心情。鲁迅的悲愤，既是对着政坛之黑暗与脏污，也是对着文坛的分化和寂寞。鲁迅当时的许多书信，叙说了他的这种心情。懂得了他的心情，就不会简单地将作品中的形象当作政治寓意图画，也不会将作品归结为万古长存的人之常情，而能触摸到丰富的具体的意味。

文学之树生长在社会的土壤上，作品之果挂在文学之树的枝头。社会是极为丰富复杂的多面体，它从多方面对文学发生影响。欣赏文学作品时知人论世，不仅要了解政治气候，也就是通常所说的了解时代背景，而且还应该了解当时的艺术气候，了解当时文坛的艺术氛围，了解读者群体艺术趣味的变化和这种变化对作家的影响。离开时代和民族乃至地区的艺术环境来领会具体作品的艺术特点，也不容易做到精细和深入。

美国现代著名诗人庞德的《在一个地铁车站》，是一首影响极大的短诗，被广泛传诵和反复引用。它只有两句：

人群中这些面孔幽灵一般显现；
湿漉漉的黑色枝条上的许多花瓣。

庞德是美国和欧洲现代派文学的代表人物之一。在19世纪末和20世纪初，西方发达国家经济的发展，引起了社会心理结构的重大变化。这种变化也在创作心理和欣赏心理上体现出来，一些作者和读者厌弃了传统的文学风格、手法和模式，追求新颖，追求新奇和怪诞。庞德和英国一些诗人组成意象派，这个流派继承了法国象征主义的若干特点。所不同的是，象征主义注重诗歌的音乐性，注重诗与音乐的联系；意象派则注重诗歌和雕塑的关系，注重视觉意象引起的联想。他们接受中国古典诗歌的影响，常常写些短诗。现代派文学与西方古典主义、现实主义文学不同，它放弃对外在世界的精细再现而着意于内心世界的表现，轻理性而重直觉，努力抓住“一刹那”间的细微心理感受。庞德就是在这种艺术潮流中进行他的诗歌创作的。从《在一个地铁车站》，既找不到社会生活画面，也找不到作者的政治或伦理道德观念，它提供的，只是“一刹那间思想和感情的复合体”。作者自己曾回忆，1913 年的一天，他在巴黎走出地铁车厢时，“突然间，我看到了一个美丽的面孔，然后又看到一个，又看到一个，然后是一个美丽儿童的面孔，然后又是一个美丽的女人。那一天我整天努力寻找能表达我的感受的文字，我找不出我认为能与之相称的、或者像那种突发情感那么可爱的文字”。后来，他终于找到了表达方式，就是这首诗所用的“意象叠加”。诗人把“花瓣”的意象叠加在“面孔”的意象之上。两句诗并列，上句说人群中隐现的面孔，这些面孔在人群的背景上显现；下句说黑色枝条上的花瓣，又湿又黑的枝条上，缀着一瓣瓣花。不是拿后者比方前者，不是“把你的容貌比做鲜花”，只是把两个意象联结起来。两个视觉意象若即若离，启发了读者的联想方式，又开阔了读者的联想空间。这种手法很巧妙地表现了“突发情感”的直觉性、朦胧性和特有魅力。《在一个地铁车站》是庞德早期的作品，他后来离开了意象派。意象派过于纤巧，缺乏历史的社会的内容，不能令人充分满意。所以，观赏庞德的这一朵小花时，放在它所缀结的枝条上去看，能更细致地观看它的色泽，体验它的芬芳。当然，对于一般读者，重点还是在果，观赏、品味果的时候，意识到树的存在和土壤、气候的影响作用，也就算是不错了。

四　糖水与苦茶

《红楼梦》中的香菱，是个读书不多、文学功底不厚的女子，但她立志学诗，拜林黛玉做老师。她很坦率地向老师说明自己在文学欣赏中的审美选择："我只爱陆放翁的诗'重帘不卷留香久，古砚微凹聚墨多'，说的真有趣!"陆游的这两句诗，是说一重一重放下的帘幕，使得书房里烟香久留不散，留传多年的古砚，因多人反复使用，中间研磨得微微凹下，能盛聚较多墨液。这诗表现了古代读书人的生活乐趣，但缺乏较深的思想内涵，艺术上也比较浅露。所以，林黛玉连忙告诫香菱："断不可学这样的诗！你们因不知诗，所以见了这浅近的就爱，一入了这个格局再学不出来的。"她要香菱把王维、杜甫、李白的诗"细心揣摩透熟"，"肚子里先有了这三个人作了底子"，再读陶渊明、谢灵运等人的诗。按照林黛玉的意思，学诗，立意要高，要从艺术上精纯高雅的作品吸收营养，不要被平近浅俗的作品所局限。香菱是要学习写诗，但创作以欣赏为前提和准备，有欣赏眼光创作才能够踏上正路。林黛玉认为欣赏要避俗求雅，实际生活中的情况和林黛玉所说的相反，大多数读者在文学欣赏中是避雅趋俗。无论在古代还是现代、中国还是外国，读者面最广、最畅销的文学作品总是通俗作品；精致的在艺术上大胆探索的作品，开初往往难以跳出狭窄的沙龙圈子。

青少年读者应该怎样处理文学欣赏选择上的雅俗关系呢?

我们说过，绝大多数读者进行文学欣赏的直接目的是为了娱乐和休息。既然如此，欣赏对象的选择标准便可以说以合意适性为贵，能够让你喜欢、给你愉悦，能够使你的身心得到休息的，便是对你有益的。内心喜欢通俗的作品，不必勉强硬啃自己不懂和不爱的高雅作品；反过来说也一样，有人沉迷于中外古典文学作品，或钟爱现代派新奇的作品，厌读通俗作品，也无可指责。不过，从客观的立场上说，文学世界这样丰富，拘守一隅而放弃到其他各个领域游览，实在是太过可惜，偏食的人总是自己剥夺自己享受美味的权利。一个精神饱满、心理健康的读者，有着广泛的审美容受力，除了那些虚伪、低劣的艺术赝品之外，他能接受多种风格、多种题材、多种样式的作品。鲁迅劝青年的艺术学徒既要尊重大幅油画或水彩画，也不要轻视连环画和书报插图。他说，连环图画里可以产生米开朗基罗和达·芬奇，唱本说书里可以产生托尔斯泰和福楼拜。好的作品能够雅俗共赏，让各种文化层次的人都愿意读它；宽容的胸怀开阔的读者，能够雅俗并赏，从高雅和通俗的各种作品里获得审美快感。

文学作品的雅俗，没有绝对的标准，没有固定不变的界限。《诗经》里的民歌，本来属于俗文学，后来被当作“经典”，进入了雅文学的高层。也有一些雅文学，由于多种渠道（如文学评论、语文教学等）的阐释，由于社会文化水平和文学欣赏水平的提高，而能走出沙龙或殿堂，与广大读者群众接近。

文学欣赏活动包括欣赏对象和欣赏主体两方面的因素，欣赏活动的层次既受欣赏对象层次的制约，更由欣赏主体的层次所决定。对于高雅的作品，有人用很庸俗、很鄙俗的眼光去看它。像《红楼梦》《西厢记》这样的作品，像《安娜·卡列尼娜》《包法利夫人》这样的作品，也是“文者见之谓之文，淫者见之谓之淫”。用审美的眼光看，它们是卓越的艺术作品；用猥亵的眼光看，就把它们当成色情作品了。对于通俗的作品，如能用充满人情的和赏鉴艺术的眼光去看，便也可能从中发现、获取对人生意味的新领悟和对审美意味的新领悟。从这个意义上说，文学欣赏活动的俗与雅，较多地决定于欣赏主体心态的俗与雅了。

通俗作品中，比较大量的是武侠小说、言情小说和侦探小说，我们就以这几类作品为例来谈谈文学欣赏的俗与雅吧。

武侠小说在我国有着久远的历史，在大陆中断多年之后，20 世纪 80 年代后期却又出现高潮，新的作品潮水一般涌向书籍市场，读者中相当多数是青少年。旧的武侠小说重印和新的武侠小说风行，引起社会关注，各种看法尖锐分歧，焦点在于，青少年能不能阅读这样的作品，如果要读又该怎样阅读。

我国唐代传奇中已经有侠客形象。杜光庭的《虬髯客传》，主人公赤髯如虬，与李靖在旅舍初次相见，打开所带的皮袋子，取一人头并心肝，用匕首切而食之。这是早期的武侠，不过此人后来成了扶余国皇帝，与后世侠客地位和命运不同。袁郊的《甘泽谣》中有《红线》一篇，红线是一女子，夜漏三时，徒步往返七百里，越过军中层层防卫，到节度使田承嗣寝处，持金盒而归，迫使田某不敢兴兵。裴铏《传奇》中的《昆仑奴》《聂隐娘》，可以说放在后世武侠小说中毫无逊色，只不过篇幅较为短小罢了。武侠小说创作成为一种潮流，是清代后期的事。那时，市民和农民对《水浒传》以至《后水浒传》一类英雄传奇不再感到满足，艺人迎合这种欣赏需求，武侠小说由是大量出现，代表作品有《七侠五义》《小五义》等。《七侠五义》又名《忠烈侠义传》，是根据活动于嘉庆、同治年间的天津著名说书艺人石玉昆的说唱本《包公案》整理修订而成，最初于光绪五年（1879 年）出版，名为《三侠五义》。三侠，是指南侠展昭，北侠欧阳春和双侠丁兆兰、丁兆蕙兄弟；五义也即是书中的五鼠：钻天鼠卢方、彻地鼠韩彰、穿山鼠徐庆、翻江鼠蒋平、锦毛鼠白玉堂。后来，清代著名的文字学专家俞樾在江苏见到这部小说，大为欣赏，亲自动手略加改订，改名为《七侠五义》。因为南侠、北侠和双侠一共是四个人，再加上小侠艾虎和他的师父黑妖狐智化以及小诸葛沈仲元，就是七侠了。俞樾改定的本子更为通行。像《七侠五义》这样的小说，能够吸引千万接受者，表明它们确实具有相当的艺术魅力。据说，石玉昆当年说唱《包公案》的时候，“惊动公卿夸绝调，流传市井效眉颦”，社会地位高下不同、文化层次高低不同的各种人，都为之倾倒。《七侠五义》的突出特点，是情节的生动和丰富，故事的巧妙和曲折，这很适合我们民族传统的欣赏趣味，特别是适合一般文化素养不高的读者以及青少年读者的口味。这也正是大多数通俗小说所具备的长处。小说的作者和改编者吸收了在他们以前的许多公案故事、志怪小品中富于传奇性的材料作为素材，加以生发、融汇，贯串起来，使作品情节惊险紧张、纷纭变化，出人意表而又较合情理。小说中还常有几条线索交织错综，读者觉得多姿多彩、应接不暇，而作者则款款叙来、条理分明。例如，第 23 回至第 26 回写白玉莲被葛登云抢去，愤而自缢，儿子金哥被老虎衔去，丈夫范仲禹气急成疯；与此同时，木厂老板屈申被李保夫妻勒死，抛尸坡上。其后，屈申和白玉莲两人魂灵附体发生舛错，男人做出女性姿态，女性说话却是男人声口，使情节发展波澜迭起，大大增加了阅读的趣味。《七侠五义》全书由展昭、白玉堂等主要人物贯串，但各部分又自成片段，可分可合，在叙述中不时地插进一些噱头，弄一点小幽默，不断地给读者提神。这都是由它的底本保留下来的口头说唱文学所具有的特点。以前的市民们在茶馆听艺人说唱《七侠五义》，或者醉饱闲卧自己翻看，不过是消磨时光，注意力只放在情节上，很少顾及其他。这叫做以俗应俗，用较低的审美趣味对待通俗文学作品。我们今天看这种作品，眼光可以开阔一些，深入一些。从艺术上说，武侠小说在人物性格塑造和语言运用（特别是口头俗语和书面语言的结合）上，也常有其特色。《七侠五义》中白玉堂这个人物性格的描写，达到了较高的成就，既写出他爱打抱不平的一面，又写了他好胜争名的一面，还写出了他手辣心狠的一面，力图避开脸谱化的熟套，创造了一个复杂的人物。白玉堂一再要找展昭比个高低，展昭不想纠缠，说是愿拜下风。赵虎听了不服气，拿着酒杯，站起身说："大哥，你老素昔胆量过人，今日何自馁如此？……倘若是那个什么'白糖'咧，'黑糖'咧，他不来便罢，他若来时，我烧一壶开开的水，把他冲着喝了，也去去我的滞气！"这段话很好地表现了人物粗莽的性情。从思想内容上说，武侠小说良莠不齐，其中有些多少能增加我们对社会的认识。《七侠五义》写到贵族豪绅葛登云、苗秀等人掳掠民女、侵吞财物的劣迹，写到太师庞吉一家奸淫暴虐、残害百姓的罪行，虽谈不上很深刻，却毕竟接触到封建时代黑暗现实的某些现象。

《七侠五义》在晚清流行，有其客观原因。鲁迅《中国小说史略》说："值世间方饱于妖异之说，脂粉之谈，而此遂以粗豪脱略见长，于说部中露头角也。"就是说，在情节过于荒诞的神怪小说和陈词滥调的才子佳人小说使读者觉得讨厌的时候，这部描写侠客之豪情而且情节富于趣味的小说也就容易受到读者的喜爱。随着时代的发展，社会心理转变了，20 世纪 50 年代之后，它已不大为青少年所知。而在 70 年代后期，人们厌弃虚假而训诫性质浓厚的作品，武侠小说遂又见宠一时。然而，几乎是一瞬间，港台新派武侠小说旋风卷起。这些作品面貌大异于古代武侠小说，语言清丽流畅，当代读者更觉亲切，人物描写、景物描写，结构、布局，运用了现代小说技巧，其细腻宛转与古代武侠小说之粗略形成对照。特别是注入了一些现代人的感情成分，较易引起一般读者共鸣。总体说来，新派武侠小说依然是一种消遣文学。你用消遣的态度对待它，随便翻翻，得到一种愉悦，也就可以。你用赏鉴的眼光对待它，还可以在叙述描写的技巧与语言运用上受些启发，也可能在人物悲欢离合的际遇、得失宠辱的变迁上受到触动，体悟到某种人生经验。海内外都有些卓有成就的科学家爱读武侠小说，他们都拿得起，放得下，绝不让这爱好妨碍自己的工作，而是作为调节劳逸、保养脑力的途径。他们始终保持着消遣或赏鉴的合理态度。

侦探小说同武侠小说相近，也是有广泛群众性的一个文学品种。中国古代有所谓公案小说，写清官断案，它后来同武侠小说合流，上面所说的《七侠五义》就是这种合流的一个重要成果。书中写清官包拯断案，依据必要的实地勘察和对勘察材料的推理分析，也颇为巧妙曲折。不过，从现代人的眼光看来，这类勘察和推理已经显得比较粗疏肤浅。西方侦探小说则结合了自然科学知识和严密的逻辑思维，具有更高的社会审美价值。例如，推理派侦探小说的开创者、英国作家柯南·道尔，他所写的总共68篇福尔摩斯侦探故事，使全世界多种肤色的读者为之废寝忘食。当他自己有些疲倦和厌烦，感觉难以为继的时候，在一篇故事里让福尔摩斯从悬崖上摔死，打算以此了结，读者的抗议信却如雪片飞来，迫使他又让福尔摩斯复活。由此可见作品使人们着迷到何种程度！柯南·道尔的小说主要发表于19世纪末，20世纪侦探小说水平又有新的提高。瑞士作家迪伦马特的“犯罪小说”可以作为代表，它们对人物的内心世界描写非常细腻生动，常有惊心动魄的效果，而且努力挖掘犯罪的心理的和社会的根源，具有历史深度。《法官和他的刽子手》构思非常巧妙，情节离奇而结局使人信服。作品的描写似乎是有意把读者引导离开正确的答案，而最后真相大白时，读者却发现前面早已有多处伏笔，只是这种伏笔非常含蓄，不是一下子能够猜破的。侦探小说最大的魅力是它所制造的一个又一个悬念，在情节发展中系上一个又一个结，让读者产生强烈的好奇心，急切希望了解事件发展的趋向和结果。好奇心能使读者逐渐积累起心理能量，以至生理上也产生某种反应，比如喉咙干燥、心跳加速、血流加快、体温略有升高。在后来，情节发展急转直下，作家把结一个一个解开，读者积累的心理能量得以释放出来，便感到很大的畅快。心理能量的积累和释放，乃是侦探小说欣赏中获得快感的内在依据。那些幼稚而性急的读者不明了这个道理，看到中间，按捺不住，便跳过作品情节的自然发展，翻到书本末尾去寻找答案；答案找到，也就兴味索然了。中国明末清初的文学批评家金圣叹，论到小说的悬念时说：“我又欲疾读下去，得知其故，又欲且止，试一思之。愿天下后世之读是书者，至此等处，皆且止试思也。”肯于细心领会系结过程，充满紧张的期待，对这一过程体验越充分，才有可能获得越大的快感。从另一方面说，侦探小说可以说是列出了思考的方程，引导读者去求解。英国女作家克利斯蒂的《尼罗河上的惨案》《东方快车谋杀案》，把对案情的几种分析一个一个细致地演示出来，似乎都有充足的道理。当然，合乎实际的答案只有一个。读者由此可以得到思维能力（主要是推理能力）的训练，学习从主观动机和客观可能等多种因素去分析人的行为，学习辨别假相与真相。方程的难度越高，解开方程后的快感越强，读者在解开这种思考的方程的过程中，实现了对自身力量的肯定。

言情小说，就是爱情题材的通俗小说。有一种说法，认为文学艺术有三个“永恒的主题”，即战争、死亡与爱情。战争是人类社会中十分重要的现象，它对一个民族、对于每个人都有极其重要的影响，引起人们深切的关注。战争题材的作品因此在文学史上享有显赫地位。世界著名的史诗，常常以战争为主要描写对象，从古希腊的荷马史诗到俄罗斯的《伊戈尔远征记》都是这样。中国古代的讲史小说，就是描叙“战争兴废之事”。《三国演义》就是用文学形式再现汉末至西晋 90 多年间的战争史。死亡是任何一个人都必定要面对的生命归宿，探讨生命的意义难免连带地要思考如何对待死亡，这是古往今来许多哲学家为之沉思的问题。有人因人生有限而玩世混世，有人因人生有限而奋发追求。这些思想情感，在文学作品中都以各种审美形式反复表现出来。曹操的著名诗篇《短歌行》开头写道：“对酒当歌，人生几何？譬如朝露，去日苦多。”而结尾说：“山不厌高，海不厌深。周公吐哺，天下归心。”表示希望能招致有才能的贤者，协助他建功立业。这同他的《龟虽寿》中说的，“神龟虽寿，犹有竟时。螣蛇乘雾，终为土灰。老骥伏枥，志在千里；烈士暮年，壮心不已”，是完全一致的。至于说到爱情，也是人的生命活动非常重要的内容。爱情是与朋友之爱、父爱、母爱很不相同的一种情感和关系。男女之间互相吸引，归根到底，是以彼此生理构造的不同为基础和前提的，恋爱的激情归根到底与性的冲动有着或显或隐的关系。正因为如此，爱情常被蒙上一层神秘的外衣；对于青少年，人们常常避讳谈论爱情。这其实不是很明智的办法。对青少年，应当进行必要的性知识的教育；同样，可以而且应当让他们适当阅读描写和歌颂爱情的作品。德国伟大的作家歌德在《少年维特之烦恼》卷首题诗中说：“青年男子谁个不善钟情？/妙龄女人谁个不善怀春？/这是我们人性中之至圣至神；/啊，怎样从此中有惨痛飞进!”近几十年来，由于我国人民物质生活的普遍改善，少男少女们性生理成熟期较过去提早；同时，由于社会文明程度的提高，在城市中，青年结婚年龄较过去推迟。这中间，有几年至十年乃至更长时间，生理上的变化带来心理上的变化，对异性的倾慕是十分自然的事，所以特别需要有一个良好的环境氛围，保障孩子们精神上健康地成长。冷酷的禁欲主义会使青少年萎缩、愚昧，邪恶的纵欲主义会诱使人堕落。有指导地适量地阅读优秀的描写爱情的作品，则有益于下一代的全面发展。

人类的性心理和性关系与动物不同，它是一种文化现象。英国近代文学评论家、生物学家和医生霭理士在《性心理学》中说："一个人的性的素质是融贯他全部素质的一部分，分不开的"，"性冲动所受的宗教、道德与社会习俗的牵制，要远在饮食的冲动之上，远得几乎无法相比"。受到不同宗教观念、道德观念与社会习俗的制约，有不同的性观念，有不同的爱情观，也就有不同的以爱情为题材的作品。欧洲 14—16 世纪那些爱情悲剧和喜剧的珍品，是宣告中世纪结束和文艺复兴时期到来的晨曦和朝霞；曹雪芹的"大旨谈情"、"写儿女之真情"的《红楼梦》，是 18 世纪中国文学界、思想界惊蛰的雷声。在那 960 万平方公里土地上一片绿军装、红袖章、黄挎包的年月里，爱情也从中国文学艺术中消失了。"样板戏"中方海珍、江水英们是一些中性的人，她们丧失了性别特征，她们的语汇里多的是"斗争"，而绝没有"爱恋"。这标志着那荒诞年月里人性的丧失。20 世纪 70 年代末，刘心武、张洁、张弦的几篇爱情小说，冲破禁区，它们本身就是当时思想解放春潮的几朵浪花。那些层次较高的描写爱情的小说，不仅给人们心理发展以有益的营养，也加深着人们对某一时期社会生活的认识。中国的《青春之歌》，苏联的《钢铁是怎样炼成的》，都有许多爱情描写，它们曾滋润千万个青年的心灵。普希金和裴多菲的爱情诗，也都激发和培养了无数读者优美的情感、高尚的情操。青少年阅读这类作品，应当受到鼓励。

文学作品中的爱情描写，有时候包含有各种各样的性描写，如何评价和对待它们，需要更为细致认真地分析。性的问题带有一些神秘性，性描写带有不同程度的刺激性，从古到今，都有那么一些作者，为了谋利而用性描写作为钓饵。20 世纪 80 年代后期以来，商品经济冲击文学创作，类似情况时涨时落地在我国重新发生。这类作品穷形尽相地描摹女子的体态，突出人物及其关系的性的特征。人物成了性的标本，性淹没了人。这叫做爱情描写的非人性化。文学作品中如果要有性描写，也应该是借此以写人，借此表现人情、人性和人的各种情感和思想，借此写出特定的社会状况。为写性而写性，不会有什么大的价值。上述作品的作者对于社会生活并没有多少真切的体验和深刻的思考要发表，作品中的形象也并无艺术特色可言，所以，不能给人美的享受。这是对于艺术的亵渎和贬损，对于读者的侮辱和戕害。

在中外文学史上又都还有一些文学作品，它们的性描写，是作为强烈的反封建的战斗性的必要组成因素而存在。例如，意大利文学中的名著《十日谈》，对于教会伪善的尖锐嘲讽和对青春、对人性的热情肯定，都渗透在大量的性描写里。我国明代中晚期有的当时很有声望的诗人，到了暮年慨叹自己的诗不如民间时调，而那些民歌中有多少大胆坦率的性描写啊！20 世纪 20 年代以后，在欧洲、在美国，劳伦斯、艾略特和海明威先后写到第一次世界大战和西方工业社会的畸形发展造成一些男人的性机能残废。他们的这些作品半个世纪以来产生经久的和广泛的影响，具有相当高程度的艺术价值和文化价值。就是我国明代的长篇小说《金瓶梅》，充斥着极端猥亵的篇章，但在中国小说史上仍占有重要地位，因为它在内容和艺术形式上都具有开拓作用，它在写性的同时深刻地再现了孕育资本主义萌芽的那个社会。从文学史和文学批评的研究上说，不能因为这些作品较多地渲染了性的内容就简单地否定它们，而要给予科学的合乎实际的评价。同时，就一般读者来说，对这些作品的阅读欣赏，又必须有指导、有节制。这是因为，要从这种作品看出其中深藏的历史内涵，需要欣赏主体有较深刻的历史眼光，需要他具有较宽厚的社会历史知识和生活经验；要从这种作品看出它在艺术上的创新，需要欣赏主体对文学发展的背景有较清楚的了解，需要他具有较敏锐的艺术感受能力和艺术欣赏经验。一般来说，少年读者很难具备上述主观条件，所以，如果过早阅读这类作品就有害而无益了。

通俗文学中的言情小说，从文艺科学的标准说，价值比上面谈到的几种爱情小说都要低些。言情小说写作的主要目的不是反映时代，而是给作者也给读者消闲解闷，并且主要是给欣赏层次较低的初通文墨的市民读者看的。它不要求读者有深入思考的习惯和能力，艺术形式上也以平近浅俗为主，使读者不费很大力气而容易接受。它常以悲欢离合的爱情故事引起读者淡淡的哀愁，生出同情心理；情节性较强，可以给读者间添些谈话资料。其热闹处可以满足读者的好奇心，其伤惋处可以对读者心理起宣泄净化作用，使之隐隐发生高尚善良的自我感觉。因此，极易受到占社会多数的初级水平的读者的喜爱。老一辈的张恨水和近年台湾作家琼瑶等人的作品，有不少就属于这一类。它们对黑暗腐朽有揭露和控诉，但显得很温和；对纯洁爱情有描写歌颂，但味道显得有些淡薄。这些作品是可读的。

我想，少年朋友们如果在拿起这些作品并且喜欢它们的时候，可以提醒自己，世界上还有比它们更优美、深刻得多的作品，等待着你们去欣赏，不要停留在小小的港湾，而远离了文学的浩瀚海洋。

浅俗的文学作品好比一杯糖水，高层次的文学杰作好比一杯浓茶。怎么能禁止孩子们喝他们喜欢的糖水？但是，随着阅历的增长、素养的提高，许多人将逐步学会细品入口微苦而余味无穷的浓茶。

五 文学的长子——诗歌

文学不是举目无亲的孤独者，而是瓜瓞绵绵的大家族，其中有若干个分支，每一个分支中都有许多的成员。中国汉末魏初的文学家曹丕说，“文本同而末异”。“本同”，是指一切文学作品具有相同的基本性质，这是文学大家族的共性；“末异”，是指这个家族的各个分支和每个分支的各个成员的个性，即每一文学体式的独有特点。早期的文学很单一，它们经历漫长时间才逐步与音乐、舞蹈分离，自身还来不及细致区分。后来，家族日渐繁衍，从创作和欣赏两方面的需要考虑，都有必要对之分门别类。曹丕把他所说的“文”（实际上包括纯文学和应用文）分为奏、议，书、论，铭、诔，诗、赋，共四类八种；晋代的陆机则分为十种；梁代的刘勰和萧统先后分为33种和38种；到了明代，徐师曾的《文体明辨》更细分为127种。总起来看，中国古代划分文体注重实用。西方人长期以来习惯于把文学划分为叙事、抒情和戏剧三大类。怎样区分文学的种类和体裁，是文艺科学中的一个理论问题，我不打算在这里讨论。少年朋友为着更好地把握、领略文学美的目的，也不一定有必要深究这个问题。本书从这一节开始，根据文学欣赏的实际情况，分别讨论诗歌、散文、小说的主要特征，讨论它们各自所包含的文学美的具体特点。至于戏剧文学，它同戏剧表演是密切结合着，我们的文库另有专书介绍，本书就略而不论了。

世界上每个民族文学的发展都有自己独特的道路，但是，各个民族最先出现的文学体裁都是诗歌。诗歌，是文学家族的长子。

现代人写作文学作品，是先有了一定的文体观念，接受了一定的文体范型，然后才开始创作的。一个人从小读过许多首诗，对于什么是“诗”有了一种看法，而后经过相当的积累、酝酿，在某一情境下，自己也动笔写起诗来。远古时代的人当然不是这样。他们不会想到有意地“吟”诗，不会想到有意识地进行文学创作。他们的那种被后人看作是“诗”的东西，当时只是内心情感的宣泄和对外交流的需要，如同婴儿饿了要啼哭、人们受了伤痛要叫唤是同样的。流传到今天的原始歌谣，经过后人记录，当然是有些失真，不可能完全是本来面目。但，世界上那么多民族保存下来的原始歌谣资料，应该说，总会反映原始歌谣的一些真实情况、基本性质。研究一下，就可以发现，它们同现代的诗歌还是有相近似之点，最主要的一点就是，原始歌谣和现代诗歌，都讲究音乐性，都注意到节奏和押韵。《吴越春秋》中记载了一首《弹歌》：

断竹，续竹，飞土，逐宍。

“断竹”、“续竹”，是剖断竹子做成弓，“飞土”、“逐宍”是用弹去打禽兽，“宍”就是肉，即是要猎获的动物。这首猎诗被梁代文学理论批评家刘勰认为是中国最早的二言诗。两个字一顿，音韵协调，很好听。原始社会里的人，根本没有关于节奏、韵脚的概念，为什么他们的歌谣却又押韵、富于节奏感呢？这可以从几个方面来解释。第一，原始歌谣是在原始人的劳动、活动中产生的，歌谣的节奏是适应于劳动和活动中人们动作的节奏而来的。《淮南子·道应训》中说：“今夫举大木者，前呼邪许，后亦应之，此举重劝力之歌也。”一群人抬大木头，要喊号子，同起同放，步伐一致。“邪许”也就是“杭哟”。号子的节奏就是抬木者步伐的节奏。体力劳动，特别是原始人的比较简单的体力劳动，是某个或某些动作的有规则的重复，诗歌的节奏也是音群的有规则的重复。直到近代，人们在打夯或拉纤时所唱的民歌，歌词的节奏还是体现着劳动的节奏。甚至，现代的机械化的劳动节奏，也能在诗歌中反映出来。德国诗人海因里奇·希德尔有首短诗：

白玫瑰，白玫瑰！
颔首点头，
多沉醉。
白玫瑰，白玫瑰！

不要多久，
绿叶纷坠。
白玫瑰，白玫瑰！

暴雨将临，乌云低垂。
悄悄地，悄悄地，
在你身上，
虫儿打洞。

根据作者自述，这首诗是在学习车螺钉的时候构想出来的，诗的节奏就是车螺钉劳动的节奏。

但是，还有一些原始时代流传下来的歌谣，其节奏很难看出同劳动有什么关系。所以，我们必须补充一种解释。第二，原始歌谣的咏唱，是与音乐、舞蹈活动合而为一的，歌谣的节奏适应于舞蹈动作的节奏。关于这一点，我们只要想一想，现代人跳迪斯科或霹雳舞的时候，随着舞蹈动作加快，其歌词节奏也就变快，那么，可以推见，原始歌谣的产生道理也与此相通。

第三，诗的节奏不仅伴随、表现人们劳动或舞蹈的节奏，更重要、更普遍地，它表现作者心理活动的节奏，并可能造成接受者相应的心理节奏。世界上各种事物的运动都具有一定的节奏，比如，昼夜和四季的更替，大海潮汐的涨落，都表现着节奏。人的生理活动，也有自然的节奏，人的一生从幼年到老年，人的一天从抑制（睡眠）到兴奋（活动）再到抑制（睡眠），都按一定的规律变化。兴奋和抑制是心理活动现象，它们的交替构成心理活动的节奏。在人的各种心理活动中，情感的节奏性更为强烈和显著。情绪和情感，带有冲动性乃至暴乱性，它常与意志发生矛盾冲突，往往波动起伏，而波动起伏便有了节奏。自然现象的节奏、人体的生理活动节奏同人的心理节奏，可能具有某种谐振关系，使彼此很容易地相互感应和相互激发。母亲哼着没有什么意义的摇篮曲能使孩子很快入睡，而急促的音调能使人兴奋激动起来。可见，音乐的节奏，诗的节奏，同人的情感的节奏，也是相互感应的。郭沫若有篇《论节奏》的文章，其中说道："抒情诗是情绪的直写。情绪的进行自有它的一种波状的形式，或者先抑而后扬，或者先扬而后抑，或者抑扬相间，这发现出来便成了诗的节奏。"现代诗人和诗歌理论家闻一多说："诗的所以能激发情感，完全在它的节奏。"闻一多可能偏激了一些，但节奏之于诗的感染力，确实有绝大的关系。

诗的节奏是怎样造成的？不同的语种有不同的情况。欧美诗歌的节奏由语音的长短、轻重相间而成，中国诗歌的节奏则主要在于每句顿数的多少，和句末韵脚安排的疏密。格律诗要求节奏严守一定的规则，自由诗也应有节奏，但不一定那么严密、规整。李白的《梦游天姥吟留别》是一首古风，同近体诗（律诗、绝句）比较起来，它的格律不算苛严，但节奏也很鲜明，而且诗人有意识地用节奏变化来表现不同的情感。起首的几句，连用短韵。古风一般是四句一个韵，短韵就是两句一韵。开头用短韵，称为促起式。“海客谈瀛洲，烟涛微茫信难求。越人语天姥，云霓明灭或可睹。”都是两句一韵。韵脚密，转韵快，音调急促，可以表现急迫的情感。本来，在诗的开头，作者的情感还比较舒缓，为什么用短韵呢？它的作用是提醒读者，梦游天姥的诗抒发的不是游山玩水的闲情逸趣，而是诗人沉重、激愤的心理。这首诗作于唐玄宗天宝四年（745 年），在此之前，李白被召到首都长安，打算建立一番功业，不料受到轻慢和毁谤、攻讦。离开长安的第二年，写了这首诗，把长久积藏心底的掺杂着忧虑的愤懑，夹缠着迷惘的决心，包容着孤寂沉痛的豪放旷达，倾泻而出。诗的结尾五句用了长韵，五句用一个韵：“别君去兮何时还，且放白鹿青崖间，须行即骑访名山，安能摧眉折腰事权贵，使我不得开心颜!”把作者的感情酣畅淋漓地抒发出来，与开头的快节奏对比，表现长风破浪、一往无前的气概。

除了讲究节奏、韵律之外，诗歌的第二个特点，是在语法上它也偏离日常语言，也就是说，诗歌的语言从形式到内容，都同人们日常交际中的语言显得很不一样。本书第一节已经从原则上讨论过这种不同，在那里，主要从诗人同一般人各自偏重词义结构的不同成分和不同层次，来说明各自的特点。语言问题不限于词义问题。这一节，我们从节奏、韵律、句式、修辞等方面再来讨论诗歌语言的特点。在 20 世纪 20 年代，苏联有一批语言学家参与到文学批评和文学研究中来，这些学者提出，文学是一种“对于普通言语的系统歪曲”，文学家使我们熟悉的语言在他们手里突然变得陌生，变得“曲里拐弯”，变得“别扭”。这样一种说法显得夸张和片面，但其中也有不少合理的东西。比如，有一个人对我们说，“天海中的云岛都已笑得如火一样地鲜明”，我们马上想，他在念诗；有一个人对我们说，“塔希堤岛是太平洋中南部向风群岛的最大岛屿”，我们则会想，这是科学的言语。的确，前一句见于郭沫若的《太阳礼赞》，后一句见于《简明不列颠百科全书》的一个辞条。诗人为什么要把话说得同一般人不一样，要使语言“陌生化”呢？他的目的可能有两个。第一，陌生化使诗的语言在一定程度上离开它的内容，单独地显示自己，向人们夸耀作者的语言技巧。在平常情况下，听话的人总是不太注意语言形式而专心提取语言所传达的内容。诗人却不希望这样，他要设法让人们的注意力在语言形式上多停留一些时间。杜甫《秋兴》中的诗句“香稻啄余鹦鹉粒，碧梧栖老凤凰枝”，这种“拗句”，别扭之极。为什么这样写？就是为了“语不惊人死不休”，这叫做“因难见巧，愈险愈奇”。

第二，陌生化的语言才能传达诗人独特的感受和新鲜的体验。语言本是模式化的符号系统，因为模式化它才能由千百万人共同使用，用以交流。同时，因为模式化，它不容易细腻地传达千差万别的各种生活经验和心理体验。在长期使用中，语言模式似乎被磨损而失去光泽，甚至干缩而无精打采。人们常说，第一个用花儿比喻漂亮女人的是天才，第二个是庸才，第三个是蠢才。为什么这样说？也因为这种话在使用中被磨损了。许多成语，当初创造出来的时候，极为生动。像用“抛砖引玉”表明用自己粗浅的想法引出别人深刻的见解，非常贴切自然。用的人多了，被磨损了，只能引起一种习惯性的反应，成为缺乏情感内容的套话。陌生化的语言是独创的脱离套板程式的语言，它能比较真切地传达作者的新鲜感受。陌生化是相对于模式化来说的，陌生化的语言一经创造出来，也可能变成一种模式。18 世纪德国作家李希腾伯格说过，“煌煌杰作的唯一缺点是：它们通常成为一批平庸之作随之问世的根苗”。所以，陌生化是不休止地进行下去的。诗歌常用比喻，从很早很早的时期开始，世界各国的诗人都在比喻上充分发挥过他们的想象力。后代诗人不但对于一些陈旧的比喻感到厌烦，而且对原有的比喻手法也不满足。所谓比喻，是把两个本质不同而在某一点上极为相似的对象加以比拟。其后，诗人们用多种对象来比拟同一个对象。宋代诗人苏轼的《百步洪》形容洪水倾泻：“有如兔走鹰隼落，骏马下注千丈坡，断弦离柱箭脱手，飞电过隙珠翻荷。”而有的诗人觉得这还不够劲，不够新奇，不够陌生化，他们创造出一种“暴力的联结”，即把似乎全不相干的对象强拉在一起，使读者一眼看去觉得十分奇怪，难以理解，而细细体会，却得到全新的感受。英国现代派诗人、诺贝尔文学奖获得者托·艾略特的诗中写道：

当暮色蔓延在天际
像一个病人上了乙醚，躺在手术台上

乙醚是一种全身麻醉药，暮色和被全身麻醉的病人有什么相似之处？语言远离模式，非常陌生，看不懂，逼得读者去想——意思是说时间终止？是说时代生病了？想着想着，觉得有很深的意味。

文学作品完全背离常规语言模式是不可能的，那样就没人能够理解。文学作品完全遵循常规语言模式，又不足以创新。怎样在遵循和偏离之间选择最优路线，这是作家显身手的地方，读者在阅读中，也正要欣赏作家所表现的身手。

第三，我们可以从专有的技巧的运用上来看诗歌的特点。有许多写作技巧，是在各个门类的文学创作中通用的；有的写作技巧，则为某种体裁所独有。中国古代人谈论诗歌创作，总结出赋、比、兴三法。所谓赋，是直接的叙述和描写，所谓比，是比喻。赋和比，在散文中也常常用到。只有兴，小说家、散文家不大用得到，而诗人则借助它给作品增添无穷的魅力，给欣赏者以广阔的想象空间和带来多方面的乐趣。

所谓兴，按照传统的讲法，是先言他物以引起所咏之辞。在诗歌中，要抒发某种感情或叙述某件事情，先不接触正题，而是先去写某种自然景物。《诗经》中有一首《黄鸟》，是秦国民歌，讲的是秦穆公死了，子车氏三个弟兄被送去殉葬，引起人们的同情、痛惜。这首诗分为三章，也就是三段，各段开头四句分别是："交交黄鸟，止于棘。谁从穆公？子车奄息。"（黄雀叽叽，酸枣树上栖。谁跟穆公去了？子车家的奄息。）"交交黄鸟，止于桑。谁从穆公，子车仲行。"（黄雀叽叽，飞来桑树上。谁跟穆公去了？子车家的仲行。）"交交黄鸟，止于楚。谁从穆公？子车针虎。"（黄雀叽叽，歇在牡荆树。谁跟穆公去了？子车家的针虎。）诗人要叙述的是三弟兄殉葬之事，要抒发的是对他们惨死的悲伤情感，在每段开头先言他物，写黄雀叽叽叫，这就是兴了。

写诗为什么要用兴？在所咏之辞以前为什么要先言他物？兴在诗歌作品中起什么作用？回答这些问题，关键在于弄清楚"他物"和"所咏之辞"的关系。而这个问题所以需要研究，又是因为，在许多情况下，一眼看去，两者似乎是毫无关系。宋代哲学家和诗人朱熹说，"《诗》之兴全无巴鼻"，也就是说前后并不相干。果真如此吗？当然不是。两者有关系，有很微妙的、不容易察觉的、很重要的关系。在我看来，这种关系，可以分为两类，一类是意义上的关联，一类是音韵上的应和。下面分别加以说明。

作为兴的那些句子，不是诗人要传达的主体，也不是用来比拟、形容主体部分即要抒发的情感或要描述的事件的，而是创造、提示一种气氛、一种情调，使读者产生一种心理期待，有准备地主动地去迎接主体部分的到来。比如《诗经》中有一首《桃夭》，可以作为典型的例子：

桃之夭夭，　　茂盛桃树嫩枝桠，
灼灼其华。　　开着鲜艳粉红花。
之子于归，　　这位姑娘要出嫁，
宜其室家。　　和顺对待您夫家。

桃之夭夭，　　茂盛桃树嫩枝桠，
有蕡其实。　　桃子结得肥又大。
之子于归，　　这位姑娘要出嫁，
宜其家室。　　和顺对待您夫家。

桃之夭夭，　　茂盛桃树嫩枝桠，
其叶蓁蓁。　　叶子浓密有光华。
之子于归，　　这位姑娘要出嫁，
宜其家人。　　和顺对待您全家[①]。

鲜艳的桃花盛开和姑娘美满的婚姻，有什么直接联系？应该说“全无巴鼻”。只是，桃花怒放、桃实累累、桃叶翠绿，造成热烈欢快的气氛，使人感到生机蓬勃；这种气氛和甜蜜幸福的婚姻给人的感受是完全一致的。如果直接咏颂少女出嫁，宜其室家，显得枯燥、干瘪、生硬；前面先吟唱桃树蓬勃，桃花鲜艳，就显得圆润、丰满、自然。曾经有一种看法，以为兴只能用在诗的最开头，称为起兴。这是缺乏根据的，《黄鸟》《桃夭》两首诗，在每一章的开头都用兴，而不只在全诗的开头用兴。大量例证表明，诗的开头、中间和结尾都可以用兴。在民歌里，兴用得特别多；受民

① 程俊英：《诗经译注》，上海古籍出版社，1985 年。以下引《诗经》同此，均用程俊英的译文。

歌影响较大的专业作家的诗作，也常常用兴。李季的长诗《王贵与李香香》，开头、中间、末尾，各处多次用到兴。比如："天气越冷风越紧，人越有钱心越狠。""羊肚子手巾包冰糖，虽然人穷好心肠。""红瓤子西瓜绿皮包，妹妹的话儿我忘不了。"都是用第一句创造一种情调、气氛，为第二句作烘托。

还有许多诗用兴的地方，连这种"草色遥看近却无"的含蓄的、内在的前后联系也很难找出，能够找到的只是音韵上的呼应。像《古诗为焦仲卿妻作》，开头两句"孔雀东南飞，五里一徘徊"，它同接着叙述刘兰芝十三织素、十四裁衣，就没有意义上的关联。当然，也有一种说法，认为是由双飞的佳禽引到依恋的情侣，笼罩全篇。此处暂且不去讨论这一说法，我还可以引用另外的例证。例如，《诗经·魏风·园有桃》：

园有桃，	园里有株桃，
其实之殽。	采食桃子也能饱。
心之忧矣，	穷愁潦倒心忧伤，
我歌且谣。	聊除烦闷唱歌谣。
……	……
园有棘，	园里有株枣，
其实之食。	采食枣子也能饱。
心之忧矣，	穷愁潦倒心忧伤，
聊以行国。	聊除烦闷去游遨。

再如《诗经·小雅·菁菁者莪》：

菁菁者莪，	萝蒿一片密又多，
在彼中阿。	长在向阳南山坡。
既见君子，	有幸见到好老师，
乐且有仪。	心里快乐有楷模。
菁菁者莪，	萝蒿一片蓬勃长，
在彼中沚。	长在河心小洲上。
既见君子，	有幸见到好老师，

我心则喜。　　　心里欢喜又舒畅。

菁菁者莪，　　　萝蒿一片真茂盛，
在彼中陵。　　　高高丘陵连根生。
既见君子，　　　有幸见到好老师，
锡我百朋。　　　胜过赏我百千文。

汎汎杨舟，　　　水中漂着杨木船，
载沉载浮。　　　半沉半浮没人管。
既见君子，　　　有幸见到好老师，
我心则休。　　　学有榜样心喜欢。

上面两例各章前两句与后两句确实“全无巴鼻”。在《桃夭》中由桃而引到欢乐，在《园有桃》中却由桃转到忧伤。清代《诗经》研究者姚际恒说，“兴者，但借物以起兴，不必与正意相关也”。不与正意相关不是没有作用，相反，它有极重要作用。我们不妨试把诗中兴的句子去掉，诗的内容、意义一点也不减少，但读来却索然无味，不成其为诗了。明代艺术家徐渭说，“《诗》之兴体，起句绝无意味……此真天机自动，触物发声，以启其下段欲写之情，默会亦自有妙处，决不可以意义说者”。在这种情况下，诗的兴句，由于其语调的音乐性，引起一种审美期待心理，让读者能因此沿着作者预定的方向去迎接主体部分的到来。兴本是中国人发现和总结的一种诗歌写作技巧，但以其音乐性而发挥作用的兴，在外国诗歌中也存在。苏联诗人马雅可夫斯基介绍自己的写诗经验时，举过一个例子，有四行小诗：

米尔卡送我一件斗篷，
和一双袜子也是送的。
尤登尼奇从彼得堡落荒而逃，
就像怕滚油煎他似的。

用中国人的眼光看，前两句就是兴。马雅可夫斯基说，诗的效果在“出人意外的押韵”，这“四行诗的新奇处，就在于‘也是送的’和‘像……似的’押韵。这种新奇使得诗歌成为需要的、有诗意的、标准的”。

在以上两类情况下，兴都起着桥梁作用。作者在动笔写诗之前，读者在捧书吟诗以前，都处在日常生活之中。他可能在买菜算账，可能在订计划，可能在解习题、背单词。文学创作和文学欣赏是审美活动，同那些日常实务活动很不协调。兴帮助主体从日常生活中的功利性情绪过渡到艺术活动中的审美情绪，它就是实现这一过渡的桥梁。徐渭说“默会亦自有妙处”；我们在欣赏中就是要尽快而自然地完成这一过渡，用“默会”来进入那种气氛、情调，来领略那种词句的音乐美。

第四，诗的特点的更全面、更完整的体现，是它的意境。诗歌欣赏活动的具体目的，是要进入它的意境。

意境不是诗歌作品个别的构成因素，而是决定其艺术生命之有无和艺术价值之高低的根本性质。意境涉及诗人在创作中对主客体关系处理的动态过程，又标示着在文本中情感因素与视觉形象因素融合交汇的静态构成。“境”是指作品描绘、再现的自然景物和社会生活图景，“意”包括主体心理的预成结构、主体对描绘对象的评价和审美态度。更浅近明白地说，意与境的关系涵盖着情与景、心与物的关系。文学创作过程，诗歌写作过程，就是意与情与心这一方面同境与景与物那一方面，相互激发、相互融渗，不断提炼、发展、升华，以相互适应、相互转化、相互结合的过程。在创作过程中主客体关系处理得好，主体和客体的因素都在艺术形象中成为恰到好处的构成因素，处于最谐调的关系之中，这样的作品就是有意境。对于诗歌欣赏来说，掌握作品的语言因素，通过接受者的再建性想象，获得生动具体的视觉形象，做到如闻其声、如见其人、如临其境，这还只是第一步。更重要的，是进而把握诗的意境。明代画家李日华说，画有三个层次：一是身之所容，也即是身边近景；二是目之所瞩，是眼力能看到的；三是意之所游，即“目力虽穷而情脉不断处是也”。诗歌欣赏也有三个层次，一是在脑中再现诗人描绘的画面；二是把画面中诗人没有直接写到的部分补充出来，使之趋于完整；三是领会画面背后无限深远的意蕴。

下面且以唐代诗人刘昚虚的一首诗为例，试说诗歌欣赏中的三个阶段。刘昚虚生活在8世纪初期，与写了“少小离家老大回”的贺知章、擅长草书的张旭等人并称“吴中四友”。此处要讲的一首诗，题目失落了，是一首五律。

道由白云尽，春与青溪长。
时有落花至，远随流水香。
闲门向山路，深柳读书堂。
幽映每白日，清辉照衣裳。

这首诗全篇用白描手法写景，写春天山居的景色。由外向内，由远而近，诗人摄像的镜头缓缓地摇将过来。屋院在深山里边，白云隔断了去路，房舍在白云缭绕环缀之中。溪水从屋旁流过，它把春意从远方带来，把春意向远方送去，沿途欢唱着春之歌。随时有落花飘到这里，溪水和花瓣一同散发芳香。清静的院门对着山路，主人读书的屋子藏在柳荫里边。阳光穿过浓密的柳枝柳叶，斑斑点点，在专心看书的主人身上撒下淡淡的辉光。在欣赏的第一阶段，读者脑中逐步复映着诗人描绘的上述景物，这时，对于欣赏者来说，重要的是语言成像能力，也就是把作品文本中的语言符号转换为艺术符号，经由艺术符号的暗示、指点，唤起内心视觉形象和其他感觉形象。语言成像能力弱的人，读诗时获得的内心视像空泛、干瘪；语言成像能力强的人，获得的内心视像细腻、充实。例如，“春与青溪长”的“长”字，包含一种延伸感、流动感，我们可以借助于它的提示，想见小溪在山峰间蜿蜒前行，还可以想见春天的绿色、春天的芳香、春天的喧闹在山中播散。

这首诗通篇写景，它写了泉、写了花、写了云、写了树，诗人真正想要表现的，却不是如此种种自然物，而是水与花、云与树背后的人。作品中并没有直接写到人，需要读者充分发挥自己的想象力，主动地去寻找隐居在云树深处的幽人。我们可以从诗中想象出两个人，一个是客人，他由山外进山去探访隐者；一个是主人，就是在溪泉潺潺声中，绿荫掩覆之下，闲持一卷的隐者。诗中之景随着客人步履所至而层层展开，我们与他一起骋目而游心，怡情而适意。从他的足迹，还可以想见山外的尘嚣同山中的幽静的对比，以及由这种对比而产生的，他的欢悦之情。客人最后驻足在门边，似乎唯恐惊动了闲坐养心、浑然未觉的主人。诗篇到此为止了。隐者恬然悠然的风度，他超凡脱俗的生活，都任由读者自己去描画了。这就是诗歌欣赏的第二阶段，读者依据自己的同诗歌作品中艺术形象相联系的生活经验，补充、丰富和发展了作品直接描绘的部分。读者的补充、丰富和发展不一定是诗人在创作时想到过的，却又是完全合理的。正如清代诗论家谭献所说，“作者之用心未必然，而读者之用心何必不然”。在再建性想象的基础上，发挥创造性想象，给诗歌欣赏主体带来极大乐趣，使主体在审美活动中肯定自身的力量。

诗歌欣赏不只要善于成像，还要善于获得和补充、发展画面。诗歌主要地属于抒情文学，它以表现作者的审美情感为主旨。诗歌欣赏的进一步要求是体味它的意蕴，这是诗歌欣赏第三阶段的主要目标。在这里，对于欣赏者来说，重要的就是体味能力了。什么是诗歌之“味”？它包括形式美带来的情趣和作者对人生真谛的一种领悟，它是两者自然融和而造成的诗的深层审美素质。诗味，是诗之精髓，诗之魂灵。拿刘眘虚的这首五律来说，写山居之景是表层的，写山居之人是深层的，而贯穿其中起着统帅作用的则是山居情味。古来清高自爱的知识分子，常常向往挣脱尘网，俯仰宇宙，回到大自然的怀抱之中。这种思想情绪有很深的时代痕迹，但他们所希慕和描述的人与自然融为一体，在山光水色之中净化心灵，摆脱狭隘的对功名利禄的追求，力图触及宇宙人生奥秘，这样一种心理却与后代人可以相通。只有从有层次、有深度的画面中悟出这种意味，我们的心才同诗人之心相撞，才进入和把握了诗的意境。中国古代的人们把诗美以及欣赏者对于诗美的体验，用“味”来形容、来标示，很可能是为了突出好的、艺术性高的作品所产生的，不同于启智作用、教化作用的那种愉悦作用，是为了突出它的快感效果。诗中的画面，可以由语言符号转换而来，可以由语言符号的暗示去再建和补充，“味”则更远地超越于语言文字，它具有更大得多的间接性。味之于诗，犹如盐著水中；一杯水皆有咸味，而盐的形态不复可见。中国和外国古代的理论家们，曾经不约而同地热烈谈论过诗与画的关系，寻找两者的界限，说明它们各自的特长和弱点。他们又不谋而合地谈到，诗中可以有画，画里应该有诗；好诗是有声的画，好画是无声的诗。欣赏诗，当然不能止于欣赏诗中之画。体会和把捉诗味，对读者的欣赏能力提出了高一层级的要求。既然说，诗味发源于对人生真谛的领悟和形式美造成情趣，那么，能够对诗歌之味发生感应，就不仅表明读者审美感觉的敏锐化，同时还表明他们思想境界的提高。

从节奏、韵律，到词语、句式，到比兴等技巧手法，最后把握诗的意境，我们逐步走入诗的世界，在缪斯的王国里畅游。洞烛幽微，登临极顶，目穷千里，一览众山，该是多么惬意呵！

六　文学的宠儿——小说

在文学家族中，小说远比诗歌年轻，它是文学家族的幼子，又是文学家族的宠儿。中国自从宋元以后，西方自从文艺复兴以后，小说日益成为最具群众性的文学体裁，受到各个社会阶层读者的普遍喜爱。清末有名的政治家、诗人康有为在一首诗里写过："我游上海考书肆，群书何者销流多。经史不如八股盛，八股无如小说何。……衿缨市井皆快睹，上达下达真妙音。"康有为的学生和伙伴梁启超也说："欲新一国之民，不可不先新一国之小说……何以故？小说有不可思议之力支配人道故。"近十年来，在国外和国内，有一种意见认为，在电影、电视的冲击下，小说会渐渐失去它的吸引力。这种情况的确存在。但是，对于一个文化素养较高的人，对于一个艺术触觉较为敏锐、语言成像能力和体味能力较强的人，看电影、看电视同涵咏诗歌、玩索小说无论如何是不能互相代替的。一般说来，电影、电视直接提供视觉和听觉的形象，欣赏者处于比较被动的地位；小说经由语言符号来暗示、指点形象，给予读者的想象力更广阔的驰骋天地。从这个意义上说，在小说欣赏中，主体因为审美能力得到比较充分的伸展而获得更大的快感。艺术性愈高的小说，充分发挥小说体裁特长的小说，愈是具有独立存在的永久价值。例如，鲁迅《故乡》中的文字："深蓝的天空中挂着一轮金黄的圆月，下面是海边的沙地，都种着一望无际的碧绿的西瓜，其间有一个十一二岁的少年，项带银圈，手捏一柄钢叉，向一匹猹尽力的刺去，那猹却将身一扭，反从他的胯下逃走了。"其中的神韵、情味，是电影、电视画面无法完满传达的。试想，阅读《老残游记》中大明湖白妞说书一段，书本里突然放出一段录音（有人设想过带音响和图像的小说），岂不是令人兴致索然、大倒胃口吗！所以，在科学技术高度发展的时代，小说依然能以它特殊的魅力，在文学之林占据重要的位置。

小说的第一个要素是情节，对于多数读者来说，阅读小说时最先和最多注意的，也是情节。小说起源于故事和寓言。古代的人们在闲暇中讲说故事来满足彼此的好奇心，消遣时光，这也就是小说的萌芽。古代的哲学家编制寓言，以求生动有力地表达他的某一观点，这是小说的另一个源头。故事和寓言的骨干部分就是它的情节。最早的人们讲说的故事，很可能大多是实际发生的而多少有些奇特的事件，在口耳相传的过程中逐步变形，增强、夸大了它的奇特性。类似的情况后代也陆续不断地发生。南宋时孝宗皇帝为了让已经做了太上皇的高宗安心养老，“命侍从访民间奇事，日进一回”，就是要侍奉的人采集民间各种怪怪奇奇的事件，讲给高宗听，给他解闷。这就促进了南宋小说的发展。在英语中小说叫 novel，是由 new 变化而来，含有“新颖”的意思，也可以说是一条新闻，一个新鲜的故事，是趣味性的新闻。18 世纪英国小说家克拉那·丽甫说：“小说将我们每天目睹的事情，我们的朋友或我们自己所遇到的事情，亲切地叙述出来。”总而言之，从中外小说发展的历史看，新鲜有趣的故事情节，对于小说是非常重要的。

小说家要讲故事，所谓“讲”，就是叙述。对于小说家来说，十分重要的技巧是叙述技巧。我们在欣赏小说的时候，不单要了解故事情节的始末变化，而且应该注意作家是怎样叙述故事情节的。

小说叙述技巧中很重要的方面，是叙述角问题，也就是由谁来讲述故事情节、站在谁的角度讲述故事情节的问题。同样一件事情，从不同的角度叙述，框架似乎一样，其效果却大不相同。譬如一场车祸，从肇事者口中讲出，和从受伤害者口中讲出，从旁观的路人口中讲出，以及从勘察现场的警察口中讲出，给人的印象往往相差很远，甚至完全相反。他们每个人都把自己的感受和对处理的期望注进了叙述之中。假定有一位作家用这场车祸做原料来写小说，他就需要考虑，选择哪一种角度或哪几种角度。

人们彼此讲说的故事，即使是新近实际发生过的一个事件，大都也不是讲述者目睹的，更很少是他全过程亲历亲见的。为了把故事讲得逼真，吸引听众，故事应该有头有尾，关键的地方应该细致生动。这样，就需要假定有那么一个人，事件发生时他一直在场，他能够同时从多种不同的角度观察事件的种种场景，他能够潜入密室，甚至能够钻进人们的内心，抓住每个一闪而过的念头。这样的人在世界上当然是不存在，也不可能存在的，但是在创作中却可以设想这样的人，他就是采用全知叙述角的小说家。法国新小说派的倡导人阿伦·罗伯-格利耶有个短篇题目叫《密室》，密室中有一具女尸和作为凶手的男子。小说中有这样一些描写：

> 这人面容冷漠，但也流露出紧张的神色，仿佛是在期待，也许是惧怕某个突然的意外事件，不过也可能只是把这整个凝滞不动的场景看上最后一眼。虽然他是向后顾盼，他的整个身体却是略向前转，仿佛是在继续向上走。他的右手（不是扣住斗篷的那只）急剧地向左边假想中的楼梯栏杆伸去。这个动作很突然，几乎不可理解，也可能他是出于本能，想抓住一个支撑身体的东西，但这东西实际上并不存在。

> （尸体）胳膊上端的圆溜溜的肩膀，被垫子垫高了，也跟脖颈、喉部、左肩和生有柔软腋毛的腋窝一样被光线照得相当清楚。最前面的左腕也同样拴在另一根圆柱的柱脚上，左臂被铁链拉住向体侧伸开，这里铁铐和铁链被光线照得清清楚楚、纤毫毕见。

房中再没有另外的人，既然是“密室”，外面的人当然不能够窥视。那么，是谁能看见上述景象呢？是谁能细致地察觉凶手杀人后“紧张的神色”呢？最后，凶手走了出去，“硕大无朋的密室变得空寂无人了”。“尸体的伤口已经僵硬了，惨白的光辉已经在变暗淡了，香炉里冒出来的细细的烟缕在安静的空气里画出复杂的涡卷”。无人的房间里的画幅又有谁人得见呢？苏轼有一首题画雁的诗说：“野雁见人时，未起意先改。君从何处看，得此无人态?”野雁见到人来赶忙飞走，当它将飞未起之时，已经没有了原先恬静自如的神态。画家描绘的这种神态是从什么地方看来的呢？小说家能写“无人之景”、“无人之态”，就是因为用了全知叙述角的缘故。不懂得运用全知叙述角，小说必定只剩一个简略、干枯的骨架。同全知叙述角相对的是单纯叙述者角度，就是整篇小说自始至终由一个确定的叙述者用前后一致的口气讲述故事，小说的场景不能超越这样一个人耳闻目见的范围。最早的故事、笔记小说多半就是这样。而后，小说在发展中就突破这种单一的叙述角，而更多地采用全知叙述角了。

全知叙述角的长处是灵活，但是它同时又过于客观、冷静，缺乏较强的感情色彩，不容易同时表现作者对事件的评价、态度。所以，有的时候，小说家宁愿接受限制而采用固定的叙述角度，这中间，常见的是第一人称叙述角，就是由“我”来讲述故事。“我”不等于作者，他也是作品中的一个人物。法国19世纪小说家普罗斯佩尔·梅里美的代表作《卡门》，就用第一人称写成。小说中的“我”是一个研究考古和语言问题的学者，为了撰写学术论文而作旅行考察，小说的故事是他旅途见闻所得。梅里美在小说中加了不少注释，解释其中涉及的风俗和语言等方面的知识。这就增强了作品的真实感，使读者相信不是虚构而是确曾发生的事实。小说主人公卡门出现在读者面前，不是像《密室》那样冷漠的摄像，而是通过“我”的特殊眼光。

> 她的皮肤虽然很光滑，但是非常接近铜色。她的眼睛虽然有点斜视，但是很大很美。她的嘴唇虽然有点厚，但是线条很好，露出雪白的牙齿，比去掉皮的杏仁更白。她的头发虽然可能有点粗，可是颜色漆黑，带有蓝色的反光，象乌鸦的翅膀一样，又长又亮。为了避免用冗长的描写使你厌烦，我还是概括点说吧：她的每一个缺点总有一个优点作为陪衬，而这个优点在对照之下，变得格外显著。她的美是一种奇特的、野性的美；她的脸使你初见时惊奇，可是永远不会忘记。尤其是她的眼睛，有一种肉感而凶悍的表情，以后我再也没有在别的人眼中看见过。

梅里美的小说，常爱表现原始的、野性的美，以此突出对现代资本主义文明的厌恶。用一个学者的眼光看卡门，就有利于突出她同资产阶级上流社会女子迥然不同的性格。读者在对卡门的外貌产生印象的同时，也感受了“我”初见卡门时眩惑、震惊的心理。《卡门》这篇小说非常特别的地方还在于，它的后半部分是由名叫何塞的人向“我”叙述，又由“我”转录下来。也就是说，后半部分讲故事的“我”不再是一个学者，而是一个原先的下级军官、后来卡门搞走私活动的同伙和情人。何塞的叙述中，也有他第一次见卡门看到的形象：

> 她穿着一条非常短的红裙子，露出她的不止有一个破洞的白丝袜，还有一双小巧玲珑的红摩洛哥皮鞋，鞋子用火红的绸带系住。她推开披肩，让她的两只肩膀暴露出来，还显出她的衬衫上面一大束刺槐花，她向前走着，腰扭来扭去，像科尔多瓦养马场里走出来的一匹母马。

何塞是一个老基督徒，这时还是一个尚武而涉世未深的青年。从他的眼光里，突出了卡门放荡不羁、热情任性的那一面。

采用第一人称叙述角，“我”不仅是一个观察者，同时又是一个组织者，把许多散碎的材料加以集中，恰当地安排。在鲁迅的《祝福》中，祥林嫂一生几十年里的遭遇，就是由“我”加以选择，连贯地叙述下来。这种叙述角又便于把叙述、描写同议论、抒情自然地结合在一起。《祝福》的开头和末尾，那诗意醇厚、感情深沉的议论，使小说大为增色，如果不是用第一人称，就不容易那么恰切、自如，打动读者。初学写作小说的人，总是会感到安排结构的困难，怎样从一个场面转到下一个场面，费了许多心思还是显得生硬。采用第一人称，可能会稍稍方便一些。

但是，中篇或长篇小说，要一直从“我”一个人的眼光去写，各个场面都要是“我”可能看到、听到的，毕竟不很容易。梅里美为什么在《卡门》中安排两个讲述故事的“我”呢？不就因为单取其中一个，故事难以展开吗？小说家，尤其是长篇小说的作者，在一部作品中变换着使用不同的叙述角。有时用全知叙述角，有时用单纯叙事者角度，有时用第一人称，还可以从作品中某一个人物的眼光去写。《红楼梦》的第3回，写贾宝玉的外貌，从林黛玉的眼光去写；写林黛玉的外貌，又从贾宝玉的眼光去写。每一次实际上都既写了被看的人，又写了看人的人，写了双方心理上的感应、一见钟情的互相爱悦。《水浒传》里“武行者醉打孔亮”一回，描写武松从酒店里喝醉了出来：

> 走不得四五里路，傍边土墙里走出一只黄狗，看着武松叫。武行者看时，一只大黄狗赶着吠。武行者大醉，正要寻事，恨那只狗赶着他只管吠，便将左手鞘里掣一口戒刀来，大踏步赶。

黄狗对着武松叫，本是乡村常见的事，为什么要重复写两次呢？是不是太啰嗦？明末清初的评论家金圣叹说：“叠写一句者，上句从作者笔端写出，此句从武松眼中写出。从笔端写出者，写狗也；从眼中写出者，写醉也。”变换叙述角度，收到不同的效果。

小说的第二个要素是人物。如果说年龄幼小的读者、文化层次较低的读者，看小说时把兴趣主要集中在情节的发展变化上——他们关心失窃的珍宝财物是不是找了回来，罪犯是不是抓住，受尽磨难的情人是不是终成眷属……那么，成熟的读者、文化层次较高的读者，则是更多地关注作品中的人物性格。小说家的社会理想，他的爱与憎，他对各种生活现象的态度和评价，都在很大程度上涵纳在人物描写之中。小说家的技巧，他概括、提炼生活材料的能力，他们的审美素养，也在很大程度上体现于人物描写之中。

少年读者开初容易从伦理倾向上感受小说中的人物性格，对英雄崇敬，对恶棍愤恨和厌恶，对不幸的人同情。古代有的家长，找不到办法让自己的顽皮淘气的小孩听话，就给钱让孩子去听说书的艺人讲《三国演义》。讲到刘备、诸葛亮一方失败，孩子皱眉、流泪；讲到曹操一方失败，孩子就拍掌大笑。好动的孩子全神贯注地看小说，是小说的美吸引了他，而小说的美同善紧密地结合在一起，使读者获得审美愉悦的同时受到道德的陶冶。小说中的善就是小说家对正义的歌颂和对邪恶的谴责，从人物描写中自然流露出来的倾向。

但是，小说人物的伦理倾向，并不是都那么单纯、纯粹，好人和坏人并不是总那么营垒分明。小说人物描写的美与善，都要以真为基础。在实际生活中，好人并不是头上有光环的美德的体现者和无所不能的神人，坏人也并不都是青面獠牙绝无丝毫人性。社会生活是复杂的，文学作品应该反映出生活的复杂性，我们不要总是简单地用正面人物、反面人物这种划分方式，去套每一篇具体的小说作品。许多国家小说的发展历史表明，这种模式对早期的小说作品是适合的，而小说艺术的成熟则意味着对这种模式的突破。在中国古典小说中，《红楼梦》的人物塑造的成就最高。对于自己钟爱的男女主人公贾宝玉和林黛玉，作者就写了他们的许多弱点、可笑之处、令人讨厌之处。贾宝玉写诗不如周围的女孩子们，在紧急关头急一身汗也憋不出好句子，常常需要姐姐妹妹们临场的指点。林黛玉多疑好妒，心眼儿小。这就同那些与曹雪芹同时的才子佳人小说极不一样，形成强烈对照。试想，如果曹雪芹把贾宝玉写得出口成章、下笔千言，把林黛玉写得豁达大度、随和宽容，还会有这么深刻动人的典型人物形象吗！

突破好人一切皆好、坏人一切皆坏的模式，不只是关系作品真实性的问题，也是一个技巧问题。小说要描写和歌颂好人，要描写和鞭挞坏人，要使读者对好人的优秀品德、卓越能力敬仰、钦佩，对坏人的卑鄙恶毒产生仇视、蔑视，应该如何去做呢？一种方法是朝一个方向去强调、夸张，使之纯而又纯，另一种方法是写出两面，构成恰当的对比。哪一种方法给读者的印象更深呢？当然是后一种。高的和矮的放在一块，前者显得更高，后者显得更矮；白的和黑的放在一块，前者显得更白，后者显得更黑；美的和丑的，善的和恶的，在对比之下，都会更强烈、更突出。这种对比，可以是人物与人物之间的，也可以是一个人物自身内部的。意大利文艺复兴时期的画家达·芬奇说："我以为叙事画中应让对立面相互混杂，以造成强烈的对比，尤其是对立物紧挨时更是如此。"他指的是人物之间的对比。苏联导演斯坦尼斯拉夫斯基说，"当你扮演垂头丧气的人时，也要找他愉快活泼和朝气蓬勃的地方"；"扮演老年人，要找他年轻的地方；扮演年轻人，要找他衰老的地方"。他指的是人物自身内部的对比。中国清代一个评论者戚蓼生在谈到《红楼梦》的时候说："写宝玉之淫而痴也，而多情善悟不减历下琅琊；写黛玉之妒而尖也，而笃爱深怜不啻桑娥石女。"《红楼梦》一再渲染宝玉爱在女孩子堆里厮混，写他文思迟钝，读者却感受到这个人物对爱情的纯真，也感受到他才能的卓特。《红楼梦》一再渲染林黛玉说话尖刻，神经过敏，读者却感受到这个人物爱情的深沉和坚贞。戚蓼生说的就是人物性格自身内部的对比，作为一种技巧所产生的艺术效果。以上都是针对创作主体一面而言，从欣赏者一面来说呢，戚蓼生指出："然吾谓作者有两意，读者当具一心……必得是意，以读是书，乃能得作者微旨。"读者要抓住作家在人物描写中所寄寓的真意，要把牢作品以及其中各个主要人物形象的主导倾向。不能仅仅从字面上，从个别细节的描写上去片面理解。

古典主义造成人物之间的两极对立，现实主义作家更注意人物形象自身内部的两极对立，现代的作家们也继续采用上述两种方式，同时，他们有的人还干脆放弃两极的模式，热衷于人物性格的"多元混一"。这就是不但不像古典主义作家那样，用一条明确的界限去截然区分好人和坏人，甚至也不用一条明确的界限去截然区分一个人身上的优点和缺点。他们的目标是在更深的层次上再现生活的真实。古典式的性格描写，好像戏剧舞台上，灯光从一个方向打到主角身上，突出的是一个点。现实主义的性格描写，好像医生做病理解剖，暴露隐藏的病灶，展示了一个面。现代的小说家却像一个沉默的导游，把读者引到生活之河旁边，让他们看到的是流，获得诺贝尔文学奖的德裔瑞士籍作家赫尔曼·海塞说，没有任何人，会那么简单地让人家舒舒服服地把他的本质解释为由仅仅两个或者三个主要成分构成的；人不是由两种本质构成的，而是由一百种、一千种本质构成的，人的生活不是只在两极之间摇摆，而是在上千对、无数对极性之间摇摆。现代作家的人物描写，像是剥洋葱头，剥了一层又一层。现代这些作家过分淡化对人、对社会的价值判断，我们不太赞成。他们不愿拘守传统的价值判断标准，充分尊重生活本身的复杂形态，也有其可取之处。了解他们的上述想法，阅读他们的小说作品时就可以有更多的理解。

如果说，欣赏诗歌要用力领略言外之意，探索画面背后的意蕴；那么，欣赏小说、欣赏小说的人物描写，同样要注视作家笔墨未到之处，想象作品没有直接写出而作家其实很想强调的东西。描写人物，最重要的是传达人物的神情、风度、气质，而这些很难直接表现。小说家在篇章文字之外，在画面的空白之处，寄托真意。读者看了作品里有限的描写，推想人物话语的背后，作品叙述语言的背后，无穷无尽的内涵。小说写人物片断事迹，读者由此推知他的一生；小说写人物的外表，读者由此推知他的内心。

鲁迅提倡小说家描写人物用白描。在中国画里，所谓白描，是指不用色彩，以单纯的墨线表现物象的光和色，体积感和质感。小说里的白描是少修饰，以朴素精炼的笔墨，扩大形象的容量。白描的成功，要求作家对生活观察的深入、细致、准确，要求作家高超的技巧；也要求读者的配合，读者能敏锐地感受、用理解力和想象力补充作品没有直接写到的。

在许多情况下，正面描写人物难于讨好，聪明的作家便改用侧面烘托。譬如正面描写某个人的美貌很不容易，小说家便去描写旁边的人对这个人美貌面容的反应。美国作家杰克·伦敦的《在甲板的天篷下面》这样形容卡鲁塞尔斯小姐的漂亮：

> 她迷住她周围的每一个男人。她迷得我——我说出来也不怕难为情——她迷得我也像其余的人一样跟在她后面。无论年轻的小鬼，或者照理应该世故较深的头发灰白的老家伙——嘿，只要她吹声口哨，他们全会跑过来，缠在她裙子周围，摇尾乞怜。……甚至连那些茶房，尽管她对他们那样高傲疏远，一听到她的吩咐，也会毫不犹豫地把一盆菜汤泼到老船长身上。

这样，虽然小说很少直接写到卡鲁塞尔斯的容貌，读者却不难自己发挥，想象出一个貌若天仙的少女。但是，这个小姐却是极端自私任性的“坏得跟猪一样”的女人，她为了自己的快乐，用金币引诱一个孩子在鲨鱼出没的地方跳下海。这种残忍卑劣的行为，使周围所有的人都十分鄙视她，这使她腿脚发软、脸色苍白。当她请求一个原先崇拜她的男子扶她一下时，那个男人

> ……一点也没有改变他盯着眼瞧的方向，那种冷淡的神气，我从来没有在谁的脸上见过，他连眼皮都没有动一动。

这里仍然是用侧面烘托。前后两种侧面烘托，刻画了貌美心恶的极端自私冷漠的人物，留下充分的余地给读者想象和思考。

小说写人物，不仅要写人物的外貌、人物的行动，很重要，也是很困难的，还要写人物的心理。中国古代作家们通常采用的办法是，通过人物的行为动作来暗示人物的内心变化。19 世纪欧洲现实主义作家们对于小说艺术的贡献之一，就是大大发展了出色的细腻的心理描写。像法国的司汤达、俄国的列夫·托尔斯泰和陀斯妥耶夫斯基，被人们称为心理学家，把人物的心理过程历历如绘地详尽地展示出来。托尔斯泰的《两个骠骑兵》，用了很长很长的篇幅，铺写一位农村少女，为爱情的预兆而感到一阵甜蜜的不安：

> ……当她凝视着明亮而静穆的花园深处的时候，她苦苦地想着这一点，比以前偶然想到的时候更想得厉害了，是什么事情惹起她这些念头的呢？……开头，由于孤独，由于没有接触到那些可能吸引她注意的人，使得天意在我们每个人的灵魂里所安放的爱情，它的全部力量在她的心里还是完整的，没有受到波扰；现在她在这忧郁的幸福里已经经过了太长的岁月，她的内心体会到有这种东西的存在，偶然她也打开这内心隐秘的宝藏，在冥想中为它的丰富所陶醉，要不加考虑地把其中所有的一切倾注到什么人身上去。……大自然是这样安静而灿烂地在她的面前展开，她的全心灵由于和大自然神秘的交往，获得新的享受而复活了。她靠在两只胳膊上。有一种慵倦而甜蜜的忧郁之感压抑着她的胸部，一种纯洁的充满爱情的泪水，一种渴望满足的、美好的、令人安慰的泪水流注在她的眼眶里，她把双手交叠地支在窗

台上，头就搁在手上。她那心爱的祈祷文自动在她的心头出现，她就这样眼睛湿润地睡着了。

托尔斯泰的心理描写，带有分析性和叙述性，他把人物的一个心理过程相当完整地揭示出来，从一个念头的萌生，到中间的曲折变化，到最终的结局，都解剖开来，一一向读者讲述。阅读这样的作品，那些人类自然的、健康的情感使我们发生共鸣，感到愉快；这种描写也帮助我们更细心地理解别人，更真实地了解自己。

现实主义小说的心理描写，给读者看到的是次序井然的、由理性指导的内心活动。现代西方一些心理学家则认为，人的意识不是那么一段一段的，像锁链贯穿着，而是像一条河不停地流动着，其中包括由理性控制的清晰的部分，也包括潜意识的模糊的混乱的部分。欧美一些小说家受这种理论影响，在作品中捕捉和描绘人物的这种心理活动，于是，产生了所谓意识流小说。初次阅读意识流小说会很不习惯，觉得跳跃性太大，不知讲些什么。这类小说也是参差不齐，有好有坏。比较精致高雅的意识流小说，有一种特殊的韵味，把我们带到人的心灵深处那玄奥而神妙的领域。法国作家普鲁斯特《回忆似水年华》，用几百万字主要写人物的回忆，回忆构成意识之流。有一次冬夜喝茶，带着点心屑的茶碰到上颚，他忽然产生一种美妙的幸福感、真实感。

我感到自己身上有个东西在震颤，在移动，在往上升，仿佛它在万丈深处被拔上来；我不知道这是什么，但是它慢慢地上升；我体验到阻力，我听见它在穿越途中引起的嘈杂声。

无疑，在我的心灵深处跳动的，一定是形象，是视觉回忆，它和茶的味连在一起，并试图和味觉同时来到我的意识中。它在挣扎，然而太远，非常模糊，我隐约感到那难以捉摸的、令人眼花缭乱的五颜六色，正发出晦暗的反光；但是我看不清形状，我无法请求这唯一可能的译员给我翻译味觉——它的孪生姊妹，寸步不离的伙伴——发出的信息，无法请求它告诉我这牵涉到哪个特殊场合，牵涉到过去的哪个时期。

从这段描述中我们看到，那个人在很费力地寻找、抓住自己的感觉，对自己的感觉重新细细品味，想方设法加以分解。意识流小说打开了现实主义小说没有触及的更深的心理层次。普鲁斯特和英国女作家伍尔芙等人的意识流小说，能给我们很高的审美享受。

小说的第三个要素是环境。上面说到中国古代小说家多用白描，白描就是突出人物而少作环境描写。我们看《三国演义》《水浒传》，对于室内陈设、屋舍街道、自然景色，用笔都十分吝啬。《水浒传》中鲁智深为搭救刘太公的女儿，打抱不平，用拳头教训了周通，后来被请上了桃花山，李忠、周通引他山前山后观看景致。什么样的景致呢？小说写道：

> 果然好座桃花山，生得凶怪，四围险峻，单单只一条路上去，四下里漫漫都是乱草。智深看了道："果然好险隘去处！"

这就是关于这座山的全部描写！我们可以说它非常精炼，也可以说它实在太过简略了。中国古代小说以情节和人物为中心，环境描写的任务有时用一篇诗或赋来承担，那多是作品的一个游离的部分；有时只寥寥几句，倒和人物心情、故事发展有密切关系。《水浒传》对桃花山的描写，一是显示了鲁智深这样的武人的眼光，绝不同于文人墨客游山玩景的态度，二是为后文鲁智深怀揣金银酒器，从后山乱草中滚下去作伏笔。

欧洲小说中环境描写的比重、角度、方式，也经历了古今变化。古典主义作家主要描写花园、客厅等等人工的设施，启蒙主义作家通过风景描写表现情感，浪漫主义作家借助风景描写表现幻想，现代派作家更多地以风景描写为象征。古典主义作家追求景物优美华丽，浪漫主义者却偏爱表现自然的粗砺、浑莽。若把欧洲小说同中国小说比较，一般说来，前者以详尽精细见长。18 世纪英国历史小说的杰出代表瓦尔特·司各特，为了在作品中描写某个地区作为背景，总要先到那里实地考察，仔细记录那里的山包和丛林，树木和花草，乃至某种时刻云彩变幻的特征，洞口一束花的特殊形状。法国小说家福楼拜也极为重视写作前到实地观察，峭壁下的小路和丛林中一堆篝火，他都要长久注视，直到找出与众不同的独一无二的特征。所以，欧洲许多小说中的风景描写，具有较高的独立的审美价值。小说中的风景画往往带有地方色彩，也就是乡土味，使本地人觉得亲切，使外地人觉得新鲜。我们可以从苏联作家肖洛霍夫的长篇小说《静静的顿河》中随手挑一段：

> 顿河的满潮已经开始降落下去。空气里面充满了杨树花的新鲜而又甜蜜的粘腻气味。顿河岸边的水淋淋的深绿色橡树叶子模模糊糊地悉索响着。已经露出来的田埂冒着热气。田埂上面已经长出了尖叶的嫩草，在低洼的地方留下来的水洼闪闪发光，几头水牛沙哑地哞哞叫，虽然太阳已经升上来了，但是在充满了粘土和烂泥气味的潮湿空气当中，还有成群的蚊子嗡嗡乱叫。

这部史诗性的四卷本长篇小说，它的故事主要就是在顿河周围展开的，全书处处散发顿河河水和流经的土地的气息。在中国，鲁迅小说中对绍兴农村景色的描叙，沈从文小说中对湘西山区景色的描叙，孙犁小说中对白洋淀湖区景色的描叙，不但给作品人物投下浓浓的色彩，成为作品重要的不可分割的组成部分，而且本身多成为人们传诵的段落。

景物描写除了风景画之外还有风俗画，也就是对一国一地民情风俗的摹绘，这也是很能引起读者兴趣的。小说里的民俗描写，常常可以既有知识性、趣味性，又带着人情味。《水浒传》《红楼梦》里都有不少描写民俗的精彩篇章。蒲松龄的《聊斋志异》虽是文言短篇小说集，却也以很多篇幅记叙民俗，如端午节龙舟竞渡，清明节妇女郊游，重阳节携酒登高，还有中学生熟悉的《促织》中对于求神问卜和斗蟋蟀的描写。我国当代作家中，刘绍棠的小说写运河农村风俗很是细致生动，他对乞巧节的介绍和对纯真爱情的赞颂融在一起，很为动人。姚雪垠的《李自成》写上元节观灯猜谜，传达了欢快热烈的气氛。欧阳山的《三家巷》所写的除夕“卖懒”最富于地方色彩。《三家巷》的故事发生在广州，广州的农历春节前后天气暖和，不像北方严寒冰冻，北方人除夕时围炉守夜，广州人除夕则在大街小巷闲逛，称之为卖懒。一边走，一边唱：“卖懒，卖懒，卖到年三十晚。人懒我不懒!”家家户户敞开大门，到处充满油香、酒香，年轻人夹着欢声笑语，一群群挤来挤去，花市上五彩缤纷……这种种景象使读者赏心悦目。

环境描写更深一个层次是对时代特点和社会关系的再现。小说中对社会环境的描写，有两种重要的方式，一是通过作品中人与人之间的关系来概括，一是以作品中的自然环境为象征。后一种方式在西方现代派作品中出现得更为经常，象征的意义往往比较朦胧，不是确切鲜明的，有时甚至相当隐晦。这就需要在欣赏之前，了解一些有关作家和作品的材料，在欣赏中多一些思索。如果把这些作品中对自然景物的描写只按字面意义去理解，那就与作者的原意相去很远了。波兰血统的英国人约瑟夫·康拉德，是英国现代八大作家之一，他有许多作品写海。他的小说表达出对海洋的挚爱和对陆地的憎恨。他把陆地当作苦难的根源，集中了人类社会的龌龊脏污，而海洋则是纯洁朴素的。康拉德的名作《“水仙号”的黑水手》这样描写海洋：

> 航行已经开始了；这条船，脱离了最后一片陆地，继续前进，孤寂而迅速，好像一颗小小的游星。她周围，天与海的深渊交汇在不可到达的渺茫边界。一个伟大寂寞的圆空随着她移动，变化无已而又始终如一，永远单调而又永远庄严。偶然也有旁的白点在游移。负载着生命，远远地出现了——又消灭了；朝着它自己的命运趋奔。太阳整日价照耀着她，每天早晨带了永不消灭的好奇心，睁了烈火熊熊的圆眼，从东方升起。她有她自己的前程；那些践踏在她甲板上的人们赋予了她生命；同将她抛弃给大海的陆地一样，她也有忍受不了的悔憾与希望的重负。她被胆怯的真理和狂勇的谎骗盘踞了；同陆地一样，她无自知之明，却有悦目之姿——被人们判处了卑贱的命运的。她路途的庄严寂寞，使她巡行的庸俗动机，也显得高贵了。她吐着泡沫，向南方奔驶，仿佛被一种高尚的目的引导有着巨大的勇气。广阔无垠的大海在微笑，缩小了时间的长度。白天一个接着一个过去了，好像灯塔的闪亮，转瞬即逝；暗夜则多事而短促，宛似逃逸的梦景。

对于这些描写，如果不了解康拉德的写作风格，不知道他惯常赋予描写对象的思想的和情感的特别意义，是很难读懂的。当然，就是在我们领会了作品中的象征意义之后，小说对海洋的描写，作为对自然美的表现依然是动人的，它准确、精细，充满庄严感。

现实主义小说写人，写人物和人物之间的关系，是对生活的提炼，是艺术概括，是典型化，它反映的是社会，是一定历史时期中某一国家、某一地区的社会关系。小说中的人物性格是在一定的社会环境中形成、发展和变化的。不写出社会环境，小说人物性格就显得单薄，缺乏根据。《三家巷》反映了20世纪20年代大革命的时代气氛。它一方面直接描写了真实发生过的历史事件，如省港大罢工、沙基惨案以及广州起义，乃至直接写到苏兆征等历史人物；但《三家巷》不是历史小说，它更主要地是靠另一方面，即以虚构的人物、故事，来描画当年的生活。它通过周、何、区三个家庭的关系，以及这些家庭成员的不同命运，来再现半封建半殖民地社会中的阶级关系，来反映时代的潮流和历史发展的趋向。杨沫的《青春之歌》以20世纪30年代前期学生运动为背景，表现了“九一八”到“一二·九”的学生爱国斗争，描写了示威请愿、狱中斗争、地下工作，它以革命的、反革命的和中间状态的众多人物形象，反映抗日战争前夕社会的真实面貌。张洁的《沉重的翅膀》，反映在推进改革开放中，各个社会阶层人们的思想动向，各种观念、各种态度、各种行为之间的矛盾冲突，反映了改革的艰难和它的不可阻挡。对于这一类小说，我们在阅读时，应该作比较自觉的历史审视，思考和估量它的历史内容的深度，努力地从中吸取对历史、对社会的正确认识。

以上我们分别谈到了小说的三个要素，它们在小说创作过程和小说文本中的地位，它们吸引欣赏主体的各自方式。在不同流派的小说作品中，这三个要素的配置、它们各自的形态很不一样。西方现代派的一些小说，实际上在很大程度上已经超越了三要素的构成模式。但是，直到现在，就小说作品的整体情况和基本情况而言，三要素模式仍是有较大适用性的，而且，一般说来，三要素中，人物往往占据着中心的地位。正因为这样，所以，在小说欣赏中，尤其在少年读者的欣赏活动中，容易发生一种心理现象，就是：不自觉地跨进小说的艺术世界，化身为其中的人物——主要人物和心爱的人物，置身于小说的情境中间，同作品中诸多人物一起，经历悲欢离合。从审美的意义上说，这种心理是否正当呢？近代小说理论家梁启超说：“凡读小说者，必常若自化其身焉，入于书中，而为其书之主人翁。”他赞成上述做法。鲁迅说：“中国人看小说，不能用赏鉴的态度去欣赏它，却自己钻入书中，硬去充一个其中的脚色。”似乎是反对上述做法。其实，欣赏也是一种艺术思维，也必不可免地要求发挥想象，也就是要求一定程度地化身为人物，才能获得如临其境的愉悦。另一方面，欣赏是一种艺术接受的心理活动，读者是坐在那里“看”，而并不是站起来“做”，不可能等同于人物。所以，阅读小说时读者和人物之间的关系、和作品情境之间的关系，比较理想的，是处在一种若即若离的状态，“似我非我”的状态。苏联著名导演梅耶荷德认为，演员不应把自己的情绪和人物的情绪完全吻合；演员既不是人物，也不再是自己，而是走到了通向人物的半途之中。他的这些意见，对于小说欣赏中保持最佳心理状态，很有参考意义。

七　文学的娇女——散文

同小说和诗歌相比，散文的性质不那么确定。因此，散文的领域也就更加广袤辽远、海阔天空。法国作家莫里哀的剧本《醉心贵族的小市民》的主人公茹尔丹先生，请求哲学教师帮助他给心爱的女人写一封信。教师问他愿意用韵文还是愿意用散文，并且告诉他，“我们用来表达思想的只有韵文和散文两种”，“凡不是散文的东西就是韵文；凡不是韵文的东西就是散文”。人们平常说的话就是散文。茹尔丹惊讶而兴奋地呼喊起来：“天哪！我原来说了四十多年的散文，自己一点还不知道呢，您今天把这个告诉了我，我对您真是万分的感激。”茹尔丹先生有一点误解，把日常说话、文字，只要是不押韵的，都算作散文，未免宽泛得没有边沿了。散文是文学家族的一个成员，是文学的娇女，她必须有文学性，只是，她在各种文体中，最不愿受形式体制的严格约束限制，在结构、语言等方面都比其他文体享有更多的灵活性。

散文给予欣赏者的美感也是多方面的，其中重要的一种是结构美。抒情的、议论的、叙事的散文各有其特性，彼此可以很不相同，但都应该具有结构美。结构是包藏在肌体内部的骨骼和筋脉，虽然不能直接看见，却可以用理性方法分析出来，更可以用审美知觉感受到。散文的结构美有一般的规律，有基本的范式，那无非是起、承、转、合，任何一篇散文大概总有这样四个部分。到了具体作家笔下，这种基本范式可以生出无穷的变化。

谈到结构，最先引人注意的当然是文章的开头。从作者方面说，许多人为了寻找合意的开头费尽苦心，沉吟踌躇，一旦找到了，片刻之间便文思泉涌、一泻千里。苏轼应潮州人士请求草拟《韩文公庙碑》，设想了许多种开头都被他自己否定。最后得到“匹夫而为百世师，一言而为天下法”这样两句，意思是说，以一个普通的没有很高爵位的人而成为许多世代人们的师表，他的著作、言论成为天下奉行的准则。用这样崇高的评价笼盖全篇，从句子形式看是对偶句，从句子性质看是明确的斩钉截铁的判断句，从句子内容看略有夸张而充分传达了景仰之情。这个开头产生了雄伟的气势，震动读者心灵。在苏轼之前，唐代著名文学家刘梦得等许多人写过称颂韩愈的文章，也都发生过相当大的影响。苏轼的碑文一出，前人的文章就没有多少读者了。

鲁迅《野草》中的《秋夜》的开头，为人们所熟悉，为人们所喜爱，为人们所反复玩味：

> 在我的后园，可以看见墙外有两株树，一株是枣树，还有一株也是枣树。

这个开头很平常，甚至可以说很平淡。然而，也许就因为它太平淡了，反倒引人思索，反倒使人觉得有些突兀奇特。为什么不说“两株都是枣树”，而要说“一株是枣树，还有一株也是枣树”呢？这也是对日常语言规范的偏离，有意地不照通常习惯的说法写。从这种偏离中，突现了孤独、傲岸、坚韧的心情。这种心情在开头两句还只是暗示，而后渗透到全篇之中。

引起世界注意和争议的英国小说家、《查特莱夫人的情人》的作者劳伦斯，他同时也是一位散文家。他的《鸟啼》表现生与死的斗争与交替，传达了肃杀、凄凉、悲壮的情绪，也传达了对平和、自由的渴望，对生命活力的赞颂。文章的开头是一幅象征性的画面：

> 严寒持续了好几个星期，鸟儿很快地死去了。田间灌木篱下每一个地方，横陈着田凫、椋鸟；画眉、鸫，和数不清的腐鸟的血衣，鸟儿的肉已被隐秘的老饕吃净了。

描写的是酷冷的冬天，鸟儿的尸体遍布田间，死亡统治着大地。这个开头使人惊悚，尖锐地提出死亡的问题，为下文作了铺垫。后面再写“在毁灭一切的冬天巨浪之下，伏着的是宝贵的百花吐艳的潜力”，能更加有力地表现出生命的不可遏制的力量。

文章的开头部分叫“起”，第二部分就是“承”。“承”就是承接，可以有正接，也可以有反接；可以紧密地连接前一部分文气，也可以先荡开去，离前一部分话题甚远，到后边再收回来。鲁迅的《秋夜》用的是正接，在前面引录过的关于枣树的那句话之后，作者写道："这上面的夜的天空，奇怪而高，我生平没有见过这样的奇怪而高的天空。"起先平视看见墙外两株枣树，然后抬头仰视看见上面的天空，再后低头俯视看见园里的野花草。随着抒情主人公视线的转移，出现一幅幅不同的画面；随着画面的转换，幽深、冷峻、孤清的气氛越来越重。因为正接是累积式的，所以文气渐厚，把读者引向作家思想情感的深处。劳伦斯的《鸟啼》用的是反接，在前面引录过的关于田间林中鸟尸的描写之后，作者写道："尔后，突然间，一个清晨，变化出现了。风刮到了南方，海上飘来了温暖和慰藉。"同开头相反，写的不是死，而是死的反面，歌唱生命，歌唱生命从死亡的封锁中突破，写太阳的几星光亮，鸽子的咕咕叫声，野鸟微弱的啼鸣，写它们带来欣悦和希望。反接是对比式的，所以文气渐锐，使读者振作精神、集中注意，更深入地去思索和体验。以上两例，都是紧密与开头部分相连，散文中还有很多是不求承接部分与起头部分细针密线地连接，而是留有空白，若断若续。在中国古代散文中，后一种情况较为常见。战国时代大散文家庄子的文章，汪洋恣肆，纵横捭阖，粗看似乎是若干片断随便凑在一处。《庄子》的第一篇是《逍遥游》，"逍遥"在这里意思是悠游自得，无拘无束。庄子主张这样为人处世，同时这也是他为文的原则，是他散文结构上的特点。《逍遥游》先讲北方的海里有鲲鱼，化成鹏鸟，有几千里大。往下讲蝉和斑鸠、小雀安于从一棵树飞到另一棵树。全篇由好多个小故事组成，小故事之间在角色与情节上都没有联系，甚至语气上也分隔开了。郁达夫1935年所写的《书塾与学堂》继承了古代散文这种信笔由之，不勉力检束的写作方法，似乎是手持茶杯、面对读者随意款款闲谈。在这种情况下作品显得格外亲切、自然。把全文聚合、连贯起来的，是作者的立意，也就是文章的主旨。欣赏散文写作中这样的结构艺术，要细心体会作者纵和擒的技巧，看他怎样撒得开，能够从几个不同方面落笔，扩大作品容量，显示雍容气度；又看他怎样收得拢，似乎不经意、不费力地归结到自己要传达的思想上来。

"转"和"承"有时是合而为一的，用突兀的转折来承接开头，上文所说的反接属于这一类。但在更多情况下，散文的这两部分还是可以分解开来。中国先秦时代游说之士的文章，唐宋时代辩难、议论文章，常常以其转折出人意外，从正反不同方面把道理讲透，使读者心悦诚服地接受作者的观点。韩愈的《送董邵南序》，是一篇含蓄委婉、潇洒倜傥的文章，结构上很完整，转折处更具特色。文章很短，不妨引出，剖析它各部分的关系。

燕赵古称多感慨悲歌之士。董生举进士，连不得志于有司，怀抱利器，郁郁适兹土。吾知其必有合也。董生勉乎哉！（以上为起）

夫以子之不遇时，苟慕义强仁者，皆爱惜焉；矧燕赵之士出乎其性者哉！（以上为承）然吾尝闻风俗与化移易，吾恶知其今不异于古所云邪！聊以吾子之行卜之也。董生勉乎哉！（以上为转）

吾因子有所感矣。为我吊望诸君之墓，而观于其市，复有昔时屠狗者乎？为我谢曰："明天子在上，可以出而仕矣。"（以上为合）

董邵南几次考进士不中，准备去河北寻找出头的机会。当时河北为地方军阀统治，韩愈是主张加强国家统一的，不赞成自己的朋友投奔藩镇势力。董邵南主意已定，韩愈的想法不便直说，曲折回环地表达，有情有理，深切动人。文章的开头和承接部分说，以燕赵之地的历史传统，董邵南的处境和才华，到了那里一定会被人赏识。转折部分却变换到相反的角度说：怎么知道风俗没有随着历史进程而改变呢？过去感慨悲歌之士的故乡也许今天是由另外一种人所统治啊！文章先说去河北的好的前景，而后突然表示深沉的忧虑。这种转折传达出作者的真正的用意。最后"合"的部分提出作者的希望，让董邵南到河北凭吊古代军事家乐毅，寻访豪侠之士。诚恳的期待中也包含隐约的讽刺。说英明的皇帝在上，有才识的人应该出来替国家效力。——既然朝廷能够广开才路，董邵南又何必远离首都长安，到偏远的地方去找出路呢？这个结尾符合送别文的文章体式要求，又具有多重丰富的含义，韵味悠长。散文的结尾或斩钉截铁地收束全文，或似了非了地留下余韵，形形色色，千变万化，关键在作者的灵性慧心。英国古典主义作家约翰生的《报切斯特菲尔德爵爷书》，结尾极为巧妙。约翰生穷困而未踏上文坛时，想请求切斯特菲尔德伯爵帮助提携，遭到冷落；成名之后，伯爵主动替他的《英语词典》写了两篇书评，大加推崇。约翰生于是写信表示拒绝。信的结尾说：

我在没有得到任何学术赞助人的恩惠的条件下已把工作进行到现

在这样的程度，那么在我毕其全功时，即使得到的恩惠更少（假如还可能更少的话），我也不会感到失望：因为我早已从希望的美梦中苏醒，在那个梦里，爵爷，我曾一度兴高采烈地自诩为爵爷的最卑微

最恭顺的仆人

塞缪尔·约翰生

“您的最恭顺的仆人”本是欧洲书信结尾的固定格式，是一句套话。约翰生把这句套话同信的全文联系起来，把“仆人”变成天真梦幻中的期望，早已破灭。这封信的意义在维护知识分子自身的价值和人格尊严，这样的结尾含蓄、合乎礼仪而又充满力量。这封信后来被誉为文人的“独立宣言”。以上说到散文结构的各个部分，它们之间应该互相呼应、互相衬托、互相对照，疏密相间、刚柔相济，有虚有实，时繁时简，给读者带来多种多样的美感。

散文美的另一个重要方面是文笔情趣。我们强调散文同日常说话不同，其中很主要的就在于有无文笔情趣。日常说话只要求说清楚意思，散文的语言却讲究有味，具有审美性，给人带来一种特殊的审美愉悦。

为了使散文作品具有较高和较浓的文笔情趣，需要恰当地运用多种修辞手法。《报切斯特菲尔德爵爷书》突出的是排比句，先是形容自己在被伯爵拒之门外的七年劳作不辍，编著《英语词典》，“七年间从未出现过一次赞助的行动，一句鼓励的话语，一丝嘉许的微笑”。后是表明对现在伯爵褒扬的蔑视，“这种关注若能及早赐下，确是一桩善举；但可惜它来得太迟，如今我心如止水，已无法欣赏它了；如今我孑然一身，已无人分享它了（约翰生的夫人前此已死于贫病）；如今我名满天下，已无需接受它了”。两处排比以充分的事实和充沛的感情表明了自己态度的合理性，前后呼应，构成鲜明的对照。在两处排比中间用了一个反问句，其作用在于提醒读者，强调这种对照关系：“爵爷，一位恩主难道能眼睁睁地看着别人在水中挣扎求存而无动于衷，当溺水者终于自己奋力登岸时，却又要用援救来妨碍他吗?”这个反问句，用十分生动恰切的比喻，描画了伯爵冷漠、伪善的真面貌，传达了自己的气愤之情。

约翰生的信是一篇议论文，它打动读者的力量建立在严密逻辑性的基础上。劳伦斯的《鸟啼》是一篇抒情文，它的动人之处更多地在感性方面，容纳更多的幻想。它也用了排比，体现的不是雄辩的气势，而是使人

感觉从山峰、巨石下涌出的生命的泉流："我们不能抑制春天。我们不能使鸟儿悄然，不能阻止大野鸽的沸腾。我们不能滞留美好世界中丰饶的创造，不让它们聚集，不许它们取代我们自己。无论我们情愿与否，月桂树就要飘出花香，绵羊就要站立舞蹈，白屈菜就要遍地闪烁，那就是新的天堂和新的大地。"作者排列了多种生命躁动现象，这些现象之间并没有什么先定的、内在的顺序，它们不是筛选出来的代表，而是象征，用以表达对自然力量的崇敬与赞美。

散文中常有诗句一般凝练、格言一般睿智的句子，画龙点睛，被人们所熟记和传诵，构成警策之美。散文诗本身也就是诗，它的追求句子的情韵、词语的锤炼，是自然而然的事。前面曾引述过的鲁迅《雪》中的句子，"那是孤独的雪，是死掉的雨，是雨的精魂"。它让人们一眼望去就感觉出完全不同于日常说话的语句，不同于科学著作、应用公文中的语句，在陌生化程度上也明显超过多数散文而接近于诗歌。在中国当代作家中，杨朔、刘白羽的散文有比较强的诗化倾向。它们为少年读者学习文学语言提供一个方面的帮助。议论文章中的名句则多为格言式的，例如韩愈《进学解》中的"业精于勤荒于嬉，行成于思毁于随"，范仲淹《岳阳楼记》中的"先天下之忧而忧，后天下之乐而乐"，鲁迅的《战士和苍蝇》中的"有缺点的战士终竟是战士，完美的苍蝇也终竟不过是苍蝇"，培根的《论求知》中的"读史使人明智，读诗使人聪慧，演算使人精密，哲理使人深刻，伦理学使人有修养，逻辑修辞使人长于思辨"，这些话语中蕴藏着深邃的人生经验、崇高的道德精神，闪耀着智慧的光芒。同时，从修辞上看，它们也是简练、明确、整齐，容易上口，便于记忆的。

散文的文笔美不限于华美。华美的语言较易于吸引视听，而浑朴之美、隽永之美则可能被粗心的人所忽略，少年读者特别需要有意识地培养自己欣赏这类作品的能力。下面以孙犁的散文为例，对此稍稍多说几句。孙犁是位老作家，成名于20世纪40年代。1977年以后，孙犁年届古稀，重操旧业，所写多为散文。他说："人的一生中，青年时容易写出好的诗；壮年人的小说，其中多佳作；老年人宜于写些散文、杂文，这不只是量力而行，亦卫生延命之道也。"他的散文，以自然朴素见长，因为久历沧桑，饱阅世情，思想深沉，文笔凝练，寄至味于淡泊之中，由寻常寓奇崛之气，晚节黄花，清香幽远。他写了很多忆旧之作。怀旧与悼亡之作在我国古代散文中有着悠久的传统，名篇如韩愈的《祭十二郎文》、欧阳修的

《祭石曼卿文》和归有光的《先妣事略》，千百年来脍炙人口。孙犁对于古代散文家笔下功夫，是认真地揣摩并有意识地继承的。他在这类文章中尽力节制自己的情感，尽力不去触动伤痛，而深切的哀思反更流溢于字里行间。文中所记多是一些极为琐细的断片，联缀起来，既画出逝者的音容，又牵出被怀念者与怀念者之间的缕缕情丝，两者都使读者可触可感。《亡人逸事》写妻子在少女时代受娇惯，出嫁后担起沉重的家务，学会纺纱织布。作者写道，“我从外面回来，看到她两个大拇指，都因为推机杼，顶得变了形，又粗、又短，指甲也短了”。这手指的形象集中了妻子的多少艰辛，这凝视的眼光又凝聚了丈夫的多少敬爱！这样的文章，遇之觉其明净清澈、形神萧散，究之方识其宏深高远、情思幽渺。

回忆伙伴与战友的几篇，也是以真切厚重的内容，纯朴蕴藉的文笔，显示其特色。其中丝毫没有溢美之辞，丝毫不带做作的情态，甚至很少流露愤激之情，只是款款叙说几件细小的往事，还常常连带说及被怀念者的短处，而作者深挚诚笃的情意，对历经浩劫后故友凋谢的感怆，都汩汩流转其间。而在议叙错综、情理相融间，也从个人感受中透出精警的机锋，出现一些针砭世风的警策句段。孙犁的杂文，有讽有劝，言之谆谆，就当代文人常会遇到的人生课题，谈自己的感慨和看法，有锋芒而不毕露，藏于娓婉之中，存厚道而不绵软，现于严峻之外。如《谈谅》中说到有的人责难在十年动乱中被迫自杀的有为之士，甚至指着尸体斥骂，作者议论道：

> 如果死者起身睁眼问道：“你又是怎样活过来的呢？十年中间，你的言行都那么合乎真理正义吗？”这当然就同样有失于谅道了。
>
> 死去的是因为活不下去，于是死去了。活着的，是因为不愿意死，就活下来了，这本来都很简单。

平缓并且有点幽默的语句，传达沉郁的感情，包含了辛辣的讽刺，具有很浓的文笔情趣。

八　无限丰富的文学世界

我在这本小册子里，用了很大的篇幅谈论几种文学体裁的特性。即便如此，还是有一些重要的文学体裁没有说到。比如报告文学，是一种新兴的文学样式，早先有夏衍的《包身工》；近十年，我国兴起报告文学热，《哥德巴赫猜想》《中国姑娘》《唐山大地震》等，都各自拥有千千万万读者，在人们心中激起巨大波澜。报告文学以真实的人物和事件为描写对象，它有和诗歌、小说以及一般叙事散文不同的特性，具有特殊的美。在以上几节谈文学体裁的时侯，古代的若干文学样式，现在已经消失或少见，我就没有介绍；眼下刚出现的某些文学样式，还没有定型，我觉得很难介绍；类似报告文学这样重要的文学样式，则因为本书篇幅限制，也未能介绍。文学世界实在太辽阔、太丰富了。德国伟大诗人歌德有一篇文章，题目叫做《说不尽的莎士比亚》。对于一个莎士比亚，尚且有说不完的话；对于整个文学世界，这本薄薄的小册子，所能谈到的当然是十分有限了。

文学世界疆域的辽阔，既体现于体裁样式的繁富，更体现于题材内容不可穷尽的更新与拓展，主题思想的千差万别，而最集中的体现则是风格的多样化。文学的风格有民族风格、时代风格、地方风格、流派风格以及作家风格。所谓风格，就是指个人或群体在创作上同其他作家、其他群体相区别的特色。创作形成风格，是作家个人或作家群体走向成熟的重要标志。能够细腻精致地鉴别多种风格，能够广泛充分地接受、领略多种风格，则是读者在审美上走向成熟的重要标志。

文学能够跨越国界，优秀的文学作品，总是逐步地成为全人类共同的精神财富。而文学作品所以能走出国门，受到遥远国度不同肤色人们的欢迎，在许多情况下，恰恰是因为它们具有浓郁的民族特色。文学的民族风格，指的是在共同的文化、共同的心理素质以及共同语言文字的基础上形成的民族特点。文学的时代风格，则是指某个民族、某个国家的文学，在特定历史时期，占有主导地位的一批作家创作上的共同之处。中国文学史上说的建安风骨，就是指东汉末年以曹操、曹丕、曹植父子以及陈琳、王粲等人为代表的作家们创作上的共同之处。他们的诗文慷慨悲壮，气势高峻，刚劲苍凉。至于南朝文学，注重形式美，讲究声律、对仗，多写山水景物、男女恋情，文风绮靡柔弱。18 世纪 70 年代德国发生气势磅礴的狂飙突进运动，歌德、瓦格纳等人是其重要成员，他们以本民族历史为题材，密切联系重大社会问题，鼓吹自由和个性解放，表现狂热的幻想和奔放的激情。文学的地方风格，是一群以某个地区为生活根据地，主要从这个地区的现实和历史获取创作原料的作家，在人物气质、艺术手法和语言的地方色彩上彼此接近，作品中多有那一地区特具的风景画和风俗画，这样形成了创作特色。中国当代文学中，以周立波等人为代表的一些湖南作家，以赵树理等人为代表的山西作家，以邓友梅等人为代表的北京作家，都表现出地方风格。文学流派是一些作家自觉或不自觉的结合，同一流派创作上的相近之处，就是这一流派的风格。宋词中有所谓豪放派和婉约派，前者以苏东坡、辛弃疾为代表，后者以柳永、秦观、李清照为代表，豪放和婉约是两个流派各自的风格特征。文学风格最主要的是作家个人风格，这是指在作品的内容和形式的统一中显示出来的、贯穿在作家一系列作品中间的创作上的特色。风格是作家的精神个性在创作中的自然流露。古人曾经把文学作品的风格分为阳刚、阴柔两大类，它们之间不同的配合与调剂，又再构成典雅或轻靡，精约或繁缛，壮丽或新奇，雄浑或飘逸等多种多样的风格类型。文学风格的多样性，是由社会生活的多样性、人们审美需要的多样性决定的。

风格问题涉及文学创作主体客体的许多方面，这里，简略提一提它同作品的生活内容以及其中表达的作者思想情感内容的关系。马克思说："难道探讨的方式不应当随着对象改变吗？当对象欢笑的时候，探讨难道应当严肃吗？当对象悲痛的时候，探讨难道应当谦逊吗？"他是就政论文章而言，用来说明文学风格的形成和表现，也还是有启发意义的。大家知道，戏剧中有悲剧、喜剧、正剧、闹剧等等，它们不仅是戏剧中的不同样式，同时也是文学中不同的风格类型。我们可以说列夫·托尔斯泰的小说《安娜·卡列尼娜》是悲剧性作品，而塞万提斯的小说《堂·吉诃德》是喜剧性作品。悲剧肃穆、崇高、悲壮；喜剧欢快、幽默、滑稽。悲剧使读者产生惊惧，激愤和同情；喜剧使读者轻松、欢乐，从而"能够愉快地和自己的过去诀别”（马克思语）。由于悲剧反映重大社会矛盾，具有深刻的历史内容和思想内涵，少年读者不大容易一下子把握；社会上文化层次较低、在文学欣赏中缺乏深邃理性眼光的读者，更偏向于喜剧和闹剧。喜剧和闹剧作品也可能是优秀的、伟大的典范之作，但是，一个人要不断提高自己的文学欣赏能力，提高自己的思想境界，就应该能够欣赏并且真正理解悲剧作品，能够从中获得审美的愉悦；还应该能够欣赏伟大喜剧作品中也会有的悲剧性。中国古代许多人提出和论证过“悲音为美”的命题。英国诗人雪莱说“悲愁中的快乐比快乐中的快乐更甜蜜些”，法国诗人波德莱尔说“‘忧郁’似乎是‘美’的灿烂出色的伴侣”。我在这里强调欣赏悲剧艺术，也就是想强调深化文学欣赏的社会的哲理的内容，培养深沉的历史感和崇高的道德感，而不是仅仅满足于短暂、肤浅的快感。小阿列克塞迷恋的福楼拜的《一颗纯朴的心》，就是一篇富有悲剧性的作品。一个十岁的小孩能够那样忘情地沉浸到毫不热闹新奇的悲剧作品之中，他后来取得划时代的文学成就也就不足为怪了。文学世界是神奇美丽的，文学美的形态是丰富多彩的。缪斯女神公平地给每个希望游览她的国度的人发给请柬，少年朋友们，让我们比比看，谁能从这种游览中，获得更强烈、更高尚的享受，汲取更多的智慧，从而使自己的情操陶冶得更加美好。

1989年春夏断续写成，6月7日
完稿于桂子山西区

古代小说序跋漫话①

① 《古代小说序跋漫话》，辽宁教育出版社，1992 年。《古代小说序跋漫话》为“古代小说评介丛书”之一种。

引　子

小说的序跋，并不是小说本身必然具有的、必不可少的组成部分，而只是某些小说或者小说集的附加的部件，常常被一些读者阅读时所忽略。序跋同小说或小说集的关系，有点儿像帽子、鞋子同人的身体的关系。人刚刚出世的时候，赤条条一个纯净的身躯，哪里有什么帽子、鞋子？就是此后长大成人，也不是个个都穿鞋戴帽，更不是时时刻刻在什么场合都穿鞋戴帽。比方说，热带居民，在田里劳作的农民，有很多人就是赤脚不穿鞋子；至于不戴帽子的，就更普遍、更常见了。人有头有脚，却不一定非得穿鞋戴帽不可。然而，也不能说鞋子、帽子对于人就一点儿重要性也没有。且不说在炽烈的阳光下和风雪严寒中，它们对人体的保护作用，就说人的风度和仪表，也往往同它们有紧密的关联。拿到学位的博士，那顶方帽子简直就和文凭差不多重要，成为身份、价值的符号与象征，足可以让戴着的人自豪、望着的人羡慕。仪仗队员的靴子和帽子给主人平添了威风，时装模特儿的靴子和帽子给她们增添了妩媚。在研究者敏锐的目光注视下，鞋帽的型式、颜色透露出隐秘的内蕴，可以从那里窥见民族的差异、贫富的悬殊、秉性的区别，甚至可以窥见个人心理的喜忧晦明，可以窥见社会风气的开放或闭塞、节俭或奢华……也就是说，研究鞋和帽，对于了解人、了解社会、了解历史，可能会有一些用处。小说序跋也有类似的作用。研究小说序跋，对于了解小说，了解小说史和小说理论批评史，很有一些帮助。不仅如此，小说序跋本身还有独立的文化学术价值和文学欣赏价值。看一本小说，不看它的序跋固然也无不可，看了，却可以获得相当的益处。整体地了解中国古代的小说序跋，瞥一眼人们至今还很少涉及的这个领域，也许能给我们新鲜的趣味。在这本小册子里，围绕着同小说的关系以及同文化的关系的几个问题，我们来简略地介绍中国古代小说的序跋。

一、小说序跋的特征与源流

婴儿出世不久，父母就可能给他穿戴上小鞋小帽。小说存在了很长很长时间，却还是光头裸足。远古的时候，人们劳动之余，在田地边、篝火旁，讲说亲眼所见或者辗转听来的新奇事件，这是一种重要而普遍的娱乐、休息的方式，也便是小说的起源。此后漫长的年代，小说只在口头流传。以口耳相传方式保存的小说，当然谈不上什么序和跋。小说被人们用文字记录下来，才可能有序和跋。

序和跋的文体特点

在具体介绍小说序跋以前，需要先谈谈什么是序和跋、它们的产生和发展、它们的文体特点。序和跋，是文章的两种体式，是书籍或文章的前头或后头的独立部分。在古书中，“序”有时候又写作“叙”，“叙”和“绪”又被当作同义词。（下面本书提到古代序文，依据其本文，本文写作“叙”，则称叙。）“绪”的本义是蚕茧上的丝头，“抽丝者得绪而可引”①，找到丝头就能够有条有理地抽丝纺线。序言好比是一部书的“丝头”，读了序以后比较容易把握书的脉络。

最早的序是什么时候出现的？专家们有不同的说法。宋朝人邢昺在他的《〈尔雅〉疏》里解说“序”、“叙”、“绪”的涵义时曾经提到，“孔子作《〈书〉序》，子夏作《〈诗〉序》”，似乎是以此作为中国古代序文的源头。《书》是《尚书》，是上古的历史文献集，现在我们能看到的最早的《〈尚书〉序》，是东晋时代的人假托古人之名写的，年代已经较晚。邢昺那时不知道《古文尚书》是伪托。《诗》指《诗经》，是春秋时代编成的中国最早的诗集。《诗经》有三百零五篇，每篇之前有一个序，比较短，叫做小

---

① （清）段玉裁《说文解字注》说：“抽丝者得绪而可引。引申之，凡事皆有绪可缵。”

序，点明这一篇的大致意思。在《诗经》的第一篇《关雎》之前除了直接讲到《关雎》的几句也属于小序之外，后面部分的长篇大论成为一篇完整的文章，叫做诗大序。大序论述诗歌的创作原则、基本特征和诗的写作手法以及分类等重要问题，有很高的理论价值。就是拿今天的标准来衡量，它也算是合乎规格的序文。它的作者是谁，历来众说不一，难以定论，估计作于西汉初年，是现在能够见到的较早的序文。汉代有名的序文，还有司马迁的《史记·太史公自序》，那是人们比较熟悉的。

同序大略相当，也是放在书籍或者文章前面的还有引，它的出现要比序晚很多。南宋文学家陆游在他的《老学庵笔记》中说，苏东坡的祖父名字叫序，苏序，孙儿要避祖父的名讳，苏东坡给别人作序的时候便改用“叙”字。但是“叙”和“序”音义相同，想想心里还是不安，于是又改用“引”字。仔细披读苏轼的文集可以看出，他确实尽量避免使用“序”字，但是，把篇前或者书前的文字称为“引”却不是由苏轼开始。初唐四杰之一的王勃在《秋日登洪府滕王阁饯别序》（一般简称为《滕王阁序》）末尾写了“敢竭鄙诚，恭疏短引”，“短引”也就是说的这篇序，已经把“引”和“序”通用。中唐散文大家柳宗元有一篇《〈霹雳琴赞〉引》，其中说，“余作赞辞，又益以序”，可见，唐代人对序和引是不加以区别的。引，有引导、带领的意思。《诗经·生民》里描述搀扶老人的动作姿态是“以引以翼”；汉代学者郑玄解释说，“在前曰引，在旁曰翼”。我们读一本书、一篇小说，有一个人在前面引带，不也是令人高兴的吗！

“跋”作为一个词有多重含义，其中一个义项是“足后”。明朝人编的字书《篇海类编》说，“足后为跋”；又说，“故书文字后曰跋”。放在书籍或者文章后面的独立的说明文字叫做跋。其实，古人写的序原先是放在全书的最后面。司马迁的《史记》自序是第一百三十篇，刘勰的《文心雕龙》自序是第五十篇，都在书的末尾。按照后代的说法，应该叫做跋。但司马迁标明是“自序”，刘勰表明是“序志”。因为，他们那时还没有跋这样一种叫法，没有这样一类文体。跋大约始于唐宋，先是题写在前人的书法绘画作品上面。苏轼《书诸公送周梓州诗后》：“正孺有书来，欲刻诸公送行诗于石，求余为跋尾。”沈括《梦溪笔谈·乐律一》：“此辞墨本犹在陕州一佛寺中，纸札甚草草，予顷年过陕，曾一见之，后人题跋多盈巨轴矣。”逐渐地，跋和序同时并行发展，各自独立，在书文之前者为序，在书文之后者为跋。在没有跋以前，在跋没有被文人广泛采纳以前，有没有与它性质相当而命名不一的呢？有的。《论语·泰伯》说："师挚之始，《关雎》之乱，洋洋乎盈耳哉！""乱"与"始"对举，始是开头，乱是结尾，是乐曲的最后一章。《关雎》的结尾曲调舒缓悠扬，久久不绝于耳。屈原的《离骚》最后有"乱曰"，其实也就是篇终结语。汉代王逸注释说："乱，理也，所以发理辞旨，总撮其行要也。"乱，是对全篇的归纳概括，它由乐曲而移用到诗篇，就起到了跋的作用，不过，它还是诗歌自身的组成部分，而没有单另独立分割。史传或者论说的每一篇之后，加一段总结的文字，独立出来，叫做赞。班固的《汉书》在每篇人物传记之后有赞，对传主做出总结性的评论。刘勰的《文心雕龙》每篇之后有赞，是一个简练的提要。乱和赞，后来都没有被广泛运用。影响更大的是书后或题后。柳宗元有《读韩愈所著〈毛颖传〉后题》，开了先例。苏轼的这类文字特别多，大半叫做书后，比如《书黄鲁直〈李氏传〉后》；有时叫做跋后，比如《跋子由〈栖贤堂记〉后》，也叫做题后，比如《题温庭筠〈湖阴曲〉后》。这些都被以后的人们长期沿用。

序跋以及作为它们变化形态的引、赞、书后、题后等等，作为文章体式在写作中很重要的，就是注意与所序所跋的书籍或文章的关系。序跋，既是独立的，又是有依附性的，它们是由已经存在的文章或书籍派生出来的文章。作者在一篇文章、一部书稿写成之后，意犹未尽，情有所牵，用序跋来作一种抒发、一个交代。还有的是他人应作者之请，对书籍或文章作一个评价、一番推荐。自序说作品为什么写，陈述其中的大旨要略，使自己的意图了然，易于被人知晓，引起读者的兴趣。他人之序则肯定作品的价值，有时也指出其中的不足之处。跋语常常是一个小结，"掇其有关大体者表章之"①，"发理辞旨，总撮其要"②，概括作品的主要内容，给读者加深印象。后代的人给古人的书作序跋，往往要考证版本源流，说明所做的校勘工作。我们读古书，读古代小说，当然要尽可能选择比较好的版本。序跋可以让我们了解一部书的各种版本及其不同价值。总之，阅读序跋，必定联系到所序所跋的作品。《文心雕龙》说"序以建言，首引情本；乱以理篇，写送文势"，点明了序跋在指示作品的核心内容和加强作品的

---

① （明）吴讷：《文章辨体序说·题跋》，引苍崖《金石例》，北山校点《文章辨体序说》，人民文学出版社，1982年，第45页。

② （汉）王逸：《楚辞注·〈离骚〉注》，《楚辞补注》，中华书局，1957年，第76页。

气势、增加作品余韵上的作用，抓住了序跋文体的主要特征。

序跋要谈作品，不免连带谈到作者。自序叙述写书的经过，他人所写的序介绍与作者的交往以及对作者生平的了解。司马迁的《史记》自序，记录了他的父亲临死前要他继承修史的家学传统的叮嘱，记录了他十岁读书，二十岁游历江淮沅湘、齐鲁梁楚的幸福时光，沉痛而含蓄地提到惨遭李陵之祸的变故。从他的序里读者可以了解他一生的概况。唐代文学家韩愈死后，他的学生李汉收集他毕生的著作编为《昌黎先生集》，在序文中扼要介绍了韩愈幼年父母亡故而由兄嫂抚养及以后读书作文的经历。这样，序跋就常常保存了重要的文学史材料。在中国古代，小说和它们的作者很受轻视，有关小说作者、小说版本的材料尤其可贵。这也是我们珍视小说序跋的一个原因。

序跋要同所序所跋的书籍文章联系，但也并不一定完全局限于此。借一个话头，推演开去，表达序跋作者自己的文学见解、人生体验，也是颇为普遍的现象。这样的序跋独立性更强，其中有一些成为文学史、思想史上的重要作品。

序跋在艺术上的第一位要求是简——简严、简劲、简峭、简拔，总之是要简而有力。序跋终究是附着于原作的，它为原作增添姿色，不应该掩没了原作的光彩。帽子再漂亮，也不能让它遮住了脸面；靴子再漂亮，也不能让它箍住了膝盖。当然，特殊的例外总是有的。1921 年，梁启超受托给蒋方震的《欧洲文艺复兴史》作序，蒋方震即蒋百里，是著名的军事理论家和军事教育家，梁启超提笔兴致勃发而不可收，写出了五万多字，篇幅竟大过原作，干脆写成一本书，就是《清代学术概论》，反过来，请原来托他写序的蒋方震写序。这是一个特例。在大多数的情况下，序跋篇幅远远短于原作。好的序跋，同原作正文构成一个完整的审美对象，为读者的理解提供方便，激发读者持久的阅读兴味。

中国古代小说序跋的发展轮廓

以上我们一般地谈到序跋，如果专指小说序跋，要确切地指明它起于何时，就更要困难得多。因为，小说这种文学体裁，有很长的发展历程。最早的小说，同其他的文学体裁、其他的文章体式混杂在一起，没有稳定清晰的界限。小说起源于何时，最早的小说作品是哪一部、哪一篇，难以有确定的答案。

国内外的研究者一般认为，早期的小说是各民族的神话和传说。保存中国古代神话传说最多而又最早出现的书是《山海经》。现在我们读到的《山海经》有好些篇序，其中最早的一篇是东晋郭璞的《注〈山海经〉叙》，也许，我们可以把它算作是中国最早的小说序文？这样说，郭璞是不会同意的，《山海经》的多位作者也是不会同意的。那些把神话和传说整理、记录在《山海经》里的人，脑子里没有“小说”这个概念。倘使他们知道后人把《山海经》归到小说一类，肯定会伤心，会很气愤。《山海经》本是地理书，主要是战国到秦汉时代的人编写的。汉代人曾经以为它的作者是伯益，伯益协助大禹治水，跟随大禹到各个地方探查山川形势，记下各处地理、民俗，就成为《山海经》的文本。书中描写的人和事是不是真实地发生过、存在过？对于这一点，古人的看法也不一样。《史记·大宛列传》记叙张骞出使西域，并没有看到传说中的奇异现象，司马迁议论说：“《山海经》所有怪物，余不敢言之也。”他表示了保留和怀疑的谨慎态度。郭璞则认为司马迁是少见多怪，他甚至惋惜地感叹：“不亦悲乎！”郭璞把《山海经》看作是实地考察的记录，他认为，书中叙述的情形同读者的生活经验的巨大差别，只是不同地区、不同民族的人们体质、能力和生活方式的差别，而不是现实生活同想象之间的差别。他在序言中举例提到，《山海经·海外南经》记载有长臂之国，国中人“捕鱼水中，两手各操一鱼”，据说，这些人两手下垂会触到地面，所以，空手便能轻易地抓到鱼，用不着网捕绳钓。怎么样证明世界上真有这种人呢？郭璞在注释里说，曹丕做皇帝的时候，玄菟郡（在今天辽宁省东部到朝鲜的咸镜道一带）太守王颀带兵讨伐高句丽，到了靠海边的沃沮国（在今天朝鲜的咸兴），觉得大概已经靠近太阳升起的地方，也就是天的尽头。他便询问当地年长的人：“海的东面还有人吗？”那里的老人回答：“人是没有遇见过，但是有一次从海里漂来一件粗布衣服，大约是中等个儿穿的，袖子却有三丈长。”郭璞断定，这就是长臂国存在的物证。郭璞好像没有仔细琢磨，即使依照他在注释里提供的情况，长臂人的手臂最多也只有五尺（按现在的市尺计算）左右，远远不到三丈。至于长袖衣服，可能是祭祀或者别的仪式上穿的。至今，日本、朝鲜的民族服装，袖子还是比较长，长袖舞是朝鲜民族舞蹈的重要的形式。更主要之点还在于，长臂人空手捕鱼，表达的是远古人类征服自然的愿望，由这一愿望而作出的夸张。郭璞的序文还用很长的篇幅谈到西王母，引用了好多种古籍论证西王母实有其人。《山海经》的“西山经”、“海内北经”、“大荒西经”等好多处讲到西王母，说是“其状如人，豹尾虎齿而善啸，蓬发戴胜”。这里所谓“戴胜”，就是戴着装饰品，美玉琢成的装饰品。西王母的职责是掌管灾祸瘟疫之事，她的形象似乎有一点可怕。我们设想，西王母是原始部族信奉的神，原始人在祭祀活动中由巫者戴面具和装饰物扮演这个神。汉代的《神异经》说，有一只其大无比的鸟，张开左边的翅膀遮护东王公，张开右边的翅膀遮护西王母，两人每年在鸟的翅膀上会一次面。这才确定西王母是个女性。在以后的记载中，西王母更加美貌、端庄、温柔。这个过程反映出人们对神话形象的逐步加工、不断创造，郭璞则借此企图证明实有其事。他嘲笑不相信他的说法的人说，对于只在一片树林里回旋的小鸟，不能同它谈论其翼如垂天之云的大鹏怎样飞翔；对于小水洼里生存的小鱼，不能同它谈论巨龙如何腾空，“非天下之至通，难与言《山海》之义矣!”《山海经》“鉴无滞赜，曲尽幽情”，像明镜照物一样映现世上千奇百怪的万事万物，所以，见识狭浅、拘守常规的人是不能懂得它的意味的。郭璞的意见自然是很幼稚的，而这幼稚的意见不但可爱，并且带有一种特别的启发性。我们现在知道，神话是上古时代的人们，借助于想象对自然界和人类社会生活的不自觉的艺术加工。可是，神话的创造者，以及其后很长一段时间里的转述者和接受者，也就是我们的远祖们，他们并不这样看。他们用很认真的态度对待神话，在他们看来，神话里描述的都是实际发生过的，全都是事实。他们用来观察世界的眼睛，他们的思维方式，同现代人很不相同。神话是人类童年时代的艺术。马克思说：“为什么历史上的人类童年时代，在它发展得最完美的地方，不该作为永不复返的阶段而显示出永久的魅力呢?”① 怎样真切地感受那永久的魅力，沉浸到神话的艺术世界里面?郭璞的序言提醒人们，在阅读《山海经》的时候，在欣赏古代神话的时候，不妨试验一下，暂时地摆脱现代人的思维方式，用远古时代的人，用原始人的心理态度去领会、去感受。好比现代的博物馆展出的殷商铜器，越是绿锈斑驳，越显得古色古香。而殷商时代宗庙、朝廷以及贵族家庭摆设的铜器，一定不会是这样，一定是明光耀眼、熠熠生辉，比现代家庭里那些豪

---

① 马克思：《〈政治经济学批判〉导言》，《马克思恩格斯选集》第二卷，人民出版社，1972年，第114页。

华电器并不逊色。在想象中除掉绿锈、恢复照人的光色，才是古铜器的本来面目。在这个意义上说，郭璞对神话内容的虔信，比之司马迁谨慎的怀疑更能够与神话创作时期人类心理真相相沟通。

郭璞这篇序是后代人给前代人的书写的序，和他同时的干宝的《〈搜神记〉序》，是最早的小说的自序。干宝是一位著名的历史学家兼文学家，他把西晋时期有根有据的社会政治文化生活方面的事件，写在《晋纪》中，而把“神祇灵异人物变化”，写在《搜神记》中。这两本书，他都力求忠实地转述搜寻来的材料，这些材料有的是书面的，有的是口头的。至于材料和原本的事实是否完全一致，他也不能肯定，他也不想对此负责——“设有承于前载者，则非余之罪也；若使采访近世之事，苟有虚错，愿与先贤前儒分其讥谤。”他的意思是，转述书面材料中如果有失实之处，错误在以前的记录者；采集口头材料中有失实之处，也不过是太过相信以前的史学家。他的这种态度，虽然看起来不是十分严谨，倒还比较老实，也是比较通达。《晋纪》和《搜神记》早都散失了，现在我们看到的，是由后人从许多的古书中辑录起来的，不是原来的全貌。这一篇《〈搜神记〉序》，因为被唐朝人收进《晋书·干宝传》里，得以保存下来。它在小说理论史上的价值，我们后面还会谈到。此外，唐朝人编的类书《初学记》里，记录了干宝向皇帝报告的话：“臣前聊欲撰记古今怪异非常之事，会聚散逸，使同一贯，博访知之者，片纸残行，事事各异。”印证了自序中的说法，表明他是以历史家的工作方法撰记这部小说集。

东晋还有一位同小说关系密切的人物，就是干宝的朋友葛洪。他是一名官员，被封为关内侯，同时又是一名热衷于炼丹、求仙之术的道教徒。他晚年听说交趾（在今天的广东、广西到越南的中北部）出产丹砂，便请求到那里去做地方官，在罗浮山飞云顶炼丹直到去世。现在，飞云顶已经成为南方著名的旅游胜地。作为一名官员，看多了人世间的炎凉，阅历丰富，他编撰了《西京杂记》，记载轶事琐闻。鲁迅先生评论这本书，说它“在古小说中，固亦意绪秀异、文笔可观者也”。葛洪为它写了一篇跋。我们在前面说，跋始于唐宋，葛洪是东晋人，比唐代早了好几百年。但是，《西京杂记》究竟是不是葛洪所编，跋是不是葛洪所写，历来学者对此有争议。倘若跋是葛洪所写，也有可能他自己没有称之为跋，而是后人替他拟定追加的。这个后人时代也不会太晚，无论如何，我们还是可以权且将它作为中国较早的一篇小说跋语。作为一个道教徒，葛洪还编撰了一部

《神仙传》，为它写了一篇自序。《西京杂记》的跋说汉代刘歆写过《汉书》，班固的《汉书》是抄取刘歆的原作，遗漏未抄的两万多字，就是《西京杂记》的来源。跋语提出的著作权问题，现在难得搞清楚。《神仙传》序文列举了三十个修道成仙的故事的名目，都是已经见于前人记述的，然后说他自己又收录了一批成仙的事迹，编成此书，“以传知真识远之士，其系俗之徒，思不经微者，亦不强以示之”。所谓“知真识远”指的是信奉道教的人。神仙之事，幽隐微妙，世上有很多人不相信，那就是“系俗之徒”，葛洪不把他们作为预想中的读者，不是为他们来编写这本书。他没有料到的是，一千六百多年以后，不相信道教，破除了一切迷信的人们，从文学欣赏的角度，对他的作品也会产生浓厚的兴趣。葛洪觉得据说是汉代刘向所作的《列仙传》，“殊甚简略，美事不举”，在《神仙传》的写作中他有意加强了想象的生动性和描写的细致性。例如，有一则记述黄初平十五岁放羊时被道士引进山里，四十多年之后，哥哥黄初起几经周折找到他，悲喜交集。故事到了这里本来可以结束，但作者在后面还加了一个尾声。初起问初平，你当年放牧的羊儿呢？弟弟回答：就在这座山的东面。初起去看，只看到一片白色的石头，回来向弟弟说，那里并没有一只羊。弟弟叹口气说：“羊在耳，兄但自不见之。”于是，拉着哥哥再去，喝一声“羊起!”白石头统统变成了羊，共有几万头，在山间攒动。这同序文里所说的《列仙传》行文“殊甚简略”恰好形成对照，表明了小说艺术的进步，而序文更告诉我们这种进步是有一些自觉性的。

现今流传的古小说中，有一批作品，标明是汉朝人所作，其中不少有序文。专家们考证出，它们没有一本是汉代的产品，都是晋代到唐代人的创作。这和现代的某种情况恰好相反。现代有些品格不高的人，不肯在创作上付出艰苦的劳动，而是剽窃别人的成果，署上自己的名字。古代有些人，明明自己花费心力写出来的小说和小说序跋，却假托别人的名字。在今天看来，好像有些不可理解。古人写小说，不但没有谁给他付稿酬，不能因此享受高一些的待遇，不能提升职称，对于有地位的人，反而会损害声誉，受到责难和排斥。所以，很多人就不愿意署上真名实姓。上述声称汉人创作的小说中，有托名班固写的《汉武帝故事》，有托名郭宪写的《汉武洞冥记》，后者有署名郭宪的自序，当然也是假托。另有一本《飞燕外传》，讲的是汉成帝时皇后赵飞燕和她的妹妹合德在宫闱争宠的故事。从艺术上看，这是一篇比较成熟的小说。托名汉代伶玄撰，有自叙一篇。

叙中陈述此书写作经过，简直也像是一篇感人的离合悲欢的小说。叙中说，伶玄是著名学者和文学家扬雄的朋友，不满意扬雄贪求声名而与之疏远，遭到扬雄的忌恨。伶玄年老时买了樊通德做妾，通德是成帝后宫中女官樊嫕的弟子不周的女儿，樊嫕服侍过赵飞燕姐妹。樊通德爱好和钦佩司马迁的《史记》，劝说伶玄根据她的口述写成“外传”。她在同伶玄讲说往事的时候，“顾视烛影，以手拥髻，凄然泣下”，伶玄也和她相对流泪，很是动情。伶玄这个人，叙文说他做到淮南相，地位不低，史书为什么没有记载呢？叙的末尾另有解释说，伶玄曾经是班固的伯父班躅的上司，因为班躅的一个错误而责备、羞辱过他。班躅的侄子班彪作《史记后记》，故意不写伶玄，要让后人无从知道这个人。叙末还说，《飞燕外传》写成之后，被一个名叫卞理的人得到，赤眉造反时，卞理逃到山里，宗室刘盆子的长兄刘恭在卞家发现金藤漆柜，设法打开，里面藏的就是《飞燕外传》，“竹简磨灭，文义交错”，经过整理校订，重又流传世间。把一部小说的产生、收藏、流传，说得这么神奇微妙、曲折复杂，也算是用尽心思。叙中的话，我们仔细看，有不少漏洞，而居然有不少名人才士相信它，相信小说中的记述是汉代的史实，司马光就把《飞燕外传》中的话采纳到《资治通鉴》那样严肃的史书之中①。《飞燕外传》的作者肯定是卓有文才、在艺术上敢于创新的能人，只可惜竟不肯留下姓名，使今天的人不胜叹惋。自叙不但读来饶有趣味，还能帮助我们对古代小说创作和欣赏心理，多一些具体的了解。

有的小说只有一篇序或者一篇跋，也有的小说有好多篇序跋。南朝宋代刘义庆著的《世说新语》，没有见到与作者同时人写的序跋，后代的序跋集在一起，却足以编成一本小册子。这样的小册子好像是现代一个专题学术讨论会的论文集，从各个不同的角度对《世说新语》进行评论、说明、研究、分析。其中稍早的是南宋董弁的跋，很简短，主要是版本的说明。宋代刘应登的序和明代袁褧的序，有体会、有评价。例如，刘序说，“冷类入人梦思，有味有情，咽之愈多，嚼之不见”；袁序说“或词冷而趣远，或事琐而意奥，风旨各殊，人有兴托”。“冷类”、“词冷”，是说《世说新语》所记晋代文人的语言含蓄、冷隽、幽深，感情不外露，意思不直

① 《资治通鉴·汉纪·孝成皇帝》内有“有宣帝时披香博士淖方成在帝后，唾曰：‘此祸水也，灭火必矣！’”这是从《飞燕外传》里得来的材料。

说，特别耐人体味，似乎有无尽的内涵。这两篇序言指点我们以欣赏诗歌的态度和方法欣赏古代文言小说，特别要求读者注意作品的语言美、意境美，从冷词里品出远意，从琐事中思索奥义。这远意和奥义不像糖块可以咬嚼，而像一枚橄榄，含在口中，让你长久地吞咽多味的液汁。明代王季重的序比较了历代对此书的评释，然后说，“注但取其疏惑，评则赏其传神”。学问家的注释疏通读者的困惑，赏析家的评点传达作品的神韵。晋代是思想逐渐解放的时代，文人多崇尚个性的发扬。王季重读《晋书》等正史里的叙述，觉得“板质冗木”，把活人写呆、写死了，虽然可以分辨出老少肥瘦，却分不出神情意态的差别。《世说新语》与此不同，“冷提忙点，每奏一语，几欲起王、谢、桓、刘诸人之骨，一一呵活眼前，而毫无追憾者”。它能把王敦、王衍、王羲之、谢玄、谢安、桓玄、桓温、刘琨、刘伶等人写得活灵活现，个性鲜明。这就告诉我们描画人物比叙述事件更加困难，对于小说也更重要。王季重还赞扬刘义庆的语言提炼功夫：“本一俗语，经之即文；本一浅语，经之即蓄；本一嫩语，经之即辣。”语言经过小说家的选择安排，凡俗的显出文雅，浅近的显出含蓄，稚嫩的显出老辣。刘义庆果真做到了这样吗？如果你不相信，自己去细细品诵《世说新语》好了，它不会让你失望。即使在今天，其中许多篇，只要稍加注释，中学生可以看懂。吕叔湘先生早年编的《笔记文选读》，收进了不少。清代著名诗人和诗论家王士祯的《跋〈世说新语〉》只有八十多个字，它不谈作品，而是回顾自己一生同此书的“交情”——很小的时候就读过，二十岁生大儿子那一年用朱笔点阅，如今写跋时已经六十岁了。“流光如驰，不堪把玩，抚此旧物，如遇故人。”书就是他的老朋友，人生的好伴侣。年长者对书的感情，青少年不太容易体会得到，看看这篇跋文，了解这种感情，对于培养读书、藏书的多方面的兴趣，也许会有一点触动和启发。总之，披览《世说新语》的多篇序跋，坐在家里胜过参加了热烈的讨论会，各种观点，有你赞同的，有你怀疑的，有你反对的，或取或弃，总能从不同角度推动你的思考，加强你的兴趣。这是多么有意思、多么合算的事呀！后世的许多著名小说，如《聊斋志异》《红楼梦》等等，也都有很多篇序跋，能给我们实践上述阅读方式的机会。

以上所说的是文言小说的序跋。从唐代开始，我国有了白话通俗小说，先是短篇，作者大多是艺人和佛教徒，艺人为说书提供底本，佛教徒演说佛经故事。这些，传到今天的，弄不清作者，也不见序跋。我国第一部长篇小说《三国志演义》用非常浅近的、接近于白话的文言写成，它有好多篇序言，现存的最早的一篇是明孝宗弘治甲寅年（1494 年）仲春之时写成，序作者庸愚子本名蒋大器，浙江金华人。二十多年之后，明世宗嘉靖壬午年（1522 年）孟夏之时，修髯子写了《〈三国志通俗演义〉引》。修髯子本名张尚德，关中人。以上算是通俗小说序引早期的作品了。序中指出，《三国演义》“文不甚深，言不甚俗”，比陈寿的《三国志》好懂，比盲艺人讲说的三国故事雅致。庸愚子看出了这部作品在中国小说语言运用上承先启后的地位。从元代末年到晚清，白话小说的语言艺术有很大进展，而白话小说序跋绝大多数是用文言写成。小说写给老百姓看，序跋则是写给文人看的。旧时代的老百姓，处在社会底层，各方面受着限制，难得有全面高深的文化追求，也不大关心序跋。值得注意的是，修髯子的引，在文末概括小说的主要内容，“缀俚语四十韵”，写了六十四句七言歌谣，开头说，“今古兴亡数本天，就中人事亦堪怜。欲知三国苍生苦，请听通俗演义篇”。那语言已经是很平民化了。

蒋大器和张尚德都没有生平记载传下来，大约生前社会地位不高。明武宗正德戊辰，即正德三年（1508 年），林瀚写了《〈隋唐志传通俗演义〉序》。这个林瀚，可是个大人物，他在序文末尾排列自己的官衔足足用了四十七个字，最大的官做到吏部尚书，属于“部长级”的官员。序中讲的是“有关风化”、“为正史之补”的大道理，没有多少精彩之处。但是，他能够以严肃的态度对待通俗小说，肯于在序文后面署上真名实姓和官职，在当时也是难能可贵的，对于提高小说的地位或者可以发生一些作用。《水浒传》较早的一篇序文，写于明神宗万历己丑，即万历十七年（1589 年），序文的作者，据明代沈德符《万历野获编》所说，是做过兵部侍郎的汪道昆，也有人怀疑这个说法，作者用的是天都外臣的化名，不愿意用真名。

白话小说序跋有一部分是书商写的。书商是商人，又是文人，其中很可能有一些科举考试连连失利的秀才。他们了解下层读者小说欣赏的趣味，了解文化市场的需求，又有相当的艺术鉴别能力，具有一定的文学写作能力，可以动手改小说、写小说，他们写出了一批小说序跋。明世宗嘉靖年间，福建建阳的熊大木就是一位书坊主人，编写过好几种通俗演义小说，写有《新刊〈大宋演义中兴英烈传〉序》，他传达的是下层人士的看法，说话口气同林瀚之类的大官很不一样，他强调的是“史书，小说，有不同者”，似乎是提防着固执正统观念的上层社会的责难。他在序的末尾说："未知览者而以邪说罪予否？"其实，这部小说讲的是岳飞的故事，根本谈不上什么"邪说"。只是，序文作者有把小说从史书的附庸地位解脱的倾向。万历年间福建建安的余象斗是一个活跃的书商，也亲自编过小说，写有《题〈列国〉序》，是替讲史小说《春秋列国志传》写的序。序文的广告味儿很重，或者这正是书商的本色。

明代后期问世的白话短篇小说集"三言""二拍"以及它们的选本《今古奇观》，初刊时都有序言，《二刻拍案惊奇》除了序言以外还有一篇小引。它们在小说创作史和小说理论批评史、文化史研究上，都有很高的价值，我们在后面将再作介绍和分析。

明末清初有一位性格奇特、才华横溢的文人金圣叹，能诗能文，对小说戏曲有独到的研究。他改写了《水浒》，经他改定的七十回本，是《水浒》最通行的版本，应该说，也是艺术性最高的版本。他在书前写了三篇序，第三篇序言说，"吾既喜读《水浒》，十二岁便得贯华堂所藏古本，吾日夜手抄，谬自评释，历四五六七八月而其事方竣，即今此本是已"。改写本他不说是自己改的，而说是他发现的古本。他假造了一篇施耐庵的序，说，"贯华堂所藏古本《水浒传》前自有序一篇，今录之"。金圣叹打着施耐庵的招牌，别人又打金圣叹的招牌。这个"别人"首先就是金圣叹的苏州同乡毛宗岗。毛宗岗修订的《三国演义》也成为流行最广的版本，他在前面加了一篇署名金圣叹的序，末尾说，很长时间以来就想探讨《三国演义》的艺术奥秘，只是因为身体不好而没有进行。"忽于友人案头，见毛子所评《三国志》之稿，观其笔墨之快、心思之灵，先得我心之同然，因称快者再。"毛宗岗对《三国演义》作了评点，称赞评点者艺术感受力敏锐，文字表达力很强——这种话当然不便由毛宗岗本人来说，借一位已经去世的、名气很大的文人的名字，能招徕读者。名气大、性格洒脱的人，在当时人们相信会改写小说、评点小说的人，被别人冒充的可能性就更大。袁宏道是明代晚期的大文学家，公安派的中坚人物，他的名字就多次被书商借用，充当了一些小说序言的作者。

还有另一种情况，小说作者自己不便于说的话，不是借前辈之口，而是借晚辈之口在序跋中说出。清代纪晓岚的《阅微草堂笔记》，由五种笔记小说集合刻而成，其中有一种名为《姑妄听之》，纪晓岚的学生盛时彦为它写了一篇跋语。这篇跋经纪晓岚看过，"颇以为知言"。跋语说，纪晓岚的小说"存劝戒"（也就是以道德教化为宗旨），"见学问"（显出作者学识深广)，“亦见文章”(显出作者写作能力高强)，并且说，蒲松龄的《聊斋志异》虽显文才，但不合“著书之理”。这篇跋语是纪晓岚小说观念的一篇宣言，抬高纪晓岚而贬低蒲松龄。这个意思由学生出面说，比作者自己说，稍稍显得客观一点。

鸦片战争之后，中国社会发生巨大变化，小说序跋也发生了大的变化。小说和小说序跋，在报纸、杂志上发表，在社会上的影响就迅速广泛得多。有的序跋不只是为一篇小说而写，像梁启超的《译印政治小说序》，倡导翻译外国小说；吴趼人的《〈月月小说〉序》，是小说杂志的发刊词。梁启超的序文说：“今特采外国名儒所撰述，而有关切于今日中国时局者，次第译之，附于报末，爱国之士，或庶览焉。”吴趼人的序文说，他这本杂志每月出若干页，“庶几借小说之趣味、之感情，为德育之一助云尔”。当时这类序跋不少，体现了作者和主事者改良社会政治的愿望。

晚清时期，翻译小说占到发表、出版小说总数的三分之二。那个时期是敏感的知识分子向西方寻求真理的时代，翻译小说是他们寻找和介绍西方经验的重要途径。现在知道的最早的翻译小说名为《昕夕闲谈》，“昕”是清早，“夕”是夜晚，这应该是中国译者自拟的书名。他在译序中主张，“小说者，当以怡神悦魄为主”，所以想出这样一个书名。他又说，翻译的目的是“广中土之见闻”，扩大中国读书人的眼界。那时的翻译同现在大不一样，有很多是两个人合作，一个人是懂外语的，先口译一遍；一个是不懂外语而中文表达能力强的，根据口述再笔译出来。这样的译本，很难忠实于原作，有时甚至大段增删，与原作就相去更远。英国人哈葛德的《迦茵小传》，20世纪初期出现了两种中译本，包天笑和杨紫麟的节译本及林纾和魏易的全译本。光绪三十三年(1907年)《游戏世界》发表寅半生(本名钟骏文)的《读〈迦茵小传〉两译本书后》，盛赞节译本而猛烈抨击全译本。全译本比较接近原作，而节译本大失原作精神。寅半生的评价在今天很难理解，而在那时则代表了上层社会和多数读书人的看法。小说叙述迦茵与亨利相爱，受到亨利父母的阻挠，迦茵被迫另嫁，亨利被迫另娶，而在此前迦茵已经怀有身孕。节译本“不知几费踌躇，几费斟酌，始将有妊一节为迦茵隐去”。寅半生认为，节译本“所谓《迦茵小传》者，传其品也，故于一切有累于品者，皆删而不书”。“品”指人物的品德，把原作中不符合译者设想的人物的理想品德的情节统统砍掉。寅半生又说，全译本“传其淫也，传其贼也，传其无耻也”，“淫”、“贼”、“无耻”，是骂迦茵违背了译者看重的妇德，说全译本不应该保留主人公为自由的爱情而和家庭抗争的情节。可见，寅半生的爱情观、伦理观是陈旧落后的，是从封建礼教的立场指责在当时有进步意义的资产阶级的人性解放的观点。寅半生认为翻译小说可以改变原作的情节以至思想倾向，这也是十分幼稚可笑的。这种情况的发生，是由于长期闭关锁国，突然一下面对外部世界，两种文化的巨大差别使一些人不知所措，缺乏必要的文化心理准备。不懂外语的人成为翻译家，同样表现出当时中国文学翻译事业何等幼稚！林纾翻译了大约一百八十种小说，他在《〈孝女耐儿传〉序》的开头说："予不审西文，其勉强侧身于译界者，恃二三君子为余口述其词，余耳受而手追之，声已笔止，日区四小时，得文字六千言，其间疵谬百出。"不过，我们也要承认，林纾的文化素养、艺术领悟能力和中文表达能力，确实也部分地弥补了他不懂外语的缺陷。他在同一篇序言中还说："余虽不审西文，然日闻其口译，亦能区别其文章之流派，如辨家人之足音。"他分辨外国不同小说家的艺术风格，如同分辨家庭成员的脚步声一样。所以，林译小说不仅当时风靡天下，在历史上起过很大作用，而且至今也还有研究和欣赏的价值。

晚清小说序跋的最突出的特点，还是极度强调小说（包括创作小说和翻译小说）的现实政治作用。章炳麟作为一个革命家，赞同康有为、梁启超维新变法，投身孙中山领导的革命运动，他在《〈洪秀全演义〉序》中指出，"夫国家种族之事，闻者愈多，则兴起者愈广"。鼓动小说推动反对清朝统治的资产阶级革命运动。梁启超则更以明确的语言，要求小说为资产阶级革命做舆论准备。他的《译印政治小说序》里说："在昔欧洲各国变革之始，其魁儒硕学，仁人志士，往往以其身之所经历，及胸中所怀政治之议论，一寄之于小说……往往每一书出，而全国之议论为之一变。彼美、英、德、法、奥、意、日各国政界之日进，则政治小说为功最高焉。"他把小说的重要性抬到前所未有的高度。这类序跋，成为中国古代小说序跋有力的结尾，同时也是中国现代小说序跋响亮的前奏。

二、小说序跋与中国古代文化

在文学的各种体裁中，小说反映社会生活最广泛、最细致，小说常常成为一个时代一个民族社会生活的百科全书。因为小说序跋的内容同小说的内容密切相关，所以，它也涉及社会的许多方面；此外，序跋谈到古代小说的刻印、销售、流传与禁毁……又与社会的经济、技术、风尚和一些方面的制度有关，所以，序跋就包含各种各样的史料。这里所说的文化，指的是法律、风俗、信仰、道德和知识等构成的复合体。文化在一个民族内部具有历史的延续性，不同民族的文化则有差异性，文化对于社会、对于群体和个体的行为产生或现或隐的影响。我们每个人都应当首先了解自己本民族的文化，小说序跋在这方面也可以提供帮助。

小说序跋同儒道佛各家的关系

说起中国古代文化，不能不谈到儒家、道家和佛家。把这三家的学说、思想以及它们的影响弄清楚了，就掌握了中国古代文化发展的基本精神和主要脉络。从汉代开始，儒家在中国长期居于主导地位，但是，小说序跋在相当长的时间里谈儒教的道理少，而谈道家的观点多。儒家的老祖宗孔夫子“不语怪、力、乱、神”，儒家弟子有意无意地排斥神话、排斥小说。郭璞的《〈山海经〉序》一开始就说：“世之览《山海经》者，皆以其闳诞迂夸，多奇怪俶傥之言，莫不疑焉。”闳诞迂夸，是说极度夸张，到了荒诞不经的程度；奇怪俶傥，是说奇怪非常，超出了常人的想象。所以，一些人就怀疑它的真实性，并且进而怀疑它的存在价值。托名郭宪所写的《〈汉武洞冥记〉自序》说，对于小说，“或言浮诞，非政声所同，经文、史官记事，故略而不取”。也是说有人认为小说虚夸荒诞，与真实的记录不同，为经典和史书所不取。他们所说的怀疑者、指责者，就是儒家，是儒生们。元末明初的陶宗仪，编了一部笔记小说总集《说郛》，共一百卷，著名诗人杨维桢给它作序，赞颂他的工作，但在序文末尾还是要说，如果不以圣人的经典为准绳、为规范，无论怎样费力地搜集整理，"朝记千事，暮博千物，其于仲尼之道何如也!"不符合孔孟之道的小说，就被认为是应该抛弃的无用之物。一直到了清代，李绿园写《〈歧路灯〉序》，还是从儒家正统立场出发，对历来的优秀小说全面否定、严厉抨击。他把优美温婉的唐代传奇小说说成是"风俗大蛊"——对社会风气有极大的毒害；《三国演义》"徒便于市儿之览，则愈失本来面目矣"，就是说小说歪曲了历史的实际；《水浒传》歌颂了"肆暴行虐"的宋江，"乡曲间无识恶少。仿而行之"，鼓动了百姓造反，是"流毒草野，酿祸国家"；《西游记》"惑世诬民"，帮助佛教同儒家争夺群众……他的这些攻击，在我们看来，都是完全站不住的，可是，在中国封建社会，这种不合理的意见一直占据支配的地位。李绿园在序言中重复了一个无稽的传说，说《三国演义》和《水浒传》的作者，因为写了小说，遭到子孙三代成为哑巴的"孽报"。可见，这些人对小说怀着多么强烈的仇恨情绪。了解儒家对小说的敌视，或许可以帮助我们思考一个问题：中国是世界上少有的文明古国，两千多年前就出了屈原这样伟大的诗人，其后不久又出了司马迁这样杰出的散文家，何以小说的发展相对却比欧洲迟缓得多呢？这不能不说同儒家对小说的排斥、敌视有关。

要把小说完全彻底地从人们的文化生活中排除出去，也很难做到。就连历代的儒学宗师，也不能一天到晚诵读经书，他们也需要翻阅轻松的文学作品，也还需要读小说。南宋的曾慥编了一部历代小说集《类说》，共六十卷，他在序言中说："小道可观，圣人之训也……可以资治体、助名教、供谈笑、广见闻，如嗜常珍，不废异馔，下箸之处，水陆俱陈矣。"吃惯了常见的鸡鸭鱼肉，就想尝尝野味，筷子夹起的最好既有海味，又有山珍。小说可以提供谈话的资料，扩大阅读范围，或者对于政治、伦理也有一些作用。在儒家看来，小说是小道，不能用来达到远大的目标，作为一种点缀，却也无所不可。

随着小说创作的发展，小说作品在社会上越来越广泛地流传，儒家也转而利用小说宣传自己的主张。像李绿园那样激烈地攻击几乎所有的优秀小说作品的人，自己却花了前后三十年时间写了一部《歧路灯》。他想要自己的小说成为人生十字路口的一盏灯，把当时的青年引入正道，使他们谨慎地遵循三纲五常，维护封建社会秩序。当儒家思想指导着小说创作的时候，作品就会说教气味浓重，缺乏艺术感染力。

在战国时代，道家是与儒家并列的一个学派，道家的代表人物，显得通达潇洒一些，他们的著作，充满奇特想象，且又多用寓言，那些寓言被后人看作是最早的小说。有很多小说的序跋，谈到“小说”这个词语的发源，谈到小说创作的开端，都归到道家早期创始人之一的庄子。东汉以后，兴起道教。道教的思想来源之一是先秦道家。道教的一个基本内容是求仙。在上古时代，宗教思维和艺术思维联系密切。道教的典籍描写幻想的神仙境界，也可以说，这些描写的文字就是一种小说。托名郭宪的《〈汉武洞冥记〉自序》第一句说，“宪家世述道书”，他的家里收藏有大量道教书籍，其中很多自然包含小说的成分。序文的末尾说，“武帝欲以穷神仙之事，故绝域遐方，贡其珍异奇物及道术之人”。在汉代皇帝中，汉武帝刘彻是最早相信神仙之术的，全国包括偏远地区的官员投他之所好，贡献稀有的珍奇和讲求道术的巫士。这在客观上促进了志怪小说的发展。葛洪是东晋最著名的道教理论家，他著《抱朴子》讲“神仙方药，鬼怪变化”，其中《论仙篇》说，“鬼神之事，著于竹帛……不可胜数”。他写《神仙传》，是因为世上很多人“莫信神仙之事，谓为妖妄之说”，他想说服这些人。书中写的壶公、麻姑为道教神仙。壶公把一只空壶悬吊在屋上，晚上跳进壶里，白天到街上卖药，开口不准还价，治病特别有效，得来的钱施舍给穷人。麻姑是一位年轻貌美的女子，手指像鸟爪。降到蔡经家里，蔡经心中一动，想：如果脊背发痒，有她用手指搔背，该多舒服呀！马上这心思就被人知道，并且用鞭子抽他的背。麻姑说，已经看见东海三次变成桑田，世界发生巨大变化。所以，这个人物成为长寿的象征。《〈神仙传〉自序》说，葛洪写了《抱朴子内篇》二十卷，“论神仙之事”，弟子又来问：“先生云，仙化可得，不死可学，古之得仙者，岂有其人乎?”他看到学生有疑惑就“抄集古之仙者”，写出《神仙传》。注释《山海经》并写了序文的郭璞，也被道教尊奉为神仙。郭璞本来就不同寻常，他会看天象，会占卜。东晋大臣王敦谋反，让他卜卦，结果不吉利，王敦迁怒于郭璞，把他杀了。道教书籍《洞仙传》说，被杀三天以后，有人在街上看见郭璞出售他平日穿戴的衣服和装饰品，并同相识的人说话，报告了王敦，王敦不相信，派人打开棺材，棺材里是空的。我们在前面谈到过，郭璞对神话信以为真，谁料死后却被别人编成神奇的传说。编了小说总集《类说》的南宋时期的曾慥，同时还编了《道枢》四十二卷，是一部道教文献集，讲炼丹，讲吐纳之法。一个人既参与小说写作也参与道教书籍编写，这类现象一再出现，不能说是偶然巧合，它表明道教同古代小说确有内在关联，表明道教徒同小说家有亲近之感。

《西游记》本来和道教没有太多关系，而道教徒居然也把它牵扯上，最先可能是由于一个误会。清代乾隆年间有一个刘一明，道号为“悟元子”，著《西游原旨》，阐发《西游记》的“真义”。他在序中说：“《西游记》者，元初长春邱真君之所著也。”《西游记》明明是吴承恩写作的，怎么说是别人写的呢？原来，金代有个很出名的道士丘处机（有的书写作邱处机），自号长春子，是道教龙门派的创始人。元太祖成吉思汗召见，他带领弟子尹志平等人到西域雪山应召，回答元太祖关于治国之道和长生之道的询问，被封为“大宗师”，掌管天下道教。跟随他到西域的弟子李志常写了《长春真人西游记》叙述此事。后来有人把两本完全不相干的《西游记》混作一谈，甚至从吴承恩的《西游记》里悟出道教的秘义奥旨，不免有些可笑。刘一明在序中说，《西游记》的“俗语常言中暗藏天机戏谑笑谈处显露心法”。他这样来做解释，自然只能是牵强附会。后来光绪年间含晶子《〈西游记评注〉自序》说，《西游记》把“入道之门，修道之序，成道之功”，“无一毫不告学者”。例如金箍棒，金指先天之气，棒指一心主宰；猪八戒用钉耙，比喻修道要坚韧。这些说法，只会对小说欣赏起破坏作用。

通俗小说描写神仙故事的确实有，明代后期的杨尔曾的《韩湘子全传》就是其中的一种。此书前面有烟霞外史的叙，称赞它“文章奇诡，笔纵意宏，识记博洽，锋豪藻振”。大意是说这部作品立意高远，材料丰富可靠，笔下有文采。序言还概括介绍了小说的内容，这部小说又名《韩湘子十二度韩昌黎全传》，它写的是道教神仙，又附会上真实的历史人物。唐代文学家韩愈有一首很著名的七律《左迁至蓝关示侄孙湘》，是他任刑部侍郎时上表唐宪宗劝阻迎奉佛骨，触怒了皇帝，被贬为潮州刺史，赴任路上经过陕西蓝田时写的。与韩愈差不多同时对段成式的《酉阳杂俎》中，却说韩愈有个远房侄子，性格狂傲，能在冬天让牡丹开青、紫、黄、赤四种颜色的花朵，每朵花上有一联诗句，正是韩愈贬官路上所作的那一首。这个说法后来越传越神奇，唐代的几种著作中有记载。晚唐到五代时道士杜光庭，也是个小说家，著有《仙传拾遗》，内有“韩愈外甥”一则，把《酉阳杂俎》的简略记载，扩展成短篇小说。说韩愈这个外甥，“神仙中事无不详究”。最后含糊隐约地提了一句，说有人传言，韩愈从他那里学到修仙成道的方法。明代的《韩湘子全传》是八卷三十回的长篇小说，说韩愈本是玉皇大帝驾前的卷帘大将，因为与同僚争夺蟠桃，被罚投胎到人间。他的侄子韩湘，则是已经成仙的湘江白鹤转世。韩愈在长安金桥下遇见化身下凡的八仙中的钟离权和吕洞宾，邀请他们到家里做韩湘的老师。哪知道他俩既不讲授经书或者诗文，也不传授武功或者兵法，而只传授长生的秘诀。韩愈不信这一套，把两个老师赶出了家门，又把韩湘痛打一顿，关了起来。韩湘爬墙逃出，到终南山寻找两位师父。一路上经受神仙的种种考验，都顺利通过，得成大道。玉皇大帝命令韩湘再到尘世度韩愈出世。韩愈凡心极重，始终不悟。玉皇大帝没有办法，只好再派韩湘与蓝采和装扮成外国和尚，向唐宪宗进佛骨，韩愈上书反对，被贬官。路上韩湘制造种种凶险艰难，终于使韩愈表示愿意学仙。到这里，故事应该结束。编书的人觉得，一来历史的事实是韩愈到了潮州，无法抹煞；二来对皇帝不辞而别有些不恭。于是，让韩湘陪同韩愈到了潮州，并且派神将协助韩愈赶走近海的鳄鱼。事实上，大家知道，韩愈确实有一篇《祭鳄鱼文》，后来被清代人收进《古文观止》，广泛传诵。这时，韩湘才假报韩愈病死，将一根竹杖变成韩愈的肉身，而真韩愈飞升天上恢复旧职。序言说，《韩湘子全传》是“仿模外史，引用方言，编辑成书，扬榷故实”。古代小说里的“外史”，多是真人假事。把历史材料编排，同虚构的神仙故事掺和在一起。序言还说这部作品“有《三国志》之森严，《水浒传》之奇变，无《西游记》之谑虐，《金瓶梅》之亵淫”。这是作者的自我标榜，或者是好朋友的捧场。照我们看，早期的道教小说，富有神话意味，比较清新淳朴。后期的道教小说，离奇怪诞，编造的痕迹太重，并不怎么引人入胜。

中国古代的人们在生产力落后的情况下，相信天命、崇拜祖先，他们敬畏鬼神但并不是共同遵奉某一个确定的神。干宝在《搜神记》自序中说，他的写作目的是“明神道之不诬”，只是劝人们对鬼神之事宁可信其有，不可信其无，也并没有宣传哪一种确定的宗教。佛教在东汉时传进中国，开始因为没有很大势力，便尽可能依附于儒道两家。以后佛教逐渐发展，扩大了影响。东晋时志怪小说《灵鬼志》，有了比较多的宣传佛教的内容。写《世说新语》的刘义庆，还写了《幽明录》，其中表现了佛家的地狱观念。它的《宣验记》是晚年所作，集中反映了因果报应的思想。例如，有一则故事讲，一个姓沈的人被判处了死刑，行刑时他不停地口念观音菩萨的名字，结果，刀砍在脖子上，断的不是他的脖子而是刽子手的刀，这样，他被释放了。刘义庆之后，南齐的王琰写了《冥祥记》，并且有一篇自序。序中说，王琰得到一尊观音的金像，他把金像寄放在庙里。一天中午睡觉，梦见金像被移到角落里，心中十分奇怪，立刻骑马去把金像接回家里。当天晚上，庙里十多尊佛像被人偷走，熔化了铸成钱币。有年秋天的夜里，金像忽然放射光芒，照到三尺开外，王琰全家人都看到。再后，王琰去外地，又把观音像寄放到另一座庙里，十年后回来，找不到佛像下落。做梦时看到在佛殿东面许多小像中间，第二天按照梦中的位置去找，一点不差。由于有这么多神奇现象，王琰“有感深怀”，“缀成斯记”，写出了《冥祥记》。《冥祥记》和《灵鬼志》等书，都有浓厚的佛教迷信色彩。我们当它是小说，佛教徒却当它是佛教灵迹的记录。梁代著名的僧人慧皎的《高僧传》，是佛教、佛学的重要著作，里面多处采用《冥祥记》。南朝是佛教在中国大发展的时代，印度佛教经典大量被翻译介绍过来，这在中外文化交流的历史上是非常重要的。《冥祥记》大量记载佛教的灵异，说佛经抛到火里烧不坏，掉到水里浸不湿，可以降虎伏怪，这些当然是迷信，但它同时也以想象和夸张，曲折地反映了印度文化在中国的传播。例如，有一条记载，某地妇女在户外汲水，有一个相貌奇特的行路人，高鼻子，凹眼睛，来讨水喝，喝完突然不见了，而给他水喝的妇女肚子剧疼，躺在地上大声呼叫。一会儿，妇女突然坐起，要来纸和笔，写出横行的外国文字，有的字像汉字的“乙”，有的字像汉字的“己”。写满五张纸，丢在地上让人读。没有人认识这种文字，妇女便指定一个十岁的小孩，小孩果然叽里咕噜念了起来，又没人能懂。当地县令把妇女和孩子找去询问，他们说，“当时忽忽，不自觉知”。县令派人到外地大庙找到外域来的僧人，给他看妇女所写的几张纸，那僧人大吃一惊，说，正是佛典中失落的一部分。这个故事的情节是非现实的，不可信的，但佛教经典，尤其是大乘佛教梵文经典，大多数早已失传了，是靠着汉文译本，后世才了解它们的内容。那么，这则故事又有很深的象征意义了。王琰在自序中说，要“永作津梁”，津是渡口，梁是桥梁，他的本意大约是说要引渡世人皈依佛法，如果解释为不同民族文化之间的桥梁，倒是更有意味。有些佛教小说多少能起这方面的作用，我们今天阅读，可以从这一角度发掘。

唐代的僧人为大力宣扬佛教，将艰深的佛经用通俗的语言讲解，称为

"俗讲"，俗讲依据的底本是"变文"。其中有完整地讲述佛经故事的，成为小说。现存的《庐山远公话》，叙述了东晋高僧慧远的生平故事。后来，佛教小说宗教宣传的成分有的较弱，主要是作为民间故事愉悦民众。明代中期出现一本小说，叫《钱塘渔隐济颠禅师语录》。到清代康熙年间，香婴居士（本名王楚吉）将它稍作增补，改名《济公全传》印出，写了一篇序。道济和尚出家受戒，吃不得苦，发起疯来，被称为济颠。他喝酒吃肉，与人吵架打斗，众和尚告状，长老反而要把衣钵传给他，他却不接受。他同情挨冻受饿的乞丐，把官员赠送的银两、绢绫转送他们。他受众僧的反对排挤，死后一再显灵。济公这一形象，在老百姓中很受欢迎。序言说，"戒律精严，本臻大道，嬉游诞放，亦畅玄机"。本来，佛教要求和尚谨守琐细严格的清规戒律，说那样才能修成正果，而济公和尚心地善良，疯疯癫癫，嘲笑佛门规矩，任性自由，却能得善终。这里反映了下层社会的某些意愿。序中还说，"与其积宝成堆，终成壅滞，孰若明珠不歇，彻底圆融"。"塔上凌霄，莫认天宫绝顶；沟中淤淖，方参最上初乘。"一个和尚，一个佛教徒，记诵了许多佛典，如果不能真心深入领会，不能消化吸收，堵塞胸中，反而有害，不如灵活洒脱的人把握了本义，把握了佛教的"绝对真理"。修塔造寺，做些常人所谓的功德之事，不一定能够升天，在污浊的下层日常生活中修行，才是更有效更正确的道路。由此可见，小说和序言的作者不只是揭露、鄙薄口是心非、假虔诚的和尚，而且，看来也不赞成拘泥于宗教仪式而不去理解和实行佛教核心精义的教徒。把这一点作为一种思想方法推而广之，无论做什么事，求佛也好，求学也好，都不能壅滞而要力求圆融——这对所有人都是有启发意义的。

紧接着，在清代乾隆年间，又出了《济颠大师醉菩提全传》，流传更广，还被翻译成几种外文。此书也有一篇序言，其中说："极意佯狂，尽是灵通慧性；任情极戏，无非活泼禅机。"和上面一篇的意思相通。它还说，"抢渡世婆心者，或托之风痴，庶有以惊其聋聩而转其愚蒙，示以奇怪而发人深省"，要读者从济公的疯癫言语和怪异行为中得出禅悟。今天的读者不关心悟出宗教教义，而可以从中体会到一点人生经验，那也是一种快乐、一种收获。

小说写到佛教，有相当一部分主要目的不是宣扬它，主要不是以文学为佛教服务，相反，是为了增强小说的奇幻性，是让佛教为文学服务。所谓"戏不够，神来凑"，编造故事、转换情节遇到困难，只要假借如来佛、观世音的神通，便都柳暗花明，轻而易举地解决了。明熹宗天启年间清溪道人（本名方汝浩）写了《禅真逸史》，此书有十多篇序跋，它又名《残梁外史》或《通俗奇侠禅真逸史》，可见，它是结合了讲史、侠义和神魔小说的特点，既写朝政清浊、军阵胜败，又写神佛引渡、禅蜕尘寰，总之是热闹非常。给这部小说写序的有地位不低的官员。诸允修的序，赞成作品表露的儒佛结合、禅侠结合的倾向。他一方面说，禅家“与儒家仁、义、礼、智、信同”，二者都要求修炼人的精神，不受物欲支配去做坏事；另一方面说，“以奇侠而合以禅真”，“不必说苦说空”，“节烈豪雄，便是禅真真正面目”。两方面配合在一起，“此书行，禅真之真面目见矣”。这本小说和它的序跋，以及那时大量存在的同类作品，反映出中国宗教文化的民族特点。中国与基督教国家或者伊斯兰国家不同，统治者和老百姓都有务实的倾向，对于宗教，既不完全排斥，也不见得始终坚持祀奉。很多的人，有事求佛，无事就不再理会。至于是求如来佛，求张天师，或者求自家的祖宗，都无所不可，甚至可以同时求几种神道。《禅真逸史》和《禅真后史》的流行，得到许多官绅文士的品题评论，让我们具体真切地了解中国古代人们这种文化心理。

小说序跋与科举制度

科举制度从隋代开始，由于是分科考试以选拔读书人做官吏，所以叫做科举。它从隋文帝开皇七年（587 年）沿用到清德宗光绪三十一年（1905 年），对中国社会影响极大，对文学、对小说也有很大的影响。五代时王定保的笔记小说《唐摭言》，记录了不少有关科举制度的遗闻轶事。清代的卢见曾给这本书写的序中说：“《摭言》一书，记进士应举登科杂事，共列一百五门，厘为十五卷，每条有论赞。所述典故，有选举志所未备者，故不惮详细言之，以存旧事欤。”他说王定保书中所记，有史书专门记述科举的篇章所没有的内容，足见它有很高的价值。唐代孙棨的笔记小说《北里志》，记叙长安城北平安里一带歌姬的生活，其中涉及读书应考的人。他在自序中讲到，举子和新及第的进士，与歌姬的来往应答的风气和情况。唐代是科举制从发展到稳定成型的时代，也是古代小说从发展到艺术上成熟的时代，这两者之间有着重要的联系。小说要求语言表达和组织结构的能力，叙述和描写的能力。有些文人在应进士考试之前，通过写作传奇小说来练笔，并且把作品送给经常主持考试的名人，让他们对自己的文才留下好的印象，选拔时优先考虑。这就大大促进了小说艺术水平的提高。科举考试，应考的人多，考中的是很少数，考不中的是大多数。考不中的人，有的索性把才华用在小说写作上。唐代中期，有一本笔记小说《大唐传载》，记载公卿大夫的事迹言论、诙谐谈笑、朝野琐事，这本书的作者已难确考，他写有一篇自序，序中说："吾不试，故艺。试，用也。夫艺者，不独总多能，第以其无用于代，而穷愁时有所述耳。"这个人是科举考试的失意者，不得被朝廷任用，于是转向非实用的才能，进行小说创作，抒发自己的忧愁、悲愤。还有一本笔记小说《云仙杂记》，题署唐代冯贽所作，研究者推断可能是宋代或者元代的人写的，也有一篇自序。序文说："予事科举三十年，蔑然无效……退归故里，筑选书室以居，取九世所蓄典籍经史子集二十万八千一百二十卷，六千九百余帙，其膏髓别为一书。"他说家里九代人收藏了几十万卷书，从中抽取精华，未免夸张其词。但他说科举无效才去写小说，则是有代表性的。

明代的李日华，是有成就的文学家、绘画理论家，中过进士，有官职。他给他的朋友陈邦俊编的小说集《广谐史》写序，说两人年轻的时候都爱古书，陈邦俊未能博得功名，不再热心应付科举考试，而李日华自己虽然踏进官场，"终于时趣不洽"。李日华用几年时间研读多种史书，陈邦俊则以浓厚兴趣编成小说集，他流露了对陈邦俊的羡慕之情。明代白话短篇小说作者凌濛初，多次考试不中，气愤地写了《绝交举子书》。他在《〈二刻拍案惊奇〉小引》中说，熹宗天启七年（1627年），自己的人生失去明确的目标，在南京逗留，指的大约就是其中一次考试失败。这时，开始写小说，"姑以游戏为快意耳"。呕心沥血的文章考官看不中，随意挥手而成的小说，受到社会欢迎，使他万分感叹。

科举在文人生活中有非常重要的地位，牵动了文人的感情，自然在小说中成为重要的描写对象。大多数是正面描写，金榜题名被作为人生的最大荣耀和幸福。少数作了讽刺和揭露，其中最优秀的作品是《儒林外史》。闲斋老人在这本书的序言中说："其书以功名富贵为一篇之骨——有心艳功名富贵而媚人下人者，有倚仗功名富贵而骄人傲人者，有假托无意功名富贵自以为高被人看破耻笑者，终乃以辞却功名富贵品地最上一层，为中流砥柱。"参加和热心科举考试就是为了求得权势、求得富贵，于是，或卑躬屈膝，或趾高气扬，或口是心非假作清高。小说画出了封建社会文人的种种丑态。在《儒林外史》之前，有一本颇为奇特的小说，叫《虎丘花案逸史》，又名《女开科传》。写苏州三名秀才，遇见三名富有文才的妓女。秀才们凑了一大笔钱，大会苏州城几十名妓女，开女科考试。从考试、阅卷到题名、开宴，全都按正规体例办理。因为恶棍告状，把一帮人都吓跑了。后来，三个秀才真的考上了进士，娶了三名妓女。作者对于科举制度似乎很不尊重，同它开了一个很大的玩笑。书有一序一跋，跋中说："全书愤世绝俗，半多诙谐笑话。"序中说："真圣贤必不做腐事，所谓谙于大道，而为学士大夫者，当不必徒尚于口中之程朱焉可矣。"用他们自以为风流潇洒的态度反对程朱理学的迂腐。

小说序跋与爱情婚姻

爱情和婚姻是人类社会生活极关重要的内容，有关爱情和婚姻的风俗、习惯、制度、仪式，是民族文化最容易显示特色的部分。中国长期处于宗法制度之下，血缘关系对宗法制起着基本的维系作用。在中国封建时代，统治阶级和他们的意识形态，反对、压制、扼杀自由的爱情，主张父母包办婚姻，讲究门当户对。因此，对纯洁忠贞的爱情的追求，同封建礼教就不断发生冲突，这在小说和小说序跋中有多种形式的反映。唐代传奇小说里就有不少动人的歌颂美好爱情的篇章。到了明代，城市发展、商业繁荣，出现带有启蒙性质的新的思潮，小说家更自觉更勇敢地表露对爱情的肯定。明代小说家和小说理论家冯梦龙，编《情史》二十四卷，共八百七十多篇，是从历代笔记小说中选出的爱情故事。他在叙中说，天下有各种各样的情，"君臣、父子、兄弟、朋友之间"都存在情，但"情始于男女"，男女之情是其他情的根本。"异端之学，欲人鳏旷，以求清净，其究不至无君父不止，情之功效亦可知已。"佛教等不合常情的学说，反对男女之情，实际上要人到老独身，用这种压抑情感的办法求得清净。冯梦龙认为，最后会否定君臣父子之情，这就从反面证明男女之情的功效。他编这本书，要展示男女之情的许多方面、许多类型，"兴、观、群、怨，多识，种种具足，或亦有情者之朗鉴，而无情者之磁石乎！"使人感奋，了解社会，加强凝聚力，对不合理的现象怨恨，增广见闻，成为有情人的一面明亮的镜子，像磁石一样吸引感化受到压抑缺乏感情的人。在《情史》的编辑和拟话本的撰写中，冯梦龙表现了比较新的开放的爱情观念。

小说序跋表述的观点，只有与小说文本的描写结合起来看，才能比较清晰地了解其中的意思，才能判断哪些是真心话，哪些是门面话、套话。对于有关男女之情的小说，尤其需要如此。有很多小说序跋声称要对人们进行伦理教育，要有益世道人心，实际上却是起败坏作用的淫秽作品。清代乾隆年间的《五凤吟》，它的序文开头就说，世上的人，见到“道义之书”，瞌睡就来了，翻开“风雅之章”，则爱不释手，讲情爱的书，“易于留人之眼，博人之欢。有心世道者，苟能从风雅一途醒人，以处正之获吉若斯，狎邪之得祸若斯，则细琐俚鄙之谈，未尝无补于世道人心也”。他要求写行为端正的人获得好报，用心险恶的人没有好下场。小说的主人公祝琪生与邹雪娥相爱，又与雪娥家的丫鬟素梅、轻烟相好，再与同学的妹妹平婉如“互叙衷情，对月盟誓”，并与婉如的丫鬟绛玉相戏。祝琪生虽然屡遭危难，而最后中了二甲进士，与五个女子成亲。祝琪生的同学就是婉如的哥哥平君赞多次从中破坏，陷害琪生，最终被人刺死。小说赞扬一夫多妻，把女子看成男人的附属，思想十分陈腐。书中还有许多庸俗低级的描写。这些地方恰恰体现了封建统治阶级的观点和态度。这类小说为数很多。

清代初年有一位作者，署名天花藏主人，真实姓名已经很难弄清，写了很多才子佳人小说，也为这些小说写了多篇序言。他认为，男女发生感情，不仅在于貌美，更要有才情。貌美只是一时悦目，才情才更久长。他在《两交婚小传》序中说，“色之为色必借才之为才，而后佳美刺入人心，不可磨灭也”。才情又和天生的气质有关，不只是要学问大，更重要的是要有性格美。“始知性情之芳香，齿牙之灵慧，出之幽而幽，出之秀而秀，种自天生，不容伪也。”他还认为，不但男子应有才，女子也应有才，“须眉而外，当必有秀骨妍肌，出幽阁之类，拔香闺之萃者也”。相对于郎才女貌的社会习俗看法来说，天花藏主人的见解是比较通达，少些礼教气息的。《两交婚小传》写甘家兄妹与古家姐弟结成两对夫妻，其中女子的文才胜过男子。天花藏主人还认为，爱情遭受颠沛流离的干扰破坏不一定都是坏事。他在《飞花咏小传》序中说，“父母有命，媒妁有言”，“不过仅完其红丝之公案”，“将见佳人才子竟与愚夫妇等矣，岂不大可痛心也哉!”挫折危难，制造了机会，使主人公更充分地表现其才能之高雅，情爱之深挚。“因知可悲者颠沛也，而孰知颠沛者正天心之作合其团圆也。最苦者流离也，而孰知流离者正造物之婉转其相逢也。”总而言之，天花藏主人重视男女青年本身的品质、能力、情感，这使他的作品能广泛流行。当然，他也有相当浓重的正统思想。同许许多多古代小说一样，他的作品也是把爱情婚姻与科举联系在一起，男主人公总是科场得意，然后奉旨完婚。《两交婚小传》最后一回的回目是“四才子两交婚大快素心真得意，双夫妻齐面圣特加恩爵大团圆”。这正是曹雪芹在《红楼梦》第一回里所嘲笑的“满纸潘安子建，西子文君”的那种模式化的描写和结局。

清代有一部才子佳人小说，十八世纪就传到欧洲，译成几种文字，那就是《好逑传》。作者署名是名教中人，序作者是维风老人。它得到德国大作家歌德的赏识。歌德向人叙述：“有一对钟情的男女在长期相识中很贞洁自持，有一次他俩不得不在一间房里过夜，就谈了一夜的话，谁也不惹谁。”指的就是小说中铁中玉在水冰心家养病，病愈后两人设席长谈，而谨守礼仪。歌德并引申说，在中国“那里一切都比我们这里更明朗，更纯洁，也更合乎道德”①。当爱克曼问这部中国传奇在中国算不算最好的作品呢，歌德果断地回答：“绝对不是，中国人有成千上万这类作品，而且在我们的远祖还生活在野森林的时代就有这类作品了。”的确，《好逑传》在中国小说史上只是平庸之作，维风老人的序言中说的“爱伦常胜于爱美色，重廉耻过于重婚姻”，就是他要宣传的主题思想。这种思想在作品产生的当时已经说不上有何新鲜之处。不过，它在帮助人们了解中国古代上层社会的爱情婚姻观念，了解中国古代文化方面，还有一点作用。

小说序跋与文化有关的，还可以列出一些。比如，古代有一种“物传”小说，就是把某一种器物，以拟人化的手法，为它立传。最早是唐代韩愈的《毛颖传》，他把毛笔当作人物写出一篇传记。明孝宗弘治年间，陆奎章作《香奁四友传》，前传写镜、梳、脂、粉，后传写尺、剪、针、线。作者有自序，徐淮写了一篇题后。题后里说，这类作品似乎是游戏文字，“然非问学宏深，笔力精到，虽有撰作，终非本色语”。明代支立的《十处士传》写的是酒壶、木枕、纸帐等十种用具，书后有作者的跋。清代云间子的《草木春秋演义》，写中药，有自叙。把这些东西的来历、特点写得清楚细致，同时也表现了不同阶层人的日常生活方式，有不同程度的知识性和趣味性。

---

① 爱克曼：《歌德谈话录》，朱光潜译，人民文学出版社，1978年，第112页。

三、小说序跋与小说史

小说序跋是小说发展到一定阶段的产物，本书第一部分扼要叙述过，序跋随着小说创作一道成长，日渐丰富多样，内涵也日渐深化。反过来说，从序跋的发展变化，侧面反映出小说的发展变化，在这个意义上，可以说，由序跋的发展可以看到小说史的一种投影。此外，对今天的研究者很有用的是，小说序跋，特别是明代以后的小说序跋，内中有一些对小说史的概括叙述，提供了很多小说史料，表达了多种小说史观。

上古的人不是有意作小说，讲小说、写小说的人并不认为自己是在从事文学创作，不认为自己是在对客观现实做艺术加工，很多人自以为完全是据实说来，据实写出。这种情况从一些序跋中不难看出。前面已经分析过郭璞《注〈山海经〉叙》，那篇叙里还说过，《山海经》记述的种种神奇的人和事，“精验潜效，绝代悬符”，就是说，神话的描写，经受了后来事实的检验，完全符合。干宝的《搜神记》也是谈神说鬼，他的看法，同上古时代神话的创作者相比，有了一些变化。在神话的作者看来，神和人是在同一个世界，神就是有特别的本领、特别的能耐的人。干宝《搜神记》的序言表示出另一种意思，认为在人的世界之外另有一个鬼神的世界，他的小说就是要证明另一个世界的存在——“明神道之不诬”。他在序中还把《搜神记》这类书籍列为“七略”之外的第八略。“七略”是西汉的刘向、刘歆编的我国第一部目录学著作，所著录的书籍分为六艺略、诸子略、诗赋略等等，那里收录的主要是有较大实用价值的书，而《搜神记》则是用以“游心寓目”，并不重在实用。在这一点上，干宝同《山海经》的作者们也有区别。

唐代的人开始有意作小说，于是，小说不但与历史著作逐渐明确地区别，而且在文学的内部独树一帜，与诗歌并列。唐代人所写的小说序跋没有来得及认真总结文学思想上的这个重大突破，是后来的人在序跋中论述到唐代小说的时候，才对此作出理论的概括。明代冯梦龙编辑《五朝小说》共五种，其中之一是《唐人小说》。桃源居士在序中说："唐三百年，文章鼎盛，独诗律与小说，称绝代之奇。"他把诗歌和小说看成唐代影响最大、成就最高、地位最突出的两种文学体裁。"至纤若锦鸡，怪同鬼斧，即李杜之跌宕。韩柳之尔雅，有时不得与孟东野、陆鲁望、沈亚之、段成式辈争奇竞爽，犹耆卿、易安之于词，汉卿、东篱之于曲，所谓厥体当行，别成奇致，良有以也。"他认为，在精巧和神妙方面，即令是李白、杜甫抑扬起伏的诗歌，韩愈、柳宗元纯正古雅的散文，有时也不能同孟郊、陆龟蒙、沈亚之、段成式相比。其中最后两个人，是传奇小说的作者。人各有所专，才各有所长。这就好像柳永、李清照在词的写作上，关汉卿、马致远在曲的写作上，每人精通一门，就取得了别人所没有的成就。这篇序言，肯定了唐代小说独立的地位和空前的创新。

元末明初，《三国演义》出现，标志着中国小说史上的又一个新阶段。《三国演义》是长篇历史小说。历史小说的创作，经历了长期的探索过程，庸愚子的序言勾画了这个过程。他说，"史之文，理微义奥"。史书如司马迁的《史记》或陈寿的《三国志》，也有不同程度的文学性，但因为是用艰深的文言文写成，隐微古奥，一般人看不懂。"前代尝以野史作为平话，令瞽者演说，其间言辞鄙谬，又失之于野。"唐宋以后，艺人说三国，说各朝故事，通俗然而粗朴，艺术上比较粗糙。《三国演义》克服了两者的弱点，"文不甚深，言不甚俗"，发挥了两者的优点，构成了古代小说的一个艺术高峰。

《三国演义》虽然做了大量艰苦的提炼、改造、加工，但还是不能不受到历史事实的牵制，容许"三虚"毕竟还要"七实"。《水浒传》虽然也有一点历史事件的影子，但基本上是艺术虚构，这在小说创作上又是一个飞跃。天都外臣《〈水浒传〉叙》说："此其虚实，不必深辨，要自可喜。"视之《三国演义》"雅俗相牵，有妨正史，又大不侔"。这显然是在历史的比较中，确定两者的不同，确定《水浒传》取得的进步。

明代中期有一本奇特的小说《金瓶梅》，也是中国古代小说艺术发展链条上重要的一环。谢肇淛在跋语中称它是"稗官之上乘，炉棰之妙手"，并且把它同《水浒传》相比，指出各自的优点和弱点："其不及《水浒传》者，以其猥琐淫亵，无关名理；而或以为过之者，彼犹机轴相放，而此之面目各别，聚自有来，散自有去，读者意想不到，唯恐易尽。"《金瓶梅》里充满了对男女关系的露骨描写，是它的严重缺陷，所以不宜在社会上流传，更不宜青少年阅读。但是，它是由文人独力完成的第一部长篇小说，不再是先后经多人之手，艺术上统一、完整、细腻。“机轴相放”，机轴指情节结构的关键，“放”是模仿。《水浒传》（特别是百回本和一百二十回本，谢肇淛不可能看到金圣叹的七十回本）前后给人重复之感。例如，宋江见到新入伙的弟兄就下跪，要让位；有一些人物打斗的场面大同小异。这是《水浒传》的缺点。《金瓶梅》的情节发展变化，在读者意料之外，又在情理之中。人物的聚散离合，都写出了根由。它描写最常见的市井生活，能够“穷极境象”，“肖貌”，“传神”，为此后的小说，包括《红楼梦》，开辟了艺术道路。

至明代，除了白话长篇小说之外，白话短篇小说也取得了辉煌的成绩。它们集中体现在冯梦龙编著的“三言”和凌濛初编著的“二拍”上。绿天馆主人在《〈古今小说〉序》中，精当地评述了从宋代到明代的通俗小说与唐代传奇小说不同的新风格、新特点。他说，变化首先在于语言，语言变化起因于欣赏对象的变化。“大抵唐人选言，入于文心；宋人通俗，谐于里耳。”唐人小说想要考官看了点头，宋元明的话本是要市民听着高兴。语言的变化其次也在小说的内容，而内容的变化同样与欣赏对象的变化有关。市民阶级不仅要看小说、听说书，而且要求小说以他们为主人公、写他们的日常生活。以前的小说，或者记殊方绝域的异闻，或者记文人雅士的趣谈，通俗话本把目光转过来，向着眼前的现实，向着下层社会。即空观主人《〈拍案惊奇〉序》说：“今之人但知耳目之外，牛鬼蛇神之为奇，而不知耳目之内，日用起居，其为谲诡幻怪，非可以常理测者固多也。”在话本小说里，“凡耳目前之怪怪奇奇，无所不用”。以上两点，都是小说史上革命性的重大变化。

《聊斋志异》和《红楼梦》可以分别看作我国古代文言小说和白话小说的终结，它们吸收融化了前代艺术的成就，而其后直到“五四”新文学兴起之前，再没有在思想上艺术上超越他们的作品。蒲松龄《聊斋自志》说：“才非干宝，雅爱‘搜神’；情类黄州，喜人谈鬼。”（“黄州”指苏轼，他曾经被贬到黄州。）又说：“集腋为裘，妄续《幽冥》之录；浮白载笔，仅成孤愤之书。”（南朝刘义庆有志怪小说《幽明录》）可见，他把古代小说的传统，和屈原、司马迁的传统结合起来。余集的序言更明白地讲到这个意思，指出《聊斋志异》不只是记述罕见的怪异之事，而是有“微旨所存”，是像屈原一样“以泄愤懑，抒写愁思”。作者的孙子蒲立德在跋语中说，这部小说集“其事多涉于神怪，其体仿历代志传，其论赞或触时感事”，“其文往往刻镂物情，曲尽世态”。他们对《聊斋志异》经验的总结，都是可以给我们参考的。现在见到的《红楼梦》最早的序言是戚蓼生的序，他肯定作品极高的创新价值，“敷华掞藻，立意遣词，无一落前人窠臼”，在铺排华美的词藻和意旨的含蕴上，都摆脱了历来的范式。序言把《红楼梦》艺术上最突出的特点概括为“注彼而写此”，就是，极力写贾府豪华奢侈，却让读者深刻地感受这个家族的衰败；它一再写林黛玉尖刻嫉妒，却让读者感受到这个人物的清高耿直……戚蓼生艺术眼光非常敏锐，他的论述，有助于人们认识《红楼梦》在中国小说史上，以至于在世界小说史上的崇高地位。

序跋中对于小说史的直接论断一般较为简略，由于作者掌握的材料有些我们已经看不到，由于序跋作者有些直接观察甚至参与了当时小说的创作、传播，所以，其看法值得我们重视。“三言”“二拍”的序言，在中国小说史的宏阔背景上，对宋代以后通俗小说的发展作了介绍，提出从口头到书面的记录加工、宫廷和民间两类读者对创作的影响这样两条值得思考的线索。《〈古今小说〉序》认为，小说是从史书的传统中衍生出来的，发源于战国时代，最早的作品是《庄子》《列子》（明代人认为《列子》是战国时代的著作）中的寓言；在唐玄宗开元年间出现过一次繁荣，作者是当时有才华的文人。以上是说文言小说。至于通俗小说，这篇序言认为，准确的产生时间不大好说，南宋时管理宫廷事务的供奉局，专门招了些说书艺人，先是给退位做了太上皇的宋高宗说书，而且，为了不断更新说书的内容，宫廷还派人到外面访求历史传闻和民间故事，让艺人编成小说去讲。这样，配合着皇室、官僚们的娱乐需要，通俗小说一步步发展起来。它和文言小说不一样，作者大多难以确知，往往在流传中经过很多人反复改动、琢磨。《〈今古奇观〉序》的说法与此相近，它还补充说，艺人们用的“说话”的底本，“事多鄙俚”，“读之嚼蜡”，情节安排粗疏，语言简略粗糙，没有多少艺术吸引力。后来，有了施耐庵、罗贯中等热心而有才华的文人，在原来的基础上创新创造，才形成一批优秀的作品。在“三言”“二拍”的序言之前，天都外臣的《〈水浒传〉叙》也勾勒了中国小说史同样的轮廓，不过，只有模糊的粗线条。

序跋中除了直接关于小说史的介绍和评价之外，对于今天的研究者有用的，还有对小说作者情况的叙述，对小说版本的介绍、考订，以及大量对于具体作品的评论。那些评论即使不一定是从史的眼光着笔，也还是提供了值得重视的思想资料。对于某本小说的作者的介绍，不一定都是存在于这个作者的作品的序跋。有的作者写过多本小说，对他的比较详细切实的介绍不一定出现在他最重要的作品的序跋中。时移世易，今天认为是最重要的作品，当时不一定是这样看。吴承恩除了《西游记》之外，还写过传奇小说集《禹鼎志》，可惜已经失传，幸而这部小说的自序在他的文集中保留了下来。在序中他自述，“余幼年即好奇闻”，偷偷购买了小说，怕父亲和老师责骂，躲在隐蔽的地方阅读。长大以后兴趣更为强烈，想方设法搜罗小说，“几贮满胸中矣”。他特别佩服唐代小说家“善摹写物情”。写《禹鼎志》这样的文言小说，可以显示作者的风雅。《西游记》是通俗小说，当时的人认为不值一提，所以，万历年间陈元之写《〈西游记〉序》，已经说“不知其何人所为”。正因为如此，《禹鼎志》序里保存的作者自述就格外珍贵。了解吴承恩的生平爱好，对研究他的创作的成就和特色大有好处。

也就由于古代轻视小说的风气，很多小说作者的姓名被隐没，现代的研究者要费很大气力考证，序跋提供的线索最引人注目而且也较为可靠。清代有几部被鲁迅称为“以小说见才学”的作品，其中问世较早的是《野叟曝言》。作者写小说既然是为了显示自己的学问，连书名都有点怪，不太好懂。野叟，是乡间的老头儿；曝，是晒；曝言，是冬天扎堆晒太阳时说的闲话。这个“野叟”是谁呢？知不足斋主人在序中说：“《野叟曝言》一书，吾乡夏先生所著也。”序文还告诉我们，夏先生是当时江阴县的知名人士，到过云南、贵州，“足迹半天下”，才能卓异而不被赏识，一肚子卖不掉的学问只好借小说发挥出来。西岷山樵的序言也说，自己的先辈在江浙一带做官时与夏先生相识，看到过《野叟曝言》。根据这些说法，再去查《江阴艺文志》，就知道夏先生的全名是夏敬渠，对于经史典籍、诸子百家、礼乐兵刑、天文算数，无不精通。这部小说的正文，确实堆砌了这些方面的知识。小说应该以艺术形象反映社会生活，要求故事情节曲折生动，人物性格鲜明。如果只是炫耀学问，读来不会有多大的趣味。《野叟曝言》是一个失败的例证。序言介绍作者的情况，可以推动我们思考，在清代中期，训诂、音韵等学问取得巨大的成就，考据方法盛行，知识分子的心理趋向，使他们在各种场合都重视知识，而不是像晋代的文人们重视才华和个性。这也可以帮助我们具体了解一定的社会风气下作者的经历、性格和小说风格的关系。

清代中期另一部小说《蟫史》，和《野叟曝言》性质有些相近，也是卖弄学识的小说。书名中的“蟫”是书的蛀虫，“常则觅生活于故纸，变则化臭腐为神奇”。书名暗含的意思是，坐着读了很多古书，一肚皮学识吐出来就写成这部小说。杜陵男子在序中说，“《蟫史》一书，磊砢山房主人所撰也”。磊砢山房主人本名屠绅。徐闻称赞他从小就像汉代梦中口吐凤凰的扬雄一样擅长写作，长大又像《汉书》的作者班固一样文采灿烂。这个作者识得上古蝌蚪文字，能够做考证，“笔墨通灵，似识惯神仙之字，心思结撰，遂衍成稗史之编。而乃怪怪奇奇，形形色色，空中得象，纸上谈兵”。其实，《蟫史》并没有什么新颖独到的思想，情节安排也缺乏匠心，只是用古奥的文词，掩盖它内容的肤浅。据说，屠绅自幼聪明好学，二十岁就中了进士，生活上豪爽而未免放纵，言行喜欢与众不同。小说创作不是只靠聪明和学问就能取得成功，屠绅恰恰是被聪明所误了。他创作的失败与他的为人性格不是毫无关系。

《燕山外史》比上面说的两本书时间稍稍晚一点，全书八卷，都用骈体文写成。那么长的小说，全都用四字、六字句相间的对偶文写出，应当承认是很困难的。作者自己很有点得意，以为是独出心裁、前无古人。其实，唐代张鷟的《游仙窟》，就是用骈体文写的短篇小说。骈文在唐代还有比较强的生命力，到元明就已经僵化，清代康熙、乾隆年间，有一批文人想要复兴骈文，也是力难回天。吴展成在序言中说，“《燕山外史》一编，陈君蕴斋所作也”。陈蕴斋，又名陈球，浙江嘉兴人，靠卖画为生，善写骈体文，又爱好小说。像骈文小说这种作品，作为文人的自我消遣，本无所不可，给别人看，文化高的人可能嫌它陈旧而无深意，文化低的人嫌它深奥而并不新奇，总之是不受欢迎。

后人给前人的书写序跋，每每会谈到版本，有的序跋作者就是小说的校订者，对于版本源流说得很详细，那就有更高的参考价值。当然，也有一些人，出于各种原因，有意混淆版本的古今真伪，说的不是真话，而是编造假话，给后代研究者带来困难，需要细心鉴别。若是作假的人也离开了人世，假托的古本又有其优长，那就有了另外的价值。《红楼梦》的主要版本有十多种。乾隆五十四年（1789 年）刊本有舒元炜的序，序中说：“惜乎《红楼梦》之观止于八十回也，全册未窥，怅神龙之无尾；阙疑不少，隐斑豹之全身。”最早，《红楼梦》传本只有八十回，是一部没有写完的小说，舒元炜还说，如若以研究的态度认真考察，当然最好看到有头有尾的全文，倘使“闲情偶适”地欣赏，只看八十回也不必遗憾。版本，本来是研究者所注意的，欣赏者不一定太重视。再说，“业已有二于三分”，差不多也就够了。这句话好像是暗示全书应该是一百二十回，那时人们认为，曹雪芹设计好了要写一百二十回，没有写完就去世了。在舒元炜序本之前，乾隆四十九年（1784 年）刊本有梦觉主人序，序末说，“书之传述未终，余帙杳不可得”，小说没有写完，后部分原稿无法寻求。他也说了几句解嘲的话：“既云梦者，宜乎留其有余不尽，犹人之梦方觉，兀坐追思，置怀抱于永永也。”人的梦的情节，一般总是片段的、跳跃的、不完整的。刚刚醒来，追想梦里的情景，把它连贯起来，能使人浮想联翩，很富有意趣。以上两种版本都属于八十回本系统。另一个系统是一百二十回本系统，对这类版本的最早说明见之于程伟元和高鹗的序言中——他们正是这一版本的制造者。程伟元序说，他一直想，此书既称有一百二十回，世上总归能够找到全本。于是，“竭力搜罗，自藏书家甚至故纸堆中无不留心，数年以来，仅积有廿余卷，一日偶于鼓担上得十余卷，遂重价购之”。这和金圣叹的贯华堂本《水浒传》一样，“古本”恰恰是最新版本。金圣叹把一百二十回压缩成七十回，使之精炼；高鹗把八十回延伸至一百二十回，使之完整，都建立了大功劳，都不肯居功留名。

有人打破这种掩人耳目的传统花招，修订润色原有版本，对流行的小说作了改写加工，署上真名实姓。下面谈到的这个人还不是寻常角色，他是清代著作繁富的大学者，做过翰林院编修的俞樾。俞樾的朋友，工部尚书潘祖荫，向他推荐《三侠五义》。俞樾随手翻翻，笑着说，这不就是《龙图公案》吗？“何足辱郑盦之一盼乎！”郑盦是潘祖荫的号。回到家里，从头细细读过，发现“事迹新奇，笔意酣恣，描写既细入毫芒，点染又曲中筋节”。就是说，它的情节新鲜，笔下放得开，描写细腻，关节点上烘托得好。《三侠五义》原来的作者是当时有名的说书艺人石玉昆，石玉昆的拿手是说“包公案”。明代原来有一部《龙图公案》，就是包公断案的故事，由七十二个到一百个独立的小故事组成，这部书的版本有繁简两个系统。石玉昆根据旧本重新创作成为长篇说唱，故事连贯完整，主角已经不再是包公，而是几个义侠。有人按照石玉昆的演出笔录下来，成为一部书，叫《龙图耳录》，计一百二十回。接着又有人在文字上进一步加工，仍为一百二十回，就是《三侠五义》，俞樾看到的就是这个版本。他称赞说："如此笔墨，方许作平话小说；如此平话小说，方算得天地间另是一种笔墨。"俞樾先是以为这类书不值得大文人认真阅读，等到认真看过，又热情肯定，这种实事求是的态度不愧学者风度。虽然大加肯定，也还是看到了它的不足，于是动手修改，这又表现了学者的严谨作风。他先指出，书中不止三侠，因此改了书名。序中还说，小说里的颜查散，是包公的学生，也是一个清官，"查散"恐怕是"昚敏"的讹误，"昚"即是"慎"，是根据孔夫子所说的"慎于言而敏于行"的格言而来，这才像读书人的名字。字形相近，误为查散，他就改过来了。其实，我们想，人家根据石玉昆口讲的记录，即使错了也应该从字音上去推敲，而不是在字形上推断。不过，俞樾说，小说写作"本无依据，何惮更张？奋笔便改，不必如圣叹之改《水浒传》，处处托之古本也"。他的修改不多，却提高了作品的质量，此后通行的正是俞樾的改订本。他自己写的序言，让我们看到了此书版本的演化。

修订版作者所做的工作，有时不是在自序中表述，而是由别人写的序跋介绍。明代末年可观道人在《〈新列国志〉叙》中说，"以国史演为通俗演义"的很多，其中有《列国志》，是"村学究杜撰"，错误百出，"此等呓语，但可坐三家村田塍上，指手划脚醒犁锄瞌睡，未可为稍通文理者道也"。《新列国志》经过冯梦龙重新改写，采集了大量史料，"虽敷衍不无增添，形容不无润色，而大要不敢尽违其实"，比较忠实于历史原貌。一百多年以后，蔡元放依然肯定，"《东周列国》一书，稗官之近正者也"，他只是稍稍做了点文字改动，加上大量评语，重新刊印，改名为《东周列国志》，自序中只说到自己在评点上做的工作。由此我们也知道，后一种版本同前一种版本文字差别不大。

小说史的主体部分是对小说创作成果的价值高低的判断，对作品成败得失的分析。小说序跋对作品的评论，给小说史准备了可供参酌的各种观点，给理论思维的深度加工准备了资料。我们在前面提到过，《世说新语》的那些序跋，就包含对作品的精彩评论。刘应登的序把《世说新语》同《国语》和《战国策》比较，以便更鲜明地体认它的风格特色："虽典雅不如《左氏》《国语》，驰骛不如诸《国策》，而清微简远，居然玄胜。"《左传》和《国语》以典雅见长，语言浑朴平实；《战国策》记述人物故事，语言纵横挥洒，尝有排比夸张之句。《世说新语》每一则都非常短，它的第一个特点乃是"简"，简练，短而又有很强的概括性，传达人物的神情心理，并且耐人寻味。它的第二个特点是“远”，悠远，含蓄而多有余韵。刘应登把这些艺术特色联系到时代风尚来分析：“盖于时诸公专以一言半语为终身之目，未若后来人俯焉下笔，始定名价。”晋代上流社会里的人，说出一句半句意味深长的话，就可能出名，不像后代的人，埋头写出大篇文章、大部著作，还不一定能不能被社会承认。在此之前，在战国时代，合纵连横，说客辩士，用滔滔不绝的长篇大论鼓动听者，《战国策》的风格就是这种好辩风气在文学上的表现。明代王世懋的序说，历来都认为，语言难以完满地表达思想，文字难以完满地追踪口头语言，而《世说新语》“至今讽习之者，犹能令人舞蹈”，可以算得上“书之近言者”，文字表达力是非常之强的。这个评价《世说新语》当之无愧。清代王先谦从思想方面谈到作品的不足，他说，志人小说“多及人善恶，肆喜怒之私，变是非之实，以误后世”。作者把自己的褒贬好恶放在了人物描写中，不免有许多主观的成分；而且所记言行多不是作者的亲见亲闻，而是根据别人的说法，稍一渲染，与原貌便有距离，造成失真。这就提醒我们，看小说要有主见、做分析，不能完全跟着作者走。《世说新语》的作者衡量人的标准同我们不会完全一样，我们要对小说的倾向做历史的分析。

古代讲史小说在艺术描写上有一个从粗略到细致、从板拙到生动的发展过程，这靠着历代的人们创作上的摸索，而积累经验又需要理论上及时的总结。序跋是总结艺术经验的有效形式。早期的讲史小说，按照明代书画家和小说评点家陈继儒在《叙〈列国传〉》中的说法，是“世宙间一大账簿”，用流水账的方式记载历史事件，要求“事核而详，语俚而显”，即内容符合历史事实，语言通俗易懂。陈继儒又在《〈唐书演义〉序》中说，“演义，以通俗为义者也”。署名袁宏道的《〈东西汉通俗演义〉序》中说，“文不能通而俗可通，则又通俗演义之所由名也”。文雅的语言不能让很多人都理解，浅俗的语言却可以做到，大部分讲史小说在普及历史知识上产生了一些作用，而文学性则比较薄弱。上述序言真实地反映了这些作品艺术水平较低的实际；序言作者对此不是遗憾，而觉得如此适合当时社会的需求，这似乎是认识上的一种弱点。毛宗岗托名金圣叹写的《〈三国志演义〉序》，就有了进步，发表了比较高明的见解。它不再把讲史小说的任务仅仅看成用通俗的语言复述史书的内容，它把艺术性高的讲史小说同艺术性低的讲史小说区别开来。它说：“凡自周秦而上，汉唐而下，依史以演义者，无不与《三国》相仿。何独奇乎《三国》？曰：三国者，乃古今争天下之一大奇局，而演《三国》者，又古今为小说之一大奇手也。异代之争天下，其事较平，取其事以为传，其手又较庸，故迥不得与《三国》并也。”“作演义者，以文章之奇而传其事之奇，足以使学士读之而快，委巷不学之人读之而亦快也。”讲史小说的作者不是随便取一本史书就可以拿来改编，有的朝代历史适合于编成小说，有的则不太适合，作家在取材的时候就要有艺术的眼光，处理材料更要有艺术能力。这样，读者就不只从小说中能了解到历史知识，而且能获得审美的愉快。看不懂史书的老百姓愿意读，熟悉史书的学者也愿意读，真正是雅俗共赏。鲁迅的《中国小说史略》论到讲史小说，认为《全相三国志平话》这一类，是“词不达意，粗具梗概而已”。同时又指出，“说《三国志》者，在宋已甚盛，盖当时多英雄，武勇智术，瑰伟动人，而事状无楚汉之简，又无春秋列国之繁，故尤宜于讲说……今日搬演为戏文者尤多，则为世之所乐道可知也。其在小说，乃因有罗贯中本而名益显”。看得出来，他是吸取了上面提到的序文，尤其是毛宗岗序文的一些看法。

神魔小说中的优秀作品与平庸作品之间的差别也是相当之大的。幔亭过客（本名袁于令）的《〈西游记〉题辞》将两类作了比较：“今日雕空凿影、画脂镂冰、呕心沥血、断数茎髭而不得惊人只字者，何如此书驾虚游刃、洋洋洒洒数百万言，而不复一境。”在油脂上绘画，在冰上雕刻，不能经久，形容胡编乱凑的作品经不住推敲，神魔小说中这样生造出来，荒诞而无根的作品确有不少。袁于令提出，“文不幻不文，幻不极不幻。是知天下极幻之事，乃极真之事”。神魔小说既要大胆地驰骋想象，又要使读者感觉真实可信。世裕堂主人则在《东度记》序中说，“至于编中，征诸通载者一，矢谈无稽者九，总皆描写人情”。有资料根据的只占十分之一，想象虚构的占十分之九，而这些虚构又表现了人之常情。鲁迅后来也说，《西游记》“构思之幻……变化施为，皆极奇恣”。神魔皆有人情，精魅亦通世故。鲁迅还批评尤侗、张书绅、刘一明写的《西游记》序言脱离了作品实际，是附会之说。研究小说史，要尽可能广泛阅读古代序跋，它们有时从正面也有时从反面对研究者的思考起到激发、催化作用。

对于才子佳人小说的批评，起先见于《红楼梦》第一回，那里说，“至若才子佳人等书，则又千部共出一套”。怎样见得是共出一套呢？说的比较简略。三江钓叟在《铁花仙史》序中举出了其中的一个方面，他说：

“传奇家摹绘才子佳人之悲欢离合，以供人娱目悦心者也。然其成书而命之名也，往往略不如意。如《平山冷燕》则皆才子佳人之姓为颜，而《玉娇梨》者又至各摘其人名之一字以传之，草率若此，非真有心唐突才子佳人，实图便于随意扭捏成书而无所难耳。”“颜”指书的题名。《平山冷燕》书名由四个人物（平如衡、山黛、冷绛雪、燕白颔）的姓组成；《玉娇梨》书名是从书中人物白红玉和她的化名吴无娇各取一字，从另一人物卢梦梨名字中再取一字组成。这类情况实在太多，例如青心才人的《金云翘传》，由三个人物金重、王翠云、王翠翘姓名中各取一字。最为人们熟悉的是《金瓶梅》，由潘金莲、李瓶儿、春梅三人姓名中取字。《铁花仙史》想跳出这个套子，它的书名又是如何构成的呢？书中人物活动的重要场所叫埋剑园，用“铁”来指“剑”；情节的关键之一是玉芙蓉开花，用“花”来指“芙蓉”；书中苏紫宸等人修道，便用“仙”字来暗指。取书名也这样地落套，跳也跳不出，足见，才子佳人小说确实千部一腔。

关于才子佳人小说作者意图和他们的创作心态，序跋也有所披露。明代何大伦《重刻增补〈燕居笔记〉引》说，“古今来，艳丽之句，创闻之事，破俗之行，意外之逢，风流之况，奇异之缘，目不得而睹，耳不得而闻，口不得而谈，行不得而践”。在当时的社会里，由于礼法的限制，文人们不能随心所欲地谈论风流艳丽之事，行为更要受约束，有些人便想借艳情小说来宣泄。署名袁宏道的《〈花阵绮言〉题词》说，在正规场合，必须谨守礼法，而才子佳人小说可以在喝酒消遣时阅读，“或神随目注，意马先驰；或情引眉梢，心猿不锁；或怀春来诱，词恋恋于褰裳；或冗隙相窥，愁萦萦于多露。丽阵绮言，种种魂销。暇日抽一卷，佐一觞，其胜三坟五典、秦碑汉篆，何啻万万”。意思是说，这部小说能够引起人的浓厚兴趣，打动人的情感，它的内容很丰富，有少女同情人逗戏，像《诗经》里写的：你若爱我，就提起衣服走过来；（《诗经·郑风·褰裳》“子惠思我，褰裳涉溱”。）有女方反抗男方以势压人，像《诗经》里写的，不走夜路就不怕露水，不犯法就由不得你强定婚约；（《诗经·召南·行露》“岂不夙夜？谓行多露。”“虽速我狱，室家不足!”）这种书比起经典古籍好看多了。这些序跋所讲，有没有一些道理呢？才子佳人小说，同《水浒传》那样的描写农民起义的作品比，同《红楼梦》那样的深刻揭露封建礼教的作品比，是差得太远，把他们评价很高，自然不恰当。但是，其中有些较好的作品，多少肯定了男女青年自然而健康的情感，同有的文学作品的封建道德训诫相比，又显得轻盈可喜。对这些作品，应该在小说史上给它安排适当的地位。

谴责小说是晚清时期出现的，代表作有李伯元的《官场现形记》，吴趼人的《二十年目睹之怪现状》。这类小说思想上和艺术上的特点怎样？忧患余生（本名连梦青）在《〈官场现形记〉序》中说："老友南亭亭长乃近有《官场现形记》之著，如颊上之添毫，纤悉毕露，如地狱之变相，丑态百出。每出一纸，见者拍案叫绝。熟于世故者皆曰，是非过来人不能道其只字。"从思想上来说，这类小说是揭露性的，揭露晚清官场的污秽、丑恶；从艺术上说，它们以刻画细腻见长，抓到了对象的基本特点。序言进而联系传统加以研究，说，"神禹铸鼎，魑魅夜哭……摄世界之影，使一般之蠕蠕而动、蠢蠢以争者，咸毕现于菩提镜中"。茂苑惜秋生（本名欧阳钜源）为吴趼人的《糊涂世界》写的序也说，"其情事则相遇于微，其议论则能见其大。昔者大禹铸鼎，遂穷九幽"。春秋时代有一种说法，说夏代大禹铸鼎，把各种鬼怪形象铸在上面，便于老百姓认识它们的面目，及早防范。这个典故被明清时期很多小说序跋引用，强调塑造揭露性的反面形象是重要性。鲁迅的《"题未定"草（八）》也认为反面人物形象"其功用与铸了魑魅魍魉的形状的禹鼎相同"①。这种认识，也就是李伯元、吴趼人创作的出发点。重视塑造反面形象之后，更要探讨怎样提高形象的艺术质量，谴责小说在这方面有所不足。忏绮词人在给诞叟（本名钱锡宝）的《梼杌萃编》写的序中，有一段很有见地的论述："说部中之工于摹写世俗情状者，莫如《儒林外史》，近世规仿之者，若《官场现形记》，若《海上花列传》，若《九尾龟》等，亦可谓穷形尽相，无态不搜矣。然所摹写者，仍不外乎具鬼之形状，居鬼之名称者……若夫能写貌为人而心为鬼，名为人而实为鬼者，则唯施耐庵之《水浒传》，曹雪芹之《红楼梦》而已。"塑造反面形象，要处理好写心与写貌的关系，只从外形上丑化，就显得浅薄。余集的《〈聊斋志异〉序》说，"世固有服声被色，俨然人类，叩其所藏，有鬼蜮之不足比，而豺虎之难与方者……惜无禹鼎铸其情状"。世上有满口仁义道德，所作所为伤天害理的两面派，小说要写出这种人的复杂性。对于小说，倾向性最好是从描写中、从叙述中，自然而然地流露，不要由作者直接议论。忏绮词人序中说："作者未尝着一贬词，

① 鲁迅：《鲁迅全集》第六卷，人民文学出版社，1981年，第432页。

而纸上之声音笑貌，如揭其肺肝，如窥其秘奥，画皮画骨，绘影绘声，神乎技矣。”他的评价相当客观。鲁迅《中国小说史略》称赞《儒林外史》，“无一贬词，而情伪毕露”；批评谴责小说“辞气浮露，笔无藏锋”，“伤于溢恶，言违真实”。有意提升文学欣赏水平的读者，可以努力辨别两类小说的差别，增强自己的审美能力。

四、小说序跋与小说理论批评

序跋要对作品表示看法，除了少数只谈版本的序跋之外，大多数序跋都是小说评论，包含着小说理论批评的内容。因为中国古代对小说不重视，所以对小说的专门研究非常之少，而序跋就成为小说理论批评最常见的一种方式。本书前面三个部分实际上已经反复触及序跋的评论和理论的性质，这里，再从两个方面做些介绍，一是对小说家的创作动因和小说社会功能的论述，一是对小说创作原则和创作技巧的论述。

关于小说的创作动因与社会功能

这里所谓创作动因，是指作家为什么写小说，是什么样的心理状态推动他写作小说。小说作家那么多，每一个作家在他创作的前后期也可能心理发生变化，动因各不一样。序跋的作者们，古代的作家、理论家们，对此提出过多种说法，归结起来大致有三种，这就是：以文为用，以文为哭，以文为戏。

以文为用，是从政治和伦理功用出发，写小说为着教育读者，为着维护、巩固当时的社会秩序。可一居士的《〈醒世恒言〉序》说："崇儒之代，不废二教，以为导愚适俗或有借焉。以二教为儒之辅可也，以《明言》《通言》《恒言》为六经国史之辅，不亦可乎。"二教指佛和道，佛教、道教学说可以配合儒家学说，共同构筑统治阶级的意识形态，"三言"这样的小说也可以配合儒家经典以及史书来为封建阶级服务，适应下层百姓的接受能力而开导他们。"三言""二拍"中有一部分作品，宣传佛教的因果报应，宣传所谓忠孝节烈的三纲五常，品格不高，就是受到作者们狭隘的创作意图的限制。作家把小说完全当作一种宣传，而所宣传的思想又是落后的，甚至是反动的，违背历史潮流的，作品不但在思想上不可取，艺术质量必然也不高。梦觉道人《〈三刻拍案惊奇〉叙》，写于明朝灭亡前一年，其中假拟一个客人的口吻责备作者说，眼下国家多事，又是天灾，又是兵祸。你不去研究军事和政治，提出有用的建议，却写小说，太不应该了。作者反驳道，天下为什么大乱？不就因为人们不受封建道德的约束吗？人人都知道内战应该停止，灾荒需要救济，可是谁也拿不出办法。写小说是从根本的地方着手，让老百姓懂得，“君父师友自有定分，高贵利达自有大义”，“孰谓无补于世哉！”这是要小说成为消弭人民的反抗意识的工具。出发点的错误决定了这部小说集没有多大价值。“三言”“二拍”创作指导思想既有狭隘的一面，又有通达的一面，作者看到了小说发生社会作用的特点，并不把它和经典、国史完全等同。他们意识到小说的特殊魅力，“虽日诵《孝经》《论语》，其感人未必如是之捷且深也”。《〈古今小说〉序》描述说：“说话人当场描写，可喜可愕，可悲可涕，可歌可舞……怯者勇，淫者贞，薄者敦，顽钝者汗下。”小说艺术形象的生动性，能使胆小的人变得勇敢，放荡的人变得贞洁，轻佻的人变得淳朴，麻木顽固的人愿意接受教育。这些正确的看法，使他们在创作中注意发挥文学的特性、小说的特性。

以文为用的小说观在文言小说创作中也广泛流行。盛时彦《〈姑妄听之〉跋》谈到纪昀的笔记小说，“时彦尝谓先生诸书，虽托诸小说，而义存劝戒，无一非典型之言，此天下之所共知也”。“典型”是说符合传统规范。纪昀写小说，主张神道设教，用鬼神报应之说，吓唬小民百姓。比如，他的《如是我闻》中有一篇叙述一个姓崔的人，同有权有势者打官司，本来有理，反而败诉，他气愤至极，想要自杀。晚上梦见死去的父亲对他说，“在人世上受的委屈越大，到阴间得到的伸张就越彻底，你何必着急生气”。于是，他一点怨恨也没有了。纪昀认为，老百姓中间有很多性格倔强的人，仅仅用政治压迫的办法不行，赤裸裸宣讲封建伦理道德作用也不大，用鬼神故事能收到特殊的效果。这使得他的小说，比唐人传奇，比庄列寓言，都大大地后退了，显得枯燥乏味。总的说来，以文为用的观点，对古代小说创作，起到的消极作用比较多。

以文为哭，是主张以小说创作作为宣泄作家情感的渠道，他们所要抒发的情感，主要是个人的怀才不遇和社会的贫富不均而产生的抑郁、愤慨的情绪。在这方面，首先要提到的是李贽所写的《〈忠义水浒传〉序》。李贽是明代有名的思想家，他敢于反对钳制着社会的传统思想，一生受尽磨难，最后在监狱里自杀。序言的开头说：“古之圣贤，不愤则不作矣。不愤而作，譬如不寒而颤、不病而呻吟也，虽作何观乎!”《水浒传》者，发愤之所作也。李贽认为，古代圣贤的经书、史传以及文学作品，都是发愤而作，而《水浒传》作为小说，也是发愤而作。只有发愤，才能写出好作品。不敢对黑暗的政治表示不满和怨愤，曲意逢迎封建统治者，不能做出真学问，也不能写出好文章、好小说。

以文为哭，发愤著书，有两层意思：一是说人只有经历过困难曲折，懂得了生活的艰辛，才能有坚强的意志，去完成大事业；一是说人只有经历过艰难曲折，才可能有深刻的思想感情，才可能写出内容深沉的作品。古人写过，“少年不识愁滋味，为赋新词强说愁”。那样写出的作品轻飘飘的，缺乏厚重感。这两层意思都有普遍的适用性。人们常说逆境成才，因为人处在艰苦的环境，有许多的困难等待着克服，他就有可能最大限度动员和发挥自己潜在的能力，他的学习和工作的愿望、意志就格外强。相反，一切顺利，生活舒适、安逸，便容易怠惰。文学创作、小说创作要花费心血，要克服各种有时是巨大的困难，意志薄弱的人不能取得超越前人的成绩。曹雪芹的家如果没有被抄，没有衰败，他不会想到写小说，很难坚韧地以十年心血反复增删写成长篇巨著。从第二层意思来说，逆境出真情，逆境出深情。李贽在其他地方说过，世上真正会写文章的，不是有意成为文学家的人，而是“其喉间有如许欲吐而不敢吐之物，其口头又时时有欲语而莫可以告语之处”，这些当然只能来自生活中的挫折、困顿。本来，欢乐幸福之情，也是一种真情，也是文学家小说家应该表现的，为什么李贽和古代许多优秀的作家、理论家要特别强调怨愤的感情在文学创作中的作用呢？这是因为，在他们生活的社会里，到处存在着不公正、不合理，到处存在人压迫人、人欺侮人的现象。有才能、有抱负的受压制，美好的事物被毁损。哪些人能深切地感受到这种现象，并且能够生动有力地如实把它表现出来呢？当然不是站在反动势力方面的人，也不是超脱于社会矛盾旋流之外的人，而只能是对黑暗的现实满怀愤怒的人。这种正义的愤怒的感情，是作品思想上的说服力和艺术上的感染力的源泉。从读者方面来说，因为封建社会是极少数人压迫大多数人的社会，所以，表现正义的愤怒的作品，比较表现歌舞升平的作品，能引起更加普遍、更加强烈的共鸣。有价值的文学作品，有价值的小说，内容总是与社会矛盾斗争有着深刻的内在联系。小说要让读者拍案称奇，就要将日常生活现象典型化，就要站在矛盾斗争中属于新生的进步的一面，对阻碍历史发展的势力采取否定态度。我们可以说，古代所有的杰出的小说作者，大体上都属于以文为哭、发愤著书这一类。蒲松龄在《聊斋自志》中说："浮白载笔，仅成孤愤之书，寄托如此，亦足悲矣。"《聊斋志异》一书中有许多是骂世之文、愤世之篇。余集写的序指出："先生少负异才，以气节自矜，落落不偶，卒困以经生以终。平生奇气，无所宣泄，悉寄之于书。"高凤翰的跋说："聊斋少负艳才，牢落名场无所遇，胸填气结，不得已为是书。余观其寓意之言，十固八九，何其悲以深也。"蒲松龄有才华、有风骨，却几十年考不上举人，所有的不平之气从小说发出，书中讲的是狐鬼故事，却包含深刻的社会含义。刘鹗在《〈老残游记初编〉自序》中说，《离骚》是屈原的哭泣，《史记》是司马迁的哭泣，《红楼梦》是曹雪芹的哭泣。"其感情愈深者，其哭泣愈痛——此洪都百炼生所以有《老残游记》之作也。"洪都百炼生是刘鹗的笔名，他自认为是以文为哭的。以文为哭，发愤著书，也还有境界格调的高低之分。有人只是为自己没有受到赞赏而怨愤，有人是为社会、国家、民族的命运而忧心。当然，愈是有社会的普泛性和历史的深刻性的怨愤，愈能推动作家写出上乘的作品。

说到以文为戏的小说观，我们不能不谈到柳宗元的《读韩愈所著〈毛颖传〉后题》。《毛颖传》是一篇"物传"小说，有点滑稽意味。韩愈是一个大学者，在当时的文人中影响很大。他是正统的儒家知识分子，对于佛道采取排斥态度。像他这样的重要人物而写出小说作品，就引起一些人的惊讶和反对。张籍写信批评他，表示不满和惋惜。韩愈回信解释说："此吾所以为戏耳。"当时地位很高的裴度也写信责备韩愈。在这种情况下，柳宗元写了"读后"，为韩愈辩护。他说，世人读《毛颖传》，"大笑以为怪"，这是因为他们习惯了模仿抄袭、东拼西凑，"肥皮厚肉，柔筋脆骨"——堆砌词藻典故，扭捏作态地弄些花花草草，当然看不惯新鲜别致的作品。韩愈的《毛颖传》是给"异世者"也即是敢于变革的人看的，不是给"贪常嗜琐"之徒也即是墨守成规的人看的。读书人整天钻研、背诵，脑子非常疲倦，写小说和看小说都是调剂、休息。吃了牛羊猪肉，需要吃些野果酸菜，变换口味。读了经史典籍，需要看看小说，心理上放松一下。

明代初年，瞿佑作《剪灯新话》，李昌祺作《剪灯余话》，发扬了韩愈的传统。李昌祺在自序中说，当时有人评论他的作品说："兹所谓以文为戏者非邪?"王英给《剪灯余话》作序也认为，"昌祺所作诗词甚多，此特其游戏耳"。唐代到明清的一部分清高的文人，感觉世事的不平，人生的苦闷，他们不是或者不全是像屈原、司马迁那样抒发愤怨之情，而是写轻松的小说转移自己的心力，求得悠闲宁静。此外，格律诗和八股文有严格的形式上的限制，而小说可以让作者痛快淋漓地施展自己的才华，可以追求故事的曲折、结构的腾挪变化以及语言的清丽，这也能给作者很大的快感。

小说的创作和欣赏，本来就同游戏、休息有密切的关系。鲁迅说："人在劳动时，既用歌吟以自娱，借他忘却劳苦了，则到休息时，亦必要寻一种事情以消遣闲暇。这种事情，就是彼此谈论故事，而这谈论故事，正就是小说的起源。"① 恩格斯早就谈到过，民间故事的使命，是让贫穷劳碌的农民得到快乐②。写小说对于创作者具有一些游戏的性质，同时，它的产品又为读者提供娱乐休息。这里面也有层次的不同，有的是感官的刺激，有的是高雅的美感。理想的创作心态，是把以文为用、以文为哭和以文为戏自然地、恰如其分地融合在一起，写小说、读小说获得愉悦、享受，抒发、宣泄正当的情感，最终有利于社会的进步。

关于小说的创作原则和创作技巧

自从唐代以后，作者们小说创作的自觉意识逐渐增强，也就是说，他们越来越清楚地意识到自己是在写小说，意识到小说和史书不同，写小说和做学问有着性质上的不同，需要以不同的态度和方法对待。这种认识对于小说创作有决定性的重要意义。有了这种认识，小说家把自己的作品看成文学，是艺术，就会努力去加强作品的审美特性。那么，小说和历史记载、和现实生活，到底有些什么区别呢？在古代的理论家、古代小说序跋的许多作者看来，这可以概括为"虚"与"实"、"无"与"有"的关系。虚、实、无、有，是中国古代小说理论的重要概念。在人们对于小说的审美特性缺乏充分认识之前，偏重的是实和有的一面，经过反复探讨、思索、比较、试验，慢慢地，更加重视虚和无的一面，重视把实、有与虚、无恰当地结合起来、融合起来。从我们上面的介绍也可以看出，从《山海

① 鲁迅：《中国小说的历史的变迁》，《鲁迅全集》第九卷，人民文学出版社，1981 年，第 302—303 页。

② 恩格斯：《德国民间故事书》，《马克思恩格斯论艺术》（四），人民文学出版社，1966 年，第 401 页。

经》《搜神记》的序言到一些讲史小说的序跋，都曾力图证明小说所写的是实际发生过的事件，小说作品是“账簿”。《水浒传》《金瓶梅》的出现，表明人们的认识产生了飞跃，而理论上的阐明更在此之后。

清代初年，曾经做过县官的刘璋，写了一本小说，叫《钟馗捉鬼传》，是借鬼魅以讽刺人世。小说写得比较浅，水平不算高，艺术上的夸张很是大胆，人物、情节在历史上或现实中找不到直接的依据。这种做法，符合不符合小说的创作原则呢？进士出身的黄越给它作了一篇序，集中回答这个问题。序中有问有答地说：“传奇云者，传其有乎，抑传其无乎？有可传，传奇有可也。无可传，传其无亦可也。”历史上的或现实生活中的事件，如果本身就紧张曲折、激动人心，作为小说的题材当然很现成、很方便、很合适。像三国时期的政治、军事，适宜于作小说的材料，《三国演义》就是“传其有”的作品。但是，对于作家，这样的“方便”并不很多，没有那么多现成的好材料送上门来。所以，多数小说不是直接“传其有”。序文说，世界上难道果真有孙悟空这样亦猴亦神神通广大的人吗？《西游记》却塑造了这样的形象，叙说了他的故事，使他的名字家喻户晓。世界上难道真有西门庆这么一个人吗？《金瓶梅》却塑造了这个形象，写了他荒淫罪恶的一生，让人们引为鉴戒。《水浒传》写的梁山英雄从聚义到招安，基本上也是作家安排、构想的。从理论上分析，所有这些个小说的创作原则是怎样的呢？序文说：“且夫传奇之作也，骚人韵士以锦绣之心、风雷之笔，涵天地于掌中，舒造化于指下，无者造之而使有，有者化之而使无。不惟不必有其事，亦竟不必有其人，所谓空中之楼阁，海外之三山，倏有倏无，令阅者惊风云之变态而已矣耳。安所规规于或有或无而始措笔、而摛词耶！”黄越把小说家比作万物之母，天地自然孕育了世上的万事万物，小说家孕育的是艺术世界里的人和物。小说家为什么能够“造物”？首先是因为他有蓝本。人类社会的实际生活，这是“有”，它是一切文学艺术的源头。不了解社会生活，对社会生活没有深入的体验，小说家便没有了写作的原料，更写不出好的作品。但是，有了生活经验并不能保证一定写得出好的作品，作家生活阅历的丰富程度不见得同作品的思想艺术质量成正比。关键是要善于“化”而且善于“造”，就是用艺术思维去熔化生活材料，创造出高于生活的艺术世界。社会生活现象是丰富的也是粗糙的，艺术形象就要强烈、集中、鲜明，让读者通过它想到许多人、许多事、许多现象。它表现的是一个一个独特的人物、独特的事件，又蕴含了一般、普遍。《西游记》表现了人民群众对等级森严的封建制度的反抗，它有充分的生活依据，有深刻的社会历史内容。可是，我们不能在小说中一一指明孙悟空、猪八戒的原型，唐僧也绝不再是舍身求法取经的玄奘，这些形象不是影射唐代或者明代的什么人、什么事件，他们是艺术典型。既有充分的生活依据，又有充分的艺术虚构，“有”和“无”不断地转化，这就是《西游记》和一切优秀小说成功的秘诀。鲁迅说，“艺术的真实非即历史上的真实”，“因为后者须有其事，而创作则可以缀合、抒写，只要逼真，不必实有其事也”①。他谈的也是艺术创作中的有无、虚实的关系，当然，认识是更加清楚、更加深刻得多了。

在黄越之前，李日华在《〈广谐史〉序》中已经讲到了虚实关系：“因记载而可思者，实也，而未必一一可按者，不能不属之虚。借形以托者，虚也，而反若一一可按者，不能不属之实。”第一个“实”是指生活中的实事，完全按照生活中的事实做记录，这样写出来的小说，反而给人感觉“虚”，即艺术效果上的虚假。第二个“虚”是艺术虚构，从生活出发创造艺术形象，并非实有其人其事，却使读者感到真实可信。读者把小说中的人物当作正面的榜样或者反面的鉴戒，这样就达到了艺术的真实。“实者虚之故不系，虚者实之故不脱，不脱不系，生机灵趣泼泼然。”实者虚之，就是艺术的加工提炼。不系，是不拘泥于生活实事，不被原始材料所束缚。虚者实之，是艺术虚构始终从生活出发。不脱，是不背离现实生活的可能性，不背离生活的规律。

和以上两者类似的意见，在其他序跋里也可以见到一些。康熙年间，金丰为钱彩所作的《说岳全传》写的序就是其中较好的一篇。序文说：“从来创说者，不宜尽出于虚，而亦不必尽由于实。苟事事皆虚，则过于诞妄，而无以服考古之心；事事皆实，则失于平庸，而无以动一时之听。”《说岳全传》写的是岳飞精忠报国、抵抗金兵的故事，岳飞的忠心耿耿，秦桧的奸狡阴毒，金兀术的凶横残暴，有历史上的事实作依据，而小说中的人物描写与故事情节安排起落跌宕、反复变化，扣人心弦，则是作者艺术上的功力。把历史事实加以提炼升华，让艺术虚构真实可信，就会使作品受到读者欢迎。古人对这个问题的看法不可能那么明确、系统，站在今

① 鲁迅：《致徐懋庸》，《鲁迅全集》第十二卷，人民文学出版社，1981年，第302页。

天的科学的文学理论的高度，来看古代小说序跋中的有关论述，便能发现其中包含了非常可贵的有民族特色的思想资料，对于我们今天研究小说、研究文学，发展小说理论、文学理论，都有很高的参考价值。

小说创作的一个重要问题是人物描写，在人物描写上达到的水平，对人物描写问题认识的深度，是衡量一个民族的小说创作和小说理论发展水平的主要标尺之一。在小说发展的幼稚期，总是把情节的奇特放在第一位；如果自觉地使情节安排为人物描写服务，那就说明小说已经发展到了成熟阶段了。在中国，《世说新语》中有许多篇触到人物的某一个突出特点，唐代传奇有了对人物的比较完整、比较细致清晰的描写，而使人物成为典型形象并且进入世界文学画廊的，首先要算《水浒传》。金圣叹为《水浒传》写的第三篇序谈到了它的成功之处："《水浒》所叙，叙一百八人，人有其性情，人有其形状，人有其声口。"金圣叹把人物塑造作为小说创作的中心的关键的环节，而且可以明显看出，他所特别关注的，又是人物的独特性方面。这种看法在当时是非常高明的，在中国小说理论史上、文学理论史上，是空前的。无论在中国还是外国，在金圣叹生活的时代之前，小说家、文学理论家谈到文学作品中的人物性格，首先说到的是类型性。他们要求，写老年人像老年人，写青年人像青年人，写大臣像大臣，写平民像平民，合乎人物的年龄和身份。或者，要求区分性情急躁与和缓、粗心与细心、勇敢与胆小，总之，要求人物形象表现出某一群人、某一类人的特点。金圣叹反对从类型性的角度看人物性格，而主张从个别差异性上来把握和表现人物性格，要求每一个人物形象都是独特的，不与其他人物形象重复。他说："夫以一手而画数面，则将有兄弟之形……施耐庵以一心所运，而一百八人各自入妙。""兄弟之形"就是彼此相似，这正是许多小说人物描写上的弊病。《水浒传》并没有做到一百零八人便一百零八样，其中也难免有"兄弟之形"，但它至少写出了一二十个性格独特的人物，这就很了不起了。金圣叹还曾经指出，《水浒传》里，鲁达、史进、李逵、武松、阮小七、焦挺都是性格粗鲁，但彼此并不显得是"兄弟之形"，因为它把每个人的粗鲁的不同之处写出来了。人物性格的特殊性不但在于它具有哪些因素，而且还在于，甚至更在于，这些因素怎样体现和以什么方式组合。以上几个人物性格中，粗鲁都是重要的因素，但各人粗鲁的原因不同，表现方式不同，各人除了粗鲁以外，性格中还有彼此不一样的其他重要内涵。

金圣叹不仅肯定了个性化的重要，而且还提到了个性表现的若干方面，其中最常见的是人物语言表达方式和行为方式的特点。语言表达方式，他称为“声口”。声口，就是声情口吻，就是人物说话的口气神态，体现在小说上面，就是用词上、句式上的特点。李逵说话不同于林冲说话，他们两人说话更不同于吴用、公孙胜。金圣叹修改《水浒传》，常常能使人物语言更加符合人物的个性和特定情势下的心理。他自己对自己的修改加以评点，提请读者注意。比如“三打祝家庄”一段，写杜兴转述祝彪兄弟的话：“把你那李……李应捉来”，第二个“李”字是金圣叹加的。中国古代没有删节号，增加一个“李”字，能让读者想见说话人的神情。金圣叹说：“叠一‘李’字，便活画出气极后，说不出话来时。”我们想，还可以传达杜兴不便于当着主人的面直呼他的名字，又不得不照直转述，那样一种复杂微妙的心理。就行为方式的特点来说，不同性格的人物有不同的行为，李逵砍倒杏黄旗，别的人很少可能做出这样的事。不同性格的人物，即使做同样的事，做法也不一样。武松打虎和李逵杀虎就不一样。武松虽然是和老虎突然相遇，打虎时却对每一步都有细心的分析估量。李逵钻进洞里杀虎崽，赶出洞外杀母虎，只有他那样莽撞的人才会如此莽撞行事。

金圣叹建立了比较完整的性格理论，这是一笔宝贵的理论遗产。金圣叹的论述，对在他之后的小说创作和小说理论批评，起了奠基和先导的作用。《西游记》是神魔小说，它也仍然是现实生活的反映，因此也要讲究性格描写。实际上，它也取得了成功。睡乡居士《〈二刻拍案惊奇〉序》说：“即如《西游》一记，怪诞不经，读者皆知其谬。然据其记载，师弟四人，各一性情，各一动止，试摘其一言一事，遂使暗中摸索，亦知出自何人。”小说中师父徒弟四人，确实写得相当成功。唐僧是和尚，他身上又有读书人的特点，善良、软弱、迂腐。孙悟空的猴性，猪八戒的猪性，都同人性巧妙地结合在一起，并且都把一定阶层的共性和独特的个性结合在一起，所以，他们的行为、对话，就是没有标出姓名，读者也能够辨认，不会弄错。《儒林外史》在人物描写上取得的成就，也早被人们看到。闲斋老人的序言说：“篇中所载之人不可枚举，而其人之性情心术，一一活现纸上。”惺园退士的序更详细地列举：“其写君子也，如睹道貌，如闻格言；其写小人也，窥其肺肝，描其声态。画图所不能到者，笔乃足以达之。”小说中的君子写得不算很生动，而所讽刺的对象，如严监生、范进、胡屠户等，真正是画出了他们的灵魂。惺园退士还引用评点者的话：“慎勿读《儒林外史》，读之乃觉身世酬应之间，无往而非《儒林外史》。”点出了成功的人物形象产生的共名现象。就是说，小说中的人物成为某一类人的共名，人们一遇到吝啬鬼，就叫他严监生；一遇到势利眼，就叫他胡屠户。日常生活现象人们本已熟惯，不以为奇，由于小说出色的人物描写，警醒了世人，人们看到许多地方都有类似的丑恶现象。

到了近代，序跋不但继续总结中国小说在人物描写上的长处，而且寻求外国小说在人物描写上的长处，并且把两者比较，努力在创作中把两者结合。林纾的《〈块肉余生述〉序》说：“施耐庵著《水浒》，从史进入手，点染数十人，咸历落有致。至于后来，则如一群之貉，不复分疏其人，意索才尽，亦精神不能持久而周遍之故。然犹叙盗侠之事，神奸魁蠹，令人耸慑。若是书，特叙家常至琐至屑无奇之事迹，自不善操笔者为之，且恹恹生人睡魔，而迭更司乃能化腐为奇，撮散作整，收五虫万怪，融汇之以精神，真特笔也。”《水浒传》的前面大部分，人物描写成功，后面有一部分人物描写有些自我重复，不少人物面目相似。就百回本或一百二十回本来讲，确实如此，它们的后半段仍然能吸引许多读者，靠的是情节的紧张，写的是战阵打斗，谁输谁赢，是这些使得读者一定要把它们看完。狄更斯的小说写的是最普通的日常生活，像《大卫·科波菲尔》（林纾译为《块肉余生述》）写的是一个孤儿的遭遇，没有特异的故事和景色，也能引人入胜，就是因为人物描写成功。其中，穷得成天发愁而又时刻幻想发财的密考伯，性格就非常突出。我国的小说，从《金瓶梅》，“三言”“二拍”中的多数作品，到《红楼梦》，也都不是写战争胜负、英雄侠客，也是在日常生活中塑造人物性格。不过，欧洲十九世纪批判现实主义小说在人物性格与环境的关系，性格描写中细节真实与人物典型性的关系上，提供了系统的新的手法、新的观念。它们对我国“五四”新文学有很大的启发。林纾强调这一点，是有眼力、有见解的。

盛时彦的《〈姑妄听之〉跋》里记录了纪昀关于小说技巧的一条意见，纪昀对于所谈到的这项技巧不是肯定和提倡，而是怀疑和反对。他说：“小说既述见闻，即属叙事，不比剧场关目，随意装点。”他认为，小说属于叙事体，戏剧属于代言体。小说是由作者叙述自己的见闻，剧本是作者站在人物的角度代为叙说，分别给每个人物拟定各自该说的话。伶玄写《飞燕外传》是凭借樊通德讲述的材料，樊通德以旁观者的视角，所以，把后宫里的生活描写得很详细。元稹的《莺莺传》叙述本人的一段爱情纠葛，有些细节不愿意张扬，所以很简略。《聊斋志异》中的那些爱情故事，描写恋人之间亲密的情话和亲昵的情态："细微曲折摹绘如生，使出自言，似无此理，使出作者代言，则何从而闻见之？"人物自己不好意思也不情愿说，蒲松龄身边又没有樊通德一类的人提供材料，从哪里看见或者听来的呢？纪昀认为，这是《聊斋志异》的一个大毛病。

小说叙述故事，描绘人物和场景，都有一个视角的问题，或者叫做叙述角度问题。纪昀提出的，实际上正是这个问题。比如说，一场拳击，事后来追述，由其中的这一方来叙述还是由另一方叙述，由观众中的这一个人还是那一个人来叙述，由哪一方的教练叙述，还是由裁判员叙述，会有差别，甚至会有很大的差别。金圣叹修改《水浒传》，写武松打了孔亮，喝醉吃饱走出店门。先是用暗暗设定的旁观者的眼光写武松与一只黄狗，然后，从武松的眼光看狗。这就是角度的变化，这样写，把武松的醉态写得格外生动。早期的小说，由某一个人从固定的角度讲述自己见到的或者听来的故事，这样的叙述不可能、不应该超出讲述人所见所闻的范围。现代理论家把这叫做单纯叙述者角度。要求所有的小说始终保持单纯叙述者的角度，势必束缚作者的手脚。纪昀正是提出和坚持这样的不合理的要求，所以，他的艺术观是保守的、落后的。实际上，从唐代传奇小说开始，中国古代小说家已经在探讨、尝试多种叙述角度。其中，全知的叙述角度假定作者无所不知，有一双透视一切的眼睛，可以看得到发生在任何地方的任何事件，可以逼真地描写小说情节需要的任何场景。小说家也赋予自己"随意装点"的权利，他有权描写恋人的秘会私语，有权描写人物隐秘的内心世界。蒲松龄继承了唐代以来小说家的创作经验，《聊斋志异》的许多地方做到了细微曲折、摹绘如生，正是他的成功。纪昀对蒲松龄的非难，除了说明他不了解小说可以有多种叙述角度，一篇小说可以变换叙述角度之外，还说明他对小说作为艺术的本性也缺乏足够认识。鲁迅剖析过这一点。后来也有人问，作家写人物的心理活动，怎么能那么精细呢？鲁迅说："纪晓岚攻击蒲留仙的《聊斋志异》，就在这一点。两人密语，决不肯泄，又不为第三者所闻，作者从何知之？所以他的《阅微草堂笔记》，竭力只写事状，而避去心思和密语。""他的支绌的原因，是在要使读者信一切所写为事实，靠事实来取得真实性，所以一与事实相左，那真实性也随即灭亡。如果他先意识到这一切是创作，即是他个人的造作，便自然没有一切挂碍了。"① 小说本应由"无"生"有"，本应"虚者实之"，小说是

① 鲁迅：《怎么写》，《鲁迅全集》第四卷，人民文学出版社，1981年，第21页。

从生活出发的大胆想象，纪昀的疑问是违背艺术特性的迂腐之谈。

作家有权描写人物的隐秘情态、隐秘心理，但他是否有能力做到，是否总是在各种人物的描写上保持这种能力？这种能力如何培养？这也是小说创作中的重要问题。金圣叹在《水浒传》第三篇序言中说："施耐庵以一心所运，而一百八人各自入妙者，无他，十年格物而一朝物格，斯以一笔而写百千万人，固不以为难也。""格"是深入地探究，"物"是事物的原理，作家长期潜心体会事物的原理、规律，一旦豁然贯通，摸索到了人物性格的形成、变化的规律性，即使去写他平常很少接触的某一类人，也可以凭借想象而写得生动具体。一个没有恋爱经验的作家，如果对人情世故有比较深切的了解，有很强的推测和想象能力，也可能活灵活现地写出恋人间"燕昵之词，亵狎之态"。巴尔扎克还是未婚青年的时候，写了小说《婚姻生理学》，竟使有的人对他的道德产生怀疑。巴尔扎克感叹说："要使读者相信，作家不是罪犯时也能描写犯罪行为，这却并不容易！"金圣叹认为，作家写和本人品性、气质不同的人，直接接触不多的人，要能设身处地，《水浒传》"处处设身处地而后成文"。作家在创作中，努力暂时地忘掉本来的自我，尽可能"化身"而为人物，写小偷时设想自己是一个小偷，写老虎时设想自己是一只老虎。作家用人物的眼光去看，用人物的耳朵去听，用人物的手去触摸，用人物的脑子去想，"亲动心"而为人物，塑造的艺术形象就会栩栩如生了。在一个民族、一个国家小说发展的早期，小说作者非常不自觉地把本人的性格投射到人物形象之中，人物形象带着作家性格的明显的痕迹。在创作中抛开自己，客观地描绘人物，这是小说创作高度发展的标志。金圣叹的论述，就是对中国古代小说创作中人物塑造经验的很好的理论概括。

中国古典文学有一个非常突出的特点，也是它给予中国现代文学深远影响的方面，就是重含蓄、厌直露。这种传统首先是在诗歌写作和诗歌理论中体现，追求"韵外之致"、"味外之旨"，把"不着一字，尽得风流"看作诗歌难得的极高的境界。当然这主要是文人作者的趣味，民歌、民间文学与此有所不同，白话通俗小说和民歌风格相近，晓畅明白，便于市民、农民理解接受。在白话小说创作中取得"韵外之致"、"味外之旨"的艺术效果的是《红楼梦》。戚蓼生的序言阐述了《红楼梦》这方面的特色："观其蕴于心而抒于手也，注彼而写此，目送而手挥，似谲而正，似则而淫，如《春秋》之有微词，史家之多曲笔。"注彼写此，既可以看作有民族特色的小说创作原则，也是一项小说写作技巧。作家心中蕴蓄了意旨、思想，用种种艺术手法抒写出来，心中关注的、眼睛盯着的是那个，笔下所写的却是这个。看作品中的文字似乎奇特却是醇正，似乎合度却是过滥。孔子著《春秋》，把他对历史人物的褒贬隐藏在叙事中间，而并不直接议论。小说创作中的注彼写此，第一，是以“他人”暗衬“此人”，以“他物”暗衬“此物”。作家要着力描写的“此人”、“此物”不用很多文字，而使读者产生更加深刻、更加强烈的印象。例如，《水浒传》有“急先锋东郭争功，青面兽北京斗武”一回，主要篇幅是写索超和杨志比武，写得很热闹但这只是表面文章，实际上作家要表现的是梁中书特别赏识的杨志，为以后“智取生辰纲”埋下伏笔。“写此”，是写教场里的比武；“注彼”，是关注杨志，突出杨志如何在梁中书眼里愈来愈放射光彩。金圣叹评论说：“一段写满教场眼睛都在两人身上，却不知作者眼睛乃在满教场人身上也。作者眼睛在满教场人身上，遂使读者眼睛在两人身上，真是自有笔墨未有此文也。”这样写，比直接写杨志的武艺高，因此赢得梁中书喜欢，要高明得多，有趣味得多。第二，注彼写此还意味着，作家要表现人物性格的“这种”特点，笔下写的却是人物的“那种”特点，两种特点有时还可能是相互抵触的。戚蓼生的序文说，《红楼梦》“写宝玉之淫而痴也，而多情善悟不减历下琅琊；写黛玉之妒而尖也，而笃爱深怜不啻桑娥石女”。小说里宝玉表面上好像是轻薄的风流公子，实际上读者都喜欢他感情深挚专一；表面上看他好像吟诗写文运思迟缓，实际上读者都觉得他悟性很高。林黛玉表面上小心眼儿、说话尖刻，读者却都认为她为人诚挚，对爱情更是生死以之。以前的许多小说写才子出口成章、下笔千言，读者觉得可笑。《红楼梦》写宝玉在诗社中总是比不过姐妹们，为想一个好句子急得满头大汗，读者却深深佩服他的文才。这就是注彼写此的好处。《水浒传》里也有类似的例子。李逵是最耿直的人，像孩子一样天真。在小说中刚出场，便写他撒谎骗宋江一锭大银子去赌钱，赌输了又动手抢赌伴的钱，还要说，“老子闲常赌直，今日权且不直一遭”。金圣叹说：“李逵朴至人，虽极力写之，亦须写不出。乃此书但要写李逵朴至，便倒写其奸猾，写得李逵愈奸猾便愈朴至，真奇事也。”注彼写此对读者是一种启示，也提出一种要求。读者不能停止于小说的字面上写到的东西，而还要进一步揣摩背后作家的寄托，揣摩其中深藏的作品的意味。“作者有两意，读者当具一心。”要抓住作为作品灵魂的主旨，“必得是意，以读是书，乃能得作者微旨”。读小说只记住情节，这是肤浅的；只看到显露的明白的一面，也是不够的；体会到《水浒传》作者的“愤”，体会到《红楼梦》中心酸之泪，才是全面深入的欣赏。

戚蓼生的序开头说，传说中绛树一声能唱两支曲子，两个人听，各听一曲，一点不乱；黄华两只手同时写字，一只手写楷书，一只手写草书。《红楼梦》也可以“一声也而两歌，一手也而二牍”。不是像绛树同时由喉鼻两处发声，也不是像黄华由左右手分别书写，它是以一个细节、一处描写，起到两种或者更多的效果，暗示两种或者更多的意味。比如《红楼梦》第三十回“宝钗借扇机带双敲”，叙述宝玉随口说薛宝钗体胖，像杨贵妃，宝钗听了非常恼怒，借着小丫头找扇子，发作出来。宝玉很不好意思，转身找别人说话，掩饰尴尬的表情。黛玉看到他们两人发生冲突，内心高兴，也不能表露得太明显，改口说些不相干的话。在场的人没有看出其中的奥妙，只有王熙凤，用手摸着腮上说：“没人吃生姜，怎么这么辣辣的?”一处写四个人不同的心理、不同的性格。脂砚斋在评点中说过，“若看其写一人即作一人看，先生便呆了”。读者从一声听出两歌，并不是机械地把作品中的描写划分成几点、几个方面，而是像戚蓼生的序文所说，“如捉水月，只挹清辉；如雨天花，但闻香气”。领会作品形象的多重性和意味的丰富性，从作品已经写出的部分，推知没有直接写到的极为广阔的生活场景、极为深厚的思想感情。

序跋中关于小说写作技巧的谈论是很多的，中国古代小说技法的论述有时相当琐细，难以一一列举。讲究小说技巧，归根结底，是为了更好地传达小说的内容，加强小说的艺术效果。小说的内容和形式结合起来构成总的面貌，体现为它的风格。在这一节的最后，我们来介绍序跋中对艺术风格的要求。明末清初，雁荡山樵（本名陈忱）著《水浒后传》，续接《水浒传》的情节，写未死的头目重新起义并参加抵抗金兵的故事。这部作品题“古宋遗民著，雁荡山樵评”，实际是陈忱一手所办。序中说：“近世之稗官野乘，黄茅白苇，一览而尽，不可咀嚼。”他批评当时的小说创作，像是一片盐碱地，放眼望去，尽是黄茅白苇，非常单调。他说，文学应该像自然界一样多姿多彩。比如，一个水系，发源处是小沟小溪，下游是江河湖海。急峡中奔腾呼啸，“至神至勇”；平野处恬静文雅，霞光映照像绸带一般，鸟儿在上边飞翔，少女在水中采莲。《水浒传》写英雄便“有排山倒海之势”，写日常场景就像一池春水。所以，几百年传下来，

“耳目常新，浏览不废”。他认为《水浒后传》具有同样的长处，“机局更翻，章句不袭”，“绘云汉觉热，图峨眉则寒，非一味铜将军、铁绰板，提唱梁山泊人物也已”。描写夏天一样的繁闹景象使人看了觉得热，描写高山上萧索景象使人看了觉得冷；既有铁板铜琶式的激昂慷慨的豪放音调，也有低回柔曼的婉约声情。全书有怨有怒，有恋有慕，有思有悟，“兼四大奇书之长”。陈忱的意思是，一个民族一个时代的小说要多种风格并存，一部小说（主要指长篇小说）也可以容纳多种笔调，波澜起伏，变化万千。他自己虽然远没有做到，但能提出这样的见解，还是很有气度。后来，如《红楼梦》等杰作，达到了他的期望。

五、小说序跋的文学欣赏价值

一篇好的小说序跋，以它新颖独到的观点给我们启发，以它可靠而罕见的材料给后来的研究提供佐证，此外，一篇序跋也是一篇文章，一部分序跋还成为美文，还有独立的欣赏价值。小说序跋的作者中，不乏文章高手。小说家本人，自然多是写作上的内行，自己动手写序写跋，至少在技术上不会有什么困难。请别人代为写序写跋，一般说来，会是请有名望有才华的人，笔力不会是弱的。所以，小说序跋中好文章相当多，就不足为奇了。序跋的写法比较自由，可以叙述，可以描写，可以论证，种种写法都用得上。有的序跋有较强的抒情性，有的近似于说明文，更多的是议论文。下面，我们就按照这三种类型，分别举例做些介绍。

欧阳修的《归田录》，古代目录书中有的把它放在史部传记类，有的把它放在子部小说家类。为什么对它的性质判断不一样呢？自序的写作和书的写作不是同时，很特别的是，书还没写完，序倒先写好了，并且由作者编进了诗文集里，因此流传开来，连宋神宗也看到了。此时，是王安石变法的高潮，欧阳修作为一个资历很深的老臣，不赞成变法，虽然已经归田退隐，他的言行还是被朝廷注意。神宗与欧阳修本来就互相警觉，皇帝看了序文，派专使去向欧阳修要《归田录》全书。欧阳修写这部书原没有打算广泛传布，至少是在他生前不要流传，其中有些文字恐怕不合神宗的胃口，说不定会惹出麻烦。但是皇帝的谕旨来了，怎么能不给？怎么办呢？匆匆忙忙把其中可能有所挂碍的地方删掉。但是，这样一来，书又太薄（现存的《归田录》是一万五千字左右），如果皇帝起了疑心，再进一步查问，就更不妙。于是，临时补进一些“戏笑不急之事”，又加了一篇简短的后序，算是应付过去。我们现在看到的《归田录》，是经过删削补充的本子，它的小说味道更浓。把它归入传记类的人看到的，可能是删补之前的本子。

序言当时惊动了皇帝，我们不妨来捉摸一番，细细欣赏。“归田”，意思是辞官隐居乡野。欧阳修于英宗治平二年（1065）上表请求离京外任，没有得到批准。此后多次辞职，都没有得到允许。直到神宗熙宁四年（1071）才挂冠卸职，次年就去世了。序言写于治平四年，那时并没有真的归田。神宗索看《归田录》，那才是他退隐之后的事情。我们先把序言全文抄在下面，欣赏一下唐宋八大家之一的欧阳修的写作艺术。括弧里是简单的注释。

《归田录》者，朝廷之遗事（旧事），史官之所不记，与夫士大夫笑谈之余而可录者，录之以备闲居之览也。

有闻（听说了）而诮（嘲讽）余者曰："何其迂哉！子之所学者，修仁义以为业（作为毕生的事业），诵六经以为言，其自待者宜如何？而幸蒙人主之知，备位朝廷，与闻国论（参与国家大事的讨论）者，盖八年于兹矣。既不能因时奋身（乘着时代条件振作自己），遇事发愤，有所建明，以为补益，又不能依阿取容（讨好取悦上司），以徇（违心地顺从）世俗。使怨嫉谤怒，丛于（汇聚到）一身，以受侮于群小。当其惊风骇浪卒然（突然）起于不测之渊，而蛟鳄鼋鼍之怪方骈首（头靠着头密集地）而闯伺，乃措身其间以蹈必死之祸。赖天子仁圣，恻然哀怜，脱于垂涎之口而活之，以赐其余生之命。曾不闻吐珠衔环，效蛇雀之报。盖方其壮也，犹无所为，今既老且病矣，是终负人主之恩，而徒久费大农（大司农，掌管财政）之钱，为太仓之鼠也。为子计者，谓宜乞身（请求退休）于朝，退避荣宠，而优游田亩，尽其天年，犹足窃知止之贤名。而乃徘徊俯仰，久之不决。此而不思，尚何归田之录乎？"

余起而谢（认错）曰："凡子之责我者，皆是也。吾其归哉，子姑待。"治平四年九月乙未，欧阳修序。

书者自序，一般都要说明写作目的和写书时的心境，这篇序言，三百二三十个字，引"别人"的话却占了二百六七十个字；"别人"所说，又恰恰是认为作者没有资格作"归田"之录，这就不免显得奇特了。假借别人的嘲笑和责备从反面透露出自己的牢骚，是从前人作品受到启发而采取的手法。汉代有名的"滑稽之雄"东方朔《答客难》是其中较早而影响很大的，以主客辩难来叙说事理，称为“设论”[①]。韩愈的《进学解》是其中的优秀之作，文中借学生反驳自己的话来为自己鸣不平。苏轼称欧阳修是宋代之韩愈[②]，两人相似之处颇多，两篇文章也是如此。

这篇序言的第一个特点，是用委婉的语气抒发深沉的牢骚。文中说“人主知遇”、“天子仁圣”，好像皇帝非常英明、非常仁厚慈爱，自己受了深恩。果真如此，欧阳修也不会急于归田了。欧阳修一生仕途经历了仁宗、英宗、神宗三个皇帝。仁宗时范仲淹与宰相发生矛盾，因为坚持正确意见而被罢官，欧阳修挺身而出为范仲淹辩护，写了《与高司谏书》，痛斥落井下石的高若讷“不复知人间有羞耻事”，被贬为夷陵县令。后来，范仲淹复出，推行新政，要提拔欧阳修，欧阳修一笑而辞。当新政失败，范仲淹被罢官，欧阳修又一次犯颜直谏，被贬为滁州太守，写下了《醉翁亭记》。英宗时，又因为刚直敢言，被人造谣诬陷。神宗时，他看到王安石新法的若干弊病，但他的意见不被采纳。总之，他的一生道路很不平坦，受到过许多磨难打击，看到皇帝们的昏庸并深受其害。作为有志之士，他的抱负不能实现，才华不能施展，应该是有牢骚要发。序言中却不说牢骚话，而是一味责备自己，似乎全是自己的不对。这也可以说是一种“注彼写此”。越是不发牢骚，越是赞美皇帝，越显出世道之不公，压抑下的怨愤越是显得深重。用自嘲、自责来舒泄愤懑，用严肃郑重的口吻暗含讽喻，寓谐于庄，语言的字面意义和深层含义相悖，造成喜剧与正剧的双重效果。

这篇序言是封建社会风波险恶的政治环境下的产品。欧阳修性格旷达恬静，对于功名、权位看得比较淡，每在官场受到挤压、攻击，总是设法自我排解。晚年心境不佳，写《归田录》以备闲居之览，属于以文为戏一类。序言也有自慰、自遣的意思，抒情色彩颇浓。虽然很少直接抒情的句子，但强烈的情感流动在字里行间。神宗大约从中感触到了一股不平之气，从序言本身又找不到把柄，这才急于要看全书。由此，我们可以想见，在封建社会，写小说也不一定是轻松和安全的，对于做过大官的人，卷进过政治漩涡的人，尤其如此。曹雪芹在《红楼梦》的第一回中反复申

---

① 萧统《文选》有“设论”一类，所选是东方朔、扬雄和班固的三篇作品。明郎瑛《七修类稿·诗文一·各文之始》：“论者，议也。一曰设论，则学士大夫议论古今时世人物。”刘知几：《史通·惑经》：“昔王充设论，有《问孔》之篇。”

② “士无贤不肖，不谋而同曰，欧阳子，今之韩愈也。”苏轼：《〈六一居士集〉叙》，《苏轼文集》第一册，中华书局，1986年，第316页。

明，“毫不干涉时世”，没有“讪谤君相”，“非伤时骂世之旨”，“皆是称功颂德”，只是将自己“背父母教育之恩，负师兄规训之德，以至今日一事无成、半生潦倒之罪，编述一集”。他的心情和欧阳修是相通的，都饱含着一把辛酸泪。

序言的第二个特点，是融入了赋体文的遣词造句的手法，并因此而增强了文章的表现力。赋是介于诗和散文之间的一种文体，它语句整齐、对称，语言富于音乐性，并且强调抒情性和形象性。它导源于先秦，到汉代蔚为大观，六朝时增强了抒情意味。唐宋两代的赋向散文靠拢，语言也渐渐趋向平易。欧阳修是北宋散文大家，在变革文风中起了关键作用。他反对雕章琢句、浮华怪僻、矫揉造作的文风，主张流畅自然。序言的语言显豁畅达，除了蛇吐珠、雀衔环形容知恩必报，用了两个古代故事，再没有其他典故，也没有生僻的词语。它不是赋，但大量运用四言句，并且构成排比，使得文章虽短而很有气势，南宋陈善《扪虱新语》说，“以文体为四六，自欧阳公始”。他把赋体散文化了。

第二段中“不能因时奋身”和“不能依阿取容”，两句相对，整齐恰切。前一句实际上是说想要做而客观条件不允许去做，正是作者的终身憾事；后一句实际是说环境逼迫如此去做自己却绝不能做，那是作者所厌恶和鄙视的。这两个句子，主要由八个四字短句连续排列而成，把作者壮志不酬、洁身引退的心境，表现得既婉转又透彻。其中，“怨嫉谤怒，丛于一身”，真是伤心之言。惊风骇浪，不测之渊，骈首闯伺，垂涎之口，这些词语，震慑读者的心灵，怵目惊心，使人想象到作者处境的困难、遭遇的凶险。作者的人生体验，作者的情感，也就饱满地体现了出来。

中间一段大体保持整齐的句式，多有对偶，而头尾两段故意将句子打散，显得自然、随意、亲切。文章的结尾说，“吾其归哉，子姑待”。多么平缓从容，我们读来，却感觉到作者态度的坚决、斩截，没有丝毫犹豫和留恋，举重若轻，用轻曼简洁的词句，表达厚重坚实的思想情感，正是欧阳修散文的精彩所在。

从结构上说，全文三段，主体在中间，一头一尾，只有短短两句，就使文章有了低昂起伏的变化。开头说，写此书“以备闲居之览”，极为平常，几乎可以说是此类书序的套话。中间展开“别人”数说、责备、讽刺的话，归结到：你至今还在官场上徘徊，有什么资格谈“归田”！简直有些挖苦，也就表明作者对现状的厌恶，再也不愿意周旋下去。最后，自然地引出必走的决心。回过头再来看文章的开端，读者就体会到平淡的套话下隐伏了不平凡的遭遇，形成的不平凡的感情。

欧阳修在《论尹师鲁墓志》中称赞他的这个朋友的作品“文简而意深”，并且强调“简”是很高的评价，嘲笑“世之无识者不考文之轻重，但责言之多少”。他说，“《春秋》之义，痛之益至，则其辞益深”；“诗人之意，责之愈切，则其言愈缓……不必号天叫屈然后称冤”。《〈归田录〉自序》是欧阳修对自己艺术主张的实践。细细揣摩这篇序言，对于提高欣赏古典文学作品（包括欣赏《红楼梦》等以文笔委婉见长的古代小说）的能力，都有切实的好处。

附带提一下，《归田录》作为文言笔记小说，其中一些志人小品，相当生动，继承了《世说新语》的风格，语言则更为平易。比如叙五代时事，两个宰相在官衙聊天，和凝问冯道：“您的靴子看起来是新买的，用了多少钱?”冯道一边翘起左脚给和凝看，一边说：“九百。”和凝性子特别急躁，立刻回头责骂手下人：“为什么给我买靴子用了一千八百?”唠唠叨叨地埋怨。等他絮叨完，冯道慢慢举起右脚说：“这一只也花了九百。”在场的人哄堂大笑。人们评论说，宰相这个样子，怎能镇服百官？描写很具体，很生动，很幽默，写出了两个人的个性，也表示了作者的倾向。

宋代文言小说的序，短小精悍、清丽可喜的很不少。例如庄绰《〈鸡肋编〉自序》，用曹操与杨修的故事，把自己的作品比为鸡肋，食之无所得，弃之殊可惜，表达了作者既知小说难登大雅，又不免自我欣赏的微妙心理。洪兴祖为方勺《泊宅编》写的序，画出了方勺怀才不遇、啸傲江湖的经历和性格。其中说，“使翁少而遇合，未必如岁晚所得之多也”，指明了文章穷而后工的规律，也是感慨之言。

唐代韦绚《〈刘宾客嘉话录〉序》是一篇说明性较强的文字。《刘宾客嘉话录》是一部笔记小说，刘宾客就是唐代著名文学家刘禹锡，由韦绚记录整理刘禹锡的谈话而成此书。序言说明成书的经过和书的主要内容，全文如下：

绚少陆机入洛之三岁，多重耳在外之二年（二十七岁时），自襄阳负笈（外出求学）至江陵，拏叶舟，升巫峡，抵白帝城，投谒故赠兵部尚书宾客中山刘公二十八丈，求在左右。

是岁长庆元年春，蒙丈人许，措足侍立，解衣推食（关怀爱护），晨昏与诸子起居。或因宴命坐与语论，大抵根于教诱，而解释经史之暇，偶及国朝文人剧谈（戏谈）、卿相新语、异常梦话，若谐谑、卜祝、童谣、佳句，即席听之，退而默记，或染翰竹简（写在竹简上），或簪笔书绅（写在衣带上）。其不暇记因而遗忘者，不知其数。在掌中梵夹者（用木板夹住的书籍、笔记），百存一焉。

今悉依当时日夕所话而录之，不复编次，号曰《刘公嘉话录》，传之好事，以为谈柄也。时大中十年二月，朝散大夫江陵少尹上柱国京兆韦绚序。

序言作为说明文，可以说明成书情况、书的内容和性质、书的版本等等，这篇序言谈了前两方面。《刘宾客嘉话录》实际上不是一个人创作，而是由一个人口讲、一个人手记。在文言笔记小说中，这种写作方式不很多见，所以，韦绚要把写作经过说清楚。而为了说明书的写作，先必须说明两个人之间的关系。刘禹锡是唐代杰出的诗人，著名的散文家、哲学家和政治家，晚年任太子宾客，加尚书衔，后世称刘宾客或刘尚书。他十九岁游学长安，登进士第，积极从政，参与王叔文的政治革新。革新失败，受到牵连，他是被贬的八司马之一。多年后奉诏回京，又因为“玄都观里桃千树，尽是刘郎去后栽”的诗句，触怒了当权者，再次被贬。唐穆宗长庆元年（821年）至四年，任夔州刺史，韦绚就是在这里投奔他。韦绚是韦执谊的儿子，韦执谊也是八司马中的一个。刘禹锡看重故人的情谊，对韦绚关心备至。当时刘禹锡屡遭斥逐，不再热心政治，常日同晚辈讲读经史，闲暇中也讲说旧闻轶事。刘禹锡阅历丰富，到过许多地方，包括边远地区，接触过上层下层各种人物，又喜爱民间文艺，他写的民歌风格的《竹枝词》，一千多年来脍炙人口。所以，他的闲谈，内容广泛，妙趣横生。韦绚是个有心人，把这些谈话及时记录下来。序言用很简洁的文字，把自己与刘禹锡的关系，在刘禹锡那里受到的照顾和教导，刘禹锡身边“谈笑有鸿儒，往来无白丁”的文化氛围，主人高雅而又活泼的风度，都一一向读者介绍。说明中有叙述、有描写，还有感激和钦敬之情寄寓其间，而自始至终保持冷静客观的说明文的语调。

第二段的重点是说明本书的内容。书名叫“嘉话”，“嘉”在这里是欢悦的意思。讲经论史本是严肃而有些枯燥的，谈奇说怪则是轻松的休息。“文人剧谈，卿相新语”，多半是政坛文坛的掌故，其中有韩愈、张巡等重要人物的事迹，不少材料后来被《新唐书》所采用，有些直到今天还被研究者所重视。“异常梦话”包括民间故事、趣闻轶事，这一部分中间有些篇章小说意味较强。例如，其中一则寓言故事，说一只老虎的脚爪踩到了一根芒刺，痛得无法行走，遇见一个老妇人，替它拔出芒刺。此后，这只老虎不断地抓些狐兔野物抛进老妇的家院，使她安坐得食。一天，老虎咬死一个人，仍然抛到老妇的院子里，邻居发现之后把老妇捉拿，要送往官府，老妇再三辩白，才得众人放脱。这一故事的含义好像很是模糊，然而也许正是这样，吸引人反复地涵咏。中唐时代，不少文人喜欢用寓言来传达某种深刻的道理，但并没有得到人们足够的注意。《嘉话录》其余部分记载民俗、民歌，也记了一些治学和文学写作的资料，有一定的学术文化价值。序言对全书内容的说明扼要得当，有助于读者了解全书的概貌。

最后一段说明编书的情况。序言写于唐宣宗大中十年（856 年），已经是韦绚夔州生活的三十多年之后，刘禹锡去世已经十多年。序言没有写些感慨伤怀之语，保持了说明文的文体风格。

后人为前人小说写序跋而以说明为主的，多数接近应用文体，文学色彩相对淡薄。比如唐代段成式的《酉阳杂俎》，有宋代周登、邓复的序，明代劳权的跋，说明书名、内容、版本以及校勘情况。文短语简，外行人一般不爱看也不一定需要看。

小说序跋愈到后来理论性强的愈是多起来，议论性的序跋佳作见之于近代的比较多。梁启超是中国文学的承前启后的重要人物，他是小说作家、小说理论家，散文写作的成就更大。他称自己的文章“条理明晰，笔锋常带感情，对于读者，别具一种魔力”，这是毫不夸张的。梁启超最拿手的是议论文，纵情挥洒，淋漓尽致，反复重叠，气势充沛。《译印政治小说序》就是能表现他的风格的一篇议论文。全文四段，第一段指出人之常情是害怕严肃而喜欢轻松，所以，小说容易发生广泛的社会感染作用。第二段评论中国小说，认为好作品很少。第三段谈到中国“深入文学之人少，而粗识之无之人多”，根据这一情况，应该特别重视小说的作用。第四段是重点，强调在西方国家的社会政治变革中，小说起过先导作用。言下之意，中国的社会政治改革也必须借助小说的力量。文末归结到自己的计划，是选择翻译外国小说中对当时中国人有借鉴启发作用的，希望爱国之士都能阅读。梁启超的文章本身有比较大的片面性，他对中国古代小说的整体评价，对小说社会作用的估计，都很偏颇。但他顺应时代潮流，大声疾呼，开创风气，其历史性的功劳也不可抹煞。他明知自己的意见的极端性，仍然执意作偏执之言，不求全面稳妥，是想要“纵其笔端之所至，以求震动已冻之脑官”，希望发生惊世骇俗的效果。在文章写作技巧上体现出来，就是一串词语的重叠、一组句子的排列，如劲风急流，冲击读者。形容小说普及社会各个阶层，就说，“……下而兵丁、而市侩、而农氓、而工匠、而车夫马卒、而妇女、而童孺，靡不手之口之”。这里列举了七个名词，内涵彼此多有交错，把它们简缩成“百姓”二字完全可以包括，但是那样就平淡无奇，不能炫人眼目。把小说与严肃庄重的文字对照，他写道：“故六经不能教，正史不能入，当以小说入之；语录（宋代以后理学家的语录）不能谕，当以小说谕之；律例不能治，当以小说治之。”连珠炮一般向读者轰击。黄遵宪说，梁启超的文章，“虽铁石人亦应感动，从古至今文字之力之大无过于此者矣”。鲁迅、郭沫若、毛泽东年轻时都对他的文章抱有极大兴趣，他为“五四”白话文开辟了道路。

梁启超的小说序言比较容易看到，人们比较熟悉，下面我们介绍一位不很知名的作者俞佩兰所写的《〈女狱花〉叙》。无论从内容上说，还是从语言表达上说，它都是有特色、有欣赏价值的。叙的原文是：

> 中国旧时之小说，有章回体，有传奇体，有弹词体，有志传体，朋兴（成群成批地兴起）猋起（迅速地发展），可谓盛矣。若论其思想，则状元宰相也，牛鬼蛇神也。而讥谈时事、阐明哲理者盖鲜矣。至于创女权、劝女学者，好比六月之霜、三秋之燕焉。近时之小说，思想可谓有进步矣，然议论多而事实少，不合小说体裁，文人学士鄙之夷之。且讲女权、女学之小说，亦有硕果晨星之叹。甚矣，作小说之难也，作女界小说之尤难也！
>
> 西湖女士王妙如君，以咏絮之才（谢道韫用“柳絮因风”咏雪），生花之笔（李白少时梦笔头生花），菩萨之心肠，豪杰之手段，而成此《女狱花》一部，非但思想之新奇，体裁之完备，且殷殷提倡女界革命之事，先从破坏，后归建立。呜呼！沧海中之慈航耶，地狱中之明灯耶？吾愿同胞姐妹香花迎奉之。惜天不永其年，中途夭折，不能竟其振兴女界之大愿力。然理想者，事实之母也。后之人读其书，感慨兴起，将黑暗女界放大光明，则食果应推女士之赐矣。

这篇序言明显受到梁启超倡导的“新文体”的影响，亦文亦白，文是很浅近的文言，白话中则夹用俗语俚语，如“六月之霜”“三秋之燕”，这类俚语同典雅的成语如“硕果晨星”放在一起，丝毫不显得芜杂，而是相映成趣。与梁启超的文章比较，这篇序言没有那样剑拔弩张、咄咄逼人，从容中含有柔韧的力量，显示出女性的风格。作者的观点和所做的论证，都比较恰当地掌握着分寸。她说中国古代小说哲理性较弱，说近代小说（梁启超的小说也应在其内）议论多而事实少、不合小说体裁，都是一针见血之谈。指出古代没有鼓吹女权的小说，近代也很少，鼓励多写女权小说，更是非常新鲜的见解。以上内容，在第一段里，分两截来说，每一截又分两层，由古代而到近时，由一般的弱点而到对待女权问题存在的弊病，层层推进，步步深入，最后引出作女界小说尤难的结论，很有说服力。

第二段具体谈到《女狱花》，对应着第一段。说《女狱花》“思想新奇”，对应着旧小说思想陈腐；说《女狱花》“体裁完备”对应着近时小说不合体裁。就研究方法而言，它在小说史的纵断面上和眼前小说的横断面上，做两个方向的比较，以考察所评论的作品有什么新质，做了什么新贡献。就文章脉络而言，前后勾连，有呼有应，所谓内义脉注，首尾一体，文章流动连贯，在变化中显示整体感。以上是从写作技巧来说，至于《女狱花》是不是当得起那么崇高的评价，则又是一回事了。不过，在20世纪初的1904年，中国还非常闭塞落后的时候，一个青年女子，写了这样一部“叫醒女人的长梦”的小说，毕竟难能可贵。小说作者和序言作者倡导女界小说，更是积极的有进步意义的。

上面所谈抒情类、说明类、议论类三类序跋，都是严肃郑重的，是序跋的正宗。序跋中也有不少游戏笔墨，立意不在对作品深刻的中肯的评论，也不在发挥序跋作者的人生体悟或文学见解，只是当成文章来做，在形式上下功夫。明代末年的《鼓掌绝尘》，分风、花、雪、月四集，此书前面有一篇题辞和一篇叙，每集又另有一篇叙言，大体上都用四六骈文写成，要押韵，要对仗，还要与“风花雪月”四个字联系得上，还要隐括小说正文，很费了一点心思。用骈文写序，有时候有意想不到的作用。鲁迅有一篇《淑姿的〈信〉序》，是为金淑姿的小说《信》写的序言，是地道的骈文。鲁迅因与作者“素昧平生，无话可说，故以骈文含糊之”，避免对作品直接评论判断。但是单作文章看，写得很漂亮，琅琅上口。鲁迅自己也颇为珍惜，后来特地找出抄录，编进《集外集》里。文学性强的序跋，离开所序的小说而具有独立的欣赏价值，古今是一样的。

1991年3月14日

写毕于武昌桂子山西区二栋

中国文化与中国艺术心理思想[①]

本书为教育部人文社会科学研究规划基金项目“中国古代艺术心理学思想的现实价值”的最终成果，获教育部哲学社会科学研究项目资助。

① 《中国文化与中国艺术心理思想》，湖北教育出版社，2007年。

绪 论

人类在其漫长的文明发展进程中，逐渐找到对世界的掌握的几种基本的方式：宗教的、实践—精神的、理论的方式，以及艺术的方式[①]。各个民族在不同发展阶段对这些方式各有侧重，它们形成和运用这些方式，以各自文化类型的不同而带上自己的特有色调；较之其他几种方式而言，艺术掌握世界方式上的民族差别更为显著。中华民族是有悠久历史和深厚文化传统的民族，其心理特质更为鲜明亦更显稳定。中国的宗教，没有如同在欧洲、中东等地区的国家里那样的地位；中国人更偏爱和擅长直感的思维，思辨与实证的传统相对而言没有那么深厚的根基。艺术心理在中国人的民族心理中，起到突出的作用。现代化的核心和关键是人的建设。为了人的精神的、心理的建设，不能不研究民族的心理的传统。本书原拟题名"中国艺术心理学思想史述论稿"，现稍做调整，其主旨依然是讨论对中华民族的审美心理、艺术心理传统的认识与诠解。选择此一课题，多少是根源于对艺术心理、审美心理在"数字化生存"的今天及今后的地位、命运与作用的期望和信心。在高新技术飞速进步的时代，艺术心理、审美心理会向日常生活靠拢，日常生活更需要向艺术和审美境界提升，艺术心理的充分发育是完善人性的必需。中国古代心理学思想，特别是有关艺术心理的思想，与西方迥然有别；而我们的叙述和议论却不能不以现代心理学的基础理论为参照和导引，这里显然存在思考和表述的双重困难。因为，现代心理学主要是由西方人建立的。从东方与西方、古代与现代的差异，也许能够触及我们的传统的精髓和它的弱点。这也正是本书想要探讨的重点之一。为了后面展开时的方便，在绪论中，先对"心理"、"艺术心理"、

---

① "整体，当它在头脑中作为思维整体而出现时，是思维着的头脑的产物，这个头脑用它所专有的方式掌握世界，而这种方式是不同于对世界的艺术的、宗教的、实践—精神的掌握的。"马克思：《〈政治经济学批判〉导言》，《马克思恩格斯全集》第12卷，人民出版社，1998年，第751—752页。

“中国艺术心理”三个基本概念做一番疏释，并说明著者的理解。

一、“心理”释义

汉语里的“心理”，在历史上很长的时间里，并不是一个独立的稳定的词，更不是一个常用的词。作为阅读古籍的工具书的《辞源》，无论是1915年的初版本，还是1983年的修订本，都不曾收有此一词条。最早把“心”和“理”连在一起使用的，可能是晋朝诗人陶潜，他的《杂诗》十二首的最后一首的最后两句说：“养色含精气，粲然有心理。”关于这首诗，有注者认为是写松树，有注者说是写童子，大概，写人写物两者兼而有之，以物拟人，以人比物。诗中“心理”与“精气”并列对举，指的是旺盛、健壮而宁静有序的生命状态和精神状态，带有明显的褒义，而不是不带感情色彩的、表达科学概念的中性词，这种用法后世很少再见到。接着，“心理”又见于范晔《后汉书》卷六十一“左周黄列传”，那里有“凡人之心理不相远，其所不安，古今一也”。稍晚，梁代刘勰的《文心雕龙·情采》中说道：“是以联辞结采，将欲明理；采滥辞诡，则心理愈翳。”此处的“心理”之“理”，即是指文学作者写作中所欲明示之理；刘勰此一句中的“心理”，是将“文心之义理”或“作者之思理”简缩，以符合骈文句式整齐的要求，“心理”在这里仍不能算是一个独立的词。降至宋明，理学家提出“心理合一”，二程、朱熹、陆九渊、王阳明都有大量论述，王阳明《传习录》卷中说：“此区区心理合一之体，知行并进之功，所以异于后世者，正在于是。”恰好证明，在理学家那里，“心理”不是一个词，“心”与“理”同“知”与“行”一样，是两个词——“心”指“吾心”，“理”指“物理”或“天理”①。

我们今天讲的心理学的“心理”，同上述用法没有直接的继承关系，它来源于欧洲。欧洲现代心理学于1879年正式诞生，以由生理学讲师而成为哲学教授的冯特在莱比锡建立心理学实验室为标志。此前，古希腊以还的心理学思想，只是哲学的附属。作为一门学科术语的“心理”，与

① 可以用来考察古代“心理”两字连用的书证，还可以举出一些。例如，《汉魏六朝百三家集》卷八十九《陶弘景集·登真隐诀序》：“……乃辍书而叹曰，若使顾玄子在此，乃当知我心理所得，几于天人之际。”《全唐诗》卷一百五十四萧颖士《蒙山作》：“将穷绝迹处，偶得冥心理。”《云籍七籤》卷九十六《西王母授紫度炎光神变经颂》：“心理六觉畅，目弃尘滓氛。”

“物理”相对。在汉语里，“物理”一词虽然古已有之，但过去是另外的含义（如在常见的“人情物理”一语中，“物理”指事物的道理）。作为物理学学科术语的“物理”，也是近代由翻译而来。物理学研究物质世界的规律，心理学研究精神世界的规律。1889年，曾留学美国、时任上海圣约翰书院院长的颜永京翻译美国海文的《心灵学》(*Men Philosophy*)，这部书属传统的哲学心理学即心灵哲学范围，译者用“心灵”来对译英语philosophy，现在看来也没有错。此前二十多年，有的基督教教会学校的课程表中列有“心灵学”科目，表明这一学科已经进入教育领域，逐渐传播开来。后来，在译介西方现代心理学著作的时候，大半经过日本作中介，受到日本人的译法的影响，中国学界采用“心理学”一词，则是用来对译psychology①。1907年，商务印书馆出版王国维据龙特氏（Loundes）英译本转译的丹麦著名心理学家海甫定（Hoffding，今译霍夫丁）所著《心理学概论》(*Outlines of Psychology*)，这是一本现代心理学著作。其第一篇阐明“心理学暂时之定义”时，明确指出“心理”和“物理”语义内涵的相对：“心理学者，精神之科学，即此学最简之定义也。然此乃暂时之定义，而欠明白分晰。何则？此不过使吾人知心理学为论思、感且欲者之科学，以与物理学之论空间者及运动于空间者相区别耳。”用作表示学科名称的术语，“心理”、“物理”这两个汉语译名非常明确、非常允当。“心理”作为一个词从19世纪末到20世纪初在汉语里很快流行，一直到今天，它有着确定的严格的含义，表示一个科学的概念。

一个多世纪以来，心理学日新月异地发展并且现今还正在迅速地向新的高度、新的领域前进。在心理学中，“心理”的定义是明确的：心理(mind)是在进化过程中发展起来的大脑的机能，包括感觉、知觉、记忆、思维、想象、情绪、情感、能力、性格，等等。但是，这是现代心理学的概念，是经过一百多年的研究与积累才形成的概念。它是我们今天研究古代心理学思想的不容忽视的标杆和参照。而如果用现代心理学的概念，去理解、诠释中国古代心理学思想，就并不总是那么恰如其分，并不总是那么顺畅了。从冯特开始的现代心理学，是将人的心理，分解为细小的单

---

① 参见熊月之《西学东渐与晚清社会》第五章“教会学校与西学东播”所附“登州文会馆课程表”，第十七章“西学从东方涌来”之第四节“新名词大爆炸”，该书第299页、第675—676页，上海人民出版社，1994年。

位、基本的元素，加以考察；中国古代对于心理，则基本上是作现象的描述和推断。勉强地把古人描述的心理现象，分解成若干心理元素和单位，并不能说明什么问题，不能从古人那里有所吸取，不能为现代心理学增加论据。又比如，今天没有人不知道，现代心理学与神经生理学密切联系，人的心理与大脑、大脑的两半球、大脑的各个部位的功能相关；而汉语中心理学的“心”字，则表明一种历史痕迹，即是：中国人在两千年的时间里，基本上不是把大脑而是把心脏当成思维活动、精神活动的承担者①。中国古人以心为思维和情感活动的器官，由此构筑了系统的医学理论以及哲学理论。现代人讲心理学，讲的是脑的功能；古代中国人讲心理学，讲的是心的作用。简单地把古人讲的“心”，置换成“脑”，并不是畅通无阻的，两者之间存在体系的差异，并不只是名词的区别。在这个基点上，古代的名词概念与现代的名词概念，就不可能完全吻合、对应②。

从春秋战国开始，关于心，关于心的功能，有很多论述。《孟子·告子》说：“耳目之官不思，而蔽于物。物交物，则引之而已矣。心之官则思，思则得之，不思则不得也。此天之所与我者，先立乎其大者，则其小者弗能夺也。”他认为心是人的主要的器官，耳目等等与心相比则只是次要的器官。要由心去支配耳目，不能让耳目来支配心。“心之官则思”，这是中国古代心理学思想的最基本的命题。官，是职能、功能。古人以为心的职能是思维，它统率所有的感觉器官。心不但主管思维，还要主管情感。《荀子·正名》历数“形、体、色、理以目异”，“甘、苦、咸、淡、辛、酸、奇味以口异”等等之后说道，“喜、怒、哀、乐、爱、恶、欲以心异”，可见，心的功能、心所主管的，不只是思，还有情和欲。《荀子·解蔽》说：“心者，形之君也，而神明之主也。”《荀子·天论》说：“耳、

① 有资料表明，公元前 2500 年—前 3000 年，古埃及人已经对脑的作用有所了解，公元前 17 世纪，埃及的纸莎草纸本上就有“脑”这个词，并且有关于脑功能定位的说法的记载。公元前 5 世纪—前 4 世纪，古希腊的希波克拉底在《论神圣疾病》一文中谈到脑是心灵和精神功能的器官（参见澳大利亚 K. W. 沃尔什《神经心理学》，科学出版社，1984 年）。

② “移植词的基本特点是：它对应于某个外文词，它的意义基本上是这个外文词的意义。当然，没有完全对等的对应。移植词并不完全是外文词的对应物。新造出来的移植词，组成它的汉字有固有的意思。移植词虽然一开始作为译名引进，但它在使用过程中，意思会发生改变，会发生‘汉化’。”陈嘉映：《移植词里的“中国哲学”》，《社会科学报》2005 年 2 月 3 日第 5 版。

目、鼻、口、形，能各有接而不相能也，夫是之谓天官。心居中虚，以治五官，夫是之谓天君。”耳、眼、鼻、舌、身，是人的感觉器官，是人接受外界刺激的渠道。但它们不是中枢，它们向中枢报告信息，接受指令来作出反应。古人以为，这个指挥的中枢，就是心。《管子·心术》说：“心之在体，君之位也；九窍（各个感觉器官）之有职，官之分也。”“心术者，无为而制窍者也。故曰君。”心无为，不直接执行视听等功能，它只高高在上地管理耳目等视听器官。《礼记·大学》说：“所谓修身在正其心者……心不在焉，视而不见，听而不闻，食而不知其味。”离开了心的分析、判断、协调，眼、耳、舌等感觉器官难以执行其所司职责。《吕氏春秋·贵生》也说：“耳、目、鼻、口，不得擅行，必有所制，譬之若官职，不得擅为，必有所制。”制辖者就是心。不仅对外部器官是如此，对内脏讲，也是同样。《内经·素问·灵兰秘典论》里，歧伯回答黄帝“愿闻十二脏之相使，贵贱何如”的问题说，肺是“相傅之官”，肝是“将军之官”，脾胃是“仓廪之官”，等等，而“心者，君主之官，神明出焉”。在人的内脏中，心也是最主要的。在心的主导作用下，五脏对人的情和思，又有分工。《内经·素问·宣明五气篇》说：“五精所并：精气并于心则喜，并于肺则悲，并于肝则忧，并于脾则畏，并于肾则恐。”以后，中国医学通行“七情通于五脏”的理论，即喜通心，怒通肝，忧通肺，悲思通脾，恐通肾，惊通肝……七情太过，会伤害五脏。古人所讲的主管思维和情感的器官，小一点范围说是心，即心脏；大一点范围说是五脏，还包括肝、肺、肾、脾。

总之，在中国古代心理学思想中，对心的作用论述是很具体很细致的。概括起来，中国古代人观念中的心，主要有两层意思。首先，是脏象之心，也就是解剖学上的心。心是人体的十分重要的器官，《内经·素问·痿论》说，“心主身之血脉”，心脏是血液循环的枢纽。即从这一点说，它和人的情绪、思想，也不是没有关系。人在紧张激动的时候，在特别愤怒、特别悲哀、特别高兴的时候，会觉得心脏的状况异于平常，觉得心跳加速。《内经·灵枢·本神》说，“心藏脉，脉舍神”，“藏”和“舍”在这里是涵纳、主管的意思。心脏是精神的宅舍，脉搏是心脏运作状态的表征。中国传统医学的脏象理论，体现了一种整体观，把人身看作一个整体，把人的身体与心灵、精神也看作整体，甚至把人和自然、人和天看作一个整体。从这个意义上说，研究人的精神现象，当然同心脏、同脏象之心有一定关系。

20世纪80年代，认知心理学领域出现新联结主义，认为，人脑好像是计算机，因此，可以用计算机模拟人的某些智能活动。但是，人的大量神经元连接组成神经网络，连接过程受到背景知识、情绪因素等等的影响，是计算机难以模拟的。人工智能，这将是一个被长期探索的领域。勉强比拟，与其说大脑像苹果机，不如说它像联机；大脑里有难以数计的互相联结的神经细胞，同时进行运作。我们把这派心理学家的想法扩大：不仅大脑自身像联机，而且大脑和五脏、和人体其他感觉系统也可能是同时运作，一起构成大系统。在这一系统中，心脏占着相应地位。由现代医学科学的理论来说，分布在心脏上的神经，主要是交感神经和副交感神经这两种植物神经，它们同人体的各个部位有着联系，其中也包括对应性联系。心脏的某一点的正常与否、健康与否，直接影响到相应的身体部位。心肌某一点如若梗死，最早的症状可能是胸骨后面绞痛，也可能是牙痛或坐骨神经痛。在很长的时间里，人们把心脏停止跳动作为死亡的标志，也就是把心脏活动作为生命的象征。有趣的是，现代有报道说，心脏移植手术，使接受者获得捐赠者的性格特征。例如，1988年5月29日，美国康涅狄格州耶鲁大学纽黑文医院为47岁的女舞蹈教师克莱尔·西尔维亚移植心肺，捐赠者是死于车祸的18岁青年蒂姆·拉米兰特。手术后西尔维亚喜欢吃青椒和炸鸡，喜欢喝啤酒，喜欢开快车，这是她以前从来没有而为蒂姆所具有的嗜好①。西尔维亚把自己的这一经历写成《换心》一书出版，她说，“所有器官都有记忆，所以，当你将心脏和肺脏从一个人身上移植到另一个人身上的时候，那个人的灵魂和精神也随着带过去了”。总而言之，脏象之心虽然不像中国古人所认为的是思维的器官，但它和人的心理活动过程及其结果也不是毫无关系。心脏与人的知、情、意的关系，还有不少需要进一步的研究来揭示的秘密。科学是螺旋式地向前发展，也许，经过否定之否定，中国古代医学和中国古代心理学思想，在新的科学探索中，又能给人们新的启示，这还说不定呢。

其次，中国古人所说的心又指神明之心。这就不再是指生理器官，不是指心脏的生理功能，而是指它的形而上的属性。《内经·灵枢·大惑论》说，“心者，神之舍也”；《本神》更具体指出，“所以任物者谓之心，心有

① 参见《世界之窗》1996年第12期译载文章。

所忆谓之意，意之所存谓之志，因志而存变谓之思，因思而远慕谓之虑，因虑而处物谓之智”。“任”是担负、主持的意思。《内经》认为，回想、推论、决断、思考、预见、智慧，都是心的功能。明代的李挺《医学入门》说：“心者一身之主，君主之官。有血肉之心，形如未开莲花，居肺下肝上是也；有神明之心，神者，气血所化，生之本也，万物由之盛长，不著色象，谓有何有，谓无复存，主宰万事万物，虚灵不昧者是也。”血肉之心是医学、生理学要着重研究的，神明之心才是心理学思想涉及的主要对象，古人对此作了大量论述。

以字的构成来说，甲骨文“心”字为象形字，像人的心脏的外形；在使用中，也引申来表示人的心理、情绪。《说文》确认“心”字是“象形”，收从心的字约近三百个，这些字大多数是用来描述心理现象的，表明古人对各种心理现象的认识很广、很细、很深。诸如意、志、思、惟、想、忆、忘、忖、念、爱（愛）、恋、怀、恨、忌、性、情、感、怒、悲、怨、愤、忧、愁、恐、怖、怯、怵、惑、愚、慧、悟……今天的普通心理学必讲的思维、意识（以及无意识）、情感、记忆、感觉、知觉、直觉、灵感……古人大都接触到了。当然，涉及心理现象的字不只限于带有从心的字的那些词语。《尔雅》用“心”解释“谋”，所谓“谋虑以心”。仅从字源学来说，也可见中国古代心理学思想，值得总结继承的遗产，非常丰富。

中国古代也有人谈到脑的作用。如隋唐时期杨上善的《黄帝内经太素》称“头是心神所居”，明代李时珍《本草纲目》说“脑为元神之府”，清代王清任《医林改错》更提出“脑髓说”，指出“灵机记忆不在心在脑”。但这毕竟不是中国古代医学理论的主流，也不是中国古代心理学思想的主流。我们只能从历史实际出发：中国古人以心为精神活动的载体，构筑了很完整的医学、哲学、文艺学和心理学思想体系，它与西方的医学、哲学、文艺学和心理学思想体系不一样。美国学者墨菲在《近代心理学历史导引》第一章有一小节是“有没有共同的心理学”。他说早期的人类没有相似的心理学体系，心理学在不同的文化环境中呈现出非常不同的形式。他的这部著作被翻译成几十种文字，印行了几十版，其中还提到过东方的、中国的心理学思想；他却承认所写的仅是西方心理学史，承认“由于自己是其中的一部分”而“带有很深的偏见”。他的大家气派与谨严态度令人敬佩。我们中国人，也应写中国的心理学思想史，近十多年来，已经有专家作了有益的探索；我们还应写出中国的艺术心理思想的历史。

中国心理学思想有它的特色，有它的优长和弱点乃至谬误。它只是人类心理学思想的一部分，也是它的不应遗忘、不可忽略的一部分。我们这本书所说的心理，既是站在现代心理学的理论的基点上，又是从中国古代心理学思想的实际出发。本书中所说的心理，是中国古人所论而为现代人感觉兴趣的、与艺术有关的精神现象及其规律，叙述时尽量贴近古人原来的表述。古人的术语、概念，不大可能同现代心理学概念一一对应，我们也不勉强追求这种对应。现代心理学有科学主义与人文主义之分，但两者都有很强的实证性质。中国古代心理学思想，基本上属于心灵哲学范围，同实证有相当距离，这当然会影响它的严密、精细，但从一定意义上说，它更注意顾及艺术创造的特点，更切合审美心理研究的需要。在科学技术不断创新的时代，东方古老的智慧将产生新的魅力，在新思维的基础上焕发新的青春。

二、“艺术心理”释义

一般说到艺术心理，指的是艺术活动中的心理现象、心理过程，主要包括艺术创作心理和艺术欣赏心理。陆机《文赋》小序说，“余每观才士之所作，窃有以得其用心”；刘勰在《文心雕龙·序志》中解释此书命名的意义时自述：“《文心》者，言为文之用心也。”他们所谓“为文之用心”，就是文学创作中的心理活动，“用心”的“用”字强调了不是（或主要不是）无意之间心灵的流露，而是殚精竭虑的心灵创造，主要是有意识的艺术心理。章学诚《文史通义·文德》篇说得很对：“古人论文，惟论文辞而已。自刘勰氏出，本陆机之说，而昌论‘文心’。”刘勰不停止于文辞章句的研究，他为中国古代专门地对文学艺术心理进行研究作了开启的工作。《文心雕龙》涵盖了它产生的那个时代对文学创作心理认识的几乎所有主要方面。

文学是语言的艺术，一切言语活动，无论是口头的或书面的表达与接受活动，说者和听者，作者和读者，都有丰富复杂的心理过程。汉代扬雄《法言·问神》说：“言，心声也；书，心画也。声画形，君子小人见矣。声画者，君子小人之所以动情乎！”言语活动必然伴随着心理活动。怎样从可闻可见的“声”、“画”即语言的声音和文字，揣摩分析出言外、文外的内涵即“心”，仅仅凭感觉是不够的，还需要理论指导。谈论文学，必然涉及心理；深入研究文学，必须深入研究心理。陆机《文赋》的“窃有以得其用心”，意思是说，体会到了艺术思维、艺术心理的规律和微妙之处。他最早对文学创作的心理全过程作了概略而相对完整的叙述和剖析。《文赋》和《文心雕龙》属于中国文学理论批评史上最重要的著述，作者概括其内容时都标举一个“心”字，都是以总结作家的“用心”为目标。《文心雕龙·序志》还说，“心哉美矣！”刘勰对于艺术心理及其奥秘，不胜赞美向往之情，溢于辞表。陆机、刘勰所讲的是文学创作心理，也涉及一些欣赏心理。除了联系欣赏心理，他们还触及艺术批评活动中的心理，例如讲到“会心”，讲到“知音”。批评心理一方面同欣赏心理连接，另一方面和创作心理交会，并且有自身独特的构成。从上古到晚清，先辈们在艺术心理研究方面给我们留下了丰富的宝贵的遗产。本书当然将重点讲述以上这些方面。

不过，还应特别指出的是，古代又有一些哲人，他们很少谈论或者根本不谈论艺术，不谈论文艺创作，不谈论文艺批评，也不谈论文艺欣赏；他们中有些人甚至激烈地反对艺术活动，主张取消、废止艺术活动。而奇怪的是，他们的言论，包括那些似乎是很偏激的反艺术的言论，对后世的文学家、艺术家、文论家却产生了非同小可的影响①。这里说的是积极的正面的影响，而不是消极的负面的影响。他们中有的人，对艺术心理特点的体会比别的思想家理论家深刻得多。怎样看待这种现象呢？原来，艺术，不仅可以是人类掌握世界方式之一种，思维方式之一种、表达方式之一种，又还可以是人的生命存在方式之一种。所谓生命存在方式，就是说，人不是把艺术作为谋生手段，也不只是把艺术作为表达思想情感的手段，他是把艺术作为整个生命的价值取向，他的生活的内容和形式，他的精神状态，其性质、其方式，通通都是艺术的。这方面早期的代表就是先秦道家，就是庄子；往后，有陶渊明、苏轼等人；佛教特别是禅宗的有些思想家，也属于这一类。他们触及的艺术心理，有时是更高境界的、更深

---

① 朱东润《中国文学批评史大纲》：“道家之论，颇涉玄妙，于后世之文学，良多影响，至于评骘文学，固无可述。”（该书第 8 页，上海古籍出版社，1983 年）黄海章《中国文学批评简史》：“道家崇尚自然，反对人为，崇尚素朴，反对浮华，从基本上说来，他们对文学是采取否定态度的。”（该书第 16 页，广东人民出版社，1981 年）宋代叶适《水心别集·六》：“自周（庄周）之书出，世之悦而好之者有四焉——好文者资其辞，求道者意其妙，汩俗者遗其累，奸邪者济其欲。”除了第四点显示宋儒对道家的偏见，前三点都肯定道家学说和著述对文艺创作的有益作用。

层次的艺术心理。他们在这一点上，同西方现代某些哲学家似乎颇有相通之处。庄子的妻子去世，他鼓盆而歌；他与旷野路边的枯骨谈心，枕着枯骨入睡，枯骨托梦给他讲死的乐趣："死，无君于上，无臣于下，亦无四时之事，徒然以天地为春秋，虽南面王乐，不能过也！"这里所讲的，就是以艺术为生命存在方式的哲学。

就是极力主张入世的儒家，他们的人生理想也是多面的、丰富的。《论语·先进》最后一章历来为文人所乐于赏读，曾皙在孔子与其他弟子谈话的时候，只顾鼓瑟，到孔子问他的志向，依然不慌不忙，"鼓瑟希，铿尔，舍瑟而作"，起身回答，说是异乎前面几人，而是祈求一种自适自如的生活方式："莫春者，春服既成，冠者五六人，童子六七人，浴乎沂，风乎舞雩，咏而归。"孔子不赞赏子路、冉有、公西华的治理国家、推行礼乐的宏图大愿，却表示对曾皙的强烈共鸣。这成为此后千古美谈。苏辙《送龚鼎臣谏议移守青州》说，"沂水弦歌重曾点"；明代王畿的《龙溪王先生全集》卷十二"即曾点春风沂水、独当圣心，何其乐也"。可见，很多的儒家，也向往艺术化的生活。魏晋士人更是如此，《世说新语》记载的"雪夜访戴"，王子猷专门驶小船长途访友，经过整整一夜到得门前，却不进去，说是"乘兴而来，兴尽而返"。此书中许多类似的故事，主人公都是从现实里超拔到自己心造的世界，他们即便没有从事艺术创作，依然是沉浸于艺术心理，且给后人以艺术的滋润。东汉时的书法家蔡邕流传下来的书法理论著述《笔论》说，"书者，散也。欲书先散怀抱，任情恣性，然后书之"。"散"也就是后来宋代叶适说的"遗其累"，超脱于世俗牵挂，超拔于功利计较。先要以艺术的态度对待生活、对待存在，才能以艺术的态度对待艺术。告诉人们如何散怀抱，即使不再讲到艺术，实际上已经触及艺术心理的根本问题。

梁启超20世纪前期在心理学会讲演，提出"研究心理学，应该以佛教教理为重要的研究品"。他不无夸张地说："佛家所说的叫做'法'。倘若有人问我法是什么？我便一点不迟疑答道：就是心理学。不信，试看小乘俱舍家说的七十五法，大乘瑜伽家说的百法，除却说明心理现象外，更有何话？"[①] 确如梁启超所言，佛家讲"定"、讲"慧"、讲"悟"，提出了许

① 梁启超：《佛教心理学浅测》，黄夏年主编《近代著名学者佛学文集·梁启超集》，中国社会科学出版社，1995年，第220页。

多心理学思想的概念和命题，而且是密切关系着艺术心理的思想。除了先秦道家、隋唐佛学之外，魏晋玄学、宋明理学也都往往是间接地从不同角度涉及心理学思想。古代典籍著述，有直接论及文学艺术心理的，也有似乎与文学艺术心理无关，而其实在更深的层次相通，并且确实对文学艺术发生久远影响的。从古代典籍中发掘艺术心理思想的资料，眼界宜较开阔，须了解当时的文学背景、文化背景，体会古人艺术心理的实际。本书对这后一方面，也将尽力之所及给予充分重视。

三、中国文化和中国艺术心理

艺术心理，它的形成和变化，既有全人类共通的规律，又有各个民族各自特有的规律，本书的论述侧重后一方面。所谓民族，本是具有共同心理特质的人们构成的稳定共同体；这些心理特质，在一民族内是共同的，与他民族比是相异的。民族共同心理特质，与民族生活的地域的自然条件，与民族经济发展过程、发展方式和发展水平，与民族的社会生活方式和社会结构，与民族语言，与该民族中影响较大的宗教，等等，都有关系。民族共同心理包罗广泛，艺术心理是其中的一种因素，虽然也随时代而变化，但较之政治心理、伦理心理，则要稳定得多。中华民族的艺术心理是中华民族全部共同心理的组成部分，是在中华文明、中华文化的形成和发展中长期孕育滋长的。在我看来，考察中国艺术心理的民族特点，概略而言，以下几点，应予特别注意。

第一，中国文化思想体系，自古以伦理为中心。中国文化、中国哲学，首先教人如何立身处世、如何做人。例如儒家，首先是讲求孝、悌、信，而后，“行有余力，则以学文”，艺术往往只被当作末事。墨子讲兼爱，为此而非乐；音乐虽然悦耳，不利于人，即止。因此，在中国古代，多数时间的主导倾向是，艺术心理缺乏独立性，缺乏自主性，受到伦理心理的强大影响、制约。这在儒家的艺术心理思想中表现最为明显。他们经常把艺术心理与伦理心理视同一律，儒家讲“和而不流”、“乐而不淫”、“哀而不伤”、“温柔敦厚”，既是艺术心理，更是伦理心理。孟子标榜“浩然之气”，首先是指道德修养，其次才是指艺术修养。后来唐代人讲“气盛言宜”，说是道德精神充沛，就能自然而然地进入最佳创作状态，文章自然写得好。儒家肯定音乐感发人心的力量，说它能移风易俗，能使人向善，审美快感只是作为一种手段。《礼记·乐记》说“声音之道，与政通矣”，把艺术心理看成社会政治心理的表征；主张统治者借助音乐来了解和控制社会情绪。《乐记》还说：“先王之制礼乐也，非以极口腹耳目之欲也，将以教平民好恶，而返人道之正也。”近代的梁启超鼓吹变法改良，途径之一是利用小说去“熏、浸、刺、提”，去“新民”，仍然是把艺术心理、政治心理、伦理心理团在一块。这样做，对于艺术心理很容易发生损伤。《庄子·田子方》里记温伯雪子的话说，“中国之君子，明乎礼义而陋于知人心”，庄子一派看出了儒家伦理同人的日常心理尤其是同艺术心理的敌对性。庄子一派从而认为，必须先把儒家的伦理抛在一旁，把“礼”的约束抛在一旁，才能进入艺术活动，进入正当的艺术心理。《田子方》叙述一个故事：宋元君请了很多画师来画画，大家都恭恭敬敬，严肃认真，只有一名画师姗姗来迟，大大咧咧，“解衣般礴臝”，就是赤膊盘腿而坐。宋元君却以为，这个人才是真正的艺术家，他说：“可矣，是真画者也！”庄子是反伦理中心的。然而，反伦理也是一种伦理观，也是要求先解决如何处世的问题，把这当作艺术活动的前提。不过，道家处世的标准与儒家处世的标准大异其趣罢了。

重视伦理并不意味着儒家都不懂艺术心理，并不意味着儒家倡导的伦理心理对艺术心理一概毫无好处。儒家很早就总结出省察、推知、分析自己和他人心理的方法、技巧。他们讲忠恕之道。忠，是要尽己，要了解自己、反省自己、修炼自己，他们建立了一套内省和自我调节的理论与方法，宋代新儒家的修身养性的理论更加系统。恕，是要推己及人，善于体会、体贴他人的内心，这是仁者爱人的重要表现。《孟子·梁惠王》记载梁惠王引《诗·小雅·巧言》的句子，来形容孟子善于体贴别人的内心：“《诗》云，‘他人有心，予忖度之’夫子之谓也。夫我乃行之，反而求之，不得吾心；夫子言之，于我心有戚戚焉。”主体确已发生的心理，自己也说不清楚，他人倒一语中的，解说得明明白白；这就是因为掌握了观察、推测、分析心理的方法。战国时代，说客辩士奔走于诸侯之间，争取统治者接受采纳自己的意见，下大功夫揣摩听者心理，总结出“忖度”的诀窍、技巧。其中儒家、法家对听者心理的体贴、分析技巧，尤为系统、细致①。这说明，儒家确实建立了一套分析、体验他人心理的有效的理论与方法。这些理论、方法从政治、伦理领域被借用到艺术领域，打开过人们

① 《韩非子·说难》：“凡说之难，在知所说之心可以吾说当之。”

的新思路。还有，孔子讲诗的作用有“兴、观、群、怨”，四者都是从心理效果上看艺术文学的社会功能，又都是从教化作用上看艺术文学的社会功能，在他心目中，两者是一回事。兴是鼓舞人的意志，观是掌握社会心理，群是促进社会凝聚，怨是宣泄消极心理。它们都属于艺术心理，又都属于伦理心理、政治心理。以儒家为典型代表的思想，构成中国古代艺术心理学思想的主流。

早在春秋战国时代，“三不朽”思想即已深入人心，“太上立德，其次立功，其次立言”，成为历代文人的信条①。司马迁《与挚伯陵书》、曹丕《与王朗书》、刘勰《文心雕龙·序志》，都表明以立言求不朽是自己写作的根本出发点。文学创作的目的，是要使自己的声名传之后世。文学艺术创作与历史著述一样，与将相的建功立业一样，与圣人的建立万世轨范一样，都是为了追求不朽。那种强调艺术的独立性，为艺术而艺术的心理，迷恋艺术形式本身的心理，在中国从来没有形成大的气候。

第二，中国非主流知识分子历代相承的对社会对人生的超脱心理，从另一方面给民族艺术心理打下深深印痕。中国古代知识分子，在社会政治生活中，除了“学而优则仕”之外，没有别的发展途径。事实上，学而优并不能保证进入仕途，更不能保证仕途发达。学而优但不愿为仕的毕竟代有其人，学而优不能为仕的更是千千万万。他们之中的高人，蔑弃功名，鄙视流俗，追求精神的独立。“解衣般礴赢”成为一部分人处理自己与社会关系的原则。陶渊明《归去来兮辞》，声明不愿意“矫厉”、不愿意“违己”、不愿意“以心为形役”，他宣称，“世与我而相违，复驾言兮焉求？悦亲戚之情话，乐琴书以消忧……登东皋以舒啸，临清流而赋诗”。苏轼在遭遇严重挫折、受到监视威胁的情况下，写的《赤壁赋》，其中的警句有：“天地之间，物各有主；苟非吾之所有，虽一毫而莫取。唯江上之清风，与山间之明月，耳得之而为声，目遇之而成色，取之无尽，用之不竭，是造物者之无尽藏也，而吾与子之所共适。”他们力图在审美中忘掉是非、避离人世。然而，他们并不以艺术为终极目标，他们追求的是艺术之上的最高本体。《庄子·养生主》里的庖丁回答文惠君说：“臣之所好者道也，进乎技矣！”他们不屑于刻意钻研具体艺术技巧。《庄子·齐物论》

① 《左传·襄公二十四年》：“豹闻之，大上有立德，其次有立功，其次有立言。虽久不废，此之谓不朽。”

说："有成与亏，故昭氏之鼓琴也；无成与亏，故昭氏之不鼓琴也。"陶渊明不解音律，备有无弦之琴一张，抚弄以寄托和追寻独特的人生体验。鼓琴，投入艺术活动，必然有成功也有缺失；不鼓琴，不投入艺术活动，无成也无亏，无得也无失；无弦琴以无声而胜有声。在他们看来，那才是真正的艺术。他们追求的理想心理状态是无待、是逍遥，是忘伦理、忘政治，超伦理、超政治。他们从另一个方向，创建了中国古代艺术心理学思想的又一种体系。

第三，中国长期处于宗法社会，社会的组织形式与运作方式对不同艺术类型的生灭兴衰、对文体心理、对形式美感，影响至大。按照王国维的说法，殷周之间发生剧烈变革，政权的交接从"兄终弟及"改为"立子立嫡"，不但王位继承如此，而且通行到大夫以下，由是产生宗法制度①。这一制度维持了两千多年。嫡长子继承制使血统在社会政治生活、经济生活中起决定作用，由此必然极度重视女性的单方面贞操，并使性的观念神秘化，成为禁忌。比照一下，古希腊实行城邦制度，战争是公民的重要职责，人们以健壮的身体为美、为荣，乐于在公共场合展示结实的肌肉、优美的体型②。在公元前 5 世纪到前 1 世纪，希腊就创造了许许多多杰出的裸体雕塑，如《持矛者》《掷铁饼者》《弥罗的维纳斯》。而中国则讲究"男女之大防"，《孟子·离娄》确认"男女授受不亲"是"礼"的原则，《礼记·曲礼》说"男女不杂坐"。于是，人体艺术无法存在，戏剧艺术、叙事文学也因其对人的生活的广泛的模仿性而大受制约。乃至，唐代白居易写了《长恨歌》等含蓄蕴藉的叙事诗歌，叙写爱情，极精炼地描画女子体态容貌，明代王夫之《薑斋诗话》竟责之为"将身化作妖冶女子，备述衾裯中丑态"。礼教的高度压抑，不能阻止春宫画、淫秽小说的泛滥，它们以暴露求刺激，造成畸形心理，扼杀和泯灭了美感，也使人体艺术的形式美的表现和小说描写技巧的提高受到极大局限。除了明清之际，在城市商品经济繁荣的背景下，小说创作和戏曲表演理论有所进展，金圣叹、李渔等对艺术思维中的"设身处地"有较精彩的论述之外，就大多数情况而

① 《殷周制度论》："周人制度之大异于商者，一曰立子立嫡之制……是故由嫡庶之制而宗法与服术二者生焉……男女之别，周代亦较前代为严。"《观堂集林》卷第十，中华书局，1959 年。

② 参见丹纳《艺术哲学》第二章第五节"不以裸体为猥亵"，"艺术家如何发现并如何表现完美的人体"。该书第 40—48 页，人民文学出版社，1963 年。

言，一直到清代，一些大学者大文人还是对小说家可以“化身”为人物，可以“化身”为包括“妖冶女子”在内的各种人物，不能理解、不能接受。小说创作心理，戏剧表演心理，特别是人物塑造中的创作心理，难以充分地、系统地深入研究。

第四，中国文学在漫长的时间里，以抒情文学为主干、为正宗，普遍尊崇的文学样式是诗歌。因此，中国艺术心理思想史中，讲情感、讲艺术情感的内容特别丰富。同时，中国长期以农业经济为主导，种植业是人以自然为直接对象的产业，这多少决定了中国古人心理的模式、类型，也影响了艺术心理的模式、类型。中国文人流连于山水之间，抒情每每通过写景，把感情寄寓于所描绘的景物之中，农事诗、田园诗、山水诗绵延不绝。而在欧洲，迥异于此，从古希腊的神话到中世纪的美术、诗歌，自然物都以人格神的身份出现。直至16世纪文艺复兴时期，尼德兰画家彼得·勃吕盖尔，热衷于描绘阿尔卑斯山的壮伟风光，才开创了风景画的新天地。风景诗则更晚，18世纪方得正式形成。以致研究者断言：“风景的概念纯然是市民阶层文化思想的产物。”[①] 而此前15个世纪，至少从晋代开始，中国诗歌创作中就出现了“庄老告退，而山水方滋”，就有了很优秀的山水诗。欧洲人很早就实现了观念上人与自然的分离，以分析的研究的态度对待自然，至少从公元前6世纪，希腊的米利都学派开始，就确立了这样的传统。中国则长期奉行天人合一的思想，没有完全从人与自然的原始统一中走出。中国人认为自然具有陶冶性情、铸造品格的作用。唐代吴兢《乐府古题要解·水仙操》记载的故事说，伯牙学鼓琴于成连，成连把能够教的全都教了，但无法改变学生的精神气质，“吾之学不能移人之情”，便把他独个放在东海蓬莱山，“伯牙心悲，延颈四望，但闻海水汩波，山林窅冥，群鸟悲号。仰天叹曰：‘先生将移我情！’”老师不能赋予学生的艺术气质，山水可以给予学生。关于自然如何引起美感，关于人在审美中如何观照自然物，关于心物之间、情景之间的双向往复的错综关系，被中国古人以浓厚兴趣反复地研究过。

第五，中国哲学方法论重内向认识、重瞬间体悟，而较轻外向认识、较轻精细持久的观察，不但道家如此，儒家也是这样，至于佛家则更不待

---

① 诺伯特·麦克伦布克：《自然抒情诗与社会》，转引自W. 顾彬《中国文人的自然观》，马树德译，上海人民出版社，1990年，第2页。

言。古代中国人对于系统的观察探讨较少，而关于反身自省的论述很多。儒家讲“慎独”、“自讼”、“日三省”，道家讲“反听”、“内视”、“心斋”，佛家讲“止观”、“禅定”、“拂尘看净”，都是向内自指。但这些，绝不同于近代欧洲卢梭、列夫·托尔斯泰等人的自我分析，更不同于弗洛伊德的精神分析。儒家讲克己，道家讲寡欲、收心，佛家讲息念，他们绝不是让潜意识中各种欲念自由涌现，而恰恰是要消解潜意识中的一切欲念，他们都要求把心理调整到平静无波、无思无虑的状态。这种心理状态，对于山水诗画、短小的美文和书法的创作，是有益的；对戏剧性、叙事性作品，对精确写实的绘画，尤其是对史诗性的作品的写作，则必然起着牵制、阻碍作用。中国的造型艺术讲形神关系，把神看得比形更重要；在文学中，注重传达微妙的情、意，而不太看重丰富详悉的细节描写，也和这类心理有关。

对于古人有关心理学思想的论述，不能仅由文词字面推求其含义，不能局限于一文、一书、一人去理解，不能简单比附现代理论去发挥，而应密切联系论者所处的文学艺术背景、社会文化背景来考察。多种多样的论述，都是从中国文化的土壤上生长发育的，以上五点不过举其大端而已。

第一编　中国艺术心理思想的源头

中国艺术心理思想，正如整个中国文化学术思想一样，在春秋战国时期奠定了基础。那时，百家争鸣带来学术的繁荣，各家各派在论证、展开自己的体系时，提出了或详或略的富于启发性的心理学思想。其中，比较深入地涉及艺术心理，并且对后世产生久远影响的，则是儒道两家，它们分别开创了中国艺术心理的两大潮流。

第一章　由和而乐

——儒家艺术心理思想的基调

儒家最重要的经典《论语》，开宗明义三句话，“子曰：学而时习之，不亦说乎？有朋自远方来，不亦乐乎？人不知而不愠，不亦君子乎？”第一句说的是“说（悦）”，第二句说的是“乐”，第三句说的是“不愠”。这三句话给《论语》全书、给儒家学派的整体风格，从心理上、情绪上定下了基调。“说”作“喜悦”讲，在《论语》里出现十一次；“乐”作“快乐”讲，在《论语》里出现十五次，足见，这是孔子和他的门徒频繁涉及的话题。孔子不仅用这来开导、指教别人，更用以描述自己的个性和人格。当有人向子路问起孔子的性格，子路不知道该怎么回答时，孔子教他：“女奚不曰：‘其为人也，发愤忘食，乐以忘忧，不知老之将至云尔。’”他把“乐”看作自己性格的突出特征。孔子又曾颇带自我欣赏地咏叹道：“饭疏食、饮水，曲肱而枕之，乐亦在其中矣！”孔子评价他最看重的学生颜回是：“贤哉，回也。一箪食，一瓢饮，在陋巷，人不堪其忧，回也不改其乐。贤哉，回也！”孔子告诉子贡，“贫而无谄”虽也不错，却不如“贫而乐”境界更高。这些，足以证明，儒家的先师是多么高度评价和多么鲜明有力地倡导“乐”这种正面的积极的心理状态。

稍微深入分析一下，孔子理想的“乐”的心理状态、精神状态，有三种类型或三个方面。第一，是智慧之乐。孔子是求知欲极强的人，他十五岁就“有志于学”，一辈子以获取知识、运用智力为快乐。在这方面他和古希腊的许多哲学家，和古往今来千千万万哲学家、科学家是一致的。《论语》开篇的话“学而时习之，不亦说乎”无愧为烛照千古的格言。以持续的热情和兴趣去求知，又从知识的扩展深化中获得乐趣，求知的热情常盛不衰，从知识得到的乐趣常增不减——两者循环往复，如同一对情侣，互相激发、互相鼓励。孔子说：“知之者不如好之者，好之者不如乐之者。”这里的“乐”就是挚爱。能够自由地从事所挚爱的事情，必定是很快乐的。以愉快的心情工作，效率必定很高。“乐”是智慧的良友和引荐人。“苦”读可以占有知识，“乐”读才能产生智慧。沉溺于沮丧、抑郁不能自拔的人，精神、心理肯定不健全。经常地葆有快乐心态，这本身就是智慧的表现。所以，孔子说“智者乐”。

第二，是道德之乐。孔子高度重视品行，重视主体的自我道德评价。如果主体具有道德上的充实感，在道德上充满自信，那么，不论他的物质生活条件是充裕还是贫乏，社会地位是高贵还是低贱，他都能进入并保持愉快、恬适的心理状态。所以，孔子又说：“内省不疚，夫何忧何惧?”“仁者不忧。”孔子认为，有了道德的自信就有了快乐，“不义而富且贵，于我如浮云”。没有了义，也就不可能有快乐。关于快乐与智慧以及道德的关系，希腊哲学家曾经进行热烈的讨论，作出非常细致的分析。例如柏拉图的《斐莱布篇》里，苏格拉底与斐莱布争论，究竟快乐是善还是智慧是善，争议纵欲的快乐与自我节制的快乐的区分。孔子以及同时代的中国思想家没有做这类细致的辨析，他们更看重的是把智慧、道德视为快乐的源泉，看重三者的和谐统一的关系。三者统一的重要途径之一，是在艺术心理之中。

第三，是艺术的、审美的快乐。《述而》篇说：“子在齐闻韶，三月不知肉味，曰：不图为乐之至于斯也!”孔子多才多艺，懂音乐，懂诗歌，懂舞蹈，他的修养使他有能力从艺术活动中得到享受。他说“志于道，据于德，依于仁，游于艺”。这个“艺”含义颇广，无疑包括了文学和艺术在内。与“道”、“德”、“仁”并列，前三者是“志”、是“据”、是“依”，都很严肃郑重；而独对于“艺”说“游”，较为轻松，可见，“艺”更直接地激发快乐。《礼记·学记》说，“不兴其艺，不能乐学”，也是阐明这个意思。孔子这样推崇《韶》乐，因为它是美和善的融合，是尽善尽美。以上三种快乐相互关联，在孔子那里，艺术、审美的快乐，建立在智慧的快乐和道德的快乐的基础上，尤以道德之乐为核心。孔子说："君子坦荡荡，小人常戚戚。"《荀子·子道》篇载孔子答子路之言说，君子有终身之乐，无一日之忧；小人有终身之忧，无一日之乐。而艺术、审美的快乐不但对于智慧的滋育和道德的修养有辅助作用，也有它独立的价值。

孔子倡导与追求的快乐，是深沉而丰富的快乐，是多样统一的快乐。就性质而言，他主张中和；就艺术心理的形态而言，有兴、观、群、怨，下面分别介绍评析。

第一节 中和之乐

孔子对他所倡导的、所追求的审美快乐，在性质、强度、表现方式上，都有规定，他主张的是中和之乐。这贯穿在他关于艺术的言论之中。

孔子时代的艺术，孔子和他的弟子们的言论所涉及的艺术，包括若干种类，其中，就其重要性而言，远远超过绘画等而稳稳地占据第一位的，是音乐。孔子讲音乐，又总是和礼的维护、礼的实践联系在一起。礼乐，成为春秋战国以及其后很长时期，关于社会、文化、政治、艺术的言论中的重要名词。什么是礼乐精神呢？当时和后世都有许多解释，其中难免就有些浅薄的错误的理解。针对不正确的理解，《论语·阳货》记孔子之言说："礼云礼云，玉帛云乎哉？乐云乐云，钟鼓云乎哉？"礼，最显在的表现是物质上的往来，即人与人互赠礼物。礼物，不管多么贵重，即使赠送的是玉和帛，也只不过是一种表征，它不是西周以来正统观念中的"礼"的本质。钟鼓，则只是音乐的演奏器具，更不是那个时代正统观念中音乐的本质。音乐的价值，在儒家看来，主要并不在乐曲本身。那么，礼乐的本质是什么呢？《礼记·乐记》说："乐也者，情之不可变者也；礼也者，理之不可易者也。乐统同，礼辨异。礼乐之说，管乎人情矣。"唐代孔颖达疏解："乐主和同，则远近皆合；礼主恭敬，则贵贱有序。"礼的本质，是一种对社会秩序的规定，是关于君臣、父子、长幼、贵贱等等上下、轻重、高低的秩序的规定。在孔子及其门徒看来，礼的基本原则是不容变更的。礼把不同等级的人区别开来，乐则把不同等级的人在礼所规定的秩序下结合起来、凝聚起来。乐的本质是为礼的秩序服务，作为礼的社会秩序的一种主要的外在表现。礼，是由仪轨、规范、制度所代表的社会政治的等级秩序；乐，是当时最主要的文化艺术形式和教育手段，其根本功能是灌输礼的意识和保障礼的实践。

音乐，是以艺术方式对世界的掌握，它怎么能够被用来巩固政治的、道德的规范和制度呢？这是因为，政治制度、道德规范是秩序，音乐也是秩序，音乐是按照艺术审美的原则把声音秩序化。音乐通过培养和强化人们的秩序观，来为政治和道德服务。乐与礼的关系，一是乐要遵守礼的规定：什么身份的人、在什么场合演奏什么样的乐，有严格的制度规定；二是乐要帮助礼的推行：乐有助于在人的内心建立起情感的秩序，情感建立了秩序的人，更习惯和更乐意遵守社会秩序、政治秩序。礼与乐，两者内在的关联，很本质的，就是对秩序的要求，就是有序性的原则。《国语·楚语上》记申叔时向楚庄王提出教育太子的方案："教之诗，而为之导广显德，以耀明其德；教之礼，使知上下之则；教之乐，以疏其秽而镇其浮。""疏秽"是去其芜杂，"镇浮"是去其躁动，都是为了建立秩序，为了建立情感秩序。学礼而知道社会秩序，学乐而建立心理秩序，在这里指示得十分明确。《周礼·春官宗伯·大司乐》中提到"分乐而序之"，唐代贾公彦的疏文专门解释"序"字道："使尊卑有序，故云序。"《礼记·乐记》说："乐至则无怨，礼至则不争。揖让而治天下者，礼乐之谓也。""不争"、"无怨"，即遵守既定秩序。这些，是触及儒家礼乐思想的核心和关键的。《周礼·乐师》提到"凡乐，掌其序事，治其乐政"。大概说来，"序事"指的是在音乐的实践、应用中，严格执行"礼"的制度规定，遵守"礼"的秩序，即是指按照不同的等级身份与场合来应用不同的乐；"乐政"指的是音乐本身的艺术秩序。两者本来没有必然联系，儒家却把它们纽结起来。"序事"，随着周礼的崩溃早已瓦解了，富人或势力强大的诸侯越级使用乐舞，成为普遍现象；"乐政"，作为音乐自身的内在规律，也在不断发展变化，却不会消失，后代的"乐政"不同于前朝的"乐政"，但只要有音乐就总会有"乐政"。音乐的秩序对创作者和欣赏者心理秩序的形成与稳定的作用，在任何时代都是存在的，也不会消失。孔子感慨"觚不觚"，厉声指责"八佾舞于庭"，只不过是发泄他个人的愤怒而已，并不能阻止旧秩序的溃败。孔子主张乐教，力图以音乐、以艺术来推行和维护某种社会秩序，他所想要竭力维护、推行的那种具体的社会政治秩序——周礼早已一去不返，而以音乐、以艺术来帮助建立、维护和推行社会政治秩序的思想，却贯穿中国历史，被许多人所尊崇，一直产生着巨大影响。

孔子和先秦儒家，要用音乐推行礼教、维护礼教，他们总是非常注意中介环节。音乐、美术、文学，对政治、伦理产生作用，要经过人的心理，首先对人的心理发生微妙的影响。《礼记·乐记》说，“致乐以治心”；治心，就是使人的心理、人的情感有序化、规范化，把不合于礼的、不利于人遵循礼制的种种心理排除，让有利于礼、有利于人遵循礼制的种种心理油然滋生。《周礼·春官宗伯·大司乐》指出：“大司乐掌成均之法，以治建国之学政，而合国之子弟焉……乐德教国子：中和，祗庸，孝友。”“均”是调，调理，调谐；“成均”，可以说就是建立音乐的秩序；建立音乐秩序的目的是建立心理秩序，进而教育年青一代遵守家庭秩序和社会秩序。许许多多的研究者反复强调过，儒家的艺术观以教化为中心，这无疑十分正确。但我们还必须同时强调，儒家要求艺术为政治服务，在艺术与政治两极之间，总是充分重视心理的桥梁——政治经由心理决定艺术，艺术经由心理影响政治；我们又必须同时强调，在儒家的观念中，这座心理的桥梁是一座秩序之桥：艺术秩序——心理秩序——政治、社会秩序，三者沟通；一种秩序确立，则别种秩序稳定；一种秩序紊乱、动摇，则别种秩序也紊乱、动摇。

在古汉语中，“音”和“乐”本是两个独立的词，“音”和“乐”组成双音词“音乐”，是较晚的事。《吕氏春秋·大乐》开头说“音乐之所由来者远矣”，注家考证，此句中“音”字不当有，乃窜入之衍文①。《楚辞·远游》有“音乐博衍无终极”之句，是“音乐”一词的最先出处。《三国志·吴志·周瑜传》称，“瑜少精意于音乐”，到这里，“音乐”一词的含义才与现代比较接近了。早期，“音”和“乐”是有区别的，它们的区别本身，就体现出一种秩序观。根据《礼记·乐记》的论述：“感于物而动，故形于声。声相应，故生变；变成方，谓之音。比音而乐之，及干戚羽旄，谓之乐。”原始的人类，与外界接触，彼此交往，产生喜怒哀乐各种情感，本能地会用声音表示出来；婴儿天生也会用不同的声音表达不同的情感。这些声音，都还只是自然之声，谈不上秩序，不产生美感，古人称之为“声”。把多种自然之“声”有意识地配合，成“方”，“方”是规则、规律，按照一定的规则振动之声即是乐音；乐音按规律组合、变化，条理

① 参见陈奇猷：《吕氏春秋校释》，学林出版社，1984 年，第 257 页；又参见蒋维乔等：《吕氏春秋汇校》，商务印书馆，1927 年。

化、秩序化、体系化，错综、协调，于是有了曲调，古人叫做“音”，这实际上相当于今之所谓乐曲（孔颖达解释“音”是“今之歌曲也”）。郑玄注释这段话说：“宫、商、角、徵、羽杂比曰音，单出曰声。”宫、商、角、徵、羽为有规则振动的声音即乐音，它们构成中国古代的五声音阶；杂比，是错综排列，于是产生乐曲。再把乐曲和舞蹈、诗歌结合，具有更明确的社会内容和更动人的表现形式，即是古人之所谓“乐”。这种“乐”，和今天的音乐相比，范围大很多，包含了后来的多种艺术类型，它是孔子及其前后时代的、带有原始综合艺术遗迹的文艺形式。《礼记·乐记》又说：“是故知声而不知音者，禽兽是也；知音而不知乐者，众庶是也。”知“声”只需要本能；知“音”需要起码的艺术感受力；知“乐”，则除了感受、鉴赏能力之外，还要懂“礼”，懂得礼所规定的秩序，当然，也要懂得“均”，要懂得艺术秩序。“声”、“音”、“乐”三个层次，其间区别即在秩序的有无或秩序的宽严、疏密；“音”的秩序主要是形式美的秩序，“乐”的秩序则还包含较多的社会等级秩序的成分。由能否从音乐中领会、认识到秩序，可以见出接受者的文野、雅俗、贵贱的高低层次。

音乐是听觉艺术。世界上随时发生各种各样的声音，绝大多数的声响杂乱无序。音乐是有规则有秩序的声音组合。唱歌、奏乐、听乐，使人的思想、情绪得到整理，自然而然进入有序状态。所以，一般说来，音乐具有使听众心理有序化的作用。正因为如此，早在两三千年之前，中国人和希腊人不约而同地想到利用音乐治疗疾病，尤其是治疗心理的精神的疾病。《礼记·乐记》说：“乐行而伦清，耳目聪明，血气和平，移风易俗，天下皆宁。”后来，宋代大文学家欧阳修在《送杨寘序》一文中介绍自己的经验体会：“予尝有幽忧之疾，而闲居不能治也，既而学琴于友人孙道滋，受宫商数引，久而乐之，不知疾之在其体也。”到现代，音乐治疗学已经是应用音乐心理学下面一个广受关注的分支学科。音乐为什么能有治疗作用，音乐治病的发生机理如何，现代心理学家们对此有诸多不同的解说。中国古代用五行学说解释，《灵枢·邪客》篇说：“天有五音，人有五脏；天有六律，人有六腑……此人之与天地相应也。”五音六律与五脏六腑，都不要让其中之一偏胜，都要“补其不足，写（泻）其有余，调其虚实，以通其道”。孔子和儒家其他学者，突出一个“和”字，乐和导致心和、气和、体和以至人际关系和，强调的是音乐使人的心理、生理从无序走向有序的作用。儒家主要并不是要用音乐治疗身体、精神的一般疾病，他们更热心于用音乐治疗社会的疾病。《吕氏春秋·孟夏》中有“乃命乐师习合礼乐”一句，东汉高诱注曰：“礼所以经国家、定社稷、利人民，乐所以移风易俗、荡人之邪、存人之正性。”高诱的说法符合孔子有关音乐的一贯主张。因为孔子和先秦儒家处于西周礼制动摇、旧的秩序崩坏、社会矛盾复杂激烈的变革环境之中，从调和矛盾、维护旧制的社会政治目标出发，他们对于音乐的思想艺术品格，对于音乐作品的心理内涵，对于音乐的心理效果，提出的一条根本要求，就是中和。中和原本是孔子的伦理思想，本书则是从心理学思想的角度，特别是从艺术心理思想的角度来诠释它；之所以这样做，主要还不是从我们的写作方便出发，而是从孔子理论的自身逻辑出发，其理由，本节稍后将会有所涉及。

儒家以人的心理作为艺术与政治发生关系的中介，而在心理中又特别重视情感。艺术往往通过影响情感再去影响意志、影响思想。孔子谈音乐对心理的作用，首先谈的是对情感的作用。《礼记·乐记》说：“欣喜欢爱，乐之官也。”“官”是职能、功用，乐的功能是激发情感，特别是激发喜悦的情感。中和，首要的是情感的中和。孔子说：“《关雎》乐而不淫，哀而不伤。”这是孔子本人从艺术上、审美上，从心理学思想上对中和最典范的解释。乐和哀，是处于相对两极的情感；《关雎》，这里指的是《诗三百》第一篇的乐曲，是艺术作品。《关雎》的成功在于，作者的情感，作品所表现的情感，作品所激发的情感，既有乐又有哀，两者都恰到好处。全句讲的是艺术作品所表现的、所引发的情感，是讲这种情感的度的把握与控制。汉儒孔安国说：“乐不至淫，哀不至伤，言其和也。”宋儒郑樵《通志略》说：“人之情闻歌则感，乐者闻歌则感而为淫，哀者闻歌则感而为伤。《关雎》之声和而平，乐者闻之而乐其乐，不至于淫；哀者闻之而哀其哀，不至于伤——此《关雎》所以为美也。”在对中和的阐释上，古今学者，从《礼记·中庸》、董中舒的《春秋繁露》到二程、朱熹，一直到现代的哲学史家、美学史家们，作了大量有益的工作。注家、学者通常把中和看作伦理原则，或者把它看作审美形态、审美风格。我们这里从艺术心理学的角度出发来讨论，并且主要不是从静态观点把中和看成一种心境、一种心理状态或情绪状态，而是从动态观点把中和看作处理两极化情感的原则和策略。

什么是情感两极呢？人可能具有的情感非常丰富、非常复杂，心理学家加以归纳分析，把多样的情感两两成对，每一种情感都有与之相关而对立的另一种情感相应。《礼记·乐记》提到的哀与乐、喜与怒就是这样的两对。情感按照性质可分为肯定情感与否定情感、积极情感与消极情感，这是定性的区分。同一性质的情感，还有量度的区别，有着强弱、急缓等等区别。情绪或情感是主体对对象的态度的体验。情绪或情感是积极还是消极，要看主体对对象的需要和愿望。对象的目前状况符合主体的需要与愿望，就引发积极的情感；对象的目前状况违背主体的需要与愿望，就引发消极的情感。现代心理学认为，积极情感使主体感觉幸福，并使主体与他人融洽；消极情感使主体感觉不幸，并使主体与他人隔膜、对立。这样说，积极情感是好的，对主体有利；消极情感是不好的，对主体不利。其实也不尽然。孔子认为，“过犹不及”，无论积极情感或消极情感都有个度的问题，越过了度，积极情感也变得有害；反过来，适度的消极情感，有时对主体可能有益。现代情绪心理学把情感或情绪分为四个维度：快感度、紧张度、激动度、强度。每个维度包含两极：愉快和不快，紧张和轻松，激动和平静，强和弱。这样八个因素的多种多样的组合，产生极其纷繁的情绪、情感形式。孔子和儒家的中和原则就是，不管在什么情况下，总要保持情绪、情感的平衡，不走向任何一种极端；而艺术活动、艺术创作和艺术欣赏，是保持情绪平衡的良好方式。朱熹《四书集注》阐发孔子的话说：“淫者，乐之过而失其正者也；伤者，哀之过而害其和者也。《关雎》之诗……盖其忧虽深而不害于和，其乐虽盛而不失其正，故夫子称之如此。欲学者玩其词，审其音，而有以识其性情之正也。”把握情感的度，就需要节制。主体受外界刺激产生情感，情感反过来有可能控制主体。情感倘若控制主体，一发不收，心理失去平衡，行为不能理性地自主，对自身、对他人都将造成伤害。《礼记·乐记》说：“夫物之感人无穷，而人之好恶无节，则是物至而人化物也。”人随物化，人被物所牵制，灭绝了灵明之本性。儒家为这种现象而忧虑，便希望用礼乐教人们有所节制。《乐记》说：“是故先王之制礼乐，人为之节。衰麻哭泣，所以节丧纪也；钟鼓干戚，所以和安乐也……礼节民心，乐和民声。”《礼记》对于丧礼中什么时候哭、怎样哭，有细致的规定、说明。而乐器、舞具的运用造成音乐舞蹈，则激发、诱导、调动人们的快感，使它有秩序地形成、发展。文学艺术，使人的情感有秩序有节奏地表露，从而达到中和，有益身心，利己利人。

除了量的把握即适度这层意思，中和的另一个重要含义是反对单一化——乐的高级境界就不仅仅是快乐，而应包含它的反面，包含悲哀；悲的高级境界就不仅仅是悲哀而应包含它的反面，包含快乐。《关雎》不就兼有乐与哀吗！《论语·子路》："子曰，君子和而不同，小人同而不和。"这里讲的是处理人际关系的原则，同时也是调节心理、调节艺术创作心理和艺术欣赏心理的原则。在孔子之前，晏婴（见《左传·昭公二十年》）和史伯（见《国语·郑语》）分别阐述过"和"与"同"的性质区别以及和而不同的必要。史伯说，"和实生物，同则不继"，"和五味以调口"，"和六律以聪耳"；"声一无听，物一无文，味一无果，物一无讲"。晏婴的意图虽然也还是讲君臣关系，在阐述中却更多更细致地涉及音乐，他说："先王之济五味、和五声也，以平其心、成其政也。声亦如味，一气，二体，三类，四物，五声，六律，七音，八风，九歌，以相成也。清浊、大小、短长、疾徐、哀乐、刚柔、迟速、高下、出入、周疏，以相济也。君子听之，以平其心，心平德和。"他们讲的是艺术作品的构成要素，一个作品中的诸要素应该包括差异、对立方面，其中"哀"、"乐"则指艺术作品中的情感因素。有乐无哀，有哀无乐，那是"同"，没有达到和。哀乐相济，即是有意识造成对立情感的调和。现代心理学一般认为，主体不可能同时体验到由两种对立情绪构成的复合体，它们之间是你消我长的关系。心理医生引导抑郁症患者努力体验快乐的情绪，用以挤去沮丧情绪①。儒家的说法，中国传统的说法与此有别。中和，包含了对立情绪的复合的意思。

人在现实中，随时都可能产生喜、怒和哀、乐等等情感。无论是喜和乐或者是怒和哀，若不能控制，任其持续，任其膨胀，都必定给主体造成负担，造成痛苦。为了避免或减少负担和痛苦，主体应有一种适当方法，进行心理的自我调节，让相反的情感彼此调和。20世纪五十年代，一位深受佛学影响的德裔美籍社会心理学家F. 海德（Fritz Heider）提出了平衡理论。海德讲认知平衡，特别重视情感因素，重视情感因素与评价因素的一致性。前面说过，情绪与情感决定于对象的状况同主体的需要和愿望的关系，要改变、调节、控制情绪和情感，可以是改变对象，也可以是改变主体。海德认为，心理的不平衡会产生一种动力，使主体努力趋向平衡状态。这当然有多

---

① 参见《心理学百科全书》"情绪"条，浙江教育出版社，1996年，第256—257页。

种途径，但主体不自觉地倾向于最简便的阻力最小的途径。

儒家的中和思想，基本上不是指引人们去改变客体的现状，也不是去改变主体对客体的分析、估量和评价。中和思想的一个突出的弱点，就是淡化与忽视矛盾、冲突和斗争，这是由儒家在社会政治上的保守立场所决定的。从艺术心理的角度说，儒家更多地把中和作为努力要造成的结果，努力要进入的状态，而不是作为经历了剧烈变化的情感过程之后的产物来论述。这样的思想反映在艺术上，就往往是反对淋漓尽致地表现大悲大喜，不赞成引发接受者的恐惧或狂欢，其结果就使得悲剧与喜剧缺乏产生的土壤。这与古希腊的思想有明显的不同。亚里斯多德的净化说，其含义之一是宣泄，由激情宣泄使心灵得到净化。他在《政治学》中谈到，为了"培养公民的政治德性"，让他们"参加的音乐活动应有什么样的数量界限，他们应采取什么样的曲调与节奏"，指出，"因为某些人的灵魂之中有着强烈的激情，诸如怜悯和恐惧，还有热情，其实所有人都有这些激情，只是强弱程度不等。有一些人很容易产生狂热的冲动，在演奏神圣庄严的乐曲之际，只要这些乐曲使用了亢奋灵魂的旋律，我们将会看到他们如疯似狂，不能自制，仿佛得到了医治和净化——那些易受恐惧和怜悯情绪影响，以及一切富于激情的人必定会有相同的感受，其他每个情感变化显著的人都能在某种程度上感到舒畅和松快"①。中国儒家的中和所要求的，是主体善于判断自己与客体之间的关联，善于从这种关联引出积极评价，从而诱导出积极情感的心理活动过程，是善于进入这种心理过程从而达到平衡状态的能力。最能适应它的要求的文学体式是抒情诗歌。到了后来，宋代理学家的思想更趋狭窄化，理学崇奉者称颂他们的宗师程颐、程颢"一团和气"②。理学家的一团和气，是回避实际生活中的矛盾冲突，求得和保持心理的稳定与平衡。从社会政治观点看，这是不可取的，从审美活动、从艺术创作与欣赏的角度看，又有一定道理。鲁迅在不同地方一再讲过如下一类意见："感情太烈，会杀掉诗美"；"长歌当哭，必须在痛定之后"③。

---

① 亚里斯多德：《政治学》，见苗力田主编《亚里斯多德全集》第九卷，中国人民大学出版社，1996年，第285页。

② 朱熹、吕祖谦：《近思录》卷十四"明道先生坐如泥塑人，接人则浑是一团和气"。

③ 鲁迅：《两地书》（一九二五年六月二十八日），《鲁迅全集》第十一卷，人民文学出版社，1981年，第97页。

他也认为，不平衡的极端心理，与艺术心理难以相容；审美活动，有助于肯定的积极的心理状态的生成和葆有。

中和适应于古典的文学艺术，近百年的现代文艺则往往奉行与此相反的原则。柴科夫斯基是音乐上现代主义的先驱，是从古典音乐跨越浪漫主义而打开现代音乐大门的音乐家。他曾指出："不协和音是音乐上最伟大的力量，没有了不协和音，音乐就会变成永久的祝福——而无法表现一切受难和痛苦。"① 他的这种思想，不仅在现代的音乐中，而且在现代的绘画、舞蹈和文学中，被更加突出地强调。不过，现代艺术也不可能绝对排斥中和，它们总是从"不协和"走到新的另一种"协和"。

第二节 兴、观、群、怨的心理学诠释

上一节从艺术心理学思想的角度谈中和这一范畴，主要是讲个体自我心理调节和自我心理控制。但是，要获得并保持孔子所倡导的乐（快乐）的心理状态，除了个体自身内部调节之外，还必须协调我与人、我与物的关系。先秦儒家和几千年来的中国知识分子，非常看重志同道合者相互理解、情投意合带来的愉悦。所以，孔子说："有朋自远方来，不亦乐乎!""有"，旧本或作"友"；"方"，是"并"的意思，即是结伴而来。朋友从远处联翩来到，这是何等快意的事！友朋，就是同声相应、同气相求的人。不仅如此，不仅要有友朋之间的交流，儒家更要求关怀、爱护各种人。孔子学说中的核心概念"仁"，所要规范的就是人和人的关系，推而广之，也包括人和一切生命体的关系。《论语·颜渊》记樊迟向孔子问仁，孔子答："爱人。"这是对仁的扼要而精当的说明。仁和乐密切相关，唯有仁，唯有能爱人，能爱他人，能爱大众，才能享有深沉的长久的快乐。反过来说，快乐的情绪和心境，是人际关系协调的重要条件。孟子把这个意思发挥得很透彻，他同齐宣王仔细讨论这一问题，孟子启发齐宣王："独乐乐，与人乐乐，孰乐?"齐宣王当然要回答："不若与人。"孟子进一步再问："与少乐乐，与众乐乐，孰乐?"齐宣王回答："不若与众。"在儒家看来，高尚的快乐不停留于独自快乐，而应该与人同乐，与很多的人、与

---

① C. 波汶、B. 冯·梅克编：《我的音乐生活》，陈原译，人民音乐出版社，1982年，第4页。

广大的人群同乐。儒家主张“泛爱众”，主张“民胞物与”—“民我同胞，物我与也”，所有的人都如同我的同胞兄弟，所有的生命体都是我的同类。从情绪心理学上说，快乐，是一种开放性心理状态，个体的快乐本能地企望与他人共享，共享带来快乐的增强而不是减弱，共享的范围越大，快乐的强度和持久性也应该是越大。快乐的人具有自信感、自如感，对人对事具有较强的容纳和接受倾向，容易合群，容易使人产生亲切感①。忧愁，怨恨，嫉妒，是封闭性心理状态，交流则可能使这些情绪得以减轻，排解。

人和人之间感情的交流，快乐的共享，忧怨的化解，常见的渠道之一是艺术活动。人的社会交往，第一是语言交际，第二是以体态、动作、表情作出的情绪表达。文学艺术，常常兼及两者。孟子同齐宣王讨论与民同乐，便是从音乐欣赏的话题说起。孔子对艺术的社会作用，最重视的是它对个体与个体之间、群体与群体之间的心理交流的作用。孔子说，“诗可以兴，可以观，可以群，可以怨”，对文学艺术的社会作用作了精辟的概括，其中所讲的四点，都是诗歌（与音乐、舞蹈、礼仪结合的诗歌）对主体（创作者或欣赏者）的心理的作用。如果说，中和的目标是达到个体的心理平衡，那么，兴、观、群、怨的目标便是达到社会的心理平衡，达到组成社会的各个成员、各个群体之间的心理平衡。为了达到平衡，需要诱导积极的肯定的情绪，化解消极的否定的情绪，使人群之间不因为消极情绪的淤积而导致敌对，需要从机制上保障不同群体之间的及时的相互了解，需要增强各群体之间亲和的愿望。兴、观、群、怨，就正是这几个方面的作用。

兴，是起的意思。《说文·舁部》：“兴，起也。”② 兴，是动词，有兴起，发动，生成，升起，建立，兴盛等义项。《论语·泰伯》：“子曰：‘兴于诗，立于礼，成于乐。’”那里讲的是人格培育过程：诵习诗歌，使人奋

---

① 参见孟昭兰：《当代情绪研究的理论来源与方法学原则》，《当代心理学研究》，北京大学出版社，1993年，第272页。

② 何晏《论语集解》解释“兴、观、群、怨”时引孔安国的话说，“兴，引譬连类”，这就把兴看成诗歌的修辞手法，这个解释虽然被历来众多注家、论者所采纳，却与“观、群、怨”难以并列、配合，它混淆了作为“诗教”之一而和“观、群、怨”并列的兴同作为“诗法”之一而和“赋、比”并列、配合的兴，前者读平声，后者读去声，两个“兴”表达的是两个概念。关于“赋、比、兴”之兴，本书将在后面讨论。

起，产生向上的志向；熟悉和遵循礼制，使人在社会上安身立命；最后，在诗歌、舞蹈、音乐的结合中，在艺术与伦理、与礼仪的结合中，使人格达到成熟和完善。“兴于诗”的“兴”和“诗可以兴”的“兴”，虽微有区别，但基本指向一致。《礼记·乐记》说，“地气上齐，天气下降，阴阳相摩，天地相荡，鼓之以雷霆，奋之以风雨，动之以四时，暖之以日月，而百化兴焉。如此，则乐者天地之和也”。讲的是气兴起物、物兴起人的情感，而音乐则与此兴起过程相应和。《乐记》这里的“兴”，也是兴起的意思。

诗歌的作用，首先是它能打动人的情感，能激励人，使人振作、奋发，使人产生强烈的或稳定的积极情感、肯定情感。《毛诗序》说，“故正得失，动天地，感鬼神，莫近于诗”。它所秉承的就是孔子“诗可以兴”的思想。钟嵘《诗品序》说，“气之动物，物之感人，故摇荡性情，形诸舞咏。欲以照烛三才，晖丽万有。灵祇待之以致飨，幽微藉之以昭告。动天地，感鬼神，莫近于诗”。钟嵘再把《毛诗序》的论述加以发挥，而且对“兴”作为艺术的情绪感染作用的意思阐发得更为具体。“摇荡性情”，是对诗不同于礼、文学艺术不同于哲学和伦理学，发挥独特社会作用的恰当描述，也可以当作对“兴”的一个解释。后来，明代绿天馆主人在《古今小说序》中说：“试令说话人当场描写，可喜可愕，可悲可涕，可歌可舞；再欲捉刀，再欲下拜，再欲决脰，再欲捐金；怯者勇，淫者贞，薄者敦，顽钝者汗下。虽小诵《孝经》、《论语》，其感人未必如是之捷且深也。”谈的不是诗歌而是通俗小说，在新的时代条件、新的文学艺术格局下，对“兴”的作用，对文学艺术不同于伦理学、哲学的作用，作了新的阐发。

文学艺术发生“兴”的作用，在心理学上是对接受者心理能量的唤起和激发，它对接受者的情感和情绪起到激活、保持、维护、调整和组织等作用。首先，文学艺术作品蕴含着作者的情感、情绪，它会引起接受者的共鸣；其次，作品中叙述描写的生活内容，传达着作者的评价，也引起接受者的情绪反应和评价，或者勾起接受者的情绪记忆。《二刻拍案惊奇序》说，“刘越石清啸吹笳，尚能使群胡流涕解围而去，今举物态人情，恣其点染，而不能使人欲歌欲泣于其间，此其奇与非奇，固不待智者而后知也”。评价是情绪产生的重要导因与条件，正面或负面的评价，造成积极或消极的情感，对原有情感分别起着巩固增强作用或瓦解削弱作用。

儒家所说的“兴”，是道德情感的激活，没有包括审美形式情感。

观，观察，审视，包括主体自己观看和指点别人观看两重意义。《说文·见部》：“观，谛视也。”讲的是前一层意思。《尔雅·释言上》：“观，指示也。”讲的是后一层意思。《伪古文尚书·益稷》记舜帝的话：“予欲观古人之象。”孔颖达疏：“谓欲申明古人法象之衣服，垂示在下，使观之也。”这里就把观解释为使人观。《汉书·严安传》：“调五声使有节族，杂五色使有文章，重五味方丈于前，以观欲天下。”颜师古注：“孟康曰，‘观，犹显也。’师古曰，显示之，使其慕欲也。”孔子所说“诗可以观”的“观”，应该将上述两重意义结合起来理解——诗歌可以帮助读者观察社会，使人们借以仔细深入地认识社会；有选择地吟诵诗篇可以委婉地表达自己的心理、意见，而听者则借以了解诵者的志向；诗歌可以作为教材，用来向青年展示社会生活现象并揭示它的规律。

孔子所说的“诗”，大都是短篇抒情诗，并且与音乐、舞蹈交错在一起，怎么能够由以观察社会？原来，这里说的观，不是一般的看，不是看一般的事物。《春秋谷梁传·隐公四年》：“常事曰视，非常曰观。”看寻常的对象叫视，看特别的对象叫观。诗歌以及音乐、舞蹈，帮助我们看到肉眼不能直接看到的东西。孔子说“诗可以观”，他指的是诗歌和一切艺术作品，能够展示人的心理、人的感情，作者的心理、作者的感情，群体的心理、群体的感情，社会的心理、社会的感情。这些，都是寻常难以直接“看”到的。儒家高度重视心理因素对于政治过程的影响和作用，甚至认为社会的心理可以决定某个政治制度的兴衰存亡。在现代，各种体制下的社会管理者，也都高度重视并且运用各自的方法把握社会心理动向。例如，G. 盖洛普1935年创办美国舆论研究所，声称其宗旨是“公正地衡量和报告关于当前的政治和社会问题的舆论”。盖洛普说：“由于政治领袖在作出各种决定时实际考虑舆情，因而他应该正确而客观地衡量舆情。”盖洛普的观点与实践在现代社会心理学中有重要地位与影响。他采用的是“接近数学的准确程度”的统计学方法，派数以千计的访问员，向挑选出来的特定类别的人询问预先设计好的问题，然后整理分析所有的回答。盖洛普的报告“可以观”，可以显示社会心理的若干侧面。孔子所处的时代条件和中华民族习惯的认知方式决定了，儒家的理论主张和当时及其后统治者的实践，是另一种做法。他们不求之于数学般精确的统计，而求之于敏锐深刻的感受；不求之于问卷，而求之于文学艺术作品。中国古代有关于采诗制度的传说，古籍中这方面的记载不少。《春秋公羊传》何休注说，“男年六十、女年五十无子者，官衣食之，使之民间求诗，乡移于邑，邑移于国，国以闻于天子。故王者不出牖户，尽知天下”。其他如《礼记·王制》天子“命大师陈诗以观民风”，《汉书·艺文志》“古有采诗之官，王者所以观风俗”，《国语·周语》“为民者，宣之使言，故天子听政，使公卿至于列士献诗”，这些大同小异的说法，大约总有一点史实依据吧。中国古人不但采集民意方式与现代西方人不同，而且采集的内容也与现代西方人不一样。盖洛普用的是统计分析，儒家要求的是情绪感应；盖洛普所要调查和报告的是公众对某一具体问题或事件的意见，古人“采诗”所要了解的是民众对国家、对统治当局的基本情感态度。盖洛普在更大程度上偏向于社会学方面，儒家则更偏向于心理学方面，是一种特殊的社会心理学方法。

观的方法，最典型、最为人称道的是《左传》记载的季札观乐。此事发生于鲁襄公二十九年，即公元前544年，其时孔子尚在幼年。经过孔子整理的《春秋经》记有“吴子使札来聘”，并未提及观乐。《左传》对观乐的细致描述，是稍后的事，其全文如下：

请观于周乐，使工为之歌《周南》《召南》，曰：“美哉！始基之矣，犹未也，然勤而不怨矣。”为之歌《邶》《鄘》《卫》，曰：“美哉，渊乎！忧而不困者也。吾闻卫康叔、武公之德如是，是其《卫风》乎！”为之歌《王》，曰：“美哉，思而不惧，其周之东乎！”为之歌《郑》，曰：“美哉！其细已甚，民弗堪也。是其先亡乎！”为之歌《齐》，曰：“美哉，泱泱乎，大风也哉！表东海者，其大公乎！国未可量也。”为之歌《豳》，曰：“美哉，荡乎！乐而不淫，其周公之东乎！”为之歌《秦》，曰：“此之谓夏声。夫能夏则大，大之至也，其周之旧乎！”为之歌《魏》，曰：“美哉，沨沨乎！大而婉，险而易行，以德辅此，则明主也。”为之歌《唐》，曰：“思深哉！其有陶唐氏之遗民乎！不然，何其忧之远也？非令德之后，谁能若是？”为之歌《陈》，曰：“国无主，其能久乎？”自《郐》以下，无讥焉。为之歌《小雅》，曰：“美哉！思而不贰，怨而不言，其周德之衰乎？犹有先王之遗民焉。”为之歌《大雅》，曰：“广哉，熙熙乎！曲而有直体，其文王之德乎！”为之歌《颂》，曰：“至矣哉！直而不倨，曲而不屈，

> 迩而不逼，远而不携，迁而不淫，复而不厌，哀而不愁，乐而不荒，用而不匮，广而不宣，施而不废，取而不贪，处而不底，行而不流。五声和，八风平。节有度，守有序，盛德之所同也。”见舞《象箾》《南籥》者，曰：“美哉！犹有憾。”见舞《大舞》者，曰：“美哉！周之盛也，其若此乎！”见舞《韶濩》者，曰：“圣人之弘也，而犹有惭德，圣人之难也。”见舞《大夏》者，曰：“美哉！勤而不德，非禹，其谁能修之？”见舞《韶箾》者，曰：“德至矣哉，大矣！如天之无不帱也，如地之无不载也。虽甚盛德，其蔑以加于此矣，观止矣。若有他乐，吾不敢请已。”

这一大段话，前面一半谈乐，后面一半谈舞。我们看他从乐曲中所听到的是：“不怨”、“忧”、“思”、“不惧”、“乐”、“哀”、“愁”……总而言之，不是事件，不是意见，而是各种不同的情感。季札观乐，他观的不是社会生活事件、生活现象，观的是心理、是情感。

除了从作品来“观”社会“风俗之盛衰”之外，还有从诵诗者的选择来“观”他的思想。《左传·襄公二十七年》，记赵孟请随从郑伯的七人赋诗，“亦以观七子之志”。子展赋《草虫》，赵孟听后说，“善哉，民之主也！抑武（赵武即赵孟）也，不足以当之”。《草虫》是《诗·召南》中的一篇，其中有“未见君子，忧心忡忡。亦既见止，亦既觏止，我心则降”等句；子展用来表示忧国之心和对赵孟的尊敬与仰托，赵孟也“观”出了这些。

季札观乐是心理学的方式，赵孟观诗是断章取义然后再用修辞学结合符号学的方式。显然，前者更有普遍意义，是我们讨论的重点。所谓观乐，第一步，就是捕捉、体会乐曲所传达的情感。观乐者不把乐曲的情感仅仅看成作曲者、吟唱者个人的情感，而看作一个群体、一个社会的普遍情感，看作社会情感的标本。这样做的理论前提，是把艺术文学作品当作社会环境的产物，以环境解释作品，反推过去，从作品可以考知环境。犹如考古动物学和考古植物学，从远古动物遗存或植物遗存，可以判断遗址周围当时的自然条件、生态环境；研究者从艺术文学作品的情调、风格，可以判断它的产生地的社会心理氛围。十九世纪法国历史学家兼文艺学家丹纳在《艺术哲学》中说：“自然界有它的气候，气候的变化决定这种那种植物的出现；精神方面也有它的气候，它的变化决定这种那种艺术的出现……精神文明的产物和动植物界的产物一样，只能用各自的环境来解释。"[①] 用环境解释产物，从产物追索环境，这是十九世纪欧洲的生物学、历史学、文化学和文艺学的理论与方法。中国战国时代"观乐"的理论与方法同它有类似之处。

观乐的第二步，是对所体察出的情感作分析，看它是肯定情感还是否定情感，是积极情感还是消极情感，其强弱、深浅程度如何，进而推断社会各阶层的关系是和谐还是紧张，社会现存秩序是稳定还是衰颓。孔子前后，乐在上层社会生活中有非常重要的位置，乐与政治有直接而密切的关联，在这种情形下，季札观乐的方式是有根据、有效用的。到后来，音乐创作与欣赏，美术以及其他各种艺术的创作与欣赏，大大丰富和普及，一首乐曲，一件作品，不一定与政治直接联系，它所包含的情绪不一定有普泛的代表性，凭一首乐曲、一件作品断定国之兴衰，几乎不可能。但观乐的方法并不会完全失效，从文学艺术作品的时代风格看时代的盛衰依然是可行的。

"观"，可以说是音乐社会学方法的滥觞。近些年，随着传播技术的发展变化，大众艺术、大众文学地位日益突出，流行作品作为社会心理标志或样品的作用也日益受到重视，社会学家、心理学家、文艺学家从一件流行作品分析社会心理变化的趋向，是很正常的事。有人把现代流行音乐比作古代的民歌，民歌就是古代的流行音乐。这自然是一种简单化的说法，但两者也不是毫无相近的性质。现代流行音乐与古代民歌都传达着若干社会文化和政治信息。古代民歌或现代音乐所以能够在某一时期广泛流行，是社会大众选择的结果，这样，它就传达了大众的价值取向与意志、兴趣。

"群"，作为动词，是合的意思。《国语·齐语》记管仲回答齐桓公怎样对待"士"的问题说，"令夫士群萃而州处，闲燕则父与父言义，子与子言孝，其事君者言敬，其幼者言弟"。群是聚合，州（周）是密切，这里明确主张，使"士"密切地相处，但没有说如何使他们"群"。《荀子·非十二子》"群天下之英杰"，杨倞注："群，会合也。"群，又有和谐、协调的意思。《诗·秦风·小戎》："俴驷孔群。"郑玄笺注："甚群者，言调也。"这句诗说的是，不披甲的四匹战马在一起和谐默契，"群"就是协

---

① 丹纳：《艺术哲学》，傅雷译，人民文学出版社，1963年，第9页。

调。《论语·卫灵公》说君子“群而不党”，那里的群，也是和谐的意思。孔子说“诗可以群”，讲的是，《诗》使个体产生在群体内向心的力量，在礼的原则下彼此更紧密更和谐地凝聚。美国当代人本主义心理学家C. R.罗杰斯说，“人们之间的交流接触极有利于人的正常生活”；“有时候，我感到自己已经接近一种与人交融的状态，对这些转瞬即逝的时刻，我特别珍视”①。这大概也就是“群”的心理。表演者之间（例如一个乐队内部），欣赏者之间，表演者与欣赏者之间，较为常见地会产生融为一体的感觉。一个民族的心理凝聚力，在颇大程度上来自这个民族广泛流传的文学艺术作品；不同民族文学艺术交流，有利于其成员间感情的亲近。

文学作品的创作和接受过程，都需要主体的同感力；所谓同感力，就是感受、体贴他人心理的能力。在现代社会，尤其在互联网日益普及的时代，人们，特别是青少年中的部分人，易于与人群隔绝，阿斯伯格综合征（属于孤独症谱系障碍）就是近十几年才受到重视的一种心理疾病。它表现为人际互动交流的障碍，缺乏与他人建立亲情关系的愿望。文学艺术的活动可以帮助他们增强进入别人心理世界的兴趣，发展进入别人心理世界的能力，有些文学艺术活动本身，就是群体性的。文学艺术的“可以群”的作用，在当代有很现实的意义。

“怨”，是怨恨；“诗可以怨”，是说诗歌可以抒发怨愤的心情。《春秋公羊传·宣公十五年》何休“解诂”说，“男女有所怨恨，相从而歌，饥者歌其食，劳者歌其事”。社会有不平，有人遭受贫穷、饥饿、劳困，正如“解诂”的同一段里所说，“饥寒并至，虽尧舜躬化，不能使野无寇盗；贫富兼并，虽皋陶制法，不能使强不陵弱”。饥者、寒者，贫者、弱者，满腔怨愤之情，可以通过音乐、通过诗歌、通过各种文学艺术方式来抒发。这类作品占了《诗》三百篇的颇大比例。郑玄《诗谱序》说，“《十月之交》《民劳》《板》《荡》，勃尔俱作，刺、怨相寻”。他提到的诗歌，都是作者用来抒发怨愤的，刺也是怨。钟嵘《诗品序》说：“嘉会寄诗以亲，离群托诗以怨。至于楚臣去境，汉妾辞宫，或骨横朔野，或魂逐飞蓬；或负戈外戍，杀气雄边；塞客衣单，孀闺泪尽；又士有解佩出朝，一去忘返；女有扬娥入宠，再盼倾国——凡斯种种，感荡心灵，非陈诗何以展其义，非长歌何以骋其情？故曰：‘诗可以群，可以怨。’使穷贱易安、幽居

---

① 罗杰斯：《与人交往》，《人的潜能和价值》，华夏出版社，1987年，第147页。

弥闷，莫尚于诗矣!”这里说的陈诗展义、长歌骋情、托诗以怨，都是解释“诗可以怨”，都是说诗歌可以抒发消极情感，抒发诸如悲哀、愤怒、惆怅、怨恨等等情感，从而使抒发者由不安而安，由闷而不闷。

消极情感的广泛的、大量的、长期持续的存在，是社会上的客观事实。消极情绪的存在与传播是社会不稳定因素，导致和加深人与人之间、不同群体之间的隔阂和冲突，导致和加速统治秩序的动摇乃至瓦解。对于统治者，明智的办法是，尽量不使社会上的消极情绪积蓄与发展。《国语·周语》里邵公谏厉王弥谤的话，是统治经验的总结：“防民之口，甚于防川。川壅而溃，伤人必多，民亦如之。是故为川者决之使导，为民者宣之使言……夫民虑之于心而宣之于口，成而行之，胡可壅也?若壅其口，其于能几何!”社会上的消极情绪能够形成“川”，最好是设法稳妥可靠地慢慢引流；如果堵塞，一旦溃决，造成灾祸，就会危及社会政治秩序的稳定了。

宣泄是恢复个体心理健康的一种重要手段，现代精神分析心理学高度重视宣泄。弗洛伊德早期的合作者布雷尔医生，在治疗一位歇斯底里症女患者时创造了“谈话疗法”，即由病人在催眠状态下向医生尽情诉说自己的烦恼，其效果就像“扫烟囱”一样解除了许多症状。后来，精神分析心理学家把这称为“疏泄疗法”（Catharsis Therapy），并作为精神分析心理学派的主要的、基本的方法。按照弗洛伊德的理论，精神生活可以归结为冲动与抑制之间的相互作用；本我的冲动受到后天种种观念的压抑，羞于出口；如果说出来，听者也会感觉厌恶。而用文学艺术的方式表现冲动，就没有上述障碍。“最根本的诗歌艺术就是用一种技巧来克服我们心中的厌恶感”；“一种虚构的作品给我们的享受，就是由于使我们的精神紧张得到解除”①。文学艺术是一种巧妙的隐蔽的宣泄，因而是一种有效的宣泄。

宣泄的思想不是精神分析心理学所首创。古希腊时期，亚里斯多德的《诗学》和《政治学》就提出过“净化”（katharsis），所谓净化，是在文学艺术活动中，让过度激烈的情绪得以宣泄而趋于平静②。前面提到过的人本主义心理学家罗杰斯的《与人交往》，其中一节是“我愿人听我倾诉”，

① 弗洛伊德：《创作家与白日梦》，《弗洛伊德心理学与西方文学》，湖南文艺出版社，1986年，第144页。

② 参见陈中梅译注《诗学》附录（六），其中说，亚里斯多德“不同意柏拉图提倡的对某些情感采取绝对压制的办法”，“人们应该通过无害的途径把这些不必要的积淀（或消极因素）宣泄出去”。

罗杰斯说，当你处于精神痛苦，感到因无法解决问题而火冒三丈，或陷入苦恼的恶性循环而不能自拔，或被绝望心情所压倒，总之，当你处于病态心理之中时，如果能够找到人倾诉，内心的紧张就会解除，就可以从纷乱的情绪中解脱，“无法澄清的迷惘也都变成比较清澈透明的涓涓细流”①。

总之，兴、观、群、怨为的是消除、化解个体的和社会的消极情绪，引发和保持个体的和社会的积极情绪，并且是通过诗歌和音乐来达此目的，是从心理学角度对文学艺术社会功用的概括。

第三节 知言养气与以意逆志

孟子是儒家思想体系的仅次于孔子的创始人和代表者，他发挥和发展了孔子的多方面的思想，包括文学思想和心理学思想。《史记》本传说他“序《诗》、《书》，述仲尼之意”。《孟子》书中谈《诗》论乐、表明文艺观念的地方不少，且颇多精辟之言，对后世影响深远。孟子又善知人心，他比孔子更直接地提出了一些心理学思想，更直接地涉及艺术心理学思想。他的学生公孙丑曾经当面向他提出：“敢问夫子恶乎长？”孟子回答：“我知言，我善养吾浩然之气。”他当作自己特长的“知言”和“养气”这两点，正与心理学、与艺术心理学有重大关系。

公孙丑当时就向孟子请教：“敢问何谓浩然之气？”这也是所有后来的人，是今天的研究者要提的问题。孟子却说：“难言也。”气的概念，难以诠释，更难以定义。气，是先秦古籍中，是中国哲学史和文艺理论史上，出现频率很高的词；它的含义，据说，细分有一百多种。首先，它是一个哲学概念，指构成万物的始基。孟子此处所讲的并不是这个意思。他讲的是“吾”之气，是可以“养”、需要“养”的气，显然，是非物质的，是非客观的，因而只能是属于主体精神方面的。其次，作为主体精神属性的“气”，其涵义也甚为丰富复杂，诸如个性、气质、习染、志气、志趣等等；其中有些义项，是在孟子以后很久才孳生引申出来的。《孟子》书中，“气”字出现约20次，各处含义往往区别颇大；即《公孙丑》一章谈知言养气的一段，几次用“气”字，含义也并不完全一律。下面，仅就孟子论

① 罗杰斯：《与人交往》，《人的潜能和价值》，华夏出版社，1987年，第130—133页。

养浩然之气时，“气”的主要的、基本的、影响于后世的含义，同时也就是艺术心理学思想上的含义，加以讨论。

孔子和孟子把原来作为自然运行动力和生命的基元的气，转移到人，转移到人的道德修养和心理方面。孟子在讲浩然之气时谈到气和主体其他几种精神素质、精神属性的关系，这有助于我们了解“气”的含义，他说：“夫志，气之帅也，气，体之充也。”这就是说，气是由意志所统率，又与人的身体状况相关，并且是支配人的感觉与行为的。他同意告子说的“不得于心，勿求于气”；这就是说，气应该与思维密切配合。他说：“其为气也，配义与道，无是，馁矣。”这就是说，气必须有伦理道德支持，以主体人格的道义力量为支撑。据此，我们判断，孟子所谓浩然之气的气，其所指范围主要属于主体的情感和情绪，主要是伦理性的情感、情绪，是指崇高的道德所生成的积极情感和肯定情绪，这种情感和情绪由主体的人格力量所产生，又产生出强烈的创造欲望和高度的创造能力。

以气指称或联系于人的情感、情绪，在孟子前后，不乏其例。如《左传·昭公二十五年》叙述子大叔引子产的话：“民有好恶、喜怒、哀乐，生于六气。”六气是天地自然之气，人以天为则，生出六情，情也就是气，是人之气。《礼记·乐记》说，“夫民有血气心知之性，而无哀乐喜怒之常；应感起物而动，然后心术形焉”。血气是天赋本性，在实际生活中感应外物而生出六情，性、情都是气。以后，《汉书·礼乐志》也说，“人函天地阴阳之气，有喜怒哀乐之情”。天地之气赋于人，成为人气、血气，就是情，就是情感、情绪。

《孟子》的早期最重要注家是东汉的赵岐，他把《公孙丑》章论“浩然之气”一节的气，理解为情感、情绪。他说，“气，所以充满形体为喜怒也”。赵岐同时代的人也这样理解气，如王充《论衡·无形》篇说：“故喜憎、利害、视听、屈伸，皆气也。”把情绪与感觉都看作气。足见，从训诂学上看，把“气”解作情感、情绪，是有根据的。

孟子讲善养浩然之气，他所要解决的是人的行为的心理动力问题。人类行为动力学，是从古代到现今，从东方到西方，许许多多哲学家、伦理学家、宗教家和文学理论家关注的。动力心理学，具体说来，是指动机与情绪心理学。动机与情绪，是引起、控制、调整和坚持行为的必要条件。现代西方有的心理学家认为：“一个国家的经济成长、发展、衰亡，在很大程度上取决于这个国家人民的成就动机。”① 孟子本人，有着极强的成就欲，他曾以不容置疑的口气说，“如欲平治天下，舍我其谁!”这正是浩然之气的突出表现。另一方面，他也注意到气的生理基础。古希腊哲学家，如希波克拉底，认为人的体液对其动机和情绪起重要作用。中医所说的气，也指人体内部流动的物质，决定人的情感和气质。孟子把体气包含在他所说的“气”之内；所谓“气，体之充也”，融合了体气、血气、心气几重意思。

孟子同公孙丑谈浩然之气，要点有二，一是强调“浩然”，一是强调“养”。这里先说第一点。动机与情绪，和人的需要相关。需要，有两个层次，一是生理需要，如食、色；一是社会的、文化的需要，如交往需要、社会赞扬需要、权位需要、财产欲。动机可分为内在驱力与外界诱因。驱力的大小与需要被剥夺时间的长短有关，比如饿久了求食的驱力就大；诱因能量的大小则由目标对象的质和量决定，比如追求世界性赞誉的诱因能量远远超过追求乡曲之誉的诱因能量。驱力、诱因的强弱，也就表现为情绪的强弱；情绪是动机的根源，人总是设法获得和维持积极的肯定的情绪，而避离消极的否定的情绪。心理需要很大程度上是后天习得的；养气，就是主动地、有意识地习得一套心理需要，由此培养、引发、保持充沛的积极情绪，培养、引发、保持强烈的成就动机。

要想养浩然之气，主体先应该正确地了解自身的需要。孟子并不排斥本能的生理的需要，他只是认为，本能的生理的需要，应该和社会文化的需要联结起来。比如，爱好音乐，爱好新兴的流行音乐，属于自然而然的需要，不必也不该为之惭愧；只是，统治者爱好音乐，从音乐欣赏得到享受，应该同时想到老百姓的爱好，努力使老百姓的爱好得到满足。《梁惠王下》记述孟子与齐宣王的一段对话，孟子听人说齐宣王喜好音乐，齐宣王不好意思地说明：“寡人非能好先王之乐也，直好世俗之乐耳。”孟子开导他说，喜欢什么音乐并不重要，“今之乐由（犹）古之乐也”。这里孟子暗暗转换了话题，把所喜欢的音乐的性质，转换成是独自从音乐获得快乐还是与多数老百性一同从音乐获得快乐。他强调“古之人与民偕乐，故能乐也”；“不贤者虽有此，不乐也”。缺乏道义力量的人，不能享受稳定的

---

① 引麦克里兰德的话。布恩、埃克斯特兰德：《心理学原理和应用》，知识出版社，1985年，第295页。

持久的快乐。孟子着重强调的是社会文化的需要，是民族的、国家的、人类的需要，是集体的、整体的需要在个别杰出成员心理上的反映。这样才能说它“浩然”。为什么呢？为什么说“其为气也，至大至刚”呢？因为它的目标对象极其宏远、极其崇高。宋代理学家程颐很推重孟子的养气说，他嘱咐学生：“孟子‘养气’一篇，诸君宜潜心玩索。”“方其未养，则气自是气，义自是义；及其养成浩然之气，则气与义合矣。”① 浩然之气之所以能够浩然，就在于主体的情感、情绪与远大的抱负、高尚的人格浑然相融。后来文天祥在《正气歌序》中说，“浩然者，乃天地之正气也”。孟子的“浩然之气”论影响于文学，就是作家的创作情绪应建立在道德修养的基础上，应建立在为正义的大事业献身的人生目标的基础上。有了这样的基础，情绪就能饱满，也就能给作家的创作行为提供持续的强大的动力。

关于第二点，孟子论养气的“养”，即是遵循心理活动的自然规律，不能为某一个具体的功利目的临时勉强地造作。他用揠苗助长的寓言表明他的主张，感慨地说：“天下之不助苗长者寡矣。以为无益而舍之者，不耘苗者也；助之长者，揠苗者也。”完全不考虑用长期的功夫蓄养、培育起纯正、醇厚的情感和情绪，听由良莠不齐的芜杂的情绪自生自灭，听由偏狭的情绪蔓延并控制主体，是危险的；急切地刻意造作情感、情绪，也不可取。那么，“气”怎样“养”呢？孟子说，“是集义所生者，非义袭而取之也”。集，是循序渐进地积累、聚集；袭，是急促、突然地强加。生，是自然地顺乎规律地形成；取，是靠外力获得。气，是在长期道德修养的基础上按照心理活动规律自然生成的，不是由某一个具体道德目标强制得到的。理解孟子的思想，关键在于内外之别。孟子主张人性本善，道德修养的任务就是发现、发展本性中的善端。“集义而生”，是从本心、本性自然流出；“义袭而取”是从外面强加。作家艺术家的人生目标，他的道德理想，好比是树；他的创作情绪，好比树上的花。集义而生，就是把树培植得茁壮了，花也就繁盛。义袭而取，是在一枝一花上下力气，花长不壮也开不长。唐代韩愈《答李翊书》说：“将蕲至于古之立言者，则无望其速成，无诱于势利，养其根而竢其实，加其膏而希其光。根之茂者其实遂，膏之沃者其光烨；仁义之人，其言蔼如也。”宋人吕本中《童蒙诗训》

① 《河南程氏遗书》卷第十八，《二程集》，中华书局，1981 年，第 207 页。

评论说，“退之此书最见为文养气之妙”。韩愈这段话把孟子养气论中“养”的意思讲得很透彻。

孟子的“养气”说既体现了中国古代哲学和心理学思想重伦理的倾向，也体现了它们的整体论的特色，即把人、人的心理、人性作为整体来对待、来研究，而不是作为一个个元素的集合来对待、来研究；不是局限于创作情绪本身来研究和说明创作情绪，而是从文艺家心理的整体，从他的为人处世，从他的个性和思想来研究和说明创作情绪。以马斯洛等人为代表的美国人本主义心理学，痛感西方心理学中还原论的弊端，一些心理学家热衷于心理能力的定位，一味寻求“秘密按钮”，以便像电灯开关一样启动或终止人的某种心理能力、心理素质。马斯洛说：“创造性领域中的思考和研究大都太原子论、太特殊了，而不是像它能够成为和应该成为的那样整体论的、机体论的或系统论的研究。”他认为，“创造性的问题就是有创造力的人的问题”，不是一个老式的人获得新技巧、积累新经验就有了创造性。“假如你认为那种人，那种有创造力的人，才是问题的本质，那么你面临的问题就成为人性转变、性格改变、整个人的充分发展的问题。这又必然把我们带入世界观的问题中，带入人生哲学、生活方式、伦理准则、社会价值等等问题中。这和那种特别的、因果的、压缩的、原子的理论概念，研究和训练，形成了尖锐的和直接的对照。”① 孟子的整体论还只能是模糊的、笼统的，今天研究艺术心理绝不能排斥科学的分析而必须强化它，只有把整体观念与科学分析结合起来，方能不断取得新的成果。

“养气”讲主体如何自我修养，“知言”讲的则是如何分析他人心理。赵岐注释“知言”说，“孟子云，我闻人言，能知其情所趋”，即是能从人的言语分析出人的心理的指向。《公孙丑》章讲“知言”，是对于当时宣扬不同政治主张的言论，善于看出论者用心之不合于王道之处。到了《万章》章讲“说诗”，那就是指文学批评中从作品的文辞分析作者的立意、旨趣了。《万章》说：“故说诗者不以文害辞，不以辞害志，以意逆志，是为得之。”“以意逆志”也就是知言，是知文学之言，是从文学文本分析出作者的心理，这是最早明确提出的，在文学批评中运用心理分析方法的命题。

---

① 马斯洛：《人性能达到的境界》，林方译，云南人民出版社，1987 年，第 76—77 页。

对孟子这段话，历来诠释不一。赵岐注释说："文，诗之文章，所引以兴事也；辞，诗人所歌咏之辞；志，诗人志所欲之事；意，学者之心意也……人情不远，以己之意，逆诗人之志，是为得其实矣。"清人吴淇《六朝选诗定论·缘起》说："汉宋诸儒以一'志'字属古人，而意为自己之意。夫我非古人，而以己意说之，其贤于蒙（蒙，指咸丘蒙，拘泥于词句解诗，孟子的'以意逆志'就是答复和批评他的。）之见几何矣！不知志者古人之心事，以意为舆，载志而游，或有方，或无方，意之所到，即志之所在，故以古人之意求古人之志，乃就诗论诗，犹之以人治人也。""志"和"意"，在上古为同义词，《说文》用它们互训："意，志也"；"志，意也"。所谓以古人之意求古人之志，只不过是同义反复，这样解释"以意逆志"在文学批评实践和读者阅读鉴赏实践中，不具备可操作的价值。赵岐的说法平实而合乎情理，而且具有心理学上的依据。在孟子这段话里，"意"是接受者、研究者之意，"志"是作家诗人之志，"逆"是揣度、推测。《玉篇》："逆，度也。"《易·说卦》："数往者顺，知来者逆。是故《易》，逆数也。"韩康伯注："于往则顺而知之，于来则逆而数之。""作《易》以逆睹来事，以前民用。"以意逆志，就是接受者用自己的"意"，去揣测作者的"志"。这是对《孟子》原文的顺畅自然的解释。

但是，怎样回答吴淇的质疑呢？"我非古人"，我非作者，怎么能揣测到他们的意旨呢？从心理学上说，所谓"逆"，所谓"以意逆志"，相当于替代体验或称移情、感情移入（empathy），是指一个人感受他人的情感、知觉和思想。移情分为情感移情、预期移情和认知移情，"以意逆志"的"逆"近于认知移情，即是理智上对于他人内部经验的理解。人们可以借助想象把他人的体验同自己的体验联系起来，努力去获得与他人相同或相近的体验。西方十九世纪以来的"移情"说，苏联学者的替代体验说，大都偏重情感方面，而孟子的以意逆志则偏重于对文学作品的作者意图的体验，偏重理性、偏重思维。

以意逆志之所以可能，在孟子那里，是以其人性论为前提。孟子认为，所有人的天性都是一样的；所有的人，口之于味有同嗜、耳之于声有同听、目之于色有同美。这是感觉方面。至于人心，人的理性、思维，也可以相通。比如，人都有恻隐之心、羞恶之心、辞让之心、是非之心。所以，一个人应该是可以感受、可以理解另一个人的内心的，可以相互共鸣。问题是如何去"逆"。在文学批评中，如何与作者共鸣？孟子反对停留于本文的字句，而主张从作者身世、性格和所处时代出发，主动迎上去体验。“逆”的目标是“志”而又不仅限于一篇作品所含的具体的“志”，更是“人”，是作者的人格整体。清人焦循《孟子正义》引顾镇《虞东学诗·以意逆志说》讲得很好：

> 所谓“逆志”者何？他日谓万章曰：“颂其诗，读其书，不知其人，可乎？是以论其世也。”正惟有世可论，有人可求，故吾之意有所措，而彼之志有可通。今不问其世为何世，人为何人，而徒吟哦上下，去来推之，则其所逆，乃在文辞，而非志也。

“知人论世”属于社会历史的批评方法，它被孟子用来作为以意逆志的基础，而且与以意逆志融合，成为心理学批评方法。这种方法，不断得到发扬。司马迁就曾屡屡运用，叫做“读其书，想见其为人”。《史记·孔子世家》记述了一个生动的故事：

> 孔子学鼓琴师襄子，十日不进。师襄子曰：“可以益矣。”孔子曰：“丘已习其曲矣，未得其数也。”有间，曰：“已习其数，可以益矣。”孔子曰：“丘未得其志也。”有间，曰：“已习其志，可以益矣。”孔子曰：“丘未得其为人也。”有间，曰：“有所穆然深思焉，有所怡然高望而远志焉。”曰：“丘得其为人——黯然而黑，几然而长，眼如望羊，如王四国，非文王谁能为此也。”师襄子避席再拜曰师，盖云《文王操》也。

这里描述的是一个完整的情感移入过程，欣赏者、研究者从作品的符号系统把握其艺术结构，体会作者的旨趣、思想，直到进入作者的整个人格。《史记》的传记之后，司马迁常常要说，读了传主的著作，“想见其为人”。如屈原传的末尾说，“余读《离骚》《天问》《招魂》《哀郢》，悲其志；适长沙，观屈原所自沉渊，未尝不垂涕，想见其为人”。《孔子世家》的末尾说，“余读孔氏书，想见其为人。适鲁，观仲尼庙堂、车服、礼器，诸生以时习礼其家，余低回留之不能去云”。司马迁认真地研读作品，收集故老传闻，实地考察遗迹，然后有意识地进行替代体验，有意识地“逆”作者之志、作者之人，使自己的思想情感与作者重合。20 世纪英国哲学家柯林武德把这类思想作了很充分的阐述，他说：

> 历史学家怎样识别他所努力要发现的那些思想呢？只有一种方法可以做到，那就是在他自己的心灵中重新思想它们。一个阅读柏拉图的哲学史家是在试图了解，当柏拉图用某些字句来表达他自己时，柏拉图想的是什么。他能做到这点的唯一方法就是由他自己来思想它。事实上，这就是当我们说“理解”了这些字句时，我们的意思之所在。面前呈现着有关尤里乌斯·恺撒所采取的某些行动的叙述的政治史家和战争史家，乃是在试图理解这些行动，那就是说，在试图发现在恺撒的心中是什么思想决定了他要作出这些行动。这就蕴含着他要为自己想象恺撒所处的局势和对付他的可能办法的。①

柯林武德所说的，既有想象局势的一面，也有推想主体动机、意志的一面，也是把这两面结合。以意逆志与知人论世的结合，逐渐形成一种有浓厚民族特色而行之有效的文学鉴赏方式和文学批评方法。

第二章　由忘到适

——道家艺术心理思想的基调

先秦道家的代表人物是老子和庄子，他们都特别重视人的内心世界。《老子》第十二章说，“圣人为腹不为目”，林语堂英译本解释说：“‘腹’指内在自我（the inner self），‘目’指外在自我或感觉世界。”②《庄子·达生》中说，“凡外重者内拙”，也是要求人重内而轻外。由于这样的缘故，道家与儒家大不相同，他们有自己的一套心理学思想，其中许多涉及人的深层心理，与艺术心理有密切关系。

孔子教导弟子从“学而时习之”获得高雅的愉悦，以“默而识之”、以“多见而识之”为学者应具备的基本品质，“识”的意思是牢记，就是说，孔子不只是热爱学习，不只是不厌倦地求取新知识，而且，重视巩固已学的知识，重视记忆。记忆能力是个体积累经验的不可缺少的前提，是

---

① 柯林武德：《历史的观念》，何兆武、张文杰译，中国社会科学出版社，1986年，第244页。

② 转引自陈鼓应：《老子注译及评价》，中华书局，1984年，第107页。

个体心理发展的不可缺少的前提。如果没有记忆力，个体将永远停止在新生儿的状态与水平。与孔子相反，也与常识相反，庄子在许多时候不但不强调记忆，而且反其道行之，鼓吹遗忘。《庄子·天地》篇编了一段孔子向老聃求教，老聃给孔子教诲的故事，老子说："丘，予告若……忘乎物，忘乎天，其名为忘己。忘己之人，是之谓入于天。"在庄子看来，遗忘才是前提，是达到和掌握天道的前提；忘记对象，忘记主体，才能完全顺乎自然，才能入于道，才能靠近本体和终极。《庄子》一书中，关于"忘"的论述极多，主要是表达一种避世的人生观、世界观，同时，也包含有心理学思想的内容。甚至可以说，庄子的艺术心理学思想，是围绕着"忘"而展开的，它告诉人们忘的必要、忘的难以实现以及如何努力向忘的境界靠拢的路径。

第一节 齐以静心

庄子论忘，曾以艺术创作活动为比喻。在庄子看来，与各种实务活动相比，创造性的脑力活动特别是艺术创作，更需要"忘"；不善于遗忘的人，成不了好的艺术家。《庄子·达生》讲了一个木雕艺人的故事，故事的主人公叫梓庆，他的工作是削木为鐻，鐻是古代的一种乐器，早先用木制，后来改用铜制，作猛兽之形（参见《广韵·御韵》），故事说：

> 梓庆削木为鐻，鐻成，见者惊犹鬼神。鲁侯见而问焉，曰："子何术以为焉？"对曰："臣，工人，何术之有？虽然，有一焉——臣将为鐻，未尝敢以耗气也，必齐以静心。齐三日，而不敢怀爵禄庆赏；齐五日，不敢怀非誉巧拙；齐七日，辄然忘吾有四枝形体也。当是时也，无公朝。其巧专而外骨消，然后入山林，观天性形躯，至矣，然后成见鐻，然后加手焉，不然，则已。则以天合天，器之所以疑神者，其是与？"

梓庆在创作过程中，不上朝，不交往，专心于雕刻而消除其他思念，这样使得已成的鐻的形象预先呈现于心中；如果不能观于天性，就不勉强创作；以主体的天性印合自然规律。这一段话，中心是"齐以静心"四个字。齐，同斋，就是斋戒。在秦汉及其以前的古籍中，"斋"字常写作

"齐"，斋的词义中也包含了"齐"的某些意思，两者在某些语境中可以互训。《礼记·祭统》说："齐之为言齐也，齐不齐，以致齐者也。是以君子非有大事，非有恭敬也，则不齐。不齐则于物无防也，嗜欲无止也。及其将齐也，防其邪物，讫其嗜欲，耳不听乐，故《记》曰：'齐者不乐。'言不敢散其志也。心不苟虑，必依于道。手足不苟动，必依于礼。是故君子之齐也，专致其精明之德也。故散齐七日以定之，致齐三日以齐之。定之之谓齐。齐者，精明之至也。"齐就是斋戒，斋戒的第一步，是要把不整齐、不专注的心思整齐、专注起来；斋戒的时候要平息嗜欲之心，内心不要随便驰骛，思维不能散乱；四肢不要随便动作，身体端庄静肃。"散齐"是防止外来的诱惑干扰，"致齐"是达到内心的专一。"齐"的前提是去欲、去惑、去杂，是从主体内心排除掉许多东西。这也就是忘，遗忘许多东西。学问，通过日积月累，通过有计划的复习而记忆，逐步增加；哲学思维、艺术思维中的创造，则往往是通过逐步排除、逐步减少、逐步遗忘来实现。《老子》说"为学日益，为道日损，损之又损，以致于无为"，"故物或损之而益，或益之而损"。思维，有的时候需要不断增添才能达到目标，有的时候需要不断减少才能达到目标，当需要减少的时候，增添了或是保留了都只能起障碍作用；有的时候需要记忆，有的时候需要遗忘，当需要遗忘的时候，记忆牢固反而会起干扰作用。人们大多懂得记忆的重要，却不容易认识遗忘的重要。记忆与遗忘相互对立又相互依存，相克而又相生。一个人不善于遗忘不重要的东西，也就不可能有效地记忆重要的东西。遗忘也是创造力高度发挥的前提，一个科学家要善于忘记与正在进行的研究课题无关的东西，一个艺术家要善于忘记与正在进行的创作无关的东西。庄子虽然主张忘，但也并不是不分对象，而是要求遗忘那些应该遗忘的东西；至于不该遗忘的东西，则是不能忘记的。《德充符》篇说："故德有所长而形有所忘。人不忘其所忘，而忘其所不忘，此谓诚忘。"诚忘就是记住了不需要记住的，忘记了不应该忘记的①。这两者也是相互关联的：不该记忆的记住了，没有清除掉，应该记忆的就难以记牢。

《庄子·达生》借梓庆的故事所讲的忘，在较浅的层次上，是涉及心理学中的注意（attention），即心理活动的指向和集中问题。心理活动的指向性与集中性，与它的效率密切相关，所以，注意成为心理学上历来受到

① 关于"诚忘"，注家解释不一，有作褒义，有作贬义，此处从郭象之注。

重视的中心问题。孟子强调过“专心致志”（《孟子·告子上》）。荀子更具体地论及注意的分配，《荀子·劝学》说，“目不能两视而明，耳不能两听而聪”；《解蔽》又说，人虽然可以同时兼知两个事物，但深刻的思维应该“不以所已臧害所将受”，“不以夫一害此一谓之壹”。不要让心理中原有的积存（“夫一”）妨碍新思路（“此一”）的开拓，不要让那些原已存在而与正要解决的问题关系不大的观念、情绪（“已臧”）妨碍新的有用的观念、情绪（“将受”）的产生。于是，荀子指出：“人何以知道？曰：心；心何以知？曰：虚壹而静。”（《荀子·解蔽》）虚，可以说即是遗忘；壹，可以说即是专注。“虚壹而静”和《庄子·达生》讲的“齐以静心”、“用志不分”完全一致。那个驼背捕蝉老人抓树上机灵的蝉，就像是随手拾取似的（“佝偻者承蜩，犹掇之也”），怎么能做到这样？他自述的秘诀是：“吾处身也，若厥株枸；吾执臂也，若槁木之枝。虽天地之大，万物之多，而唯蜩翼之知。吾不反不侧，不以万物易蜩之翼，何为而不得！”孔子听了叹息说：“用志不分，乃凝于神。其佝偻丈人之谓乎！”① 这是典型的注意力的高度集中。

庄子除了肯定注意集中的必要之外，还进一步指出如何集中，指出注意分配的原则。并不是说，注意向任何对象集中，庄子都会认为是合理的。恰恰相反，因为庄子是为了强调遗忘而讲注意集中，其对象是很专门的，是特有所指的。《庄子·达生》提出“外重者内拙”，即是说，注意向“外”者思维力弱，显得笨拙；注意只应向“内”集中，而把“外”遗忘。“外”是社会、人世，是人间的穷通得失；“内”是精神、心灵，是超人间的本体。驼背老人说“不以万物易蜩之翼”，流露庄子糠秕万物、睥睨人间的性格，已经含有重内轻外的意思，只有注意力向捕蝉一事集中，忘记万物，才能达到神巧。梓庆列举的“爵禄庆赏”、“非誉巧拙”就是属于

---

① 庄子这段话中的“凝”，苏轼认为应该作“疑”，苏轼语见宋人张淏《云谷杂记》卷三“疑凝二字”条。苏轼《书晁补之所藏与可画竹三首》之一：“庄周世无有，谁知此疑神。”翁方纲《苏诗补注》卷五：“乃疑于神者，谓直与神一般耳，非谓见疑之疑也。”参见崔大华：《庄子歧解》，中州古籍出版社，1988年，第514页；王水照：《苏轼选集》，上海古籍出版社，1984年，第186—187页；曹础基：《庄子浅注》，中华书局，1982年，第275页、284页；杨伯峻：《列子集释》，中华书局，1979年，第66页，其中也列举对“疑”、“凝”的几种注释。作凝，可解为凝静，作疑可解为比拟。两解均可通，前解更明确地表示注意集中的意思。

外，主体的四肢形体也是外。人间的利害得失、荣辱进退、生死祸福，这些都是外。同样在《庄子·达生》篇，纪渻子为王养斗鸡的故事，把重内轻外而至于忘，作了更突出的强调。培养一只合用的优秀的斗鸡，是一种严格心理训练的过程——“十日而问：‘鸡已乎？’曰：‘未也，方虚憍而恃气。’十日又问，曰：‘未也，犹应向景（依然对声音和光线的变动发生反应）。’十日又问，曰：‘未也，犹疾视而盛气。’十日又问，曰：‘几矣，鸡虽有鸣者，已无变矣，望之似木鸡矣，其德全矣。’”“木鸡”已经对外界的任何刺激、诱惑、吸引无所动心，是高境界的“忘”的典型。在庄子看来，主体所注意的外物的社会功利价值越高，主体思维的创造力就越弱，即他所说“以瓦注（赌注）者巧，以钩（银锞）注者惮（惴惴不安），以黄金注者殙（心绪昏乱）”。苏轼论及颜真卿《争座位》帖时说：“颜鲁公与定襄郡王书，草数纸，比公他书尤为奇特，信乎自然动有姿态，乃知瓦注贤于黄金，虽公犹未免也。”庄子要求艺术家在创作过程中清除以艺术牟取金钱、地位、名声的念头，是很正确的。至于他主张泯灭所有的是非观念，落入绝对的相对主义，则是不可取的。以上讲注意，是“忘”的第一个层次。

第二节　欲言而忘言

用志不分如果只是指注意，那还不是庄子独有的心理学思想，前面已经提及，孟子就提出了“专心致志”的命题（孟子和庄子大致同时），他说，像下棋这种在人们生活中并不重要的技能，倘使三心二意，也学不好：“今夫弈之为数，小数也，不专心致志，则不得也。”（《孟子·告子上》）至于那些与人们关系重大的事情，学习起来，就更加需要全神贯注了。既然要专心于某一处、某一事，必然就要忽略另一些事，忘记另一些事。要学弈，必须忽略或忘记“鸿鹄将至”。忘记，是为了给记忆排除干扰；忘记的价值不在它本身，而在它是记忆的前提。忘记和记忆针对不同的对象，忘记那些是为了有利于记忆这些。庄子除了如上节所述，也有同样的意思，他主张忘记外物而专注内心，不仅如此，与孟子以及其他思想家不同的是，他还认为，忘记是高于记忆的一种境界，即使针对同一对象，即使针对重要的对象，忘也可以胜于知。注意力向内集中，最后应该达到，也必然达到“忘”。《知北游》假托“知”（“知”是一个人物的名字，成玄英说“此章并假立姓名，寓言明理”，“知”就是日常逻辑理智思维的代表。）向三个人问道（天道，即最高本体）：“何思何虑则知道？何处何服则安道？何从何道则得道？”这是哲学上最根本最重大的问题，“无为谓”（这是庄子理想的超越性思维的代表）不知答；狂屈则说，“唉！予知之，将语若……中欲言而忘其所欲言”；黄帝知之并且清楚地回答了。三个人三种境界：无为谓“真是”，狂屈“似之”，黄帝“不近”。成玄英说：“无为谓妙体无知，故真是道也；此狂屈反照遗言，中忘其告，似道非真也；知与黄帝二人，运智以诠理，故不近真道也。”狂屈属于第二层次，他的“忘”胜过了黄帝的“知”。狂屈本来是知天道的，“中欲言”是说内心酝酿着，准备用语言表达出来，临要开口却忘记了，忘记了自己想要说的是什么。黄帝自以为是知天道的，他并且没有忘记，能够用语言把所知的表达清楚；而恰恰就因为没有忘记，所以他不能入流，远远地不如狂屈，更不能与无为谓相比拟。

庄子并不否认，在常规思维中知或记忆的必要和重要。佝偻老人“唯蜩翼之知”，这位老人对蜩翼就保持着“知”，而且是很清醒的知，捕蝉不能不知蝉，不能忘记蝉。但在哲学思维、艺术思维中，在对本体、终极的探索中，在对审美意蕴的追寻中，在对艺术形式因素的把握中，情况却不完全是如此，甚至有时与此相反。

人在日常生活中的行为动作，由他的意识支配。但是，人的动作和他的意识并不总是协调的、同步的。人有时意识到了，却不见得能做出来；有时已经做到了，却并没有意识到。瑞士心理学家皮亚杰曾引用他人的研究结论指出：“觉知乃是产生于被试遇到困难的时候。主体能够很好地适应，以及功能作用正常的时候，他对于自己的行为机制是无须有意识地进行分析的。”① 例如，人们上下楼梯，并不去分析其间腿脚的运动，到了需要分析怎样抬腿伸足才能上下楼梯，那肯定是出了麻烦。皮亚杰在同一篇文章中引用一个材料，说是某次专题讨论会上，心理学家请到会者先做爬行动作，然后再请他们分析并描述动作过程，到会的是些数学家和逻辑学家，居然人人都描述错了。皮亚杰于是说，“诚然，一个人无须意识到适应得很好的动作，因为这些动作受着感觉运动调节的指导，已经自动化

① 皮亚杰：《情感无意识与认知无意识》“开始意识到”一节，《皮亚杰学说及其发展》，陈孝禅等译，湖南教育出版社，1983年，第47—49页。

了”。《庄子·秋水》讲“且子独不闻夫寿陵余子之学行于邯郸与？未得国能，又失其故行矣，直匍匐而归耳”。本来走路是不成为问题的，根本不需要有意识地关注，特地有意识地去走，着意于走的姿势，反倒弄得不会走了。在所有这些情况下，无意识或遗忘都意味着顺利，有意识或记忆都意味着困难、意味着障碍。这里所谓遗忘，实际上是从意识退到了无意识之中。几个月到一岁的婴儿学习走路，开始是困难的，其后，走路的要领熟练了，建立了动力定型（dynamic stereotype），形成自动化的反应系统，走路不再需要意识直接参与。如果意识出来参与，反倒干扰了自动化反应系统，使动作变形。

艺术创作的技巧，需要刻苦学习，书法家要用秃很多支笔、磨穿很多方砚。但是，成熟的书法家创作的时候，不会也不该去想执笔运腕的要领口诀。例如，唐代有“颠张”、“醉素”两大草书家，即张旭和怀素。“颠”和“醉”是形容他们创作最佳的心理状态，不是有意识而是无意识或者半意识状态，是忘的状态。戴叔伦《怀素上人草书歌》：“楚僧怀素工草书，古法尽能今有余。神清骨竦意真率，醉来为我挥健笔……有人细问此中妙，怀素自言初不知。”“不知”便是忘了，忘，正是怀素成功的奥秘。许瑶《题怀素上人草书》说：“醉来信手两三行，醒后欲书书不得。”怀素等人对古今书法技巧都已掌握，而在兴会淋漓、挥洒自如之时，则早已把这些统统忘记，统统抛到脑后了。倘使每到执笔时还不能忘记具体技巧，他们就只是书匠，不会成为名震千古的大家。《庄子·达生》篇中说的“善游者忘水”，也是同样的意思。一般人在游泳的时候，都清醒地意识到自己是处身于水中，如果不连续地作出正确的游泳动作，就会呛水，最终可能淹死。而常年潜水的所谓“没人”，在水里比在岸上更加习惯、更加自如，处身于水中并没有对水的特别的意识，也没有对游泳动作的特别意识。他们忘记了水，表明对水完全适应了，游水的动作技巧已经自动化了。

在西方，现代心理学家中有人注意到了这种心理状态，并且对之持有好感，给予很高评价，进而探究其机理，其中机能主义心理学的开创者威廉·詹姆斯的论述最为细腻入微，富于情趣和理趣。他用一个极浅近的常见的实例，引发人们思考玄奥的心理学理论问题——人在追忆一个遗忘了的熟人的姓名而没有回想起来以前，意识里便出现一个缺口。“缺口”（absence），是詹姆斯心理学中独特的概念，其涵义与《庄子》所说的

“忘”有部分的重叠；关于缺口的论述是詹姆斯著作中非常精采之处，也是与艺术创作联系密切之处，同《庄子》关于忘的议论一样，启发读者思维的活力。人们追想一个曾经熟悉的姓名，无论是追想这个姓名，或是追想那个姓名，在没有想起来之前，意识里出现缺口，像是空无所有，关于所要回忆的姓名，任何线索也找不到。然而，缺口是否真的是完全的空无，里面什么也没有，任何痕迹都不存在呢？问题的关键正在这里。一般人以为里面什么也不存在，我们每个人的多次体验好像都是这样。为了弄明白这个问题，不妨把问题的提法稍稍变换一下，就是：这一个姓名造成的缺口，与那一个姓名造成的缺口，是否完全一样，没有区别呢？粗粗一想，大多数人往往会回答说：“是一样。”想不起“威廉·詹姆斯”与想不起“西格蒙德·弗洛伊德”或想不起“张旭”、“怀素”，脑子里同样是一片空白。詹姆斯却说：“不！不是一样。”他在《心理学原理》中写道：

> 空的意识不可胜数，其中没有一个本身有名字，而却个个彼此不同。通常都假定这些意识都是意识的空隙，因而都是一个状态。可是不存在的觉态与觉态的不存在完全不同。不存在的觉态是个强烈的觉态。一个忘掉的字的节奏会挂在心上，虽则没有包含这个节奏的声音；或是，对于似乎是一个字的字头的元音或辅音的模糊感觉会往来飘忽地作弄我们，而始终不变成更分明。有时候，有一句诗忘记了，只剩下空的音节，这音节在心上跳来跳去，想找字补上，这种空音节会撩乱心思，一定是人人都知道的。①

所谓觉态，就是一种感觉状态、知觉状态、心理状态。觉态的不存在，是没有感觉、知觉，是心理活动的停顿、休止。不存在的觉态，则是对于“不存在”的感知。两者在外表上、形式上可能有一点相似，实质上却是心理活动中品格悬殊的两极。不存在的觉态是很微妙、很精细、很深刻、很难把捉的心理状态，它是一种心理的动态，是对不能确定的目标的追踪和主体对自己追踪时心理的自我觉知。想一个遗忘了的名字想不起来和什么也不想，当然是不一样的。詹姆斯所说的“缺口”、“空的意识”或“不存在的觉态”，庄子所说的“忘”，都是指这里的前一种心理状态。詹姆斯

① 威廉·詹姆斯：《心理学原理》，唐钺译，商务印书馆，1963年，第99页。

说，这是个“强烈的觉态”；我们也可以说，它是内涵丰富、复杂、深刻的心理状态。

“不存在”而又说它“强烈”，“空”、“忘”而又说它“丰富”、“深刻”，岂不是互相矛盾、互相抵触吗？既然是忘记，哪里还能谈什么内涵丰富？既然是不存在，哪里还能谈什么强烈？从常情、常识上说，从简单的逻辑上说，二者似乎确实完全不能相容。但是，每个人只要静心反省一下，回顾一下自己的心理生活经验，自己有过的亲身体验，便会肯定，这种情况可能发生，而且曾经在几乎所有正常人身上发生过。我们不妨把这种状况称为人的心理中有意义的空白。“空白”与“意义”并列共存，正因为意义存在于空白之中，才具有特殊的重要性，特别珍贵、特别有价值。正因为意义存在于空白之中，又特别容易被忽略、被轻视。詹姆斯说：

> 我切望读者注意的，就是要把这些模糊状态回复到它在我们心理生活内应占的位置。

他的这句话，几十年后被奥地利的艺术心理学家安东·埃伦茨维希放在自己的代表作《艺术视听觉心理分析》正文之前的扉页，作为卷首题词①。很明显，他们两人都觉得，“模糊状态”比“正常状态”更为重要，犹如庄子之认为“忘”胜于“知”。确定“忘”是一种强烈的心理状态，有一个简便的办法，就是检验它的否定功能。回忆遗忘的名字，主体还不记得那姓名是什么，却可能毫不犹豫地否定不正确的答案。诗人在炼字时，找不到满意的词语，却可以毫不犹豫地否定冒出来的含义近似的词语。有一个人们很熟悉的故事，《容斋随笔》记载：“王荆公绝句云：‘京口瓜洲一水间，钟山只隔数重山。春风又绿江南岸，明月何时照我还。’吴中士人家藏其草，初云‘又到江南岸’，圈去‘到’字，注曰：‘不好’，改为‘过’，复圈去而改为‘入’，旋改为‘满’，凡如是十许字，始定为‘绿’。”“到”字和其他几个字为什么让诗人觉得“不好”呢？因为诗人心

---

① 埃伦茨维希：《艺术视听觉心理分析》，肖聿等译，中国人民大学出版社，1989年，第102页。译文为：“一句话，将模糊的思绪还原到心理生活中应有的位置上，这正是我如此迫切地想提起注意的事情。”

里有一个缺口，那几个字与他心里的“缺口”不吻合。诗人炼字的过程，就是寻找能够填充心理缺口的字词的过程。列夫·托尔斯泰自述创作过程中有过的状态说：“我心里犯愁，什么也没有写，而工作却折磨人。您想象不到，我不得不在上面播种的这块田地的深耕工作会是多么困难。思考、反反复复地思考拟定中非常庞大的作品里要写的人物可能发生的一切情况，考虑百万种可能的组合中择取其一种，即百万分之一，这困难得可怕！”“什么也没有写”而却在受“折磨”，这正是埃伦茨维希、是詹姆斯、是庄子所指出的那种创造性的紧张思维，是处在有意义的空白之中。找出百万分之一极其困难，否定成百成千方案却很果断。所以，詹姆斯说：“这缺口是个极端活动的缺口。这缺口里好像有个姓的魂魄，指挥我们朝某方向去……假如想起来的姓是错的，这个非常特别的缺口就立刻排斥它；因为这些姓与这个缺口的模型不相配。”① 在文艺家的创作过程中，他们的意识的缺口里也有个魂魄，而且那是比平常人回忆姓名的时候意识的缺口里的魂魄要灵敏得多、狡黠得多的魂魄。越是才气高的艺术家，越是追求艺术形式的精美的艺术家，他的创造思维的意识缺口就越是挑剔，只肯接受那独一无二的填充物，而毫无通融余地地把哪怕是与之极为近似的替代者拒之门外。天才的、严谨的艺术家，以宗教般的虔诚对待艺术的艺术家，对于艺术的构成要素，对于语言、色彩、线条、音调、旋律、结构等等，有近乎神经质的过敏。在创作中，填充物与缺口的一丝一毫不相吻合，便会使他烦躁不安。“吟安一个字，拈断数根须”，“安”与“不安”，就在于填充物与缺口吻合还是不吻合。詹姆斯所说的忘掉的姓名，是一个例子或一种比拟；对于我们，更加感觉兴趣的是把它引入艺术创作研究，例如，诗人在创作过程中，苦苦寻觅合意的词语。忘掉的姓名，是早先曾经输入、留下过痕迹、存储在大脑皮层之中，由于遇到通路上的障碍一时提取不出来。诗人觅字、炼字，是一次次新颖的创造，他是从自己整个文化的、经验的、语言的积累中去搜寻，而并没有此前某一次专门的输入痕迹可以作为依据。但是，两者也有相同点，那就是，在两种情况下，主体的意识中都出现“缺口”，都产生那种“空”、“忘”的感觉，都会产生“有意义的空白”。席勒对诗人的创作心理有过生动描述：“作诗灵感……

① 威廉·詹姆斯：《心理学原理》，唐钺译，商务印书馆，1963 年，第 98 页。

乃是情怀怦然有动，无端莫状，而郁怒喷勃，遂觅取题材，以资陶写。故吾欲赋诗，谋篇命意，常未具灼知定见，音节声调已先荡漾于心魂间。”①英国作家安东尼·伯吉斯在《旋律的奥秘》一文中说：“美妙的旋律往往并不一定需要歌词……任何一个像我一样作过曲的人，都能给予某种答案。头脑里闪过一段乐曲，仿佛突然想起某些东西，想起那一直存在但忘却已久的东西，此刻它突然浮现出来。”② 比较一下，这和詹姆斯描述追忆忘掉的姓名，和庄子提及的“中欲言而忘其所欲言”，甚为近似。詹姆斯说，忘掉的姓名的字的节奏、音节“在心上跳来跳去”；席勒说，诗人还没有找到的那个词、那个句子，“音节声调已先荡漾于心魂间”；席勒说，“情怀怦然”，庄子说“中欲言”；席勒说“无端莫状”，詹姆斯说“模糊感觉会往来飘忽地作弄我们，而始终不变成更分明”。可见，他们谈论的是彼此相近的、同一类型的心理状况，是为世人所忽略而他们认为极为重要的心理状况。

庄子论忘，主要强调的是“道”之玄妙，只有“忘”才能体会；佛家也有类似论述，主要是强调“法”之神秘，只有“忘”才能参悟；詹姆斯是从普通心理学上研究；埃论茨维希具体运用到艺术心理学。古代中国，有人试图把以上几个角度结合起来，苏轼的《虔州崇庆禅院新经藏记》说：

> 如来得阿耨多罗三藐三菩提（即无上正等正觉，佛陀所觉悟之最高智慧），曰：“以无所得，故而得。”舍利弗（佛的十大弟子之一）得阿罗汉道（佛教之最高果位），亦曰“以无所得，故而得”。如来与舍利弗若是同乎？曰：何独舍利弗，至于百工贱技，承蜩意钩，履狶画墁（承蜩，捕蝉，出《庄子·达生》；意钩，疑是化用《庄子·马蹄》“我善治木，曲者中钩”之语；履狶，出《庄子·知北游》，谓判定猪的肥瘦；画墁，涂饰墙壁，出《孟子·滕文公下》。）未有不与如来同者也。以吾之所知，推至其所不知，婴儿生而导之言，稍长而教之书，口必至于忘声而后能言，手必至于忘笔而后能能书，此吾之所知也。口不能忘声，则语言难于属文；手不能忘笔，则字画难于刻

---

① 转引自钱锺书：《谈艺录》，中华书局，1984年，第607页。

② 李文俊等编：《外国散文名篇赏析》，中国青年出版社，1993年，第459页。

> 雕。及其相忘之至也，则形容心术，酬酢万物之变，忽然而不自知也。自不能者而观之，其神智妙达，不既超然与如来同乎！故《金刚经》曰，一切贤圣，皆以无为法，而有差别。以是为技，则技疑神；以是为道，则道疑圣。古之人与人皆学，而独至于是，其必有道矣。①

"百工贱技"，凡是达到高超水平、出神入化的，如佝偻老人之承蜩，他的技巧、动作都已无须乎意识控制，都已经在长期对环境、对刺激的反应—适应—再反应—再适应的无数次轮回中学习、积累，在大脑皮层编码了一种模型。人们的思维、人们的心理，在很大程度上就依赖于脑中模型。模型的建立，就意味着有意识投入程度的降低；模型的稳固，就意味着"忘"，意味着反应动作的自动化。

"忘"或"空的意识"或"有意义的空白"之所以显得神秘，连主体自己也无法控制，由现代心理学解释，主要的原因是，它徘徊游弋在意识与无意识的交接处。作为一种意识、一种觉态，它是强烈的、确定的；作为"空"、"忘"，它是模糊的、飘忽的，又沉浸在无意识之中。所以说，口必忘声而后能言，手必忘笔而后能书。至于如来、舍利弗，他们以"无"为法，以"忘"为得道的前提，则是因为，"法"和"道"属于超现实的世界，不能从有、从学、从记忆求得。

二十世纪文艺思潮发生了很大变化，艺术形式受到极大关注，艺术形式的一个细微变动可能影响作品的成败、可能导致艺术创造上的重大进展。在这一点上，中国古代艺术家与西方现代艺术家有颇多相通之处。例如，古代书法家讲"纤微向背，毫发死生"；纤微与毫发就不是理性的意识所能支配。在书法艺术尤其是草书艺术中，神妙的作品与庸劣的作品之间，其差别只在极细极微之处，一幅的布置、一字的结体、一笔的提按，轻一丁点或重一丁点，长一丁点或短一丁点，粗一丁点或细一丁点，都不是精心地缓慢地描画的结果，都是在一挥而就的瞬间造成的。孙过庭《书谱》说："观夫悬针垂露之异，奔雷坠石之奇，鸿飞兽骇之资，鸾舞蛇惊之态，绝岸颓峰之势，临危据槁之形。或重若崩云，或轻如蝉翼。导之则泉注，顿之则山安。纤纤乎似初月之出天涯，落落乎犹众星之列河汉。同自然之妙有，非力运之能成……一画之间，变起伏于峰杪；一点之内，殊

---

① 苏轼：《苏轼文集》，中华书局，1984年，第390页。

衄挫于毫芒。”张怀瓘《书断》说：“幽思入于毫间，逸气弥于宇内，鬼出神入，追虚补微，则非言象筌蹄所能存亡也。”古人用形象的语言描述了这种现象，道出了这种体会，它有着相当的普遍性。演奏家对于颤音的起落、装饰音的长短，总是在实际过程中随机处理的，而且不可能是由理性意识严密控制的。现代人从心理学理论上尽力去解释这类现象。埃伦茨维希认为，艺术创造（他指的显然是形式的创造）的根源在主体的“非具象灵感幻觉”（“非具象”、“具象”是他的专门术语），藏在潜意识的深层，被有意识的具象压抑；当表层的有意识的具象的知觉麻痹了，无意识的非具象冒了出来，新颖独到的创造才有可能出现。“有意识的努力绝不会获得优秀技法的那种神经质的、难以捉摸的性质”①。艺术品的最精致的摹本也赶不上最朴拙的真迹。“艺术的最基础成分是由深深的无意识作用形成的，并且可以通过一种复杂的组织形态展现出来，这种复杂的组织形态已经高于有意识思维的逻辑结构了。”② 也就是说，艺术创造，要求把有意识的安排“忘记”。中国古代艺术，尤其是像书法这类形式性极强的艺术，与西方现代艺术，尤其是绘画和音乐艺术，相通之处确实很多。西方现代艺术心理学与中国古代艺术心理学有许多相通，也就不足为奇。

20 世纪初兴起的格式塔心理学，对绘画心理研究发生了巨大而深刻的影响，它为形式结构因素的心理分析提供了理论新支架。但是，格式塔心理学研究的是视觉心理，是肉眼可以看见，知觉可以把握，理性可以认识的。它认为，有所谓“抽象的完形原则”把人们的表层知觉引向精确、简洁、整一而符合审美要求的美的形体。埃伦茨维希不同于此，他运用弗洛伊德和詹姆斯的若干结论，着重讨论的是不被表层知觉注意，隐藏在艺术作品后面结构的“非具象形式因素”。理解他的理论，关键的一点是，“非具象深层知觉的存在是以破坏表层知觉为条件的”，“心理的较深层次受到刺激正是表层机能部分地麻痹的时候”③。所谓“麻痹”，也可以说，就是“忘”；他也认为，艺术创作要以忘为前提。

---

① 埃伦茨维希：《艺术视听觉心理分析》，肖聿等译，中国人民大学出版社，1989 年，第 43 页。

② 埃伦茨维希：《艺术视听觉心理分析》，肖聿等译，中国人民大学出版社，1989 年，第 9 页。

③ 埃伦茨维希：《艺术视听觉心理分析》，肖聿等译，中国人民大学出版社，1989 年，第 13 页。

“忘”是一种难得的、应该珍视却常被忽视的创作心理。一个新颖而深刻的构思的萌生，一个妙词佳句的提炼捕捉，常常有着或长或短的将出而又隐的微妙曲折的历程。在这个过程中间，主体感觉到有什么东西在胸中骚动涌起，在那里探头探脑，在那里挣扎折腾。在某个时刻，他感觉到自己已经瞥见一个非常重要的目标，好像是只要抬抬手就可以采撷到一颗最硕美的思维之果。可是，当他热情亢奋、兴高采烈地动手，要把心之所思确定下来，物化为可传达、可交流的载体，物化为他人可视可闻的实体，物化为雕塑、绘画、诗歌、小说的文本的时候，忽然觉得身躯绵软、视界模糊，他这才发现，自己所看到的，只不过是一个淡淡的影子，一个飘渺恍惚、迷离闪烁的影子。这个影子的存在是如此之真确，正以不可抗拒的强大磁力吸引着作者，使他梦绕魂牵、寝食不安。这个影子的存在又是如此之虚幻，他一次又一次地抓握，却总是两手空空。主体所进行的是十分紧张、十分艰苦、十分有价值的脑力劳动，看上去却似乎神情木然、无所用心。若问他：“你正在想些什么?”他道不清、说不明，自己也觉得没有想任何确定的具体的东西。用普希金的《叶甫盖尼·奥涅金》的诗句说，就是：“自由的长篇小说的远方，/我就是透过有魔力的水晶/也未能把它看清。”这种似有若无、似无而有，似实若幻、似幻而实的心理状态，就是庄子所说的“忘”，就是詹姆斯所说的“空缺”，由于其不稳定、不确定的性质而极容易被忽视，以为是非生产性的、无用的，是脑力活动的停顿，是应该尽力摆脱的心理状态。而如果主体真的摆脱了这一状态，进入清晰的明确的思维方式之中，那种模糊飘忽的心理状态中深藏的新颖创造的火种、天才灵感的胚胎，就被抛弃、被扼杀了。

单是强调“忘”或“空缺”如何美妙、如何重要，毕竟不能解决艺术创作中的难题。指出“忘”的可贵是必要的，但还需要探讨怎样把“忘”后面所隐藏的种种创造、种种发现体现于艺术作品之中。苏轼说：“作诗火急追亡逋，清景一失后难摹。”(《腊日游孤山访惠勤惠思二僧》)从心理机制上作具体说明以期对艺术家有切实帮助的任务，只有留待现代心理学家完成。埃伦茨维希说：“要想重新建立消失的白日梦幻像，就必须具备窥视内心（即内省）的特殊才能，去观察自身的非具象形式体验。观察白日梦的时候，需要一种特殊技巧来唤醒对非具象幻觉的记忆；

当意识处于所谓‘丧失’状态时，这些非具象幻觉则填充着创作心理。观察白日梦大概还需要一种近于冷静的自制的警觉性；当处于突然近于迷狂的白热化状态中时，这种警觉性就必须行使其职能。”[①] 在意识与无意识的交界处，逆时序地追溯稍纵即逝的幻像、诗意的火花，过于紧张地去抓捕，它消逝得更快；任其滑行，也可能一去不返。有经验的艺术家，把心理的放松与警觉巧妙地调整到最佳配合。就是说，注意力不是聚焦于一个点，而是舒缓地散流到较为宽阔的平面上，意识的某一根神经不事声张地谛听着无意识从“空白”的什么地方释放的任何微弱的信号。例如，在作画的过程中，初稿完成，符合原先预定的意图，画家却觉得什么地方不对劲，又找不到毛病之所在，怎么办呢？他们职业的传统经验是，从画幅跟前后退几步，眯缝起眼睛，无目的地漫视整个画面。画家脑子里似乎是空空荡荡，无所思，无所忆，半梦幻，半清醒。在这种状态下，他可能绕过理性规范的管辖限制，让无意识有机会直接作出反应，并向意识渗透楔入，驱使画家半自动地在画幅上作出变更，而作品因此突然焕发光彩。埃伦茨维希说：“在创造性的头脑中，无意识的散漫的意象以及它的梦幻似的目光被利用来进行高度技术性的工作，协助建立艺术的复杂次序。”[②] 这个论断，具有普泛的艺术心理学的意义。在天文学中，有所谓“转移视线”的提示，即：观察一颗亮度很低的星星，不能盯着它看，而要稍稍偏移一点点；正视看不见，偏移能看见，这时眼睛对微弱的光线更敏感。注意力的有意散漫，就是偏移。以上所说是第二层次意义的“忘”。

第三节 吾丧我

在《齐物论》中，南郭子綦对颜回说：“今者吾丧我，汝知之乎！”成玄英《庄子注疏》：“丧，犹忘也”；此前，郭象的注说，“‘吾丧我’，我自忘矣”。这两位早期的权威注家都把“丧”解释为“忘”，把“吾丧我”解释为“自忘”。“吾丧我”就是“吾”忘记了“我”，而“吾”本来就是

① 《艺术视听觉心理分析》“关于非具象知觉的‘心理学家的舛错’”，该书第 9—11 页。

② 埃伦茨维希：《艺术的潜在秩序》，M. 李普曼编《当代美学》，光明日报出版社，1986 年，第 423 页。

"我"，这是怎么回事？怎么能说我忘记我、自己忘记了自己呢？这里，提出了一个很有趣也很重要的心理学问题。这也就提出了道家论"忘"的第三个层次含义。

上一节讲到的忘记的技巧、规程，还远不能算是忘我。在南郭子綦的话里，"吾"是今日主体的精神的、心理的状况，"我"是昨日的主体、是此前的主体，或者说，是主体的自我清醒的意识。从发展心理学看，新生婴儿才是主客不分；区分主体与客体，是人的心理发展的第一步。庄子则认为，把个体的主体性抛弃掉、遗忘掉，是心理发展的又一飞跃。"吾丧我"是主体超脱个体的偏执与狭隘，与自然之道、与本体合而为一。

道家了提出"吾丧我"，很可能是针对着儒家"吾省吾"的命题。"吾"和"我"并不是两个哲学术语，更不是两个范畴，在《庄子》全书中出现的含有这两个词的大部分例句里，也像在《论语》《孟子》里一样，它们都不具有彼此严格区别的含义，所具有的主要是语法意义上的不同。① 如前所述，在先秦儒家和道家思想中，已经确认自我的可分解性，因此，各有其设定的第一自我和第二自我，各自力图建立其第一自我和第二自我关系的范式。在儒家那里，第二自我是"省"的思维主体，第一自我是"省"的思维受体、对象，他们的目标是两者在主体的道德修炼过程中由对立而和谐、统一、融合。但是，在本节所讨论的《齐物论》的这句话里，"吾"和"我"却各有其深刻的哲学、美学和心理学思想的内涵。"吾丧我"，确认了两个自我。这里的"我"是第一自我，"吾"是第二自我。"我"，第一自我，是世俗的、为功利欲念所支配的主体；"吾"，第二自我，是超脱世俗功利心的、自由精神的主体。两者的对立贯穿着道家设计的主体道德修炼的过程，贯穿主体哲学思维、审美思维的过程，其目标是把第一自我排除出心理生活空间。《齐物论》中南郭子綦所说的"吾丧我"，是对颜成子游观察他之后所作评论的回答。子游看到子綦"荅焉似丧其耦"，便说，"今之隐机者，非昔之隐机者也"。"昔之隐机者"有人解

① 王力主编的《古代汉语》讲到人称代词说："在上古汉语里，'我'和'予'(余)可以用作主语、宾语、定语；'吾'可以用作主语、定语，但一般不用作宾语。《庄子·齐物论》：'今者吾丧我'，这是一个典型的例子，不能换成'今者我丧吾'或'今者吾丧吾'。但是这只是位置的关系。如果在否定句里，宾语放在动词的前面，却又可以用'吾'字了。"见该书第一册第352页，中华书局，1982年。通观《庄子》内篇或全书，"我"和"吾"没有赋予彼此不同的固定意义。

释为别的修行者、修炼者，也有人解释为进入悟道境界之前的主体，包括此前的南郭子綦[①]。只有按照后一解释，才能领会“吾丧我”的真意。子綦所以强调“今者”吾丧我，是为了有别于“昨者”之“吾”为“我”所缠缚，强调此刻当下精神的提升。

人既然活着，就不能不取得起码的生存条件，衣住、饮食、男女都不可少，第一自我也就必然存在。到了“明日”，依然还需要继续“丧我”。所以，“吾含我”是常态，“吾丧我”是暂时状态或者说是理想状态。儒家希冀人们经过“吾省吾”使主体净化，从而更好地入世，投入社会，适应社会，成为维护社会秩序的中坚。道家希冀人们经过“吾丧我”使主体净化，从而出世，避离社会，蔑弃社会秩序。艺术家的创作思维，应是入世与出世的恰当配合，是“省”和“丧”的恰当配合。力图摆脱第一自我，使道家思想对追求纯美的作家和读者具有了极大魅力；完全否定第一自我，也使道家理论具有了根本的缺陷。儒家的思想和道家的思想，各自把握真理的一个侧面。艺术心理有社会性的一面，又有超社会性、超功利的一面。作家艺术家对于社会，首先要入于其中，而后要出于其外。“丧”是遗忘、无视，逃避人生存的现实。所以，从根本上说，《庄子》“吾丧我”的思想既不是维护“崩坏”中的礼乐，也不是推动人们去改变社会的不合理现象与体制，而是消解人们改造社会的意志。

道家既然否定第一自我，否定人的食色等等基本欲望，否定五色、五音，似乎会逻辑地导致否定文学艺术[②]。可是，在后来的实际中，道家的思想，“吾丧我”的命题，却为许多优秀文艺家所钟爱，帮助了他们创作的审美素质的提高。为什么会如此呢？从艺术心理学角度看，老庄之徒对世俗污浊的极度憎厌，让主体造成“知觉防御”。所谓知觉防御，是指主体提高知觉的阈限，对引起消极情绪的刺激减少或避免反应，以免引起痛苦。这导致对实在的苦痛钝感、麻木，在冥想中去寻求虚幻的快感。其

---

① 第一种理解——郭象注：“子游尝见隐机者，而未有若子綦也。”成玄英疏：“子游昔见坐忘，未尽玄妙；今逢隐机，实异曩时。”第二种理解——吕惠卿《庄子义》：“昔之隐机，应物时也；今之隐机，遗物时也。”王夫之《庄子解》：“昔者子綦之隐机，尝有言以辨儒墨矣，至是而嗒焉忘言。”

② 有些研究者就是据此断言先秦道家否定艺术，例如，黄海章《中国文学批评简史》：“道家崇尚自然，反对人为，崇尚素朴，反对浮华，从基本上说来，他们对文学是采取否定态度的。”见该书第16页，广东人民出版社，1983年。

实，他所能减少的是意识反应，阈下的无意识的情绪反应依然存在，甚至是更稳固地存在，只是未被主体意识所辨识。对现实的批判心理被主体从意识压抑到无意识之中，压抑过程中经过过滤、移植、代偿、投射，而后在不自觉中渗入创作心理，就有可能更自然、更融洽。在文艺创作中再来发生作用，它的作用可能比意识反应更加符合审美活动的要求。

这里，有必要辨析，庄子的“吾丧我”，与后世道教徒的“存思”、“内丹”，与佛教的“坐禅”、“入定”，是不同的。宗教徒之“习定”，是要使精神集中而归于平静，以期获得神秘体验，“观察诸法实相”，他们要求超拔于尘世，与现实距离越远越好①。庄子提倡“吾丧我”，则并不是真的超越于现实社会，倒是隐含着愤世嫉俗的批判精神。提倡“吾丧我”，反过来，意味着否定“我丧吾”。精神自由舒展，不受物欲支配——就是“吾丧我”；沉溺于物欲，失去精神伸张的愿望——就是“我丧吾”。《庄子》和《老子》在许多地方反复地尖锐地批判“我丧吾”，批判失范的社会中对于物质享乐的无止境追求。他们的这类批判是深刻的，并且是富有长久生命力的，不但对中国文人，而且对有些现代西方文学家、哲学家发挥着影响力。《老子》第十二章说：“五色令人目盲，五音令人耳聋，五味令人口爽，驰骋畋猎令人心发狂，难得之货令人行妨。是以圣人为腹不为目，故去彼取此。”目盲、耳聋、口爽、心发狂、行妨，就是“我丧吾”。王弼注说，“为腹者以物养己，为目者以物役己”。“我”就是被物欲主宰、受物欲役使的、沦失了自性的主体。《齐物论》描述世俗社会对人心理的困扰：“其寐也魂交，其觉也形开，与接为构，日以心斗。”成玄英解释说：“凡鄙之人，心灵驰躁，耽滞前境，无得暂停。故其梦寐也，魂神妄缘而交接，其觉悟也，则形质开朗而取染也。”《庚桑楚》说：“贵、富、显、严、名、利六者，勃志也；容、动、色、理、气、意六者，谬心也；恶、欲、喜、怒、哀、乐六者，累德也。”勃、谬、累，是搅乱、束缚、妨碍的意思。一个人让荣贵、声名、利禄、容貌、爱欲……搅乱情志、系缚心灵、成为德之患累，这些都属于“我丧吾”。“我丧吾”，相当于现代人所说的“人与自己本身相对立”，或者叫做异化——人从自己的类的本质异化出去。

---

① 道教徒和佛教徒的若干心理技巧，如唐时道士司马承祯《坐忘论》对静坐中调心法的细致的阐述，佛教典籍中关于止观、数息的阐述，都很有实用性。

《庄子·大宗师》在更高的抽象层次上讲“忘”的过程，即从忘仁义到忘礼乐再到坐忘：

> 颜回曰：“回益矣。”仲尼曰：“何谓也?”曰：“回忘仁义矣。”曰：“可矣，犹未也。”他日复见，曰：“回益矣。”曰：“何谓也?”曰：“回忘礼乐矣。”曰：“可矣，犹未也。”他日复见，曰：“回益矣。”曰：“何谓也。”曰：“回坐忘矣。”仲尼蹴然曰：“何谓坐忘?”颜回曰：“堕肢体，黜聪明，离形去知，同于大通，此谓坐忘。”仲尼曰：“同则无好也，化则无常也。而果其贤乎!”

“坐忘”，是《庄子》创造的词语，专有的概念，他也只在《大宗师》一篇中使用过，只限于以上引用的这一段。坐忘是什么意思？成玄英《疏》说“端坐而忘”，他把“坐”理解为“坐立”之“坐”，未免太过拘泥于字面，不符合原文语境的意味。孔子问：“何谓坐忘?”那么，这必定是一个深刻的深奥的概念，而不是普通的词语；如果坐忘就是端坐而忘，孔子何须再问！郭象《注》说，“夫坐忘者，奚所不忘哉!”他把“坐忘”理解为“全忘”，什么都忘记了，“既忘其迹，又忘其所以迹者，内不觉其一身，外不识有天地，然后旷然与变化为体而无不通也”。这似乎又显得浮泛，没有把“坐”字讲实。郭庆藩《庄子集释》引《文选》李善注的材料，《文选》卷十三贾谊《鹏鸟赋》后半部分多用《庄子》之意，多次直接用《庄子》之语，其中“释智遗形兮，超然自丧”一句，李善注以《庄子·大宗师》仲尼与颜回问答来解释，关于坐忘，注中说，“司马彪曰，坐而自忘其身”。这里，把“坐”和“自”联系起来。“坐”与“自”音近义通，《文选》卷十一鲍照《芜城赋》“惊砂乱飞”，李善注说“无故而飞曰坐飞”。坐，自，都是指无须特别缘故的、自然而然的。陆长庚《南华真经副墨》说：“须知此个忘字，与外道所谓顽空断灭者万万不侔，即是一个心普万物而无心，情顺万事而无情乃其宗旨。”颜回的忘礼乐、忘仁义，是经过努力有意识地去忘。本章第一节讲“齐以静心”，属于有意识的忘；第二节讲“欲言而忘言”，既然“欲言”，也便没有全忘。有意识的忘，算不得是真正的忘。坐忘则无须主体努力，自然而然地进入忘的状态。坐忘除了与心斋相同，要忘掉从爵禄庆赏到四肢形体等等一切之外，最重要的标志是“同于大通”。大通即大道（参见成选英《疏》），也即是最高本体。同于大通，即与大道冥合，融为一体。道教从修炼的角度发挥和改造庄子坐忘的概念。唐代道士司马承祯写有《坐忘论》，他又曾在《天隐子》中说过，“物我两忘，了无所照，即为坐忘”。清人仇兆鳌《悟真篇集注·提要七条》说：“前面工夫乃炼精化气，炼气化神，皆有为有作之功；到此炼神还虚，与道合真，乃绝虑忘机之候，斯时虚极静笃，内外两忘，以逍遥自在之身，观大化流行之妙人也，而合乎天矣。”根据以上所说，坐忘是无内无外、无今无昔、物我不分，作为单独实体的自我意识消失，而产生万物统一的感觉的心理状态。

西方也有从哲学和美学层面讨论“忘”的，例如德国哲学家阿图尔·叔本华创造过一个概念叫“自失”（sich verlieren，又译自我丧失），他在《作为意志和表象的世界》“独立于充分根据律以外的表象”一节中说：

> 如果人们由于精神之力而被提高了，放弃了对事物的习惯看法……把人的全副精神能力献给直观，浸沉于直观，并使全部意识为宁静地观审恰在眼前的自然对象所充满，不管这对象是风景，是树木，是岩石，是建筑物或其他什么。人在这时，按一句有意味的德国成语来说，就是人们自失于对象之中了，也即是说人们忘记了他的个体，忘记了他的意志；他已仅仅只是作为纯粹的主体，作为客体的镜子而存在；好象仅仅只有对象的存在而没有觉知这对象的人了……置身于这一直观中的同时也不再是个体的人了，因为个体的人已自失于这种直观之中了。他已是认识的主体，纯粹的、无意志的、无痛苦的、无时间的主体。
>
> ……谁要是按上述方式而使自己浸沉于对自然的直观中，把自己遗忘到了这种地步，以至他已仅仅只是作为纯粹认识着的主体而存在，……所以他是把大自然摄入他自身之内了，从而他觉得大自然不过只是他的本质的偶然属性而已。在这种意义之下拜仑说：
>
> “难道群山，波涛，和诸天
> 不是我的一部分，不是我
> 心灵的一部分，
> 正如我是它们的一部分吗?”①

---

① 叔本华：《作为意志和表象的世界》，商务印书馆，1982年，第249—253页。着重号为原书所有。参见同书第306—307页。

这里所讲，也正是主客冥合、物我冥合的统一感。就宗教徒而言，这是一种神秘体验；就哲学家而言，这是一种唯心主义的幻觉；就文学家艺术家而言，这是创作想象中一种良好状态。

《庄子》所主张的反异化的途径是在主体内心，他认为，只要完成了吾丧我的心理动作，而不必参与改造社会的实践，异化就消失了。这是哲学、心理学的乌托邦。且不谈社会的改造必须经过社会的实际运动，即就个人的心理而言，实际上，“我”也是丧而不尽的。有效的“丧我”，不能仅仅隐几而坐，而要在实践中改变和提升自己的心理境界。同时，“吾丧我”并不能够成为一种稳定不变的精神状态、心理状态，它更适宜于看作是一种心理动作。为了摆脱、改变“吾含我”或“我缚吾”，就要不断地“吾丧我”。

艺术家对社会生活的感受、认识，与社会学家、历史学家不同，需要加以审美化。“我缚吾”对于哲学思维是直接的障碍，当然，也是审美思维的障碍。“吾丧我”在引导主体从执著的躁动的功利心理向超越的静穆的审美心理过渡方面，是有益的，在创作的某个阶段，有其必要性。《庄子》要求人们的不是“讼”，而是“丧”。和孔子、孟子不同，“吾”和“我”不再是通过“自讼”即审查、争论、克己、自责，自我斗争，而达于统一，而是由“吾”把“我”过滤、涤除、放逐、遗忘。《庄子》不仅强调了这一转变的方向，而且对于“丧”作为一种心理动作或心理过程，设计了细致的步骤和技巧。首先，是如何一步步地远离外界欲望的诱惑。《达生》篇梓庆论“心斋”的过程，是“吾丧我”的一种阐释和示范。那里讲的三日、五日、七日，是一个扭转外向、引向封闭的内心的过程。“爵禄庆赏”是社会用名分和职位、金钱为标尺对艺术家的评价和吸引，“非誉巧拙”是社会以专业的估量对艺术家的评价和吸引。它们对于创作主体来说，都是外在的东西，应加摒弃的东西。其次，是如何一步步调整艺术创作主体的心理状态，使之高度集中注意力而又高度放松。《达生》篇纪渻子为周宣王训练斗鸡的过程，同样是一个“丧我”的过程。到了第四个十日，“望之似木鸡”，忘了自身，忘了环境，完全沉浸到哲学思维或艺术思维里面。这个时候才能够与“天籁”相应，“得其环中，以应无穷”。《田子方》篇讲的“儃儃然不趋，受揖不立……解衣般礴，赢”的画家，无视礼法规范，呆若木鸡，所以才是“真画者”。庄子的这些说法，人们从哲学上作过许多批评，而作为心理活动技巧，可资取鉴的价值很高，值得进一步发掘。事实上，在后世书法和文人画的实践中，这种理论产生过很大影响。苏轼《书晁补之所藏与可画竹》说："与可画竹时，见竹不见人。岂独不见人，嗒然遗其身。其身与竹化，无穷出清新。庄周世无有，谁知此疑神。"清代恽南田说，"作画须有解衣般礴、旁若无人之意"（《南田画跋》）。汉代蔡邕的《笔论》说："夫书，先默坐静思，随意所适，言不出口，气不盈息，沉密神采，如对至尊，则无不善矣。"西方也有学者注意及此，"丧我"，叔本华称为"自失"（sich verlieren），他认为思维的理想境界是，超然于对象的各种关系之外，把全副精力献给直观，谁要是把自己遗忘到了这种地步，他就会觉得自然界是自己心灵的一部分，正如自己是自然界的一部分，彼此合而为一了。这也正是艺术创作的最佳境界。所以叔本华接着由此引入美感印象的讨论。

撇开先秦儒家和道家当时立论的具体内涵，"省"和"丧"无论作为伦理态度还是作为心理技巧，都有颇大的普泛意义。艺术思维离不开"省"和"丧"，艺术还应该能够引导世人经常地和有效地"省"和"丧"。在世俗生活越来越纷繁复杂的今天，这一点更显突出。而对于儒道的上述思想，以及对于叔本华的相关思想，都还有待进一步深入剖析。美国布恩与埃克斯特兰德在《心理学原理和应用》一书中说："沉思是一套心理活动和身体动作，其目的在于产生松弛、思想和身体的宁静以及对自己和世事的意义深邃的洞察。对各种各样的已知沉思技巧以及它们引起的意识状态进行的科学研究还不很多。我们现在大部分知识来源于宗教，特别是东方。"①

现代西方人，借鉴中国古代哲学和医学中关于"忘"的思想、理论和作法，研究并实践"沉思"（meditation，或译澄心静默）技巧，他们的著述技术化的色彩浓厚，多半是适应于竞争社会中焦虑症患者心理治疗的需要，《庄子》则是从哲学思辨性上讲"丧"，他所谓丧，不是片刻的凝心静思，而是整个改变人生态度，这就更深地切入到审美心理学。可以设想，这些问题的研究，对东方思想遗产的发掘，有多方面的价值，或许可以引起广泛的兴趣。

---

① 布恩·埃克斯特兰德：《心理学原理和应用》，韩进之等译，知识出版社，1985年，第402页。

第四节 忘适之适

《庄子·达生》篇说："工倕旋而盖规矩，指与物化而不以心稽，故其灵台一而不桎。忘足，履之适也；忘要，带之适也；知忘是非，心之适也；不内变，不外从，事会之适也；始乎适而未尝不适者，忘适之适也。"木工随手画圆其精确程度超过了用规和矩，主体的手同对象化而为一，不必费心思去考查计量，所以心理、思维毫无阻碍。这就是由忘而达到适了。好比人不想到自己的脚，似乎已经把它忘掉，那是因为鞋子合脚，穿得舒服；不想到自己的腰，似乎已经把它忘掉，那是因为裤带的松紧合适，系着舒服。如果要整个心理处于适的状态，那就需要忘，不去紧张地思虑，不去考查、计量是非、得失。适，这个词原有符合，舒畅，相称等义项。庄子所说的适，含有上述意思，而更偏于"安便"之意（《增韵·昔韵》："适，安便也。"《篇海类编·人事类·辵部》："适，安便也，又自得也。"）各个层次的忘，最后都是要达成主体的适；适，是心理的完全放松，没有任何负担，无忧无虑，无拘无束。适，能够给予主体心理上最大的自由，从而给主体思维的创造性提供最充分的拓展空间。庄子所说的"适"，首先指适性，符合主体的本性，行为、思虑与本性相符，主体的心理自然也就感到安便、自在、舒畅。反之，行为、思虑与本性相悖，主体的心理自然会感到瞀乱、惶恐、紧张。《达生》篇中借扁子庆之口说："昔者有鸟止于鲁郊，鲁君说之，为具太牢以飨之，奏九韶以乐之。鸟乃始忧悲眩视，不敢饮食。此之谓以己养鸟也。若夫以鸟养鸟者，宜栖之深林，浮之江湖，食之以委蛇，则安平陆而已矣。"人用最好的饮食、音乐去款待鸟，这些饮食、音乐只是养鸟的人以为是最好的，并不适合鸟的本性，鸟不感到"适"，而是感到"不适"。《至乐》篇更详细地讲述了这个故事，并归纳出"名止于实，义设于适"的结论。适性，对于艺术创作是一条重要的原则，创作行为要顺应作家的创作个性。《文心雕龙·养气》说"适分胸臆，非牵课才外"；《明诗》篇说"华实异用，惟才所安"，又说到"随性适分"，都是继承了庄子这一思想。一个作家写什么题材，用什么体裁，追求什么风格，都要适合他的个性，不宜勉强而为。《庄子·田子方》所讲的那位与众不同的画家"解衣般礴，臝"，要表达的也就是适性或者说忘情任性的意思。魏晋六朝时期，文学艺术获得巨大进步，同其他思维形式、精神领域的区别受到人们重视，艺术心理的特点也引起更大重视，先秦道家提出的艺术心理问题在新的时代条件下重新成为议论的话题。许多名士大匠，高扬了先秦道家的作风，并因而使自己的才情得以充分发挥。《晋书·阮籍传》说这位诗人“嗜酒能啸，善弹琴，当其得意，忽忘形骸”。得意就是适，得意与忘形不是简单的因果关系，而更多地是共生的相互助长关系。萧纲进一步从原则上肯定艺术心理与伦理心理的区别，把道家的“解衣般礴，羸”作为艺术家的“特权”，只作为艺术心理的良好状态，与伦理心理严格分开，他说：“立身之道与文章异——立身先须谨重，文章且须放荡。”(《诫当阳公大心书》，《全梁文》卷十一）此后，唐代卢纶说，“作吏清无比，为文丽有余”。(《喜从弟激初至》，见《卢户部诗集》卷六）韦应物说：“为文颇瑰丽，禀度自贞醇。”(《送云阳邹儒立少府奉侍还京师》，见《韦江州集》卷四）清代张问陶《论诗十二绝句》中说道：“想到空灵笔有神，每从游戏得天真。笑他正色谈风雅，戎服朝冠对美人。”俄罗斯杰出小说家契诃夫谈到，在艺术创作中，“个人自由的感觉也是不能缺少的”，他曾向同行告诫：“您在描写女人的时候应当让读者觉着您的坎肩敞开着，您没有系领带……要让自己自由自在。”[①] 与南朝相比，北朝风气不同，立论倾向有别，但在客观上，北朝学者也不能不承认艺术心理的特别之处，颜之推《颜氏家训·文章》说：“文章之体，标举兴会，发引性灵，使人矜伐，故忽于持操，果于进取。今世文士此患弥切：一事切当，一句清巧，神厉九霄，志凌千载，自吟自赏，不觉更有旁人。”颜之推说这会给作者带来伤害，也不符合做人的规范，但他没有说这对创作有什么不利。事实上，所谓“解衣般礴，羸”、“放荡”，所谓“游戏”、“自由自在的感觉”以及“矜伐”等等，都不过是解除压抑，解除心理障碍，让深藏在无意识中间的创造性的火花得以迸发、燃烧。

适，是主体舒畅、自得，它有利于创造性的发挥，但如果主体有意识地追求适，对于客观的心理环境要求太多，就必定难以进入适的心态。所以，最好是连“适”与“不适”也忘记，随遇而可适，创作高潮出现的几率将大大增加。

---

① 契诃夫：《契诃夫论文学》，汝龙译，人民文学出版社，1958年，第141页。

第三章 从哲学的体验论到艺术的体验论

儒家和道家都把对外界的认知与主体的道德修养连在一起。《论语·学而》记载曾子的话："吾日三省吾身"，朱熹《集注》认为这是"为学之本"，实际上，这就是儒家的修身之本——为学和修身在他们是不可分的。因此，中国古代哲学方法论特别重视体验，影响到艺术心理学思想，体验论也成为非常重要的内容。

第一节 心理活动的指向——轻外重内

在实际生活中，观察是人们认知和学习的基本的方式方法，是主体了解、认识客观世界的基本的方式方法。观察（observation），是有目的、有计划的，持久的、动态的知觉活动，是主体向外搜索和接受信息的活动。观察，是科学研究和艺术创作的不可缺少的第一步。与之相反，体验则是向内的心理活动，是通过向内而最终在更高层次上感悟外在世界，乃至把握最高本体的精神活动。体验，是哲学思维、宗教思维，也是艺术思维的一个高级的境界。是否具有深刻敏锐的体验能力，可以作为衡量是否是一个大哲学家、大艺术家的基本的条件之一。二十世纪的自然科学，不同于古典的科学，相对论、量子力学不同于古典物理学，其新颖点之一，是把体验提到十分重要的位置。至于二十世纪西方的哲学与艺术文学，对于体验，对于东方古代的体验论，更是具有极高的热情。

中国古代的体验论，有儒家的体验论，道家的体验论和佛家的体验论。三者有同有异。体验，又有以本体为对象和目标的体验，有以自我为对象和目标的体验；有"内讼"即道德省察的体验，有"静观"即解除束缚、呈露自然真心的体验。对艺术心理学而言，其性质和作用相差甚大。

体验，首先是心理活动的指向问题。老子和庄子作为深刻睿智的哲学家，最先明确表示重内向心理、轻外向心理的观点，最先奠定了关于体验论的构想的基础①。《老子》第四十七章说：

---

① 先秦儒家也论述过内向心理，孟子所说的"以意逆志"，他的书中引用的"他人有心，予忖度之"，都是反身求诸己。但孟子所讲，是具体情境下的推想；作为方法论根本原则的体验理论，是由先秦道家启其端，由魏晋玄学家正式建立的。

不出户，知天下；不窥牖，见天道。其出弥远，其知弥少。

这句话被《韩非子》《淮南子》《吕氏春秋》《文子》等许多典籍一再引用、诠释，并从各自的立场加以发挥，确立了中国古代哲学方法论的一条重要原则，也确立了古代心理学思想的一条重要原则。老子是从他的哲学的整个体系出发，从他的理论的基本前提出发，提出这一论断的。老子哲学所要探究的，不是可触、可见、可闻的具体物事，而是道。道是什么呢？《老子》说："有物混成，先天地生；寂兮寥兮，独立不改，周行而不殆，可以为天下母。吾不知其名，强字之曰道。"又说："道之为物，惟恍惟惚。"总之，道，是玄奥超远的，是恍惚混融的，是形而上的，不能够靠眼、耳、鼻、舌、身直接感知，不能够靠观察直接把握。王弼《老子道德经注》说："道，视之不可见，听之不可闻，搏之不可得。如其知之，不须出户；若其不知，出愈远愈迷也。"道既然不能直接感知，怎样去把握它呢？靠的只能是哲学家的体验。假使到物质世界直接观察，可能会是背"道"而驰，愈远愈迷。在哲学思维上是如此，在艺术思维上呢？老庄的哲学思维，本来与审美就是相通的。古代的不少诗人，他们在作品中表达的，也是对最高本体的体悟。即就入世的艺术家而言，文学艺术要描写人，描写林泉、花木，描写外在世界，作者当然需要"出户"去观察，要长期地、细致地、深入地观察。但文学艺术并不止于描写出对象的面目，更要表现出对象的神气、韵味；还要通过描写人和物，透露作者对于人生、对于宇宙的感悟。神气、韵味，还有人生的意义，等等，和道一样，也不是靠观察就能够直接把握的。文学家艺术家，中国古代的文学家艺术家，很乐意接受老子的指点，更多地向内心去寻求它们，更多地依仗体验。

《庄子·知北游》说："夫体道者，天下之君子所系焉。"不少学者把这里的"体道"解释为体现道，但一个人怎样体现道？体现道的人又怎么是天下所系？似乎不容易说通。此处体应是体悟。能够体悟道，才配成为郭象注所说"人之宗主"①。体验论要解决向外与向内、知己与知人的关系

① 陈鼓应《庄子今注今译》译"体道者"为"体现道的人"，曹础基《庄子浅注》释为"体现了大道的人"；刘笑敢《庄子哲学及其演变》谓"体道者即直接体认道的人"，蒙培元《中国哲学主体思维》说："何谓'体道'，怎样'体道'？用今天的语言来说，就是取消名言和概念，取消相对而有限的对象认识，进行直接体验，确切地说，是一种自我体验。"

问题。不出户，不窥牖，究竟怎样去知“道”、知天下呢？河上公解释老子的话说：“圣人不出户以知天下者，以己身知人身，以己家知人家，所以见天下也。”《淮南子》讲得更具体一些，其《精神训》说：“夫静漠者，神明之宅也；虚无者，道之所居也。是故或求之于外者，失之于内；有守之于内者，失之于外。”“失外”才能守内，而“守内”所“失”的仅只是身边的具体的局部的“外”，却因此而得以知天下、知道。愈是超脱于身边的事物，愈是能深知天下的根本。《精神训》说：“故事有求之于四海之外而不能遇，或守（俞樾：守当作得）之于形骸之内而不见也。”“使耳目精明玄达而无诱慕，气志虚静恬愉而省嗜欲，五藏定宁充盈而不泄，精神内守形骸而不外越，则望于往世之前，而视于来世之后，犹未足为也。”向内求索，所得到的，不限于耳目之前，还能远届往世与来世。《老子》提出“抱一”，“抱”住了“一”，才可以知“万”。《淮南子·精神训》说：“夫天地运而相通，万物总而为一。能知一，则无一之不知也；不能知一，则无一之能知也。”“一”是什么？《太平经》解释：“一者，心也，意也，志也，念此一身中之神也。”抱一，是反身向内，也就是体验。重视体验，把体验看得比观察更重要、更高级，就是要让探究的目光超越眼前，而投向无限的时空，透视现象的背后。《淮南子》指出了内向心理的前提条件，就是虚静、定宁等等。

以上道家所说，都是对宇宙最高本体的把握。儒家之“体”，侧重于个体的伦理道德的自我省察和觉知，然后由此而“知天”。儒家之体，与学和思相辅相成、并行不悖，不排斥外向认知和理性思考。孟子说：“尽其心者，知其性也，知其性则知天矣。”《吕氏春秋·季春纪·先己》篇说：“不出于门户而天下治者，其惟知反于己身者乎！”它讲的是帝王之道，同时也是思维之道。同书的《论人》篇说：“太上反诸己，其次求诸人。其索之弥远者，其推之弥疏；其求之弥疆者，失之弥远。”宋代新儒学大大发展了儒家“体”的思想。《张子正蒙·大心》说：“大其心则能体天下之物，物有未体，则为有外。世人之心，止于闻见之狭；圣人尽性，不以闻见梏其心，其视天下无一物非我。孟子谓尽心则知性知天以此。”“人病其以耳目见闻累其心，而不务尽其心。”程颢说：“只心便是天，尽之便知性，知性便知天，当处便认取，更不可外求。”程颐说，“不当以体会为非心”，“不可将心滞在知识上”①。以上的言论，强调了心理活动的指

---

① 《河南程氏遗书》卷二，《二程集》，中华书局，1981 年，第 15 页、第 22 页。

向，这就是反身求诸己，而不是向外求诸物、求诸人；是由反于己的路径而达到知人、知天下。所以，中国古代艺术心理学思想重视、强调体验，这首先是艺术心理活动的指向问题，这也是中国古代艺术心理学思想与欧洲古典艺术心理学思想的一个重大差别。

体验论另一个基本点，是强调主体的能动性，不是被动地反映外界事物，而是主动地创造性地探究。不出户，不窥牖，并不是心理活动的停顿、停止，恰恰相反，是心理活动的极度活跃。《老子》说“涤除玄鉴”，河上公说“心知玄冥之处，览知万物”，玄鉴即是体道的心理状态，玄鉴先要涤除，要主体对自身的无情批判、无情清扫。王守仁是非常重视体验的，他说，许多人“为学虽极解得明晓，亦终身无得。须于心体上用功，凡明不得、行不去，须反在自心上体当即可通”。“诸君要实见此道，须从自己心上体认，不假外求，始得。”他的“自心体认”同宋儒的“格物”区别何在？他的学生说：“近世格物之说，如以镜照物，照上用功，不知镜尚昏在，何能照？先生之格物，如磨镜而使之明，磨上用功，明了后亦未尝废照。”磨，就是涤除。磨后之照，也还是紧张的求索。他教导学生：“着实用功，便见道无终穷，愈探愈深，必使精白无一毫不彻方可。”① 所以，相对来说，观察，被动的成分多一些、大一些；体验，对主体有更高的要求。

自觉地从哲学方法论上确立“体”的概念，把它作为哲学思维的根本路径的，是早夭的天才哲学家王弼。《三国志·魏书·钟会传》裴松之注引何劭《王弼传》，记裴徽和王弼的对话：

> （裴徽）问弼曰：“夫无者，诚万物之所资也，然圣人莫肯致言，而老子申之无已者何?”弼曰：“圣人体无，无又不可以训，故不说也。老子是有者也，故恒言无所不足。”

《世说新语·文学》用了这一记载，文字略有差异：“王辅嗣弱冠诣裴徽，徽问曰：‘夫无者，诚万物之所资，圣人莫肯致言，而老子申之无已，何邪?’弼曰：‘圣人体无，无又不可以训，故言必及有；老庄未免于有，恒

---

① 王阳明：《传习录》，《王阳明全集》，上海古籍出版社，1992年，第20页、第14页、第21页。

训其所不足。'" 裴徽的问题是，"圣人" 不讲 "无"，而老子反反覆覆地讲 "无"，原因何在？王弼的答案是，"无" 是万物的本原，"无" 只能 "体"，不能讲。老子肯定 "有"，把 "有" 和 "无" 看作一对范畴，所以他反复讲 "无"。王弼所说的圣人，似乎是指理想中的最高智慧的代表，这在事实上当然是不存在的。清代陈澧《东塾读书记》说："辅嗣谈老庄，而以圣人加以老庄之上。然其所言圣人体无，则仍是老庄之学也。犹后儒谈禅学而以圣人加于佛之上，然其所言圣学，则仍是禅学也。" 体无，是老庄的思想，被王弼作了理论加工。王弼明确地指出，最高本体，即无，是不可说、不可训的，当然也不可观，只能体。他把 "体" 作为玄学的根本的思维活动方式和心理活动方式，从而在中国哲学史上和在中国艺术心理学思想史上引起了重要的转折。

如上所说，《庄子》早已多次论及作为方法范畴的 "体"。《应帝王》说："无为名尸，无为谋府，无为事任，无为知主。体尽无穷，而游无朕。尽其所受乎天，而无见得，亦虚而已。至人之用心若镜，不将不迎，应而不藏，故能胜物而不伤。" 对于 "体尽无穷"，成玄英疏："体悟真源，故能以智境冥会，故曰皆无穷也。" "智境冥会"，是很精当的诠解；冥会就是体，是默然反观内心，从而去领悟真源。《天地》篇讲到 "体性抱神"，《刻意》篇讲到 "能体纯素"。庄子所说的 "体道"、"体尽无穷"、"体性"、"体纯素"，就是王弼所说的 "体无" 之所本。道、性和无穷，都是不可 "训"，都只能体。《世说新语·文学》刘孝标注引《晋诸公赞》称乐广、刘汉 "体道而言约"，裴頠 "疾世俗尚虚无之理，故著《崇有》二论以折之，才博喻广，学者不能究。后乐广与頠清闲欲说理，而頠辞喻丰博，广自以体虚无，笑而不复言"。贵无的人用的是体的方法，所以言语简约；"虚无" 不可知，靠的是体，尚虚无者在论辩中自然就笑而不答。除了道家、玄学家之外，中国佛徒也多重视体。晋代名僧慧远的《法性论》（残篇）说，"至极以不变为性，得性以体极为宗"。"极"，是佛家的最高本体，它也只能体。

比较起来，西方的哲学和心理学论著较少谈到体验，较少对于体验的深入探讨。体，作为中国古代哲学方法论的范畴①，经过长期演化，进而

---

① 参见张岱年：《中国哲学大纲》，中国社会科学出版社，1982 年，第 528—531 页、第 543—556 页、第 558 页。

成为心理学和艺术心理学的范畴。有学者解释王弼的论断说："'体'作为动词含有直接经验的意思，'体无'便表示以直接经验的方式来领会无的滋味。""中国哲学中特有的'体'字在这里确实是意味无穷。一般的经历不称体验，只有真正进入自家生命之中的经历才配称体验；体会，体察，体究，体证，体味等等都表示深入骨髓的内在经验。"① 玄学家之后，佛学家和理学家细致地论及体验，朱熹对此贡献颇大。他说，"体验是自心里暗自讲量一次"，"且体认自家心是何物"，"此是置心在物中究见其理"。王守仁也一再讲到体验。唐代的佛学家和宋明的理学家，在这方面提供了很有价值的思想资料。

体验，是《老子》、《庄子》最先确定的，指向主体内心而力图把握最高本体的心理活动方式，王弼提出体无，将这一指向强化和深化，从此，体验成为中国哲学思维和艺术思维的普遍的基本的方式，对中国的艺术创作、文学创作，对中国的艺术欣赏和文学欣赏，发生了至为深远的影响。

以上说的是哲学家关于心理活动指向的论述，魏晋时的文论家则从创作心理的角度关注这一问题。陆机的《文赋》描述创作最初阶段的心理状况说："其始也，皆收视反听，耽思旁讯，精骛八极，心游万仞。"《文选》李善注和五臣注，都认为收视反听意为"不视听"，历来注家均从之。不视不听，是说不像通常那样，运用视觉和听觉去感知外间世界；但绝不是说感觉、知觉活动的停止，绝不是说所有心理活动的停止。相反，是要达到心理活动的高效率、高境界。收视反听作为一种心理状态，存在于哲学心理、伦理心理、宗教心理和艺术心理之中，在不同领域其性质有颇大差别。《史记·商君列传》："反听之谓聪，内视之谓明，自胜之谓彊。"陆机的同时代人挚虞的《贤良对策》说："其有日月之眚，水旱之灾，则反听内视，求其所由。"《文子·上德》也说："夫道者内视而自反，故人不小觉、不大迷，不小慧、不大愚。"这些人说内视反听，都不能解为无思无虑，反倒是紧张的思虑，是指道德上的自我省察，以本人的言行和心理为思考的对象，其中包括内视己心的意思。

道教有内视、内观、内照，是一种修炼方法。《抱朴子·辨问》说圣人不同于仙人，不能"闭聪掩明，内视反听，呼吸导引，长斋久洁"。

---

① 杜维明：《魏晋玄学中的体验思想》，《燕园论学集》，北京大学出版社，1984年，第202—203页。

《太上老君内观经》发挥此义："内观之道，静神定心，乱想不起，邪妄不侵。"在道教中，内观又是造成宗教幻觉的手段，即所谓"内观存想仙术"或"内观玄理仙术"。《仙术秘库》说是"居深静之室，昼夜端拱……人所不得见者，悉皆有之"，"盖其平日清静而守，潇洒、寂寞既久，功到数足，辄受快乐，楼台珠翠，女乐笙簧，珍羞美馔，异草奇花，景物风光，触目如画——此内观之玄理也"。宗教徒可以在内视中看到"极乐世界"，艺术家可以在内视中感受到实际并不存在的各种物质的和精神的现象，也是"人所不得见者悉皆有之"。宋代词人秦观的《寄老庵赋》说："闭观却扫，收视反听，内外既进，与妙自会。"陆机说收视反听，应理解为艺术家向内追索，把自己曾有的审美感受，在心中复现。总之，中国古代的哲学、美学和艺术心理学思想，都把内向看得比外向更为重要。

第二节　道德的自省和艺术的体验

曾子的"吾日三省吾身"的命题里（以及后面将要讲到道家的"吾丧我"的命题里），标示主体的第一人称的代词两次出现，这意味着什么呢？——这意味着先秦哲学家已经认识到，主体是可以分解的，是需要分解的。个人作为群体中之一员，不但需要认识他人，认识社会，更要认识自己；个人作为冥思主体，要体悟天道，首先也要体悟自己。也就是说，主体需要把自己分解，同时作为认知的主体和认知的对象，同时作为体悟的主体和体悟的对象。这是主体独立性最初觉醒的一个标志，也是民族哲学思维走向成熟的一个重要标志。战国时代的儒家和道家，都要求人们经常地反观自己的内心世界。相对于人类的蒙昧时期和文明初期物我之间和人我之间浑然一体、互渗互融的思维特性，这是一个巨大的变化。

哲学将主体对自我的意识作为认知的对象，是哲学作为人类思考和研究的专门领域开始形成的一个前提。在西方，苏格拉底最早提出了人作为认知主体，也同时可以是认知对象的问题。他以德尔斐神庙墙上铭刻的箴言"认识你自己"，来强调他的这一指向。在他看来，认识自己，包括分辨"知道的和不知道的"以及分辨"善的与恶的"。他承认，人的思考要指向思考活动本身，会很困难。他提出了问题，但是并不能够清晰地回答，甚至不知道人如果拥有认识自己的能力是不是有什么用处，有什么好处。即令如此，苏格拉底已经启动了一个伟大的开端。① 康德对“自我意识”的论述在欧洲思想史上具有很高地位和影响，他在《纯粹理性批判》“先验原理论”中说：“那思维的‘我’如何能与直观到自己的‘我’有所不同，而且既然是同一个主体，前者与后者就能是同一的，所以我又如何能说：‘我，作为智力而进行思维的主体，是知道我自己作为被思维的一个对象，但，在我同样在直观中被给予我自己的这个限度之内，我知道我自己像其他现象一样，只是作为向我自己出现的我，而不是作为知性存在的我’呢？——这些都是问题，其产生的困难并不大于也不小于另一个问题，即：我如何能是我自己的一个对象并且又是内知觉的对象？”② 康德仍然没有能够建立关于自我意识的理论体系。德国的加林·格洛伊（Karen. Gloy）的《康德的自我意识理论》一文指出，在这个问题上，与其说康德是一位立论者，倒不如说他是一位革新者。③ 贤哲们留下的思索的轨迹，显示出这一问题的重要，也让我们见出对这个问题深入研究的困难，它需要许多学者若干世代的努力。近代以来，这个问题仍然吸引着许多大哲学家和大心理学家，他们逐渐把对主体自我意识的研究推向深入。谢林说：“自我不能在直观的同时又直观他进行着直观的自身。”马赫在《感觉的分析》的第十五章“本书陈述的见解被接受的情况”中谈到“把自我分裂为被经验的客体和能动的或能观察的主体”的做法引起的困扰。胡塞尔提出了“内感知”或“自身感知”的概念，他说“自身感知是每个人对他自己的自我及其特性、状态、活动所能够具有的感知”，他对此作过多次深入的探讨。威廉·詹姆斯关于意识流（思想流）的理论和弗洛伊德关于无意识的理论，从心理学角度探讨主体对自我深层意识的观察④。

在中国哲学史、中国心理学思想史上，与在西方哲学史、西方心理学思想史上一样，也有一些哲学家和心理学思想的研究者，包括儒家、道家

---

① 参见汪子嵩等：《希腊哲学史》（第二卷）第二编第七章第三节，人民出版社，1997年，第375—384页。

② 康德：《纯粹理性批判》，韦卓民译，华中师范大学出版社，2000年，第172页。

③ 此文由易悦翻译，全文见《疑点论坛》第八期，2000年8月1日，可自www.confuse2000.com下载。

④ 参见马赫：《感觉的分析》，洪谦译，商务印书馆，1986年，第277页；胡塞尔：《内感知与外感知：物理现象与心理现象》，《胡塞尔选集》，上海三联书店，1997年，第675—696页；倪梁康：《胡塞尔哲学中的“原意识”与“后反思”》，《哲学研究》1998年第1期。

和佛家的论者们，对自我意识的探究予以关注，对反观、反视、内省一再地加以论述。然而，中西思想家们各自所主张的反观、反视、内省，各自所关注的自我意识，又有颇大的甚至是原则的区别。

苏格拉底探索的是人对自身的认识，他是从认识论角度研究人的自我意识。

孔子及其弟子所提倡的是道德上的自我意识，他们是从伦理论的角度关心人的自我意识。就儒家而言，主体的道德修炼，一是从反面驱除自己内心里的杂念、邪欲，二是从正面培养自己内心里的正气、良知。我们先来看第二点。孟子主张“存心”，通过内省保持与生俱来的善性，他说，“我善养吾浩然之气”。这句话里有“我”又有“吾”，但两者的实际含义并无间隔。汉代赵岐注释说，“我能自养育我之所有浩然之大气也”，他把孟子句子里的“吾”字换成“我”字，并不改变孟子的原意。《孟子》原文用的“我”和“吾”两词的区别，只是词语在句子里的地位，“我”是主语，“吾”是定语，表示所有、所属关系，处在句子的领格，“吾”、“我”所指是一致的，并无从哲学研究上把主体分成对立的两面的意思①。《孟子》的这一思想，在文艺心理上被发挥为“养气”说，经过刘勰、韩愈一直到桐城派等人的阐发，落实到创作过程中心境的培育、控制，落实到充沛的精神状态下作家对语言的驱使力量，具有了更多的可操作性。对于这些，我们前面曾讲过，中国古代文论研究者已经有过许多阐释。

再来看第一点。《论语·公冶长》记孔子之言曰：“已矣乎！吾未见能见其过而内自讼者也。”《说文》：“讼，争也”，讼，就是争论；自讼，就是自己与自己争论。这样，主体的统一被打破了，有了两个自我：第一自我与第二自我。第二自我是反省的施动者，是理性的道德的自我；第一自我是反省的受动者，是实践的日常的自我。儒家要求人们经常地、反复地自我拷问。他们讲内省，自己剖析自己，讲的是自己对自己作理性的分析。如果说，“养气”是求自性之善并加培育，那么，“自讼”是查深心之

① 参见杨树达《高等国文法》第三章“古书中连用两自称代名词之例”，内举《论语》、《左传》、《汉书》及《庄子》（“吾丧我”）一句之中连用“吾”、“我”八例，称：“以上诸例，吾字皆居主位，我字皆居宾位。”又举《左传》、《孟子》（包括“我善养吾浩然之气”）一句之中连用“吾”、“我”三例，称：“以上三例，‘我’居主位，‘吾’居领位”。该书第60—61页，商务印书馆1920年初版，1955年重印。主位，即作主语所处之地位；宾位，即作宾语所处之地位；领位，即作定语所处之地位。

恶并加翦除。“三省”，是用社会政治和道德体制所规约、本人所认同的伦理准则，检查本人的言论、行为。儒家在内省时，并不脱离本人的社会身份，而恰恰是在君臣、父子、朋友、夫妻、兄弟、师生等种种社会关系中考量自己、评估自己。内省中的儒家，是社会关系里的人，是高度社会化的、理性的人，是按照明确严格的礼治的即伦理的和政治的规范约束自己、矫正自己、塑造自己的人。儒家虽然对主体作分解，但他们所致力的，不是主体的分裂，恰恰是要通过内省达到主体理念和实践的统一，言论和行动的统一，最后达到“从心所欲不逾矩”的纯净的境界。清代黄式三《论语后案》引陆稼书之说，反对内省脱离社会实践：“省兼内外，内不欺于心，外不谬于事，皆当省诸身。专用心于内，非经旨也。”陆稼书是清代前期的理学家，他的“省兼内外”，能够代表历来儒家大多数学者的看法，从中见出儒家与道家、佛家的区别。他们反对完全的内向，主张把内外结合。内省是一个包含冲突、斗争的心理过程，主体在内省中自己“起诉”自己，自己为自己辩护；自己既是拷问者、“法官”，又是被拷问的对象、“罪犯”。为了能省察出真实的情况，需要道德上的勇气，也需要正确的适当的方法。

把“省”作为一种方法论述得比较细致的，是陆王心学诸家。陆九渊强调，要为学，先要“打叠田地洁净”，要把心里的荆棘烧掉，污浊荡除。他说：“人心有病，须是剥落，剥落得一番，即一番清明；后随起来，又剥落，又清明，须是剥落得净尽方是。”（《语录》）王守仁《与杨仕德薛尚谦书》里有一句名言：“破山中贼易，破心中贼难。”“破心中贼”，也就是“内自讼”、是“省”的功夫。理学家们倡导的是用三纲五常的信条自我拷问，由于三纲五常本身的狭隘性，它们对审美情绪有戕害作用。理学家也看到儒家道德心理和审美心理本性上的相拒相斥，他们轻文重道，甚至认为“文”是“害道”的。但是，他们所总结的“省”的心理活动技巧，对于艺术思维又可以产生启示。

“剥落”或“破”的心理动作和被“剥落”或被“破”的心理状态，作为心理要素，它们具有很不相同的性质。后者属于所谓“未发之心”，是朦胧的、深层的、潜意识的；前者属于所谓“已发之心”，是明确的、表层的、有意识的。二程、朱熹、王守仁、王夫之，反复讨论、辩难关于“已发与未发”、“致知”、“省察”，他们的思想给文艺家以触发。由“已发”去求识“未发”，只能如朱熹所说的那样去“推寻”，而不可能直接把握。通常，当“已发”察知到“未发”的时候，后者其实已经多少变形了。使“未发”的混沌心理成形并能用语言描述、揭示它的，只能是“已发”的理智的高度紧张的心理，是现代心理学所说的“注意”。“已发”的自觉意识只能够极力地靠近“未发”，不可能与它重合。如何把“未发”的微妙生动性保存下来，而又使它可视可闻可触可摸，使它被主体及旁人所了解，能够在文学艺术作品中显现，正是难点所在。在创作的关键阶段，诗人、画家所要细察的，不是外物，不是记忆表象，不是心中任意的臆想，而是内心曾经发生却从未被自己意识到的①。那自心中的物象，兼具对象影像的客观性和主体感受的纯真性。文艺创作中的“内讼”，不是如警察之追捕，而是如情侣之追求，是一方面在努力提取，另一方面在努力深藏；一方面竭力存真，另一方面则瞬息变幻。苏轼说“作诗火急追亡逋，清景一失后难摹”（《腊日游孤山访惠勤惠思二僧》），以及“画竹必先得成竹于胸中，执笔熟视，乃见其所欲画者，急起从之，振笔直遂，以追其所见，如兔起鹘落，少纵则逝矣”（《文与可画筼筜谷偃竹记》）。这个意象是一种心理状态，缥缈恍惚而又非常脆弱，极为可贵，“少纵则逝”，艺术家用“作”去追“感”、用“知”去追“觉”，用有意识去追无意识，必须小心翼翼又果断迅捷。谁能当下兔起鹘落追到，谁是过后望尘莫及摹刻，创造的天才与驽钝的庸材，差别就在那一点点。

金圣叹把儒家的伦理上的内省法用于叙事、戏剧类文学创作心理，他在《水浒传》“序三”里说，小说家一笔而写百千万人，靠的是“忠”、“恕”和“因缘生法”。“格物之法，以忠恕为门……吾既忠，则人亦忠。盗贼亦忠，犬鼠亦忠。盗贼犬鼠无不忠者，所谓恕也。”朱熹诠释《论语》里的“忠”和“恕”说，“尽己之谓忠，推己之谓恕”。所谓“忠”，就是自己透彻地省察自己，而后才能够“恕”——真切地了解别的人，然后能够因缘生法——想象出各种各样的人物，想象出他们的性格、心理。掌握了这种方法，“斯以一笔而写百千万人，固不以为难也”。金圣叹的见解并非自我作古，而是从先秦儒家思想本身中得出。齐宣王赞扬孟子说：“诗云：‘他人有心，予忖度之’——夫子之谓也。夫我乃行之，反而求之，

① 现代哲学家还在继续讨论这个复杂而有趣的问题，参看倪梁康：《胡塞尔哲学中的“原意识”与“后反思”》：“回忆主要是对一个已被给予的对象的再造，而反思则是对一个新的、未曾是对象的东西的原造。”《哲学研究》1998 年第 1 期。

不得吾心；夫子言之，与我心有戚戚焉。”（《孟子·梁惠王》）齐宣王反求自心而不得，他缺少“吾省吾”的能力；孟子由自省而推己及人，准确地掌握齐宣王的心理。孟子是从性善论出发，相信人同此心，因而体会到齐宣王的深层心理。金圣叹则已经开始主张揣摩人的心理规律，不但能揣摩君子、豪杰，而且能揣摩盗贼、淫妇，已经大大地前进了一步。

西方宗教中有“忏悔”的传统，也是道德的自我反省。列夫·托尔斯泰本人写过《忏悔录》，他多次在小说里写人物的“忏悔”。《安娜·卡列尼娜》里写沃伦斯基，每年“总有五次左右”一个人关起门来，清理或是“faire la lessive”（法语：洗涤），那也类似于“三省吾身”。车尔尼雪夫斯基谈到过，道德的纯洁性的自律、自我观照使托尔斯泰的观察力十分敏锐。作家通过“努力锲而不舍地自我观照……去研究心理生活的最可贵的规律”，“谁要是不从本身研究人，他就永远不会对人们达到深刻的认识”①。托尔斯泰是由内省而把握“心灵辩证法”的最杰出的大师。总而言之，古今中外，凡是善于描写人物性格、善于揭示人物深层微妙心理的作家，没有不认真自我观照、认真自省的。“吾日三省吾身”，作为创作心理学的一条重要原则，仍然是有效的。反思性、自省性是人文精神的特性之一，自省的缺失则是人文精神失落的一种表现，它必然导致文学作品的浅俗，不可能具备对人生世相的透视力和思想的震撼力量。当代文学艺术的缺失，重要根源之一或在于此。

作家、艺术家如何汲取创作的泉源，如何感知外在世界，并如何将自己的感知所得转化为写作的原料，这是文艺创作论首先要研究的问题，也是艺术心理学首先要研究的问题。艺术、文学，要描画物质世界，描画大自然，体现人对自然的眼光，更要反映人的生活、表现人的精神。无论是为了在作品中描写自然界，还是为了描写人的外貌、行为，表现人的性格、精神，首先必须要观察。《文心雕龙·原道》说，“仰观吐曜，俯察含章”；又说，“观天文以极变，察人文以成化，然后能经纬区宇，弥纶彝宪，发挥事业，彪炳辞义”。天文，指的是日月星辰等自然景象；人文，指的是人类社会生活现象；对这两类现象，要“观”，要“察”。这是文学写作的前提。刘勰这里借用了《周易》中的语句。《易·系辞上》：“仰以

① 车尔尼雪夫斯基：《童年与少年 战争小说集》，《车尔尼雪夫斯基论文学》下卷（一），辛未艾译，上海译文出版社，1982 年，第 267 页。

观于天文，俯以察于地理”；《易·贲》彖辞：“观乎天文以察时变，观乎人文以化成天下。”由此可知，观察的重要，古人早有认识。孔子比较注意对人的观察，《论语·为政》中说：“视其所以，观其所由，察其所安，人焉廋哉，人焉廋哉！”这是说观察人的行为、表情，而后由外及内，进而了解人的内心、人的性格。《孟子》也说：“听其言也，观其眸子，人焉廋哉！”晋代以下，以山水为专门对象的诗画兴盛起来。画家和山水诗人，更注重观察自然界，他们观察花草树木，峰岭田畴，云霭雨雪，飞鸟走兽，并在实践中积累了观察自然界的丰富经验，总结了观察的方法技巧。古代哲学家、思想家、文论家和艺术家，对于观察作出过不少论述。然而，构成中国古代哲学和美学特色的，构成中国艺术心理学思想特色的，却还不是观察理论，而更在于体验理论。与古希腊比较，中国古代的观察理论不算精致，而体验理论则相当深入。体验，是中国古代思想家倡导的基本的、主要的思维方式；体验，是中国古代哲学、中国古代心理学思想中占有特别地位的名词，占有特别地位的概念。体验论，是研究中国古代艺术心理学思想不能忽视的一个重要方面。

第三节　抒情者的体验与叙事者的体验

在艺术创作中，接受老庄、玄学和佛学影响，把哲学思维中的“体”较为自觉地转化为艺术思维中的“体”的，有田园诗人和山水画家。陶渊明是高僧慧远的知交，对佛学有颇深湛的见解，他的《饮酒》二十首之五，是得到千古文人激赏的佳作，也是对于艺术心理过程中如何“体悟”的绝好描述，是魏晋哲学思想中的“体”对艺术心理思想中的“体”的影响的绝好证明：

> 结庐在人境，而无车马喧。问君何能尔，心远地自偏。采菊东篱下，悠然见南山。山气日夕佳，飞鸟相与还。此中有真意，欲辨已忘言。

宋人葛立方《韵语阳秋》卷三谓苏轼拈出陶渊明“谈理之诗”，首先就是这“采菊东篱下”，“以为知道之言”。陶渊明直接描写的是面对秋景的愉悦，而其实是表达自己对于“道”的体悟，用诗的方式说出自己某一次体道的过程和心得。他所说的“心远”，相当于《淮南子》讲的“气志虚静”、“五藏定宁”，相当于《老子》说的“守静笃”，是“体”的心理上的前提。至于采菊，见南山、见飞鸟，那绝不是观察，而是感应，从大自然的动和静中产生心灵感应。然后是“欲辨”，所谓辨，不是向外去查究菊花、山色、飞鸟，是反身向内，把从“山气”、“飞鸟”得来的感应反复咀嚼，并由此去追寻蕴藏在天地万物背后的真意，追寻蕴藏在天地万物背后的诗意。真意、诗意，都是“恍兮惚兮”而“不知其名”的，都是“视之不见，听之不闻”的，都不能从外界查究而得，只能向内体悟。陶渊明用诗歌所表现的，庄子早已用散文表现过了。他站在濠水桥上，悠然有得，说，“倏鱼出游从容，是鱼之乐也”。这是他由眼前之景，触会出的“真意”。南朝“简文（萧纲）入华林园，顾谓左右曰：会心处不必在远，翳然林水，便自有濠濮间想也。觉鸟兽禽鱼自来亲人”。清人黄仲则之七律《濠梁》写道：“梦久已忘身是蝶，水清安识我非鱼？平生学道无坚意，此景依然一起予。”朱熹作为理学家而兼诗人，更常将哲学家的本体体验同文学家的审美体验沟通，他的诗在描写了山川佳丽景致之后，常常就跃升到天地之妙理，其《寄题咸清精舍清晖堂》说：“览极惭未周，穷深遂忘喧。”“境空乘化往，理妙触目存。”《次韵刘彦采观雪之句》说，“徘徊瞻咏久，默识造化机。”《忆斋中》说，“赏惬虑方融，理会心自闲。”人与菊花，人与山水，人与倏鱼，融为一体，人也就与道融为一体，主体通过自身而把握了道，把握了真意。

陶渊明这一由外（感应外界自然景物）而反身向内（辨求真意）的思维活动方式、心理活动方式，在晋代文人中并非绝无仅有，而是很有典型性的。山水画家宗炳说：“噫！老病俱至，名山恐难遍游。唯当澄怀观道，卧以游之。”（见《历代名画记》）“澄怀观道”，不就是陶渊明的“欲辨”之辨，不就是王弼的“体无”之体吗！宗炳《画山水序》还说：“圣人含道应物，贤者澄怀味像。”可见，他的“澄怀观道”并不是偶一言之，而是他奉行的艺术心理上的方法论的原则。此序中提出“以应目会心为理”——应目是对外反应，会心是向内体悟；应目会心，概括了从“悠然见南山”到“欲辨已忘言”的全过程。唐代李嗣真说晋代大画家顾恺之“思侔造化，得妙物于神会”，张怀瓘评陆探微说“参灵酌妙，动与神会”，神会也包含“体”的意思，因为“神会”、因为“体”，其心灵才能够与造化接近。诗人兼音乐家嵇康也有著名的诗句：“目送归鸿，手挥五弦。俯仰自得，游心太玄。”目送归鸿，类似于悠然见南山；游心太玄，类似于欲辨已忘言。

中国古代与“体”相配合的一个心理学术语是“味”。体的对象主要是道，味的对象则主要是诗文。当然两者也有交错。味，有品味、玩味等涵义，是指主体使自己的感受反复呈现，由此寻绎、把捉对象的隐微精妙之处。杜甫《秋日夔州咏怀》中“虚心味道玄”，正是澄怀体道的意思。陆云《与兄平原书》说：“兄前表甚有深情远旨，可耽味，高文也。”耽味，是沉浸在审美情绪中流连忘返，是对自己的审美感觉的不断再感觉。刘勰《文心雕龙·明诗》说：“张衡怨篇，诗典可味。”《情采》篇说：“繁采寡情，味之必厌。”《知音》篇说：“兰为国香，服媚弥芳；书为国华，玩绎方美。”玩绎，即是玩味、体味。钟嵘《诗品》解释赋、比、兴，说把三者酌而用之，“使味之者无极，闻之者动心，是诗之至也”。所有这些人说的都是文艺欣赏中的体味，而与创作中的体味是可以相通的。作者从自然万物“味道”、“味玄”，因而有所得，形之于诗文，读者才得以玩绎。

到了近代，在富国强兵、振兴国势的努力中，重视体验而轻视观察的传统受到质疑，这对于自然科学的发展也许起到促进作用，而在文学艺术上则是矫枉过正，走入另一种偏向。不重视体验，与不重视思维活动、心理活动中主体的能动性相关。毛泽东早年曾指出：“观念论哲学有一个长处，就是强调主观能动性，孔子正是这样，所以能引起人的注意与拥护。机械唯物论不能克服观念论，重要原因之一就在于它忽视主观能动性。”①毛泽东把他重视主观能动性的看法贯彻到文艺创作心理的论述中，必然要注重体验。他确认，作家、艺术家，只有经过“观察、体验、研究、分析”，然后，“才有可能进入创作过程”。对于毛泽东所说的“体验”，二十世纪四十年代周扬等人的有影响的阐释，还是与历史上的“体验”概念相联系的，五十年代之后，就基本抛弃了其中的哲学、心理学含义，走向与之相反的方向，从内向变为外向，从求诸己变为求诸人、求诸物。体验，成了作家、艺术家离开惯常的生活圈子，与基层群众接触的意思。体验生活，成了一种实际行为，而不是思维方式、心理方式。可能是有鉴于此，胡风及其同道则极力强调体验的本来意义。他扣住毛泽东原先的论述，认为“应该抓

---

① 毛泽东：《致张闻天（1939 年 2 月 20 日）》，《毛泽东书信选集》，人民出版社，1983 年，第 145 页。

住‘体验’去提出问题，发展下去”。他在《论现实主义的路》中说：

> 从对于客观对象的感受出发，作家得凭着他的战斗要求突进客观对象，和客观对象经过相生相剋的搏斗，体验到客观对象底活的本质的内容，这样才能够“把客观对象变成自己的东西”而表现出来。①

胡风的这一意见，既有国外的文艺思想的来源，也有本土的思想根基，它和中国古代体验思想有着继承关系，但又明显地受到了西方二十世纪哲学、文艺学的影响。

在西方现代，重视体验的主要是一部分哲学家和艺术家，而并不是心理学家。在现代心理学中，体验不但没有得到普遍的重视和充分的研究，它甚至不是一个通用的、常见的术语，而只是与情绪有关，是指主体对自己的情绪的觉察。1984年，苏联莫斯科大学出版社出版了心理学界泰斗列昂节夫的弟子瓦西留克的关于人克服有威胁性生活情境过程的著作，名为《体验心理学》（Психология переживания），他在“作者的话”中交代，“我们所用的‘体验’这个术语并不是心理学中所熟悉的那个意思，即指主体的意识内容的直接的、经常是情绪的形式”②。作者赋予这一术语的特殊含义显然未能被更多的人所接受；但作者提到的“不是怎样引起感情，而是感觉已出现的感情”，虽然仍局限在感情体验的范围，则已和中国古代心理学思想对体验的用法多少有切合之处。据瓦西留克的意思，体验是感觉自己的感情，感觉自己的感觉。

作为心理学的研究方法，冯特把苏格拉底以来西方习用的内省法，用精确的实验加以控制，他说：“一切心理学都用自我观察法开始，而这终将继续下去成为解释在我们外部的那些心理现象的不可缺少的帮助。”③ 孔子是为提高主体道德水准而自省，冯特是为研究感觉、知觉而自省。就艺术心理学而言，体验则是具有较高价值的内省心理活动，体验是对于感觉的感觉，对于知觉的知觉，是主体对于自身心理过程和心理动作的自我感

---

① 胡风：《胡风评论集》（下），人民文学出版社，1985年，第319—320页。

② 瓦西留克：《体验心理学》，黄明等译，中国人民大学出版社，1989年，第4—13页。

③ 冯特：《对感官知觉理论的贡献》，《西方心理学家文选》，人民教育出版社，1983年，第6页。

知，是主体通过对于自我觉知的再觉知而对于对象非外在的、形而上的质性的感悟。歌德说："一个人能达到的最高境地是意识到自己的情绪和思想，这可以启导他，使他对别人的心灵也有深刻的认识。""诗人也是生来就有这种禀赋，不过他不是为了直接的、人世的目的，而是为了更高的、精神的、普遍的目的而发展了这种禀赋。"① 歌德的这些话里有三点，和中国古代心理学思想是一致的：一是和外向的观察活动相比，认为内向的自我意识是更高境界，是最高境界；二是内向的自我意识是为了更高的普遍的目的，即为了"得道"、"诣极"，为了趋近终极本体，只有向内才能升华到最微妙的、最幽深的、最精髓的极致；三是认为与科学活动不同，在艺术心理中，体验占有更为突出的地位，艺术家比其他人更需要体验，好的艺术家比之别方面的专家更善于体验。但西方的体验论和中国的体验论又有重大区别，中国心理学思想强调的是"体道"、"体无"、"体极"，是体悟最高本体，其前提是虚静、定宁，是超越个体自身；西方心理学思想，尤其是现代心理学强调的是自我观照，是体察自己的内心，体察自己的潜意识，乃至体察一切违背社会规范的欲念，是追求自我和表现自我。现代西方心理学家不是如同孔子、朱熹、王守仁那样，要求主体按照伦理原则去"自讼"，而是客观地表现和暴露。儒家、理学家所倡导的内省，扼制了人们对自己内心活动真实情形的了解、把握，这也是中国文学中心理描写发展迟滞的一个原因。其次，中国古代所说的体验，往往玄虚飘渺，难以捉摸，而西方现代心理学讲体验，则讲究操作技术。当然上述区分只是相对的，不是绝对的。十九世纪俄罗斯的体验论，似乎处于两者之间，处于中间状态。

俄罗斯的几位作家是心理描写的大师，他们是体验能力极强的天才。他们不是把体验与道德反省对立、分开，而是将两者密不可分地联系在一起。车尔尼雪夫斯基在研究列夫·托尔斯泰的创作时，发现当时还是初出茅庐的青年作家，"十分注意从自己内心之中研究人类精神生活的秘密"。他敏锐地发现这位刚露头的天才有两个特点，即强烈的心理分析主义和道德情感的纯洁。两者恰好把心理过程的追踪再现和道德的自我完善结合起来。他认为，托尔斯泰揭示人的内心世界、揭示"心灵辩证法"的才能之

① 歌德：《说不尽的莎士比亚》，《古典文艺理论译丛》第三辑，杨业治译，人民文学出版社，1958 年。

获得与增强的路径，“是自我反省，是努力锲而不舍地自我观照”，他把观察和体验加以比较，确认体验具有更高的价值和品位，他说：

> 我们在仔细观察其他人们的时候，可以研究人的行动的规律、热情的变幻、事件的互相关联、环境与关系的影响；可是所有这些倚靠这种方法得到的知识，要是我们不去研究心理生活的最可贵的规律，它们既没有什么深度，也没有什么正确性，这些规律的变化只在我们自觉中向我们展示。谁要是不从本身研究人，他就永远不会对人们达到深刻的认识。
>
> 我们要是说：自我观照一般说应该使他的观察力变得十分敏锐，教会他使用洞察万有的目光来观察人们，——这是不会错的。①

车尔尼雪夫斯基这里说的心理生活的“自觉”，从“本身”研究人，是什么意思呢？不正是体验吗！在西欧，自柏格森、叔本华以来，特别是在尼采那里，日渐注重主体对自己内心的省视。尼采曾说：“有多少人知道如何观察？而在少数知道如何观察的人当中，又有多少人知道该如何观察自己？”“‘每个人和他自己之间的距离是最远的’——所有‘缰绳的尝试者’都极不安地知道这点，而神对人类所说的‘要了解你自己’可说近乎是一种嘲讽罢了。”② 尼采的这种思想代表了西方哲学的转变，代表了西方艺术与文学的转变。后来出现的意识流文学，集中于深层无意识的挖掘和铺叙，它的前提就是作者的自我分析。西方文学中现代派的先声陀思妥耶夫斯基，以对人内心的深刻的无情的彻底的暴露震慑读者，鲁迅分析他才华的根源说：“凡是人的灵魂的伟大的审问者，同时也一定是伟大的犯人。”③ 这里所谓犯人，就是自我拷问的作家；伟大的犯人，就是不留情地自我拷问的作家。

体验首先需要的是正视自己的勇气，同时也需要高度的心理技巧。在体验心理过程中，主体既是感受者，又是被感受者，主体一分为二，自己

① 车尔尼雪夫斯基：《童年与少年 战争小说集》，《车尔尼雪夫斯基论文学》下卷（一），辛未艾译，上海译文出版社，1982 年，第 267 页、第 268 页。

② 尼采：《快乐的科学》，余鸿荣译，中国和平出版社，1986 年，第 224 页。

③ 鲁迅：《〈穷人〉小引》，《鲁迅论文学与艺术》，人民文学出版社，1980 年，第 205 页。

注视自己，自己跟踪自己，要保持客观，要做到细致、真实、全面，要尽可能完整地清晰地意识到自己每一种情感、每一种思绪从萌生到定形以至消退的全过程，并且还能在意志的控制下让这一过程重复再现，这是相当困难的。

苏联著名戏剧家梅耶荷德说："在艺术中更为要紧的，不是知道，而是体会到。"他还说，演员"虽然还在和邻座在化妆室里聊家常，但他已经不是伊凡·伊凡诺维奇，而是走到了通向奥塞罗的半途。我最喜欢观察走到了通向角色的半途的优秀演员：他们还是伊凡·伊凡诺维奇，但与此同时在他们身上已经有了奥塞罗的某些影子……"① 在体验中，存在两个"我"，作为被拷问者的我和作为拷问者的我，拷问者的我向被拷问的我走去，他永远是走在半途上。如果完全重合，拷问无法进行；如果完全隔绝，拷问也无法进行。体验的关键是使两者的距离尽可能的短，以求得真切、细致、全面；又使两者始终保持一致。

哲学的体验论和艺术的体验论，抒情艺术的体验论和叙事艺术的体验论，古代的体验论和现代的体验论，东方的体验论和西方的体验论，各有自己的特色与重点，又有相通的东西，它们可以相互阐释，从而克服各自的片面性，大大丰富其理论内涵。

---

① 梅耶荷德：《梅耶荷德谈话录》，童道明译，中国戏剧出版社，1986年，第97页、第104页。

第二编　从外部向内部的转变

秦始皇不但实现了全国政治上的统一，而且也促进了各地区文化的交流和交融。汉代的皇帝与春秋战国的君主们不同，他们是稳定的大一统的政权的统治者，环境和实践使他们认识到，武力取得的天下不能只靠武力维持，除了武功还必须文治。汉代有一大批以著述为毕生事业的人，有长期从事文学艺术创作的人。汉代四百年，在经济文化发展的背景下，文学艺术有较大的发展。同时，经学家把《诗三百》作为经典，逐篇逐章逐句逐字地研究，《诗经》从此为几乎所有知识分子所熟悉和重视；司马迁、班固在自己的历史著作中对文学家、艺术家和文学艺术现象有专门的论述，对屈原、贾谊、司马相如等人的辞赋和散文作品进行了评论，而《史记》本身作为文学性很强的著述也成为人们评说的对象。经学家还可以得到政府的供养、鼓励，文学写作除开歌功颂德者之外，则不能得到酬报。那么，激励与支持作者写作的心理力量何在呢？文学艺术作品的创作动机、创作的心理动力，自然成为一个研究的课题。此外，在对《诗经》的研究中，在具体细致地研究"起兴"这种诗歌创作手法的时候，提出了诗思、诗情的发生，审美冲动和艺术构思的触发问题。可以说，两汉时期，已经开始把文学艺术作为独立的精神现象对待，虽然开始还是常常从社会政治的眼光出发，但也触及艺术的内部规律和艺术心理的内部规律。这一时期，艺术心理学思想经历了从外部即非审美的角度向内部即探索艺术自身规律的角度的转变，当然还只是初步的转变。

第四章　作者的社会态度与艺术创作的心理动力

——"发愤"说的心理学内涵

在汉代，人们谈论得最多的有两位作家和他们各自的代表作品，这就是屈原与他的《离骚》、司马迁与他的《史记》。谈论中都有不同的乃至针锋相对的意见，有颂扬与钦敬的，也有非议与不满的。这些不同意见集中到一点就是，《离骚》《史记》等优秀作品的创作的心理动力是什么，以及它们的心理动力从伦理上说是否正当，是否值得肯定，从艺术规律上说，是否有利于作者才能的发挥，有利于作品艺术质量的提高。因为争论最早是由史家引起的，所以首先主要是从社会观出发，评论作者对社会应该持什么样的态度；但两种意见的代表人物司马迁与班固又都是文学家，他们的评说不能不涉及文学创作实践，甚至在相当程度上是建立在本人创作的实际体验的基础之上，这就对当时与后世的文学创作与文学理论发生长久而巨大的影响，司马迁的“发愤著书”说被两千多年中有类似处境的文人引为同调，成为支持他们在逆境中坚持创作的精神力量。

第一节　怨愤作为创作心理动力的普遍性与正当性

汉代人把先秦早已提出的“诗言志”的命题展开，直接明确地触及了艺术创作的心理动力问题。其中，《毛诗序》的论述最为系统，影响也最为深远，它说：

> 诗者，志之所之也，在心为志，发言为诗；情动于中而形于言；言之不足，故嗟叹之；嗟叹之不足，故永歌之；永歌之不足，不知手之舞之，足之蹈之也。

人们为什么进行文学艺术创作？是因为有情感需要表露。情感达到一定的强度，就需要用与之相适应的形式表达，最自然、最适宜、最常见的形式之一，就是艺术活动。情和志，在古代常常并提，志里面就包含着情。“情动于中而形于言”，言之不足而嗟叹、而永歌、而舞蹈，这就肯定地指出诗歌创作、艺术创作的心理动力是主体的情感活动。一个人，如果心理上、情感上平静无波，他是不大容易去作诗、唱歌、跳舞的。所以，谈论和研究诗歌创作、艺术创作的心理动力问题，必然先要涉及情感问题。在人的各种情感中，哪些情感对于艺术创作更为重要呢？此前，春秋战国时期，人们早已对情感、对艺术与情感的关系，作过比较广泛而深入的研究。从先秦时期开始，人们已常将情感划分为两极。《左传·昭公二十五年》记子大叔的话说：“民有好恶、喜怒、哀乐，生于六气……哀有哭泣，乐有歌舞；喜有施舍，怒有战斗；喜生于好，怒生于恶（wù）。”《礼记·礼运》篇说：“何谓人情？喜、怒、哀、惧、爱、恶、欲，七者弗学而能……饮食男女，人之大欲存焉；死亡贫苦，人之大恶存焉。故欲、恶者，心之大端也。”在他们看来，人之情可分为两大端，一类是喜、好、乐，一类是怒、恶、哀[①]。那么，对艺术创作来讲，哪一端更加重要，哪一端从伦理上看更正当而又更适应于艺术的规律呢？在这个问题上，有两种见解。《吕氏春秋·仲夏纪·适音》从欣赏、从接受的角度谈到这个问题，那里说：

> 耳之情欲声，心不乐，五音在前弗听；目之情欲色，心弗乐，五色在前弗视；鼻之情欲芬香，心弗乐，芬香在前弗嗅；口之情欲滋味，心弗乐，五味在前弗食。欲之者，耳目鼻口也；乐之弗乐者，心也[②]。心必和平然后乐，心必乐然后耳、目、鼻、口有以欲之，故乐之务在于和心，和心在于行适。

> 乐无太，平和者是也。故治世之音安以乐，其政平也；乱世之音怨以怒，其政乖也；亡国之音悲以哀，其政险也。

《吕氏春秋》的这段话有两层意思：其一，人的听觉、视觉、嗅觉、味觉的生理本能，是愿意接受美好的音调和美好的色彩形状，接受芳香和美味；但是，这些感觉要受到情绪的影响甚至支配。心情不好，即使有了相应的刺激物，眼、耳、鼻、舌仍然不会乐于接受和难以产生快感。只有主体沉浸于喜悦、快乐的情感之中，才会从容地去玩味、涵咏优美的艺术作品，才有利于艺术活动的发生和进行。这里谈的是欣赏、接受，其道理当然也可以推之于艺术创作。也就是说，在《吕氏春秋》的作者看来，喜、乐，是艺术创作的最佳心理动力。其二，经常保持喜悦、快乐的情感，对个体是心理健康、性格健康的表现；这类情感在广大人群中普遍存在，对社会则是政治清明、社会安定的表现。《吕氏春秋》所说的音乐，属于儒

---

① 孙希旦《礼记集解》注疏：“情虽有七，而喜也、爱也，皆欲之别也，怒也、哀也、惧也，皆恶之别也。故情七，而欲、恶可以该之。故曰：欲、恶者，心之大端也。”又参见潘菽《心理学简札》关于“情二端论”的论述，该书第392—393页，人民教育出版社，1984年。

② “乐之弗乐者，心也”，意思是“悦乐还是不悦乐，关键在于主体自己的心情”，参见陈奇猷《吕氏春秋校释》第274页所引诸家之说。

家礼乐的范围，是祭祀、朝会、宴饮的音乐，是为巩固现实社会的政治秩序服务的。它在这里所阐述的观点，是儒家正统观点。儒家以乐（快乐）为艺术心理的基调，《吕氏春秋》的作者也认为只有喜悦、快乐的情感才是艺术创作的正当的动力。

司马迁却与此不同，他强调的是情感的另一端，强调的是怒、恶、哀的一端，以为那才是艺术创作常见的、正当的、有效的心理动力。《史记·屈原贾生列传》中说：

> 屈平疾王听之不聪也，谗谄之蔽明也，邪曲之害公也，方正之不容也，故忧愁幽思而作《离骚》。《离骚》者，犹离忧也。夫天者，人之始也；父母者，人之本也。人穷则反本，故劳苦倦极，未尝不呼天也；疾痛惨怛，未尝不呼父母也。屈平正道直行，竭忠尽智，以事其君；谗人间之，可谓穷矣；信而见疑，忠而被谤，能无怨乎？屈平之作《离骚》，盖自怨生也。

《离骚》这样杰出的作品，并不是由快乐的情感产生，恰恰相反，是由怨愤的情感产生的。屈原如果没有怨，或者怨得不深、不强烈，就写不出《离骚》，至少不会写得这样好。怨愤是优秀的诗歌、优秀的文学艺术作品创作的心理动力。

司马迁的观点与儒家的传统相异、相反，那么，他的意见对不对呢？

首先，这里所说，完全符合屈原的实际情形。屈原《九章》的第一首《惜诵》，开头一大段，带有很浓的创作心理自述的成分："惜诵以致愍兮，发愤以抒情。所作忠而言之兮，指苍天以为正……忠何罪以遇罚兮，亦非余心之所志。行不群以颠越兮，又众兆之所咍。纷逢尤以离谤兮，謇不可释。情沉抑而不达兮，又蔽之而莫白。心郁邑余侘傺兮，又莫察余之中情。固烦言不可结诒兮，愿陈志而无路。退静默而莫余知兮，进呼号又莫吾闻。申侘傺之烦惑兮，中闷瞀之忳忳。"在屈原的大部分作品里，到处是燃烧的愤怒，到处是喷发着的怨艾，到处有弥漫着的郁悒。因为这样，司马迁和后代无数正直文人读之不能不"垂涕"，称颂这些作品可以与日月争光。同时，司马迁这里所说，也完全符合他自己的实际情形，他在《史记·太史公自序》和《报任安书》中有详细的动人的自述。尤其是《报任安书》因为是私人通信，说得更加直接袒露：

仆虽怯耎欲苟活，亦颇识去就之分矣，何至自湛溺累绁之辱哉！且夫臧获（奴婢）婢妾犹能引决，况若仆之不得已乎！所以隐忍苟活，函粪土之中而不辞者，恨私心有所不尽，鄙没世而文采不表于后也。

司马迁写作的动力，是一种超乎寻常的极大悲愤。不只屈原、司马迁几个人如此，这也符合此前此后无数优秀作家的实际情形，是规律性的现象。我们若把司马迁的作品与同时代那些逢迎宫廷娱乐需求、谄媚君王的作品比较，就更发人深思。《汉书·枚乘传》说："（枚）皋不通经术，诙笑类俳倡，为赋颂好嫚戏，以故得媟黩贵幸。"《王褒传》说，王褒等人随侍武帝畋猎，为宫馆作"歌颂"，"议者多以为淫靡不急"；武帝反驳道，"譬如女工有绮縠，音乐有郑卫，今世俗犹皆以此虞说（愉悦）耳目"。不同性质心理动力下产生的文学作品，价值高低悬殊。那些愉悦君王耳目的作品，与倾诉作家悲愤的作品，犹如天上地下，无法相提并论。后人与司马迁类似的论述很多，《文心雕龙·才略》说："敬通（冯衍）雅好词说，而坎壈盛世，显志自序，亦蚌病成珠矣。"蚌不病不成珠，诗人不愤怨不成好诗。白居易《序洛诗序》（《全唐文》卷六百七十五）说：

予历览古今歌诗，自风骚之后，苏李以还，次及鲍谢徒，迄于李杜辈，其间词人闻知者累百，诗章流传者钜万，观其所自，多因谗冤谴逐，征戍行旅，冻馁病老，存殁别离，情发于中，文形于外。故愤忧怨伤之作，通计今古，什八九焉。世所谓文士多数奇，诗人尤命薄，于斯见矣。

这一段说的是文学史的一般规律，下文说他晚年洛中诗，"苦词无一字，忧叹无一声"。现在来看，同为白居易所作的晚年闲适诗是难以与早期优秀诗作并列的。

其次，司马迁的观点与同时的儒家不一样，但在先秦儒家那里也不是毫无依据。他说《离骚》"盖自怨生"，与孔子说的"诗可以怨"，就有着一些继承关系，当然，更有着很大的不同。孔子的"诗可以怨"是他的整个政治文化理论的一个部分，是从社会现存秩序的稳定出发，为统治者长远的整体利益，让消极情绪有合理的渠道发散出来，不至于集聚得过于强烈过于深厚而威胁政治的安定，是建议统治者遵循社会心理学规律以保持社会心理平衡。《毛诗序》要求艺术家怨而不怒，更把孔子的思想引向驯服下民的方向。司马迁则是从创作主体的遭遇出发，论证其怨愤的必然性、正当性、正义性，论证以艺术方式抒发怨愤的合理性，及其对提高作品价值的有效性、优越性。《文心雕龙·杂文》调和两者："原夫兹文之设，乃发愤以表志，身挫凭乎道胜，时屯寄于情泰，莫不渊岳其心，麟凤其采，此立体之大要也。"既是对社会不平的呼喊，也是减轻自身心理压力的渠道。对于"渊岳其心，麟凤其采"，我们不妨给以现代心理学的发挥，就是说，文学创作过程中，主体把社会性的强烈愤慨，熔化凝结到相对宁静的审美情绪之中。高尔基说，"我对于我为什么写作这个问题做这样的回答：由于'令人苦恼的贫困生活'"①，也兼有两个方面的意思。

再次，司马迁的意见能较好地解释艺术心理与伦理心理的关系。在司马迁这里，怨愤，首先是伦理心理，其次才是艺术心理。作为伦理心理，屈原的怨是否正当，是否具有正义性、合理性呢？扬雄和班固对此是持批评态度的。他们认为，君子应该"既明且哲，以保其身"，"潜龙不见而无闷"。以这样的标准来看，班固说："今若屈原，露才扬己，竞乎危国群小之间，以离谗贼。然责数怀王，怨恶椒兰，愁神苦思，强非其人，忿怼不容，沉江而死，亦贬絜狂狷景行之士。""贬絜"是指损害了自身的高洁，而班固以为这是由屈原自己招致。但他接着说："然其文弘博丽雅，为辞赋宗，后世莫不斟酌其英华，则象其从容……虽非明智之器，可谓妙才者也。"从立身处世上，班固对屈原的创作心理是不赞成的；从艺术成就上，又是充分肯定的。这里，把伦理价值判断与艺术价值判断暂时搁置不谈，仅从两者之间的关系，伦理心理与艺术心理的关系加以讨论，班固所论也是不正确的。倘若屈原果真如班固之所愿，"明哲保身"，"无闷"，他会去写《离骚》吗？他能写出《离骚》吗！倘若屈原的愁神苦思、忿怼不容不是一种正义的情感，《离骚》能有这样强的感染力、会有这样高的艺术性吗！屈原的"妙才"与他的"忿怼"是不可分的。司马迁首先肯定的是屈原的"正道直行"，屈原的愤，是正道直行基础上的愤。司马迁将情感的伦理正义性、心理真诚性与艺术的完美性联系起来、统一起来，而不是分割开来。司马迁的说法能为古今中外大量文学家艺术家的实践所证实。

普列汉诺夫曾经多次反复地引用英国艺术评论家罗斯金的话，在《艺

---

① 高尔基：《谈谈我怎样学习写作》，《论文学》，人民文学出版社，1958年，第166页。

术与社会生活》第二部分，可以看到这样的文字——

> 罗斯金说得非常好：一个少女可以歌唱她所失去的爱情，但是一个守财奴却不能歌唱他所失去的钱财。他还公正地指出：艺术作品的价值决定于它所表现的情绪的高度。他说，“问问你自己，任何一种能把你深深控制住的感情，是否都能够为诗人所歌唱，是否都能够真正从积极意义上使他激动？如果能够，那么这种感情是崇高的。如果它不能够为诗人所歌唱，或者它只能使人觉得滑稽可笑，那就是卑下的感情”。不可能再有别的情况。艺术是人与人之间的精神交往的一种手段。一部艺术作品所表现的感情愈是崇高，它在其他同等条件之下就愈加容易显出它作为上述手段的作用。①

司马迁对屈原的称赞，首先正是称赞他的创作情感的崇高性，不但“群小”的卑劣情感不能与之相比，为一己之安而退居静默的“君子”，也相形见绌。司马迁说：“屈原既死之后，楚有宋玉、唐勒、景差之徒者，皆好辞而以赋见称。然皆祖屈原之从容辞令，终莫敢直谏。”那几个人成就远逊于屈原，症结在他们的明哲保身，缺乏强烈的怨愤之情，缺乏倾诉怨愤之情的勇气，主要并不是才能、技巧的问题。

单就怨愤来说，也存在情绪的高度与深度的差别。司马迁在《史记》里提到过的因怨作诗，并不只屈原一人。《史记·宋微子世家》里就说到纣王昏庸，箕子被发佯狂而为奴，鼓琴以自悲，其曲后称为《箕子操》；微子进谏而不听，殷亡后，微子过殷墟，心情悲伤，“欲哭则不可，欲泣为其近妇人，乃作《麦秀》之诗，以歌咏之”。微子从主体心理平衡的需要出发，以为作诗是排解悲伤的最适合方式。这种情况极为普遍、极为常见。晋人向秀在《思旧赋》里写过：“叹《黍离》之愍周兮，悲《麦秀》于殷墟。”他之作赋，与箕子、微子心情一样。鲁迅的《为了忘却的记念》举出《思旧赋》以自比，他说，写这篇怀念青年作家的文章，“并非为了别的，只因为两年以来，悲愤总时时来袭击我的心，至今没有停止，我很想借此算是竦身一摇，将悲哀摆脱，给自己轻松一下”。古乐府《悲歌行》说，当“心思不能言，肠中车轮转”的时候，“悲歌可以当泣”。此语为从

---

① 普列汉诺夫：《普列汉诺夫美学论文集》，曹保华译，人民出版社，1983 年，第 837 页；罗斯金语出于其《1870 年在牛津大学所作的艺术讲演》。

黄庭坚到鲁迅等许许多多文学家所引用。长歌当哭，与本书第一章讨论的“诗可以怨”的心理学涵义接近，是主张疏导而反对压抑。《春秋繁露·天地之行》说：“喜怒哀乐之至其时而欲发也，若春秋冬夏之至其时而欲出也，皆天气之然也，其宜直行而无郁滞，一也。”这是就人的普遍本性，生理、心理规律的共性而言的。司马迁则增加了较重的对情感的伦理价值判断、对情感高度的判断的内容。《箕子操》《麦秀》诗也都是“盖自怨生”，都是感人的作品，然而，它们所表现的情绪的高度比不上《离骚》，比不上《为了忘却的记念》，与此相关，艺术价值也相对要弱一些。

第二节 诗穷而后工

司马迁说《离骚》“盖自怨生”，一方面就创作主体说是指出创作的心理动力，一方面就文本说也即指出了作品的情感内容。有如《淮南子·修务训》所说：“秦、楚、燕、魏之歌也，异转而皆乐；九夷八狄之哭也，殊声而皆悲。……愤于中则应于外，故在所以感。”司马迁对创作心理动力的思考没有停止于此，没有停止在“愤于中”（充实于内心）而发于外这一点。有了以审美方式倾诉怨愤情感的冲动，还远远不等同于作品的完成，中间有往往是十分艰苦的过程。艺术创作不仅需要情感来启动，更加需要意志来坚持，而情感和意志又是紧密相关相连。人的心理，本来就是知、情、意的统一体。司马迁的“发愤著书”，是从知、情、意统一的意义上立论。他的“发愤”之“愤”，不仅仅是愤怒的情感（情），而且包括对历史规律的认识（知），更重要的是坚持人生信念和坚韧地从事于名山事业的意志（意）。《史记·太史公自序》说：“昔西伯拘羑里，演《周易》；孔子厄陈蔡，作《春秋》；屈原放逐，著《离骚》；左丘失明，厥有《国语》；孙子膑脚，而论兵法；不韦迁蜀，世传《吕览》；韩非囚秦，《说难》《孤愤》；《诗》三百篇，大抵贤圣发愤之所为作也。此人皆意有所郁结，故述往事，思来者。”司马迁这里说的发愤，不限于发抒怨愤，更主要的，是指为一个明确的目标奋斗的坚强意志、坚定决心，这种意志与决心一方面来源于“三不朽”（太上立德，其次立功，其次立言）的传统观念，另方面常常是在逆境中磨炼、淬砺出来的。人要有大的作为，作家艺术家要有大的创造，很需要逆境的磨练——这就是所谓“诗穷而后工”。

孔子曾自称“发愤忘食”，《史记·孔子世家》也记下了孔子的这一自述。那显然不是讲情感，而是讲治学的意志。司马迁《太史公自序》所举“发愤”的事例，作者的情感与作品的内容并不是都有对应关系。孙膑的《兵法》的内容并不能表现他的膑脚之恨。春秋时代有以瞽矇（盲史官）记诵传说与史事的作法，左丘明即属此类，《国语》或《左传》的内容同作者失明的痛苦找不到什么联系。所以，还需要再从别的方面来理解司马迁的这段论述。

意志（volition，will，decision），这样一种心理现象，人的这种心理品质，在不同时期的心理学中的地位颇不一样，在古代西方心理学思想和古代东方心理学思想中的地位颇不一样。康德在《纯粹理性批判》中，把心理活动划分为认识、感情和意志。他认为善良意志是绝对的善，即使由于时运不佳，善良意志未能达到目标，它依然包含全部价值，“像一颗宝珠独自闪闪发光”（《道德形而上学的基础》）。但康德的善良意志是先天的，与中国古代所说的发愤之愤不是一回事。西方有过叔本华等唯意志论者，他们把意志看作使人适应环境、并且在人不适应环境时强迫适应的机能。而在现代，“意志作为心理学中的一个基本概念似乎正在失势”①。许多西方心理学家既然一心关注人的本能，关注被压抑的深层心理，关注意识流，把人的心理、人的思维看成自由流动的、自我推进的，自然不再关心、不再承认意志的重要。然而，有的严肃的、严谨的心理学家因为不能无视现实、不能完全否认意志的作用，而陷入矛盾之中，威廉·詹姆斯就是如此②。他的《心理学原理》对意志用了很大的篇幅加以讨论，其中讲到人作决定的五种情况，第四种是：

> 假如因为一种外部经验或不可解释的内部郁结，我们忽然由疏放的、不在意的心境变到庄重的奋力的心境，或是也许相反，那就是这种决定来到了。在这时候，我们动机与冲动之价值尺度的全部都起变化，好象游览者的升降会使风景变化一样。最能使人肃然庄重起来的动力，是悲哀与恐怖的对象。在有一个这种对象感动我们之时，一切轻佻的、放荡的观念都失掉它们的推动力，一切严肃的观念的推动力

① 墨菲、柯瓦奇：《近代心理学历史导引》，林方、王景和译，商务印书馆，1982年，第224页、第611页。

② 墨菲、柯瓦奇：《近代心理学历史导引》，林方、王景和译，商务印书馆，1982年，第271—272页。

就加强了好多倍。结果，我们立刻抛弃我们在先虚花时间的那些比较微末的计划，而实际采取更严厉更恳切的，前此不能得到我们同意的行动。一切那些所谓“心肠的变化”，“天良的激发”等等，使好多人变成新人的，都可以归入这一类。在这种场合，人格突然升到另一“水平”上，审虑作用立刻停止。①

詹姆斯这里所说，有点接近中国古人之所谓发愤了。中国古人一向重视悲哀、恐怖之类对象对于人的意志的激发力量，孟子说：“天将降大任于斯人也，必先苦其心志，……所以动心忍性……然后知生于忧患而死于安乐也。”《春秋繁露·竹林》篇说：“福之本生于忧，而祸起于喜也。”安乐使人意志松懈，忧患使人意志坚强，这成为中国古代文人的共识，也是人类的同性。前南斯拉夫作家伊沃·安德里奇说：“经常有这样的情况，当我在生活、在享受生活的乐趣的时候，我的创造力却沉睡着；而当我痛苦得无法生活的时候，我的创造力却苏醒了。”鲁迅引用裴多菲给一位作家夫人写的诗句说：“听说你使你的丈夫很幸福，我希望不至于此，因为他是苦恼的夜莺，而今沉没在幸福里了。苛待他吧，使他因此常常唱出甜美的歌来。”② 意志与意识流、与偶然触动的情绪相反，乃是以高度的自觉的目的性为特征；意志又常常与对民族、对国家、对事业、对工作的高度责任感紧密联系。发愤著书是中国人艺术心理的主导特征之一，中国文人因此而显得特别富于使命感，特别重视作品的道德属性，特别重视作品的政治价值和历史价值；形式感、技巧性、娱乐性往往只处于从属地位。

意志既需要情感的支持，又表现为主体对情感的足够控制力。不同的情感、情绪对于人的行为、思维所产生的作用很不一样。《内经·素问·举痛论》说：“怒则气上，喜则气缓。”现代心理学的实验资料也显示，主体的若干生理指标，如心血管变化、皮肤温度、呼吸、汗腺、内分泌等等，与情绪密切相关。一般说来，快乐使人轻松，愤怒使人紧张。一个愤怒的人会产生平时所没有的超常的力气；而人在大笑时力气却远远小于平常。《淮南子·本经训》说：“人之性，心有忧丧则悲，悲则哀，哀斯愤，愤斯怒，怒斯动，动则手足不静。人之性，有侵犯则怒，怒则血充，血充则气激，气激则发怒，发怒则有所释憾矣。”一个处身逆境的人，遭遇不

① 威廉·詹姆斯：《心理学原理》，唐钺译，商务印书馆，1963年，第351—352页。
② 鲁迅：《诗歌之敌》，《鲁迅全集》第七卷，人民文学出版社，1981年，第239页。

公正对待的人，可能产生更强大的心理力量，向环境宣战，向命运抗争。文学艺术创作，是艰苦的精神劳动；要想取得超越前人的成就，必须付出辛勤的努力，没有坚强的意志，就会半途而废。从这一层意义上说，发愤著书则是普遍适用的规律了。与发愤著书相关的命题是诗穷而后工，“穷”，在这里有多样的内涵：首先是指创作主体，处于不得志的困境；也可以推广为作品产生的社会环境，是国家民族的多事之秋；还可以是指作品的内容，是激昂慷慨的呼号或沉郁顿挫的感叹，即所谓“国家不幸诗家幸，赋到沧桑句便工”（赵翼：《题遗山诗》）。最后这点，不属创作主体的心理动力，而是作品的心理效果了。这正是下节要讨论的内容。

第三节　悲音为美

儒家除了认定快乐的情感有利于艺术活动的发生，有利于艺术活动的高质量展开、顺畅地进行之外，还对情之两端，也就是对艺术活动中的乐与怒作了伦理价值的判断。他们说，治世之音安以乐，乱世之音怨以怒。可见，他们是偏向乐的情感这一面，对乐作正面评价而对怨作负面评价的。《礼记·乐记》说，“乐者，乐也”——音乐就是快乐。“夫乐者，先王之所以饰喜也；军旅铁钺者，先王之所以饰怒也。”音乐的功用就是表现快乐。司马迁主张发愤著书，主张文学艺术作品抒发怨愤之情，他首先是从伦理出发的，但同时，这样的作品是否也能给接受者以审美快感呢？从审美心理规律来研究，从人的自然天性来研究，表现乐的情感的作品与表现悲的情感的作品，其审美品格有没有高低深浅之别呢？

大约从汉代开始，许多记载表明，不少人乐于从表现悲哀情感的艺术作品中寻求快感。例如，扬雄的《琴清英》记述几个故事，其中之一说：“晋王谓孙息曰，子鼓琴能令寡人悲乎？息曰，今处高台邃宇，连屋重户，藿肉浆酒，倡乐在前，难可使悲者。”刘向《说苑·善说》记述：“雍门子周以琴见乎孟尝君，孟尝君曰，先生鼓琴，亦能令文悲乎？”在这两个十分相似的故事里，主人公都向艺术家要求，用音乐引起悲哀的情感，期望从饱含悲哀情感的艺术作品中去寻求特殊的审美快感，而不是从内容幽默、诙谐或欢乐的作品中去寻求一般的快感。汉代的一些人，例如王充，更将“悲音”作为“美妙音乐”的同义的、等值的词语使用。《论衡·自纪》篇说：“师旷调音，曲无不悲；狄牙和膳，肴无淡味。”“美色不同面，皆佳于目；悲音不共声，皆快于耳。”《超奇》篇说：“饰面者皆欲为好，而运目者希；文音者皆欲为悲，而惊耳者寡。”《书虚》篇说：“唐虞时，夔为大夫，性知音乐，调声悲善。”《感虚》篇说：“《尚书》曰，‘击石拊石，百兽率舞’，此虽奇怪。然尚可信。何则？鸟兽好悲声，耳与人耳同也。”黄晖《论衡校释》在此句下引《龙城札记》说：“魏晋以前，皆尚悲音，盖丝声本哀也。”①

悲音为美，是汉代以后一个流传颇广的说法。它涉及艺术心理学的多项问题。第一，声音——自然界的声音和音乐作品——与人的情感的关系，声音本身到底有没有哀乐之分？第二，为什么人们在欣赏音乐作品时，会产生悲哀或快乐的不同情感，仅仅是由于接受主体原来的心理状况，与作品无关吗？第三，引起悲哀情感的作品与引起快乐情感的作品有无高下深浅之分，为什么“悲音为美”的说法得到许多人的认可，而不是说“喜乐之音为美”？

孔子以来许多人主张声有哀乐。《荀子·乐论》说：“夫乐（yuè）者乐（lè）也，人情之所必不免也。故人不能无乐，乐则必发于声音、形于动静，……性术之变尽是矣。故人不能不乐，乐则不能无形，形而不为道，则不能无乱。先王恶其乱也，故制雅颂之声以道之，使其声足以乐而不流，使其文足以辨而不諰（xǐ，恐惧），使其曲直、繁省、廉肉、节奏，足以感动人之善心，使夫邪污之气无由得接焉。”《吕氏春秋·仲夏纪·适音》说，“乐（lè）有适，心亦有适”，“音亦有适”，都要平和：“太巨则志荡，以荡听巨，则耳不容，不容则横塞，横塞则振；太小则志嫌，以嫌听小，则耳不充，不充则不詹，不詹则窕；太清则志危，以危听清，则耳溪极，溪极则不鉴，不鉴则竭；太浊则志下，以下听浊，则耳不收，不收则不抟，不抟则怒。”这里把音乐—情感（哀乐）—社会风气（治乱）—天象连成一个完整的链条，想要用音乐的平和助成社会的安定。《韩非子·十过》记述，平王命师旷奏清角：“一奏之，有玄云从西北起；再奏之，大风至，大雨随之，裂帷幕，破俎豆，隳廊瓦，坐者散走。”平王恐惧，晋国大旱三年，平王癃病。这也是出于相同的理念。

音乐与情感的关系、艺术与情感的关系，自来有种种说法。文学是语言艺术，语言可以直接描叙作者的情感和思想；绘画可以再现社会生活场面，也便于表现思想、情感。音乐依赖声波振动的组织结构，它能不能表现思想、情感呢？先秦时，早认为音乐与情感密切相关。孔子和孔子以前

---

① 黄晖：《论衡校释》，中华书局，1990年，第245页。

的论者谈到艺术，主要都是以音乐为对象；他们谈论音乐，重点都是它与人们的情感的关系，是它对人们的情感的作用。《礼记·乐记》将以前的音乐思想系统化，关于音乐与情感的关系，它说："乐者，音之所由生也，其本在人心之感于物也。是故，其哀心感者，其声噍以杀；其乐心感者，其声啴以缓；其喜心感者，其声发以散；其怒心感者，其声粗以厉；其敬心感者，其声直以廉；其爱心感者，其声和以柔。六者，非性也，感于物而后动。"这里说，情感不是天生的，主体受到外界的刺激，产生喜怒哀乐的不同情感；这些情感在音乐作品中便表现为不同的曲调，表现为声音的缓急、粗细、高低、刚柔、曲直……的不同。反过来，音乐作品对于欣赏者又成为刺激物，引起他们相应的情感。"夫民有血气心知之性，而无哀乐喜怒之常；应感起物而动，然后心术形焉。是故，志微[①]、噍杀之音作，而民思忧；啴谐、慢易、繁文、简节之音作，而民康乐；粗厉、猛起、奋末、广贲之音作，而民刚毅；廉直、劲正、庄诚之音作，而民肃敬；宽裕、肉好、顺成、和动之音作，而民慈爱；流辟、邪散、狄成、涤滥之音作，而民淫乱。"于是，从创作到欣赏形成一个长链，即是：外物—创作者的情感—曲调—欣赏者的情感。在这个链上，曲调是中心，它连接作者的情感与欣赏者的情感；它是受情感激发而产生，又激发他人产生相应的情感。

声音，有组织的乐音即曲调，作为一种物理刺激，如何造成人的生理和心理反应，这个问题的深入研究，有赖于声学、生理学、心理学等学科的进展。音响心理学的概念，是在1883年才第一次由德国音乐学家和音响学家施通普夫提出。直到现在，各个不同学科的专家，心理学的不同学派的学者，关于声音、曲调与情感的关系，各自解释不一。对于音乐激发情感的生理的和心理的机制，中国古代学者不可能具体揭示。但是，乐曲的形式因素，尤其是它的节奏，它的速度（音乐进行的快慢程度）和力度（音量的强弱程度），对接受者情感的哀乐的不同影响，则是任何人都能够体验到的。《乐记》所说的"志微"之音使听者心忧，"粗厉"之音使听者刚毅，不难被人们所认可。悼歌、哀乐缓慢，听来沉重；凯旋曲是由弱渐强，听来欢快。这属于生理心理学范围，与情感、情绪的社会内容可以分开来考察。威廉·詹姆斯等机能主义心理学家认为，情绪是对机体变化的

---

① 孙希旦《礼记集解》："志微，《汉书·礼乐志》作纤微，是也。纤微，谓乐音纤细而微眇也。"

知觉；人害怕，是因为他发抖，而不是发抖由于害怕。这种说法受到质疑，但多数心理学家承认，人们口里干渴，胃里痉挛，躯体颤抖，的确会增强恐惧感。音乐的节奏影响人的生理的节奏，影响人的脉搏、血压、体温、脑电波、内分泌，由此进而影响人的情感。经历漫长的年代，人类对音乐的各种形式因素表达情感的功能积累了丰厚的经验，发展出极为丰富的手法技巧来发挥表情的功能，对这些手法技巧掌握得越来越细致、充分。在文化的发展、艺术的发展中，音乐形式因素的组织结构、形态样式与相应人群的情感和意识，进一步发生对应关系。因此，音乐作品能够表达情感，能够激发情感；并不是，至少不完全是因为接受者把自己的情感、情绪投射到乐曲中去，而是客观上确有悲哀之音，有欢乐之音，这已经无须争论。（晋代嵇康提出“声无哀乐”，我们将在后面另行讨论。）

但是，要证明悲哀的音乐比欢乐的音乐更富于美感，在生理学、心理学、美学上都是困难的。朱光潜早年所写的《悲剧心理学》对于悲剧快感作过专门的探讨。因为是在欧洲攻读博士学位时所写，引证的都是西方的材料。其中不少观念，与中国历史的实际，有较大差距。悲音为美的说法，并不限于中国①，而中西对悲音为美的解释则与各自文化背景相依存。朱光潜《悲剧心理学》第三章评述“悲剧快感源于恶意”，这种观点在中国很难见到。悲音，表现悲剧性内容的艺术作品，会引起接受者忧伤、哀惋、沉痛、震惊，其所以如此，在中国古人看来，根源在于人的同情、恻隐之心。人们读《离骚》未尝不垂涕，是因为看到屈原这样才华出众、忠诚正直的人，被冤屈、被流放，终于屈死，善良美好的被邪恶丑陋的所击败、所毁灭。在欣赏吟诵中油然生起崇敬之心，情感上得到提升，产生了崇高感。在对不幸者的同情中，接受主体的正义感得到满足，也对自身的道德产生良好的感觉、良好的评价。韩愈《荆潭唱和诗序》说：“夫和平之音淡薄，而愁思之声要妙；欢愉之辞难工，而穷苦之言易好也。是故文章之作，恒发于羁旅草野；至若王公贵人，气满志得，非性能而好之，则不暇以为。”气满志得的王公贵人，就是“好”、“为”，也写不出好诗。因

---

① 西方也有类似的说法，如法国诗人波德莱尔的《随笔·美的定义》说：“我并不主张‘欢悦’不能与美结合，但我的确认为‘欢悦’是美的装饰品中最庸俗的一种，而‘忧郁’却似乎是‘美’的灿烂出色的伴侣；我几乎不能想象……任何一种美会没有‘不幸’在其中。”见伍蠡甫编《西方文论选》下册，人民文学出版社，1964 年，第 225 页。

为得意炫耀的心理引不起共鸣。欧阳修《梅圣俞诗集序》说："若使其幸得用于朝廷，作为雅颂，以歌咏大宋之功德，荐之清庙，而追商、周、鲁颂之作者，岂不伟欤!"这或许是欧阳修的反讽吧？为赵宋王朝歌功颂德，肯定只能成为庸劣之作。序文开头才是欧阳修真实的思想："凡士之蕴其所有，而不得施于世者，多喜自放于山颠水涯，外见虫鱼草木风云鸟兽之状类，往往探其奇怪，内有忧思感愤之郁积，其兴于怨刺，以道羁臣寡妇之所叹，而写人情之难言，盖愈穷则愈工。——然则非诗之能穷人，殆穷者而后工也。"抒发忧愁愤懑的诗，更具有高度审美境界。

在中国历来文人那里，悲音为美更普遍更深层的原因，是在怀古感旧中的自伤与自慰。悲音，有家国之悲，如《诗经》中的《黍离》之类；有怀才不遇之感，忠而见疑之恨，如《离骚》；有相爱而遭阻隔，生离死别之苦，如《长恨歌》。这些悲恨，远古就已发生，后世一直存在。后人读前人的作品，产生强烈的共鸣，产生一吐为快的舒畅感，产生发现同调知音的欣喜感。杜甫《咏怀古迹》之二说："摇落深知宋玉悲，风流儒雅亦吾师。怅望千秋一洒泪，萧条异代不同时。"注者评点道："前半怀宋玉，所以悼屈原；悼屈原者，所以自悼也。"[①] 杜牧的《读韩杜集》绝句说："杜诗韩集愁来读，似倩麻姑痒处抓。"白居易的《琵琶行》写他听到的琵琶曲，"转轴拨弦三两声，未成曲调先有情。弦弦掩抑声声思，似诉平生不得志"；这琵琶曲当然是一首悲歌，白居易听了欣悦又哀伤，"今夜闻君琵琶语，如听仙乐耳暂明……座中泣下谁最多，江州司马青衫湿"。这些，用一句话概括，叫做借他人之酒杯，浇自己之块垒。金圣叹评点《西厢记》之"序一"题为"痛哭古人"，文末说，"夫我之痛哭古人，则非痛哭古人，此又一我之消遣法也"。这正说明，悲音为美，是古代文人在文学艺术欣赏中发散积郁而得出的审美感受。

第五章 作家的自然观与艺术创作的心理动力

——兴论的心理学内涵

本书第一编第一章已经谈到过"兴"，那是"兴、观、群、怨"之兴，是讲文学艺术的社会功能，是讲文学艺术作品对接受者心理的作用。那个

---

① （清）仇兆鳌注：《杜诗详注》卷十七，中华书局，1979年。

“兴”读平声。汉代研究《诗经》的学者讲“兴”，则是讲“赋、比、兴”之兴，是讲诗歌创作手法。这个“兴”读去声。本章要讨论的就是后面这个意义上的兴。赋，是铺陈其事；比，是比方于物，它们是属于写作的方法，两者的意思都比较清楚，比较容易理解。在《诗经》中，哪些地方是赋，哪些地方是比，读者、研究者也比较容易弄清楚。唯有兴，历来解说不够明晰；对于《诗经》中哪些地方是兴，学者之间也每每发生争论，难于得到一致的结论。其中原因之一在于，兴和比、赋不一样，兴论，远远超出写作手法的范围，含有精彩的并具有普遍意义的艺术心理学思想内容。兴的最基本的特点，是在涉及诗歌的抒情内容或叙事内容之前“先言他物”，这个“他物”主要乃是自然物，是花草树木、虫鱼鸟兽等等。因此，为什么用兴，怎样用兴，都与诗人接触物象时的心理、与诗人的自然观密切相关。兴的手法的发展变化，在很大程度上，也与人们的自然观的发展变化有关。

第一节　民歌中的兴及其心理机制

根据现有材料所知，“赋、比、兴”概念的出现，最早是在《周礼·春官》中，那里说：“（大师）教六诗，曰风，曰赋，曰比，曰兴，曰雅，曰颂”，此即所谓“六义”。唐代孔颖达说：“风、雅、颂者，诗篇之异体；赋、比、兴者，诗文之异辞耳。”（《毛诗正义》卷一）古今学者大都认为，前三者说的是诗的体裁，后三者说的是诗的写作手法和修辞技巧。关于后三者，东汉郑玄注释《周礼·春官》时说：“赋之言铺，直铺陈今之政教善恶；比，见今之失，不敢斥言，取比类以言之；兴，见今之美，嫌于媚谀，取善事以劝之……比者，比方于物也；兴者，托事于物。”这个解说显示了东汉学者把文学纳入教化体系的陋习，但用“直铺陈”、“取比类以言”或“比方于物”、“托事于物”分别说明赋、比、兴，虽远非严密，却还是言之成理、言之有据的。此后有关赋、比、兴的解说纷起，对于兴，尤多歧见，在不同时代，在不同学者那里，差异很大。这些解说成为中国诗歌理论史的组成部分，它们涉及广泛的文学理论问题、诗歌理论问题，本章只讨论兴论与艺术心理学思想有关的方面。

钱锺书《管锥编》用专门篇幅讨论兴，指出，“兴之义最难定”，又引宋人之语说：“大抵说《诗》者皆经生，作诗者乃词人，彼初未尝作诗，故多不能得作诗者之意也。”其实，问题不只是在于论诗者之中有些人缺乏创作经验，就是当时具有文学创作经验的人，论兴也不能恰切允当；更根本的原因是论诗者由于当时理论视野的制约，缺乏原始文化与进入文明时代以后的文化两者性质区别的发展观念，而以一种亘古不变的文学观和自然观看待一切诗歌作品，看待一切诗歌创作手法和各种诗歌创作心理。他们不了解文学观和自然观都是发展变化的，以为原始时代的人们，民间歌谣的作者的文学观、自然观与后世、与自己完全一样。用他们自己的单一观念，解释有着巨大差别的古今不同的实际，当然就产生许多抵牾。在不同的文化发展阶段和文学发展阶段，兴具有不同的性质与特色，原始诗歌中的兴是后世诗歌中兴的渊源所自，但兴又随着文化的演变、文学的演变而发生了巨大的变化。《诗经》中的作品，并不是原始诗歌，却保存了原始诗歌、原始文化的遗痕，保存了原始思维和原始艺术心理的遗痕。研究兴，特别是研究早期的兴，离不开《诗经》（和西周及西周以前的佚诗残简）提供的材料。我们今天研究汉人关于《诗经》中的兴的论述，既涉及兴的起源，也涉及兴的演变。从发生学、发展论的角度看，兴是诗歌史上的“化石”，它是从原始人的综合性的、混融多种成分与性质（如生产劳动、宗教巫术、仪式、娱乐等等）的活动向逐步分离出来的、自觉的艺术活动过渡，从诗、乐、舞一体的、混合的整体的原始艺术向分门别类、各自独立的文学艺术形态过渡中形成并留存下来的。原始人的艺术活动，与后代民间的（主要是农业社会的）艺术活动，还有若干相通相近之处；与文人的专门化的艺术活动相比，即使只是就创作心理这一点而言，差异也是极大的。原始歌谣和后代民歌的创作方式、传播方式是，以吟诵咏歌诉之于听者之耳，闻其声而感其情、会其意；文人诗歌的创作方式和传播方式是，以文字诉之于览者之目，睹其字而思其义，再体会其思想感情。越到后来，诗歌中音节和韵律的表情达意作用在写作、传播中，在接受时，越容易被忽略。两千年中对兴的研究，常常忽视了两者的这种差别，忽视了以文字为中心的创作与接受，同以口头咏唱为中心的创作与接受的差别。还有，在现代人眼中，鱼就是鱼，鸟就是鸟，树就是树；对于原始人，却并非如此简单。汉代儒生可以想象关雎“雌雄情意至，然而有别”；原始时代的人，上古时代的人，乃至后代的村姑农夫，却不会有这样的联想。许多人总要用后世的心理去设想远古歌谣创作心理及接受心理，用文人的心理去设想山野百姓的心理，其结论当然就不符合艺术史的实际，也不可能对兴作出科学的解释了①。

在文人的诗歌作品中，尤其是在成熟诗人的典范作品中，兴是较为罕见的。毛泽东曾明确提出："诗要用形象思维，不能如散文那样直说，所以比兴两法是不能不用的。"② 他把"兴"作为与"比"并列的"两法"之一，又肯定它们都是诗歌必用的手法；这话很有见地，是他在对中国古代诗论的继承、总结中提出的。但是，遍查毛泽东本人的几十首诗词，典型的兴一例也难找到。为什么一方面说兴"不能不用"，另一方面自己偏偏又从不运用呢？如果考虑到古今之别，考虑到有高度修养与深厚文化承载的文人与民间歌手的区别，这也就并不奇怪了。不仅毛泽东是这样，古代很多文人早就是这样了。

从《毛诗》开始，谈兴，往往落实到作品的一节、一句；《毛诗》阐释作品，总是明确指出，哪是赋、哪是比、哪是兴，它标明《诗经》中是兴的地方有116处。兴，一般是在诗的开头：或是一首诗的开头，或是一章诗的开头。为什么兴总是在诗篇的开头呢？这可是大有讲究、值得深究细考的，这关系到兴的根本性质。思考这个问题，应该注意到，不但兴的手法的运用是在一首诗歌作品的开头，而且，兴更多地是见之于诗歌历史的源头，见之于远古诗歌；在后代，则较多地保存于民歌中。我以为，这个现象启示我们，兴，和民族的传统文化心理，和民族的传统的自然观，和远古以来民族对某些自然物形成的集体无意识有关。

兴的作用是起，引起，起动，因此，又每每被称为起兴。《文心雕龙·比兴》说："兴者，起也……起情者，依微以拟议。起情，故兴体以立。"刘勰认为，兴就是起，兴的作用是起情，起动情感。起动什么情感？当然应该是诗的情感，是作诗的情致，是文学创作的审美情绪。比，是主体先已经有了情感，再来表现它，传达它，是主体在创作过程中间对艺术手法的运用；兴，则是起动艺术情感，是主体从非诗的心理走入诗的心

---

① 参见约翰·迈尔斯·弗里《口头诗学：帕里－洛德理论》："我们在研究口头史诗的时候，就应当时刻牢记，口头诗歌是与文人诗歌有着极大差异的作品形式，不可以简单套用研究文人书面作品的方法来研究这些口头创作、口头传播的作品。忽视了它的特殊性，所得出的结论就难免是隔靴搔痒，似是而非。"见该书第19页，社会科学文献出版社，2000年。

② 毛泽东：《给陈毅同志谈诗的一封信》，《毛泽东诗词选》，人民文学出版社，1986年，第167页。

理、从非审美的心理走入审美心理、从非艺术心理走入艺术心理的第一步。用什么来起动，怎样起动？这就正是需要着重研究的问题的关键所在了。孔颖达说："兴，起也，起发己心，诗文诸草木鸟兽以见意者，皆兴辞也。"他看出，诗人（《诗经》的作者们）是以草木鸟兽来起动诗的情感。朱熹说，"兴，起也，引物以起吾意"；在《诗·周南·桃夭》的传注中，解释首句"桃之夭夭，灼灼其华"时，朱熹又说，"诗人因所见以起兴"。他们的意思与刘勰相同。总而言之，兴的作用是起，是引起，发起，起动。

为了探讨兴怎样起动诗的情感，我们不能不提到，兴的众多定义中被引用频率最高的朱熹的定义："先言他物以引起所咏之词"。这个定义比较明白显豁，具体而便于应用。应该注意的是，他还说过："《诗》之兴，全无巴鼻。"同样意思由另一弟子记录为："多是假他物举起，全不取其义。"以上的引文均见于《朱子语类》卷第八十。为什么不直接进入所咏之词，为什么要先言他物，要先言与所咏之词毫无关系的他物，而且完全不取其义呢？在诗歌创作活动的最早时期，原始时代的人，不可能是有意识地从事文学艺术创作，不可能先有了构思，再一字一句吟出诗来；他们往往是从对身边的熟悉的事物发出吟叹，由此开头，而唱出他们的诗，那和后世文人的诗歌写作是很不相同的。歌剧《刘三姐》中一个人物兰芬所说："人家三姐开口是歌，见什么唱什么。"这个"什么"就是朱熹所说的"他物"，见什么唱什么就是兴，就是歌谣作者创作的出发点，就是他们的艺术思维的触发点。后代文人是先有了审美内容，即有了诗情、诗思、诗意，再去寻找适于表达的审美形式，寻找诗句、诗语，其诗句、诗语即是所咏之词，前面没有必要再先言他物。钱锺书有一句话，非常精要，抓住了问题的核心，他说，兴"功同跳板"①。所谓"跳板"，我把它分两层解释——可以理解为从单纯的音乐（以声传情）通向音乐与诗歌结合（以语音曲调传情与以语义传情兼而有之并以后者为主）的人类的或民族的艺术发展不同阶段之间的跳板，也可以理解为从日常实务活动与实务心理通向审美心理、艺术心理的个体心理历程的跳板。原始时代的无意识的诗歌"创作"怎样演化为后来有意识的精心创造呢？这在兴的演变中可以看出一点端倪。主体怎样从日常的功利的实务思维进入审美的境界呢？兴，可以帮助他自然地过渡。

---

① 钱锺书：《管锥编》第一册，中华书局，1979年，第63—64页。

兴，是一块跳板，是一座桥梁，它把主体从劳作、从实务引向艺术、引向审美，并从而由心理状态的转换使主体得到休息、得到愉悦。其中可分两大类型，一是以声音、节奏、韵律为跳板，一是以自然物事蕴含的意义、意味、情调为跳板。前者主要见之于原始歌谣，见之于民歌；民歌中有不少兼有两种性质的，文人诗歌用兴则主要是后一种。关于前者，明代徐渭《奉师季先生书》说：

> 诗之兴体，起句绝无意味，自古乐府亦已然。乐府盖取民俗之谣，正与古国风一类。今之南北东西虽殊方，而妇女、儿童、耕夫、舟子，塞曲、征吟、市歌、巷引，若所谓竹枝词，无不皆然。此真天机自动，触物发声，以启其下段欲写之情，默会亦自有妙处，决不可以意义说者。①

“绝无意味”、“不可以意义说”，指出兴的诗句其语义与作者后文要表达的感情毫无关系，有关系的只是语音上的，是节奏和韵律方面的关系。这正是原始歌谣的突出特点。格罗塞早就讲到：“原始民族用以咏叹他们的悲伤和喜悦的歌谣，通常也不过是用节奏的规律和重复等等最简单的审美的形式作这种简单的表现而已。”② 原始人最先只是用声调的变化表达感情，直到现代，各个民族都仍然拥有大量用声音直接表达感情的词汇和短语，这类词汇和短语反复地有节奏地吟诵，便是歌谣。为婴儿唱催眠曲，不一定需要完整的句子，不一定需要有意义的句子。恋人间表达炽烈情感，也不一定需要有意义的词语，无意义的喃喃之声反而更为传情。格罗塞还说：“每一个原始的抒情诗人，同时也是一个曲调的作者。每一首原始的诗，不仅是诗的作品，也是音乐的作品。”他又引用别的学者的话说，澳洲土人“对于歌的节拍和音段比歌的意义还看得重要些”。“为了要变更和维持节奏，他们甚至将辞句重复转变到毫无意义。”③ 美国学者米尔曼·帕里为解开“荷马史诗之谜”，曾到前南斯拉夫许多省份作大量田野调查，研究民间歌手的口头史诗演唱。他提出“有翼的词汇”的片语（the

---

① 徐渭：《徐渭集》第二册，中华书局，1983 年，第 458 页。

② 格罗塞：《艺术的起源》第九章“诗歌”，蔡慕晖译，商务印书馆，1984 年，第 176 页。

③ 格罗塞：《艺术的起源》第九章“诗歌”，蔡慕晖译，商务印书馆，1984 年，第 188—189 页。

“winged words” phrase)、“固定的特性形容词”（fixed epithet）。前者只有句子结构上的功能作用，“运用该片语仅仅是因为它在韵律上合适，并没有考虑它的涵义”；关于后者，“固定特性形容词的使用，基于它们的韵律音长的和谐一致，而不是基于配合表达他们的涵义”①。诗的兴，早先原本就是属于这一类，它们没有意义，但在节奏上、韵律上非常重要，从而在表达情感上非常有效。我们可以设想，只要将“关关雎鸠，在河之洲”或“桃之夭夭，灼灼其华”反复咏唱，就足以构成一首完整的原始歌谣。至于接上“君子好逑”或“之子于归”等属于赋的内容则应是诗歌的文学性进一步发展以后的事。《诗经·小雅》有两首诗，有着共同的兴句，而其后的赋句的情调却是相反。《鸳鸯》的次章说：“鸳鸯在梁，戢其左翼。君子万年，宜其遐福。”《白华》的第七章说：“鸳鸯在梁，戢其左翼。之子无良，二三其德。”古今注家分别就此作了许多文章，大都不得要领，甚至不能自圆其说。而如果确认兴句可以只在韵律上起作用，绝无意义可言；如果了解到兴句可以是套用现成词组以造成韵律和谐，而并不取兴句的语义内容，注者就不必自寻烦恼去钻牛角尖了。远古诗乐合一，兴句的作用在吟唱中自然显现；而后某一人群熟悉的曲调沦失，辞句则经由文字记载得以流传，而语音也发生了或大或小的变化，兴句的作用随之变得隐晦起来。《诗经·小雅·鹿鸣》：“呦呦鹿鸣，食野之苹。”毛传说：“鹿得苹，呦呦然鸣而相呼，恳诚发乎中，以兴嘉乐宾客，当有恳诚相招呼以成礼也。”陈奂《〈诗毛氏传〉疏》说：“《鹿鸣》食野草以兴君燕群臣。”这类解释穿凿牵强，因为诠释者弃音乐性关系而讲意义上的关系，在明明不可以意义说的地方偏要以意义说。《鹿鸣》全诗三章，第一章“呦呦鹿鸣，食野之苹。我有嘉宾，鼓瑟吹笙……”第二章“食野之蒿”，“德音孔昭”；第三章“食野之芩”，“鼓瑟鼓琴”。《鹿鸣》曾是流行很广、流行很久的乐曲，在投壶或宴饮时用之，据说在三国时期尚有杜夔能悉其曲②，后来曲调虽失传，但直到今天吟诵起来，仍觉声韵回环。把鹿群食草同人群宴会扯在一起，是比而不是兴，且不伦不类，使人觉得索然无味。在这类情况下，兴句与赋句的关系，就只在韵律上，不能以意义说。

在某个民族、某个地区的民间文学中，往往有一些兴句形成“现成词

---

① 约翰·迈尔斯·弗里：《口头诗学：帕里—洛德理论》，朝戈金译，社会科学文献出版社，2000年，第47页、第79页注2、第60页。

② 参见陈子展：《诗经直解》，复旦大学出版社，1983年，第516—518页；程俊英：《诗经注析》，中华书局，1991年，第437页。

组”，被前前后后的诗人们、被歌谣作者们反复套用。它们都不可以意义说，不该以意义说，读者、听者只要领略它们与后面句子声韵上的关系就足够了。这种情况并不只是在古代民歌中存在，甚至不只是在中国存在。马雅可夫斯基曾经写过一首他自己称为“民间快板”的作品：

米尔卡送我一件斗篷，
和一双袜子也是送的。
尤登尼奇从彼得堡落荒而逃，
就像怕滚油煎他似的。

他解释说，为了民间快板的效果，“必须有出人意外的押韵，头两行诗和下面两行毫无关系。而且头两行可以叫做辅助句（陪衬句）”①。他也是说起句与后面“毫无关系”。我们完全有理由说，头两句就是兴，它们不可以意义说，与后面的句子“全无巴鼻”，意味只在韵律上。柴科夫斯基以音乐家的身份谈到了同一问题，他说：“话语在诗的形式中已经不再是简单的说话：它们已经变成了音乐。说这一类的诗不是说话而是音乐，最好的例证就是：当你细心地把它当作说话而不当作音乐来诵读时，那些诗句就差不多没有意义。然而实际上它们不仅有意义，还包含着深思——不仅文字上的，而且纯粹音乐上的。”这里说的又是，话语在语义上“没有意义”！从听觉心理效果考察那些“全无巴鼻”的兴的作用，很容易理解，很容易讲清楚；离开听觉心理效果谈这种兴的作用，越讲越糊涂。《古诗为焦仲卿妻作》的开头“孔雀东南飞，五里一徘徊”，就属于这样的兴，就不能以意义说。当作说话，它差不多毫无意义；在音乐性上，它具有幽远的意味。内蒙古有一首爬山调《合作化的道路通天堂》，全文为：

胡麻麻开花一色色兰，合作化的好处说不完。
种地要种压青地，合作化就是上天的梯。
大红公鸡抖翅膀叫，合作化以后咱上民校。
石拐沟的大炭是黑金子，合作化挖断了穷根子。
山头上唱曲沟底下响，合作化的道路通天堂。

（见《红旗歌谣》）

---

① 马雅可夫斯基：《怎样做诗》，《世界文学》1958年第4—6期。

借用汉儒注释《诗经》的体例，此诗五章，每章的首句都可以说是“兴也”，它们从语义上看与后句绝不相连，把每章的前一句去掉，全诗的内容并没有减少什么，但那将只剩下一些特定时代的政治话语，诗意则消失净尽。诗意是在兴句与赋句的配合上，这种配合完全限于韵律上。谁如果要研究出胡麻开花同当年农业合作化有什么关系，岂不是太离奇可笑了吗！我们所以要举这首民歌为例，因为它的内容已经时过境迁，但至今吟诵起来，仍然颇有韵味，这岂不值得从艺术心理学角度研究吗！

原始歌谣和民歌中的兴的运用很普遍，因为它们多是即兴而作，随口而唱，需要以音乐的美感触动文学的、诗歌的美感。文人之诗较少用兴，则因为它们多是精思久虑而得，作者心力专注于诗情、诗意上，他们更多地是抒写情感形态与叙述情感过程，更多地用得上赋和比。

但是，在文学中，在诗歌中，以声传情毕竟是远远不够的。从单纯的以声传情即依赖语言的音乐性传情，向依靠语义、依靠语词的多义性，依靠句式的多变，依靠对于语言的各种微妙感情色彩的利用、发挥来传情发展，后面各项的成分越来越重；随着这些变化，兴，诗歌中的“他物”与“所咏之词”，就从“全无巴鼻”，“全不取其义”，变为有若即若离的关系，变为于其义有所取。汉儒指出《诗经》中有兴而兼比、兴而兼赋的，这也是诗艺发展的必然结果。朱自清《诗比兴笺》说：“《毛传》‘兴也’的‘兴’有两个意义，一是发端，一是譬喻：这两个意义合在一块儿才是‘兴’。”梁启超《中国韵文里头所表现的情感》说：“有一种起兴是和下文有情调上的联系，大多是触景生情，就眼前所见所闻的景物，引起情感的波动。例如《饮马长城窟行》：‘青青河畔草，绵绵思远道。远道不可思，夙昔梦见之。’看到了河畔的春草绵绵不断，延向远方，引起他对远方爱人的相思。”“关关雎鸠，在河之洲”，“桃之夭夭，灼灼其华”，都是兴而兼比，《毛传说》《关雎》是“兴也……鸟挚而有别……后妃悦乐君子之德，无不和谐，又不淫其色，慎固幽深，若关雎之有别焉”。《孔子家语·好生》篇，《淮南子·泰族训》都说到“《关雎》兴于鸟，而君子美之”。这里把西周人汉代化，用汉代的礼教观悬揣西周人的心理，颇有些迂腐可笑；但从鸟儿在河边欢鸣而联系到男女爱悦，却也在情理之中。《牡丹亭》里杜丽娘说：“天呵，春色恼人，信有之乎！常观诗词乐府，古之女子，因春感情，遇秋成恨，诚不谬矣。”唐诗有：“忽见陌头杨柳色，悔教夫婿觅封侯。”“杨柳色”使人珍惜琴瑟之爱，从自然之春联想人生青春年华，这些都是常人可以体验，易于引起广泛共鸣的。至于《桃夭》诗中，由鲜艳的桃花到青春焕发的新娘，其联想更是自然。清人姚际恒《诗经通论》说，“桃花色最艳，故以取喻女子，开千古词赋咏美人之祖”。这也可能是原始诗歌的兴向脱离音乐而独立的后世诗歌的兴转变的一个标志吧。

第二节 文人诗歌中的兴及其心理机制

民歌由单纯音乐性的兴向音乐性与文学性相结合的兴而兼比的转化，是在艺术文学的发展中自然而然地发生的，而且常常是不自觉的，是隐隐约约、若有若无的。单纯音乐性的兴和兴而兼比的兴在民歌中长期并存，在某一次创作中用哪一种兴，对于民间歌手往往是不经意的。文人的诗歌甚少单纯音乐性的兴，文人用兴每每在音乐效果之外兼取文字的涵义；并且，更重要的是，后世文人创作思维在心理运作中采用的符号系统是文字而不是旋律，他们写作冲动的发生大多不是由声入情而是见物生情，是由某一片景、一种境突然得到一个妙句。他们如果也用到兴，一般不会是仅仅发挥兴句在声调上的作用。宋代胡寅《斐然集·致李叔易书》引李仲蒙语：“索物以托情，谓之比；触物以起情，谓之兴；叙物以言情，谓之赋。”钱锺书发挥此义说：“触物似无心凑合，信手拈起，复随手放下，与后文附丽而不衔接，非同索物之有意经营。”（《谈艺录》）一个是有意经营，一个是无心凑合，在创作心理上区别甚大，这是用比与用兴之别。文人用兴少而用比、赋多。且文人用兴与民歌用兴又有区别。李仲蒙说的“触物以起情谓之兴”，基本上是对文人创作心理规律的概括，作者的着眼点是物象而不是声调。

民歌创作中的起兴，一是借用现成词组，一是见什么唱什么，其作用主要都是以声启情。诗情被启动了，接下去就是用赋或用比了。文人创作，则是触物起情，这物是自然物，自然物以其形态、色彩、声音、气味等等，启动诗人的情感。《礼记·乐记》早说过：“凡音之起，由人心生也；人心之动，物使之然也。……乐者，音之所由生也，其本在人心之感于物也。”这些话包含的意思是，外物激发主体的心灵，产生情感、思绪，这些情感、思绪又外化为艺术作品，成为有组织的声音（音乐作品）。对于以文字为载体的诗歌，这些话当然也大体适用。诗人之情，也是感于物而生。这些情感，外化为有组织的文字（诗句，诗歌作品）。后来，人们认为自然物与人的情感，特别是与人的审美情感，存在对应关系。某种类型的物，某种类型的景观，激发与之相对应的情感。《文心雕龙·物色》说：“是以献岁发春，悦豫之情畅；滔滔孟夏，郁陶之心凝；天高气清，阴沉之志远；霰雪无垠，矜肃之虑深。岁有其物，物有其容；情以物迁，辞以情发。”陆机《文赋》说：“悲落叶于劲秋，喜柔条于芳春。”这在生理心理学上，也可以得到说明。现代环境心理学，研究主体的心理、行为与他周围的自然环境之间的关系。心理学家在实验室里研究声音、光线、颜色、温度、气味的变化，对人的情绪的影响。当创作主体认识到这类规律，运用到诗歌创作上，那么，第一，主体就不限于无意遭遇，而是有意识地寻找自认为有激发力的外物，期待它来启动自己的诗情；第二，为了有效地表达自己的情感，为了有效地诱发接受者的情感，在作品的开头先言他物，先描画不同的景观、不同的自然物，以引起读者与之相对应的情感。兴的手法便这样得到发展。杜甫《和裴迪登蜀州东亭送客逢早梅相忆见寄》有“东阁观梅动诗兴”之句，其《题郑县亭子》有“户牖凭高发兴新”之句，他去观梅，他登高远望，为的是触动写诗的情思。陆游《即事》诗说：“组绣纷纷炫女工，诗家于此欲途穷。语君白日飞升法，正在焚香听雨中。”焚香听雨，为的是招引飞来诗的灵感。两位诗人的诗句非常明确地表明，主体是有意识地自觉地去寻找、寻求自然景物的激发，循此去寻求诗情。杜甫和陆游这样做，是出于诗人的艺术追求。这样做的依据，是自然物能够移易人的感情。宋人葛立方《韵语阳秋》说：“自古工诗者未尝无兴也，观物有感焉，则有兴。”清人袁守定《占毕丛谈》说：“作文必有一段兴致，触景感物，适然相遭，遂造妙境。”这已经是对杜甫以来的有意识启动诗情的艺术经验的理论概括。

季节时令与气候有关，不同的季节时令会有不同的景观，不同的景观影响人的身体产生不同的状况，又再影响到人的心理，使主体处在不同的情绪、心境之中。在闹市过惯聚居生活的人，一旦直接面对自然壮观，更会有强烈情绪反应。圣奥古斯丁《忏悔录》第十章中说道：“人们到外边，欣赏高山、大海，汹涌的河流和广阔的重洋，以及日月星辰的运行，这时他们会忘掉了自己。”忘掉的是日常俗务中的自己，进入的是审美的境界；自然物就成了“忘掉”到“进入”之间的跳板。

作者把自然物象写在诗中，作为兴，可以造成一种气氛，一种情调。如现代民歌中有“松树开花排对排，湖南来了彭德怀”，“一对喜烛结红花，毛主席几时到我家”。民歌味浓厚的作家诗歌作品如李季的信天游体的《王贵与李香香》，多有此类诗句，如“红瓤子西瓜绿皮包，妹妹的话儿忘不了”，“一阵阵黄风一阵阵沙，香香心里如刀扎”。前句显然不是比，既不是明喻、暗喻，也不是隐喻；它也不是赋，既不是叙述事件，也不是陈述心理。它是兴，它为后面的句子提供情绪、情感上的暗示，或是甜蜜、清香的，或是烦躁、忧惧的。

自然物移易主体的情绪、情感，是客体的声、形、色、味……引起主体的生理的和心理的感应。勃兰兑斯说：“司各特的作品是在空气新鲜的清晨写出的，而拜伦则往往在夜间写作。这一点颇有象征意义。所以，即使在这两位诗人彼此最相似的时候，我们也似乎感觉到了光辉灿烂的清晨和一片黑暗的深夜这两种不同的构思时间对他们的影响。”[①] 在十八世纪到十九世纪，英国学者先后编纂了英格兰、爱尔兰、苏格兰、威尔士的多种民歌集，而在十九世纪英国诗歌出现了自然主义潮流。两者之间显然不是没有联系的。当时的诗人极力从自然汲取灵感。华兹华斯有一首诗，题目很长，叫做《自然景物对于唤醒并增强童年和少年时期的想象力的影响》，其中说到：“构成我们人类灵魂的激情……是以高尚持久的事物，以生命，以自然，净化我们思想和感情的元素……直到我们能认识心脏搏动中的庄严之处。”他的《写于亭滕寺外数里之遥的诗行》有英语诗歌中经典性的诗行：

因为那时的自然，
就是我的一切。我那时的心境
难以说明。喧嚣的瀑布
像激情萦绕在心。巨石、
高山、幽深阴暗的丛林，
它们的色和形，都曾经
使我倾心；一种爱和感情，
不需要用思想赋予它们
深奥的魅力，也无需增添
不凭借视觉直观的情趣。[②]

英国诗人的这些想法和做法，建立在泛神论的观念基础上，中国古代诗人

---

① 勃兰克斯：《十九世纪文学主流》（第四分册），徐式谷等译，人民文学出版社，1984年，第128页。

② 勃兰克斯：《十九世纪文学主流》（第四分册），徐式谷等译，人民文学出版社，1984年，第47—50页。

触物起兴则建立在仁者民胞物与、儒家天人合一以及道家的自然之道的观念的基础上。而如果撇开哲学思想基础不谈，他们在有意识地从自然景物寻求诗情上则是十分一致的。之所以这样，只能说是对人类普遍的心理规律，特别是人类普遍的审美心理规律的体认所致。

现代实验心理学研究表明，人对声音、形状、色彩的感受经验与他的情感体验有联系，乃至有某种对应关系。举例来说，一个边在下尖朝上的三角形，和边在上尖在下的三角形，使观看者产生的心理反应是很不一样的，可能是相反的。实验心理学家曾发现，彩色灯光对人的肌肉弹力和血液循环的影响，其影响力依蓝色、绿色、黄色、橘红色、红色的顺序而逐渐增大。波长较长的色彩，引起扩张性反应，波长较短的色彩引起收缩性反应。现代画家马蒂斯说过，“线条是诉诸于心灵的，色彩是诉诸于感觉的”，它们都影响人的情绪、情感。大漠孤烟，长河落日，它们的直与曲、淡白和艳红，都能产生美的诱惑、诗的灵感。大自然的许多现象，树木的向上生长，河流的向下奔泻，往往具有一种自发的组织性，一种秩序感，使观者得到愉悦。从原始歌谣到后世民歌，其起始点常常就是由自然界的自发组织性、秩序感而来的惊喜，在诗歌写作上，也就是兴的产生机制之所在①。

随着人类文化的进步，在自然景色面前，朴素简单的愉悦感中加进了日益增多的联想作用，加进了文化的因素。从红色联想到火、联想到温暖、联想到热情；从绿色联想到水、联想到凉润、联想到温柔……自然景色激发的情感也就日益丰富、深刻。依赖于自然景物的兴的手法，也就有了极广阔的艺术创造的空间。

进入文明社会，自然景物有时被赋予了人类社会的涵义。闻一多认为，《诗经》中以鱼为兴象，与生殖、与爱情有关②；还有研究者认为，兴的物象与原始部落图腾有关③。这些，在文化学和文化心理学研究中，都是很有意思的话题。但就艺术心理学而言，文人诗歌运用兴获得很高艺术效果的，不是那些取其文化象征、宗教隐喻意义的，乃是巧妙利用物象诱导的多重审美联想的作用，以及它与诗句音调韵律作用的配合。历代读李贺诗者，为其魅力所吸引，又常以其少理为憾。明人李清《听雨堂刻本余

① 参见王先霈：《文学心理学概论》“形式情绪”一节，华中师范大学出版社，1988年。

② 闻一多：《说鱼》，《闻一多全集》3，湖北人民出版社，1993年，第231—252页。

③ 参见赵沛霖：《兴的源起》，中国社会科学出版社，1987年。

光辑解〈昌谷集〉序》说："……然而之数家者识其幻矣，未免因幻而骛，而为比为兴之理，将无未尽。"[①] 历代注家对李贺诗中的兴缺乏理解，把兴或者兴而兼比作为赋或者作为单纯的比喻去解释，觉得无理、少理，其实这恰是李贺诗的妙处所在。李贺诗最突出的个人艺术特征是其跳跃性：一首诗似由若干片构成，一片和一片之间，岭断云连，各自独立，而又相互辉耀。作为起兴的诗句尤其显得突兀峭拔，孤峰卓立，却能从韵味上领起全篇。如《浩歌》开头几句："南风吹山作平地，帝遣天吴移海水。王母桃花千遍红，彭祖巫咸几回死？"于五六两句不相衔接，那两句是："青毛骢马参差钱，娇春杨柳含细烟。"前四句犹《庄子》之文，仿佛来自乌有之乡，抟扶摇直上九万里，用极度夸张的意象起兴。清人乔亿说："昌谷歌行，不必可解，而幽新奇涩，妙处难言。"[②] 妙处之一就是兴的运用。即如《苏小小墓》："幽兰露，如啼眼。无物结同心，烟花不堪剪。"首句是一个比喻，对于全诗，又是一个起兴。此诗郭茂倩《乐府诗集》收入，置之古辞《苏小小歌》之后，李贺的朋友沈亚之说他"善择南北朝乐府故词"，明代诗论家胡震亨说他"深于南北朝乐府古词"，宋代刘辰翁评《苏小小墓》是"本于乐章，而以近体变化之"，显然李贺是受到乐府民歌善用起兴的影响，而其似比、似赋、似兴，使人玩味不尽。明代赵宧光说："予谓贺诗妙在兴，其次是韵逸。"[③] 其兴味之兴，部分地来源于起兴之兴。李贺"未始先立题然后为诗"，而是每天外出游览，有所得即书，这种写作方式也与一般文人有别；且李贺的乐府诗很注意诗的音乐性。创作过程、创作心理的特色，导致对古乐府兴的手法的吸取。欣赏者在默诵低吟中，在无意识中体会到原始思维的人与物的"互渗"，还有音与义的若即若离，因而产生神妙的快感。

---

① 吴企明：《古典文学研究资料汇编·李贺资料汇编》，中华书局，1994 年，第 208 页。

② 吴企明：《古典文学研究资料汇编·李贺资料汇编》，中华书局，1994 年，第 339 页。

③ 吴企明：《古典文学研究资料汇编·李贺资料汇编》，中华书局，1994 年，第 202 页。

第三编　玄风影响下人性的自觉与诗性的自觉

前面两编所介绍和评述的从先秦到两汉的各派各家，无论是孔子、孟子，老子、庄子，还是司马迁和《诗经》的最早的注释者们，以及他们同时代的其他论者，这些人有关艺术心理学思想的论述，其当初立言的本意，都并不在讲说艺术心理，至少主要并不在讲说艺术心理。孔、孟侧重于倡导一种伦理心理，老、庄侧重于描述一种哲学心理，司马迁表达的是受压抑的文人的带有政治性的学术心理。只不过，虽然他们本人的注意所在不是艺术，但他们的论述给予后世艺术心理的影响甚为深巨，所以，今人在研究中国古代文艺理论史或者心理学思想史的时候，都不能不予以高度重视。东汉献帝建安之后到隋立国之前，即公元二世纪之末到六世纪晚期，情况发生了很大变化。汉代前期和中期那种中央的强大控制力急剧下降，乃至统一政权终于解体，长期是若干并立的政权相互争斗，在这样的背景下，传统思想的禁锢被大大削弱，文人、学人独立意识增强。与此同时，南方和北方、汉族和少数民族文化的融合，中国和南亚、西亚之间文化的交流，都渐成趋势。这几百年里，玄学成为最有创造性、最有影响力和最有深度的思潮，为艺术心理的发展提供了哲学基础。在文化的整体发展进步之中，一方面，哲学的思辨性大大增强，论者对于人自身，对于人的精神现象，对于人的思维，对于人的心理的深层规律，愈来愈发生浓厚的兴趣；另一方面，文学艺术在精神文化中的独立性日益明白地显示，这一时期的文学创作，以及书法、绘画、雕塑等等，都有迥异于前朝、超出于前朝的巨大成就，给艺术心理学思想的创新提供了土壤。正是由于有了上述客观环境的变化，数百年间，艺术心理学思想获得系统的、深入的研究，体现中华民族特色的艺术心理学思想体系，开始呈现出基本轮廓。魏晋六朝时期的艺术心理学思想，更切近艺术创作和欣赏的实践，与现代心理学、现代文艺学也较便于沟通。这一时期艺术心理思想突出的特色是，人性的觉醒和诗性的觉醒。针对本时期的这种情况，本编以问题为纲，介绍魏晋南北朝时期所提出而为历代所继承、所发展的艺术心理学思想的一些主要的范畴与命题。因为是从问题出发，在若干地方，必然会上溯到秦以前的言论，并适当涉及隋唐以后的言论，以交待思想发展的脉络。

第六章　才气论

玄学是魏晋时期的思潮，它极大地改变了两汉时期所形成并且渐趋凝固的学术气氛和文化气氛，构成中国思想史上新的独特的景观。所谓玄学，即玄远之学，“玄远”① 是什么意思呢？可以分两点来说：一是从关怀的指向说，这种学术潮流远离人世间的俗务，回避现实政治，具有超越功利的性质；二是从思维的品格说，它远离实际事物，与此前儒家的“实用理性”迥然相异，有很强的抽象的思辨的色彩。它以《老子》《庄子》《周易》为研究对象，讨论“有无”、“本末”、“体用”、“动静”的问题。“玄学”这一名词出现很早，《晋书·陆云传》谓陆云得之于鬼魂所授，说他夜里误寄宿于王弼冢墓，与之共谈《老子》，“云本无玄学，自此谈《老》殊进”。《宋书·雷次宗传》说，皇上下令立四学：儒学、玄学、史学、文学。初时玄学一词的含义尚不稳定，不明确，且较狭窄。后世以“玄学”指魏晋特有的哲学、学术。当时的人们关注的是哪些问题呢？《世说新语·文学》说：“旧云：王丞相（王导）过江左，止道‘声无哀乐’、‘养生’、‘言尽意’三理而已，然宛转关生，无所不入。”这可以看作对玄学重要话题的大略概括，三个方面的理论彼此相关，又都含有心理学和艺术心理学的内容。玄学关注人的内心世界，《庄子·田子方》早就说过：“吾闻中国（指当时的鲁国）之君子，明乎礼义而陋于知人心。”的确，先秦

---

① 《三国志·魏书·荀彧传》裴松之注引何劭《荀粲传》：记何劭与傅嘏会面，“嘏善名理而粲尚玄远”；又《西晋文纪》卷五何劭《荀粲传》：“太和初到京邑，与傅嘏谈，嘏善名理而粲尚玄远，宗致虽同，仓卒时或有格，而不相得意。”《晋书·阮籍传》：“籍虽不拘礼数，然发言玄远，口不臧否人物。”任昉《为萧扬州作荐士表》：“居无尘杂，家有赐书，辞赋清新，属言玄远，室迩人旷，物疏道亲。”《世说新语·德行第一》：“晋文王（司马昭）称阮嗣宗至慎，每与之言，言皆玄远，未尝臧否人物。”刘孝标注引李康（当为李秉）《家诫》记晋文王曰：“天下之至慎者，其唯阮嗣宗乎？每与之言，言极玄远，未尝谭论时事、臧否人物，可谓至慎乎！”

儒学重视人的伦理心理，对其他心理活动不太关切，因之也缺乏细致探究。汉代的经学家更是只重章句，无视于人心。玄学为艺术心理的探讨开辟了新的广阔境界。魏晋时期，人（这里说的主要是文人）的个性特殊性被高度重视，对于人（特别是文学家）的才气问题有热烈的讨论。

第一节 名教与自然

上面所引王导的话里说到“养生”是其言谈的基本话题之一，那一时期追求养生成为风气，因为在浑浊的政局下，许多人有避世倾向，注意力遂从外界转向自身，全身自保，企求长寿健康，所以上流社会的人们多服药。养生不仅关乎身体，还关乎精神、心灵。嵇康的《养生论》（《文选》卷第五十三），既讲养形，还讲养神，他把神看作是形的主导和支撑。他主张人在心理上不要放纵，也不要压抑。“精神之于形骸，犹国之有君也。神躁于中而形丧于外，犹君昏于上国乱于下也。……是以君子知形恃神以立，神须形以存。”“故修性以保神，安心以全身，爱憎不栖于情，忧喜不留于意。泊然无感而体气和平。又呼吸吐纳，服食养身，使形神相亲，表里俱济也。”修性安心，是自然而非强制的过程，勉强克制则事与愿违：“欲坐望显报者，或抑情忍欲，割弃荣愿，而嗜好常在耳目之前，所希在数十年之后，又恐两失，内怀犹豫，心战于内，物诱于外，交赊相倾，如此复败。”“善养生者则不然矣，清虚静泰，少私寡欲，知名位之伤德，故忽而不营，非欲而强禁也。识厚味之害性，故弃而弗顾，非贪而后抑也。外物以累心不存，神气以醇白独著。旷然无忧患，寂然无思虑。……无为自得，体妙心玄，志欢而后乐足，遗生而后身存。”他还有《答向子期难养生论》，指出养生有五难——名利不灭，喜怒不除，声色不去，滋味不绝，神虑转发。这些都不是物质条件的问题，而是心理上的问题。所以要在根本上下功夫，“以大和为至乐，则荣华不足顾也；以恬淡为至味，则酒色不足钦也；苟得意有地，俗之所乐皆粪土耳，何足恋哉!”“有主于中，以内乐外，虽无钟鼓，乐已具矣。”他的养生论不满于儒家的入世哲学，略近于道家的出世哲学。他说，孔子圣人只活七十岁，“岂复疏于导养乎”？只是由于“聚徒三千，口倦谈议，身疲磬折……神驰于利害之端，心骛于荣辱之途，俯仰之间，已再抚宇宙之外者。若比之于内视反听，爱气啬精，明白四达，而无执无为，遗世坐忘，以宝性全真，吾所不能同也”。他所鼓吹的体气和平、体妙心玄、大和恬淡、遗世坐忘，很快被转化为艺术心理的最佳境界，在陆机《文赋》和刘勰《文心雕龙》里不难看到相关的类似议论。

嵇康的论述透露出当时两种明显的趋势——《养生论》所主张的文人的心理由外倾而转向内倾，《与山巨源绝交书》所表达的文人的心理由群体趋同而转向个体趋异。玄学讨论的重大问题之一是名教与自然的关系，玄学的鼎盛时代在魏齐王正始年间，“正始玄风”要解决的根本问题就是名教与自然的关系，其中包括了伦理心理与情欲等其他心理的关系。玄学代表人物有主张名教即自然的，如郭象；有主张越名教而任自然的，如阮籍、嵇康；有调和名教与自然两者的，如王弼。这些，都涉及社会道德规范与主体的伦理心理、自然人性、艺术心理的关系。嵇康在《养生论》中提倡“旷然”、“寂然”，但在实际生活中他自己也很难做到，《与山巨源绝交书》对传统的伦理规范提出质疑，强调的是纵情任性的那一面。他说：“足下旁通，多可而少怪；吾直性狭中，多所不堪。”所谓“旁通”、“多可”，是汉儒修身的轨范，用被社会普遍奉行的儒家的伦理约束个性，与社会尽可能保持一致；所谓“直性狭中”，是魏晋文人的新风，要解开桎梏，蔑视流俗，实现个性的自由舒展。他一再说，“性有所不堪，真不可强”，“此犹禽鹿少见驯育，则服从教制，长而见羁，则狂颠顿缨”；“循性而动，各附所安”；“纵逸来久，情意傲散。简与礼相背，懒与慢相成”；“性不可化，欲降心顺俗，则诡故不情”；“直木不可以为轮，曲木不可以为桷，盖不欲以枉其天才，令得其所也”。最后归结到“又每非汤武而薄周孔……会显世教所不容”，突出了自我天性与世教、与当时统治者倡导的基本准则的对立。

人的个性因人而异、千差万别，每个人在不同年龄、不同情境下个性表现也不一样；社会的伦理轨范则是对众多人的共同要求，而又相对比较稳定少变的。两者之间的矛盾普遍存在，古今中外都如此。如何处理两者关系，是一个永恒的话题。每个人既形成不同的气质、个性，那么，主体应该怎样对待自己的气质、个性与社会规范的关系呢？儒家要求克己，用普遍的规范约束自己、塑造自己，个性须服从于规范；庄子主张适性，反对用礼法约束个性。《庄子·骈拇》说：“且夫待钩绳规矩而正者，是削其性者也；待绳约胶漆而固者，是侵其德者也；屈折礼乐（以礼乐相周旋），呴俞仁义（以仁义相抚爱），以慰天下之心者，此失其常然也。”两汉以前的人把放荡视为极重的疵病，曹魏时的杨阜，笃守礼法，他曾批评魏明帝衣着不合于礼，并上疏说："诚宜思齐往古圣贤之善治，总观季世放荡之恶政。所谓善治者，务俭约重民力也。所谓恶政者，从心恣欲，触情而发也。"（《谏治宫室发美女疏》）放荡，就是任凭自己的性情和欲望支配。如果说，在政治范围绝不允许放荡，在伦理范围放荡也会遭到非议，那么，在艺术审美范围，情况就有所不同。艺术创造的冲动鼓励主体标新立异、超群脱俗，因为敢于与众不同是艺术上取得成就的重要条件。社会关系的协调要求主体与别人同一化，和光同尘才能与其他人共处而不被孤立，不被排斥和歧视。文学家艺术家必须在两者之间作出选择。嵇康曾在《卜疑》中道出自己的矛盾："宁外化其形，内隐其情，屈身隐时，陆沉无名，虽在人间，实处冥冥乎？将激昂为清，锐思为精，行与世异，心与俗并，所在必闻，恒营营乎？宁寥落闲放，无所矜尚，彼我为一，不争不让，游心皓素，忽然坐忘，追羲农而不及，行中路而惆怅乎？将慷慨以为状，感慨以为亮，上干万乘，下凌将相，尊严其容，高自矫抗，常如失职，怀恨怏怏乎？"他既不愿意"屈身隐时"，也知道"高自矫抗"的危险，于是，他就力求从政治、伦理转向审美。他在《释私论》中提倡"达乎大道之情，动以自然，……乃为绝美"的人生态度。（佛家也有"动以自然"的说法。唐菩提流志译《佛心经品亦通大随求陀罗尼》卷下：阿难以偈叹佛：……自心涌出甘露水，灌洗得净不觉知。……动以自然来归伏，伏以其心不觉知。）两汉行孔子之教，而魏晋南北朝时代的许多文人则主张纵情任性，让自己的个性自由发挥和发展。和庄子比较起来，魏晋文人的这种主张有更明确的政治针对性，他们也面对更强大的伦理压力。在晋朝，因统治阶级内部的权力角逐，文人时刻有受牵累而毁家丧命的危险。一部分人厌恶污浊的政治而远离。他们表示不愿心为形所役。但当时的环境也不太可能让文人像屈原那样直抒愤懑。于是，另一部分人将社会的政治的情绪，化而为审美情绪，使自己的个性不致扭曲，又不致直犯当政者的锋刃。在文学艺术独立和审美自觉的时代，这样的思想和行为方式在文人的圈子里和在创作问题的范围中，得到更热烈的回应。魏晋的"动以自然"的思想，在心理学上具有明显的反压抑论的性质。人的心理中，存在冲动与压抑两种力量。冲动最初主要是自然本性的欲望，压抑主要是社会规范的限制。撇开人类历史上社会规范在许多时候的不合理性暂且不论，为了人群的共存和协作，必须协调好冲动与压抑的关系。没有压抑就没有秩序，没有冲动就没有动力。文学艺术创作，从心理学的某一个角度看，是人的一种宣泄。创作需要自然而然的冲动，压抑可能对创作才能起到阻碍、扼杀的作用。主体外部的因素造成的障碍，还有较大可能被冲破；主体自身的压抑，对创作灵感往往有致命的戕害。主体内心的压抑，其实也是社会力量的内化。动以自然，就是为的减轻、消除内心的压抑，让涌动的审美情绪流畅地表达。所以，魏晋时的"动以自然"，不仅在那种社会形态下有着反抗专制的意义，而且在一般情况下，又有创作心理学上的普遍意义。

《世说新语·任诞》记阮籍、嵇康等人，"常集于竹林之下，肆意酣畅，故世谓竹林七贤"。又记张季鹰"纵任不拘"，人或劝之："卿乃可纵适一时，独不为身后名邪?"他答曰："使我有身后名，不如即时一杯酒。"嵇康《赠秀才从军》诗说："弹琴咏诗，聊以忘忧。贵得肆志，纵心无悔。"《三国志》王粲传说，阮籍"才藻艳逸，而倜傥放荡"。《三国志》裴注引嵇喜所作《嵇康传》，说嵇康"旷迈不群，高亮任性"。这些人的恣情任性，与他们的才华学问相映，所以才被目为名士风流。放荡，被视为文人才子的特权。《抱朴子·刺骄篇》说："世人闻戴叔鸾、阮籍傲俗自放，见谓大度，而不量其材力非傲生之匹，而慕学之。"傲俗自放成了文人的特权。

文人，才学之人，更易放荡，这和艺术思维的特性有关。《颜氏家训·文章》说，自古文人，多陷轻薄；天子而有才华者，亦或未免，原因何在呢？"每尝思之，原其所积，文章之体，标举兴会，发引性灵，使人矜伐，故忽于持操，果于进取。今世文士，此患弥切。一事惬当，一句清巧，神厉九霄，志凌千载，自吟自赏，不觉更有傍人。"他还指出："学问有利钝，文章有巧拙。钝学累功，不妨精熟；拙文研思，终归蚩鄙。"治学需要的是逻辑理性，需要积累；创作需要的是直觉灵感，需要爆发。所以，对于文学家艺术家来说，如何对待自己个性与社会伦理常规的矛盾，就是一个尖锐的问题。现代心理学家提出"去个性化"（deindividualization）、"人格面具"（persona）等等概念，来描述和试图解决这一问题。所谓"去个性化"是法国社会心理学家博恩在《人群》一书中首先提出，是指人的个性融化于群体之中，失去个性感。所谓"人格面具"，是瑞士心理学家荣格在论述"集体无意识"时提出的，认为属于人格的最外层，指个人依照他所认为的他人期望他的行事范式去立身处世，以期被社会所接受、容纳和欢迎。个人向社会展示的外表与其本真性格并不相符，把真我隐藏起来。丧失自我，由虚伪的自我替代真实的自我。人只是反映他人对他的期望，失去了自我个性，由此焦虑不安。博恩和荣格等更多地是针对现代社会而发。在相对稳定的社会状态下，社会规范表现出强大的约束力；在社会的转折期，社会规范与自然本性的矛盾会尖锐化。魏晋时期和现代社会都属于转型期，“直性狭中”则为“世教不容”，“降心顺俗”则是“性所不安”。《世说新语·德行》记王戎语云：“与嵇康居二十年，未尝见其喜愠之色。”这也是一种为了提防政治迫害而戴起的人格面具，不是真实的嵇康。孙登曾对嵇康说：“君性烈而才俊，其能免乎!”而嵇康绝命时有自责诗：“欲寡其过，谤议沸腾。性不伤物，频致怨憎。昔惭柳下，今愧孙登。”嵇康可做一个典型的个案，显现人们在规范约束和个性张扬两者之间焦躁着、挣扎着。

出路何在？去个性化、人格面具，当然不是很好的处理方式。那么，有没有可行的解决矛盾的途径呢？美国心理学家弗洛姆认为，解决的最好途径之一，就是艺术活动。他在《逃避自由》中说：“我们深信，一定有一种积极的自由状态存在，自由发展的过程不会构成恶性的循环。人可以是自由而不孤独，可以具有批评能力，而不会充满怀疑，是可以独立的，而仍然是全人类的完整的一部分。获得这种自由的方法，是自我的实现，是发挥自己的个性。”“积极性的自由在于整个而完整的人格的自发活动。”“我们知道有些人是自发的，他们的思想、感觉及作为是他们自我的表现，而不是一种机械行动的表现。我们最熟悉的这些人就是艺术家。”“我们多数人至少可以在刹那间发现到我们自己的自发行为，而就在这时，也是我们真正快乐的刹那时刻，当我们忽然间捕捉到大地风光的美丽时，当我们于思考之际，得到一些真理时，当我们领略到一种新鲜的感官愉快时，或者当我们对另外一个人不自禁地涌现爱意时——在这刹那间我们都知道，自发性行为是什么样的，我们可能发现到，如果这些经验不是那么罕有和纯真的话，人类的生活该是什么样子了。”魏晋时期的文人，早就是到艺术活动里，寻找“积极的自由”。于是，他们就力求从政治、伦理转向审美。嵇康在他的诗歌里描绘的“目送归鸿，手挥五弦。俯仰自得，游心太玄”，也正是陶醉于自然美和艺术美之中，而获得精神自由和人格完整舒展的境界。后来，陶渊明的《归田园居》组诗和《归去来兮辞》等一系列作品，抒写“羁鸟恋旧林，池鱼思故渊”，“久在樊笼里，复得返自然”，从审美心理、艺术心理找出一条解脱之路，对历代文人产生极大影响。

个人需要处理好伦理心理与独立个性的关系。政治家则需要确立用人原则，思考在政治实践中如何处理伦理标准与才能标准的关系。东汉末年，天下纷争，有志图王的政治家第一要务是网罗人才，胸怀韬略的智者能人，也总在寻找知音，设法一显身手。程昱劝曹操杀掉前来投奔的刘备，曹操虽然明明知道刘备是竞争的危险对手，也还是不肯采纳这一建议，他说，“方今收英雄时也”。是否重视人才，能否让天下知道和相信自己重视人才，是政治家成败的一个关键。曹操的《求贤令》提出“唯才是举”这样一个响亮的口号，表明了对才性问题的新颖独到的看法，其中说：“自古受命及中兴之君，曷尝不得贤人君子与之共治天下者乎!”“今天下尚未定，此特求贤之急时也……若必廉士而后可用，则齐桓其何以霸世？今天下得无有被褐怀玉而钓于渭滨者乎？又得无盗嫂受金而未遇无知者乎？二三子其佐我明扬仄陋，唯才是举，吾得而用之。”① 曹操的《举贤勿拘品行论》，要用“不仁不孝而有治国用兵之术”之士。他明确表示，有才而不廉的人，可以重用。《论语》里说：“有德者必有言，有言者不必有德。”曹操的主张与儒家的一贯主张是相抵触的，是一种全新的观念。

再后，梁简文帝萧纲在给他儿子的信中说：“立身之道与文章异。立身先须谨重，文章且须放荡。”他还在《与湘东王书》里说：“未闻吟咏情性，反拟《内则》之篇，操笔写志，更慕《酒诰》之作，迟迟春日，翻学《归藏》，湛湛江水，遂同《大传》。”他不反对儒家的伦理准则，只是强调，在文学艺术创作中，支配的不应该是伦理心理，而恰恰是要脱离日常的伦理心理的拘束。这种论断，是中国艺术心理探究走向自觉的一个很重要的标志。

第二节　文以气为主

人的才能与道德品性的关系，是魏晋时期提出的一个热门话题，存在

---

① 见《三国志·魏书·武帝纪》，《令》中所说“齐桓”之事，指齐桓公用管仲，管仲曾有贪财之名，被视为不廉；“被褐怀玉”指姜尚，受周文王赏识；“盗嫂受金”指陈平，他从项羽处投奔刘邦，灌婴等忌恨而进谗言，刘邦询问魏无知，无知答：“臣所言者，能也；陛下所问者，行也。今有尾生孝巳之行，而无益于胜负之数，陛下何暇用之乎？”才与性、才与德的同异、离合之辩，由来已久。

四种见解，即才性同，才性异，才性合，才性离①。大体说来，主张“同”与“合”，是传统的观点；主张“异”与“离”则是对传统的悖反。曹操位高名重，他把才与德、才与性分开来衡量，开了魏晋以下的风气，给研究作家艺术家的才能和个性提供了宽松的环境。魏国的刘劭作《人物志》，在第一篇《九征》中开宗明义指出：“盖人物之本，出乎情性；情性之理，甚微而玄，非圣人之察，其孰能究之哉!”这本书就是要究察人的情性的奥秘。宋人阮逸刊刻此书作序云：“其述品性之上下，材质之兼偏，研幽摘微，一贯于道。”这是中国最早的对个性和能力的系统的心理学研究著作。《人物志》适应当时察举选士的需要，“集当世识鉴之术”（汤用彤《读〈人物志〉》）。在谈到人的内在心理特质与外在表现的关系时，说：“故其刚柔明畅贞固之征，著乎形容，见乎声色，发乎情味，各如其象。”但这又非一眼即可看出，要从人物的行为中反复验证，“必待居止然后识之。故居视其所安，达视其所奉，富视其所与，穷视其所为，贫视其所取，然后乃能知贤否。此又已试，非始相也”。这对于画家和文学家，通过观察把握描写对象的性格特征，很有指导作用。此书又把人的才性分为十二大类，各自适合于不同的职分行当。“能出于材，材不同量，才能既殊，任政亦异。”“有器能，冢宰之任也”，“有文章，国史之任也”。就是在文学范围，有人适于作论，有人适于作赋。适性而行，较易于取得成功；违性而行，会遇到更多更大的障碍。刘劭主张：“凡人之质量，中和最贵矣。”“是故直而不柔则木，劲而不精则力，固而不端则愚，气而不清则越，畅而不平则荡。”这类思想为刘勰所吸收。曹操的儿子曹丕，他的《典论·论文》是中国第一篇严格意义上的文学论文，而其中心是论作家，是论作家的才能、个性。《典论·论文》的最主要贡献是提出了文气说。刘勰则在《文心雕龙》的《体性》等篇中深入论述了作家的风格与作家的才能、个性的关系问题。总而言之，魏晋六朝时期，人们把才与德分开来，强调两者各自的独立性，甚至强调两者不可得兼。徐干《中论·智行篇》就说，士或明哲穷理或智行纯笃，二者不可兼。这和先秦两汉的儒家大不相同，也和宋以后的正统思想大不相同。大抵，在思想转换变更时

① 见《世说新语·文学》刘孝标注引《魏志》：“（钟）会论才性同异传于世。‘四本’（钟会著有《四本论》）者，言才性同、才性异、才性合、才性离也。尚书傅嘏论同，中书令李丰论异，侍郎钟会论合，屯骑校尉王广论离。”

期，人们更注重才与德的分离；在思想稳固渐进时期，人们则注重才与德的统一。显然，前者较有利于艺术上个性的张扬和杰出人才的涌现。同时，魏晋文论还把知识与能力区别开，把对艺术规律的认识理解与艺术创作的实践能力区别开。艺术才能，指的就是艺术创造的能力。如《文赋》序所说，文学创作，“非知之难，能之难也”。文艺创作才能又不是笼统的单一的，而是有多种类型，甚至在每个杰出作者身上会有不同的表现。有驾驭不同文体的才能，《典论·论文》说王粲长于辞赋，即是一例；有抒写不同题材的能力，《诗品》说刘琨“善叙丧乱，多感恨之词”，即是一例。

文以气为主是曹丕在《典论·论文》中的论断，他说，

> 文以气为主，气之清浊有体，不可力强而致。譬诸音乐，曲度虽均，节奏同检，至于引气不齐，巧拙有素，虽在父兄，不能以移子弟。

文以气为主，意思是说，文学创作由作家的心理素质、性格特征决定；而心理素质、性格特征是由多方面因素（包括先天的因素和后天的因素）在很长的时间里逐渐形成的，不能够随意改变，不能凭借主观愿望而相授受，不因血统关系而传承。

气，本是中国古代哲学中的重要范畴，命名的所指为最基本的元素，它以不同的组织结构和不同的方式构成万事万物。在实际使用中，在许许多多论者那里，“气”这个范畴被赋予不尽相同的涵义，本书第一章第三节介绍孟子“知言养气”说时，已经有所涉及。大致说来，可以在五个层次上理解气的概念。

第一，是作为万物构成因素之气。《白虎通义·天地》说：“天地者，元气之所生，万物之祖也。”《论衡·自然》说：“天地合气，万物自生。”《易·系辞》也早讲到，“精气为物”。《文子·十守》说：“精气为人，粗气为虫。”气，被认为是构成宇宙万物，构成所有事物的基本因子，包括有生命的和无生命的，包括动物和植物，包括物质的活动或者精神的活动。

第二，是地域之气。各个地区有不同的风土或风水，形成不同的气。自然条件的不同，造成社会心理和人们性格的差异。《白虎通义·天地》说：“地者，元气之所生，万物之祖也。地者，易也，言养万物怀任，交易变化也。”（清代陈立《白虎通疏证》认为此句最前脱漏一个“天”字。）作为万物本原的气，在运动中产生多种形态，有阴阳二气，有五行之气。

《内经·素问》说："东方生风，风生木；……南方生热，热生火；中央生湿，湿生土；……西方生燥，燥生金；……北方生寒，寒生水。"曹魏时的任嘏的《道论》则说："木气人勇，金气人刚，火气人强而燥，土气人智而宽，水气人急而贼。"曹丕《典论·论文》中所说的"徐干时有齐气"，"齐气"就属于在地域之气之上生成的地区人群性格和地域艺术的风格。《论衡·率性》说："楚越之人处庄岳（齐地街里之名）之间，经历岁月，变为舒缓，风俗移也，故曰齐舒缓。"《汉书·地理志》说："凡民函五常之性，而其刚柔缓急，音声不同，系水土之风气。"《北史·文苑传序》说："江左宫商发越，贵于清绮；河朔词义贞刚，重乎气质。"东汉李巡的《尔雅注》，对地域之气论述甚为具体，其中说："河南其气著密，厥性安舒，故曰豫；豫，舒也。河西曰雍州，李氏云，其气蔽雍，厥性急凶，故曰雍；雍，壅塞也。汉南曰荆州，其气燥刚，禀性强梁，故曰荆；荆，强也。江南曰扬州，李氏云，江南其气燥劲，厥性轻扬，故曰扬州也。"在地名里发掘地域文化特色或许有点牵强，但是，探究地理条件对居民群体心理的影响，是很有意义的。李巡的这番话被《史记正义》《公羊传疏》等反复引用，是相当长时期人们的通识。地域的自然之气，决定了一地区人群的或急凶或舒缓的性格。地域之气的学说，用自然条件的差异解释人群之间的性格、心理共性的差异，对于破除才能、风格形成问题上的神秘论是有益的；只是强调太过，便难以与实际符合。事实上，不论古今，南方人和北方人，沿海地区的人和深山居民，其性格确有明显差别。只不过，古代交通不便，人群的流动性较低，地区差别明显。现代人交往便利、频繁，人群流动性大，地区差别逐渐模糊，但也毕竟存在差别。

第三，人体之气，即人体内部流动的精微物质。气既是万物构成的基本因子，当然也是人体构成的基本因子。《庄子·知北游》说："人之生，气之聚也，聚则为生，散则为死。"《管子·枢言》也说："有气则生，无气则死，生者以其气。"同一的气，因为聚合、结构、组合方式的不同，形成千差万别的事物。《吕氏春秋》说："精气之集也，……集于羽鸟，与为飞扬；集于走兽，与为流行；集于珠玉，与为精朗；集于树木，与为茂长；集于圣人，与为夐明。"人体之气和鸟兽之气，既是同一的气，又是不同的气。作为万物之源是相同的，而"集"的方式是不同的，构成方式是不同的。关于气在人体的作用，《内经·灵枢·决气》记黄帝之言："余闻人有精、气、津、液、血、脉，余意以为一气耳。"岐伯给他解释："上焦开发，宣五谷味，熏肤、充身、泽毛，若雾露之溉，是谓气。”五谷食物所化生的，充满全身、润泽肤发、给人营养的精微物质，就是气。气分布于人的全身，成为宗气（管呼吸）、营气（营养、润泽）、卫气（管皮肤腠理）、脏腑之气（管五脏六腑）、经络之气（通血脉）。这种气，在各个人也是不同的，《论衡·气寿》说：“人之禀气，或充实而坚强，或虚劣而缓弱。”以上所说是人的生理之气，它是精神之气的物质基础。

第四，作为人的精神之气，指的是人的精神状态，一般指的是人的积极、肯定、奋发的精神状态，推而广之，则指人的精神特色。成语所谓“一鼓作气”、“垂头丧气”中的“气”，就是这类意思。不同的人，有不同的精神面貌，不同的精神特性。《易·乾》卦说“同声相应，同气相求”；陆机的《辨亡论》说“故同方者以类附，等契者以气集”。气，指的是人或物的特性。《抱朴子·清鉴》说，“或外候同而用意异，或气性殊而所务合”，气性即个人的性格特点。后来，宋代哲学家讲的“气质”，则明确地指个人稳定的性格特征。

第五，文气或辞气，这就是文学作家和作品的风格特征，它以前述四个层次的气，特别是以作家个人的气质、气性为根底。作家的气质、气性怎样体现在创作过程之中，体现在创作成果之中，是艺术心理学研究的课题。曹丕所讲的气，既包含地域环境和文化传统特色在作家身上的表现，也是指作家的个人性格特征及其在文学创作上的体现。文论家们用“气”这个范畴，把以上五个方面连接起来，认为，由于先天和后天条件的不同，个人形成了自己的生理特性和心理特性，作家自觉或不自觉地将自己的心理特性渗透在创作过程，体现在作品中间。

第三节　气之清浊、阴阳、刚柔

曹丕说，“气之清浊有体”，体，在这里是区分的意思，就是说，气有清和浊的区别。清气与浊气，常指阴阳二气。左思《魏都赋》：“夫泰极剖判，造化权舆，体兼昼夜，理包清浊。”李善注《文选》对此解释说：“清轻者上为天，浊重者下为地。”天在上，是清，是阳；地在下，是浊，是阴。庾信《燕射歌辞·周五声调曲·宫调曲》之一有“气离清浊割，元开天地分”之句，也以清气属天、浊气属地。所有这些作者和注释者，都认为气有清浊、阴阳的区别。天地的清浊之气或阴阳之气赋之于人，人禀受了不同的气，有人受了清气、阳气，有人受了浊气、阴气；他们的禀性就有了两大类别。文学家禀受了不同的气，形成了文学艺术风格的两大类型。

在曹丕那里，在中国古代哲学或心理学思想中，清气和浊气，阴气和阳气，只是两种不同的类型，并没有作高下、贵贱的等级区分。曹丕对于作家风格、个性所作的区分，是非常粗略的。他开了一个头，就有人接下去做进一步的工作。刘勰《文心雕龙·体性》是专论风格问题的。其中说，

> 才有庸俊，气有刚柔，学有浅深，习有雅郑，并情性所铄，陶染所凝，是以笔区云谲，文苑波诡者矣。故辞理庸俊，莫能翻其才；风趣刚柔，宁或改其气？事义浅深，未闻乖其学；体式雅郑，鲜有反其习；各师成心，其异如面。若总其归途，则数穷八体。一曰典雅，二曰远奥，三曰精约，四曰显附，五曰繁缛，六曰壮丽，七曰新奇，八曰轻靡。

曹丕单独谈气，而刘勰是把才、气、学、习综合起来。曹丕把气分为清浊两种即阴阳两类，而刘勰把作家个性风格分为八种类型；但涉及气，刘勰仍然列举刚柔两种，刚柔也就是阴阳或清浊，而且也认为不可力强而致。

曹丕、刘勰和中国古代其他研究作家个性风格的论者所说的气，在一定意义上相当于现代心理学所说的气质（temperament）。气质，是人稳定的心理特征；它表现在人的各种心理活动上，如意志力的强弱，情绪体验的敏锐或迟钝，注意集中时间的长短，心理活动的指向是内倾还是外倾，以及心理活动转换的灵活性等等。在古代，人们通过观察、接触，发现了人在上述各个方面的区别，于是提出了气质问题，把人划分为若干类型。至于人为什么有这些不同，开始只能是猜测和推论。古希腊人结合天文学与医学观点，设想人在出生时受到星星的影响，因而具有不同的体液，若干体液元素在人体内的不同比例，造成个人特有的气质。公元前五世纪的希波克拉底提出四种类型，即多血质、黏液质、胆汁质、抑郁质。两千多年来，世界各国学者提出了不同说法，归结起来，人的气质的形成，无非是先天的因素和后天的因素、自然的因素和社会的因素、自身的因素和环境的因素所决定。先天的因素不可力强而致，后天的因素则离不开主体对于环境的态度和对于自我的期望。曹丕处于唯才是举的社会气候下，强调文以气为主，提醒人们注意作家个性的差别，提醒作家扬己之长并看到其

他作家的长处，这在当时和后世，都很有积极意义。曹丕区分清浊二气，希波克拉底区分四种类型，在各自的文化空间里，都被长期沿袭、继承，他们的不同分法，体现了东西方民族的心理学思想的不同特色。按照中国人的思维方式，清浊之分或阴阳之分，不仅概括了人的气质的两大类别，而且表示了对于每一种气质的构成要素及其相互关系的理解，对于两种气质之间关系的理解。《易·系辞上》说，“一阴一阳之谓道”，万事万物，都由阴阳两个方面构成，都包含阴和阳的相互对立、相互渗透、相互协调、相互融合。《易·系辞下》说：“乾坤，其易之门邪？乾，阳物也；坤，阴物也。阴阳合德而刚柔有体。”《系辞》一再讲到“刚柔相推而生变化”，“刚柔相摩八卦相荡”，“刚柔相推，变在其中矣”。用这个根本的原则来考察人的气质，不同的人所禀受的气虽有阴阳之分，但这只是说总的倾向。事实上每个人的气质中都有阴阳两种成分，并不是绝对的完全的阴，或绝对的完全的阳。在每个人身上，阴阳两气都在不停地相互作用，所以人的气质既有稳定性，又有变动性；所以人和人千差万别，偏于阴的人们之间，偏于阳的人们之间，没有两个人是一模一样的。这种阴阳二气相生相克、变化调和的观点，是中国的气质论的精华。清代姚鼐《复鲁絜非书》对此有总结性论述：

> 鼐闻天地之道，阴阳刚柔而已。文者，天地之精英，而阴阳刚柔之发也。惟圣人之言，统二气之会而弗偏，然而《易》《诗》《书》《论语》所载，亦间有可以刚柔分矣。值其时其人，告语之体各有宜也。自诸子而降，其为文无弗有偏者……观其文，讽其音，则为文者之性情形状举以殊焉。且夫阴阳刚柔，其本二端，造物者糅而气有多寡进绌，则品次亿万，以至于不可穷，万物生焉。故曰：一阴一阳之为道。夫文之多变，亦若是已。糅而偏胜可也，偏胜之极，一有一绝无，与夫刚不足为刚，柔不足为柔者，皆不可以言文。

中国古人论气质，有三点值得留意：第一，不是专门注重它的具体组成成分，而是更注重它的结构形态；组成成分有基本的类别，结构形态则是无穷无尽。第二，不是专门注重它的稳定的一面，而是更注重它的运动形态；个体的气质逐渐形成，不断变化，主体的自我修养，有助于气质的改善。第三，不是赞赏它的偏胜，而是更赞赏它的善于转化和协调。

第七章 言意之辨和声无哀乐论

魏晋时代之哲人要作形而上的思考，要表达他们“玄远”的思想，他们遇到一个难题——思想玄远就必定难以言传，他们既不能改变玄远的风度，又不能不与他人交流，于是，语言与意义的关系问题就突出出来；于是，也就有了所谓言意之辨。“辨”就是辨析，辨析语言和意义的关系；言意之辨可以说是造就了中国古代的语言哲学和语言心理学思想的一次突进。因为那期间在这个问题上出现对立的见解，有主张言尽意的，有主张言不尽意的，又发生了言意之辩。“辩”就是辩论，这是一次延续时间长、影响也很大的学术讨论。魏晋时期言意之辨的理论内涵颇为丰富，有从哲学上对言尽意或言不尽意的辨析。有从品鉴人物上对言尽意或言不尽意的辨析，也有从文学表达上对言尽意或言不尽意的辨析。几个方面都牵涉到对人的语言心理活动规律的认识。哲学和文学思想的表达，用的是语言文字的符号；音乐用的是声音符号，音乐是表现情感的，声音符号与主体的情感是什么关系，也是一个值得探究的问题，与言意之辨相关，嵇康提出声无哀乐论，阐述了音乐心理的问题。

第一节 言意之辨与味外之味

言意关系问题，是一个古老的问题，也是一个常辨常新的问题。海森伯在其名著《物理学和哲学》中专辟一章来谈语言与意义，那一章的题目叫做“现代物理学中的语言和实在”。他在那里说：“在希腊哲学中，语言中的概念问题自苏格拉底以来，就是一个主要的题目，苏格拉底的一生——如果我们能够引用柏拉图在他的对话中的艺术性描写的话——是连续不断地讨论语言中概念的内容和表达形式的局限性的一生。”① 还有人说：“每当人类文化处于危机点时，就会产生对语言和意义问题的热情。”②这话很有几分道理，文学、哲学和文化面临大的变革，语言和意义的关系

---

① 海森伯：《物理学和哲学》，范岱年译，商务印书馆，1984年，第110页。

② W. M. 乌尔班语，转引自李幼蒸《理论符号学导论》，中国社会科学出版社，1993年，第211页。

就会突出。量子力学的创始者们关心到语言问题，就是由于物理学的大革命；而魏晋士人的言意之辨，也是由于哲学变革的需要，以及文学和文学理论变革的需要。先秦的儒家和道家、名家和墨家对这个问题都有过不少论述，魏晋时期的论争，上承先秦儒道两家的分歧。荀粲是言意之辨中“言不尽意”论的最早代表，他所受的正是道家思想的影响。

《三国志·魏书·荀彧传》裴松之注引何劭《荀粲传》说：“粲诸兄并以儒术论议，而粲独好言道，常以为子贡称夫子之言性与天道不可得闻，然则六籍虽存，固圣人之糠秕。”荀粲所称引的子贡的话，见于《论语·公冶长》：“子贡曰：夫子之文章可得而闻也，夫子之言性与天道，不可得而闻也。”这句话在《史记·孔子世家》中记载为：“子贡曰，夫子之文章可得而闻也，夫子言天道与性命，弗可得闻也已。”到了《汉书·眭两夏侯京翼李传赞》末句引用，则成为“不可得而闻已矣”。文字的差异体现出意思的很重要的区别。清代钱曾《读书敏求记》说：“高丽有何晏《集解》抄本，此与《汉书》‘传·赞’适合，盖子贡寓嗟叹于不可得闻中，故以‘已矣’传言外微旨，二字似不可脱。”子贡的这句话非常重要，人们屡屡引用而理解显然有异。钱曾认为《汉书》的记载有版本依据，这个感叹的句子里所强调的是，有些东西是不可言说的，例如“性与天道”、“性命”就不可言说，对于言不可尽的天道、性命之意，后人只能从“言外微旨”去领会。《后汉书·桓谭传》：“盖天道性命，圣人所难言也。自子贡以下，不得而闻。”《后汉书》作者范晔的这种理解，也是沿着上述路径，是大多数人共同的，荀粲也如此。所以他认为，经典中能够记录下来的，是圣人普通的、不那么重要的思想，是糠秕，最精彩的思想无法用语言表达，因而也就不能流传下来。他的兄长荀俣反对他的这种看法说，“《易》亦云：‘圣人立象以尽意，系辞焉以尽言’，则微言胡为不可得而闻见哉?”荀俣认为“微旨”也可以通过“言”使人得以闻见。《易·系辞上》说：“子曰：‘书不尽言，言不尽意。’然则圣人之意，其不可见乎?子曰，‘圣人立象以尽意，设卦以尽情伪，系辞焉以尽其言……’。”荀俣引用《周易》的话，不但不能驳倒荀粲的上述说法，而且恰好是佐证了荀粲的说法。今人尚秉和《周易尚氏学》解释这几句话说：“意之不能尽者，卦能尽之；言之不能尽者，象能显之。故立象以尽意，设卦以尽情伪。”《系辞》的话乃是确认语言表意的局限性，《周易》中要表达的有很多是神秘莫测的吉凶之兆，因为言不能尽，才想到去立象（卦象）；如果言能尽意，又何必那么麻烦再去立象呢？

子贡所陈述的儒家的观点和荀粲的观点，以及《易·系辞》的观点，都不过是肯定：人的有些思想，有些心理活动，是可说的，是能够用语言陈述，以便让他人了解的；有些思想，有些心理活动，是不可说的，是不能够用语言陈述，因而难以让他人了解的。那些不能用语言陈述的思想、心理，其中有的正是最精髓的思想、心理。对于语言不可说的思想、心理，人们尝试使用别的符号系统——比如说《周易》的卦象——来传达。至于别的符号系统能不能很好地传达语言所不能传达的思想，那就是另外一个问题。而且，所谓不可说，不是绝对不能谈及，而是指不能够确切圆满地表达，意和言不是恰好对称。日常语言的使用，如镜中显物，是对称的；哲学思维和文学艺术思维使用语言，有时候如流水中的物影，是恍惚不定、难以捉摸的。一般来说，实际存在的物事，如草木虫鱼、房舍器具，语言易于描述；内心活动，精深的道理，则是语言难以描述的。荀粲说：

> 盖理之微者，非物象之所举也。今称“立象以尽意”，此非通于意外者也；“系辞焉以尽言”，此非言乎系表者也——斯则象外之意，系表之言，固蕴而不出矣。

荀粲所强调的不能“尽”的，不是普通描述物象的“意”，而是始终在“象外”、“言外”的那个“意”，是哲学的玄远之思。历来感受言不尽意之痛苦的，主要是哲学家和文学家。[①]

晋代欧阳建写作《言尽意论》之际，言不尽意论已经风靡天下，为潮流之所向[②]。所以他假设一位“雷同君子”，问于“违众先生”说：世之论者无不赞成言不尽意，由来已久，独有你不以为然，是什么缘故呢？于是展开他的正面答复：

---

① 《论哲学家及文人对语言之不信任》，参见钱锺书《管锥编》第二册，中华书局，1979年，第406—408页。

② 《文选》卷二十五卢子谅《赠刘琨一首并书》：“《易》曰，书不尽言，言不尽意，然则书非尽言之器，言非尽意之具矣。况言有不得至于尽意，书有不得至于尽言邪。”

古今务于正名，圣贤不能去言，其故何也？诚以理得于心，非言不畅；物定于彼，非言不辩。言不畅志，则无以相接；名不辩物，则鉴识不显。鉴识显而名品殊，言称接而情志畅。原其所以，本其所由，非物有自然之名，理有必定之称也。欲辩其实，则殊其名；欲宣其志，则立其称。名逐物而迁，言因理而变。此犹声发响应，形存影附，不得相与为二矣。苟其不二，则言无不尽矣，吾故以为尽矣。[①]

引文中“辩”通“辨”，在这里是分辨的意思。语言有两方面的基本作用，就是作为人的思维工具和交际工具。语言是一个符号系统，它利用语音和字形的符号作为载体，传达相应的信息，描述客观事物或主体心理。人类自从进入文明期之后，就再也无法离开语言。恩斯特·卡西尔说：“符号化的思维和符号化的行为是人类生活中最富于代表性的特征，并且人类文化的全部发展都依赖于这些条件，这一点是无可争议的。”[②] 对于人类来说，再没有比语言符号更重要的符号系统了。语言是人类文化的基石。语言符号与其他符号有怎样的性质区别呢？卡西尔说：“这就是我们全部问题的关键：命题语言与情感语言之间的区别，就是人类世界与动物世界的真正分界线。”[③] 人类语言的优越，在于语词有客观的、指称的、命题的意义。动物的符号化过程就是在这里停止了脚步，始终未能跨越，走入了死胡同。动物行为中可以有相当复杂的信号系统，但是，信号与符号有原则的区别。“信号和符号属于两个不同的论域：信号是物理的存在世界之一部分；符号则是人类的意义世界之一部分。信号是操作者；而符号则是指称者。”[④] 欧阳建说，离开了语言人与人就不能相接，人就无法形成和确定其鉴识，无法畅宣心中的“志”、“理”，他是完全正确的。但是，他的论辩并未构成对荀粲的驳斥，两人的论述不在问题的同一个层面。

---

① 欧阳建的主张，发生了广泛的影响。《梁书·侯景传》：“景然之，乃抗表曰，臣闻书不尽言，言不尽意，然则意非言不宣，言非笔不尽。臣所以含愤蓄积，不能默已者也。”

② 卡西尔：《人论》，甘阳译，上海译文出版社，1985 年，第 35 页。

③ 卡西尔：《人论》，甘阳译，上海译文出版社，1985 年，第 38 页，着重号原有。

④ 卡西尔：《人论》，甘阳译，上海译文出版社，1985 年，第 41 页。

欧阳建肯定的是语言的符号功能，肯定的是这种符号功能对于人的思维的必不可少。荀粲是为了给玄学打开通路，强调在语言的客观的、指称的、命题的意义的范围之内，语言不能很好地传达玄学家的思维成果。他们之间的分歧，其实不在语言究竟能尽意还是不能尽意，而在哲学思维的最高目标或最高境界是什么。《庄子·秋水》说："可以言论者，物之粗也；可以意致者，物之精也；言之所不能论，意之所不能察致者，不期精粗焉。"显然，后面才是庄子一派哲学家追求的境界。20世纪的大哲学家维特根斯坦在1918年致罗素等人的信中说，"主要问题是关于能够由命题——即由语言——表达的东西（说能够被思想的东西也一样）和不能由命题表达，而只能显现的东西的理论，我认为这是哲学的根本问题"①。维特根斯坦哲学很关键的，就是划分这两者的界限。甚至在自然科学中也出现这样的情况。海森伯说："关于使用语言的最困难的问题是在量子论中发生的。……语言的问题在这里确实是严重的。我们想以某种方式谈论原子结构……但是，我们却不能用日常的（语言）来谈论原子。""玻尔引入量子论解释中的互补概念鼓励了物理学家们宁可使用一种含糊的语言，而不使用一种无歧义的语言。"②"言不尽意"是指，"意"在不停地向未知世界伸展，创造性的思维在不停地向未知世界伸展，作为人类的制度化的符号系统的语言难以即时地追踪。语言和意义的关系，除了从语义学上讨论，还要从心理学上考量。古希腊的巴门尼德认为，思想和语言都依存于它们之外存在的客体，罗素的《西方哲学史》评述说："巴门尼德认为字汇有着经常不变的意义；这一点实际上就是他论证的基础，他假定这一点是毫无问题的。然而，尽管字典或者百科全书给一个字写下了可以说是官定的，并且为社会所公认的意义，但是并没有两个人用同一个字的时候，在他们的心目中恰好有着统一的思想。"③ 每一个说者和听者对语言投射的主观色彩，正是心理学和文学最为关切的。

梁代的僧人慧皎在《高僧传·义解论》中，从佛教教义的领悟和传述的角度，来指出语言的局限性，和人们所该持有的应对之方，他说：

---

① 转引自穆尼茨：《当代分析哲学》，复旦大学出版社，1986年，第239—240页。穆尼茨说，维特根斯坦也许通过阅读叔本华而了解佛教学说，这使有的研究者发现他和禅宗之间的相似。

② 海森伯：《物理学和哲学》，范岱年译，商务印书馆，1984年，第118页。

③ 罗素：《西方哲学史》上册，马元德译，商务印书馆，1986年，第81页。

夫至理无言，玄致幽寂。幽寂故心行处断，无言故言语路绝。言语路绝，则有言伤其旨；心行处断，则作意失其真。所以净名杜口于方丈，释迦缄默于双树。将知理致渊寂，故为无言。但悠悠梦境，去理殊隔，蠢蠢之徒，非教孰启？是以圣人资灵妙以应物，体冥极以通神，借微言以津道，托形象以传真。故曰，兵者不祥之器，不获已而用之；言者不真之物，不获已而陈之。

“言伤其旨”，是说在那种情况下，宗教教义的传授人，或者哲学的思想者，应该沉默无言，如果“有言”，语言不但不能打开通向意义之路，反而会屏障两者之间的通路。维特根斯坦说：“确实有不能讲述的东西。这是自己表明出来的；这就是神秘的东西。”“我的命题可以这样来说明：理解我的人当他通过这些命题——根据这些命题——越过这些命题（他可以说是在爬上梯子之后把梯子抛掉了）时，终于会知道是没有意思的。/他必须排除这些命题，那时他才能正确地看世界。”“一个人对于不能谈的事情就应当沉默。”① 所以，言不尽意论，就是要哲学去追踪那不可言说的领域。而文学，在有些文学家、文论家看来，其最高境界，也是用语言传达语言所不可传达的东西，诗人最难做到的是用语词创造非语词的境界②。

刘勰的《文心雕龙·夸饰》从艺术表现的角度谈到作家面对的“言能尽”的和“言不能尽”的两种对象，也同时涉及文学创作的两种境界，

① 维特根斯坦：《逻辑哲学论》，郭英译，商务印书馆，1985 年，第 97 页。哲学家卡尔纳普在回忆维特根斯坦的时候，触及了他的哲学思维过程中的心理特征：“他对待人和问题，甚至是理论问题的观点和态度，与其说像个科学家，不如说更像一个有创造性的艺术家，也几乎可以说，像一个宗教的先知或预言家。当他开始提出他关于某一个特殊的哲学问题的观点时，我们常常可以感觉到就在那一刻发生的他的内心斗争，他试图在一种强烈而痛苦的紧张努力下，通过这种斗争冲破黑暗进入光明，这种斗争甚至在他最富表情的脸上也可以看得出来。”转引自 M. K. 穆尼茨《当代分析哲学》，复旦大学出版社，1986 年，第 209 页。

② 法国的莫里斯·贝姆尔一篇文章的题目叫做《精神的形象再现和对不可表达之物的表达》，其中说：“每首真正的诗歌，从它本身看，就是这个内部实在的一种造形表现。而这个内部实在，是由诗意所构成的……从本质上看，是不可表现的诗意的形象表现。”见中国社会科学院哲学研究所美学研究室选编《美学译文》（2），中国社会科学出版社，1982 年，第 274—275 页。

他说：

> 夫形而上者谓之道，形而下者谓之器。神道难摹，精言不能追其极；形器易写，壮辞可得喻其真—才非短长，理自难易耳。

“形器”是可说、易说的，“神道”是不可说、难说的。用语言描画形器，相对容易，因而在文学创作上属于较低层次；用语言追摹神道，是最为难能，因而也是最为可贵的。从庄子到荀粲、慧皎、刘勰，都是主张、承认言不尽意的。但是，他们并不是否定语言的表意功能，相反，他们比常人更为重视语言的表意功能。在通常情况下，人们在口头或书面的言语活动中，注意发挥的是语言的置换、替代作用，即用声音或字形的符号，置换对应的客体。这种时候，语言能指的对应物——所指是确定的。科学语言比较日常语言要求能指与所指对应的更高的精确性，排斥歧义、模糊。而歧义性、多义性恰恰是文学语言的重要特征。在文学作品中，言辞的意义是多重的，作家不停留于表面，而是要力求暗示更丰富的言外之意。文学家期望语言对接受者产生的，主要不限于置换作用、替代作用，而是更看重激发、诱导、启迪作用。在诗歌里，能指往往没有确切的唯一的对应物，而只是指示方向的符号，它的所指是一个开放域①。这样的能指，不是固定的僵硬的，而是充满弹性和活力，它能够打开读者的联想、想象的闸门，而且在每一次新的阅读中调动起新的联想和想象。明代唐元竑《杜诗擴》卷三说：“所谓言不尽意，尽即非诗矣。”文学作品里的词语、句子，当然有一个基本的稳定的意义，但是，读者领会的所指，与作者写作时想到的所指，未必完全一样，各个读者领会的所指，又会是千差万别。文学家的本领在于，以有限的能指，激发起、诱导出无限多的彼此接近而又各各不同的所指。也就是这个缘故，才使得“好诗不厌百回读”（苏

① 威廉·詹姆斯说，“人类语言中有很大的部分只是思想内方向的符号”，见其所著《心理学原理》中译本第100页，商务印书馆，1961年。这个话更适合于文学语言。卡普拉的《近代物理学与东方神秘主义》谈到：“我们语言中的不精确和含义不明确对于诗人来说是重要的，他们主要是利用语言的潜意识层次和联想。然而，科学的目的是作出明晰的定义和找到确定的联系。因此，它按照逻辑的法则，通过限制词汇的含义，并且使语言的结构标准化，来使语言进一步地抽象化。”朱润生译，北京出版社，1999年。

轼），才使得文学作品“譬诸日月，虽终古常见，而光景常新”（唐代李德裕《文章论》）。

庄子在主张言不尽意的同时，还主张得意忘言，《弘明集》载刘勰《灭惑论》说：“得意忘言，庄周所领，以文害志，孟轲所讥，不原大理，唯字是求，宋人申束，岂复过此?”得意忘言的说法为古代许多文人所喜好[①]。哲学上可以得意忘言，文学家却不应该得意忘言，语言在文学文本中是有独立价值的。言不尽意在文学上引出的一个命题是言外之意。对言外之意的追求在南朝以后的诗学上，一直被许多作家和理论家所重视。《文心雕龙·宗经》：“辞约而旨丰”，《隐秀》：“深文曲蔚，余味曲包”，钟嵘《诗品》提到“文已尽而意有余”，《文心雕龙》说“言所不追，笔故知止”，司空图《与李生论诗书》说到咸酸之外的“醇美”、“味外之旨”。宋代杨万里《诚斋集·习斋论语讲义序》说：“读书必知味外之味，不知味外之味而曰我能读书者，否也。《国风》之诗曰，‘谁谓荼苦，其甘如荠’。吾取以为读书之法焉。夫食天下之至苦而得天下之至甘，其食者同乎人、其得者不同乎人矣。同乎人者，味也；不同乎人者，非味也。”所以说，言不尽意论，其要义和价值，是在于对哲学的文学的微妙玄远境界的追求。

第二节　声无哀乐论与形式情绪

语言是意义的载体，音乐也是意义的载体，如果说，语言是思想的物质外壳，那么，也可以说，音乐是情感的外在标志——由于音乐自身的特点，决定了它所传达的主要不是抽象的思想，而是人们的情感。那么，如何细致精确地说明音乐作品和人们的情感的关系呢？与当时的“言意之辨”相呼应，嵇康提出“声无哀乐”的论点。

从原始时代开始，各个地域和各个民族的人们，早已都在用音乐（起初总是伴随着舞蹈以及诗歌）传达各种各样的情感，音乐能不能传达主体的情感，似乎并不是一个需要重新论证的问题。嵇康是一位优秀的音乐

---

① 《文苑英华》卷九十四。唐代谢观《得意忘言赋》说：“易意难见，言以存之，得意之后，而言可遗。本凭诠以指昧，既达诚而去词。昔者先王玄通黙想……立文以寓其吉凶，赜隐以知其来往，凭有状之状而定其范围，因可名之名以征其影响。悟影响则可名之名息，达范围则有状之状无，执可名为常名者谬，定有状为常状者愚。”

家，他在《琴赋》里说："余少好音声，长而玩之，以为物有盛衰，而此无变，滋味有厌，而此不倦。可以导养神气，宣和情志，处穷独而不闷者，莫近于音声也。"那么，这样一位内行为什么又提出"声无哀乐"，写长文予以论辩呢？当代学者对此多有论析，提出了不少很有启发性的观点①。但是，这个问题还有更深入一层探讨的必要，尤其是需要揭示出嵇康的"声无哀乐"论在开启中古时代艺术理论转向上的革命意义；而这，很需要从艺术心理学的角度来考量。

在嵇康以前，对于音乐与人们情感的关系，占据压倒地位的观点是以《礼记·乐记》为代表的儒家的观点，它勾画的音乐生成与活动的路线是：物感心（音乐作者之心），心生音，音再被"君子"用来感化和规范"众庶"之心。《乐记》说："乐者，音之所由生也，其本在人心之感于物也。"故先王"乐以和其声"，"所以同民心而出治道也"。"凡音者，生于人心者也；乐者，通于伦理者也"，"唯君子为能知乐。……审乐以知政，治道备矣"。《乐记》反复讲到音乐作品的内容、风格与人的情感的对应关系，它说："其哀心感者，其声噍以杀；其乐心感者，其声啴以缓；其喜心感者，其声发以散；其怒心感者，其声粗以厉；其敬心感者，其声直以廉；其爱心感者，其声和以柔——六者非性也，感于物而后动。""情动于中，故形于声，声成文，谓之音。是故治世之音安以乐，其政和；乱世之音怨以怒，其政乖；亡国之音哀以思，其民困。声音之道，与政通矣。"这两段话，涉及两个层次，一是音乐与个体情感的关系；二是音乐与社会心理以及社会普遍情感趋向的关系，由第二层再推出音乐与国家、朝代盛衰兴亡的关系。应该说，《乐记》推论的最初出发点是不错的。人受到外在世界的激发触动，心理上产生反应，常常会用声音表现出来，包括非音乐的声音和音乐之声。在第一个情况下，这种声音是日常容易听到的非音乐的声音，比如哭声、笑声、叹息声、长啸声、大吼声……还有说话节奏快慢、声调高低、语气轻重的变化等等。后来，人们发现声音与情感关系中的一些规律，就创造出音乐，用乐声

① 参见李泽厚、刘纲纪：《中国美学史》（二），中国社会科学出版社，1987年；蔡仲德：《〈乐记〉〈声无哀乐论〉注译与研究》，中国美术学院出版社，1997年；辛国刚：《声无哀乐：嵇康的自律论音乐观》，《文学评论丛刊》第六卷第一期；于民：《中国古典美学举要·声无哀乐论评述》，安徽教育出版社，2000年。

表达感情。音乐，是按照规律安排、组织的声音系列，它在表达主体情感上更细腻、更深刻、更有感染力。关于音乐的音调旋律与人的感情是否存在对应关系，我们在本书第一章有过讨论。《乐论》把这种对应讲得简单、机械、单一了。事实上，同一情感可以表现为各种不同的声音，同一声调可以表现不同的情感。音乐作品表达情感内容的一大特点是，相比于文学作品，它具有很大的不确定性，给接受者有意或无意的“误读”，给接受者欣赏中的再创造，提供大得多的空间。接受主体的前理解、前体验，他接受时的心理背景，对于他聆听音乐时产生的情感反应，具有很大的影响力。例如，在“文革”中遭受过迫害的人，重听“样板戏”的音乐，会引起憎恶、恐惧、悲伤，而没有这种经历的人，听同一件音乐作品，却可能引起欢快、崇敬、喜悦。

任何艺术种类，都可以传达作者的情感、引发接受者的情感，音乐的不同点则是它带有更大的情绪性①。最早，音乐和舞蹈、体力劳作或祭祀仪式等连在一起而不能分开，直到今天，人们在听音乐的时候，也常常不由自主在身体动作上有所反应，手、脚、头和身躯随着乐曲的节拍动起来。至于摇滚之类的现代音乐，则总是伴随强度很大的动作。现代有的心理学派认为，情绪是人在一定的行为情境下机体的再调整，是对机体变化的知觉。在外界刺激和情绪反应之间，首先要有人的躯体变化介入。常识总是告诉人们，丢失财产，会难过而哭泣；突然碰到一只熊，会害怕而逃跑；受到侮辱，会恼怒而与对手打斗。机能主义心理学家却说，不对！威廉·詹姆斯说：

> ……这种顺序安排是不正确的。这一心理状态不是直接由另一状态引起的，在两者之间躯体的表现必须首先介入。较合理的说法应为：我们觉得难过因为我们哭起来，觉得恼怒因为我们打起来，觉得害怕因为我们颤抖。而不是我们哭起来，打起来，或颤抖，因为我们难过，恼怒，或害怕，就像看起来是可能的那样。没有随着感知而来

① 关于情感与情绪的区别，参见《中国大百科全书·心理学》：“人们常把短暂而强烈的具有情景性的感情反应看作是情绪，如愤怒、恐惧、狂喜等；而把稳定而持久的、具有深沉体验的感情反应看作是情感，如自尊心、责任感、热情、亲人之间的爱等。”中国大百科全书出版社，1991 年，第 257 页。

> 的躯体状态，我们的难过、恼怒等等在形式上就会是纯认知性的，是苍白的，没有色彩的，缺乏情绪温度的。①

喜爱摇滚乐的人，他的情绪在多大程度上是由乐曲引起，在多大程度是由动作引起，确实是值得加以分析的。不过，这还是不能否定乐曲可以传达情感，影响接受者的情感的事实。

《乐记》推论的问题出在哪里呢？就在于它悄悄地调换了推论三段式里面作为核心概念的“心”（“情”）的内涵，把音乐所传达和所激发的心理仅仅归结为伦理心理，甚至仅仅归结为政治伦理心理，从而引出音乐与政治直接而密不可分地连接的结论。实际上，音乐动人心，主要是打动人类具有较多普遍性的那些情感。如果不是调换概念，从“音生于人心”，无论如何，无法得出“乐通于伦理”的结论。儒家所以作出这样的推论，是因为，在从西周到孔子生活的年代，以至以后很长时期，乐和礼是直接而密不可分地连接在一起的，乐是为礼服务的，是为君主统治下的等级制度服务的。嵇康非汤武而薄周孔，他自然要反对这样的音乐观。在司马氏高压统治下，明确地反对“乐通于伦理”不免有所顾忌，嵇康就否定乐系于哀乐。在我看来，《声无哀乐论》提出的重要问题，不在于音乐能否表达情感，而在于音乐的目的是否在表征社会政治心理，乐是否应该依附于礼，是否应该成为一种政治手段和工具。所以，这一论争的要点，其实并不在音乐符号系统与人的情感究竟有无对应关系，而在于人们与音乐相对应的心理究竟是什么心理。我们也可以说，《声无哀乐论》提出的，是音乐的性质、功能和最高境界的问题。在这一点上，它和“言意之辨”的命题异曲而同工。

嵇康怎样展开他的论述呢？《声无哀乐论》说：

> 音声之作，其犹臭味在于天地之间。其善与不善，虽遭遇浊乱，其体自若而不变也。岂以爱憎易操、哀乐改度哉？……然则乐云乐云，钟鼓云乎哉？哀云哀云，哭泣云乎哉？因兹而言，玉帛非礼敬之实，歌舞非悲哀之主也。何以明之？夫殊方异俗，歌哭不同，使错而

---

① 转引自J. P. 查普林、T. S. 克拉威克：《心理学的体系和理论》下册，林方译，商务印书馆，1984年，第127页。

用之，或闻哭而欢，或听歌而戚，然则哀乐之情均也。今用均之情，而发万殊之声，斯非音声之无常哉？

这里间接地引用了孔子的话，《论语·阳货》记孔子之言说："礼云礼云，玉帛云乎哉！乐云乐云，钟鼓云乎哉！"孔子的意思是反对当时的人们重视奉献贵重的礼物而忽视下对上的尊崇、敬畏，重视乐器的豪华和乐队的规模而忽视音乐在移风易俗上的作用①。嵇康背离其义而用其语，意在说明音乐是独立于人的情感之外的，独立于创作者和接受者的情感之外的。主体的悲哀、欢乐是由声音引起的，但不能把引起这两种情感的音乐叫哀音和乐音，而只能说它是好的音乐或者不好的音乐。表现和引起喜悦之情的音乐，也可能是不好的；表现和引起悲哀乃至憎恨之情的音乐，也可能是很好的。他进一步论述道：

……夫喜、怒、哀、乐，爱、憎、惭、惧，凡此八者，生民所以接物传情，区别有属，而不可溢者也。夫味以甘苦为称，今以甲贤而心爱，以乙愚而情憎，则爱憎宜属我，而贤愚宜属彼也。可以我爱而谓之爱人，我憎而谓之憎人？所喜则谓之喜味，所怒则谓之怒味哉？由此言之，则外内殊用，彼我异名。声音自当以善恶为主，则无关乎哀乐，哀乐自当以情感，则无系于声音。名实俱去，则尽然可见矣。

嵇康认为，客观对象的性质和主体对它的情感评价，需要严格加以区别。我所讨厌的人不等于就是可厌恶的人，我所喜欢的人不等于就是可敬爱的人。音乐是一种声音排列的客观存在物，它和人的悲哀或快乐是不同的两种现象。他的文章里值得特别加以重视的是，驳斥季札听了音乐就能判断各国的政治，孔子听了师襄演奏就如同当面见了文王的仪表风度，师旷听了师涓所进之曲就知道是亡国之音的那一段，他说：

此为文王之功德与风俗之盛衰皆可象之于声音，声之轻重可移于后世，襄、涓之巧又能得之于将来——若然者，三皇五帝可不绝于今

① 皇侃疏引王弼："礼以敬为主，玉帛者，敬之用饰也；乐主于和，钟鼓者，乐之器也。于时所谓礼乐者，厚赘币而所简于敬，盛钟鼓而不合雅颂，故正言其义也。"

日，何独数事哉！……此皆俗儒妄记，欲神其事而追为耳。

且夫《咸池》《六茎》《大章》《韶》《夏》，此先王之至乐，所以动天地、感鬼神者也，今必云声音莫不象其体而传其心，此必为至乐不可托之于瞽史，必须圣人理其弦管，尔乃雅音得全也。……至乐虽待圣人而作，不必圣人自执也。何者？音声有自然之和而无系于人情，克谐之音成于金石，至和之声得于管弦也。

嵇康反对音乐“象德”说，反对音乐是圣人功德的表现、是国家盛衰的表现的观点。他把人对音乐的反应比之于吃了辛辣的食物要流眼泪。同一首乐曲，既可以由圣人演奏，也可以由艺人演奏，效果是一样的。从这里我们可以引出什么结论呢？音乐的使命不是表征圣人的功德，表征和改善社会的风俗，那又是什么呢？从他的这些论述中我们可以引出，音乐联接的情感不是政治的道德的情感，而是具有人性普遍性的纯形式的情绪[①]。形式情绪是远离主体的政治、伦理的立场的一种情绪。嵇康说：

批把（即琵琶）、筝、笛，间促而声高，变众而节数，以高声御数节，故使形躁而志越。犹铃铎警耳而钟鼓骇心，故闻鼓鼙之音则思将帅之臣。盖以声音有大小，故动人有猛静也。琴瑟之体间辽而音埤，变希而声清，以埤音御希变，不虚心静听则不尽清和之极，是以听静而心闲也。……皆以单复、高埤、善恶为体，而人情以躁静、专散为应，譬犹游观于都肆，则目滥而情放；留察于曲度，则思静而容端。此为声音之体尽于舒疾，情之应声亦止于躁静耳。

他在《琴赋》中又说：

---

① 参见王先霈《文学心理学概论》第二章第三节“形式情绪”，华中师范大学出版社，1988年，第67—81页。其中说：“所谓文学创作和艺术创作中的形式情绪，指的是同创作主体对一定的艺术材料（如语词与句式、线条与色彩、音调与旋律等等）以及材料的结构趋势的感受相联系的情绪，是同创作主体对形式因素的感知与想象相联系的情绪，是主体对描写对象的审美态度的体验，是主体对艺术的形式因素的审美态度的体验。它同社会功利考虑不发生直接关系。”《北京晚报》1986年5月10日载山海客所撰《何必喊戏》文中介绍，在一次宴会上，一位意大利悲剧演员念菜单使众人落泪，一位喜剧演员念电话簿使众人大笑。这足以表明，声无社会政治内容的哀乐，而有形式情绪的哀乐。

若论其体式，详其风声，器和故响逸，张急故声清，间辽故音庳，弦长故徽鸣，性洁净以端理，含至德之和平，诚可以感荡心志，而发泄幽清矣！是故怀戚者闻之，则莫不憯懔惨凄，愀怆伤心，含哀懊咿，不能自禁。其康乐者闻之，则欨愉懽释，抃舞踊溢，留连澜漫，嗢噱终日。若和平者听之，则怡养悦愉，淑穆玄真，恬虚乐古，弃事遗身。是以伯夷以之廉，颜回以之仁，比干以之忠，尾生以之信，惠施以之辩给，万石以之讷慎，其余触类而长，所致非一。

他肯定音乐可以引起听者情绪、情感的反应，但那是怎样造成的呢？是由节奏的快慢、音调的高低以及节奏和音调变化的多寡造成的。节奏的舒缓或急促，引起听者情绪的安静或躁动。节奏、音调是音乐的形式因素，它所影响的也是人的形式情绪，而不是人的政治道德情感。音乐家按照形式美的规律，使“音声和比”，这些形式情绪，与接受者原来的心理背景配合，就会感荡心志，发泄幽情。

音乐有节奏、音调，人们的言辞也有节奏、音调。在嵇康之后两百年中，从东晋到南朝宋、齐、梁、陈，文人日渐自觉地注意到对言谈的声音的修饰。在佛教里，诵经成为某些僧人的专长。梁代僧人慧皎撰著的《高僧传》设有“诵经”一科，在其的末尾有“论曰”：“讽诵之利大矣……若乃凝寒靖夜，朗月长宵，独处闲房，吟讽经典，音吐遒亮，文字分明，足使幽灵忻踊，精神畅悦。所谓歌咏诵法言，以此为音乐者也。”[①]《世说新语·文学》注引邓粲《晋纪》说：（裴遐）“以辩论为业，善叙名理，辞气清畅，泠然若琴瑟。”《宋书·张敷传》说，张敷“善持音仪，尽详缓之致”。《南史·刘绘传》说：“时张融、周颙并有言工。融音旨缓韵，颙辞致绮捷，绘之谈吐，又顿挫有风气。”沈约《答陆厥书》说：“若以文章声韵，同弦管之声曲，则美恶妍蚩，不得顿相乖反。”《文心雕龙·声律》篇说：“是以声画妍蚩，寄在吟咏，滋味流于下句，风力穷于和韵。”诗歌之美不仅在它的内容，还在它的声调。声调不美的诗不能说具备了全美。以上各种人所说的声音之美都与伦理无关，只是单纯的形式美感[②]。协调声

① 慧皎：《高僧传》，汤用彤校注，中华书局，1992年，第475页。

② 郭绍虞《蜂腰鹤膝解》说：“不讲声律，不注意调节求和的方法，便成为‘蚩’，一讲声调以求和，便成为‘妍’，妍蚩之分，即在吟咏之间。”

韵的能力是诗人才华的重要因素，所以刘勰说“练才洞鉴，剖字钻响；疏识阔略，随音所遇”。洞鉴声韵之协调和不协调，是一种艺术感觉，也是作家的一种心理能力。凡此种种，证明人们对语音形式美，对语音形式美与接受者形式情绪关系的认识日渐加深，对于语言音调之美的认识和追求渐成风气。嵇康的“声无哀乐”说起了先导作用，这也就是我们在本节开头所说的艺术理论转向上的作用，从仅只关注内容转到高度关注形式。

其实不止在声调美，那个时期人们对于艺术的单纯形式之美，诸如书法之美，文学作品的形文之美，各种的形式美，都给与了更多的关切。《文心雕龙》紧接着《声律》篇之后的《章句》篇，讲的是文章结构之美，“离章合句，调有缓急”，“控引情理，送迎际会，譬舞容回环，而有缀兆之位，歌声靡曼，而有抗坠之节也”。（缀兆，是指舞蹈中的排列进退；抗坠，是指歌唱中的音调上下。）文学作品的结构，和舞蹈、音乐一样，要把握节奏，张弛有度，疏密有致。后世评点派常用“笙箫夹鼓”、“琴瑟间钟”来形容长篇小说节奏的缓急得当，源头正在于此。再往下，《丽辞》篇讲对偶，“高下相须，自然成对”，当然也属形式美。《练字》篇讲字形的视觉美感，“字形单复，妍蚩异体，心既托声于言，言亦寄形于字，讽诵则绩在宫商，临文则能归字形矣”。字形单复，是说诗文的文字排列，笔画的多寡、字的结构的简单与复杂要错杂开来，有变化映衬。从以上引述还可以看出，六朝人认为，各种门类艺术的形式美，是能够相通的，舞容、歌声和章句，其控引迎送，有一些共同的规律。其相通的关键，正在创作者形式情绪的触发①。总之，六朝人对形式美的空前关注，这一史实是学者们公认的，应该如何看待呢？郭绍虞先生曾经说过：“建安文学，

---

① 书法史上多有类似说法，如：王羲之见群鹅转颈而得启示，张旭观公孙大娘舞剑器、观担夫争道而得笔法，怀素见飞鸟出林、惊蛇入草而草书大进，雷大简闻江声而草书进，文与可见道中蛇斗而草书长，黄庭坚“长年荡桨，群丁拔棹”大悟笔法，等等。关于这一点，明代诗人，画家和书法家徐渭，有很好的见解。他曾说：“余玩古人书旨，云有自蛇斗、若舞剑器、若担夫争道而得者，初不甚解。及观雷大简云，听江声而笔法进，然后知向所云蛇斗等，非点画字形，乃是运笔。知此则孤蓬自振，惊沙坐飞，飞鸟出林，惊蛇入草，可一以贯之而无疑矣。”（《玄抄类摘序》）又说：“争道斗蛇，何预于书？闻声渡水，何预于禅？而一触即悟，终身乐之不穷。”（《李伯子画册序》）他在《评字》中又说：“雷大简云‘闻江声而笔法进’，噫，此岂可与俗人道哉。江声之中，笔法何从来哉！”《徐渭集》第二册，中华书局，1983 年，第 535 页、第 539 页，第三册第 1054 页。他强调书法家不是用笔画模拟客观事物，而是审美情绪得到触悟，化入形式创造之中。

一般来讲，是中国文学史上由质到文的转折点，也即是走上形式主义的开端。”他说陆机《文赋》是元嘉文学和永明文学的先声，因为其中说了“其为物也多姿，其为体也屡迁，其会意也尚巧，其遣言也贵妍”。“暨音声之迭代，若五色之相宣”。又说，“声律说的提出，正是当时‘盛为文章’的结果。假使我们说得再明白一点，就是当时形式主义作家盛为文章的结果，也就是当时盛为形式主义文章的结果”。在这一段话的前后文里，郭绍虞先生对形式主义文学和文论明确地持否定态度，他说：“声律问题本身，无所谓好或坏，就看它怎样用法。和现实主义文学相结合，就起好的作用；和形式主义文学相结合也就更增加了坏的影响。……内容空洞而专讲形式，则借助声律，即使念来琅琅上口，也只是昔人所谓七分是读，三分是诗，又有什么可贵呢?”①

文学艺术作品，其声律本身、其形式本身，是否无所谓好与坏？“七分是读，三分是诗”是否就不可贵？这是一个大有争议的问题。现代西方有的学者，提出“为听的语文学”（ohrenphilologie）与“为看的语文学”（augenphilologie）的区别，认为这对研究诗语有十分重要的意义。“因为在诗语里，音不仅是对内容的‘本能的补充’，而且常常具有独立的，或者甚至是主导的艺术意义。”② 语音是深蕴艺术表现力的极重要的工具，“音的独特选词和独特配置把诗歌语言与散文语言相区别”。“艺术印象的源泉是音的质量方面，是元音、辅音的特殊选择与安排，亦即词语的选音问题。”③ 朱熹也早说过：“大凡读书，多在讽诵中见义理，况《诗》又全在讽诵之功，所谓‘清庙之瑟，一唱而三叹’，一人唱之，三人和之，方有意思。又如今诗曲，若只读过，也无意思；须是歌起来，方见好处。”④柏拉图的《斐利布篇》说：“真正的快乐，是颜色和形式的美所给予的快乐。”在视觉艺术领域，康德早已说过：“在绘画、雕塑和一切造型艺术中，在建筑和园林艺术中，就它们是美的艺术而论，本质的东西是意匠。只有它才不是单纯地满足感官，而是使人愉悦它的形式，因此这才是审美

---

① 郭绍虞：《中国古典文学理论批评史》，人民文学出版社，1959 年，第 61 页、第 69 页、第 103 页。

② 维克托·日尔蒙斯基：《诗的旋律构造》，《俄国形式主义文论选》，方珊等译，生活·读书·新知三联书店，1989 年，第 307 页。

③ 维克托·日尔蒙斯基：《诗学的任务》，《俄国形式主义文论选》，方珊等译，生活·读书·新知三联书店，1989 年，第 226 页。

④ （宋）黎靖德编：《朱子语类·自论为学功夫》，中华书局，1986 年，第 2612 页。

趣味的基本的先决条件。”[①] 克莱夫·贝尔提出：“什么性质存在于一切能唤起我们审美感情的客体之中呢？……看来，可作解释的回答只有一个，那就是‘有意味的形式’。在各种不同的作品中，线条、色彩以某种特殊方式组成某种形式或形式间的关系，激起我们的审美感情。这种线、色的关系和组合，这些审美地感人的形式，我称之为有意味的形式。……一幅未来派的杰作，就像一篇好的心理学文章那样成功；它能通过线、色来揭示一个有趣而又复杂的心理状态。”[②] 通过单纯形式因素，通过语调，通过线条，通过结构，揭示和表现审美心理，正是六朝人所尝试追求的，是六朝多位论者对中国古典美学，对中国古代艺术心理学思想的可贵贡献。

第八章 神思论

人能够思维，这是人区别于动物的一个本质特征。文人、艺术家、学者，从事精神的生产，于是，思维、思想，成为他们生命的重要内容，是他们存在的价值所系。文学艺术创作过程，也就是思的过程；文学艺术作品是作家艺术家心理过程的产物，是他们思维的产物。但是，作家、艺术家的思，与学者的思，与其他人们的思，有什么不同呢？陆机的《文赋》和刘勰的《文心雕龙》，还有他们前后的一些论者，都提出和回答了这一问题，提出和回答了文学创作的思维和心理，与治学的思维与心理、与人在日常事务中的思维与心理的区别问题。他们的相关论述，可以称为神思论。

《文赋》和《文心雕龙·神思》篇所阐述的见解，是在对前代许多学者思想的总结、概括和提升的基础上提出来的。神思，是经过许多学者长期酝酿创造的术语，是中国古代文学艺术理论的一个非常重要的概念，是六朝时代艺术心理学思想取得重大进展的一个标志。从先秦到两汉，孔子、孟子等人讲“思”，偏于知性的、理性的涵义。孔子说“学而不思则

① 引自吴甲丰：《试释“有意味的形式”》，见《对西方艺术的再认识》，中国文联出版公司，1998年，第67页。另一种译文是：“在绘画、雕刻艺术，以至一切造型艺术中，在建筑、庭园艺术，在它们作为美术这范围内，素描是十分重要的，在素描里，对于鉴赏重要的不是感觉的快感，而是单纯经由它的形式给人的愉快。”康德：《判断力批判》(上卷)，宗白华译，商务印书馆，1985年，第63页。

② 克莱夫·贝尔：《艺术》，周金环等译，中国文艺联合出版公司，1984年，第4页、第13页。

罔”，“三思而后行”，“切问而近思”；孟子说“心之官则思”。他们说的思，是审慎严密的理性思维。到了南朝时期，出现了一种新的现象，就是，人们将“思”与“才”并列对举：思，是有意识的理性思考、求索；才，是天资，经常表现为无意识的自然而然地外溢、流露。例如，萧统《与何胤书》说，他本人“才力有限，思力匪长”。《梁书·徐勉传》载徐勉上表说，自己“才轻务广，思力不周”。沈约《宋书·谢灵运传论》说得更为明白，他谈到文人对声律的认识，认为，是先有无意识的直觉，而不是先有清晰的理性思维，他说：“自骚人以来，此秘未睹，至于高言妙句，音韵天成，皆暗与理合，匪由思至。张、蔡、曹、王，曾无先觉，潘、陆、谢、颜，去之弥远。”他还在回复陆厥的信中说：“宫商之声有五，文字之别累万，以累万之繁，配五声之约，高下低昂，非思力所举，又非止若斯而已也。”这两处，“思”是和“天成”相对的有意识的逻辑思维，既有思辨性又有实证性的思维。的确，虽然至少“诗三百”的许多作者已经能够用声韵帮助表达情感，但对于其中的规律，并没有理性的明确认识，所以说，还不是“思力”的成果。《梁书·萧子显传》说：“每有制作，特寡思功，须其自来，不以力构。”这是说，在文学创作中，光有思力不行，更需要才力，靠苦思不行，要靠自然焕发的才华；思力与才力是不同的心理能力。从这些对举中可以见出，这个时期，人们越来越关心不同领域思维的不同特性，这意味着，对于文学艺术创作的心理规律的特殊性，学者们在自觉地努力探索。

现代学者金岳霖在其代表性哲学著作《知识论》第六章里，专门讨论“思”和“想”的区分，他说：“思想者中间，有善思而不善想的，有善想而不善思的，有二者兼善或二者兼不善的。无论如何，它们有分别，而这分别在讨论知识论的问题上，非常之重要。”思与想“它们虽然分不开，然而我们仍不能不分开来讨论……分科治学，所用的方法就是这方法”。他把思叫做思议，把想叫做想象。“想象的内容是像，即意象；思议的内容是意念或概念。想象的对象是具体个体的特殊的东西，思议的对象是普遍的抽象的对象。”① 南朝人当然远没有现代学术分科的意识，但他们注意到要区分才力与思力，区分文学艺术之思和学术之思，这在心理学思想的

---

① 金岳霖：《哲意的沉思》，百花文艺出版社，2000年，第254—255页。

发展上，实在是一个不可轻视的大进步。在他们那里，确实开始了诗性的自觉、审美的自觉。在中国古代，“思想”一词，涵义与今天不同，郭绍虞说，思想“是文学内质的要素之一”，“想象亦文学内质的要素之一，不过昔人多混于思想言之”①。《宋书·乐》载乐府歌辞《厥有初》中有“思想昆仑居”之句，思想即想象，可作为郭绍虞所言一证。把思和想分别开来，是从少数文论家开始的。

思和才虽然有重要区别，却并不是割裂更不是对立的。刘勰并不认为思是学者的专长和专利，并不低估思对于文学家的重要性，并不低估优秀文人的思的能力。他只是强调，文学家的思，是一种特别的思，他把这种思叫做“神思”。“神思”也并不是刘勰的新创，在他前后，不少人都在使用这一词语。以“神”来标举、揭示、突出文学艺术思维的特性，也不仅是刘勰一人如此。曹植《宝刀赋》中早有“规圆景以定环，摅神思而造像”之句，这个句子里的神思近于今之所谓摹想、想象。孙吴时期华覈《乞赦楼玄疏》说：“陛下既垂意博古，综极艺文，加勤心好道，随节致气，宜得闲静，以展神思。”② 此处所说“神思”，是闲暇悠游、从容不迫，导致良好的思维状态。在魏晋六朝时期的各类著述中，神思二字早已不罕见，它在使用中有一个发展变化的过程。《后汉书·光武纪赞》说：“人厌淫诈，神思反德。”那里，神思还是神的思维、神的意向的意思，不是复音词，而是很不稳定的词组。但在更多人的文章中，它逐渐有相对稳定的涵义。《晋书·刘寔传》记：“管骆尝谓人曰，吾与刘颖川兄弟语，使人神思清发。”《三国志·魏志·曹植传》中有：“陛下将复劳玉躬，扰挂神思。”在这类句子里，神思已经是独立的词语了。《蜀志·杜琼传》载：“蜀既亡，咸以（谯）周言为验。周曰，此虽已所推寻，然有所因，由杜（琼）君之辞而广之耳，殊无神思独至之异也。”他很谦虚，承认自己缺乏神思，凭借的是推寻。“推寻”与“神思”不一样，前者是逻辑推理，后者则多有灵感的成分。后来，一方面，这个词使用频率逐渐增大，更多的人对它熟悉起来；另一方面，审美的自觉，对文艺创作的特性认识加深，需要术语来表达新的认识，于是，从两个词的临时搭配到相对稳定的一般

① 郭绍虞：《中国文学批评史》上卷，百花文艺出版社，1999 年，第 110 页。

② 见《三国志（简体字本）》，中华书局，1999 年，第 1072 页。

的词语，再到文学艺术理论的术语，到具有艺术心理学意义的术语，实现了飞跃。这个飞跃是在刘勰那里实现的。

六朝文论提出神思，其新颖点、着重点都是在“神”字。“神”这个词有多种义项，神思之“神”的意义，需要放在中国古代哲学体系中来理解。它的意义主要有三个方面，第一，是指千变万化、不可预测的意思。《孟子·尽心下》说：“圣而不可知之之谓神。”《易·系辞上》说：“一阴一阳之谓道……阴阳不测之谓神。”一般认为，《易·系辞》是汉代人所作。晋韩康伯的注文解释这一句说：“神也者，变化之妙，极万物而为言，不可以形诘者也。”《周易》本文及其传注关于“神”的解说，表明中国关于神的观念，不同于希腊、印度宗教之神——不是指某一人格神，而是指主体的特殊能力和特殊状态。这对后世产生了很深远的影响。神思，不是天上神祇赐给的妙思，而是创作者可遇不可求的妙思，是主体难以自觉控制的妙思，是可以培植、养炼，但其爆发却有很大偶然性的妙思。第二，是指脱离了、超越了日常实务思维定势的自由的精神能力。《庄子·养生主》中说“臣以神遇而不以目视，官知止而神欲行”，《知北游》中说“神明至精”，《在宥》中说的“神动而天随”、“无视无听，抱神以静”，《刻意》中说“动而以天行，此养神之道也”，大致都属于这类意思。“官知止而神欲行”，正说明“神”的非自觉性，主体不可完全控制，它具有直觉和无意识的性质。“神”是道家修炼的境界，推而广之，指高效率的创造性思维状态。第三，是非常的行动能力和思维能力。中国佛教称修习禅定可以获得神通，从而无所不能，其中“他心通”属于精神、思维的超常能力①。刘勰和梁代不少文人谙熟佛典，他们当会汲取佛学相关思想材料，而与中国既有观念融合，舍弃其宗教教义性质，而汲取其心理学意义。

神思这个术语，能不能从现代文艺学和心理学观点，作出较为明晰的

---

① 《中华佛教百科全书》“神通”条释义：“指由修禅定与智慧而获得的超自然、无碍自在、神变不可思议之妙用。又称神通力、神力、通力、通。”具体说来有：神足通，可以随意去到任何地方；天眼通，可以看到和看透一切现象；天耳通，可以尽听世间一切声音；他心通，可以悉知别人心理，如此等等。佛籍中屡说及神力，如后来唐僧智的《法华文句》说：“神名不测，力名干用；不测则天然之体深，干用则转变之力大。”窥基的《法华经玄义赞》说：“妙用无方曰神，威势能摧曰力。”在某种程度上，艺术心理中的神思，就是一种“他心通”。此书为蓝吉富主编，中华佛教百科文献基金会出版，1994 年。

解说呢？许多学者已经作过多方尝试①。为了弄清神思一词的含义，有必要先分析这个词语中两个词素的关系和这一词语在不同语境中所指的差异。应该肯定，“神”和“思”在这个词组里不是并列关系，而是修饰关系，“神”修饰“思”；神思，就是神化之思，入神之思，神来之思②。神思有两个方面的含义——当神思用来指称文学家艺术家的心理动作，其中突出的含义是创造性想象，如刘勰所云“神思方运，万途竞萌”；当神思用来指称文学家艺术家的思维状态，它的含义主要体现为兴会或灵感，刘宋时期宗炳《画山水序》中有“峰岫峣嶷，云林森渺，圣贤映于绝代，万趣融其神思”，那里神思就是指称画家的艺术思维状态。

第一节 神思与想象

我们先来看看神思在当时文论著述中指称心理动作时的涵义。神思作为艺术创作中的心理动作，其基本内容围绕着心与物的关系；神思的过程，就是处理心物关系的过程。刘勰说：“故思理为妙，神与物游。”作为文学创作中的心理动作，则围绕着心与物、心与言的关系；刘勰说：“写气图貌，既随物以宛转；属采附声，亦与心而徘徊。”在这种关系中，神思论既肯定心对于物的依赖，更强调心的主动性，心的创造性。东晋诗人

---

① 詹锳的《文心雕龙义证》在引述多家之说以后提出：“综合以上征引的资料和解释，可以说，‘神思’一方面是指创作过程中聚精会神的构思，这个‘神’是‘兴到神来’的神，那就是感兴，类似于现代所说的灵感；另一方面也指‘天马行空’似的运思，那就是想象，类似于现代所说的想象思维。”上海古籍出版社，1989 年，第 975 页。

② 吴林伯：《〈文心雕龙〉义疏》“神思为神与思，犹《情采》为情与采，《风骨》为风与骨……刘勰心目中的神思，是讲创作过程中，作者将开展其思维，驰骋其精神，也就是推动艺术的想象。”武汉大学出版社，2002 年，第 300 页。此说欠妥，且前后不甚合榫。参看徐梵澄《陆王学述》“精神哲学的建立”中的相关解说：“说到‘神’，是从人之为圣人而再上推去的，曰，‘圣而不可知之之谓神’。而此神不是希伯莱的创造天地的上帝。……《系传》中所谓‘神而明之存乎其人’，‘神而化之’，‘显道、神德行’，此诸‘神’字在文法上皆是动词，不是名词，不是庙、堂、寺、观中人所敬拜的人格化之神或为其代表之偶像。……此外如说‘非天下之至神，其孰能与于此’，‘天生神物，圣人则之’，……在文法上皆是形容词。说‘唯神也，故不疾而速，不行而至’，与上文‘唯深也……唯几也’并举，此‘神’字竟可说是助动词了。此外形容词也化为名词，如‘阴阳不测之谓神’……等等。”上海远东出版社，1994 年，第 12 页。

孙绰，写过一篇《游天台山赋》，其序中说，天台山“所立冥奥，其路幽迥”，“举世罕能登陟”，“非夫远寄冥搜，笃信通神者，何肯遥想而存之。余所以驰神运思，昼咏宵兴，俯仰之间，若已再升者也”。此处“驰神运思”，乃是主体集中心力去完成一种心理动作，也就是艺术思维过程的一种心理动作。神思作为心理动作有三重特性：第一，是超时空性。孙绰说他是因为山峰立于冥奥，险峻难以攀登，未能亲到山顶纵览全貌，于是运用想象力，去“遥想”。文艺家不仅是遭遇阻隔不能亲至实境现场时才需要驰神运思，文学艺术的创造本身就不但允许而且要求超越时空。文艺家描写、表现的时空范围，可以是上下几千年，纵横数万里。《文心雕龙·神思》篇说：“文之思也，其神远矣。故寂然凝虑，思接千载；悄焉动容，视通万里。吟咏之间，吐纳珠玉之声；眉睫之前，卷舒风云之色，其思理之致乎！”他指出文学家神思的第一个特点是“远”，这个“远”，既是指空间距离，也指时间间隔；他所说的“神”，囊括了视觉、听觉、触觉……主体驰神运思，在他所有的感觉、知觉范围，在“声”、“色”等各个方面，都不再受到时空距离限制，毋远弗届；这些，都是由于思理——想象力造成的。萧子显《南齐书·文学传论》将神思确定地用于说明文学家的思维：“史臣曰……若子桓之品藻人才，仲治之区判文体，陆机辨于《文赋》，李充论于《翰林》，张视擿句褒贬，颜延图写情兴。各任怀抱，共为权衡，属文之道，事出神思，感召无象，变化不穷。”“感召”，就是说把眼前所没有的招引过来、创造出来；“无象”是说这种思维不像“推寻”、推理那样步骤清晰，而是飘忽难以捉摸。这里的“神思”就是文学艺术创作的特有思维了。“远寄冥搜”、“遥想存之”、“感召无象”，点出了神思的一个基本的心理学性质，就是，它近于现代心理学中定义的想象的概念内涵。南朝理论家谈论到的神思的超时空性，接近于现代心理学讲的想象的特性。为什么能够超时空呢？就因为主体运用想象力去主动召唤物象。想象是对记忆表象的加工，包括对原有经验的转移和重新组合、粘连，把事物的某种或某些特性加以突出夸张。所有的创造性思维都需要想象，科学研究也不能缺少想象。波兰数学家巴纳赫说过，“最有才能的数学家，不仅能发现几种理论的类同，而且能够想象，从类同之中再看到他们的类同”①。想象使人可以把一个领域里的经验应用到别的有时相隔很远

① 鲁克：《创造心理学概论》，周义澄等译，黑龙江人民出版社，1985年，第10页。

的领域，开发出崭新的思维成果。不同的精神活动领域需要不同的想象。培根曾经说过："学问的不同部门和人的三种智力互相关连：历史和记忆、诗和想象、哲学和理智是各各关连的。""想象因为不受物质规律的束缚，可以随意把自然界里分开的东西联合，联合的东西分开。这就在事物间造成不合法的配偶和离异。"① 培根把三种能力分属于三个领域，虽然不无道理，但也未免有些机械和绝对化。还是李斯托威尔说的较为准确："'创造性的想象'，由于它把从先前经验中所获得的心灵意象彻底地加以修正、变化和重新组合，所以一般说来，它不同于'再现的想象'，或者通常的记忆。虽然这种不同只不过是程度上的差别而已。创造性想象的活动，主要表现为三种形式：'理智的想象'，为追求纯粹知识的没有利害感的愿望所决定；'实践的想象'，为指导实践行为的自然的利害感所决定；最后，'审美的想象'，为支配创造性艺术家的心灵的那种感情和情绪所决定。"② 神思显然主要属于审美的想象。虽然哲学、科学和实践都需要想象，但想象对文学艺术确实格外重要。波德莱尔把艺术家称为"想象力和精神最珍贵的能力的热情的代表"，他说："我认为，对一个艺术家来说，不相信想象力，蔑视宏伟的东西，喜爱并专门从事一种技艺，这是他的堕落的主要原因。"③ 想象使主体得以把握他无法直接了解的东西。《列子·汤问》说，钟子期听伯牙弹琴，"曲每奏，钟子期辄穷其趣，伯牙乃舍琴而叹曰，善哉，善哉，子之听夫！志想象犹吾心也，吾于何逃声哉"。晋人张湛注："言心暗合，与己无异。"听琴者把自己的心理经验转移到对乐曲的理解，转移到奏琴人身上，从乐曲里听出奏琴人的心志，以己之心想象他人之心，料之如神。这里说的是鉴赏，道理却通于创作。小说家、戏剧家对于所写的人物，"志想象犹其心"，才能写得活灵活现。孙绰写天台山游记，范仲淹写《岳阳楼记》，并未亲到而宛在目前，靠的就是想象，就是神思。宗炳《画山水序》说："神本无端，栖形感类，理入影迹，诚能妙写，亦诚尽矣。""栖形感类，理入影迹"，就是画家对象化于山水之中，所以就能够"妙写"。莎士比亚在《仲夏夜之梦》第五幕第一

① 培根：《学问的推进》，转引自《外国理论家作家论形象思维》，社会科学出版社，1979年，第13页。

② 李斯托威尔：《近代美学史评述》，蒋孔阳译，上海译文出版社，1980年，第17页。

③ 波德莱尔：《一八五九年的沙龙》，《波德莱尔美学论文选》，郭宏安译，人民文学出版社，1987年，第395—396页。

场里，让提修斯说的台词，就是讲想象的这些作用："情人们和疯子们都富于纷乱的思想和成形的幻觉，他们所理会到的永远不是冷静的理智所能充分了解。疯子、情人和诗人，都是空想的产儿，疯子眼中所见的鬼，多过于广大的地狱所能容纳；情人，同样是那么狂妄地，能从一个吉卜赛女人的黑脸上看见海伦的美貌；诗人的眼睛在神奇的狂放的一转中，便能从天上看到地下，从地下看到天上。想象会把不知名的事物用一种方式呈现出来，诗人的笔再使它们具有如实的形象，空虚的无物也会有了居处和名字。强烈的想象往往具有这种本领，只要一领略到一些快乐，就会相信那种快乐的背后有一个赐予的人；夜间一转到恐惧的念头，一株灌木一下子便会变成一头熊。"① 他说得格外生动而细致，其大意与中国六朝理论家也还是一样。把想象作为文学家艺术家首要的基本的思维能力，承认文艺家有权突破时空限制而驰神运思，这是中国古代神思论对艺术心理研究的贡献。

神思作为心理动作的第二层涵义，是虚构性。神思之神，在于它能够"规矩虚位，刻镂无形"，化虚为实，也就是《文赋》说的"课虚无以责有，叩寂寞而求音"。虚构，是艺术思维的品性与特长，是它的优势所在。在文学家艺术家的思维中，原来直接或间接的生活经验，是自然、社会生活或人的心理状态的映象。这类映象出现于主体脑海里，就是再造想象，这些只是他创作的原材料。一个作家，一个画家，一个音乐家，都需要很强的再造想象能力、形象记忆的能力，他的原料仓库越是充实，创作的基础就越是雄厚。波德莱尔说："想象力越是有了帮手，才越有力量，好的想象力拥有大量的观察成果，才能在与理想的斗争中更为强大。"② 但是，仅此还不够，创作主体还要把这些映象改造制作，冶炼熔铸，塑造出艺术形象，艺术想象主要应该是创造性想象。创造性想象需要更强的思维能力，科学思维对原料加工依靠的是抽象力，文学家艺术家创造艺术形象既要概括性，又要具象性，靠的是艺术想象。艺术想象用虚构的形象来概括原始映象。清初著名画家、诗人方士庶《天慵庵随笔》说："山川草木，造化自然，此实境也。因心造境，以手运心，此虚境也。虚而为实，是在

① 莎士比亚：《仲夏夜之梦》，朱生豪译，湖北教育出版社，1999年，第125页。

② 波德莱尔：《一八五九年的沙龙》，《波德莱尔美学论文选》，郭宏安译，人民文学出版社，1987年，第405—406页。

笔墨有无间。故古人笔墨具此山苍树秀，水活石润，于天地之外，别构一种灵奇。或率意挥洒，亦皆炼金成液，弃滓存精，曲尽蹈虚揖影之妙。”宗白华认为：“中国绘画的整个精粹在这几句话里。”① “炼金成液”，“蹈虚揖影”，即是再造出崭新的生动的形象，用艺术的具象来概括深广的内容。清代恽南田题唐洁庵的画说：“谛视斯境，一草一树，一丘一壑，皆洁庵灵想之所独辟，总非人间所有。其意象在六合之表，荣落在四时之外。将以尻轮神马，御泠风以游无穷。真所谓藐姑射之山，汾水之阳，尘垢秕糠，绰约冰雪。时俗龌龊，又何能知洁庵游心之所在哉!”“灵想”即神思，杰出的文艺作品里，从细节到整体，都非现实世界所本有，而是作者神思之独造。艺术想象之高于生活现象，高于再造想象，就是因为文艺家心灵的参与，赋予了形象以意义，主体对象化带来了对象的主体化、人化、心灵化。波德莱尔曾谈到摄影技术在绘画上被错误地应用，加剧了法国“艺术天才的贫困化”，他说，艺术想象属于“人在其中放进了自己的灵魂才具有价值的东西”，“是想象力告诉人颜色、轮廓、声音、香味所具有的精神上的含义”②。艺术想象把创作主体的灵魂刻在形象上面，使形象有了艺术的生命，打动千千万万的接受者。

神思作为心理动作的第三层涵义，是强烈的情绪性，这是科学思维通常不会具有的。刘勰说，神思运作之时，“登山则情满于山，观海则意溢于海”。文艺家的创作思维达到高潮，他的情绪同时也出现高潮。情绪是艺术想象的动力，是神思的动力，古今论者对此说得很多，但是，人们侧重的多是与想象的内容相关的情绪，多是与对社会生活评价相关的情绪。其实，更值得艺术心理学注意的，是由艺术想象的效率和质量而派生出来的情绪，是与主体对艺术形式的琢磨相关的情绪。当创作者文思受阻，他会焦急、烦愁，这焦急、烦愁迫使他竭尽其力寻求最好的传达方式。《红楼梦》第四十八回“慕雅女雅集苦吟诗”，描写香菱向黛玉学作诗，为写诗“茶饭无心，坐卧不定”，“只在池边树下，或坐在山石上出神，或蹲在地下抠土”，“挖心搜胆，耳不旁听，目不别视”，“精血诚聚，日间做不出，忽于梦中得了八句”。宝钗笑道：“这个人定要疯了!”“可真是诗魔

① 宗白华：《中国艺术意境之诞生》，《美学与意境》，人民出版社，1987 年，第 209 页。下面恽南田之语，亦转引自此处。

② 波德莱尔：《一八五九年的沙龙》，《波德莱尔美学论文选》，郭宏安译，人民文学出版社，1987 年，第 403 页、第 404—405 页。

了!”香菱此时想的主要是对仗、押韵，所以探春劝她：“菱姑娘，你闲闲罢。”她却回答道：“‘闲’字是‘十五删’的，你错了韵了。”她的积极的情绪或者消极的情绪，“兴冲冲”或者“楞怔怔”，全是围绕着诗思的顺畅或被阻遏。这段描写应是曹雪芹从切身体会得出，又是综合历来有关文人写作的传记、传说而成，能够反映主体在神思之中的一种真实情况①。苏辙的孙子苏籀《栾城遗言》记载：“先生（苏轼）尝谓刘景文与先子曰，某生平无快意事，唯作文章，意之所到，则笔力曲折无不尽意，自谓世间乐事，无逾此者。”② 苏轼屡遭贬谪，生活在困窘危苦之中，他的快乐是自如地驾驭语言文字，自如地驾驭格律轨范，在写作中实现自我肯定的快乐。苏轼本人在《自评文》中说：“吾文如万斛泉源，不择地皆可出，在平地滔滔汩汩，虽一日千里无难；及其与山石曲折，随物赋形而不可知也。所可知者，常行于所当行，常止于不可不止，如是而已矣。其他，虽吾亦不能知也。”③ 这里没有直接说到快乐，其愉悦得意之情则流荡于字里行间。以上，无论是焦虑还是快意，都属于文艺创作的工作情绪，是神思的构成成分。没有体验过香菱作诗的苦恼和苏轼为文的快乐，是谈不上神思的。

第二节　神思与兴会

现代心理学把想象区分为两种，为了预定的目的而进行的、主体自己意识到的叫做随意想象；反之，没有预定目的、主体自己未曾意识到的叫做不随意想象。显然，神思是随意想象——人类的文艺创作是有目的的，

---

① 晚唐有几位“苦吟诗人”，姚合《寄贾岛》说：“狂发吟如哭，愁来坐似禅。”《唐才子传》《唐摭言》等多种笔记记贾岛：“虽行坐寝食，苦吟不辍”。记他骑驴在京城大道得句“落叶满长安”，“求之一联，杳不可得，不知身之所从也，因之唐突大京兆刘栖楚，被系一夕而释之”。忽以“秋风吹渭水”为对，喜不自胜。又于驴上想“推、敲”二字，“炼之未定，吟哦引手作推敲之势”，“神游象外，不知回避”，冲进了韩愈的车骑之中。贾岛在自己的一首诗后面写过：“两句三年得，一吟双泪流。”参见傅璇琮主编《唐才子传校笺》第二册，中华书局，1989 年，第 314—335 页。这类笔记传闻，可能是曹雪芹描写香菱学诗的原料。

② 见《古典文学研究资料汇编·苏轼资料汇编》上编一，中华书局，1994 年，第 285 页。

③ 苏轼：《苏轼文集》，中华书局，1986 年，第 2069 页。

是有自觉意识的，创作主体需要有意识控制想象的方向和内容，才能够完成哪怕是一件很小的作品，更不要说长篇小说、交响乐之类的复杂作品。但是，神思并不是完全的随意想象，文艺创作中艺术想象的最佳境界，是在随意与不随意之间游移，正因为有不随意性，才可以叫做“神”。关于不随意性的讨论，是神思论的一个重点和难点，其中凸现了中国古代想象论的特色。无视、否定不随意性，会走向机械论；把不随意性绝对化，会走向神秘论。中国古代有影响的大多数论者，是寻求两者之间的均衡。苏轼《自评文》说作家对自己的心理也“不可知”，讲的就是神思的不随意的一面。神思绝不是招之即来，不是主体能够完全控制的。陆机《文赋》说：“若夫应感之会，通塞之纪，来不可遏，去不可止，藏若影灭，行犹响起。方天机之骏利，夫何纷而不理？思风发于胸臆，言泉流于唇齿；纷葳蕤以馺遝，唯豪素之所拟；文徽徽以溢目，音泠泠而盈耳。及其六情底滞，志往神留，兀若枯木，豁若涸流；揽营魂以探赜，顿精爽而自求；理翳翳而愈伏，思乙乙其若抽。是以或竭情而多悔，或率意而寡尤。虽兹物之在我，非余力之所戮。故时抚空怀而自惋，吾未识夫开塞之所由。”他用很细致的具体的描述，提出了神思之不随意的问题。沈约《答陆厥书》说，“故知天机启则律吕自调，六情滞则音律顿舛”，他是在韵律调谐这个范围讲诗歌创作思维的不随意性。刘勰说：“神居胸臆，而志气统其关键；物沿耳目，而辞令管其枢机。枢机方通，则物无隐貌；关键将塞，则神有遁心。”这类议论都是说的艺术想象的不随意性，其后一千多年被人们反复探讨。皎然《诗式》说：“有时意静神王，佳句纵横，若不可遏，宛若神助。”清代袁守定《佔毕丛谈》引六朝人言论说：“陆厥《与沈休文书》曰：‘王粲《初征》，他文未能称是，杨修敏捷，《暑赋》弥日不献；一人之思，迟速天悬；一家之文，工拙壤隔。’夫一人载笔为文，而有迟速工拙之不同者，何也？机为之耳。机啓则文敏而工，机塞则文滞而拙。”这些地方说的“会”、“纪”、“机”，是多种因素因缘凑合的状态。多种因素怎么凑合到一起？这就有偶然性在里面。古代理论家认为，这种偶然性，既无法强求，也不是只能坐等，只能碰运气。《文心雕龙·养气》篇讲的是如何创造条件，促进神思的出现，促进“天机”骏利①。《养气》说，“思有利钝，时有通塞”；文艺家应该怎么做呢？“率志委和，则理融而情

---

① 刘永济《文心雕龙校释》：《神思》要义之一是“论修养心神乃为文要术”；《养气》“本篇申《神思》未竟之旨”。

畅”，“适分胸臆”，“从容率情，优柔适会”；“吐纳文艺，务在节宣，清和其心，调畅其气”。研究者阐释《养气》篇，常谓：为学要刻苦自厉，为文则非如此，需要的是心气平和。这虽然确是刘勰篇中含有的原意，但却并不全面，未能抓住要点。科学研究和文学创作，在这一点上并无不同，都是既要刻苦又要从容，关键是把握和遵循心理活动的规律。刘勰说“率志”、“率情”，“适分”、“适会”，都是依顺感情活动、思维活动的规律的意思。《庄子·山木》说，“形莫若缘，情莫若率，缘则不离，率则不劳”，“缘”和“率”，是顺其自然，道家的依顺自然的观念，当为刘勰所本。文艺家之思，有时是“吐”、有时是“纳”，有时要“宣”、有时要“节”。要“吐”、要“宣”的时候，“作诗火急追亡逋”，主体应敞开胸怀，让妙辞丽句从笔下奔涌；要“纳”、要“节”的时候，就不应勉强冥搜苦索。好的文艺家，特别是从事于鸿篇巨制的文艺家，要努力地了解创作心理的规律，在创作中随时自我调整。

神思在不随意性这一点上与梦有某些相似之点，所以，人们常以梦中得句为美谈，曹雪芹也因此构思出香菱梦中写出一首好诗的情节。梦是睡眠状态下不随意想象的典型表现，梦中怎么会得出创造性的思维成果，怎么会写出好诗来呢？我们可以设想，这是人在梦中，少受习惯性思维模式的束缚，少受世俗政治的、道德的以及艺术的教条的束缚，少受逻辑思维和各种成见的束缚，也排除了周围的实际生活中的各种干扰，在清醒时认为全不相干的事物、现象之间，这时可以建立起联想。这就使得人把新的知识、新的构想与原有的沉积在意识深处的各种映象、思絮、情绪融合起来，组合成为新颖的思路、意象。弗洛伊德把作家的创作思维叫做白日梦，而历来作家也常以写梦来展现其思维特征。天宝年初，李白在朝廷失意，到了兖州，将游越中，作《梦游天姥吟留别》（又题作《别东鲁诸公》）。李白为什么是在将游之前而不是在已游之后，写这首纪游诗呢？可能是为了强化神思的不随意性吧？前人评论说，“此篇夭矫离奇，不可方物”（《唐宋诗醇》）。胡应麟说李白《天姥吟》等篇“无首无尾，变幻错综，窈冥昏默，非其才力学之，立见颠踣”[①]。胡应麟所描述的，正是梦境的深度无意识下不随意想象和作家才思泉涌时共有的特点。文学家的“白日梦”，是神思，是才力的流露。作家可以做的，是摆脱实用思维和逻辑思维习惯的控制，接近“白日梦”的状态，而不能在冷静的理性思维状态

---

① 胡应麟：《诗薮》内编卷三，中华书局，1962年，第49页。

下刻意摹拟梦境。

中国古人认为，神思虽然具有不随意性的一面，具有主体不能完全控制的一面，但却可以养护，也可以训练。神思的养护，是提高自我心理调适能力；神思的训练，是加强联想的能力，把杂乱的材料依据形式美规律组合为圆满的形象，并且把情感灌注于其中。各种艺术门类的创作主体，训练养护想象力有不同的途径、方法。沈括《梦溪笔谈》记画家宋迪批评一个人“汝画信工，但少天趣”，并给对方指点如何求得“天趣”的途径：“汝当先求一败墙，张绢素讫，倚之败墙之上，朝夕观之。观之既久，隔素见败墙之上，高平曲折，皆成山水之象。心存目想：高者为山，下者为水，坎者为谷，缺者为涧，显者为近，晦者为远。神领意造，恍然见有其人禽草木飞动往来之象，了然在目。则随意命笔，默以神会，自然境界天就，不类人为，是为活笔。”① 达·芬奇也说过：“我得提醒你们，时时驻足凝视污墙、火焰余烬、云彩、污泥以及诸如此类的事物，于你并不困难，只要思索得当，你确能收获奇妙的思想。思想一被刺激，能有种种新发明：比如人兽战争的场面，各种风景构图，以及妖魔鬼怪之类的骇人事物。这都因为思想受到朦胧事物的刺激，而能有所发明。”② 据同时代人回忆，契诃夫与别人谈话时，会在一点也不可笑的时候笑起来，因为他在脑子里“把他听到的东西加以变形、改造、加工、补充，从中吸取幽默的题材”，“这是一个人心灵健全的表现，诗创作思想高度活跃的表现”③。这是契诃夫在反复实践中练就的一种本领。波德莱尔说：“一个人越是富有想象力，越是应该拥有技巧，以便在创作中伴随着这种想象力，并克服后者所热烈寻求的种种困难。而一个人越是拥有技巧，越是要少夸耀，少表现，以便使想象力放射出全部光辉。这就是智慧的教导，智慧还说：只拥有技巧者是个傻子，企图丢弃技巧的想象力是个疯子。”④ 这里谈到想象力和技巧的关系，其实，涉及的是艺术想象的随意性和不随意性的关系。没有随意性就没有灵动的生气，没有不随意性就不能把那灵动的生气以精美的形式表现出来。

---

① 俞剑华：《中国画论类编》，人民美术出版社，1986年，第625—626页。

② 达·芬奇：《芬奇论绘画》，戴勉编译，人民美术出版社，1979年，第45页。

③ 梅耶荷德：《梅耶荷德谈话录》，童道明译，中国戏剧出版社，1986年，第71页。

④ 波德莱尔：《一八五九年的沙龙》，《波德莱尔美学论文选》，郭宏安译，人民文学出版社，1987年，第396页。

第四编　佛学对艺术心理思想的影响

佛教是世界三大宗教之一，公元前六世纪到前五世纪，在古印度创建；大约是东汉明帝在位时，也就是公元纪元开始的前后传入中国①，最初被看作神仙方术的一种，到了南北朝时期，佛典大量译出，佛学研究日益深入，佛教传播到全国广大区域。从公元七世纪开始，在中国的隋、唐、宋时代，佛教在它的发源地印度及其周边几个国家迅速走向衰落，而在中国却获得极大的发展，中国佛学走向它的高峰，世界佛教的中心转移了到了中国，并且再由此向四围的东亚和东南亚国家辐射。佛教带来的不仅仅是一种宗教信仰，它更带来了一种与中国原来本土文化不同的异质的文化，这种异质文化与本土传统文化碰撞、融合，结出许多绚烂的花朵。当中国成为佛教的中心之后，佛教文化和佛学也被中国化。开始，在汉代，它还是与儒道两家的思想学说牵强比附以求立足；后来，佛教内有较高文化素养的僧人，日益深入地把佛教思想与中国儒家、道家的一些核心的思想结合，互补互渗。晋代著名僧人僧肇："……爱好玄微，每以《庄》《老》为心要。尝读《老子》《德》章，乃叹曰：'美则美矣，然期栖神冥累之方，犹未尽善也。'后见《旧维摩经》，欢喜顶受，披寻玩味，乃言始知所归矣。"② 像这样的不少高僧，不但对于佛学而且对于道家、儒家学说都有甚高造诣，经过他们的努力，使得佛学融进中国文化和社会生活的各个方面。同时，佛教作为不可忽视的社会力量，也对中国许多的文人，对一些优秀的诗人和画家，包括信奉佛教或不信奉佛教的，产生了重要的影响。王维、柳宗元、白居易、苏轼、黄庭坚等地位显赫的大家，白话诗人王梵志，都与佛教关系密切；皎然、寒山、拾得本来就是僧人。连杜甫都写过"身许双峰寺，门求七祖禅"，"余亦师

① 对于佛教传入中国的时间，学界有不同看法。

② 《高僧传·晋长安释僧肇》，汤用彤校注《高僧传》，中华书局，1992年，第249页。

粲可，身犹缚禅寂"[①] 之类的诗句。唐代有些文学家排佛或信佛，关系着他们的进退出处、毁誉荣辱，同时也对他们的艺术成就产生影响。一种宗教，包括教团组织、教义和教律等方面，唐宋两代的文学家、文学理论家，许多人并不参与或者较少参与教团活动，不一定用佛教戒律约束自己，但乐于研读佛经，对佛教教义有所采择，并运用到创作中间。

隋唐佛教的一大特征是宗派的形成，有所谓八大宗派；其中流传最广、流传时间最长、在佛教内外影响最大的是禅宗和净土宗，与文学和文学思想关系最深的是禅宗。禅宗用禅定作为修行的全部内容，因此而得名。"禅"是从梵文音译而来，禅是略译，全译为禅那，意译为静虑，要求主体将心专一于确定的对象，以获得对佛教精义的体悟，这和艺术思维颇有易于相通之处。佛教修行的基本内容和方式为戒、定、慧，戒是戒律，禅和定并称禅定，慧是智慧。防非止恶为戒，息虑静缘为定，破恶证真为慧，是佛教徒修行必不可少的。中国人历来认为文学创作要澄心凝思，儒家讲"专心致志"，道家讲"涤除玄鉴"；而佛教的禅定，更有细致的方法步骤，有较完整细密的理论论证，为文士乐于借鉴。禅宗为了吸引信众，造作出谱系，说是由菩提达摩创立，到五祖弘忍之后分为南北两宗，即"南能北秀"，南宗的创始人和领袖是慧能，北宗的创始人和领袖是神秀。北宗主张渐修，南宗强调顿悟。顿渐之争和文学修养的提高，灵感的触发等等，很容易联系起来。人之禀才不同，每次创作情形不一，兴会之来去常有偶然性。文学写作的入门和提高，有迟有速，有顿有渐。文论家和佛学家在这里也有些共同话题。禅宗又主张"不立文字，教外别传"，"以心印心"，这很合乎特别重视感悟的中国古代文学家的口味。文学艺术的创作和欣赏，凡妙处总是难与人说，靠的是会意，心领神会。由于这种种原因，隋唐以下，佛学，特别是禅宗佛学，在文学家中颇为流行。所以，古来有"诗为儒者禅"，"夫诗者，儒中之禅也"的说法[②]。唐代戴叔伦《送道虔上人游方》诗说："律仪通外学，诗思入禅关。烟景随缘到，风姿与道闲。"金代元好问《嵩和尚颂序》说："……其语言三昧，

① 分别见《秋日夔府咏怀奉寄郑监李宾客一百韵》和《夜听许十一诵诗爱而有作》，《杜诗详注》卷十九、卷三，中华书局，1979 年。双峰寺在黄梅，为禅宗五祖向六祖传法之地，七祖指神会；"粲"指僧璨，"可"指慧可，是为三祖、二祖。

② 分别见于僧尚颜《读齐己上人集》和徐寅《雅道机要》中，转引自张伯伟：《禅与诗学》，浙江人民出版社，1992 年，第 11 页。

盖不必置论，余独记屏山语云，东坡、山谷俱尝以翰墨作佛事，而山谷为祖师禅，东坡为文字禅，且道曷和尚百则语，附之东坡欤？山谷欤？余亦尝《赠嵩山隽侍者学诗》云：‘诗为禅客添花锦，禅是诗家切玉刀。’曷和尚‘添花锦’欤？‘切玉刀’欤？余皆不能知。所可知者，读一则语未竟，觉水壶先生风味津津然出齿颊间。”明代知空和尚说：“自古诗情半个禅，以诗为僧，以僧为诗，无可无不可也。”明末清初李邺嗣《杲堂文集·慰弘禅师集天竺语诗序》云：“唐人妙诗若《游明禅师西山兰若》诗，此亦孟襄阳之禅也，而不得耑谓之诗；《白龙窟泛舟寄天台学道者》诗，此亦常征君之禅也，而不得耑谓之诗；《听嘉陵江水声寄深上人》诗，此亦韦苏州之禅也，而不得耑谓之诗。使招诸公而默契禅宗，岂不得此中奇妙？”孟浩然的《题终南翠微寺空上人房》写道：“儒道虽异门，云林颇同调。两心相喜得，毕景共谈笑。”总之，大约一千年间，诗和禅的彼此攀附结合，成为不少人追逐的风尚，一部分诗人以禅为诗，以诗为禅，给诗歌带来新的韵致，当然也不免造成一些弊病。

诗人王维与禅宗的南北两宗都有来往，他的名和字取自维摩诘菩萨之名。（唐代李肇的《国史补》说：“王维好释氏，故字维诘。”）他为禅宗六祖慧能写的《能禅师碑》，是一篇佛教重要文献。苑咸给他的《答诗》序里说，“王兄当代诗匠，又精禅理”①。《新唐书》本传说他“兄弟皆笃志奉佛”；《旧唐书》本传说，他“在京师，日饭十数名僧，以玄谈为乐”，每常“退朝之后，焚香独坐，以禅诵为事”。他的诗中说，“中岁颇好道”（《终南别业》），“晚知清净理，日与人群疏”（《饭覆釜山僧》）。他的《鸟鸣涧》《鹿柴》和《辛夷坞》等五绝饱含禅意。人们常说王维诗中有画，画中有诗；还可以说，他的诗画中都带着禅味，禅和诗画自然浑融。柳宗元自幼学佛，其《禅堂》诗写道：“山花落幽户，中有忘机客……万籁俱缘生，窅然喧中寂。心境本洞如，鸟飞无遗迹。”他的《江雪》也把禅和诗沟通了。苏轼与多位有学问、有才华的僧人为友，时相唱和。苏辙为他写的《墓志铭》里叙述：“既而谪居于黄，杜门深居……后读释氏书，深悟实相，参之孔、老，博辩无碍，浩然不见其涯也。”② 他的一些诗因理趣与禅味而为人传诵，他的一些散文把哲理寄托在景物描写之中，体现了佛

---

① （清）赵殿成笺注：《王右丞集笺注》，上海古籍出版社，1992年，第132—133页。

② 苏轼：《苏轼诗集》“附录”，中华书局，1982年，第2183页。

家万念皆空的思想。《夜直玉堂携李之仪端叔诗百余首读至夜半书其后》说："暂借好诗消永夜，每逢佳处辄参禅。"① 他与僧人唱和时指出，写诗要心境"空且静"，显然吸收了佛理。

唐代文学思想的一个突出贡献是"境界"说的提出，其哲学基础来自佛学。佛学中的"境"，指的是人的感觉作用之区域，心的活动范围，原先也翻译为"境界"。皎然《诗式》讲取境，应是指诗人的审美心理活动。刘禹锡说的"境生于象外"，"片言可以明百意，坐驰可以役万里，工于诗者能之"②；他的《酬张明府》诗说，"爱君诗思动禅心"，《奉应颜尚书真卿观玄真子置酒张乐舞破阵画洞庭三山歌》诗道："道流迹异人共惊，寄向画中观道情。如何万象自心出，而心淡然无所营。"③ 都着重于以心造境。旧题王昌龄所作《诗格》则明确提出"物境"。后来，境界说向心物交融方向发展。

宋代以禅喻诗很是多见，吴可写了三首《学诗诗》，其一说："学诗浑似学参禅，竹榻蒲团不计年。直待自家都了得，等闲拈出便超然。"引出许多人的和作。至于严羽的《沧浪诗话》的以禅喻诗，则是一部有系统的著作，近人多有细致研究。总而言之，佛学，特别是隋唐宋三代的佛学，与文学创作心理，与艺术心理学思想，有着相当密切的关系。

第九章　自性与佛性

佛性，一是指修行者所向往、企慕的佛陀的本性，二是指他们自身内部成佛的可能性。后者又可以分为先天具有的可能成佛的根据，和通过刻苦修行培育出来的有助于成佛的品性。修行就是为了获得佛性，为了成佛。怎样修行，就有培育实践能力、方法和技巧，及探求其理论依据的问题；这里很重要的是如何认识和处理每个修行者的心理品质、心理特性与佛性的关系。这些能力、方法、技巧及其理论依据，对于自性与佛性关系的看法，涉及的是思维活动中、心理活动中主体的能动性问题。主体能动性问题，既是宗教思维的重要问题，也是艺术思维的重要问题。

---

① 苏轼：《苏轼诗集》，中华书局，1982 年，第 1616 页。

② 刘禹锡：《董氏武陵集记》，《刘宾客文集》卷十九，上海古籍出版社，1993 年，第 120 页。

③ 《全唐诗》卷八一九、卷八二一，中华书局，1986 年，第 2009 页、2013 页。

第一节 念佛观相与熟想默识

佛教要求它的信徒受持教法而躬行实践，但是，信徒也有七情六欲，也要经营自身或者还有家庭的衣食住行，如何能够“六根清净”，顺利而稳定地进入虔诚的宗教崇拜心理之中？宗教的创立者和提倡者教信徒修行，就必须设计出帮助信徒从日常功利实用心理转到信仰心理的心理活动方式和技巧。在佛教发展的过程中，修行的方式也在不断发展，按照从低级到高级的次序，常见的有：念佛、见佛和自心即佛。念佛和见佛常常连在一起，包括在心里称念法身佛（理念上之佛），观想佛相和佛陀的“功德”，也包括口中称念佛的名号。其中，由理法念佛，称为法身念佛；在心思上浮现佛之“功德”及佛相，称为观想念佛；而口称佛名，则称为称名念佛或口称念佛。不同的宗派念不同的佛，而最为普通的是念阿弥陀佛。大乘经典如《观无量寿经》《阿弥陀经》都讲到念佛和观想，这两者都是要求修行者把心念集中在一个对象上。念佛的目标和作用有两个层次，较浅的是通过念佛使世俗欲念被克制、止息，心理平静集中；较深的则作为入定修观的前奏。实际上，两者都属于心理学的方法①。

释迦牟尼去世之后，他的弟子为了“对佛之永恒怀念”，也为了修行的需要，绘画佛像或者塑造（用泥土）、铸造（用金属）、雕刻（用石材或木材）佛像供信徒瞻仰，于是“念佛”时心理的重点，从想念佛的“功德”，转为向缘佛像。观想佛像很具体、真切，对于见识不广和超越性思维能力较差的普通人，显然要方便得多。修行的人在入定前，先依据对一种佛像的观察和记忆，然后在内心作观想。初期印度佛像供奉在塔中，修行的人进入佛塔观像，中国早期佛教曾提倡观想。鸠摩罗什翻译的《坐禅三昧经》说：

> 若初习行入，将至佛像前，或教令自往，谛观相好，相相明了，

---

① 念佛与观想，从心理学上看，约相当于基督教的祈祷。玛丽·乔·梅多等著：《宗教心理学》说，“祈祷只是自我暗示，言语上的自我刺激，还是与超己的一种神力接触？……这些问题却提出了我们不可忽视的重要的心理学问题”。四川人民出版社，1990年，第166页。

一心取持，还至静处，心眼观佛像。……心不散乱，是时便得心眼见佛像相光明，如眼所见，无有异也。

佛像本是为宗教崇奉而造，信徒在信仰支配下先去“观”，后再“想”，自会格外突出了佛的威严和慈悲，这实际上是诱发宗教的想象和幻觉，用佛的形象引起信徒的敬畏，而在客观上也可以成为一种形象思维的训练。

观想除了以佛像为对象，还有很重要的，是想象“西方极乐世界”。《观无量寿经》说，佛告弟子，“应当专心系念一处，想于西方”，“观于西方极乐世界……见彼清静国土，如执明镜自见面像”。他们设计了十六观（日想观、水想观、地想观、宝树观、宝池观、宝楼观、华座观、像观、真身观、观音观、势至观、普观、杂想观、上辈观、中辈观、下辈观）。其中，如：“日想”——“谛观于日，令心坚住，专想不移”；“水想”——“想见西方一切皆是大水，见水澄清，亦令明了，无分散意”；“地想”——“见彼国地，了了分明”；“观宝树”——“一一华叶，作异宝色，琉璃色中出金色光，玻璃色中出红色光，砗磲色中出绿真珠光”，如此等等。对于“西方极乐世界”的观想，比对佛像的观想要丰富复杂得多，它于人的形象思维能力的训练，更显大的效果。这样一套颇为精致的程序，目的在于造成所谓“客观崇拜”，“客观崇拜把一个人的注意力从个人关心的事物转移到终极的神圣事物和宇宙的构思中”[①]。德国宗教心理学家M.布伯在其著作《我与你》中，倡导通过祈祷实现与神的结合，也是要利用此类心理作用。人的日常思维既然可以转移到宗教的形象思维，也就可以沿着类似途径转移到文艺创作的形象思维。

中国古代人物画中的“写真”，画师地位较低，被画者常为官绅贵族，不像西方那样长久端坐让别人画，而是画师在一旁观看之后，回去凭记忆描摹。这就很类似于佛教的观想。论者认为，这样的画法，比之让人物对着画家端坐，画家对面描摹，更能传人物之神。苏轼《传神记》说：“传神与相一道，欲得其人之天，法当于众中阴察之。今乃使人具衣冠坐，注视一物，彼敛容自持，岂复见其天乎？”[②] 宋代的陈造也说：“使人伟衣冠，

---

① 玛丽·乔·梅多、理查德·德·卡霍：《宗教心理学》，陈麟书等译，四川人民出版社，1990年，第266页。

② 苏轼：《传神记》，《苏轼文集》第二册，中华书局，1986年，第401页。

肃瞻视，巍坐屏息，仰而视，俯而起草，毫发不差，若镜中写影，未必不木偶也。着想于颠沛造次、应对进退、颦頞适悦、舒疾倨敬之顷，熟想而默识，一得佳思，亟运笔墨，兔起鹘落，则气王而神完矣。”① 元代王绎说：“凡写像须通晓相法……彼方叫啸谈话之间，本真性情发见，我则静而求之，默识于心，闭目如在目前，放笔如在笔底……近代俗工胶柱鼓瑟，不知变通之道，必欲其正襟危坐如泥塑人，方乃传写，因是万无一得，此又何足怪哉!”② “熟想默识”这成为中国古代“传神”、“写真”理论的主流，体现出东方形象思维论的特色。中国画中的名作顾闳中的《韩熙载夜宴图》，据《宣和画谱》记载，是南唐后主李煜，有意要重用韩熙载，又“颇闻其荒纵，然欲见樽俎灯烛间觥筹交错之态度不可得，乃命闳中夜至其第，窃窥之，目识心记，图绘以上之”。顾闳中是画院待诏，这件画作用长卷形式把各种人物描画得栩栩如生，显示了目识心记的功夫。这种“目识心记”、“熟想默识”的理论又具有普适性，不止适用于东方，也适用于西方；不止适用于绘画，也适用于（应该说更适用于）文学。文艺家固然要练习写生、素描，却更要练习观想、练习形象记忆和对形象记忆的加工。契诃夫 1897 年在法国尼斯写给一位编辑兼批评家的信中说过：“您在一封信上表明一种愿望，要我就地取材，写一篇外国生活的小说寄给您。这样的小说我只能在回到俄罗斯以后凭回忆才写得出来。我只会凭回忆写东西，从来也没有直接从外界取材而写出东西来。我得让我的记忆把题材滤出来，让我的记忆里像滤器里那样只留下重要的或者典型的东西。”③ 契诃夫不也是在主张“静而求之，默识于心”，“熟想默识”吗！宋代卫宗武《秋声集·秋岩上人诗集序》说：“上人颖然为丛林之秀，于研精宗旨、冥心观想之暇，而独嗜吟。”金代刘迎《观古作者梅诗戏成一章》写道：“翠袖佳人修竹傍，风姿婥约破湖光。静中惯识形神影，妙处谁知色味香。观想有灵通水月，孤音无伴挟冰霜。故人愁绝今何许，烟雨霏霏子半黄。”这些都表明，佛教的观想与文学创作思维是可以相通的。

---

① 陈造：《江湖长翁集》，见俞剑华编《中国画论类编》上卷，人民美术出版社，1986 年，第 471 页。

② （元）陶宗仪：《南村辍耕录》“写像诀”条，中华书局，1959 年，第 131 页。

③ 契诃夫：《写给费·德·巴求希科夫》，《契诃夫论文学》，汝龙译，人民文学出版社，1958 年，第 256 页。

佛教所说的“观”，并不是叫人用眼观看，不是叫人运用眼、耳、鼻、舌、身等感觉器官去接受外界信息，而是相反，它认为，“六根”生出“六尘”，都属幻化虚妄。佛教的观要求用“心”，用宗教心理去“观”，所观的，也不是客观存在的外物，而是宗教认为的本体。《心经》教导信众：“照见五蕴皆空……色不异空，空不异色；色即是空，空即是色。受、想、行、识，亦复如是。”《金刚经》说：“一切有为法，如梦幻泡影，如露亦如电，应作如是观。”把物质、社会、人世的荣华功业，一切都看做梦幻，这既是佛教的世界观，也是它的方法论，同时也是它的心理学。在心理学思想上，首先是，要求主体在观想时置身事外，更进一步则置身世外，排除强烈的欲念，排除利害得失的功利之心和占有心理，用超脱的态度观想一切。其次是，引导主体努力把清醒的意识和深心的无意识衔接，使意识和无意识相续不断——身之所历皆作梦看，而梦却又作真看，所谓“断恶梦之恐怖，勘善梦为假相”，略近于现代心理学所说文学创作就是白日梦。这在认识论上根本是错误的，悲观主义的，但却并不完全是消极思想。正如恩格斯从黑格尔的“凡是现实的都是合理的”的命题里发掘出“革命方面”，引出了“被断定为必然的东西，是由纯粹的偶然性构成的，而所谓偶然的东西，是一种有必然性隐藏在里面的形式”的唯物辩证法的论断①。“照见五蕴皆空”，也可能帮助文艺家看出现存的貌似强大的黑暗势力衰亡的必然性。《红楼梦》第一回说，作者是“经历一番梦幻之后”撰成，红尘中虽有些乐事，但不能永远依恃，“瞬息间则又乐极悲生，人非物换，究竟是到头一梦，万境归空”。“此回中凡用‘梦’、用‘幻’等字，是提醒阅者眼目，亦是此书立意本旨。”苏轼的《赤壁赋》和《念奴娇·大江东去》，主旨是“人生如梦”，慨叹即使如曹操，“固一世之雄也，而今安在哉!”曹雪芹和苏轼从盛极一时的现象看出衰退消歇的必然趋势，他们的作品能够打破流行的传统幻想，动摇统治阶级的乐观主义，“不可避免地引起对于现存事物的永世长存的怀疑”②。上述苏轼的两件作品是有其现

---

① 恩格斯：《路德维希·费尔巴哈和德国古典哲学的终结》，《马克思恩格斯选集》第四卷，人民出版社，1972年，第211页、第240页。

② 恩格斯：《致敏·考茨基》，《马克思恩格斯选集》第四卷，人民出版社，1972年，第454页。

实针对性的，所以很长时间“深藏之不出”，秘不示人①。同时代人也怕《红楼梦》里的“碍语”引起麻烦②。足见其“万境归空”、“人生如梦”思想的批判锋芒。此外，这种心理学思想还可以帮助文艺家在困厄中，从激切的情感反应中沉静下来，不让过于强烈的感情损毁诗美的纯净。

佛教的观想以真为梦、将梦作真，修行中有一种目标是求得随意转变梦境的能力，即所谓“梦中化”，按照主体想要的方式来做梦，在梦中把现实里美好的事物变为丑陋、把现实里丑陋的事物变为美好，美女在梦中成为骷髅（佛教有“无常想”）、美食在梦中成为脓血（佛教有“食不净想”）。作为心理技巧，这对于文学创作也很有借鉴作用。象征派诗人为表达对资本主义的抗议创造的“恶之花”，用变形扭曲的丑的意象，寄托对美的追求，就可以参考这类意象转换。

第二节　自性见佛与作家的主体性

佛教徒的修行，又分自力和他力两种。唐代净土宗高僧道绰在《安乐集》卷上里说：“在此起心立行，愿生净土，此是自力。临命终时，阿弥陀如来光台迎接，遂得往生，即为他力。”可见，在净土宗，自己起心，是为自力；佛、菩萨接引，是为他力。“自”就是自己，“他”就是神。这是狭义的。广义的他力，还包括外物之力，他人之力。他力首先的和最重要的是神力。宗教是对于超人间、超自然力量的信仰和崇拜，是对于神的信仰和崇拜。恩格斯在《反杜林论》中说：“一切宗教都不过是支配着人们日常生活的外部力量在人们头脑中的幻想的反映，在这种反映中，人间的力量采取了超人间的力量的形式。在历史的初期，首先是自然力量获得了这样的反映，而在进一步的发展中，在不同的民族那里又经历了极为不同和极为复杂的人格化。”③ 超人间之力，神力，对于修行者而言，是他

---

① 苏轼在《赤壁赋·跋》中说：“轼去岁作此赋，未尝轻出以示人，见者盖一二人而已。钦之有使至，求近文。遂亲书以寄。多难畏事，钦之爱我，必深藏之不出也。”见《景苏园帖》，湖北美术出版社，1997年，第14—16页。钦之即傅尧俞，苏轼的朋友。

② 永忠读《红楼梦》弔曹雪芹三绝句上有弘旿眉批“《红楼梦》非传世小说，余闻之久矣，而终不欲一见，恐其中有碍语也”。《古典文学研究资料汇编·红楼梦卷》，中华书局，1963年，第10页。

③ 《马克思恩格斯选集》第四卷，人民出版社，1972年，第354页。

力。宗教的修行需要他力，是很自然的，否则，不相信他力，也就不成其为宗教了。当然，宗教要求信仰，信仰虔诚与否，虔诚的程度如何，在乎修行者，这又是自力。修行需要自力和他力的结合。但是，佛教是多神的宗教，或者说，它的教祖释迦牟尼并不是神；道教信奉的也是无位格的神。佛教、道教神学观念与基督教的差异，带来修行指导原则的差异。因此才有“自力”的提出，即主张修行不以神为中心，而以自己为中心。

佛教的信徒们有很不相同的层次，文化程度不一，对教义的了解接受能力不一，各自修行的动机、目标差别悬殊。更多的人是为了现世的利益，或者为了来世享受到此世未能享受的幸福，祈求菩萨保佑、赐福免祸。这样的人真心是贪恋此世的，却又想从彼岸获得庇佑，他们只能主要仰仗他力。《阿弥陀经》说，善男子，善女人，闻说阿弥陀佛，执持名号，一日、二日以至七日，一心不乱，“其人临命终时，阿弥陀佛与诸圣众现在其前。是人终时，心不颠倒，即得往生阿弥陀佛极乐国土”。净土宗的这种方式是为多数人设计的方式，为“钝根人”设计的方式。钝根人，生性迟钝，不会自己钻研经典，只是听信别人言说，听别人指点。利根人不需要这样，不依赖阿弥陀佛的本愿，而依靠自身的力量。根，是根性、根器；利根之人能够敏锐地理解佛法，并进而达到解脱。文人信佛的，或者虽不信佛但对佛教的教义感觉兴趣，对佛教的修行方式感觉兴趣，对佛教提供的思想资源感觉兴趣的，往往更加看重自力。

强调自力，有一个前提，就是主体本来具有这种力，具有“佛性”，这是达到解脱的内在依据，问题是如何把这种力挖掘出来。那么，哪些人是具有自力的呢？佛教教义本来认为，一切众生皆有佛性，因此，一切众生也都可以成佛。这个问题是没有争议的。众生的佛性被世俗欲念、成见遮蔽；修行，就是挖掘自身本有的佛性的过程。但原来的佛性说却保留了例外——把一阐提排除在外。一阐提是指多欲之人，被欲望支配的人，执着于利禄浮名，贪著生死之境，佛经中说到的“贪乐生死、不求出离故”的人。早期中国佛教界普遍持此观点。晋代至刘宋时期的高僧道生著有《佛性当有论》，说一切众生皆有佛性，论证了法身、法性、实相体现在众生的心性之中；进而说一阐提也是众生，当然也有佛性。众生佛性为烦恼所覆，众生若能断坏烦恼、破除迷惑，就可见性成佛。这一学说，开启了中国佛性论的新纪元，为隋唐佛教的发展提供了宝贵的思想资料。道生的一阐提可以成佛说提出引起轩然大波，他被逐出建康僧团。后来新译的佛教经典确有此说，他的观点又为佛门接受。这是佛教史上一件大事，其意义远远越出佛教内部，与当时一些文人相呼应，深刻地反映出时代思潮变化，其核心的就是深信和高扬个体的能动性、创造性。

自性见佛的观念被禅宗大大地发扬。禅宗的思想，慧能的思想，突出地体现在倡导“直指人心”、“见性成佛”。《坛经》说：“故知一切万法尽在自身中，何不从于自心顿现真如本性?”讲到修行中的外力，很重要的是经典的力量。人们见不到真佛，而随时可以诵读经典，从经典里接受佛法。经典在佛教信徒心目中有崇高地位，但禅宗显得很特别的，是他们呵佛骂祖，推倒经典的权威，而强调修行者自己的领会。《坛经》说：“一切经书，及诸文字，小大二乘，十二部经，皆因人置，因智慧性故，故然能建立。若无世人，一切万法，本元不有。故知万法，本因人兴；一切经书，因人说有。”其中还记载了名叫法达的僧人诵《法华经》七年，不知正法之处，慧能教导他说：“吾心正定，即是持经。吾一生以来，不识文字，汝将《法华经》来，对吾读一遍，吾闻即知。”禅宗大师百丈怀海则说：“夫读经看教，语言皆须宛转归就自己。”① 从这些话可见他们对修行者自力的极度张扬。

在文艺创作上同样也有自力论和他力论两种观点，即主张文艺创作的能力、才华是在创作主体自身，和主张创作的能力、才华是外来力量所赐。柏拉图在其《伊安篇》里说：“凡是高明的诗人，无论在史诗或抒情诗方面，都不是凭技艺来做成他们的优美的诗歌，而是因为他们得到灵感，有神力凭附着。科里班特巫师们在舞蹈时，心理都受一种迷狂支配；抒情诗人们在做诗时也是如此。”② 这篇对话一再将做诗、诵诗与巫师们的祭祀活动相比，认为两者都是从神那里汲取力量，都是凭借了神力。“神对于诗人们像对于占卜家和预言家一样，夺去他们的平常理智，用他们作代言人，正因为要使听众知道，诗人并非凭借自己的力量在无知无觉中说出那些珍贵的辞句，而是由神凭附着来向人说话。”③ 柏拉图的迷狂说在西方有广泛深入的影响，中国古代文论则更多地是主张自力论。虽然陆机《文赋》说：“虽兹物之在我，非余力之所勠。”好像是说灵感非作者本人

① 普济：《五灯会元》卷三，中华书局，1984年。

② 柏拉图：《文艺对话集》，朱光潜译，人民文学出版社，1963年，第8页。

③ 柏拉图：《文艺对话集》，朱光潜译，人民文学出版社，1963年，第9页。

之力，但那不过是强调灵感来去之机遇性和偶然性，不是主体可以完全控制，陆机并没有把兴会归为神的授予。钟嵘《诗品》说“世传江淹才尽”，是由于梦见一位美丈夫讨还了五色笔。这是一个美丽的寓言，而不是神话。人们都不以为是神收回了原来赐给江淹的才华，而各有另外的解释。姚鼐《惜抱轩笔记》说，江淹是“名位益登，尘务经心，清思旋发，岂才尽之过哉!”胡应麟《诗薮》说：“精力疲、志意怠而梦徵焉。其梦，衰也；其衰，非梦也。”梦（神仙收回才力的梦）是由于精力衰竭，而不是才华枯竭由于梦。王士禛《渔洋诗话》说：“越处女与勾践论剑术曰：‘妾非受于人也，而忽自有之。’司马相如答盛览曰：‘赋家之心，得之于内，不可得而传。’云门禅师曰：‘汝等不记己语，反记吾语，异日稗贩我耶!’数语皆诗家三昧。”① 这里把论诗文和论禅完全等同，并列为诗家精要，都要求依仗自力。古代文论家认为，他力说既是错误的，更是有害的。如果确定创造的才华、灵感来自神赐，作家只能被动地等待；如果确定创作才华、灵感在于自身，作家就要设法自己努力。皎然明确地反对“不要苦思”之说，而认为“取境之时，须至难至险，始见奇句。成篇之后，观其气貌，有似等闲，此高手也”。《诗式·总序》说：“彼天地、日月、元化之渊奥，鬼神之微冥，精思一搜，万象不能藏其巧。”《文镜秘府论·南卷》载他的话说：“或曰，诗不要苦思，苦思则丧于天真——此甚不然。固须绎虑于险中，采奇于象外，状飞动之句，写冥奥之思。夫希世之珠，必出骊龙之颔，况通幽含变之文哉!”② 契诃夫一辈子强调作家要多写，他对同行说：“可是直到现在您，先生，一直在等灵感，觉着自己是艺术的仆人。丢开这种等待吧。把自己引到另一条路上去。我们每个人都应当感觉到自己是一个勤恳的工人才对；那样一来一切就都会顺利了。”③ 在文学创作上，魏晋以下，作家和理论家也多反对拘守经典。六朝之时，士人反感汉代章句之学④，钟嵘《诗品》尖锐地反对诗歌堆砌典故，责备当时有

---

① 见丁福保汇辑：《清诗话》上册，上海古籍出版社，1978年，第180页。

② 王利器校注：《文镜秘府论》，中国社会科学出版社，1983年，第326页。

③ 伊·阿·布宁：《关于契诃夫》，见《契诃夫论文学》，汝龙译，人民文学出版社，1958年，第403页。

④ 《汉书·扬雄传》“章句之徒相与坐而守之”句，颜师古注：“章句，小儒也。”《后汉书·杜林传》注引《风俗通》：“若能纳而不能出，能言而不能行，讲诵而已，无能往来，此俗儒也。”

些诗人“文多拘忌，伤其真美”；“句无虚语，语无虚字，拘挛补衲，蠹文已甚，但自然英旨，罕值其人”。认为“观古今胜语，多非补假，皆由直寻”。反对仰仗书本，反对拾前人余唾，也是提倡自力。

文学、音乐、美术的创作才华，的确有一些是得益于遗传、得益于天资，这是毋庸争辩的；但是，就大多数人而言，就一切人的大多数情况而言，主要还是要依靠后天努力，这更是毋庸争辩的。遗传和天资，属于个人，是主体拥有的，也是自力，不是他力。美国二十世纪五六十年代人本主义心理学，把人的创造潜能的发挥、人的自我实现，看作人的最高需要，他们是很重视主体的自力的。他们认为，主体对自身机体、对自身能力的信赖，是获取成功的主要有利因素。罗杰斯说：“对自身经验充分开放的人会接近有关情境中全部有用的资料作为他行为的依据……可以把这个人比做一台巨型的电子计算机。由于他对自己的经验是开放的，所有来自他的感官印象、来自他的记忆、来自以前的学习、来自他的内脏和内部状态等等的资料都喂入机器。机器承受了全部作为资料喂入的这些众多的牵引和力量，迅速计算着应该采取的行动道路，那将成为在这一存在情境中满足需要的最经济的矢量。”① 他们呼吁每个人珍视自己的创造力，倡导所谓“自我承认法”，承认自己的创造性，以此作为赠给自己的礼物，“这礼物是我前进的动力”②。佛教把人的主观的作用无限夸大，机械唯物论对人的主观作用轻视、漠视，这是两个错误的极端。文学家在想象时，在丰富的积累的基础上，是需要充分发挥其心理能力的。

第十章　顿悟与渐悟

佛教的修行，它的最高境界和最终目标是“觉”、“悟”，觉悟了，也就是成佛了。汉语里“悟”的词义是觉悟、觉醒。《尚书·顾命》里就有“今天降疾殆，弗兴弗悟”。说上天降下疾疫，使人不能行动，昏迷不清醒，那里说的是人们日常生活中的心理。后来被佛教借用，才有了宗教思

---

① 罗杰斯：《充分发挥作用的人》，见马斯洛等著《人的潜能和价值》，林方译，华夏出版社，1987 年，第 323 页。

② 奥托：《人类潜在能力的新启示》，见马斯洛等著《人的潜能和价值》，林方译，华夏出版社，1987 年，第 399 页。

维、宗教心理上的新的含义，“悟”与“迷”相对，指断除“烦恼”，觉悟佛教的“真如”、“实相”。《法华经·方便品》说：“欲令众生悟佛知见故，出现于世。”六朝时期，又从佛教那里转回来，被用到哲学和艺术思维上，孙绰的《喻道论》说：“佛者梵语，晋（晋，此处指中国，具体说，指汉语）训觉也。觉之为义，悟物之谓，犹孟轲以圣人为先觉，其旨一也。”“悟物”，即由世间万象把握其背后的哲理。“悟”作为有关人的思维、人的心理的重要范畴，首先是由佛学家给以充分的阐述发挥，从汉代到唐宋，中国佛教关于“悟”，有多样的论述，其中有主张顿悟和主张渐悟的，就是关于证悟成佛的两种方法或步骤。渐悟指必须严格按照一定的顺序，经过长期修习，才有可能得证悟；顿悟则与之相对，否定繁琐的功夫，认为不需要按照一定的次第作长期修习，而认为悟可以在刹那之间完成，快速证入觉悟之境。佛教修行是一个过程，成佛是结果。这个结果怎样产生？渐悟说认为修行是，一个阶段一个阶段逐步前进，最后会达到觉悟；顿悟说认为修行没有固定的阶段和次序，结果的出现是突然的，刹那之间进入悟境。顿悟说和渐悟说是总体的区分，每一种之中又有许多的不同见解和不同论证。佛教中的顿悟说和渐悟说，在哲学和诗学中，在艺术心理学思想中，被广为援引。文学艺术创作，大而至于立意的确定，细而至于一个字词的去取、一个笔触的轻重，也有由“思”而“悟”的过程，因此，也就有是顿悟还是渐悟的问题。

第一节　悟是对于关系的把握

中国佛教史上，有两次大的顿渐之争，一次是在东晋，一次是在唐代。形成两种顿悟说，先是有道生的顿悟说，后来有禅宗慧能的顿悟说，都有重要的地位和重大的影响，但两者并不完全一样。

道生不是一般的和尚，他好学深思，是一位见解卓异的哲学家。慧皎的《高僧传》说他“俊思奇拔，研味句义，即自开解”，可见他精心研究经典，而又敢于依照学理逻辑去独立思考，敢于创新。他认为“入道之要，慧解为本”，感叹当时的佛教学者“多守滞文，鲜通圆义”；而长安内外的僧众，也都称道他的“神悟”。就是说，在他本人的思维实践中，十分看重“悟”。在这种情况下，道生“乃立善不受报，顿悟成佛”之义，提出了顿悟说。"顿悟成佛"说虽然原来不是没有人谈到过，但毕竟是道生的一个创见，因为以前的所谓顿悟，说到底，依然还是渐悟，而且多把顿悟和渐悟割裂，似乎两者完全不能相容。

顿悟、渐悟的讨论，是由对"十住"说的探究引发的。佛教的说法：大乘菩萨修行的过程分为五十二阶位，其中第十一至第二十阶位，属于"住位"，称为十住。此前，支道林曾经说，六住以前，要按照阶段、次序修道，到了七住就可以有顿悟。七住与后面第八、第九、第十那三住，"在迹斯异，语照则一"，外在的方式方法有所不同，而在能够照得般若智慧上是一样的。由于各个人的天分、根器不同，修行中的觉悟有迟速之别。众生的天分、根器有限，在六住之前，必须用苦功慢慢积累，必须渐悟。这种说法的缺陷在于，把顿悟和渐悟看作迟速之别，那是非常肤浅的，这点下面就要谈到。

道生认为，大乘菩萨的修行阶位"十住"中，在前七住没有悟道的可能，必须到十住时最后一念"金刚道心"，顿时将一切"妄惑"断尽，由此而得"正觉"。"金刚以还，皆是大梦；金刚以后，皆是大觉。"所以道生实际上是主张渐修顿悟的。在平时修集种种资粮，达到究竟时，一悟永悟，一了百了。他是怎样论证顿悟说的呢？在他看来，修行成功必须依赖顿悟最根本的原因，是由悟的目标的性质决定的。佛教徒的悟，尤其是高僧们的悟，目标是什么呢？应该是追求"真如"、"实相"、"佛性"，即一切万法真实不虚之体相，也即是佛教认定的最高的本体、最高的真理。佛教认为，真如、实相、佛性是不能分割的整体。《大智度论》卷三十二说："诸法如有二种，一者各各相，二者实相。"什么是真如？"真"是表示它不是虚妄的，"如"乃如如不二，一模一样，平等若一，没有变异，没有差别。《华严一乘教义分齐章》说："一即一切，一切即一，不可说其状相尔。"对于这样没有差别的"一"，人们的认识、领会，当然也就不能一部分一部分地积累，而要求一次性地整体地掌握。就是这个原因，悟也就不可能分阶段，必须到最后一念，有一种像金刚般坚固和锋利的思力，一次将一切"惑"断得干干净净，由此得到正觉。"夫称顿者，明理不可分，悟语极照。"① 在古希腊，亚里斯多德把认识分为五个阶段，前面是感觉、

---

① 慧达《肇论疏》引述道生的意见，见汤用彤：《汉魏两晋南北朝佛教史》第十六章，中华书局，1983年，第471页。

记忆、经验、技艺，最后是智慧。智慧的人力求通晓一切，而不是一个一个地认知个别事物①。东方思维将亚里斯多德放在第五阶段的认识，名之为悟，更加明确地把智慧、悟与记忆、技艺之类根本地区别。道家以及后来的理学，把各自信奉的最高的真理，分别叫做“道”或者“理”，这些也都是终极性的真理，也是不能分的。道、理、真如既然不可分，自然就不能一步一步地分开来体悟，只能是“极照极慧”、“一时顿了”，都只能整体地完整地去把握，只能顿悟，不能渐悟。渐悟，是企图一部分一部分逐步累积，达到认知全体；顿悟，是一下子完整地领悟全体。顿悟和渐悟，不是量的区别，而是质的区别。顿悟说所要辨明的，不是体悟的快慢问题，而是对万物本原的终极关怀和把握方式的问题。每一个民族、每一种文化中哲学的诞生，以本原问题，即万物的根源或来源问题的提出为标志②。有没有对本原、对“第一原理”的关切，关切的深度如何，可以用来衡量哲学发展、艺术发展的程度。顿悟说的提出和受到重视，就是中国哲学、中国艺术心理学思想成长的一个标志。

理解顿悟说，很重要的是如何看待最高本体与纷繁万象的关系，“一”与“一切”的关系。佛教缘起说认为，万有都是缘起相成，在本体上，个体（“一”）与全体（“一切”）圆融无碍、空有相即。所以举“一”时，“一切”皆摄入其中。旧译《华严经》卷九《初发心菩萨功德品》说：“知一世界即是无量无边世界，知无量无边世界即是一世界，知无量无边世界入一世界，知一世界入无量无边世界。”由此说明整体与部分、一般与个别，都是相即之关系。因之一尘之中，即与一切佛土相即；一念之中，也与无量之时间相即。也有把佛教全部义理与实践视为一整体而称为“一”，其各个分支和法门则称为“多”，或于能生万有之一心称为“一”，而所生之万有则称之为“多”。无论哪种解释，认识、感悟的要点，都是必须处理好一与一切、一与多的关系。一即一切，悟了一才能悟一切，没有顿悟不能把握一。

现代心理学中，格式塔心理学特别注重人的心理活动中整体与部分的

① 参见汪子嵩等著：《希腊哲学史》第三卷下，人民出版社，2003年，第630页。

② 参见黑格尔：《哲学史讲演录》第一卷，商务印书馆，1995年，第46—47页；汪子嵩等著：《希腊哲学史》第一卷第一编第一章第二节“本原”，商务印书馆，1997年，第151—159页。

关系。格式塔反对冯特的构造主义的元素说，讥之为砖头和泥浆的心理学，认为感觉不是诸元素相加之和，人的知觉是整体的、完整的，知觉经验具有在它的任何一个部分都找不到的整体性。他们的基本原理是：整体大于部分的总和①。例如，当某个人朝窗外张望，他一眼看到的是树或天空，而不是色调、亮度、线条、形状等等元素。由此，从这种基本观点出发，格式塔心理学代表人物之一苛勒，在讨论知觉和学习心理学的时候引入顿悟的概念。格式塔心理学家说，问题的解决是突然来到的，随着“顿悟一闪”（flash of insight）而作出适当的动作。“顿悟是对关系的知觉”②。佛教说的关系是真如与万法的关系，格式塔说的关系是整体、情境与部分、要素的关系。两者不在一个层次上，但是，在方法论上还是有某种相近性、相关性。他们还把这个理论用于人类的创造性思维，韦特墨认为：“如果一个教师能把问题安排得使课堂练习的单元成为有意义的整体，那么就会产生顿悟。”③

精神分析心理学，运用自由联想进行心理治疗，困难之点和关键之点在于，帮助患者找出造成心理障碍的原因，找出那压抑在深层无意识之中，被患者本能地包藏起来的无意识的动机和欲望，潜在的内心冲突。心理医生把这类内心冲突揭示出来，把无意识的某些心理提升到意识之中，使患者领悟到自己心理疾病的病根，一旦领悟了，病患也就豁然痊愈，这叫做领悟疗法（insight therapy）。这也是一种顿悟，在他们看来，没有这种顿悟，神经症就不能被治愈，而只有精神分析能够引导患者产生顿悟。这种学说认为，人的心理疾病，很多是由于童年时代所受的心理创伤，这种创伤被压抑到主体无意识深处，而不为其所清楚地知觉。这种创伤产生的内心阻抗力，使本我和自我激烈冲突，以至于歇斯底里。精神分析医生通过暗示、分析，从对某个琐碎的细节的解释中，找到心理疾病的根源所在，作出整体的解释，从而使病人顿然醒悟，摆脱了先前的迷恋物，使得

---

① 韦特墨：《格式塔理论》：“格式塔理论的基本‘公式’可以这样表达：有些整体的行为不是由个别元素的行为决定的，但是部分过程本身则是由整体的内在性质决定的。”转引自杜·舒尔茨：《现代心理学史》，杨立能等译，人民教育出版社，1981年，第296页。

② E. G. 波林：《实验心理学史》下册，高觉敷译，商务印书馆，1981年，第720页。着重号为引者所加。

③ 杜·舒尔茨：《现代心理学史》，杨立能等译，人民教育出版社，1981年，第307页。

自我可以控制本我[1]。弗洛伊德学派的这种理论，不为学者普遍认可，但寻找心理病源、解除阻抗、引发顿悟，却是有可能的，对艺术心理研究也是有启发的。

此外，还有其他心理学派，也很重视顿悟的作用。例如，皮亚杰的认知结构理论显然吸收了格式塔心理学派苛勒的顿悟学习理论，人本主义心理学的“高峰体验”理论吸收了弗洛伊德学派的“领悟疗法”的观点[2]。

顿悟在文艺创作过程中的重要性是不言而喻的。每一件文艺作品的创作，从素材到主旨的确立，中间必然有一个悟的瞬间。这种悟，也可以说是对关系的领悟。例如托尔斯泰写《复活》，开始只是想写贵族诱惑者的忏悔，后来才进到对旧俄社会体制的深刻揭露，其间有一个巨大的转变，那就是创作中的悟[3]。作家看出了贵族男子对下层女子的诱惑以及这一行为引起的一系列后果，与社会大环境、与阶级对立的关系。诗人炼字中的顿悟，必是集中在某字某词在音节上、在意味上与全句全篇的关系。书法家落笔时的顿悟，必是在一撇一捺与一字之结体，一行各字之连接呼应的关系。就单个元素考虑，无论怎样苦思苦想，也不可能有悟。

---

① 参见弗洛伊德：《精神分析引论》第二十八讲“分析疗法”，高觉敷译，商务印书馆，1984 年，第 362—370 页。又，参见铃木大拙《禅学讲座》“公案”一节论“悟”，其中说：“……必须还得某种觉醒，突破平衡，而把人重新带回意识相对层次，那时就发生了悟。但此所谓相对层次，并非真正是相对的；它是意识层次与无意识层次的交界处。一旦触及这个层次，人的通常意识就浸含了无意识中的讯息。这乃是有限的心认识到它是根植于无限的时刻。”铃木大拙、佛洛姆：《禅与心理分析》，中国民间文艺出版社，1986 年，第 84 页。

② 人本主义心理学的代表人物马斯洛，把领悟或顿悟（insight）和彻悟（complete enlightenment）看作是心理治疗最重要的环节。他认为，使接受治疗和指导的对象达成人格的恢复，需要自我彻悟式的心理转换。通过自我理解和自身彻悟，才能真正认识自己，战胜自己，依靠自己的力量走向真正的自我实现。参见马斯洛：《人性能达到的境界》第 21 章“超越的种种意义”，云南人民出版社，1987 年，第 261—271 页。

③ 托尔斯泰 1895 年 11 月 5 日日记说：“刚才我正在散步，忽然很清楚地懂得了我的《复活》为什么写不出来的原因。开头写得不对。这一点我是在思考那篇关于儿童的小说——《谁对》——的时候才懂得的；当时我明白了那篇小说必须从农民的生活写起，明白了他们才是目标，才是正面的东西，而另外那一些——只是阴影，只是反面的东西。想到这个，我就连带地也明白了关于《复活》这部书的道理。应当从它开始。我马上就想动笔。”转引自贝奇科夫著：《托尔斯泰评传》，吴均燮译，人民文学出版社，1962 年，第 496 页。这是很典型的创作过程中“悟”的瞬间。

第二节 顿悟与渐悟的互相依存

道生关于顿悟成佛的观点提出后，引起很多反对意见。同时代的慧观（他与道生同奉鸠摩罗什为师）写了《渐悟论》，昙无成作《明渐论》，都对道生加以反驳，两种主张激烈争论①。这场争论延续时间很长，直到道生去世很久之后，也未平息。参与者不但有诸多著名僧人，还有皇帝、朝臣，以及谢灵运、颜延年等文人。到了唐代，禅宗的南北宗又发生了顿渐之争，南宗慧能主顿，北宗神秀主渐。南宗所说的顿悟，不是渐修顿悟，而是直下顿悟，是不要准备积累的若干阶段，不要长期过程，不要中间环节，直接体认真如佛性。他们不重事修，而主张学者先求自悟本心——本来清净的佛性，一旦豁然，就一悟百悟。《坛经》说，"自性常清净，日月长明，只为云覆盖，上明下暗，不能了见日月星辰，忽遇惠风吹散卷尽云雾，万象森罗，一时皆现"。从迷到悟，只在一念之间，"一念愚即般若绝，一念智即般若生"。"迷来经累劫，悟则刹那间"②。后来被称为禅宗七祖的神会和尚，在河南滑县大云寺召开"无遮大会"，宣传南宗法旨，在与北宗崇远法师辩论时有一段很鲜明的论断："我六代大师一一皆言单刀直入，直了见性，不言阶渐。夫学道者须顿见佛性，渐修因缘，不离是生而得解脱。譬如其母顿生其子，与乳，渐养育，其子智慧自然增长。顿悟见佛性者亦复如是，智慧自然渐渐增长。"③ 禅宗与道生是颠倒的——道生同意初学阶段的渐学，最后的顿悟是一个飞跃；禅宗则认为先有顿悟，然后再来渐修，再来"养育"、"孳乳"。由此看来，两次顿渐之争虽然有时显得十分尖锐激烈，但是，绝对的顿悟或绝对的渐悟是没有的，问题是如何看待顿悟和渐悟各自的地位及其相互关系。

汤用彤先生说得很好，道生关于顿悟的"新论"，新在什么地方呢？就新在把中国儒学传统与印度佛教传统"调和"，突出顿悟而不排斥渐修，

---

① 参见汤用彤：《汉魏两晋南北朝佛教史》第十六章"竺道生"里"顿悟渐悟之争"、"顿渐分别之由来"、"竺道生之顿悟义"、"谢灵运述道生顿悟义"和"慧观渐悟义"五小节，中华书局，1983 年，第 447—450 页、第 466—482 页。

② 郭朋校释：《坛经》，中华书局，1983 年，第 39 页、第 51 页、第 72 页。

③ 杨曾文编校：《神会和尚禅话录》，中华书局，1996 年，第 30 页。

肯定圣人虽不可学而可至。他的特别在于，认为可以渐修，而只能顿悟。每个人都可以渐修，但不是每个人都可以顿悟①。

诗人谢灵运支持道生的看法，而又企图把某些不同意见加以折衷。他写成《辨宗论》等八篇文字②，比较印度及中国的佛学的渐悟说同中国的儒学的顿悟说，并且力图把它们结合起来，他说："释氏之论：圣道虽远，积学能至，累（积累）尽鉴（洞见）生，方应渐悟；孔氏之论：圣道既妙，虽颜（颜回）殆庶（只能大体接近），体无鉴周，理归一极。有新论道士（指竺道生），以为寂鉴微妙，不容阶级，积学无限，何为自绝？今去释氏之渐悟，而取其能至；去孔氏之殆庶，而取其一极。一极异渐悟，能至非殆庶。故理之所去，虽合各取，然其离孔释矣。余谓二谈救物之言，道家之唱，得意之说，敢以折中自许。"印度佛教多主渐悟，经过"十地"，最后成佛。中国儒学认为圣道可能接近，而不能达到。竺道生的新论，吸收了两方的见解。谢灵运认为，强调顿悟还是强调渐悟，第一是由于文化环境的不同，他的《再答法勖问》③ 说："二教不同者，随方应物，所化地异也。"中国和印度有不同的文化传统，"华民易于见理，难于受教，故闭其累学，而开其一极；夷人易于受教，难于见理，故闭其顿了，而开其渐悟。渐悟虽可至，昧顿了之实；一极虽知寄，绝累觉之冀。良由华人悟理无渐，而诬道无学；夷人悟理有学，而诬道有渐"。学和悟、顿和渐都是要的，各有所用，也各有局限。第二，还要看修行者的主观条件，要根据不同的对象，不能一概而论。"至精之理，岂可径接至粗之人？是故傍渐悟者，所以密造顿解；倚孔教者，所以潜学成圣。"理智胜于才气的人，需要开启直觉；感性敏于理智的人，需要加强积累。

谢灵运的说法，从哲学上说，新意不多，比较平实，对于思考者、创作家有较大的实际参考价值。汤用彤先生说："谢康乐具文学上之天才，而于哲理则不过依傍道生。"④ 我们从另外一个角度来说，由于谢灵运既笃

---

① 杨曾文编校：《神会和尚禅话录》，中华书局，1996 年，第 30 页。

② 石峻等编：《中国佛教思想资料选编》第一卷，中华书局，1981 年，第 219—227 页。

③ 石峻等编：《中国佛教思想资料选编》第一卷，中华书局，1981 年，第 221 页。

④ 汤用彤：《谢灵运〈辨宗论〉书后》，《汤用彤学术论文集》，中华书局，1983 年，第 288—294 页。

信佛教，又是一位天才的文学家，他对顿悟、渐悟的解说有宗教心理经验和艺术心理经验做基础，因而具有单纯佛教徒的学说所没有的实用启迪意义。谢灵运曾经自信地对孟顗说过："得道应需慧业，丈人生天当在灵运前，成佛必在灵运后。"没有顿悟，无论如何精修苦修，都是不能成佛的。上面引述他的一些论述，在很大程度上，适用于文艺创作者。《文心雕龙·神思》说："若夫骏发之士，心总要术，敏在虑前，应机立断。覃思之人，情饶歧路，鉴在疑后，研虑方定。机敏故造次而成功，虑疑故愈久而致绩。难易虽殊，并资博练。若学浅而空迟，才疏而徒速，以斯成器，未之前闻。"立断是顿，研虑是渐，因人而异，因时而异，因事而异，两者总要有不同程度和不同形式的结合。《世说新语·文学》篇记："佛经以为祛练神明，则圣人可致。简文（东晋简文帝司马昱）云：'不知便可登峰造极不？然陶练之功，尚不可诬。'"陆机、刘勰等人，就是既讲主体不能完全控制的顿悟，讲"是盖轮扁所不得言，亦非华说之所能精"和"未识开塞之所由"，"伊挚不能言鼎，轮扁不能语斤"；又讲渐修，讲学，讲"收百世之阙文，采千载之遗韵"，"积学以储宝，酌理以富才，研阅以穷照"，总是兼顾渐和顿两个方面。明代胡应麟《诗薮》说："汉唐以后谈诗者，吾于宋严羽卿得一'悟'字，于明李献吉得一'法'字，皆千古词场大关键。此二者不可偏废，法而不悟，如小僧缚律；悟而不法，外道野狐耳。""严氏以禅喻诗，旨哉！禅则一悟而后，万法皆空，棒喝怒呵，无非至理；诗则一悟之后，万象冥会，呻吟咳唾，动触天真。禅必以深造而后能悟，诗虽悟后仍须深造。"几乎所由认真的论者，都承认顿和渐缺一不可。

宗教家讲的悟，哲学家讲的悟，主要是对他们心目中的最高本体之悟。实际上，人们还有各种不同层次的悟。在文艺创作中，各种不同层次的悟都会发生作用。南宋的严羽把禅学之悟用于诗学①，他在《沧浪诗话·诗辩》中说：

---

① 严羽在《答出继叔临安吴景仙书》中说："妙喜（自注：是径山名僧宗杲也）自谓是参禅精子，仆亦自谓参诗精子。"见郭绍虞：《沧浪诗话校释》附录，人民文学出版社，1961年，第236页。

> 大抵禅道唯在妙悟，诗道亦在妙悟。且孟襄阳学力下韩退之远甚，而其诗独出退之之上者，一味妙悟而已。唯悟乃为当行，乃为本色。然悟有浅深，有分限：有透彻之悟，有但得一知半解之悟。汉魏尚矣，不假悟也；谢灵运至盛唐诸公，透彻之悟也；他虽有悟者，皆非第一义也。

他在这里讲的是，不同类型作者的不同层次的悟。首先，是人生之悟。汉魏乐府诗，古诗十九首，曹操父子的诗作，等等，它们的突出特点是真率自然，原因在于作者都有对人生哲理的深刻领悟。其中许多人，非刻意寻求而得悟，难能可贵，可遇而不可求。文学艺术，表现人对生命的意义的探索和思考，作者对人生意义有了深刻的体认，悟了，作品才可能有很高的价值。陶渊明的诗，苏轼的散文，歌德的《浮士德》，都表现了人生之悟。这种悟，总是由渐而顿，由长期积累而在某一契机下突然思维发生飞跃。第二种，是审美之悟。从谢灵运到唐代李白杜甫等人，都是有意作文，但他们确实都有独到的审美感悟。像谢灵运的《登池上楼》，被誉为“一语天然万古新”，就是久病卧床之后，偶尔“窥临”，“倾耳聆波澜，举目眺岖嵚”时瞬之所得。艺术创作中的触发，常常是这种悟的结果。第三种，是技法之悟。艺术就是克服困难，创作的每一步都有困难，一词一句之得，也要靠悟。这种悟，如皎然《诗式》所说，常常是苦思之后的突破。每一个层次的悟，都有由渐而顿，顿后复渐的沉积、铺垫和完成、完善的阶段。每一个层次的悟，都是对“关系”的把握，从人与宇宙、世界的关系，到人与某个具体的自然或者社会环境的关系，到文本的某个或大或小或长或短的“上下文”的关系。对于这种或那种关系，找到一条全新的思路，悟就出现了。

悟的性质和表现除了因人而异之外，在一个作者创作道路的不同时期，在一次创作活动的不同阶段，都应有不同的侧重点。诗歌写作中的顿悟，往往是在起初的触发，当然也包括中间的突破，如“诗眼”的获得。但是，顿悟，“悟”的主要是思路，而结构、语言仍需要推敲，推敲中有反复，那就不是“顿”了。方回《清渭滨上人诗集序》说：“然偈不在工，取其顿悟而已。诗则一字不可不工，悟而工，以渐不以顿。”宗教思维是采取内敛的方法，去绝尘缘，无思无念，以求一悟；艺术思维则须外驰，登山观海，上天入地，以求一悟。佛家之悟，是万虑皆空；诗家之悟，却还要继之以思[①]。

佛教所说的悟，尤其是禅宗所说的悟，有明显的非理性的色彩。严羽所说的悟，则是学诗过程中的飞跃。先有学，然后才有悟，也是审美之悟而非理论思维之悟。他说汉魏之诗，自然流出，因此不存在悟的问题。两晋以下，有意作诗，这就有一个思维过程，起点是思、是学，关键是悟，悟是创作思维的转捩点。学是悟之建立的必要基础，但是，学并不一定必然有悟的结果。学可能产生悟，也可能始终不悟。学，是有步骤的逐步积累的心理过程；悟，是突发的带有偶然性的心理飞跃。悟之前需要有渐，渐之后则不一定能悟。那么，怎样促使悟的产生呢？道生认为："悟不自生，必借信渐。"众生本有佛性，因"迷"之为患，被"无明"遮蔽，需要用信仰去掉迷妄，开发出真智慧，然后，像果实成熟会掉落，"豁然贯通，涣然冰释"，而达到悟。阻碍悟的是执著，所谓执著，就是将虚妄非实的人我及万法，执以为实有自性，起种种迷妄颠倒、虚伪不实之见解。修行，要去掉迷妄，去掉执著。禅宗为除去执著，常常用公案、机锋，用一些模棱两可、不着边际的言语；禅宗还有所谓德山棒、临济喝，对于请求传授的弟子，"道得也三十棒，道不得也三十棒"，"问即有过，不问犹乖"；"一喝如金刚王宝剑"。所谓"横抽宝剑，剪诸见之稠林；妙叶弘通，截万端之穿凿"[②]。他们这些看似奇特不近情理的做法，为的是断绝问话人也即是学佛者的常规思维，开启全新的思路，叫做"截断葛藤"。现代学者发现，禅宗的棒喝与精神分析医生的做法有着一些相似。弗洛姆在《心理分析与禅》中说："禅宗与心理分析还有另一个相同之处。禅的教育方法可以说是要把学生逼入角落。公案使得学生无法在知性思考中寻求庇护；公案就像一个障碍，使得学生无法再逃。心理分析者也做着——或者应当做着——类似的事。他必须避免用种种的解释来喂养患者，因为这只能阻止患者从思考跃入体验。他要把合理化的借口一个一个移除，把拐杖

---

① 关于中国古典诗学中顿悟、渐悟之说，钱锺书《谈艺录》之二十八、八十四，论之甚详。其中说，严羽称诗有别才，"则宿世渐熏而今生顿见之解悟也"；严羽说要读书穷理，"则因悟而修，以修承悟也。可见诗中'解悟'，已不能舍思学而不顾；至于'证悟'，正自思学中来，下学以臻上达，超思与学，而不能捐思废学"。又说，"了悟以后，禅可不著言说，诗必托诸文字；然其为悟境，初无不同。"中华书局，1984年，第98—102页、第256—260页。

② 普济：《五灯会元》卷十三，中华书局，1984年，第779页。

一个一个撤走，使得患者再无从逃避，使他突破充满心中的种种幻象，而体验到真实——即是说，对于以前未曾意识到的某些事情，现在变得意识到。”① 禅宗与精神分析两者，都是要求设法打破常规思维，打破日常心理模式的束缚，以此作为手段引起顿悟。

第十一章 境与味

佛教思想的传播，促进了人们对心理活动认识的细致化。唐代以后，在研究和论说文艺创作和欣赏过程中的心理状态、评议作品的品格的时候，“境”与“味”两个术语越来越频繁地被运用，从这种诗学语言现象中间，可以看到佛教思想的影响。

第一节 境与境界

境这个词，以及与境相关的某些双音节词（如“境界”等），在汉语中原本是疆界的意思。《孟子·梁惠王下》说，“臣始至于境，问国之大禁，然后敢入”；刘向《新序·杂事》中有“守封疆，谨境界”，这些词义，与心理现象无关。到六朝时，境的含义里加进了精神的、情感的色调，例如，《世说新语·排调》中记述：“顾康乐啖甘蔗，先食尾，问所以，云：‘渐至佳境。’”在这里，境被用来述指主体感受的合意度。晋代郭象《庄子序》说：“是以神器独化于玄冥之境，而源流深长也。”境又被用来述指思维的深博玄妙程度。正是在这同时，境和境界被用在佛典翻译中，在汉译佛典里，境有几种含义，主要的含义是：心与感官所感觉或所思维的，感觉作用的区域。《俱舍论疏》说：“心之所游履攀援者，故称为境。”《无量寿经》说：“比丘白佛，‘斯义弘深，非吾境界’。”② 境、境界

---

① 佛洛姆：《心理分析与禅佛教》，见铃木大拙、佛洛姆《禅与心理分析》，孟祥森译，中国民间文艺出版社，1986年，第191页。

② 佛家此类用法颇多，如吴越僧《武肃王有旨石桥设斋会进一诗》六首之三：“感现尽冥心境界，资持全固道根株。”见《全唐诗》第851卷。《五灯会元》中“境界”凡十七见，如卷四：“《华严》云，菩萨摩诃萨以无障无碍智慧信，一切世间境界是如来境界。”卷六：“流泉是命，湛寂是身；千波竞涌，是文殊境界，一亘晴空，是普贤床榻。”

用于说明人的思维而不是指地理疆界。这样，从先秦到唐宋，境和境界就逐渐有了两个方面的含义，一指外，一指内；一指人，一指物；一是关于外界事物的，一是关于人的精神的。

唐代以下，心、境这两个词，经常连用对举。让我们先列举一些书证——唐代有，希运《黄檗山断际禅师传心法要》："凡夫取境，道人取心；心境双忘，乃是真法。"独孤及《毗陵集·金刚经报应述并序》："不然，何心境玄合，若律吕相召？"张说《清远江峡山寺》："猿鸣知山静，鱼戏辨江空。静默将何贵，所贵心境同。"宋代有，苏轼《次韵定慧钦长老见寄》："根尘各清净，心境两奇绝。"黄庭坚《表弟李广心作太湖主簿，于廨舍中作双寂堂，远来求铭》："境寂心闹，动静沉掉；心寂境喧，万物森然。心境双寂，语默作息。"陆游《秋日遣怀》："秋夜坐东窗，残雨时一滴。四壁无人声，心境两虚寂。"罗愿《水调歌头》："秋宇净如水，月镜不安台，郁孤高处张乐，语笑晚氛埃。檐外白毫千丈，坐上银河万斛，心镜两佳哉。"这类例句还可以举出很多。在唐宋时期，心、境对举，首先的和较多的是在佛教文献中，至于出现在诗词里，所表现的也多是佛教的思想。在佛教看来，境由心造，心乃本体，凡俗之人被境所支配，悟道之人则可以不受外境干扰，而能以心支配境。

话虽这么说，外境的影响又是难以否认的。宗教心理的调整，审美心理、文学艺术创作心理的调整，要追求达到良好的状态，对外境还是有所要求——修行最理想的地方，还是深山古寺而不是繁华闹市；春风春雨，秋月秋蝉，比之人声喧嚷更易于激发诗思。上引例句中，被认为最理想的，是"心境两佳"，是"心境相召"，而如何达致两者俱佳呢？于是，人们在探讨宗教心理规律和审美心理规律的时候，越来越注意探讨心与境的关系。

在中国的传统中，历来是倾向于认可人们的心理活动的多样复杂，认可宗教心理和艺术心理的微妙玄奥，因此，比较注重的，是心与境的双向互动，而不是单一的线性关系。《文赋》、《文心雕龙·物色》篇和钟嵘《诗品》，都涉及这个问题，"情以物兴"、"物以情观"，"随物宛转"、"与心徘徊"，就是很精炼的概括。心理活动是在主体接受外物刺激下发生的，因刺激而产生反应，刺激的性质、方式和强度当然很重要，受刺激的主体的接受方式与感受力的敏钝也很重要。《关尹子·五鉴》说："物我交，心生；两木摩，火生。不可谓之非我，不可谓之非彼，执彼而我之，则愚。"

对于两者关系，佛家也有类似的看法。《楞严经》说："譬如琴瑟、箜篌，虽有妙音，若无妙指，终不能发。汝与众生亦复如是。"画家、诗人的创作意兴，是在境与心相互激发中迸出火花。韦应物《听嘉陵江水声寄深上人》说："水性本云静，石中故无声。如何两相激，雷转空山鸣。"就多数文艺家而言，这类迸发往往非有意为之，而是得之偶然。理论家总结，却要找出规律，使创作者能有意识地追求这类迸发。在唐代，王昌龄《诗格》[①] 是说得比较详细的："夫作文章，但多立意。……思若不来，即须放情却宽之，令境生。然后以境照之，思则便来，来即作文。如其境思不来，不可作也。""夫置意作诗，即须凝心，目击其物，深穿其境。……文章是景，物色是本，照之须了见其象也。"[②] 艺术思维的"思"，即未来作品的立意和构思，也即它的主旨，是不可以直接求取，要用境去"照"。境，是心物相击的产物，是艺术家凝神观照所得。

《诗格》提出"三境"说，是对文艺创作中心与境两者关系较为全面深入的探讨，是唐代"境论"或"境界论"较为完整形态的理论表述，它说："诗有三境。一曰物境，二曰情境，三曰意境。物境一：欲为山水诗，则张泉石云峰之境，极丽绝秀者，神之于心。处身于境，视境于心，莹然掌中，然后用思。了然境象，故得形似。情境二：娱乐愁怨，皆张于意而处于身，然后驰思，深得其情。意境三：亦张之于思，而思之于心，则得其真矣。"与此相应，《诗格》还提出："诗有三思。一曰生思，二曰感思，三曰取思。生思一：久用精思，未契意象，力疲智竭，放安神思，心偶照境，率然而生。感思二：寻味前言，吟讽古制，感而生思。取思三：搜求于象，心入于境，神会于物，因心而得。""三境"侧重在"境"的一面，"三思"侧重在"心"的一面，但都是谈境与心的关系，也都是谈三个层次[③]。三境或三思就是艺术心理的三个层次，也可以说，在多数情况下，

---

① 关于旧题王昌龄《诗格》文本与作者，罗根泽、王利器、傅璇琮等人均有考证，参见王运熙、杨明：《隋唐五代文学批评史》，上海古籍出版社，1994 年，第 203—205 页；张伯伟：《全唐五代诗格校考》，陕西人民教育出版社，1996 年，第 123—125 页。

② 王昌龄：《诗格》，张伯伟编撰《全唐五代诗格校考》，陕西人民教育出版社，1996 年，第 139—140 页。

③ 王昌龄：《诗格》，张伯伟编撰《全唐五代诗格校考》，陕西人民教育出版社，1996 年，第 149—150 页。

分属文艺创作中心理活动的三个阶段。贯穿三个阶段里面的，则是心与境的相激、相召、相易、相融。境能移心，心能造境，是两个基本的侧面；宗白华先生曾经把两者分别称为“移易”和“移入”，或者叫做“移我情”与“移世界”[①]。这里我们就来讨论这两个方面。

第一个方面。境能移心，也就是客观环境强化、弱化、转变主体的心理。自然景物，能够改变处身其中的人的情绪，甚至改变人的情操品格。王昌龄《诗格》所说的第一阶段是物现于心，心乃感物。主体打算创作哪一类的作品，就选择与要创作的作品情调相近的外境，培养适当的创作情绪。这个说法，与古代许多诗人实际经验是一致的。《文心雕龙·物色》篇说，“山林皋壤，实文思之奥府”，又说屈原的创作乃得“江山之助”；《新唐书》张说本传说他到岳阳后，诗作越发凄惋，人们认为他得到楚地江山之助。任昉《奉和登景阳山》：“物色感神游，升高怅有阅。”唐人有诗句：“江山清谢朓，花木媚丘迟。”[②] 这里说的不是题材范围，而是说心理环境，说的是环境孕育出审美情思。诗僧皎然[③]的《妙喜寺达公禅斋，寄李司直公孙、房都曹德裕、从事方舟、颜武、康士骋四十二韵》明确地道及物境与心身的关系：“境清觉神王，道胜知机灭。诣寂长杳冥，忘归暂采撷。”他的《秋日遥和卢使君游何山寺，宿敡上人房论涅槃经义》说得也很清楚：“古磬清霜下，寒山晓月中。诗情缘境发，法性寄筌空。”他的《答俞校书冬夜》描述了一个完整的心理过程：“夜闲禅用精，空界亦清迥。子真仙曹吏，好我如宗炳。一宿觌幽胜，形清烦虑屏。新声殊

---

① 宗白华：《美从何处寻》，其中说，“改造我们的感情，使它能够发现美，中国古人曾经把这唤做‘移我情’；改变着客观世界的现象，使它能够成为美的对象，中国古人曾经把这唤做‘移世界’”。见《美学散步》，上海人民出版社，1981年，第16页。

② 《全唐诗》卷116张子容《赠司勋萧郎中》：“未睹风流日，先闻新赋诗。江山清谢朓，花木媚丘迟。”

③ 皎然由于其佛学与诗学的双重实践，可能是唐代诗人中对诗思与境的关系思考最深入的一个。“境”字在皎然诗文中出现四十次左右。如《奉应颜尚书真卿观玄真子置酒张乐舞破阵画洞庭三山歌》：“盷睐方知造境难，象忘神遇非笔端。”《唐苏州开元寺律和尚坟铭并序》：“以爝火之心，当太虚之境，境非心外，心非境中，两不相存，两不相废。”《奉酬颜使君真卿王员外圆宿寺兼送员外使回》：“朝行石色净，夜听泉声小。释事情已高，依禅境无扰。”《送清凉上人》：“何意欲归山，道高繇境胜。花空觉性了，月静知心证。永夜出禅吟，清猿自相应。”《戛铜椀为龙吟歌并序》：“寥亮掩清笛，萦回凌细风。遥闻不断在烟杪，万籁无声天境空。听专一境则众音，乍向天台宿华顶，秋宵一吟更清迥，能令听者易常性，忧人忘忧躁人静。”

激楚，丽句同歌郢。遗此感予怀，沉吟忘夕永。月彩散瑶碧，示君禅中境。真思在杳冥，浮念寄形影。遥得四明心，何须蹈岑岭。诗情聊作用，空性惟寂静。若许林下期，看君辞簿领。”环境幽胜，主体的审美情绪饱满，清幽的环境能滤去人的忧烦愁虑，从而进入超功利的审美心理，“诗情”由之自然滋生。不过，我们要注意，皎然说的境，既不全是外境，也非全属内心。他在《诗式》里从文学理论角度讨论了“境”，本节后面还会涉及。佛教影响的结果，是把原来专指外物的“境”精神化了、心理化了，而又继续保持着内心与外物的联系，因而能为人们讨论文艺创作中的心物关系、情景关系，提供了话头，提供了便利。

用改换环境作为艺术教育和宗教教育的方法与手段，自古以来，在中国外国都有此传统。唐代吴兢《乐府古题要解·水仙操》记伯牙学琴于成连，成连可以教给他技术，却没有能力移易伯牙的情操，便说，“吾师子春在海中，能移人情”。把伯牙单独一个人放到大海中间的蓬莱山上，那里并没有什么子春，有的只是壮阔浩茫的景象，“伯牙心悲，延颈四望，但闻海水汩波，山林窅冥，群鸟悲号，仰天叹曰：‘先生将移我情!’”在这种环境的熏陶培育下，伯牙终于成为了天下奏琴的妙手①。布克哈特的《意大利文艺复兴时期的文化》第四篇第三章题为“自然美的发现”，其中说，在西方，准确无误地证明自然对于人类精神产生深刻影响开始于文艺复兴的先行者但丁，也说到乡村风景对薄伽丘的好处，丛林、牧场、溪流“壹志凝神”的效应，而佩特拉克充分地明确地表明自然对于一个具有感受力的人的重要意义，他登上高山之巅，白云在脚下漂涌，感动得无法形容，想起了《圣奥古斯丁忏悔录》第十章里说的：“人们到外边，欣赏高山大海、汹涌的河流和广阔的重洋，以及日月星辰的运行，这时他们会忘掉自己。”讲到希尔维优斯的时候说，在峭壁下的山道，在湖边小路，在葡萄藤的浓荫下，在画眉鸟的啼啭声中，“一个诗人的灵魂一定是觉醒的”②。勃兰兑斯介绍19世纪英国诗歌，专有一节谈说“强烈而真挚的对自然之爱”，那一节里在分析华兹华斯的一首诗时说到，“人在自我忘却和近乎无意识的状态

---

① 吴兢：《乐府古题要解》，《历代诗话续编》，中华书局，1983年，第57页。此语被文艺论家沿用，如《南田画跋》：“……一峰耶，石谷耶，对之将移我情。”《历代论画名著汇编》，文物出版社，1982年，第342页。

② 布克哈特：《意大利文艺复兴时期的文化》，何新译，商务印书馆，1979年，第292—301页。

下，作为宇宙伟大和声中的一个音符和自然融为一体”。后面，在讲到写作的具体环境与作品的关系时，又说，“司各特的作品是在空气新鲜的清晨写出的，而拜伦则往往在夜间写作。这一点颇有象征意义。所以，即使在这两位诗人彼此最相似的时候，我们也似乎感觉到了光辉灿烂的清晨和一片黑暗的深夜这两种不同的构思时间对他们的影响”①。

20世纪兴起环境心理学，研究人的行为与他周围环境的关系：这里所说人的行为，包括外显的行为和内隐的心理两个方面，包括人的思想、情绪等等；这里所说的环境，开始多指自然环境、物质环境，后来又扩展到社会环境，但是多数还是集中在物质环境那一面。现代心理学突出实验心理学，它所关心的是人从环境受到的物理刺激，如光线、温度、气压引起的感觉，这些实际上只是环境的孤立的因素。在格式塔心理学家那里，环境才得到整体的理解，勒温甚至归纳出，人的行为是人格和环境的函数的公式，环境是行为的有意义的背景②。环境心理学家还与生态心理学家相互汲取资源和理论动力，但还很少看到在艺术心理研究上的应用。正是由于这样，中国古代艺术心理学思想中，关于心与境的论述值得我们格外重视。

第二个方面。《诗格》“三境”说的后两境，即“情境”和“意境”，创作主体把在“物境”阶段被景物唤起的情绪巩固、张开、发展，自觉或半自觉地让自己沉浸在某种情感状态；并且在感性中引入理性因素，在情感中引入思维因素。在《诗格》里，与“三境”相配合、相呼应的“三思”说，与“情境”、“意境”同步的是“取思”。在这里，“心入于境，神会于物，因心而得”。如果说，前面是心由境易，自然景象引导主体的情绪，那么，后面就是境由心生，主体的思想情绪给自然景物涂描新的色彩。如果说，前面是“移我情”，后面就是“移世界”。“移世界”是文艺创作中非常普遍的创作心理现象，也是一种常见的创作手法，早已被许多诗人纯熟地运用。杜甫的名句“感时花溅泪，恨别鸟惊心”，花鸟本无情，是诗人赋予它们感时伤世之情，诗人把自己的情感转移到自然界。仇兆鳌

---

① 勃兰克斯：《十九世纪文学主流》（第四分册），徐式谷等译，人民文学出版社，1984年，第42—59页、第128页。

② 阿恩海姆的《艺术与视知觉》细致分析了形状、色彩对人的心理的影响，他依据的是格式塔心理学。例如，他谈到色彩对人的情绪的作用：当法国人看到夫人将接待室的蓝色的家具统统换成红色时，对夫人说话的声调也会改变。中国社会科学出版社，1984年，第469页。

解说杜甫《绝句漫兴》的时候说："人当适意时，春光亦若有情；人当失意时，春色亦称无赖。"白居易《读谢灵运诗》，也是讲以情笼境："谢公才廓落，与世不相遇。壮志郁不用，须有所泄处。泄为山水诗，逸韵皆奇趣。大必笼天海，细不遗草木。岂唯玩景物，亦欲抒心素。"欧阳修《玉楼春》说："人生自是有情痴，此情不关风与月。"这些，都是说的因主体情绪的投射而使自然之境升华为艺术之境。

在现代心理学中，有的学者力图为"移世界"提供科学的诠释。和中国古代"因心得境"、"心入于境"说法有着近似之处的是"移情理论"。移情理论是由德国心理学美学家们所创立，而由李普斯在研究视错觉的时候加以系统化。所谓移情，是主体"觉得自己进入"了某物或某个他人，因此又有人翻译为"神入"①。这个理论在美学上产生了重大影响②。移情有一般的非审美的移情和审美的移情之分，李斯托威尔说："审美的移情——我们宁可称之为艺术的同情——很明显地，不同于一般的移情。这里有两个原因：一方面，它由于心理学上的必然性而附着于知觉，所以不是纯粹幻想的东西；另方面，又因为它的感情更为生动和强烈，所以和阻塞日常生活中的同情的那些实用的和自私的利害感割裂开来。"审美的移情"它是在外在世界中，或者心眼中，所感知到的某个人物或事物的一种特性或属性，不可分割地附丽于自我之外的某些东西上面"③。李斯托威尔

---

① 参见墨菲、柯瓦奇：《近代心理学历史导引》，林方、王景和译，商务印书馆，1982年，第239页；又参见《简明不列颠百科全书》"神入"条，该书第七册第153页，中国大百科全书出版社，1986年。李普斯：《论移情作用》，朱光潜译，《古典文艺理论译丛》第8册，人民文学出版社，1964年。

② 参见李斯托威尔：《近代美学史评述》第七章"移情论"，上海译文出版社，1980年，第144—164页。美国的埃伦·迪萨纳亚克所著《审美的人》第六章"'移情理论'的再思考：审美反应的心理生物学"，在20世纪末的学术背景下，从她自己所提到的现代神经科学角度，对移情理论作了新的颇为详尽的阐述。其中说到："绝大多数移情论者认为，身体情感从感知者向外投射到艺术对象身上。然而，当前的神经生理学发现表明，艺术作品在感知者的身体上书写自身，即电化地写在由大脑皮层图谱构成的活动的信号模式中，它们也具有伴生的生理效果和动觉效果。移情论者试图解释的（骨头和肌肉中的、生命中的）感觉——观众与对象、听众与音乐作品、读者与诗之间的一体或默契——是真实的，并非虚幻的或仅仅是隐喻。"户晓辉译，商务印书馆，2004年，第259页。

③ 李斯托威尔：《近代美学史评述》，蒋孔阳译，上海译文出版社，1980年，第151—152页。

的这一意见，与《诗格》的“三境”说、“三思”说颇为相合。其中值得我们特别加以注意的是，他们都强调，在文艺创作心理过程中，“物境”与“情境”、“意境”，移入和移易，移我情和移世界，不应该截然分开，它们总是很自然很密切地连接起来。移情是一种独立的特殊的心理现象，它既不是简单的表象，又不同于想象或联想。它既有浓郁的主体性、情感性，又总是附着于知觉对象，与文艺家对具体对象的纤细入微的审美感受融合在一起。辛弃疾《贺新郎》说：“我见青山多妩媚，料青山见我应如是，情与貌，略相似。”艺术创作主体的对象化，与对象（自然景物）的人化，是自始至终双向互动的。不是任何景物都能移我之情，更不是任何一个主体都能对同样的景物发生审美的感应，都能把审美的感情移入物象之中。审美的移情是知觉表象与审美情感的融合。“三境”说和“三思”说的可贵之处还在于，在表象与情感的结合之后，还要求立即“张之于思”，与主体对宇宙人生的体悟融合起来，由“情境”而臻于“意境”。

以上三个阶段、两个侧面，是外境与内心协调、融合的过程，一步步达到境、情、理的彼此激发、彼此引导和相互渗透，最终合为一体。《诗格》说：“景与理不相惬，理通无味……事须景与意相兼始好。”唐宋诗家共同推许的是“意与境会”、“思与境偕”①。在佛学中，原有“境智俱融”之说，境是所观之境界，智是能观之智慧，两者融合为一体，就是境智俱融。佛典中另外的说法有：境智合一，境智冥合，境观不二，都是一个意思。由隋代高僧智頔所说、灌顶撰述的《四念处》卷四说：“如是境智，无二无异。如如之境，即如如之智；智即是境。说智及智处，皆名为般若。”要到达境与观相融而不二，就必须刻苦修行，实践能修、能观之一心。这样一个唯心主义的哲学命题，转移到了艺术心理学思想中，转移到了诗学中，有了全新的意义。因为艺术思维和艺术形象所要求的，正是思与境的水乳交融。黑格尔的《美学》多次论述的，也是这种统一，他说：“任何一种掌握人心的有实体性的内容（意蕴），都有力量统治主观方面纯然个别的东西。因此，情感和行动中的个别性相就脱净偶然性，而具体的个别性相被表现出和它所特有的内在真实更加协调一致。在艺术创造里，

---

① 如：权德舆《左武卫胄曹徐君集序》：“凡所赋诗，皆意与境会。”司空图：《与王驾评诗》：“……长于思与境偕，乃诗家之所尚者。”苏轼《题渊明饮酒诗后》：“因采菊而见南山，境与意会，此句最有妙处。”《朱子语类》卷 136：“到感通处，自然首尾相应——或自此发出而感于外，或自外来而感于我，皆一理也。”

心灵的方面和感性的方面必须统一起来。”① 中国古代美学用来表达这种思想的范畴是“意境”，意境说的成型是在唐代，皎然《诗式》说，有“取境”一则，他又在“辨体有一十九字”中说，“夫诗人之思，初发取境偏高，则一首举体便高；取境偏逸则一首举体便逸”②。根据《诗式》全书，根据皎然多篇诗文中论及“思”与“境”的文句，“取境”一词当指创作主体以其心智、情思去选择并渲染所观之境，将前者灌注进后者之中，使相融合而产生出艺术形象的艺术思维过程。这是中国古代艺术心理学思想，是中国古典美学的一个十分精彩的内容。

接着，在许多人笔下，心、境两个词频繁缀合，从不太稳定的连接，逐渐凝结成为一个词，指的是主体心理的境况，其来源和演变也与佛教思想密切相关。皎然《十月十四日以病在告独酌》里有：“冷然心境空，仿佛来笙鹤。”他的《闻钟》：“永夜一禅子，冷然心境中。”《酬李司直纵诸公冬日游妙喜寺，题照、昱二上人房，寄长城潘丞述》：“心境寒草花，空门青山月。”唐代于頔《杼山集原序》称赞皎然：“妙言说于文字，了心境于定惠，又释门之慈航智炬也。”戴叔伦在《晖上人独坐亭》中说：“萧条心境外，兀坐独参禅。”柳宗元的《禅室》：“心境本洞如，鸟飞无遗迹。”施肩吾《幽居乐》：“万籁不在耳，寂寥心境清。”白居易《清夜琴兴》：“月出鸟栖尽，寂然坐空林。是时心境闲，可以弹素琴。”后世这一词语继续通用，明代王世贞《别秋省诸郎》：“……勿以簿牍繁，于心生别择，心境苟未光，诗书有徽纆。”在上举例证中，心境一词主要用于人得之于禅悟而扩散延伸于审美的心理状态。这与现代心理学中心境的概念内涵也甚接近，指的是主体持续性的、弥散性的情绪状态。它的出现和为众多文人接受、使用，决不是偶然的，而是艺术思想发展的一个颇为重要的标志。

第二节 味与体味

味，是中国古代文学理论和文学批评中使用频率很高的术语。味，本

① 黑格尔：《美学》第一卷，朱光潜译，人民文学出版社，1962 年，第 220 页、第 47 页。

② 皎然：《诗式》，李壮鹰《诗式校注》，齐鲁书社，1986 年，第 53 页。

来是指味觉器官所获得的感觉[①]，《说文》："味，滋味也"，又："滋，言多也"；滋味，是丰富、饱满的味觉感受。佛教所谓"六根"中的"舌根"，是指味觉器官及其能力，"舌根"所尝就是味。中国古人很早就把生理上的味觉与精神上的审美快感相比拟、相联系，与音乐、诗歌活动中的快感相比拟、相联系。印度的《舞论》成书时代约当中国西汉前期，是论述戏剧兼及舞蹈、音乐的理论著述，那里突出地提出和阐释了"味论"。佛教典籍中也多次、在多种含义上讲到"味"，用以说明对禅理、教义的参悟[②]。这几个不同方面的论者，在哲学和审美的范围，不约而同地讲到"味"，很可能与东方思维习性，与东方审美理论的特色有关。这和西方的传统形成对照。亚里士多德的《伦理学》谈到，听觉与视觉的快感属于人的快感，能感受到和谐；由吃喝而来的快感则属于动物性的快感，它们只是一种生理的快适。黑格尔有些武断地说："艺术的感性事物只涉及视听两个认识性的感觉，至于嗅觉、味觉和触觉则完全与艺术欣赏无关。因为嗅觉、味觉和触觉只涉及单纯的物质和它的可直接用感官接触的性质，例如，嗅觉只涉及空气中飞扬的物质，味觉只涉及溶解的物质，触觉只涉及冷热平滑等等性质。因此，这三种感觉与艺术品无关。"[③] 康德在《判断力批判》中谈到了审美的快感与感官快适的区别，指出感官的快适终究是与利害感结合着的。康德认为："视听感官是近于智慧之官，味嗅二官则是近于机体之官。""味论"在西方古典美学中没有地位，而"滋味说"是富于中国文化特色的，是很宝贵的诗学和美学理论，很有价值的艺术心理学思想。

在中国古代文论和佛学经典中，味都有作为动词和名词的两种用法。作为名词，"味"是指诗歌和各种文学作品所具有的，能够诱导欣赏者以

---

① "味"也指嗅觉，"气味"在中医学里有很重要的地位；现代心理学认为，味与嗅这两种化学感觉是连在一起的，"味道"常常是味和嗅两种感觉相加的结果。参见《心理学百科全书》"嗅觉研究"条和"味觉研究"条。浙江教育出版社，1995 年，第 176 页、第 180 页。中国古代文论中的味论，也有涉及嗅觉"气味"之处。

② 佛教对人的感觉论述甚多且细，佛教所说六根或六情，指六种感觉器官，或认识能力。即眼根（视觉器官与视觉能力）、耳根（听觉器官及听觉能力）、鼻根（嗅觉器官及嗅觉能力）、舌根（味觉器官及味觉能力）、身根（触觉器官及触觉能力）、意根（思维器官及思维能力）。今人常说的眼、耳、鼻、舌、身，即由此而来。

③ 黑格尔：《美学》第一卷，朱光潜译，人民文学出版社，1962 年，第 46 页。着重号为原来所有。

审美方式把握世界并激发其快感的品质，或者是宗教、哲学经典给人带来的接触最高本体时的欣悦之感的品质。除单独成词外，“味”还同其他词素组合，组成诗味、滋味、意味、韵味、兴味等词语。佛家则有“法味”、“禅味”等语，是指从“正法”产生出来的殊妙之味；修行到涅槃悟境，从而具足常、乐、我、净四德，可开演为“八味”，就是常、恒、安、清净、不老、不死、无垢、快乐，称为“八味水”。《大般涅槃经》说，大乘经典有若干等级，以五味为譬喻，譬如从牛出乳，从乳出酪，从酪出生酥，从生酥出熟酥，从熟酥出醍醐①；天台宗则将佛祖的教说，分为“五时”，以配合乳、酪等五味，以此譬喻佛陀说法的顺序与内容。这和孔子以不知肉味形容音乐之美，真乃异曲同工。作为动词，“味”是指接受主体积极调动自己的审美触觉、审美感知能力，去探寻和判断对象的审美品质的心理动作；或者调动哲学思维、宗教思维的直觉把握能力，去领悟本体的心理动作。除单独成词外，作为动词的“味”还同其他词素组合，组成体味、玩味、品味等词语。《老子》第六十三章有“味无味”，河上公注：“深思远虑，味道意也”；“道”的意味必须用心去体味。钟嵘《诗品》说的“使味之者无极，闻之者动心”，“调采葱菁，音韵铿锵，使人味之，亹亹不倦”。《文心雕龙·辨骚》中“及汉宣嗟叹，以为皆合经术；扬雄讽味，亦言体同诗雅”。唐玄宗《端午三殿宴群臣探得神字并序》：“讽味黄老，致息心于真妙；抑扬游夏，涤烦想于诗书。”诗书之篇和黄老之典一样，都经由“讽味”而提升读者的心灵。刘长卿《送薛据宰涉县》：“夫君多述作，而我常讽味。”秦观《与黄鲁直简》：“比又得真州所寄书及手写乐府，《十月十三日泊江口》篇讽味久之，窃已得公江上之趣矣。”文学文本之“趣”，需要久久讽味乃可领略。“味”或“讽味”是指对文学作品的审美体味。同样，佛教也有“味道”之说，意思是精细地体会经典和教义。《三论玄义》说天竺十六国佛教徒都崇信龙树学说，“无不玩味斯论”；又说，“三论”“总众教之旨归”，“味道之流，岂不栖凭斯趣”②。很可能，佛学和文学理论中对“味”的运用、论述是互相影响的。

在人的感觉中，视觉和听觉是进化层次最高的，其中隐含的文化积淀较为深厚。所以才会说，鹰眼比人眼看得远，而人比鹰看到的信息却多得

---

① 《大般涅槃经》卷十四，北凉昙无谶译，上海古籍出版社，1991年，第77页。
② 《三论玄义校释》，韩廷杰校释，中华书局，1987年，第128页、第131页。

多。味觉是生理性更为浓重的感觉，其中文化蕴涵相对较为稀薄。中国和印度古人何以用味说明人的高级精神活动，何以将“味”用作审美心理动作和文本审美品质的语言符号呢？可能有多种原因，比如说，与视觉、听觉比较，味觉既存在更大的个体差异、地域差异，同时又更多具有人性的普遍性。就前者而言，偏嗜什么样的味往往因地而异，东方人与欧美人的味觉各异其趣，四川人、湖南人的味觉与江浙人明显有别，这与人们个体、群体之间审美选择的差异类似；就后者而言，味觉审美与视觉听觉审美相比，又更为大众化，美食的形式和内容会随着时代的发展而变化，但美食本身总是长存不衰的，具有永久的魅力，这和形式美感的普遍性颇为相近。中国古代美学“味论”发达更深层的原因，则是因为中国人自来重视审美的直觉性、重视文学艺术给接受者带来快感的能力，尤其值得注意的，是因为他们重视从心理学角度而不是从一般认识论角度，看待文艺创作。在先，“味”可能还只是在比喻的意义上使用。《论语·述而》说：孔子在齐闻韶，三月不知肉味。闻乐和吃肉是两种截然不同的感知过程，听了美妙的音乐应该不会影响到此后吃肉时味觉的细腻和敏锐程度。孔子要这样说，无非是想描述音乐欣赏的快感性质，强调其直觉性。主体对感觉信息进行加工的过程中，会对感觉器官随时进行反馈调节，努力去获取清晰的感觉经验。这在味觉活动中也更为明显。如果主体不是为了充饥止渴，而是追求快感享受，就会很专注地对味觉器官作反馈调节，会用舌的不同部位品味食品或饮品，并分析所得的感受。这和艺术欣赏很是近似。由于以上种种原因，中国古代文学理论批评中，“味”常常与论理化的逻辑性的思维方式相对而言，强调文本的审美可感性，强调鉴赏中主体感受力的精细性和主动性，并且涉及文艺创作与接受中的联觉或通感。

在艺术心理学思想中，“味”这个概念的审美直觉的含义是很明显的。钟嵘《诗品》说，永嘉时期的诗歌，“理过其辞，淡乎寡味”。“理”是逻辑的，“味”是感觉的；“理”过，“味”就寡。《文心雕龙·情采》篇说，“繁采寡情，味之必厌”；《隐秀》篇说，“深文隐郁，余味曲包”；钟嵘《诗品》称五言诗“居文词之要，是众作之有滋味者也”；陆机《文赋》说，“或清虚以婉约，每除烦而去滥。阙大羹之遗味，同朱弦之清泛。虽一唱而三叹，固既雅而不艳”。他们谈“味”，一方面与技艺化、形式的格套化相对而言，另方面又是与对形式美、辞藻美的忽视造成的单调枯燥相对而言。不讲文采，质木无华，是乏味；堆砌辞藻而缺乏美感内容，同样是乏味。总之，味是主观和客观的统一，美和美感的统一，形式美和情致美的统一。

儒道佛各家对于味的要求是颇不一样的，《论语》记载孔子是：“食不厌精，脍不厌细……不得其酱不食……惟酒无量，不及乱；沽酒市脯不食”；《老子》则警告：“五味令人口爽”；《庄子·至乐》对于天下以身安、厚味、美服、好色、音声为乐，持批判态度。佛家与道家相同，《楞严经》说众生心忆珍馐，口中水出，乃是妄见、妄习。“我无欲心，应汝行事。于横陈时，味如嚼蜡。”他们鄙薄世俗追求的味，提倡“淡味”、“无味之味”。《老子》说“道之出口，淡乎其无味”，又说“味无味”。近代奚侗注释说：“道至淡无味，能安淡薄，是味无味也。”“无味”，是远远超越了凡俗庸常的高度思辨玄奥的领域。道家、佛家的“味观”在古代美学中比儒家影响大得多。南朝诗人、“竟陵八友”之一任昉《答陆倕知己赋》有：“既蕴藉其有余，又淡然而无味。得意同乎卷怀，违方似乎仗气。类平叔而靡雕，似子云之不朴。”由推崇“淡味”、“无味”，古人诗论，很自然地就会看重余味和味外之味。上引刘勰、钟嵘、陆机各家之言，已经表现这种趋向，唐代论者继续多有发挥，司空图受禅宗影响，晚年辞别朝廷，在中条山王官谷，日与名僧高士游咏，自号耐辱居士。他主张诗要有“韵外之致”、“味外之旨”，“象外之象，景外之景”，赞赏“右丞、苏州趣味澄敻，若清沇之贯达”。南宋严羽在《沧浪诗话》中标举的是“羚羊挂角，无迹可求，故其妙处，透彻玲珑，不可凑泊，如空中之音，相中之色，水中之月，镜中之象，言有尽而意无穷”。任何优秀的文学艺术作品，都会有长久不衰的魅力，有开放的接受空间、绵延的接受时间、恒常的审美魅力，余味无穷。中国古代文论中的味论，历来却是同对含蓄、深婉、隐秀风格的推崇连在一起。司空图《与李生论诗书》，把诗文之味分成若干层次，一看即知、人人可得的是表层的味，思之不尽、品之不厌、一层深过一层的是余味或味外之味。其《与李生论诗书》说：“文之难而诗之难尤难，古今之喻多矣，而愚以为辨于味而后可以言诗也……今足下之诗，时辈固有难色，倘复以全美为工，即知味外之旨矣。”他的《题柳柳州集后》说：“金之精粗，考其声皆可辨也，岂清于磬而浑于钟哉。然则作者为文为诗，才格亦可见……今于华下方得柳诗，味其探搜之致，亦深远矣。”“味外之旨”是含蓄、婉约一派的美学纲领。但是，并不是所有的作品都只能含蓄、冲淡。佛教影响下的文学理论，在这一点上有其片面性。不仅是婉约派，一切艺术精品，都应是余味无穷。朱熹说，韦应物诗“太羹无味，天地之至味”，“玄酒无味，真味存焉”，“韦苏州诗高于王维、孟浩然诸人，以其无声色臭味也”①。宋代姜夔《白石道人诗话》说：“句中有余味，篇中有余意，善之善者也。”清代贺贻孙《诗筏》说，李杜之诗，韩苏之文，“反复朗诵至数十百过，口颔涎流，滋味无穷，咀嚼不尽，乃自少至老，诵之不辍，其境愈熟，其味愈长”。李杜苏韩，尤其是杜诗韩文，不能归为婉约冲淡。见于小说、戏曲评论中，蒙古族哈斯宝《新译红楼梦》第三十五回批语说，“文章必有余味未尽，才可谓妙。潇湘一事，业已灰飞烟灭，还定要掀起余波，先写翠竹青葱，继写如闻哭声，更写宝玉一副神态，便勾动人心，犹如自己也置身园中，看作者笔法究竟如何!”袁无涯本《水浒传》就谈到“余情余味”；《水浒传》更与婉约相去甚远。我们肯定的余味，是广义的余味，不限于佛道庄禅的余味。

味论也包含关于接受心理的论述，其中要点有，接受主体努力“神入”于文本，细心体会，和对余味之特别注重。美食品尝和艺术欣赏两者的极境，饮酒、饮茶、听乐、读诗的最美好的感受，有不少都是在接受者与文本、与作者的心神契合。清代诗人袁枚的《随园食单》“茶酒单”一章中，记录他七十岁品武夷茶的感受：“先嗅其香，再试其味，徐徐咀嚼而体贴之，果然清芬扑鼻，舌有余甘。一杯之后，再试一二杯，令人释躁平矜，怡情悦性。始觉龙井虽清，而味薄矣；阳羡虽佳，而韵逊矣……且可以瀹至三次，而其味犹未尽。”把这与他的《钱竹初诗序》比较：“余尝谓作诗之道难于作史，何也？作史三长——才、学、识而已，诗则三者宜兼，而尤贵以情韵将之，所谓弦外之音、味外之味也。”品茶和品诗都是在寻找与享受余味。品饮好茶，舌根回味甘甜，齿颊留香尽日，喉底回味甘爽，腑脏亦得滋润；品味好诗，“从容讽诵以习其辞，优游浸润以绎其旨，涵咏默会以得其归，往复低徊以尽其致，抑扬曲折以寻其节，温厚深婉以合诗人之性情，和平庄敬以味先王之德意”② ——两者何其相似!

接受者在品味时，要力求降低先有之觉、先入之见的干扰。心理学上有所谓知觉对比，即是说，一个刺激的效果不仅决定于它本身的强度，而且依赖于紧邻的前一刺激的性质和强度，并受到邻色、邻声、邻味的干扰，或者说，知觉有赖于它的参照线。在艺术心理中，首先进入“无味”

---

① 《朱子语类》，中华书局，1994年，第3327页。

② （清）刘开：《刘孟涂集·读诗说》。

之境，然后才有可能接近纯正之味。袁枚所说“徐徐咀嚼而体贴之”就是这个道理。

以味来说明文本的美质和人们的美感，还有一个原因，是受到佛教的影响，古代有些文论家认为，人的各个感觉可以相通。《楞严经》卷八提出，人的六种感觉器官的分工与统一的问题，其中有佛与阿难对话，佛问阿难：“今汝且观现前，六根为一？为六？”如果说是为一，那么耳何不见？目何不闻？如果说是为六，那么，“我今会与汝宣扬微妙法门，汝之六根，谁来领受？”阿难回答说耳闻教义，这当然不对，听者所动员的不止是听觉器官，“口来问义，身起钦承”，应该是动员了多种感觉器官、动员了全身心来领受。结论是，“是根非一非六，由无始来，颠倒沦替”，“由是六根互相为用”，修行具备神通，可以无目而见，无耳而听，非鼻闻香，异舌知味，无身觉触[1]。佛教说的六根互用，有很重的宗教神秘论的色彩，但它部分地接触到或者猜测到了人的心理活动中的联觉或通感，这对文学艺术是一个极有兴味的话题。《庄子》也曾接触到这个问题，说是无听之以耳，而听之以心。《列子·黄帝》说：人学道有成，“而后眼如耳，耳如鼻，鼻如口，无不同也，心凝形释，骨肉都融”；最后这八个字，与艺术思维的某种状态相近。陆游《或遗木瓜有双实者香甚戏作》诗说：“六根互用亦何常，或以鼻嗅代舌尝。”在西方，笛卡尔曾说，人们会觉得，盲人经过艰苦的学习，可以用手依靠触觉来“看”东西[2]。心理学中有所谓联觉（synesthesia）[3]，据说这个词源于希腊语，原意是“同时感受”，也就是指一个感官或者感觉区域受到刺激，引起另一个感官或者感觉区域反应的现象。最早受到注意的联觉形式是“听觉—颜色联觉”。阿恩海姆的《艺术心理学新论》里提到，在18世纪和19世纪人们对“颜色风琴”的热衷，甚至断定，“如果用眼睛去注意富于哲理的大键琴，拉莫与科雷利的奏鸣曲也能够为眼睛提供一如耳朵所获得的那种愉快”[4]。虽然

---

① 《楞严经》卷八，般剌密帝译，上海古籍出版社，1991年，第90页、第92页。

② 格列高里：《视觉心理学》，北京师范大学出版社，1986年，第178页。

③ 参见《心理学百科全书》“英汉心理学词汇”，该“词汇”根据国际心理学联合会出版的《三语心理学词典》编译，浙江教育出版社，1995年，第2698页。

④ 阿恩海姆：《艺术心理学新论》，郭小平、翟灿译，商务印书馆，1994年，第282—283页。

现代实验技术没有能确切证明这一点，但还是有许多心理学家继续在探索。埃伦·迪萨纳亚克《审美的人》对联觉也多有涉及，她说："联觉现象，即一个感官受到的刺激确实（不仅仅是隐喻性地）在另一个感官中产生感觉，作为感觉接受和记忆储存部位特别密切的网络联系的一种体现，是可以理解的。"她引用一些文献，列举"眼睛能看见的音乐"，"可以听到的视觉画面"。很有意思的是，她说到澳大利亚土著人的庆典中，"跨感觉的感觉形式在同形意义上相互暗示和补充"，对于这类艺术，"多种样式的联觉情绪经验的分析性描述在传达对整体的本质上为一体的接收时实际上是多么有限"①。就是说，人们的艺术欣赏中的感觉是整体性的，多种感觉融合的，分析为各种感觉不过是研究时不得已而为之，文学艺术的精妙正在传达出感觉的整体性。我们无论是阅读或诵读诗歌，聆听音乐，观看绘画、雕塑或戏剧、舞蹈演出，往往总是多种感觉同时在积极地参与，多种感觉彼此渗透融合，诗中有画，画中有乐，由目也可以得声，由耳也可以见色，人的艺术感觉是非常丰富和复杂的，而不是单一的，不是几种感觉割裂，也不是几种感觉的简单相加。

联觉在婴儿身上表现较明显，可以推测，在原始人那里或许也比较明显，因为婴儿和原始人感觉器官分工还不够发达精细。艺术家吸收原始思维或婴儿思维，以开拓出艺术思维的新的方式，增强其效果，以使音乐能够给人以视觉感受，雕塑、绘画、建筑能够给人以听觉感受。我们听一首乐曲，如同看到了蓝色的大海、皎洁的月光；我们看一幅画，如同听到了潺潺流泉，鸟语啁啾。至少在艺术心理学范围，联觉是值得高度重视的。

---

① 埃伦·迪萨纳亚克：《审美的人》，卢晓辉译，商务印书馆，2004年，第265—266页。

第五编　理学与反理学思潮下的艺术心理思想

理学又称道学，是中国古代流行时间最长，也是与社会政治结合得更为紧密的哲学思潮，始兴于北宋，初期以程颢、程颐为主要代表，到南宋朱熹那里达到高峰，风行天下，以后陆续有新的发展。理学具有思辨哲学的性质，以理（精神本体）为最高范畴（理与气是一对范畴），以讨论天道和性命为中心内容。后来，在明代中期，理学的新形态——王守仁的心学突起，盛行海内，影响及于东瀛。程朱理学与陆王心学乃是整个宋明理学的两个主干派别；而源于阳明之学的泰州学派，则反映下层社会的要求，其中出现何心隐、李贽等“异端”人物。在宋、元、明、清几代，理学长期被统治者大力推行，成为统治的思想。它对此前中国儒、道、释各家学说均有所择取，并且进行了颇为精细的加工，建立了完整的体系，思想丰富而又庞杂。它的内部有许多不同的流派，彼此发生分歧，有时发生相当激烈的论争；同时，几百年中，也有一些思想家，如王夫之、顾炎武、戴震、颜元等人，从不同方面对理学进行过批判，这些，都把中国古代思想史以及中国艺术心理学思想史，推到新的阶段。

理学作为一种统治的思想，对社会的各个方面发生了非常深刻的影响，当然也对文艺创作，对美学思想和艺术心理学思想，发生了深刻的影响。有些理学家本人就是文学家，在文学理论上颇有建树，在新的语境下重新阐述儒家的诗学，重新阐述文艺创作中的心物关系的理论、主体道德修养与创作和接受心理的关系的理论，提出和阐述了若干重要的艺术心理思想。当然，更值得我们注意的是，理学对人的思维、人的心理所作的系统研究，给中国古代艺术心理学思想提出了若干新的课题，提供了新的资源，增添了许多新的内容。

宋明理学的一个重要的内容是人性论，历来称之为“心性之学”①。“心性”原本就是儒学的核心范畴，新儒学即理学更把它当作核心范畴。理学家对“心”和“性”十分地重视，对孔、孟、老、庄、荀，以及玄学、佛学关于“心”、关于“性”、关于心性关系的观点，给以综合的继承、发挥、发展。先秦的“心性之学”孟子的阐述最为系统，而在宋明理学家这里得到最充分的展开和发挥，理学家先后提出“心统性情”（张载、朱熹），性、命、天、心、情“数者合一”（程颢），“心即性，性即理”（王守仁）等不同命题；王夫之、戴震则认为，无气则无心、性。理学家提出的性情、动静、已发未发、道心人心、理欲等多对范畴，也都围绕着心性关系，并大大提高了心性之学的思辨层次。1958年，唐君毅、牟宗三、徐复观、张君劢联名发表的《为中国文化敬告世界人士宣言》中说：“中国心性之学，乃至宋明而后大盛。宋明思想，亦实系先秦以后，中国思想第二最高阶段之发展。”关于所谓“十六字心法相传”（即伪《古文尚书·大禹谟》：“人心惟危，道心惟微，惟精惟一，允执厥中。”）本非上古所有，“……宋明儒之所以深信此为中国道统之传之来源所在，这正因为他们相信中国学术文化，当以心性之学为其本原”②。这四位当代新儒家极力强调，了解、分析和阐述宋明心性之学，对认识中国古代学术文化有重要的意义。心性之学不仅在中国哲学史上有重要地位，在心理学思想史上同样是很重要的，因为历代在对它的阐述中常涉及心理学和艺术心理学思想③。

就其直接与心理学相关的论述而言，例如，理学家提出天命之性与气质之性的区分，张载说，“形而后有气质之性，善反之则天地之性存焉。故气质之性，君子有弗性者焉”④。又说，“气质犹人言性气，气有刚柔、

---

① 黄宗羲《明儒学案》卷十二“王畿”：“人果有志于心性之学，以颜闵为期，非第一等德业乎！”中华书局，1985年，第253页。

② 见方克立等编：《现代新儒家学案》（下），中国社会科学出版社，1995年，第290页。

③ 参见杨鑫辉《中国心理学思想史》第三章第四节“宋明的性理说”：“不同的理学家对理、气、性、命、心、情、道、器等根本性的问题，提出了自己的观点并进行了激烈的争论。特别是他们从理、气形成物的本体论角度探讨人性善恶与气质变化等问题，实为对人的心理实质的基本观点，所以它们不仅是哲学史上的重要内容，也是心理学思想的重要组成部分。”江西教育出版社，1994年，第86页。

④ 张载：《正蒙·诚明》篇，转引自燕国材主编《中国心理学史资料选编》第三卷，人民教育出版社，1989年，第7页。

缓速、清浊之气也”[①]。把人性看作天地之性与气质之性的统一，普遍性与特殊性的统一，这是古代人性论的一大进步[②]。关于天、命、性、理，朱熹肯定学生提问时所说，“天与命，性与理，四者之别：天则就其自然者言之，命则就其流行而赋于物者言之，性则就其全体而万物所得以为生者言之，理则就其事事物物各有其则者言之。到得合而言之，则天即理也，命即性也，性即理也”[③]。这种划分实质上奠定了探讨道德伦理之心与本能欲望之心的关系的基础。关于性情，程颐说：“其本也真而静，其未发也五性具焉，曰仁、义、礼、智、信。形既生矣，外物触其形而动于中矣，其中动而七情出焉，曰喜、怒、哀、乐、爱、恶、欲。情既炽而益荡，其性凿矣。”觉者性其情，就是以性支配情；愚者情其性，就是情支配了性[④]。与性情关系紧密相联的是理欲关系。理学家把性与情的关系、理与欲的关系，空前地突出起来，这一方面客观地反映出，他们所维护的“理”和“礼”，受到了严重的挑战；另一方面，也是体现着理论发展自身逻辑的要求。文艺创作过程，贯穿着性、理、情、欲之间错综交织、对立统一的关系，理学家内部的分歧，理学与反理学的斗争，在这个问题上提出和阐述的不同观念，对文艺创作实践和艺术心理学思想，有着至为深远的影响。

从北宋到晚明，理学由极盛而逐渐衰落；同时，这也是中国社会经济、文化发生转折变化的时期，是中国古代文学体式发生巨大变革的时期。诗歌和散文实际上已经不再占据文坛主流，戏曲和小说蓬勃兴起并取得辉煌成就。戏曲和小说的创作心理，与诗歌和散文的创作心理有很大差异，这些文学体式要求更加细腻、丰满、深入地描写人物心理。在城市经济繁荣、市民阶层壮大和文学艺术的娱乐性、商业性迅猛膨胀的环境下，

---

① 张载：《经学理窟·学大原上》，转引自燕国材主编《中国心理学史资料选编》第三卷，人民教育出版社，1989年，第7页。

② “徐子融以书问：‘枯槁之中，有性有气，故附子热，大黄寒，此性是气质之性?’陈才卿谓即是本然之性。先生曰：‘子融认知觉为性，故以此为气质之性。性即是理。有性即有气，是他禀得许多气，故亦只有许多理。’”还说，“且如大黄、附子，亦是枯槁。然大黄不可为附子，附子不可为大黄”。见《朱子语类》卷第四，中华书局，1986年，第60页。参见《朱文公文集·答徐子融》：“气质之性，只是此性坠在气质之中，故随气质而自为一性。”

③ 《朱子语类》卷第五，中华书局，1986年，第82页。

④ 程颐：《颜子所好何学论》，《二程集》，中华书局，1981年，第577页。

下层百姓的接受心理为作者和文化商人所高度关注，文学作品中性描写急剧增多，性心理在作品中得到越来越多的渲染，也成了小说戏曲评论中一个热闹的话题。上述关于性、理、情、欲的论述，则帮助具体论者把热闹的话题提升到理论层次。这些，就推动艺术心理学思想研究，跨进一些全新的领域。

第十二章　以物观物、涵养性情与理学家的诗学

理学家要处理的哲学基本理论问题，少不了主观世界与客观世界的关系和主观世界内部的多种关系，即心物关系问题和自我心理调适以求臻于理想心理状态的问题，这也是艺术心理研究中的基本问题。在这两个方面，他们提出了、论述了“格物致知”、“以物观物”、“涵养省察”、“静敬”等一系列重要思想，其中邵雍和朱熹等还以这些思想为指导，从事诗歌创作和评论，而且发生相当影响。

第一节　以物观物与邵雍的诗学思想

北宋重要的理学家邵雍，他的代表著作《皇极经世书》，总名《观物篇》，其中提出了“观物”的思想。什么是“观物”，怎样“观物”？《观物内篇》之十二说：“夫所以谓之观物者，非以目观之也，非观之以目而观之以心也；非观之以心而观之以理也。”“圣人之所以能一万物之情者，谓其圣人之能反观也。所以谓之反观者，不以我观物也；不以我观物者，以物观物之谓也。既能以物观物，又安有我于其间哉！”[①] “以物观物”是一个很重要的哲学命题，既是方法论命题，也是世界观命题。理学家所说的“物”，是一个哲学概念，不同于我们今天所说的“物”，而是包括了自然景物、一切客观事物，还有一切认知对象，而所有这些，在他们看来，都是最高本体“道”和“理”所创造的，是“道”和“理”的体现[②]。所谓

① 转引自中国社会科学院哲学研究所中国哲学史研究室编：《中国哲学史资料选辑——宋元明之部》，中华书局，1982年，第42页。

② 《二程遗书》卷十七：“今人欲致知，须要格物。物不必谓事物然后谓之物也，自一身之中至万物之理，但理会得多，相次自然豁然有觉处。”邵雍《观物内篇》：“是知我亦人也，人亦我也，我与人皆物也。”

以物观物，实质上是由物观道，最终达到以道观道。邵雍所说的观物，是从眼前具体对象把握最高本体；反观之“反”即“返回”、“回归”，就是从主体的心理来把握最高精神本体，以理为依据又以理为最终目标。邵雍著有诗集《伊川击壤集》，其中屡屡描述自己的写作心理，正是上述哲学思想在文学创作上的应用。如《依韵和王安之少卿六老诗仍见率成》之一：“同向静中观物动，共于闲处看人忙。”《谢富相公见示新诗一轴》：“多种好花观物体，每斟醇酒发天真。”《寄李景真太傅》：“花前静榻闲眠处，竹下明窗独坐时。”《伊川击壤集》自序说得更加完整清楚：“是知以道观性，以性观心，以心观身，以身观物，治则治矣，然犹未离乎害者也。不若以道观道，以性观性，以心观心，以身观身，以物观物，则虽欲相伤其可得乎！”[①]《观物外篇》说：“以物观物，性也；以我观物，情也。性公而明，情偏而暗。”[②] 道是无所不在，观物的最高境界就是观道，悟道。要求不以我观物，而是以物观物，这就含有排除个体的主观性，排除世俗常规的功利性，把从眼前对象触发的直观顿悟与对最高本体的体认结合的意思。

在邵雍那里，观物虽然以理即以精神的东西为依据，毕竟是从眼前具体事物出发，在观物的思维过程、心理过程中，关键是见出直观的事物与最高的本体的关系。如果只有“理”，没有具体之物，那个“理”就是干瘪的或虚幻的；从活生生的具体之物把握的理，才是丰满的和有深度的。黑格尔辨析过理念与概念之不同，概念还有片面性，因为它还是抽象的；具体对象也是片面的，因为它是特殊的，不具有普遍性；只有理念，才是概念与客观存在的统一。概念和具体对象的统一，理性和感性的统一，那才是理念。理学家的“理事无碍”或“理事融通”，也有类似的意思。在文学艺术的领域，“美就是理念的感性显现”[③]。要求从眼前具体的“事”中见出“理”，很自然地引出了，在一首诗里描写一事一物而见出深刻的哲理。邵雍的诗，朱熹的诗，有不少就是朝这个方向努力，而且对两宋诗

---

① 朱熹认为，以身观物，是以自己的立场衡量对象；以物观物，则是以对象的立场衡量它。见《朱子语类》卷第一百“邵子之书”，中华书局，1986年，第2544—2545页。

② 中国社会科学院哲学研究所中国哲学史研究室编：《中国哲学史资料选辑——宋元明之部》，中华书局，1982年，第49页。

③ 黑格尔：《美学》第一卷，朱光潜译，人民文学出版社，1962年，第138页。

风产生了影响。

追求理趣是宋诗一大特色，两宋那些追求理趣的诗，比之东晋的玄言诗，可读的作品还是多一些，这也许和理学家“观物”论的背景有些关系，邵雍的相关论述，成为宋代诗歌追求理趣的理论前导。钱锺书《谈艺录》专门讨论过古代特别是宋代诗论中的理趣说①，他引宋罗大经《鹤林玉露》卷八的相关论述，那里举出杜甫“迟日江山丽，春风花草香。泥融飞燕子，沙暖睡鸳鸯”诗句；有人以为平淡无奇，说是和童蒙小子对对子差不多，罗大经则认为，此诗的好处是，从寻常景物里，见出了大道理，“上两句见两间莫非生意，下两句见万物莫不适性。大抵古人好诗，在人如何看，在人把做甚么用”。可以“只把做景物看，亦可不把做景物看”。不把做景物看，也就是要求见“道”见“理”。后来有论者认为，这类诗句表现了“人与物偕”，“又若与物俱化。谓此翁不知道，殆未可也”。清代尤侗《艮斋杂说》卷二也说：“杜诗云：‘水流心不竞，云在意俱迟。’邵尧夫诗云：‘月到天心处，风来水面时。’子美非知道者，何与尧夫之言若有合也?”② 他竟把杜甫的名句也作为以物观物的例证，认为与邵雍之言“相合”。杜甫写诗远在理学诞生之前，杜诗写景而流露对宇宙人生的深沉体悟很多很多；不止是杜甫，无数的优秀文学艺术作品均是如此。川端康成谈到日本画家池大雅很喜欢书写杜甫的这两句诗，因为“这是没入自然的心灵，是在自然之中悠悠然游戏的心灵”③。可见，古今中外的大文艺家在这一点上是相通的。不是杜甫的创作实践与邵雍的理论相合，而是邵雍的理论多少吸收了历代文艺家的成功经验，用“以物观物”、“人与物偕”、“与物俱化”，来说明这些优秀作品的创作心理。他继承了道家坐忘论，又在理论上有所推进。有学生曾问朱熹：“康节诗，尝有老庄之说，如何?”朱熹肯定地回答：“便是他有些子这个。”④ 邵雍哲学思想有道家影响的痕迹，审美思想上也同样有所体现。他幼经忧患，后来隐居洛阳城中，不愿接受官职，所居之宅称“安乐窝”，有《安乐窝中吟》组诗，“安乐窝中万户侯，良辰美景忍虚留?”“美酒饮教微醉后，好花看到半开时”——都是

---

① 钱锺书：《谈艺录》，中华书局，1984 年，第 222—240 页。

② 转引自钱锺书《谈艺录》，又《艮斋杂说·续说　看鉴偶评》，李肇翔、李复波整理本，中华书局，1992 年。

③ 川端康成：《源氏物语与芭蕉》，周阅译，《中华读书报》，1999 年 7 月 21 日。

④ 钱锺书：《谈艺录》，中华书局，1984 年，第 231 页。

他真实心理的流露。朱熹赞他“神闲气定，不动声气”，“他气质本来清明，又养得来纯厚”①，这也是邵雍此后几百年中被不少文人尊崇甚至神化的一个原因。

宋诗讲究理趣，有成功也有失败，欧阳修的《画眉鸟》，王安石的《北陂杏花》，苏轼的《琴诗》和《题西林壁》，朱熹的《观书有感》和《春日》，杨万里的《过松源晨炊漆公店》等等，都是传诵人口的名篇。邵雍本人诗歌佳作则甚少，倒有很多属于“语录讲义之押韵者”。细究其原因，至少有一部分是在“以物观物”论有其两面性。就其合理的、合于文艺创作规律的一面而言，以物观物要求剔除和滤净琐屑得失之念、食色钱财之欲，进入静观心态。《伊川击壤集》自序说：“况观物之乐，复有万万者焉。虽死生荣辱转战于前，曾未入于胸中，则何异四时风花雪月，一过乎眼也。诚为能以物观物而两不伤者焉，盖其间情累都忘去尔，所未忘者独有诗在焉。然而虽曰未忘，其实亦若忘之矣。何者？谓其所作异乎人之所作也。所作不限声律，不沿爱恶，不立固必，不希名誉，如鉴之应形，如钟之应声，其或经道之余，因闲观时，因静照物，因时起志，因物寓言，因志发咏，因言成诗，因咏成声，因诗成音。是故哀而未尝伤，乐而未尝淫。虽曰吟咏情性，曾何累于性情哉。”所谓如同镜子以影像来回应，如同钟磬以声音来回应，它们回应的是“道”和“理”；所以接着说，虽然诗歌吟咏的是主体的情性，但已经超越了主体的个别性、特殊性，而进入“道”、“理”的普遍性之中。甚至音节声律，也不是刻意遵循格式，乃是自然而然地合于天籁。其《和人放怀》写道：“涤荡心怀须是酒，优游情思莫如诗。”这与古来虚静说一致，在理学背景上有所发挥，发挥的就是在虚静的心理状态中体悟人生宇宙之“理”，给读者“理”的启迪。钱锺书对此概括说：“理之在诗，如水中盐、蜜中花，体匿性存，无痕有味，现相无相，立说无说。所谓冥合圆显者也。”② 这些邵雍并没有做到，差得很远很远。他虽然在北宋政治较为稳定时期，就能看出世路险恶、人情叵测，不去迎附，而是回避，但是，他安时处顺、全身自保，向现实社会当权势力妥协，与庄子的批判精神颇有距离。“以物观物”论是这种矛盾心理的产物，客观地看待，对于诗歌创作中理趣的追求，他的理论倡导之

① 《朱子语类·邵子之学》，中华书局，1986年，第2543页。
② 钱锺书：《谈艺录》，中华书局，1984年，第231页。

功，未可一概抹煞。

《伊川击壤集》序言里的“以物观物”论的另一面，就是没有划分哲学与艺术的界限，文艺创作中主体所悟之理并不等于是哲学中的理。黑格尔说得好，“哲学对于艺术家是不必要的，如果艺术家按照哲学方式去思考，就知识的形式来说，他就是干预到一种正与艺术相对立的事情。因为想象的任务只在于把上述内在的理性化为具体形象和个别现实事物去认识，而不是把它放在普泛命题和观念的形式里去认识”①。邵雍《伊川击壤集》大量是“普泛的命题”，是与诗性格格不入的“观念的形式”。《伊川击壤集》作为文学创作，留下的更多是反面教训，告诫人们违背艺术心理规律会产生的恶果。他的这种毛病，朱熹有所克服和纠正。

第二节 涵养性情与朱熹的诗学思想

儒家思想体系以伦理为中心，自来重视个人人格修养。从孟子到韩愈，大力倡导养气，他们认为，养气是道德修养的方法，也是进入文艺创作最佳心理状态的必不可少的前提和基础。到了宋明理学家，更把道德修养问题提到格外重要的地位，他们和先秦儒家一样，都有轻重不同程度的忽视艺术审美修养区别于伦理道德修养的特殊性的弊病，他们以为，只要有道德修养就足够了——有德者必有言，气盛就能言宜。但在朱熹那里，比之北宋理学家，有了一些变化，偏狭性减少了一些，对艺术审美特性的关心多了一点。朱熹编选的《伊洛渊源录》多次记述二程强调“涵养气质，熏陶德性”的言论，这样做是出于他对涵养问题在儒学、理学中地位的理解。他在《晦庵集·答吕伯恭》中说：“熹旧读程子之书有年矣，而不得其要，比因讲究《中庸》首章之指，乃知所谓涵养须用敬，进学则在致知者，两言虽约，其实入德之门，无逾于此。”涵养被视为理学的入门功夫，以后，这在理学中成为一脉传统。黄宗羲《明儒学案》评介吴与弼说：“至于学之之道，大要在涵养性情，而以克已安贫为实地，此正孔、颜寻向上工夫。”② 至于说到诗歌写作和欣赏，则被理学家看作是涵养的途

---

① 黑格尔：《美学》第一卷，朱光潜译，人民文学出版社，1962年，第349页。

② 《明儒学案》，中华书局，1985年，第3页。吴与弼论修养功夫是“静时涵养，动时省察”，用“琢磨之功”去血气之刚，都是禀宋人成说，具体说就是继承朱熹的思想，见同书第17—28页。

径之一。朱熹说邵雍："康节之学，其骨髓在《皇极经世》，其花草便是诗。"① 后来，清代康熙的《御选唐诗序》说："古者六艺之事，皆所以涵养性情而为道德之助也，而从容讽咏，感人最深者莫近于诗。"于是，他们在把文艺纳入伦理轨道、作为教化的辅佐的同时，也就在无意中使"涵养性情"从哲学伦理学课题引申为艺术心理学的课题。

朱熹认为：道是文的根本，文是道的枝叶；他批评从汉代以至于宋初，一千年间，"天下之士背本趋末，不求知道养德以充其内，而汲汲乎徒以文章为事业"；把文章仅仅当作手段，他的这种见解没有任何新鲜之处，值得我们注意的是，他再三强调，"知道"靠的是平日的涵养，并非临文时应急再去"搬弄"。他批评苏轼："今东坡之言曰：'吾所谓文，必与道俱'，则是文自文而道自道，待作文时，旋去讨个道来入放里面，此是它大病处。"② 他所说的"文自文而道自道"，用在苏轼身上不允当、不公平，假如用在邵雍的诗歌创作上却恰如其分。《伊川击壤集》里的"道"虽然不能说是作文之时才去"讨"来，但却可以说是生硬地"放"到诗的形式里的。朱熹在文道关系上的见解比二程、邵雍要高明些，学生在他面前称道唐代李汉在韩愈文集序中提出的"文以贯道"之论，他很不赞成，说是"公道好，某看来有病！"致使学生感到十分惊讶："'文者，贯道之器。'且如六经是文，其中所道皆是这道理，如何有病？"朱熹说："不然。这文皆是从道中流出，岂有文反能贯道之理？文是文，道是道，文只如吃饭时下饭耳。若以文贯道，却是把本为末，以末为本，可乎？"③ 一方面批评苏轼不该"文自文而道自道"，另一方面在批评李汉时又肯定"文是文，道是道"，朱熹是否自相矛盾呢？是有些矛盾，但并不能完全归之于他前

---

① 《朱子语类·邵子之书》，中华书局，1986 年，第 2553 页。

② 《朱子语类·论文》，中华书局，1986 年，第 3319 页。所述苏轼之言，实为苏轼《祭欧阳文忠公夫人文》引欧阳修之言，《苏轼文集》，中华书局，1986 年，第 1956 页。朱熹的《读唐志》据此语直接批评的是欧阳修，"……则道之与文，吾不知其果为一耶为二耶！"

③ 《朱子语类·论文》，中华书局，1986 年，第 3305 页。李汉《昌黎先生集序》："文者，贯道之器也，不深于斯道，有至焉者？不也。"晋代以下，"文与道蓁塞固然莫知也"。李汉此言，本乎韩愈倡导古文的主旨。韩愈《题哀辞后》："愈之为古文，岂独取其句读不类于今者邪？思古人而不得见，学古道则欲兼通其辞；通其辞者，本志乎古道者也。"见马其昶：《韩昌黎文集校注》，上海古籍出版社，1986 年，卷首、第 304—305 页。

后言论的出入，而要看到这还反映了这个问题的复杂，反映了朱熹对周敦颐和二程“文以载道”观有所超越的意图。朱熹是觉得，苏轼离了道，而李汉则在抬高文的地位的时候实际上忽视了文，他要求两者融为一体。李汉的“文以贯道”，是伦理学的命题，文只是简单的工具；朱熹的“文从道流出”，是艺术心理学思想的命题，道融化在创作主体心理之中，道与文在主体心理中已经结合为一体。在文学创作中，在艺术思维里，“道”首先要求得到主体化，然后更进而要求诗性化。就精神活动分工而言，文是文，道是道，是两个不同的部类；有德者未必就有言，气盛不见得就一定言宜。道，哲学伦理之道，要在文学艺术活动中发挥作用，需要转化。转化之后，就文艺活动主体心理应该葆有的良好状态而言，不能文自文而道自道；相反，道与文、道与诗应该融合无间，自然流出。朱熹对李汉、韩愈言论的批评有不尽合乎说话者原意之处，朱熹对文道关系的论述前后有不尽吻合之处，而这，反映了他作为理学家和作为有鉴赏力的文学家两种身份产生的不同视角的错位。当他站在理学立场立论时，表现得陈腐、简单化；当他调整到艺术心理学的角度时，便显出通达、睿思。《晦庵集·答程允夫》是一封有关苏轼评价论辩的书信，朱熹出来解释自己的矛盾：“苏氏文辞伟丽，近世无匹，若欲作文，自不妨模范。但其词意矜豪谲诡，亦有非知道君子所欲闻。是以平日每读之，虽未尝不喜，然既喜未尝不厌，往往不能终帙而罢，非故欲绝之也，理势自然，盖不可晓。然则彼醉于其说者欲入吾道之门，岂不犹吾之读彼书也哉？亦无怪其一秦一越而终不合矣。”① 喜的是文辞，厌的是词意未合于君子之道。这恰恰表明，朱熹也不能不“文自文而道自道”，对文与道，对伦理、政治与文学艺术，不能不加以区别；朱熹更难以做到的是换个思路，想想在文与道彼此冲突的时候，到底是“文”的问题，还是他心目中那个“道”过于狭隘——而这正是问题的关键所在。苏轼之文，特别是在他遭到贬谪，在黄州、惠州等地所作的诗文，是从作者对人生哲理的体悟中间“流出”的，这是历来许多人喜欢它们的根本原因，也是维护道统和王朝正统的理学家们不能容忍他的原因，也是维护道统而又有意于审美的理学家对他又爱又厌的原因。

怎样使文与道在主体心理中融合呢？为了达到文从道中流出的境界，就要平日长期涵养性情。韩愈的《答李翊书》有一段精彩论述，“将蕲至

① 朱熹：《答程允夫》，《朱熹集》，四川教育出版社，1996年，第1921—1922页。

于古之立言者，则无望其速成，无诱于势利，养其根而俟其实，加其膏而希其光。根之茂者其实遂，膏之沃者其光晔，仁义之人，其言蔼如也。”这段话的基本立场是说仁义之人言必蔼如，也就是气盛则言宜，当然是很偏颇，但它的可取之处是，强调长期的自然的积累。文学艺术创作，哪怕是一件不大的作品，其思想内核的形成，也应是以作者多年的生活经验、情感体验、对人生的思考为背景，为底蕴，不能靠临时从外界搬用一种什么思想，未经咀嚼，未能化为自家血肉，而拿来作为作品主旨，这样不可能写成深刻动人的佳作。朱熹哲学思想的一个重要内容是提倡“敬静”，所以，朱熹认为，要把诗作好，必须要虚静明理：“今人所以事事做得不好者，缘不识之故。只如个诗，举世之人尽命去奔做，只是无一个人做得成诗。他是不识，好底将做不好底，不好底将做好底。这个只是心里闹，不虚静之故。不虚不静故不明，不明故不识。若虚静而明，便识好物事。虽百工技艺做得精者，也是他心虚理明，所以做得来精。心里闹，如何见得！”“奔做”的“奔”，原文下注“去声”，很形象地描画出急功近利的仓促心理，仓促原是艺术心理的大忌。刻意作诗，“尽命去奔做”，“道”、“理”是临时从外面搬过来的，不是自己长期积累起来，不是自己体悟出来，难以转化为诗思。这种情况，古今中外，实在是太多了。朱熹反反复复赞誉“自然”，再三再四反对“刻意”。他说，“渊明诗平淡出于自然。后人学他平淡，便相去远矣”。“学”平淡，就不是平淡，是假平淡。“诗须是平易不费力，句法混成。”朱熹对黄庭坚的评论很有意思，他说，山谷诗“精绝，知他是用多少功夫，今人卒乍如何及得！”“今人”不及黄庭坚，是平日功夫差了，“卒乍”也就是仓促，那就无法自然。但是，他又认为，“山谷诗忒好了”，好过了头，反过来毛病就是“刻意为之”。他说欧阳修写《谢表》：“只是从胸中流出，更无些窒碍，此文章之妙也。”[①] 这大概也就是韩愈所强调的无望其速成，无诱于势利；依现代心理学说来，就是无意识深层中的有意识，就是无目的状态下的合目的，是《老子》七十三章所说的“天之道，不争而善胜，不言而善应，不召而自来，坦然而善谋”。这种时候，在创作主体心中，道和文彼此浑然一体了。

以上是就创作心理而言，就接受心理来说，也是同样：读诗也要以平日涵养作基础，读诗同时又是人格涵养的一种途径。朱熹关注的多是经典文本的接受，在他看来，那应是以圣贤的涵养来培植自己的涵养。他在谈

---

① 《朱子语类·论文》，中华书局，1986 年，第 3297—3340 页。

如何读《诗经》的时候说："……于是乎章句以纲之，训诂以纪之，讽咏以昌之，涵濡以体之，察之情性隐微之间，审之言行枢机之始，则修身及家、平均天下之道，其亦不待他求而得之于此矣。"① 讽咏、涵濡，是指读书时从容理会，玩味义理，体察文学作品里渗透着的作者之情性隐微，从而净化提升读者的情性。在这里，审美的愉悦与心灵的净化、道德的升华是交融在一起的。朱熹要求学者观书"以湛然凝定心去看"，"先涵养本原，且将已熟底义理玩味，待其浃洽，然后去看书，便自知。只是如此"②。先涵养本原，远的说来，是长期的道德修养，近的说来是调整接受心态。他批评有的学生读《诗》"病于草率"，强调"须有沉潜反复之功"，"如今读书，须是加沉潜之功，将义理去浇灌胸腹，渐渐荡涤去那许多浅近鄙陋之见，方会见识高明"③。从这些话可以明显地看出，朱熹是从接受心理规律来衡量读书的态度与方法。"浇灌"、"荡涤"，是要求接受者主动地迎接文本的内容，借助文本所蕴含的思想情感的力量，清除自己原本思想情感中的杂质；"沉潜"，是指这是一个自然而持久的心理过程，转变是在潜移默化中发生，使得新的思想情感深深融化在接受者心中。

朱熹十分频繁地使用"玩味"一词，用来谈读书、谈诗文的欣赏。玩味，是要充分发挥接受主体的能动性，而又充分尊重文本的本来面目。"玩"，意味着一种游戏式的超功利审美静观。《晦庵集》卷四十七《答吕子约》中说："所论甚善，末后注脚尤好，但恐文意未如此耳。恐当放下许多道理，且平心看他文义向甚处去，都不要将道理向前牵拽他，待他文义有归著去处，稳帖分明后，却有个自然底道理出来，不容毫发有所增损抑扬，此处正好玩味也。大抵先要虚心为要耳。"朱熹编选的《伊洛渊源录》"明道先生遗事"里记述："明道先生善言诗，他又不曾章解句释，但优游玩味，吟哦上下，便使人有得处。又曰，伯淳谈诗并不下一字训诂，有时只转一两字，点掇地念过，便教人省悟。又曰，古人所以贵亲炙之也。"④ 这里所说，类似于陶渊明讲的不求甚解，但求会意，读者与作者心心相印。所谓亲炙，也是要超出于语言文字，直接体会作者的心态和人格。他极力强调反对接受时的先入之见，要求细心寻绎到作者的本意：

---

① 朱熹：《诗集传·序》，见《诗集传　楚辞章句》，岳麓书社，1994 年，第 2 页。
② 《朱子语类·读书法》，中华书局，1986 年，第 178 页。
③ 《朱子语类·自论为学功夫》，中华书局，1986 年，第 2613 页。
④ 又见朱熹编选的《宋名臣言行录》(卷二)。

“读书须是虚心，方得。他圣人说一字是一字，自家只平着心去秤停他，都不使得一毫杜撰，只顺他去。”① “平着心去秤停他”是一个精巧的比喻，比喻中“秤”的两头分别是读者之心与作者之心，读者先要自己的心持平，屏除成见，然后经过反复体会、试探，与作者之心最大限度地接近。“停”，就是读者之心与作者之心达到动态的平衡。这种意思在朱熹著述里到处出现，如：“读《诗》，只是将意思想象去看，不如他书字字要捉缚教定。《诗》意只是叠叠推上去，因一事上有一事，一事上又有一事。”②《晦庵集》卷五十五《答李守约》：“读书之法无他，惟是笃志虚心，反复详玩，为有功耳。近见学者，多是卒然穿凿，便为定论，或即信所传闻，不复稽考。所以目诵圣贤之书，而不识圣贤之意，其所诵说，只是据自家见识，杜撰成耳，如此岂复有长进?”《晦庵集》卷五十《答周舜弼》：“但且于此更加反复虚心静虑，密切玩味久之，须自见得更有精微处。”卷六十《答曾无择》：“多是在外边看，未有给入门处，须更虚心静虑，将圣贤言语从里面亲切处看出来，庶几见得意味，不为空言。不然，似此泛滥含糊，无益于事，终久不得力也。”朱熹在这方面有许多论述，表明他是一个很会读书的人，他说：读重要的书，一日只看一段，须是专一，不读的时候，“亦当涵泳常在胸次”。朱熹说：“人心如一个镜，先未有一个影象，有事物来，方始照见妍丑。若先有一个影象在里，如何照得！人心本是湛然虚明，事物之来，随感而应，自然见得高下轻重。事过便当依前恁地虚，方得。”③ “读诗之法，只是熟读涵味，自然和气从胸中流出，其妙处不可得而言。不待安排措置，务自立说，只恁平读著，意思自足。须是打叠得这心光荡荡地，不立一个字，只管虚心读他，少间推来推去，自然推出那个道理。”④ 接受中的“前理解”本是难以避免的，但接受主体应该意识到“前理解”的存在，“先有一个影象”的存在，尽量减少它对文本影象的干扰，尽量地把先有的影象与文本的影象区分开来。文学接受，先要做一面明镜，随物感应，洞见文本之精微；而后再争取做一盏明灯，照得文本的美质和疵点，照得文本之后之外的深意。《晦庵集》卷六《送林熙之诗》五首之二：“仁体难明君所疑，欲求直截转支离。圣言妙蕴无

① 《朱子语类・自论为学功夫》，中华书局，1986 年，第 2621 页。
② 《朱子语类・自论为学功夫》，中华书局，1986 年，第 2096 页。
③ 《朱子语类・自论为学功夫》，中华书局，1986 年，第 347 页。
④ 《朱子语类・自论为学功夫》，中华书局，1986 年，第 2086 页。

穷意，涵泳从容只自知。”这里描画出文学接受的过程和其中的阶段，指出仓促急切之弊与从容体味之妙。《晦庵集》卷三十《答张钦夫》：“高明之意，大抵在于施为运用处求之，正禅家所谓石火电光底消息也，而于优游涵泳之功似未甚留意，是以求之太迫，而得之若惊，资之不深而发之太露，《易》所谓宽以居之者，正为不欲其如此耳。”卷三十一《答敬夫“孟子说疑义”》：“但虚心而微玩之久，当释然耳。若稍作意主张求索，便为旧说所蔽矣。”“心气未和每加镌治，竟不能悛，中间尝觉求理太多，而涵泳之功少，故日常匆迫而不暇于省察，遂欲尽罢生面功夫，且读旧所习熟者而加涵养之力，竟复汩没，又不能遂。大抵气质动扰处多难收敛也。”以上言论进一步剖析了，接受活动中的仓促匆迫起于急功近利，追求当下快速阅读效果，急于得出结论，每每还以奇谲诡异为贵（“作意主张”），逻辑推论（“求理”）没有感性体悟为基础，缺乏对于文本意境的移情（“涵泳”），没有欣赏激起的审美情感做基础（“资之不深”），没有心理活动中的反刍（“省察”）即对自身的情感的再体验，没有处理好主体长期养成的审美习性、审美取向与眼前文本客体可能具有的崭新的审美特色的间距造成的落差问题（“旧所习熟”、“尽罢生面”）。应该说，他对接受心理的观察分析是很细腻的。朱熹反复强调“优游”，那是主体在审美接受以及审美创造中的自如感，审美活动要求不受促迫，没有外界施加的心理压力。

朱熹讲自己因读《孟子》而悟作文之法的体会说：“某从十七八岁读至二十岁，只逐句去理会，更不通透。二十岁已后，方知不可恁地读。元来许多长段，都自首尾相照管，脉络相贯串，只恁地熟读，自见得意思。从此看《孟子》，觉得意思极通快，亦因悟作文之法。如孟子当时固不是要作文，只言语说出来首尾相应，脉络相贯，自是合著如此。”“看文字，不可恁地看过便道了，须是反复玩味，庶几忽然感悟，到得义理与践履处融会，方是自得。这个意思，与寻常思索而得，意思不同。”[①] 这里值得特别加以注意，是明确地指出：玩味而得与思索而得不同，思索重在推理、在抽象，玩味重在体验、在移情，后者就是要求把阅读、把接受当作涵养过程而不仅是认知过程，此处正是朱熹艺术接受心理思想的特色所在，是中国古代艺术接受心理思想的特色所在。

① 《朱子语类·论自注书》，中华书局，1986 年，第 2630 页。

第十三章　理学的情欲心理思想与艺术心理的关系

欲望，是人的心理的一项很重要的内容。人都会具有许多种的欲望，包括与生俱来的生理性的欲望和随着人类进化和个人成长而发展起来的社会性的欲望；而人的生理性的欲望，也大都浸润着社会性的内涵。现代心理学有一个概念叫做“需要”，指的是人的客观需求在其大脑中的反映，是主体受到客观要求作用时产生的体验；需要作为一种心理状态，表现为愿望或者意向，也可以称之为欲望。人的需要是随着它的被满足而不断增加、不断扩展，低层次的需要满足了，高层次的需要就产生了、突出了。需要或欲望可以被激发、强化，也可以被控制、弱化。任何一个人都不可能无限制地实现自己的每一个欲望，而必须对自己的某些欲望加以调整、转移、克制、压抑，于是，就有必要用意志、用理性来支配欲望。如何恰当地处理理性与欲望之间的关系，就成为一个重要的问题。古代中国的和西方的一些哲人，都曾经关注这个问题。在古希腊的轴心时代，在中国的战国时代，有关这个问题的议论很多。毕达哥拉斯认为，人和动物都有智慧与情欲，人和动物的区别在于，动物没有理性；人的理性和智慧在大脑，情欲则在心脏。德谟克利特认为，脑是思想的器官，肝脏是欲望的器官。柏拉图说，理性居于头部，意气位置在胸部，欲望位于腹部横膈膜与肚脐之间；只有理性控制了欲望，人才能成为合乎规范的人。笛卡儿写过《论情绪》，认为人有六种原始情绪：惊奇、爱悦、憎恶、欲望、欢乐、悲哀。弗洛伊德的精神分析心理学，把人的本能的、生理性的欲望提到空前重要的地位，这是人们比较熟悉的。他把人的本能比做“一口充满沸腾的激动的大锅”，这是人格中最难接近的部分，它不分好和邪恶的，不知道什么是道德，只是按照快乐原则直接地追求满足，其中很重要的是性的本能。弗洛伊德把他的理论用之于解释文学创作，用一些著名的大作家大艺术家的创作为例说明他的理论，对20世纪的文学艺术创作和理论产生了很广泛的影响。

中国先秦诸子，对人的情与欲、情与理的关系也早就多有论述。《礼记·礼运》说：“饮食男女，人之大欲存焉；死亡贫苦，人之大恶存焉。故欲、恶者，心之大端也。”它把人的欲望分为正面的、积极的和反面的、消极的，也就是欲（需求）与恶（排斥）两端。这种情欲“两端”的区分为后代多数学者所袭用。老子、庄子则提倡无欲，《老子》三章说，“不见可欲，使民心不乱”；三十七章说，“不欲以静，天下将自定”。《庄子·马蹄》说，“同乎无欲，是谓素朴，素朴而民性得矣”。佛家更认为情欲是一切烦恼的根源。道家和佛家提出这种学说，有其现实针对性，是对若干时代统治阶层穷奢极欲的批判，但要人们“无欲”，在实际生活中是做不到的，也是不合情理的。孟子承认欲望是人情之常，本性之所有——人都希望自己被众人所尊重和喜爱，好色、企望富贵也是人所共同的。但他主张寡欲，《孟子·尽心》篇说：“养心莫善于寡欲。其为人也寡欲，虽有不存焉者，寡矣；其为人也多欲，虽有存焉者，寡矣。”孟子认为，寡欲最终有利于个体和群体的生存和发展，所以，他主张借助理性防止欲望的过分扩张。《荀子·正名》说，“人生而有欲”，“性者，天之就也；情者，性之质也；欲者，情之应也”。又说，“凡语治而待寡欲者，无以节欲而困于多欲者也”；“凡语治而待去欲者，无以导欲而困于有欲者也”。他赞成对欲望加以控制、引导，而不赞成放纵或者压抑。《春秋繁露·阳尊阴卑》提出“情可节而不能止”，主张以性节情。把“欲”与“情”密切联系起来研究，是中国古代心理学思想的一个重要特点，这也给哲学心理学、伦理心理学和艺术心理学提供了一个交切点。理学把这个问题提到空前重要的地位，作了更加深入的论析，他们的观点在一千多年来，发生了重要的至今都不可忽视的影响。

第一节　理欲观的历史演变及其与文艺的关系

理学家处在中国古代社会的转折时期，秦汉以来形成并长期稳定的政治和伦理体制从盛唐时代的高峰逐渐下落，儒家的“礼”、“理”、“道”，在宋儒手里日渐僵硬、偏狭；而另一方面，随着商业的兴盛，城市经济的发达，市民阶层逐渐成长，他们在意日常物质生活中的享乐，对于食色的欲望的表达呼声日渐高涨，在文学艺术中，在学术思想中，强烈地要求表现。于是，理和欲的关系，两者之间的冲突，协调这种冲突的需要，日益尖锐突出起来。

“理欲”是理学的一对范畴，是理学家们最为关注、作出了最多论述、产生了最大影响的范畴。在这对范畴中，理和欲是矛盾统一体中相对的两个侧面，两者是对立统一的关系。由于理学家的相关思想是承上启下的一个关键，我们要从中国古代伦理学思想史、心理学思想史和美学思想史的背景上来考察理学家的相关论述。理学家谈理欲，以《礼记·乐记》中的一段话为经典依据，这段话是：

> 人生而静，天之性也，感于物而动，性之欲也。物至知知，然后好恶形焉。好恶无节于内，知诱于外，不能反躬，天理灭矣。夫物之感人无穷，而人之好恶无节，则是物至而人化物也。人化物也者，灭天理而穷人欲者也。

《乐记》提到的“动静”说、“已发未发”说、“天理人欲”说，上承《孟子》和《中庸》，对后代特别是对理学则给以直接影响，奠定了中国古代心理学思想的一种基调。它所说的“天理”，指的是人生而具有的天赋的本性。它认为欲望是在外物刺激下才产生的①，人性本静，人性本善，所以，天理就是天赋的善性。人受到外物的刺激，外物到来，人的心理接受它而产生反应，或者喜爱，或者拒斥，心里起了波澜，产生欲望，如果听任欲望膨胀，主体不加以节制，而客体不停地刺激，天赋的本性泯灭，人就被物化，天理就被泯灭了。《乐记》主张对人欲给以节制，防止人的“物化”，而要反过来“化物”，把外物发出的信息、产生的刺激纳入自身的伦理观念框架。怎么才能节制呢？它认为要用“礼”和“乐”来节制人的欲望，“是故先王之制礼乐，人为之节”。礼是制度，乐是艺术；《乐记》所说的乐，不是一般的艺术，而是制度化的艺术。“理”就是“礼”，“乐”也是“礼”，都是以君君、臣臣、父父、子子为核心的等级制度。人的情欲、人的各种心理的实现与控制，都以有利于维护这个根本制度为原则。本来，从原始时代开始，艺术主要被当作人们宣泄情感的方式，是释放欲望压力的一种途径，在儒家那里，却主要变成了克制欲望的手段。自从西周取代殷商，改革各种制度，特别是王位、爵位以至家庭财产的传承制度，确立嫡长子继承的宗法体系，在观念上就特别重视血统，而为了保持血统的“纯正”，就重视女子的单方面贞操，重视男女之大防。儒家在理欲问题上的基本原则，是为宗法制度服务的，这对于中国古代文学艺术的形态和风格，长期起到规范、制约作用。

但是，文学作品对情爱的描写和咏歌不可能断绝，“礼教”的统治也

---

① 孔颖达疏：谓“人生而静”“言人初生未有情欲，是其静”；清代李光地《古乐经传》则说：“‘人生而静’，古注以人初生未有情欲时言之，非也。乃泛论人之有生，其静而未发，则天性具焉尔。”

没有能够覆盖所有领域，同化一切人的言行。而且，先秦儒家对于人们有关情欲的表示，还没有后代道德家那么死板，还能给予一定程度的容忍。《孟子·梁惠王》记述，齐宣王觉得自己难以如孟子所建议的那样推行王政，因为自己无法摆脱世俗的种种欲望，他坦率地承认："寡人有疾，寡人好货"，"寡人有疾，寡人好色"。孟子则开导他，古来明君也都好货、好色，"王如好色，与百姓同之，于王何有?"承认好货、好色是人性的正常要求的体现。这是宋代理学家难以接受的。孟子的这几句话使理学家颇为尴尬，学生问朱熹："孟子语好货、好色事，使孔子肯如此答否?"他说："孔子不如此答，但不知作如何答。""这两件事却不是告以好色、好货，乃是告以公刘、太王之事如此。"① 对于孔孟有关好色、好货的态度都不能清楚地理解和坦然地阐释，对于前代其他思想资料就更谈不上认真对待了。其实，中国古人对于性的心理，也曾有过若干的关注。潘光旦译霭理斯《性心理学》，有十万字的注释和附录，他说，其中"中国的文献与习惯中所流传的关于性的见解与事例，所占当在十分之七以上……所以表示前人对于性的问题也未尝不多方注意，所欠缺的不过是有系统的研究罢了"②。他注意到中国古代性心理学思想资料的收集，他所引用的材料有不少来自文学作品。性心理与艺术心理有不少重叠交叉之处，这方面的文献及其所包含的思想，是我们研究古代艺术心理思想史不应忽略的。

儒家关于"礼"的思想在汉代被不断强化，而在魏晋却受到挑战。《世说新语》记载了某些文人许许多多蔑视礼乐制度的言行。《任诞》篇里记阮籍公然宣称："礼岂为我辈设也!"③ 他们倡导纵情任性。《列子·杨朱》更有毫不遮掩的鼓吹纵欲主义的言论④：

---

① 《朱子语类》，中华书局，1986年，第1226—1227页。

② 霭理士原著、潘光旦译注：《性心理学》，生活·读书·新知三联书店，1987年，译序第6页。

③ 干宝《晋纪总论》："观阮籍之行，而觉礼教崩弛之由。"又说："风俗淫僻，耻尚所学，学者以老庄为宗，而黜六经；谈者以虚薄为辩，而贱名检；行身者以放浊为通，而狭节信。"见《文选》四十九。

④ 今传《列子》乃魏晋人之所造，其中各篇思想不一。后人伪作的刘向《列子新书目录》云："《力命篇》，一推分命；《杨子》之篇，唯贵放逸。二义乖背，不似一家之书。"杨伯峻《列子集释·前言》："既然《力命》篇和《杨朱篇》是玄学清谈和放荡纵欲的曲折的反映，而并没有什么'二义乖背'，就无妨把它们作为两晋风俗史和思想史的资料来看待。"《列子集释》，中华书局，1979年，第4—5页。《杨朱》篇引文见同书第222—223页。

晏平仲问养生于管夷吾，管夷吾曰："肆之而已，勿壅勿阏。"晏平仲曰："其目奈何?"① 夷吾曰："恣耳之所欲听，恣目之所欲视，恣鼻之所欲向，恣口之所欲言，恣体之所欲安，恣意之所欲行。夫耳之所欲闻者音声，而不得听，谓之阏聪；目之所欲见者美色，而不得视，谓之阏明；鼻之所欲向者椒兰，而不得嗅，谓之阏颤；口之所欲道者是非，而不得言，谓之阏智；体之所欲安者美厚，而不得从，谓之阏适；意之所欲为者放逸，而不得行，谓之阏性。凡此诸阏，废虐之主。"

完全放纵自己的耳目口鼻之欲，显然是行不通的；魏晋名士们的纵欲主义固然是不足取法的，但反抗礼乐制度对人性的压抑以至戕杀，却是时代进步的重要表现，也是对当时黑暗的高压统治的抗议。魏晋时代人性的自觉和审美的自觉两者密切联系而不可分割，大胆地呼吁"恣耳之所欲听，恣目之所欲视"，对于音乐、绘画、诗歌的发展，对于艺术形式美的精巧化，肯定是一个有力的推动因素。梁简文帝《诫当阳公大心书》所说的"立身之道，与文章异：立身先须谨慎，文章且须放荡"，把道德心理与审美心理分开，理论上是正确的，但在实际中，道德拘束很紧的时期，审美思维的自由度必定受到限制。"立身"过于谨慎，在文学艺术创作中也难得"放荡"得起来。

唐代是在理欲观念上较为开放的时代。1900 年敦煌石室发现的抄本中，有署名白行简的《天地阴阳交欢大乐赋》，是一篇性学文献，清末民初学者叶德辉收入《双梅影闇丛书》，附记云，"……信非后人所能伪造，而在唐宋时此等房中书流传士大夫之口、之文，殊不足怪，使道学家见之，必以为诲淫之书，将拉杂烧之，唯恐其不绝于世矣!"② 白行简是一位

① "目"，在这里指的是"肆之"实现的基本方式或途径，即如何去"肆"。

② 叶德辉编：《双梅影闇丛书》(影印本)，海南国际新闻出版中心，1998 年，第 113 页。参见高罗佩《秘戏图考》第三章："我看没有充分的理由像跋的作者那样去怀疑白行简是否真的作者。白行简名气并不大，值不得二三流的作家去借用他的名字，以便提高他们的文学作品的身价。"所说的"跋"指罗振玉《敦煌石室遗书》收录"大乐赋"末尾"骑鹤散人"的跋语，那里说，"……是否（白行简）所制，固未可辨，第谋篇锻句，洵一作手，绘摩儿女，词旨艳冶，盖《杂事秘辛》《飞燕外传》《会真记》《游仙窟》之流也"。广东人民出版社，1992 年，第 96 页、第 372 页。这篇赋是唐人所制，与当时文学有密切关系，这是学者们的共识。

有影响的文学家，他的《李娃传》歌颂妓女李娃对爱情的忠贞。这篇赋，以及张鹭的《游仙窟》，很能够表示唐代文人和整个上层社会的某种风气。陈寅恪《唐代政治史论述稿》开宗明义第一段就说：

> 朱子语类壹壹陆历代类叁云："唐源流出于夷狄，故闺门失礼之事不以为异。"朱子之语颇为简略，其意未能详知。然即此简略之语句亦含有种族及文化二问题，而此二问题实李唐一代史事关键之所在，治唐史者不可忽视者也。①

"闺门失礼"是指皇族宗室妇女们对性的越出过去常轨的行为，"不以为异"是说这类行为不大遭受指责非议——两唐书对此多有记载。为什么会这样，这对文学艺术心理有什么样的影响？这个问题也是治唐代文学史、治艺术心理学思想史的人需要重视的。陈寅恪在《元白诗笺证稿》中还摘引洪迈《容斋续笔》"唐诗无避讳"条说："唐人歌诗，其于先世及当时事，直词咏寄，略无隐避。至宫禁嬖昵，非外间所应知者，皆反复极言，而上之人亦不以为罪。""宫禁嬖昵"，就是宫廷里面男女情爱之事。他这是站在宋人立场评说唐代风气，其实，唐代人并不见得认为那些事情属于"非外间所应知"，不觉得有特别加以隐匿的必要。也许，他们以为，他们的种种"人欲"，都不是违反"天理"的。正是在这种风气下，唐人小说才异军突起，把中国虚构的叙事文学推向一个高峰。陈寅恪引述宋人魏泰对《长恨歌》的指责："宋人论诗，如魏泰临汉隐居诗话，张戒岁寒堂诗话之类，具推崇杜少陵而贬斥白香山。谓乐天长恨歌详写燕昵之私，不晓文章体裁，造语蠢拙，无礼于君。"然后加以反驳："详悉叙写燕昵之私，正是言情小说文体所应尔，而为元白所擅长者。如魏张之妄论，真可谓'不晓文章体裁，造语蠢拙'也。"②《长恨歌》和唐人传奇小说"详悉叙写燕昵之私"，在唐代当世未受指责，而在宋以后遭到历朝文人反复尖锐的指责，正是由于理欲观念的变化。我们可以断言，没有唐代对于人的情欲问题的开放态度，没有主政者对直写宫禁嬖昵不以为罪的宽容，就不可能有唐代传奇小说。足见，理欲问题上的流行观念、主流观念，对于文学艺术的创作心理和接受心理，是可以鼓励倡导，也可以压制打击的。

---

① 陈寅恪：《唐代政治史述论稿》，上海古籍出版社，1997年，第1页。

② 陈寅恪：《元白诗笺证稿》，上海古籍出版社，1978年，第11—12页。

到了宋代，气氛完全变了。孔孟理想的礼乐制度早已崩坏，但他们顺“天理”而节“人欲”的思想，则成为儒家文化的核心内容之一，被继承和发展，在这时得到特别的强调，而“天理”的内涵被大大狭隘化。张载的《经学理窟·义理》接过《乐记》的话，说：“今之人，灭天理而穷人欲，今复返归其天理。”程颐更进一步，他说：“视听言动，非理不为，即是礼，礼即是理也。不是天理，便是私欲。人虽有意于为善，亦是非礼。无人欲即皆天理。”“人心私欲，故危殆；道心天理，故精微。灭私欲则天理明矣。”[①] 说“礼”就是“理”，那就把一定形态中的社会制度，以及建立在这种社会制度之上的道德原则，抬高为普遍永恒的法则，不合“礼”就是不合“理”，就要“灭”掉，这就暴露了理学在理欲问题上的保守性、狭隘性，他们不但是对唐代的反动，而且比先秦儒家也倒退了。理学发达的结果是文学艺术受到钳制。鲁迅说到传奇小说唐盛而宋衰的原因，认为，唐时讲话自由些，到宋代忌讳渐多，“加以宋时理学极盛一时，因之把小说也多理学化了，以为小说非含有教训，便不足道。但文艺之所以为文艺，并不贵在教训，若把小说变成修身教科书，还说什么文艺”[②]。理学家的理欲观，与追求人性自由的纯正审美心理，在根本上是敌对的。鲁迅之论，不但对于唐宋两代传奇作品的优劣，判断准确，分析深刻，而且道出一种规律——在文艺创作中，凡以“理”和“礼”来遏制、压抑自然人性之情欲的，也会扭曲创作心理，作品就往往失去审美性。

当然，也不是宋代所有的理学家对待情欲的态度全都是一模一样。程颢明确提出要“灭人欲”，朱熹虽然在基本立场上，也是主张“人之一心，天理存则人欲亡，人欲胜则天理灭，未有天理人欲夹杂者”，“学者须是革尽人欲，复尽天理，方始是学”[③]，但朱熹在这方面没有二程那么一贯和坚决，而是现出明显的矛盾，在某些重要的方面，对二程有所修正[④]。他说

---

① 《河南程氏遗书》卷第十五、第二十四，《二程集》，中华书局，1981 年，第 144 页、第 312 页。

② 鲁迅：《中国小说的历史的变迁》，《鲁迅全集》第九卷，人民文学出版社，1993 年，第 319 页。

③ 《朱子语类》，中华书局，1986 年，第 224—225 页。

④ 例如，有学生对他说，二程解释“人心惟危”，说“人心”就是“人欲”，似乎不准确。朱熹回答：“人欲也未便是不好。”《朱子语类》，中华书局，1986 年，第 2010 页。

"天，则就其自然者言之"[①]，可见他又在某种程度上回到了把天理看作是天赋善性的起点。他说："天有春夏秋冬，地有金木水火，人有仁义礼智，皆以四者相为用也。"[②]"理是有条理"，"理如一把线相似，有条理……又如竹木之文理相似，直是一般理，横是一般理"[③]。"人、物之生，天赋之以此理，未尝不同，但人物之禀受自有异耳。"[④] 这就多少冲淡了"理"的政治伦理色彩。与以上看法相关，他不满于别的理学家只说心性而不说情，"一个'情'字都无下落"，自己用不少力气讨论情和欲：

> 盖心之未动则为性，已动则为情，所谓"心统性情"也，欲是情发出来底。心如水，性犹水之静，情则水之流，欲则水之波澜。但波澜有好底，有不好底。欲之好底，如"我欲仁"之类；不好底，则一向奔驰出去，若波涛翻浪；大段不好底欲，则灭却天理，如水之壅决，无所不害。[⑤]

朱熹值得我们注意的观点，是在与情的联系中来认识和谈论欲，并且对人欲加以划分，认为可以有"好的"和"不好的"之分，而不是像二程等人对欲一概否定。这就给人欲留下了一片得以存在、得以实现的空间，在理学严格拘管的范围里，这是一片很难得的空间。他认为"天理"要灭的只是一部分"奔驰"、"壅决"的人欲，有些人欲与天理不但并非不能相容，而且是可以和谐融洽的。他说："天理本多，人欲便也是天理里面做出来。虽是人欲，人欲中自有天理。"人欲中也有天理，如果要灭这类人欲，那就是灭天理了。比如说，"饮食者，天理也；要求美味，人欲也"[⑥]。他反对的只是过度地追求美味，他不反对人的饮食欲望。按照这个逻辑，也就不能反对性的欲望，所反对的只是性的放纵。

本来，人的基本欲望是与生俱来的，是天赋的，自然就属于天理。朱熹见到这一点，承认这一点，这是他的开明之处。人的欲望是有层次的，

---

① 《朱子语类》，中华书局，1986 年，第 82 页。
② 《朱子语类》，中华书局，1986 年，第 11 页。
③ 《朱子语类》，中华书局，1986 年，第 100 页。
④ 《朱子语类》，中华书局，1986 年，第 58 页。
⑤ 《朱子语类》，中华书局，1986 年，第 93—94 页。
⑥ 《朱子语类》，中华书局，1986 年，第 224 页。

现代人本主义心理学家马斯洛把人的需要分为五个层次，当然也可以有另外的划分方式，但需要或欲望层次论是无可置疑的。但是，如果要把不同层次的需要或者欲望区分为天理与人欲两个范围，在理论和实践上都行不通。比如“美味”，就是难以界定的，肯定人对饮食的欲望而否定人对美味的欲望，也是难以实行的。《礼记·礼运》说，“先王”之时，“未有火化，食草木之食，饮其血，茹其毛”。相比之下，文明社会的人的各种食物都是美味，总不能要人们退回到茹毛饮血的原始时代，不能说茹毛饮血是天理而要求吃烹制的食物就是人欲。总之，朱熹关于理欲的许多言论，虽然没有离开二程的基本立场，但却是对北宋理学理欲观的一种松动。

理学不仅在理学家之间讨论，也不仅是通过官方的提倡在读书人中间传播，而且它的主要观念经由多种渠道，向社会各阶层灌输。在这几种不同的空间，它的影响力很不一样。理学家制定的某些苛严的原则，并不能被所有人认真遵守。比如，关于寡妇再嫁，理学家断然以为不可，程颐的一段话极为典型：“又问‘或有孤孀贫穷无托者，可再嫁否?’曰：‘只是后世怕寒饿死，故有是说。然饿死事极小，失节事极大。’”① 但《宋史·范仲淹传》记载，范仲淹两岁丧父，母亲带着他再嫁朱姓，范仲淹科举得中出任官职之后，把母亲迎回家中奉养，母亲去世，他辞官守丧。陆游与唐琬被迫分离，唐氏另嫁，春游相遇，唐氏还让后夫致送酒肴给陆游，此事见于宋人周密所作《齐东野语》。陆游留下了《钗头凤》词和两首七绝，成为千古美谈。明清之际的毛晋说：“放翁咏《钗头凤》一事，孝义兼挚，更有一种啼笑不敢情之于笔墨之外，令人不能读竟。”② “孝”是说他遵母命休妻，“义”是说他始终不忘与唐琬的恩爱。其实，这个故事的长久广泛流传，表明理学之不得人心，历来人们是同情唐琬陆游而反感陆母的专横，也是反对理学的扼杀人间真挚爱情的。

后来，到了明末清初，王夫之把情与性明确区分开来，《读四书大全说·孟子·滕文公上》：“性，道心也；情，人心也。恻隐、羞恶、辞让、是非，道心也；喜、怒、哀、乐，人心也。”《读四书大全说·论语·里

① 《河南程氏遗书》卷二十二，《二程集》，中华书局，1981年，第301页。又，朱熹《与陈师中书》：“昔伊川先生尝论此事，以为饿死事小，失节事大。自世俗观之，诚为迂阔；然自知经识理之君子观之，当有以知其不可易也。”

② 转引自杨宝霖《词林纪事 词林纪事补编》，上海古籍出版社，1998年，第695页。

仁》说："只理便谓之天，只欲便谓之人。饥则食，寒则衣，天也。食各有所甘，衣亦各有所好，人也。"他比朱熹进了一大步，爱好美味，也属人情之常，也不应受到责备，也不能严加拘束。《读四书大全说·孟子·梁惠王下》："理虽纯为天理之节文，而必寓于人欲以见；虽居静而感通之则，然因乎变合以章其用。唯然，故终不离人而别有天，终不离欲而别有理也。离欲而别为理，其唯释氏然。盖厌弃物则，而废人之大伦矣。"他对佛教的视人欲为罪恶，加以抨击。他在《诗广传·陈风》还说过："薄于欲者之亦薄于理"，明确指出否认人的情和欲，也就是否定了天理。

清代的戴震强烈反对理学对于人的正常欲望的遏制态度，他在《孟子字义疏证·权》中说，"举凡饥寒愁怨、饮食男女、常情隐曲之感，则名之曰'人欲'"。人欲即是人的饮食男女、好利恶害之俗，喜怒哀乐、怀生畏死之情。《孟子字义疏证·才》说："人生而后有欲、有情、有知，三者，血气心知之自然也。"因此，人欲即是人的本性，是血气心知之自然。人的本性即是"欲"、"情"、"知"三者，欲即是人对于声色臭味的要求，情即是人的喜怒哀乐的表现，知即是人对于是非、美丑、善恶的辨别能力。人欲乃是人类赖以生存繁衍的本性，是天下之人所共有的，它不仅不是产生罪恶的根源，相反它却是合理的、至善的。《孟子字义疏证·理》说："人情之不爽失为理，是理者存乎欲者也。"他的"理学杀人"说极有震撼力，《孟子字义疏证·理》满怀激情地指出："尊者以理责卑，长者以理责幼，贵者以理责贱，虽失，谓之顺；卑者、幼者、贱者以理争之，虽得，谓之逆。于是下之人不能以天下之同情、天下所同欲达之于上；上以理责其下，而在下之罪，人人不能指数。人死于法，犹有怜之者；死于理，其谁怜之！"《与某书》大声疾呼：程朱理学"其所谓理者，同于酷吏之所谓法。酷吏以法杀人，后儒以理杀人，浸浸乎舍法而论理，死矣，更无可救矣！"他的这类言论，与明清一些小说戏曲中对男女之真情的大胆描写和赞美相互呼应。

第二节　朱熹对于《诗经》中"淫诗"的论述

理学家的理欲观，在对文学经典的阐释中有很充分的体现。《诗经》是中国最早的诗歌结集，抒情性是其中所收作品的基本性质，并且大量的还是抒发男女之情，它们用艺术的形象表达出作者对于情欲与理性的关系问题的态度。如何认识和诠释这些作品呢？这就不仅是一个文本阐释问题，不仅是一个文学史研究的问题，也是一个艺术心理学思想问题。本来，爱情是文学艺术永恒的主题，而写爱情，常常还会或明或晦地、直接间接地涉及性，但是古代作品中这种描写被汉代以来的主流注家所遮掩。程颐以道解文，把《诗经》的内容也全都归之于道，他说："《大序》言：'是以《关雎》乐得淑女以配君子，忧在进贤，不淫其色，哀窈窕，思贤才，而无伤善之心焉'——是《关雎》之义也。""若？《关雎》则止乎礼义。故如哀窈窕，思贤才，言哀之则思之甚切，以常人言之，直入于邪始得，然《关雎》却止乎礼义。"① 他说《关雎》写的并不是男女之间的相互爱慕，不是情爱的喜悦，不是美貌的魅力，更不是性的吸引，而是道德的追求。这里，既是就诗歌的内容，诗歌的描写对象说，也是就作者的创作心理说，就他所认为的读者应有的接受心理说，所有这些，他认为都要规避情，排除欲，而一心归于"理"和"道"。这样，实际上也就取消了艺术心理、审美心理，用理学家推崇的"纲常"道德心理取代艺术心理、审美心理。荷兰汉学家高罗佩对于理学家的《诗经》阐释有过尖锐批评，他在《秘戏图考》中说：

> 朱熹的道德观是极端顽固的。经典提出男女有别，理学把这类或与之相似的信条解释为在日常生活中男女授受不亲，所有与两性关系相关的事情都必须禁止。就像我们在上文看到的，这种讲法与古代中国的性概念和旧有的社会结构是相悖的。因此，理学不得不离开经典中涉及性爱和涉及两性自由交往的所有原文去自圆其说。理学牵强附会地解释古经的突出例子，表现在对《诗经》中的情诗的注评上，在注评中，这些诗歌竟然被解释为复杂的政治寓言！②

高罗佩的这番话大体符合实际，但有不准确的地方，首先，这种解释并不是理学家首创，汉儒早就作出成体系的繁琐细致的阐释；其次，朱熹却是对这种解释有不少修正。程颐依据的是《诗经》的"大序"和"小序"，他相信那是上古的文献。朱熹的一个贡献，是否定诗"序"对《诗经》

---

① 《二程集》，中华书局，1981年，第229页。

② 高罗佩：《秘戏图考》，广东人民出版社，1992年，第102页。

“国风”里的大量情歌所作的政治影射的曲解，同时也是否定了程颐等人的阐释，而从“男女相与咏歌，各言其情”的角度来解释。程颐对于“《诗》如何学”的问题，断然回答“只在《大序》中求”，“《诗》之大序，分明是圣人作此以教学者，后人往往不知是圣人作。自仲尼后，更无人理会得《诗》”。又说，“使当时无《小序》，虽圣人亦辨不得”①。朱熹解《诗》，前期还遵奉《小序》，后期完全否定《小序》。他说，“《小序》汉儒所作，有可信处绝少。《大序》好处多，然亦有不满人意处”②。离开了“序”，朱熹解释《诗经》，就离开了“礼义”，而常用“淫诗”做断语。《诗集传》说，“郑卫之乐，皆为淫声”。但他也作了保留，还肯定其中一部分写的是他认为正当的男女之情：“如郑诗虽淫乱，然《出其东门》一诗，却如此好；《女曰鸡鸣》一诗，意思亦好，读之，真个有不知手之舞、足之蹈者。”有学生问：“‘《摽有梅》之诗固出于正，只是如此急迫，何耶？’曰：‘此亦是人之情，尝见晋宋间有怨父母之诗。读《诗》者于此，亦欲达男女之情。’”③ 将“郑风”和“卫风”称为“淫诗”，好像是贬责，但毕竟是承认了它们写的是人欲，是人间情爱。他说，“国风中亦多有邪淫者”。郑、卫诗多是淫奔之诗，郑诗如《将仲子》以下，皆鄙俚之言，只是一时男女淫奔相诱之语。《郑风·叔于田》“或疑此亦民间男女相悦之词也”。对于《邶风·静女》《郑风·将仲子》《郑风·溱洧》，朱熹都不过指出“此淫奔期会之诗”一句话而已，读者从文本领会到的则是炽烈的爱情。清人黄中松《诗疑辨证》早已看出了这一点，他说：“朱子以《狡童》不可斥君，而定为淫女戏其所私之词。不意大贤而明于狎邪之情如此耶？”“大贤而明于狎邪之情”，就是说，一位严谨的大理学家而竟能明白地理解人情、人性，理解诗歌所表达的男女情欲，肯定了朱熹对于《诗经》情歌内容的符合实际的认识。朱熹先是只就描写对象而言，判定国风中许多篇章所写的，是人的情欲，是“淫乱”、“淫奔相诱”、“鄙俚”，就是说，作为儒家经典的《诗经》中，有对情爱心理、性心理的表现。毫无疑问，这种理解比之汉儒和二程，正确得多，切近于作品的实际，突破了“礼”和“理”的藩篱，是认识上的一个飞跃。

---

① 《二程集》，中华书局，1981 年，第 229 页。

② 《朱子语类》，中华书局，1986 年，第 2067 页。

③ 《朱子语类》，中华书局，1986 年，第 2086 页。

朱熹明确地对二程的说法表示反对，有学生问："《二南》之诗，真是以此风化天下否?"他回答说："亦不须问是要风化天下与不风化天下，且要从'关关雎鸠，在河之洲'云云里面看义理是如何？今人读书，只是说向外面去，却与本文全不识。"他一贯重视文本、反对阐释中的先入之见，曾说："今欲观《诗》，不若且置《小序》及旧说，只将元诗虚心熟读，徐徐玩味。""须先去了《小序》，只将本文熟读玩味，仍不可先看诸家注解。看得久之，自然认得此诗是说个甚事。"[①] 这里更提出读《诗》和说《诗》的"里面"、"外面"之分，我们理解，向"外面"，是非审美的、非艺术的以及非情感的，用理学教条曲解诗意，是"进贤淑"、"思贤才"之类政治的和道德的比附；向"里面"则是审美的、艺术的体验。朱熹批评的所指，显然包括二程。程颢、程颐认定"天理"生成一切、支配一切，所以逻辑地就会轻视情和否定欲，也就逻辑地轻视文学艺术。他们的基本主张，与艺术心理规律的要求，抵牾扞格。程颐回答"作文害道否"的提问时说："害也。凡为文不专意则不工，若专意，则志局于此，又安能与天地同其大也。《书》云'玩物丧志'，为文亦玩物也。……古之学者唯务养情性，其他则不学。今为文者，专务章句，悦人耳目，既务悦人，非俳优而何?"[②] 他觉得文学艺术会使人耽于情感世界，于"道心"有害。反过来，我们可以确定，他们的理学道学，于文心，于艺术的创作和接受，是有破坏作用的。朱熹则比较能够留心到文学艺术的特性、诗的特性，不像二程总是以理学的教条解诗，而是注意到诗歌抒情的性质。他从"内面"看，看到的是亲密者之间不为外人所知的强烈的情的表现："《关雎》看来是妾媵作，所以形容得寤寐反侧之事，外人做不到此。"事实上，"寤寐反侧"正是十分生动地写出了男女恋情中的心理，是有欲之情、有情之欲；这种情欲，原是不合于理学家遵奉的礼义的。"《诗》，有是当时朝廷作者，雅、颂是也；若国风乃采诗者采之民间，以见四方民情之美恶，《二南》亦是采民言而被乐章尔。程先生必要说是周公作以教人，不知是如何？某不敢从。若变风，又多是淫乱之诗，故班固言'男女相与歌咏以言其伤'，是也。圣人存此，亦以见上失其教，则民欲动情胜，其弊至此，故曰'诗可以观'也。""《大序》亦有未尽，如'发乎情，止乎礼义'，又只是说正

---

① 《朱子语类》，中华书局，1986年，第2086页。

② 《二程集》，中华书局，1981年，第239页。

诗，变风何尝止乎礼义？”关于孔子所概括的《诗经》的基本特性“思无邪”，他说：“此只是《三百篇》可蔽以诗中此言，所谓无邪者，读《诗》之大体，善者可以劝，而恶者可以戒。若以为皆贤人所作，贤人决不肯为此。……‘可以观’者，见一时之习俗如此，所以圣人存之不尽删去，便尽见当时风俗美恶，非谓皆贤人所作耳。”① 他的解释是，《诗经》各篇文本并非全都“无邪”，作者并非都是“贤者”，而只是删定、编辑者孔子的指导思想“无邪”。

那么，圣人为什么对“淫诗”存而不删呢？这是一个很难回答的问题，朱熹所做的，是从接受心理来作一种弥补，他在《诗集传序》中说：“孔子之称‘思无邪’也……非以作诗之人所思皆无邪也。今必曰：‘彼以无邪之思铺陈淫乱之事，而闵惜惩创之意自见于言外’，则曷若曰：‘彼虽以有邪之思作之，而我以无邪之思读之，则彼之自状其丑者，乃所以为吾警惧惩创之资’耶？”这就是说，国风里的情诗，作者的创作心理是出于情欲，是“有邪”。接受者阅读时努力用儒家的道德心理，把文本之“邪”，作者心理之“邪”，当作反面教训，当作自我警戒的镜子。但是，他所说的“警惧惩创”，不过是无力的辩解罢了。《诗集传》对于许多类似的诗，都没有讲出如何“警惧惩创”的道理。宋代黎立武说：“少时读箕子《禾黍歌》，怒焉流涕。稍长，读《郑风·狡童》诗，而淫心生焉。出而视邻人之妇皆若目挑心招，怪而自省。夫犹是‘彼狡童兮，不与我好兮’二语，一读之而生忠心、一读之而生淫心者，岂其诗有二乎？解之者之故也。然则解《诗》当慎矣。”这又把解决问题的关键归到阐释者身上，阐释者是特殊的接受者，所以，黎立武的思路和朱熹一样，没有什么新鲜见地。读情诗而生“忠心”，与读情诗而觉邻人之妇“目挑心招”，是两种极端的误读。它的背后，是中国古代禁欲文论与粗劣的色情文学艺术。健康的情欲缺乏表现的机会，两个极端就会轮流泛滥。

朱熹的解释如何与儒家学说体系、与理学体系相容呢？朱熹的解释是藉“淫诗”“可以观”，可以让读者了解社会的复杂，可以劝善惩恶。最后这个解释是不大说得通的。在诗歌文本中找不出诗人对于所谓“淫乱”、“淫奔”的责难之意，倒是流露出赞许和欣赏。如果说是讥刺反讽，朱熹又不同意，他曾经与吕本中辩论所谓淫奔之诗，“东莱谓诗人所作，先生

① 《朱子语类》，中华书局，1986 年，第 2067 页、第 2072 页、第 2090 页。

谓淫奔者之言”。学生请求朱熹再深入辨析一番，他的回答很简单：“婺州人如有淫奔，东莱何不作一诗刺之?”学生再问，他坚持说：“未须别说，只为我答此一句来!”[①] 这一类诗歌既然可以劝善戒恶，正派的文人为何不肯为？那么，不仅描写对象的心理是“淫奔相诱”，诗歌作者的心理也不是“无邪”的，也是与情爱心理、与性心理相关的。对《召南·草虫》，《毛诗序》说是“大夫妻能以礼自防也”；姚际恒《诗经通论》赞同欧阳修《诗本义》解释为“召南之大夫出而行役，妻留在家”，但是欧阳修发挥说，“末世淫风大行，强暴之男侵陵贞女……大夫之妻能以礼义自防，不为淫风所化”，未免离题太远。朱熹《诗集传》说是“诸侯大夫行役在外，其妻独居，感时物之变，而思其君子如此”，从人性人情来解说，就要通达多了，直到今天，人们都肯定这是思妇之诗。

朱熹的“淫诗”说，包含了值得开掘的可贵思想。在“五四”之后，新的思潮冲击旧的传统，1927 年，闻一多作有《诗经的性欲观》一文，从二十世纪人类学的观念，正面肯定《诗经》的“淫”的性质，其中说：“现在我们用完全赤裸的眼光来查验《诗经》，结果简直可以说‘好色而淫’，淫得厉害!”“讲《诗经》淫，并不是骂《诗经》。尤其从我们眼睛里看着《诗经》淫，应当一点也不奇怪。……让我们一般平淡无奇的二十世纪的人（特别是中国人）来读这一部原始的文学，应该处处觉得那些劳人思妇的情绪之粗犷，表现之赤裸！处处觉得他们想的，我们决不敢想，他们讲的，我们决不敢讲。我们要读出这样一部《诗经》来，才不失那原始文学的真面目。”“用研究性欲的方法来研究《诗经》，自然最能了解《诗经》的真相。其实也用不着十分的研究，你打开《诗经》来，只要你肯开诚布公读去，他就在那里。自古以来苦的是开诚布公的人太少，所以总不能读到那真正的《诗经》。”[②] 这些话带有作者诗人的夸张习气，但表现出西学涌进后学术的新视角。而对《诗经》国风中的许多作品的情诗性质作出判断的还是朱熹。如果国风里的诗都可以“有邪”，那么后世的民歌，后世的文学作品岂不是也可以如此吗？朱熹的“淫诗”说为后人开了一条新路。

---

① 《朱子语类》，中华书局，1986 年，第 2092 页。

② 闻一多：《闻一多全集》第三卷，湖北人民出版社，1993 年，第 169—170 页。

第十四章 小说戏曲创作和接受心理中的理欲关系

前一章我们分析的是，理学家在对《诗经》中有关情爱篇章的阐释中体现的理欲观，本章则要分析唐宋以后小说戏曲作家和读者对理欲关系的认识。前者是主流的、为官方认可的正统的观念，后者是非主流和反主流的，受到指责、压制和排斥，但却具有顽强的生命力的。总体上看，前者与文学艺术的发展多相抵触，后者对文学艺术的创新多能起到推动作用。

但是，对这个问题，我们也不能作简单的正反二值的认定。关于各类人们对理、欲、情各自的内容和它们之间的关系的评价判断标准，关于不同人们对这个问题认识的是非、深浅、高下，都只能在具体的环境、具体的条件下来讨论。时代不同，人类活动的领域不同，就会出现不同的问题情境，对理、欲、情出现不同的观念和不同的处理方式，在这些方面，随时代、民族、阶层、职业、场合的变化而变化，没有万古不变、四海如一的固定尺度。对于某个时代、某个学派、某个理论家或文艺家的理欲观，我们要放在他们所处的历史条件下分析，不宜站在后代的立场苛求于他们①。宋代理学家的理欲观与魏晋以及唐代文人的理欲观不同，朱熹的理欲观与北宋理学家的理欲观出现若干差异，从根本上说，都是时代变化的结果。各种不同的伦理观，各种不同的心理学思想，在处理三者关系上面，各有自己的着眼点、着重点。即使属于同一时代的文化环境，在艺术的创作和接受活动中，与在理论活动和实务活动中，与在其他场合、其他活动中，人们对理与欲、情与欲的关系的认识和处理，也不完全一样。在某种意义上说，艺术就是情感的表现；不言而喻，情在艺术心理活动中具有十分突出的重要位置。情的两头，又总是受到理和欲的支撑、制约和管辖；相应地，理、欲、情的问题在艺术心理学思想中，占有特殊地位。王

---

① 参见霭理士《性心理学》："文化程度不同的民族社会，对于童年与青年期的性现象的态度是很不一样的，假如我们把这种不同的态度比较一下，我们不难取得更进一步的了解。我们目前所讨论的既然是一个极原始极基本的冲动，而我们所处的又是一个思想庞杂、标准凌乱而习尚朝夕变化的时代，冲动的古老如彼，而环境的飘忽如此，我们又怎样能很轻易地下一个'自然'或不自然而'邪僻'的判断呢？……西方的社会只是西方的社会，也没有权力替别的社会说话，又何况西方社会所有的性的观念原来就染上了许多很不相干的色彩呢？"潘光旦译，三联书店，1987 年，第 118 页。

夫之《诗广传·邶风》说："藏者必性生，而情乃生欲，故情上受性，下授欲。""性——情——欲"构成艺术心理中首尾相连的链条。讨论艺术心理中的情，往往会关系到理与欲；处理艺术心理中的理与欲，又不能撇开情。对于情的态度，对于情在人们的心理活动中的地位的看法，是艺术心理思想的一个关键之点。

更进一步细致考察，在文学艺术的各个门类、各种体式中，作者对情、理、欲三者的关系的态度，三者在各种门类、各种体式的文本构成中的比重，又有差别，有时甚至是很大的差别：有的文学艺术门类和体式是重理，有的则是重情，对于欲的涉及，彼此的深浅程度更可以很不相同。例如，词和诗，对于情欲的表现，就明显地不一样。欧阳修，乃有宋一代大家，其古文和诗作皆为言志载道，恪守儒家规范，但他的词，却细写男女之情，以致被维护他的人认为是仇家栽诬的伪作①。罗大经《鹤林玉露》引杨东山之言，说"文章各有体"，欧阳修之文"温纯雅正，蔼然为仁者之言，粹然为治世之音"，"虽游戏作小词，亦无愧唐人《花间集》"②。"治世之音"与"花间体"乃两重天地，却出于一人之手。这种情况在宋代绝非仅见之于欧阳修一人，尤侗《西堂杂俎》说："以寇平仲之刚，而曰'柔情不断如春水'；范希文之正，而曰'眉间心上，无计相回避'；欧阳永叔之忠，而曰'无人说与相思，近日带围宽尽'。三公名垂宇宙，不以颣其白璧。"③ 三人写男女柔情之作都不在诗而在词中。谢章铤《赌棋山庄词话》说："宋人亦何尝不尚艳词？功业如范文正，文章如欧阳文忠，检其集，艳词不少。盖曼衍绮靡，词之正宗，安能尽以铁板铜琶相律？"就

---

① 宋代曾慥《乐府雅词序》："欧公一代儒宗，风流自命，词章幼眇，世所矜式。当时小人或作艳曲，谬为公词，今悉删除。"宋代陈振孙《直斋书录解题》说：《六一词》"其间多有与《花间》《阳春》相混者，亦有鄙亵之语一二厕其中，当时仇人无名子所为也。"见洪本健编：《古典文学资料汇编·欧阳修资料汇编》，中华书局，1995年，第213页、第397页。

② 洪本健编：《古典文学资料汇编·欧阳修资料汇编》，中华书局，1995年，第386页。

③ 寇准字平仲，其《江南春》有"柔情不断如春水"，又作"愁情不断如春水"；范仲淹字希文，其《御街行》有"残灯明灭枕头欹，谙尽孤眠滋味。眉间心上，无计相回避"，杨慎《词品》也说，"范文正公、韩魏公一时勋德众望，而范有《御街行》词，韩有《点绛唇》词，皆极情致"。"恨无人、说与相思，近日带围宽尽。"乃陆淞《瑞鹤仙》中的句子。

是说，诗多为言志，词多为言情，且多言“绮靡”之情。产生这种情况的一个重要原因是，在中国古代，诗和词曾经是社会不同层次和不同类型文化的表征，而在这些不同文化层次里有不同的伦理准则。诗属于庙堂朝会的文化，词属于青楼酒肆的文化。叶梦得《避暑录话》说：“柳耆卿为举子时，多游狭邪，善为歌词，教坊乐工，每得新腔，必求永为词，于是声传一时。”《艺苑雌黄》载，有人向宋仁宗举荐柳永出任官职，这位皇帝回复：“得非填词柳三变乎？……且去填词！”柳永于是“日与儇子纵游倡馆酒楼间，无复检率”，他索性完全不受上层社会“理”的约束。徐度《却扫编》谈到柳永说：“其词虽极工致，然多杂以鄙语，故流俗人尤善道之。其后，欧、苏诸公继出，文格一变，至为歌词，体制高雅，柳氏之作，殆不复称于文士之口，然流俗好之自若也。”在这里，我们踏上了艺术心理学与社会心理学的交界。词之言情，与词的文化生态环境相关，一旦远离青楼酒肆，远离“狭邪”，词人的理欲观随之改变，词的风格和内容也就改变了。紧接着，小说戏曲创作兴盛，为情欲的表现提供了新的天地，提出和宣扬了崭新的理欲观。

第一节　礼教对于摹仿的艺术的排斥和压制

小说和戏剧属于所谓“摹仿的艺术”，它们可以全方位地展示人们五光十色的外在生活和细腻微妙的内心世界，这种文体特性决定了，总体上说，它们很难把人的情爱婚恋这种最常见最重要的内容，排除在自己的描写对象之外。

在古希腊，柏拉图对不同类型的文艺持很不相同的态度，原因在于他认为它们体现了不同的伦理倾向，对理、欲、情有不同的处理原则。他借苏格拉底之口说：“凡是诗和故事可以分为三种：头一种是从头到尾都用摹仿，像你（指阿德曼特）所提到的悲剧和喜剧；第二种是只有诗人在说话，最好的例也许是合唱队的颂歌；第三种是摹仿和单纯叙述掺杂在一起，史诗和另外几种诗都是如此。”他显然很不信任、很不喜欢“从头到尾”用摹仿的艺术：“一个好人若是要叙述到一个好人的言行，我想他愿意站在那好人本人的地位来说话，不以这种摹仿为耻。他对于那好人的坚定聪慧的言行，会特别摹仿得认真；若是那好人遭遇到疾病，恋爱，沉醉或是其他不幸的事，他就摹仿得少些。但是他若是要叙述一个不值得他瞧得起的人，他就不会肯认真去摹仿那个比他低劣的性格。”“卑鄙丑恶的事就不能做，也不能摹仿，恐怕摹仿惯了，就弄假成真。”“如果有一位聪明人有本领摹仿任何事物，乔扮任何形状，如果他来到我们的城邦，提议向我们展览他的身子和他的诗，我们要把他当作一位神奇而愉快的人物看待，向他鞠躬致礼，但是我们也要告诉他：我们的城邦里没有像他这样的一个人，法律也不准许有像他这样的一个人，然后把他涂上香水，带上毛冠，请他到旁的城邦去。至于我们的城邦哩，我们只要一种诗人和故事作者：没有他那副悦人的本领却比他严肃；他们的作品须对于我们有益；须只摹仿好人的言语，并且遵守我们原来替保卫者们设计教育时所规定的那些规范。”① 他这些话是什么意思，与我们的论题有什么关系呢？他在这里提出，在文学艺术中摹仿“任何人”，特别是摹仿恋爱，摹仿“低劣的性格”，对社会的道德会起到坏的作用，因而是必须禁止的。摹仿的艺术包括史诗、小说、戏剧等等。

柏拉图没有能够阻止古希腊和其后古罗马以及整个欧洲摹仿艺术的发展，没有能够阻止欧洲文学艺术对人的情欲的“摹仿”，阿里斯托芬的喜剧以及希腊的许多戏剧，荷马的两大史诗，都广泛涉及两性关系；表现男女人体美更是希腊的雕塑的主要题材。而在古代中国，摹仿艺术的发展却反常地迟滞。造成这种反常情况的深层原因，是希腊的城邦制度与中国的宗法制度的不同。在中国，直接排斥模仿艺术的，是“温柔敦厚”、“思无邪”、“乐而不淫”的美学传统，是美学传统背后极端强调男女之大防的伦理传统的强大力量。直到唐代，在相对稍显宽松的环境中，传奇小说才有一个不长时期的兴盛；直到元代，异族文化的进入，戏曲才得以异峰突起；直到明代，随着城市经济的繁荣，市民阶层的娱乐需要，白话小说才获得发展空间。虽然如此，小说戏曲依然要受到压制、排挤和禁毁。文人著述和官方文告对小说戏曲不停地讨伐。兹举数例如下：

小说始于唐人，凿空撰为新奇可喜之事，描摹刻酷，鄙琐秽亵，无所不至，若《太平广记》是也。宋元而下，泛滥斯极。然既为小说，士君子不观，吾无责焉耳，若古文则经国之大业也，小说岂容阑

---

① 柏拉图：《文艺对话集》，朱光潜译，人民文学出版社，1963 年，第 50—56 页。

入！（清代李绂《穆堂别稿》卷四十四“古文辞禁八条”）

……又以经史正文，词义深奥，难于诵习，专取各种无稽小说，日事披览，而人心渐即于偷……如经为学问根底，自应悉心研讨，至诸子百家，不过供文人涉猎，已属艺余；乃乡曲小民，不但经史不能领悟，即子集亦束置不观，唯喜瞽词俗剧，及一切鄙俚之词；更有编造新文，广为传播，大率不外乎草窃奸宄之事，而愚民之好勇斗狠者，溺于邪慝，转相慕效，纠伙结盟，肆行淫暴，概由看此等书词所致，世道人心，大有关系，不可不重申严禁。（《大清仁宗睿皇帝圣训》卷十六“文教一”）

每见吴越间缙绅燕会，即不张乐，幕宾亦以曲声唱和为常。愚谓雅歌投壶，古人之盛事也，与其以淫曲导欲增悲，曷若复古诗歌，更唱迭和之为雅哉！（明代管志道《从先维俗议》）

家中无令童仆演学唱戏，盖戏乃妖冶之态，淫滥之音，习见习闻，令人渐渐惑乱，男子必放荡务外，妇女或邪心暗动，以至出乖露丑，败坏门风。（清代石成金《家训钞》）

自元人王实甫、关汉卿作俑为《西厢》，其字句音节，足以动人，而后世淫词，纷纷继作。……尝思人之行淫，犹畏人知者，谓此事猥鄙，不敢令人知耳。是所行虽恶，而羞恶之良心犹未尽泯也。今乃谱为传奇，播诸声容，使人昭然共见之、共闻之，则是淫奔大恶，不为可羞可罪之秽行，反为可歌可舞之美谈矣，是劝世以行淫，莫大于此矣。（清代汤来贺《内省斋文集》七）①

造成这种情况的根本原因，是中国的社会、政治制度。中国可能从西周开始，对于男女之别，就有很严格的规定。《周易·家人》彖辞说：“女正位乎内，男正位乎外。男女正，天地之大义也。”《礼记·内则》篇说：“男不言内，女不言外。非祭非丧，不相授器。……外内不共井，不共湢浴，不通寝席，不通乞假，男女不同衣裳。内言不出，外言不入。”到了宋代，司马光在《书仪·居家杂仪》中又不厌其烦地申述：“凡为宫室，必辨内外。深宫固门，内外不共井，不共浴堂，不共厕。男治外事，女治内事。

① 转引自《元明清三代禁毁小说戏曲史料》，上海古籍出版社，1981年，第226页、第56页、第172页、第175页、第302页。

男子昼无故不处私室，妇人无故不窥中门。有故出中门，必拥蔽其面（如盖头、面帽之类）。男子夜行以烛，男仆非有缮修及有大故（大故谓水火盗贼之类），亦必以袖遮其面。女仆无故不出中门（盖小婢亦然），有故出中门，亦必拥蔽其面。铃下苍头，但主通内外之言，传致内外之物，毋得辄升堂室、入庖厨。”小说、戏曲却打破这些界限，让读者观众清楚看到对内外各种场景的生动描画。发出以上言论的人，都看到小说戏曲强大的摹仿功能和这种功能所产生的巨大魅力，特别是激发人们的情爱心理的魅力，担心这种魅力“惑乱人心”。他们的担心并不是多余的，事实上，正是在小说戏曲中，中国古代的理欲观取得了最可贵的巨大进步。

第二节　小说、戏曲中的情欲的正面表现

《诗经》和汉乐府中早有对于情爱的咏诵，但体裁所限，毕竟难以展开。真正细腻的描叙，应是从唐时开始——中国文学中成熟的小说始见于唐代，中国文学中正面细致的情欲描写也始见于唐代。唐人传奇中叙写情欲的，可分两大类：第一类是正面铺排开来写欲的，有张鷟的《游仙窟》；另一类则是主要写情而较少甚至完全不涉及欲，它们代表唐传奇的思想与艺术成就，并对后世产生重大影响，其中有白行简的《李娃传》、蒋防的《霍小玉传》、元稹的《莺莺传》、陈鸿的《长恨歌传》和白居易的《长恨歌》、李朝威的《柳毅》等。这两类小说的各自特色，它们在当时和后世的命运，是我们研究古代理欲观的重要而有趣味的资料。

《游仙窟》是一篇奇特的作品，它不止是详细地叙写情欲心理，而且有大段的性行为描写。这篇作品值得重视和探究的有：第一，在性的问题上的大胆和坦率。虽然东汉蔡邕曾有《青衣赋》[①]，描写作者与一青衣少女相遇并欢度一宵的故事，但写得朦胧隐约，含而不露。而《游仙窟》以第一人称，主人公用真名实姓，甚至自叙家世，文中毫不掩饰自己对性的欲望和追求，没有羞涩感，把性看作是自然的正当的事情，这在中国古代文学中极为罕见，而和欧洲从薄伽丘的《十日谈》到劳伦斯的《查太莱夫人的情人》相近。第二，这篇小说在中国早就失传，近代才从日本寻访回本土。作者张鷟，《旧唐书》《新唐书》均有传，谓其“天下知名”，并非等

① 见《艺文类聚》卷三十三。

闲之辈。《旧唐书》本传说，“新罗、日本、东夷诸蕃尤重其文，每遣使入朝，必重出金贝以购其文，其才名远播如此。”而在本国，因为“性褊躁，不持士行，尤为端士所恶”。《新唐书》本传说他“傥荡无检”、为文“浮艳少理致”。“端士”厌恶，并不是说国人都不喜欢，《旧唐书》本传同时还说，“无贤不肖，皆记诵其文”。当时外国使节就感叹：“国有此人而不用，汉无能为也。”下层读者，外国人和“端士”的分歧，显然不在艺术方面，而在小说所表达的理欲观。它的长期在本土失传，原因应该是在与中国的主流伦理观的不相容①。第三，小说汲取了民间俗文学的资源，接受了民间的性观念、民间的理欲观。小说中张文成与十娘调笑，所吟的咏物词——咏刀子、熨斗、笔砚、酒勺子等等，全是性事的隐喻，和敦煌石室诗集的某些民间曲子很是相似，例如，《下女夫词·逢锁诗》用钥匙开锁隐喻男女交合②。可以设想，张鷟是模仿甚至是借用通俗文学中类似曲词。他的这篇作品也可以看作民间俗文学与文人雅文学嫁接的果实。

《游仙窟》写得似梦似实，似是仙界，似是人间。篇中云：“梦中疑是实，觉后忽非真。”男女主人公互表钦慕，男子称女子若仙人，“此是神仙窟也”；女子称男子玉貌更胜于文章，“此是文章窟也”。这篇作品，既是性心理的宣泄，又是文人逞才炫技之作，是作者的一场白日梦。

《游仙窟》因很早失传，也因为其艺术水准不高，在情节的组织和人物的刻画上，都较为粗疏，对其后中国文学影响很弱。发生较大的较久远影响的是第二类，它们写情而较少写欲。陈玄祐《离魂记》一篇，写王宙与倩娘表兄妹二人，“长私感想于寤寐”，但被迫分离，倩娘魂追王宙，结为恩爱夫妻，多年后回家探亲，离魂与原身“翕然而合为一体”。同样故事被《太平广记》采入的，还有《幽明记·庞阿》、《灵怪录·郑生》和

① 参见汪辟疆《唐人小说》中《游仙窟》按语：“按《游仙窟》不传于中国，至日本人推重其书，则自唐以来，迄今弗衰，故文学蒙其影响。”上海古籍出版社，1978年，第42页。

② 诗的内容是：“锁是银钩锁，铜铁相铰过；暂用铜匙开，且放刺史过。”这类作品在后世的民间情歌中屡见不鲜，显然是在久远时代和广大地域流传，参见明代冯梦龙编《挂枝儿·咏部八卷》，收入《明清民歌时调集》，上海古籍出版社，1987年，第181—222页。《下女夫词》中女子在考问前来求亲的男子之后，诵道：“立客难发遣，展褥铺锦床。请君下马来，模模便相量。”有学者曾指出：“敦煌文书《下女夫词》里的婚姻礼俗有助于解读唐人传奇《游仙窟》的故事内容。”见张国刚：《敦煌文献与中古社会研究——纪念敦煌石室遗书发现百年》，《光明日报》2000年6月23日。

《独异记·韦隐》，看来是唐人所乐于传写。元代郑德辉改编成《倩女离魂》。这篇小说就没有生理欲望的描述。但是，唐人小说所咏歌的情爱，大都与礼教乖违。它们写到爱情与功名、钱财的冲突。《任氏传》赞美一只修炼成精的狐狸：“嗟乎！异物之情也，有人道焉，遇暴不失节，徇人以至死，虽今妇人，有不如者矣。惜郑生非精人，徒悦其色而不征其情性。向使渊识之士，必能揉变化之理，察神人之际，著文章之美，传要妙之情，不止于赏玩风态而已。”作者理想的男女之情，不停留在赏玩风态，当然也不排斥赏玩风态。《李娃传》里，荥阳公子把男女之情看得比登科上第、比资财更重要。篇中借老女人之口说：“男女之际，大欲存焉，情苟相得，虽父母之命，不能制也。”两位年轻的男女主人公正是这样去做的。此篇被元明人改编成不同的剧本。《李章武传》：“今与之别累年矣，思慕之心，或竟日不食，终夜无寝。”“在冥录以来，都忘亲戚，但思君子之心，如平昔耳。”汪辟疆：“此文叙述婉曲，凄艳感人。蒲氏《志异》，专学此种。”所谓“此种”传统，指的是情的执著、坚贞。《柳毅》写双方从人格的吸引到情爱的滋生，龙女说：“始不言者，知君无重色之心；今乃言者，知君有感余之意。”

《游仙窟》反映的是文人偶或为之的风流韵事，表现他们的游戏人生的理欲观念；真正民间的理欲观念，比这更要开放，更多对于人、对于人性的尊重；民间的观念在明代白话小说中得到表现。《古今小说》第一篇《蒋兴哥重会珍珠衫》，写那位在丈夫离家期间与人偷情的女子，被发现之后，愧悔难当，悬梁自尽，她的母亲劝她说：“你好短见，二十多岁的人，一朵花还没有开足，怎做这没下梢的事！莫说你丈夫还有回心转意的日子，便真个休了，恁般容貌，怕没人要你？少不得别选良姻，图个下半世受用。”甚至那位被欺骗的丈夫，赶回家乡，“望见了自家门首，不觉堕下泪来。想起当初，夫妻何等恩爱，只为我贪着蝇头微利，撇他少年守寡，弄出这场丑来，如今悔之何及”，这与正统的节烈观针锋相对。《初刻拍案惊奇》第六卷的正文，是写秀才娘子巫氏被骗失身后含恨报仇，入话作为对比，写贵妇人狄氏受浪荡子滕生诱骗，当时却是“欢喜不尽”，说是“若非今日，几虚做了世人”。此入话情节见冯梦龙所编《情史》卷三“狄氏”，依据的蓝本是《说郛》中的《清尊录》，那里不但有相同的描写，而且还有滕生卑劣地索回珍珠，即便如此，狄氏“终不能忘生，夫出，辄召与通”。这里隐含了对于缺乏性爱的婚姻的批判。

更深入的对情与欲的理解和更细腻的对情与欲的表现，在戏曲剧本和白话长篇小说之中。所以如此，一方面是因为这两种体式篇幅大，有足够的容量；另一方面更因为到了明清，社会结构的变化，时代思潮的奔涌，带来的全新氛围和气象。《牡丹亭》与唐人传奇中《柳毅》不同，它不铺叙男女双方情感萌生、发展的渐进过程，不强调思想品德或才学上的双方相互倾慕，直截了当地突出青春期性的觉醒：春光流转中春情难遣，“似虫儿般蠢动把风情扇”，游春感伤致使从未见过面的秀才入了小姐的梦境，梦酣春透，一番欢会。作品以冬烘学究陈最良为陪衬，他信奉孟子“收其放心”之说，一辈子“从不晓得伤个春，从不曾游个花园”。这里把自然伸展的人性与桎梏人性的礼教的对立揭示出来，“书要埋头，那景致则抬头望”，这类文学作品正要读者抬起头来，挣脱束缚，享受人的权利。《红楼梦》第二十三回“《西厢记》妙词通戏语，《牡丹亭》艳曲警芳心”，写宝黛二人对这两部戏曲的激赏，写黛玉听了“如花美眷，似水流年”、“幽闺自怜”等句，如醉如痴，心痛神驰，正印证了汤显祖叫人“抬头看景”的意旨的实际作用。每部经典作品都有其时代的针对性，《牡丹亭》生活在明末思想动荡开拓的时期，它针对的是禁欲的理学传统，所以强调的是自然人性。

对情与欲关系的探索，是一个古老的课题。钱穆说：“依照中国人观念，奔向未来者是欲，恋念过去者是情，不惜牺牲过去来满足未来者是欲，宁愿牺牲未来来迁就过去者是情。中国人观念，重情不重欲。男女之间往往欲胜情，夫妇之间便成情胜欲，中国文学里的男女，很少向未来的热恋，却多对过去之深情，中国观念称此为人道之厚，因此说温柔敦厚诗教也。”① 这话虽不无依据，却不能概括整个中国传统。《牡丹亭》既重情也重欲，把男女之欲写得炽烈而清纯，“热恋”而又“深情”，体现一种富有生命力的健康的情欲观。《红楼梦》继承了《诗经》、汉乐府、唐人传奇以及元明戏曲小说情欲观的许多有益成分，并实现一个飞跃，它的杰出，就是用生动的艺术形象，回答了情与欲的不可分割和情与欲的不可混同这样一个难题。警幻仙姑关于“好色即淫、知情更淫”，“淫虽一理，意则有别”的议论，在贾琏、贾瑞、薛蟠、贾宝玉、晴雯、袭人、尤三姐、王熙凤，这些人物各有自己对待情与欲的态度上体现出来。霭理士说：“欲和

① 钱穆：《湖上闲思录》，三联书店，2000年，第9—10页。

爱的分别，是不容易用言辞来得到一个圆满的界说的。”他又说：“……我们也可以响应哲学家康德的说法，认为性冲动是有周期性的一种东西，所谓恋爱，就是我们借了想象的力量，把它从周期性里解放出来，而成为一种有绵续性的东西。”① 男女之真情，爱情，是性的吸引与思想情感之契合的叠加，是自己的满足于对对方的体贴的融合。

第三节 理欲关系中主体的自律与自由

明清白话小说中有不少色情作品，它们是书商为了牟利而怂恿文人写作的。作者在这类小说里常常要声明，所以详悉描写性事，不是为了诲淫，恰是为了警世。这当然是一种饰辞。不过，他们也寻找一些理论根据，这些理论根据又代表了长期在中国社会发生广泛影响的理欲观。其一，是故事加一个报应的框架或着尾巴，然后说，“福善祸淫，果报不爽”，贪色的后果是误国亡身。如《警世通言》第三十三卷《乔彦杰一妾破家》末尾的诗所说“从来好色亡家国”；也如《古今小说》第三卷开头所说：“……且如说这几个官家（指周幽王、陈灵公、陈后主、隋炀帝、唐明皇）都只为贪爱女色，致于亡国捐躯。如今愚民小子，怎生不把色欲警戒!”东吴弄珠客《金瓶梅序》说：“此书为世戒，非为世劝也。”“读《金瓶梅》而生怜悯心者，菩萨也；生畏惧心者，君子也；生欢喜心者，小人也；生效法心者，乃禽兽耳。”这些作品果真能让读者生畏惧心吗？如果对照这些作品里津津有味地对男女性事的铺排、渲染，很有些反讽意味。清代李仲麟认为，即使作者之心在使人警戒，读者也未必当作警戒，这就是所谓“讽一劝百”。他在《增订愿体集》中说：“若作淫词艳曲，原以儆戒人为恶，人乃略视其戒，或竟痴心想慕，将效为恶，纵恶事未必即行，而作者之心血造孽实多。即如《翠屏山》之潘巧云，前有入寺行淫，后即有杀身之祸，作者正所以戒奸淫也；人乃思效其淫，而忘杀身之祸。如《浣纱记》之吴王夫差，前有采莲行乐，后即亡国杀身，正以戒极乐也。人唯善慕其乐，而略亡国之惨。此非独看者之过，抑亦作者之过也。”② 文学作品是以艺术

---

① 霭理士：《性心理学》，潘光旦译，三联书店，1987年，第429—430页。

② 转引自《元明清三代禁毁小说戏曲史料》，上海古籍出版社，1981年，第245页。

形象影响读者的，如果形象的描叙是色情的内容，而后不论加上多少道德的说教，后者显然也是不会有实际效用的。《肉蒲团》是一部典型的色情小说，其文字水平较高，作者执笔时对社会大众心理亦有较多考虑。其第一回里说，人们喜读稗官野史，而厌读讲述忠孝节义的书，若著道学之书劝人为善，往往会被用来盖家里的坛子，或者撕开来卷烟。那么，应该怎样做呢？小说写道，齐宣王对孟子说“寡人好色”，孟子认为他仍然可以行王政。所以，读《肉蒲团》，在欣赏男女之情同时，不也可以得到点化、针砭吗？高罗佩说，《肉蒲团》中许多描写显示出作者“对心理现象的洞察力”①；我们可以补充说，它还显示了作者对社会文学接受心理的了解和迎合。但是，《肉蒲团》也不能摆脱“报应戒淫”的俗套，依然是“止淫风借淫事说法”，“劝人息欲，不是劝人纵欲”，而最终还是“讽一劝百”。

其二，极写外表美与内质丑的对立，进而说世间一切美色，即使外貌十分漂亮，内里也全都很丑恶。如《聊斋志异》的《画皮》，二八姝丽，其实乃是狞鬼，“面翠色，齿巉巉如锯”。《西游记》里花容月貌的女子，使猪八戒动了凡心，其实是白骨精，在孙悟空的金箍棒下还原为一堆枯骨。推而广之，一切男女，都不过是精血构成，都是丑陋的。这种写法的思想渊源是，以佛家的不净观做小说的警世、醒世作用的心理学依据。所谓“不净观”，就是将世人肉眼看到的俊男、美女，观想为白骨、浓血。所有的人，都是不净。中国古代的“不净观”，更多地是针对女子而言，包含了对女性的不尊重。《出曜经》有佛开导信徒的对话：“佛言：‘汝以女为好耶？’曰：‘从头至足，周旋观之，无不好也。’佛言：‘惑哉，肉眼！吾观从头至足无一好也。汝见头上有发，发但是毛，象马之尾，亦皆尔也；发下有髑髅，髑髅是骨，屠家猪头，骨亦皆尔；头中有脑，脑者如泥，臊臭逆鼻，下之著地，莫能蹈者；目者是池，决之纯汁。鼻中有洟，口但有唾，腹藏肝肺，皆尔腥臊，肠胃膀胱，但盛屎尿。四肢手足，骨骨相拄，筋挛皮缩，但恃气息以动作之。譬如木人，机关作之，作之既讫，解剥其体，节节相离，首足狼籍。人亦如是，好在何处？’”男人也不例外，《摩邓女经》说：“佛告摩邓女：‘汝爱阿难何等？’女言：‘我爱阿难

① 高罗佩：《中国古代房内考》，李零、郭晓惠译，上海人民出版社，1990 年，第 399 页。

眼，爱阿难鼻，爱阿难口，爱阿难耳，爱阿难行步。’佛言：‘眼中但有泪、鼻中但有涕、口中但有唾、耳中但有垢、身中但有屎尿，臭处不净。其夫妻者，便有恶露；恶露中便生儿子。已有儿子，便有死亡；已有死亡，便有哭泣。于是身中，有何所益?’”佛教的不净观，对中国人的性观念影响很大，长期以来，人们习惯把性看作不洁之事，把性心理看作低级、丑陋的心理，应该竭力回避和排除。清代康熙年间周安士的《欲海回狂》，告诉人们如何抑制、消除性的冲动，全书“凡例”介绍说：“淫欲之源，皆生于爱。爱心不断，如草留根，向春复发，故中卷‘不净等观’，皆从未有淫欲之前，断其或有淫欲之念，身体力行，方见其妙。”此书中卷有“不净观”，“颂语”说，“纵有天仙女，还同癞乞形。何况凡间妇，本是革囊成”；“此观得成就，拔去爱淫根。作此观想后，欲念顿然轻”；还有问答，问：“纲常名教之防，莫过于礼。男女有别，非礼勿视，便是戒淫。何必设不净等观，作此污秽之想?”答：“男女之道，人之大欲存焉。欲火动时，勃然难遏。纵刀锯在前，鼎镬随后，犹图侥幸于万一。若独藉往圣微词，令彼一片淫心，冰消雪解，此万万不可得之数也。且夫理之可以劝导世人，助扬王化者，莫如因果之说矣。独至淫心乍发，虽目击现在因果，终不能断其爱根。唯有不净二字，可以绝之，所谓禁得十分不如淡得一分也。论戒淫者，断以不净观为宗矣。”不净观把性视为污秽、丑恶，是中国传统中一大弊端，这种观念支配了大多数古代涉及情欲、性爱的小说戏曲作品。历来色情小说，又要细写性的活动的过程，以此招徕读者；又要把性归之于淫，归之于丑，归之于恶。对不净观的分析批判，是区分色情文学、春宫画与正当地表现性爱的文艺作品的一个关键。《红楼梦》与它前后许许多多色情小说的根本区别，是它包含了净观的性观念。《红楼梦》通过警幻之口提出“意淫”说：“淫虽一理，意则有别。如世之好淫者，不过悦容貌，喜歌舞，调笑无厌，云雨无时，恨不能尽天下之美女供我片时之趣兴，此皆皮肤淫滥之蠢物耳。如尔则天分中生成一段痴情，吾辈推之为‘意淫’。‘意淫’二字，惟心会而不可口传，可神通而不可语达。”这里，区分了仅仅停留于生理欲望和精神境界的追求，自我的片面满足与双方的情投意合。在五四时期，外国新思潮被引进，对不净观的批判才逐渐受到关注。周作人《读〈欲海回狂〉》说得对，“性的不净思想是两性关系最大的敌”；“净观的性教育则是认人生，是认生之一切欲求，使人关于两性的事实有正确的知识，再加以高尚的趣味之修养，庶几可以有效”[①]。薄伽丘和拉伯雷的作品，表现的正是净观的性观念，五四新思潮给中国文学带来的，也是净观的性观念。

对于明清白话小说中真正的色情作品，也需要从艺术心理学给以科学的剖析。美国学者莫达尔在《爱与文学》中谈到，对于真正不正经、不道德的文学，也需要做深入的细致的科学分析。他说，人们习惯于从道德的观点对待那些文学作品，心理学则提供了新的视角。“这种文学应该加以解析，其来源也应详加追究。”[②] 从心理科学研究这类小说的创作和接受心理，方有可能找到正确有效地对治之道。古代小说戏曲中所谓“惩戒淫欲”，力图造成人对性的畏惧，或对性的憎嫌，用消极的办法来扼制人们性的欲望，这违背人性的自然规律。

李仲麟《增订愿体集》中说，“故凡淫词小说，在作者能度看者之心，则落笔自然不苟；在看者能揣作者之旨，则淫书亦可论道”[③]。他所要求的，是一种当时难以实现的理想。艺术心理学研究引出的结论是——好的小说，可以把读者生理上性的欲望，提升到审美的境界；理性的读者，可以从小说中性的描写，体悟出哲学道理。

迎合读者的生理刺激的要求属于低级层次，文艺家应该做的是帮助读者提升。王国维《红楼梦评论》说：“故美术之为物，欲者不观，观者不欲；而艺术之美所以优于自然之美者，全存于世人易忘物我之关系也。”“夫优美与壮美，皆使吾人离生活之欲，而入于纯粹之知识者。若美术中而有眩惑之原质乎，则又使吾人自纯粹知识出，而复归于生活之欲。如粔籹[④]蜜饵，《招魂》《七发》之所陈；玉体横陈，周昉、仇英之所绘；《西厢记》之《酬简》，《牡丹亭》之《惊梦》；伶元之传《飞燕》，杨慎之赝《秘辛》：徒讽一而劝百，欲止沸而益薪。”“故眩惑之于美，如甘之于辛，火之于水，不相并立者也。”[⑤] 王国维区分眩惑与优美、壮美，是正确的、有意义的，他把《牡丹亭》《西厢记》都归入眩惑，则是不正确的。中国古

---

① 钟叔河编：《周作人文类编·上下身》，湖南文艺出版社，1998 年，第 28—30 页。

② 莫达尔：《爱与文学》，郑秋水译，湖南文艺出版社，1987 年，第 9 页。

③ 转引自《元明清三代禁毁小说戏曲史料》，上海古籍出版社，1981 年，第 245 页。

④ 古代一种点心。

⑤ 《王国维文集》第一卷，中国文史出版社，1997 年，第 4—5 页。

代小说中，写到性爱，确实眩惑的多。明末沃焦山人《春梦琐言序》称，《游仙窟》“极淫亵”，房中书如《求嗣篇》“但说方技”，讲性技巧，都不可取。而《春梦琐言》“妙随手而生，情循辞而兴，宛然如从房栊间窥观者”①，这正道出了这部小说和中国古代大多数性爱小说的痼疾，那就是始终带着浓浓的窥淫癖，从门缝里、从窗纸的小孔里窥视，是窥视性的想象，是不净观和眩惑术的绞合所生的怪胎，不过用华丽的修辞重复房中书的内容罢了。

以实例来说，关于劳伦斯的《查泰莱夫人的情人》的激烈争论，有助于我们区分眩惑与优美。此书日译者伊藤整说，这部小说对于性采用了“宗教式的写法”，远离人的身体感觉的具体性而成为心理的象征，将被现代资本主义文明所封闭的人带回真正的生命之中，从性的愉悦把握人的思想②。郁达夫评论《查泰莱夫人的情人》说，假如我们用一种纯洁的心去读这本书的时候，我们便要发觉那些骚动不安的场面背后，是蕴蓄着无限的贞洁的理想的。他是从接受心理从生理欲望到审美理想的提升。

人的正常欲望不应该压抑，人需要的是，在对自然和社会规律认识的基础上的清醒选择。卢梭早就指出：“服从自己制定的法律就是自由。”在性的问题上，在性的心理中，自律与自由也是相互依存的。康德在《实践理性批判》中论述，道德的律令来源于主体心中的信念，“假定有人为自己的淫欲的爱好找借口说，如果所爱的对象和这方面的机会都出现在他面前，这种爱好就将是他完全不能抗拒的：那么，如果在他碰到这种机会的那座房子跟前树立一个绞架，以便把他在享受过淫乐之后马上吊在那上面，这时他是否还会不克制自己的爱好呢？我们可以很快猜出他将怎样回答。但如果问他，如果他的君王以同一种不可拖延的死刑相威胁，无理要求他对于一个君王想要以莫须有的罪名来坑害的清白人提供伪证，那么这时尽管他如此留恋他的生命，他是否仍会认为克服这种留恋是有可能的呢？他将会这样做还是不会这样做，这也许是他不敢作出肯定的；但这样做对他来说是可能的，这一点必定是他毫不犹豫地承认的。所以他肯定，

① 沃焦山人：《春梦琐言序》，见《明清稀见小说丛刊》，齐鲁书社，1996 年，第 945—946 页。

② 参见《译海》编辑部：《审判查泰莱夫人的情人》，花城出版社，1996 年，第 247—250 页。

他能够做某事是因为他意识到他应当做某事，他在自身中认识到了平时没有道德律就会始终不为他所知的自由”①。僧侣禁欲主义包含对人性的不尊重和不信任，把美德歪曲为令人厌恶的苦行；禁欲主义、不净观支配下的文艺作品，不能带来优美或崇高的情感。人们自觉自愿地遵守道德律令，不是由于害怕地狱里的惩罚，不是为了服从神的诫命，而是内在而通过理性概念自发产生，对道德律的服从才不是被迫无奈，而是自由自主的决定。文学艺术作品，可以描写正当的情欲，更应该表现理性的道德观。研究明清小说戏曲中不同性质的作品，可以帮助我们把对这个问题的认识深化。当然，理性概念及其产生的道德律令，因时代和民族而有不同。歌德在与爱克曼的谈话中，称赞中国的一部小说：描叙一对钟情的男女在长期相识中贞节自持，有一次他们不得不在一间房里过夜，就谈了一夜话，谁也不惹谁。正是这种在一切方面保持严格的节制，使得中国维持到几千年之久。贝朗瑞的诗歌和这部中国传奇形成了极可注意的对比。贝朗瑞的诗歌几乎每一首都根据一种不道德的淫荡题材……中国诗人那样彻底遵守道德，而现代法国第一流的诗人却正相反，这不是极可注意吗？明代徐渭则认为，小说里写的曹操把关羽和刘备的夫人关在一间房里，关羽明烛达旦，传为佳话，其实，“盖到此田地，虽庸人亦做得，不足为羽奇”②。这是因为，不可乱伦，不可与朋友之妻有染，成为中国大多数人自愿遵守的道德律令。他们这样做，不以为苦，不以为难，而是得到一种高尚的快乐。

第十五章　狂禅作风与文学创作和批评态度

理学从宋代走到明代，到了王守仁那里，到了所谓王学左派即泰州学派那里，内容、形态都发生了很大的变化。这种变化不只是可以由观点方面看出，而且在作风上表现得更为突出。朱熹等人要求，“绌去义利双行、王霸并用之说，而从事于惩忿窒欲、迁善改过之事，粹然以醇儒之道自律”③。王守仁等却与之相左，讲利、讲欲，宣释其忿懥之气，与蔼然仁者、温柔敦厚的儒家气象迥然相异，自命为狂、傲视流俗。这首先从王守仁发

---

① 康德：《实践理性批判》，邓晓芒译，人民出版社，2003 年，第 38—39 页。

② 《奉师季先生书》，《徐渭集》第二册，中华书局，1983 年，第 456—457 页。

③ 《答陈同甫》之四。

端，《传习录》载，学生们与王守仁谈论，他功业势位日隆，天下谤议日众，主要原因在哪里。“先生曰：我在南都已前，尚有些子乡愿的意思在。我今信得这良知真是真非，信手行去，更不着些覆藏。我今才做得个‘狂者’的胸次，使天下之人都说我‘行不掩言’也罢。”① 他不在乎理学的信徒们说他狂，甚至认为“狂”是一种好的品质。王守仁在收王艮为徒的时候说：“吾党今乃得一狂者”，“此真学圣人者，疑即疑，信即信，一毫不苟，诸君莫及也”。王畿（王龙溪）是王守仁的嫡传弟子，“亲炙阳明最久”，他也表示：“宁为阔略不掩之狂士，毋宁为完全无毁之好人；宁为一世之嚣嚣，毋宁一世之翕翕。”② 王艮出身下层，幼时失学，他给阳明心学带来乡野平民气质，开创了泰州学派，使狂的作风注进新质。李贽的《为黄安二上人·大孝》说，当时阳明门徒遍天下，独有心斋（王艮号心斋）“最英灵”，“心斋真英雄，故其徒亦英雄也……一代高似一代”，“盖英雄之士，不可免于世而可以进于道”③。在泰州学派里，颜钧识字不多，他倡言“率性所为，纯任自然”④。何心隐是江西省试第一名，却甘心随颜钧学；罗汝芳是嘉靖三十二年（1553年）进士，谦恭地奉侍颜钧多年；罗汝芳本人则标榜“解缆放船，顺风张棹，则巨浸汪洋，纵横任我”⑤。李贽师事王艮的儿子王襞，在《豫约·感慨平生》中李贽自述：“余唯以不受管束之故，受尽磨难，一生坎坷，将大地为墨，难尽写也。”⑥ 有人指他说过“暴怒是学”，朋友替他抗辩，他却说：“每见世人欺天罔人之徒，便欲手刃直取其首，岂特暴哉!”⑦ “今世俗子与一切假道学，共以异端目我，我谓不如遂为异端，免彼等以虚名加我，何如?”⑧ 耿定向的《里中三异传》中称何心隐为“何狂”。这种狂的作风，还越出泰州学派范围，在部分文人中成为一时风尚。徐渭跟随季本“究王氏宗旨，谓道类禅，又去扣于禅”⑨；袁宏

---

① 《王阳明全集》，上海古籍出版社，1992年，第116页。
② 张元益：《龙溪墓志引》。
③ 李贽：《焚书 续焚书》，岳麓书社，1990年，第80页。
④ 《明儒学案》泰州学案一，中华书局，1985年。
⑤ 《明儒学案》泰州学案三，中华书局，1985年。
⑥ 李贽：《焚书 续焚书》，岳麓书社，1990年，第184页。
⑦ 李贽：《答友人书》，《焚书 续焚书》，岳麓书社，1990年，第58页。
⑧ 李贽：《复焦漪园》，《焚书 续焚书》，岳麓书社，1990年，第8页。
⑨ 陶望龄：《徐文长传》，《徐渭集》附录，中华书局，1985年。

道在陶望龄家读到徐渭作品，“称为奇绝”，谓“有明一人，闻者骇之”[①]。徐渭、祝允明、汤显祖以及稍后的金圣叹，都以狂纵简傲见称。

阳明心学之狂，是针对着程朱理学最大的流弊，即道学夫子们的虚伪而发，所以，他们不遗余力地挞伐乡愿。什么是“乡愿”？乡愿就是伪君子，就是言行相背的人。孔子在《论语》中说：“乡愿，德之贼也”。万章曾向孟子问到，孔子为什么在陈国思念鲁国之狂士，却憎恶乡愿，孟子回答说，乡愿的特点是：“言不顾行，行不顾言”，“非之无举也，刺之无刺也；同乎流俗，合乎污世；居之似忠信，行之似廉洁；众皆悦之，自以为是，而不可与入尧舜之道，故曰德之贼也”。一种道德规范被教条化，用行政的力量强制地推行，必然地产生大量的乡愿。乡愿的孳生、活跃，最终会加速这种道德规范的瓦解。明代当权在位信奉理学的一些人，就是乡愿。提倡狂禅，意在反对理学用外在的教条束缚人。王守仁与学生谈话，孔子教弟子各言其志，前面几个人“皆整顿以对”，唯有曾点“飘飘然”，自己去鼓起瑟来，“何等狂态”，及其言志，“都是狂言”，要是二程，“或斥骂起来了，省人乃复称许他，何等气象！圣人教人，不是个束缚他通做一般”，“圣人之学不是这等捆缚苦楚的，不是妆做道学的模样”[②]。这里明白地是批评理学家的死板僵化。有鉴于此，泰州学派主张乐学，王艮作有《乐学歌》：“人心本自乐，自将私欲缚，……乐是乐此学，学是学此乐。”这种主张经文人发挥，便有些放纵和游戏人生的味道。袁宏道称人生有五大乐，“目极世间之色，耳极世间之声，身极世间之鲜，口极世间之谈”，“远文唐宋酸儒之陋，近完一代未竟之篇”，并宣称“士有此一者，生可无愧，死可不朽也”。袁宏道之弟袁小修更有一首诗宣称：“人生贵适意，胡乃自局促。欢娱极欢娱，声色穷情欲。”金圣叹评点《西厢记》，评到“拷艳”一篇，忽然写下二十三个“不亦快哉”，其立意与袁氏兄弟相似，直到二十世纪还被林语堂所仿效，这是他们彰显其旷达与颓放的一种方式。总之，狂，是明代后期文人常见的创作心态。

从思想资源的借取来说，王守仁以及泰州学派，公开地大量地吸收禅宗的思想以及他们的论证方法。王守仁不讳言这一点：“释氏之说，亦自

---

① 陶望龄：《徐文长传》，《徐渭集》附录，中华书局，1985 年。

② 《王阳明全集》，上海古籍出版社，1992 年，第 104 页。

有同于吾儒，而不害其为异者，惟在于几微毫忽之间而已，亦何必讳于其同，而遂不敢以言，狃于其异，而遂不以察之乎！”① 王氏弟子黄绾的《明道篇》说，王守仁叫弟子读禅宗典籍：“又令看六祖《坛经》，会其本来无物，不思善，不思恶，为直超上乘，以为合于良知之至极。”泰州学派在这一点上，做得更加突出，黄宗羲《明儒学案·泰州学案》开篇就指出：“阳明先生之学，有泰州、龙溪而风行天下，亦因泰州、龙溪而渐失其传。泰州、龙溪时时不满其师说，益启瞿昙之秘而归之师，盖跻阳明而为禅矣。……泰州之后，其人多能以赤手搏龙蛇，传至颜山农、何心隐一派，遂复非名教之所能羁络矣！”“诸公掀翻天地，前不见有古人，后不见有来者。释氏一棒一喝，当机横行，放下拄杖便如愚人一般。诸公赤身担当，无有放下时节，故其害如是。”② 他们常常用禅宗式的机锋、棒喝作为论辨方式、教学方式，狂与禅的结合遂成为狂禅。

他们这样做至少有三个方面的原因，第一，与程朱理学不同，阳明心学强调主体性，他们奉为最高的不是外在的“理”、“道”，而是内在的“良知”。程朱理学要即物穷理，陆王心学则认为理在心中。惠能主张自性是佛，万法不离自性，泰州学派与禅宗在哲学取向上足为同调。第二，泰州学派的若干重要人物，与禅宗的慧能等人相似，出身贫苦，少年失学，接近下层，其学风自然与谙熟儒家典籍的理学家们不同，而与禅宗有某些类似。文化的发展，从大的方面说，有两个系统，一是上层的、主流的、精英的，一是下层的、非主流的、大众的。前者常见的文本形态是经典和对经典的不断更新的阐释，后者则由风俗、习惯以及口头文本流传。孔孟、董仲舒、韩愈到程朱属于前一系统，泰州学派则表现出把两种系统加以揉和的意向，在这一点上，他们也与禅宗在佛教内的情形有相似之处，禅宗强调主体的顿悟而轻视对佛教经典的深入钻研。泰州学派注重回答社会日常生活问题，在下层百姓的日常生活中见哲理，在下层百姓中宣传他们的学说。王栋《会语正集》说：汉代之后，“此学（儒学）独为经生文士之业”，“天生我师（王艮），崛起海滨，慨然独悟，直超孔子，直指人心。然后愚夫俗子，不识一字之人，皆知自性自灵，自完自足，不假闻

---

① 《王阳明泉及·答徐成之》，上海古籍出版社，1992 年，第 808 页。

② 《明儒学案》，中华书局，1985 年，第 703 页。

见，不烦口耳，而二千年不传之消息一朝复明”①。《明儒学案·王艮传》说：“谓百姓日用即道，虽僮仆往来动作处，指其不假安排者以示之，闻者爽然。”泰州学派标示了明代下层社会世俗文化崛起的趋向，这是一种时代潮流。第三，泰州学派反对历来对圣人的神化，显示鲜明的反传统的姿态。王艮还只是说“夫子亦人也，我亦人也”。李贽在《藏书·世纪列传总目前论》中尖锐地指出：“前三代，吾无论矣；后三代，汉唐宋是也，中间千百余年而独无是非者，岂其人无是非哉？咸以孔子之是非为是非，故未尝有是非耳。”“夫是非之争，如岁时然，昼夜更迭，不相一也……虽使孔子复生于今，又不知作如何是非也。”② 禅宗呵佛骂祖，在佛教内反传统，当然是很符合这些有叛逆性的理论家的口味的。反传统，也是明代后期与前后七子对立的那部分文人的普遍风格。狂禅是一个含义不十分明确的词语，它可以有几种层次和方面，有哲学思想的，有行事风格的，本章则从艺术心理思想史的角度加以评述。

第一节　从“赤子之心”到性灵说

王守仁学说最重要的也是影响最大的论题，是“致良知”。他在给儿子的家书中说：“吾平生讲学，只是‘致良知’三字。”“良知”的概念本为孟子所创，指的是人先天具有的品质和能力，先天性、直觉性是它的特点。但孟子所谓良知、良能，专就道德心理而言，其实是儒家的伦理。他在《尽心上》里说：“人之所不学而能者，其良能也；所不虑而知者，良知也。孩提之童，无不知爱其亲也；及其长也，无不知敬其兄也。亲亲，仁也；敬长，义也。”他所说的良知，就是仁、义、礼、信那一套。王守仁也走不出儒家这个格局，他的《答顾东桥书》不满于朱熹把“心”和“理”分割为二，不赞成“即物穷理”，他说：“若鄙人所谓致知格物者，致吾心良知之天理于事事物物也。吾心之良知，即所谓天理也。”③ 既然人的良知合于天理，那么，顺着天生良知践行岂不就很好了吗？王守仁却又认为不然，他说，只有圣人之心可以自然流露，不消磨刮，普通人良知会

① 转引自侯外庐等主编：《宋明理学史》下册，人民出版社，1997 年，第 437 页。
② 《藏书》卷首，中华书局，1975 年。
③ 《王阳明全集》，上海古籍出版社，1992 年，第 45 页。

“昏蔽于物欲”；“若常人之心，如斑垢驳杂之镜，须痛加刮磨一番，尽去其驳蚀”①。就是说，“良知”和“物欲”是彼此不相容的，这才需要“致”，需要静坐息虑的功夫。其实，伦理道德是在人类文明社会形成的行为规范，是后天的而不是先天的；个人的道德观念更是后天养成，不是先天具有的。所以，在孟子和王守仁那里，良知的先天性和伦理性很难完满融合，存在理论逻辑上的矛盾。王守仁和从孟子到朱熹有所不同的是，他肯定，不止是圣贤君子，就是任何愚夫愚妇，都有良知。循着他的这一思想路线，泰州学派的思想家一个接一个地在这方面提出越来越明确的有新意的见解。他们也是着重于与生俱来的自然心理，但他们认为，自然心理中包括了“欲”，“欲”并非都是不好的，他们肯定人的欲望和私心的合理性。这就向先天性方向靠拢，而弱化了对“良知”的儒家伦理的诠释。对应于王守仁所说的“良知”，王畿提出“初心”，何心隐提出“育欲”说，罗汝芳提出“赤子之心”说，李贽提出“童心”说；他们所说的“赤子之心”、“童心”的内涵，与王守仁有了性质的差异，不仅不再等同于理学家所宣扬的天理，而且，与当时主流社会视为纲常基石的伦理准则时有冲突。有人说，在心理学思想上，泰州学派倡扬自然人性论，这并不很准确，初心，赤子之心，童心，不完全是自然人性，他们的论述涉及人的自然的天生的情感与社会熏染的关系。泰州学派的“赤子之心”等等，由人的自然欲望出发，加进了物欲，加进了下层商贾对于利的追求等等。从对文艺创作的影响来看，一是他们认为文艺可以和应该正面表现这些“私欲”，这对开始兴盛起来的小说戏曲创作是明显的激励；二是他们比前人更多地触及心理的直觉性，从他们的理论立场出发，逻辑地走到强调作家个性的特异性，为公安派等主情说提供了理论基础。

泰州学派主张依顺本性，不必勉强作“克己”功夫。王艮说：“天性之体，本是活泼；鸢飞鱼跃，便是此体。”“天下之学，唯有圣人之学好学，不费些子气力，有无边快乐。若费些子气力，便不是圣人之学，便不乐。”② 罗汝芳早年闭关于一寺庙中，置水镜于几案之上，欲使心与水镜无二，结果不但没有收获，反而导致心火。颜钧指点他，要率性纯任自然，

---

① 《明儒学案》，中华书局，1985年，第185页。

② 《明儒学案》，中华书局，1985年，第714页。

"若火之始然，泉之始达"，"子患当下日用而不知，勿妄疑天性生生之或息也"。罗汝芳闻之"如大梦得醒"①。"纯任自然"，对于文学家艺术家更是有益的箴言。后来，袁宏道在《答陶石篑》中说："孔子曰：'道不远人，人之为道而远人，不可以为道。'所谓远人者，远人情也。知人情之道，则知兄之证圣，与一切人之为圣人，久矣，又安问了不了哉!"他认为，喜怒哀乐、嗜好情欲，就是人情之真。《劈破玉》《打草竿》之类民间情歌是"无闻无识真人所作，故多真声"。我们可以把他的这些论述，看作是泰州学派哲学观念的美学化，是在艺术心理上的运用。

何心隐主张"育欲"，他把自己认为可以容许和可以接受的适当的人欲，与无节制的过分的贪欲区别开来，他说："性而味，性而色，性而声，性而安逸，性也。""欲货色，欲也；欲聚和，欲也。"认为，人如没有欲望是不能存在的，可以寡欲而不能无欲："欲惟寡则心存，而心不能无欲也。欲鱼、欲熊掌，欲也；舍鱼而取熊掌，欲之寡也。""孔孟之言无欲，非濂溪之言无欲也。欲唯寡则心存，而心不能以无欲也。"② 这是要在"天理"之外，给人欲争一席之地。本书上一章说到的明代若干小说戏曲，对人间欲望的正面歌赞，也是受到泰州学派这类主张的鼓励。罗汝芳说："天初生我，只是个赤子。赤子之心，浑然天理。""赤子出胎，最初啼叫一声，想其叫时，只是怀恋母亲怀抱。却指着这个爱根而名为仁，推充这个爱根以来做人。"赤子的好处，是身心相凝聚；成人以后，驰求外物，心思杂乱，分裂为两面了，便愁苦难当。他提出的对治办法是："此理生生不息，不须把持，不须接续，当下浑沦顺适。功夫难到凑泊，即以不屑凑泊为功夫；胸次茫无畔岸，便以不依畔岸为胸次。""只浑沦到底，即便不善化而为善也。"③ 承认心理的矛盾性、两面性，不去以理灭欲，而是顺其自然；并提出人无贵贱贤愚，都以形色天性而为日用，所谓"嗜欲莫非天机"，物欲里面就有天理存在。

李贽提出"童心"说，直截了当地宣称自私是符合人性的——"趋利避害，人人同心"。他认为，男女的结合，重要的是有无真情，而不在双方的身份是否相称、是否合乎礼法等等。卓文君和司马相如的"私奔"，

---

① 《明儒学案》，中华书局，1985 年，第 760—761 页。

② 《明儒学案》，中华书局，1985 年，第 705 页。

③ 《明儒学案》，中华书局，1985 年，第 762 页。

是由情的支配，所以他认为是“善择佳偶”。礼义要依从于性情，而不是反过来压制性情去迎合礼义：“盖声色之来，发于情性，由乎自然，是可以牵合矫强而致乎？故自然发于情性，则自然止乎礼义，非性情之外复有礼义可止也。惟矫强乃失之，故以自然之为美耳，又非于情性之外复有所谓自然而然也。”① 把真情置于礼法之上，无论对文艺创作心理，还是对作品中人物的心理的评价，都很有指点作用。袁中道《珂雪斋集·妙高山法师碑》说：“既见龙湖（李贽），始知一向掇拾陈言，株守俗见，死于古人语下，一段精光，不得披露，至是浩浩焉，如鸿毛之遇顺风，巨鱼之纵大壑，能为心师，不师于心；能转古人，不为古转，发为言语，一一从胸襟流出。”正是在这样的理论气氛下，袁宏道提倡性灵说，使重情说成为晚明文学思潮的主调。

性灵说要求作家以审美情感作为艺术思维的主导，把理智型的写作变为情感性的创作。理智型的写作，以道德教化的目标为鹄的，以普遍的固有的规范为准绳，出之于某种使命感、义务感，出之于代圣人立言的角色意识，出之于与此相关的人格面具，因此，它往往是被动的，缺乏生气的，容易使创作主体产生心理疲劳和厌恶感的。理学支配下的理智型写作，更成为一种匠艺，扼杀了灵感的火花，扼杀了创作主体的创造性。汤显祖在《答凌初成》中感叹：“举业之耗，道学之牵，不得一意横绝流畅于文赋律吕之事”；他的《合奇序》也说：“世间惟拘儒老生不可与言文。耳多未闻，目多未见，而出其鄙委牵拘之识相天下文章，宁复有文章乎！予谓文章之妙不在步趋形似之间，自然灵气恍惚而来，不思而至，怪怪奇奇，莫可名状，非物寻常得以合之。”他和李贽一样，反对矫强、拘牵，主张主体始终保持自然、顺遂的心态。他和袁宏道等，都反复强调“趣”、“真趣”，更进一步把自然、率性作为一种心理品质和精神境界。《点校虞初志序》说：“使咄咄读古，而不知此味，即日垂衣执笏，陈宝列俎，终是三馆画手、一堂木偶耳，何所讨真趣哉！”《艳异编序》说：“龌龊老儒辄云，目不睹非圣之书，抑何坐井观天耶？泥丸封口当在斯辈。”“吾尝浮沉八股道中，无一生趣。”“月之夕，花之晨，衔觞赋诗之余，登山临水之际，稗官野史，时一展玩，诸凡神仙妖怪、国士名姝，风流得意、慷慨情深语，千转万变，靡不错陈于前，亦足以送居诸而破沉寂。”以上这些话，

---

① 李贽：《焚书·读律肤说》，《焚书 续焚书》，岳麓书社，1990年，第132页。

就是对那种违背艺术心理规律的被动写作的批判，和对情感性写作乐趣与好处的描述；是对理学控制下理智型写作的反抗，和对情感性创作的呼唤。袁宏道的《识张幼于箴铭后》说："性之所安，殆不可强，率性而行，是谓真人。"他的《叙小修诗》，借评价他弟弟的诗作而说出自己理想的创作心理状况："大都独抒性灵，不拘格套，非从自己胸臆流出，不肯下笔。有时情与境会，顷刻千言，如水东注，令人夺魄。"江盈科在《敝箧集序》中引述袁中郎的话说："诗何必唐，又何必初与盛？要以出自性灵者为真诗耳。夫性灵窍于心，寓于境。境所偶触，心能摄之；心所欲吐，腕能运之。……以心摄境，以腕运心，则性灵无不毕达，是之谓真诗。"这种创作，出之于主体的发自内心的兴趣。心理学认为，兴趣是积极探索事物的倾向，是心理活动的动力源，是智能和心理发展的催化剂。兴趣一旦成为创作的主要动力，就会激发强烈的创造的欲望，激发积极、肯定的情绪，唤起丰富的想象。失去了兴趣，主体如同"木偶"，也就失去了想象力。

袁宏道、汤显祖等人倡导"真趣"，即由主体充沛的真情实感所支持的兴趣。他们认为文学创作要显现"一己之真"，力主本色，力戒矫揉做作。这实际上是提出了一种人本主义的人格观。心理学上的人格，指的是具有连续性的自我，是个体区别于他人的综合的身心组织。人本主义主张人要了解自我，重视自我，实现自我，完善自我，特别是重视此时此地的自我。主体要知觉自己的主观世界，相信自己的感觉。因此，创作中情感的真与赝，是他们十分关注的话题。他们十分珍视自己的人格自主，厌恶社会规范压抑扭曲自身人格。袁宏道在致友人丘长孺信中，自述身在官场的痛苦说："弟作令备极丑态，不可名状。大约遇上官则奴，候过客则妓，治钱谷则仓老人，喻百姓则保山婆。一日之间，百暖百寒，乍阴乍阳，人间恶趣，令一身尝尽矣。苦哉！毒哉！"他又在《冯秀才其盛》中说："异类犹知自适，可以而人而桎梏于衣冠，豢养于禄食耶！"同样，在文学创作中，他们也赞赏真性情的自然流露，袁中道《答蔡观察元履》说："近阅陶周望祭酒集，选者以文家三尺绳之，皆其庄严整栗之撰，而尽去其有风韵者。不知率尔无意之作，更是神情所寄，往往可传者。托不必传者以传，以不必传者易于取姿，炙人口而快人目。班、马作史，妙得此法。今东坡之可爱者，多其小文小说，其高文大册，人固不深爱也。使尽去之，而独存其高文大册，岂复有坡公哉！"徐渭《赠成翁序》说："今天下之事鲜不伪者，而文为甚。夫真者，伪之反也。故五味必淡，食斯真矣；五声必希，听斯真矣；五色不华，视斯真矣。凡人能真此三者，推而至于他，将未有不真者。故真也则不摇，不摇则神凝，神凝则寿。”① 由真情实感出发，才能“神凝”，才能进入审美静观。对作者来说，应该始终保持自然的心态，不为迎合他人而改变自己的审美个性。徐渭的《西厢序》重申这一点：“世事莫不有本色、有相色。本色，犹俗言正身也；相色，替身也。替身者，即书评中婢作夫人终觉羞涩之谓也。婢作夫人者，欲涂抹成主母而多插带，反掩其素之谓也。故余于此本中贱相色，贵本色，众人啧啧者我呴呴也。岂唯剧者，凡作者莫不如此。嗟哉，吾谁与语！众人所忽吾独详，众人所旨余独唾。嗟哉，吾谁与语！”② 徐渭说这段话，饱含寂寞孤独之感，因为保持本色，表现真情，很不容易。传统的力量，社会的从众心理，都可能造成压抑。个人的显意识，往往有较多保守成分，压抑无意识中的创新的因子。

性灵说因此大力鼓吹突破陈规的勇气，倡导突出创作者的个性，突出他与众不同之处。袁宏道《叙小修诗》说他弟弟的诗作：“其间有佳处，亦有疵处；佳处自不必言，即疵处亦多本色独造语。然予则极喜其疵处，而所谓佳者，尚不能不以粉饰蹈袭为恨，以为未能尽脱近代文人气习故也。”“极喜其疵处”，认为生涩的创造远胜于圆熟的因袭，这种观点颇为惊世骇俗。这里提出的是艺术心理中一个很重要的命题，可以说，文学艺术史上一切大胆创新的流派，都需要这种叛逆的勇气，这是他们开创新天地的必备条件。徐渭《书田生诗文后》说：“师心横从，不傍门户，故了无痕凿可指。诗亦无不可模者，而亦无一模也。”③ 他甚至认为，即便是书法中常见的临摹，也要表现主体的个性，他在《书季子微所藏摹本兰亭》中说：“非特字也，世间诸有为事，凡临摹直寄兴耳。铢而较，寸而合，岂我真面目哉？临摹兰亭本者多矣，然时露己笔意者，始称高手。”④

从泰州学派到性灵派的可贵之处是，他们的创新针对的是理学统治下的格套，同时，他们又认为，创新之源在普通百姓的吃饭穿衣的日常生活里面，文学艺术的创新之源在民间文艺之中。与“极喜其疵处”密切相联，他们又提出了“新奇在于平常”的论断。李贽《焚书·复耿侗老》：

① 《徐渭集》第三册，中华书局，1985年，第908页。
② 《徐渭集》第四册，中华书局，1985年，第1089页。
③ 《徐渭集》第三册，中华书局，1985年，第976页。
④ 《徐渭集》第二册，中华书局，1985年，第577页。

“世人厌平常而喜新奇，不知言天下之至新奇，莫过于平常也。日月常而千古常新，布帛菽粟常而寒能暖、饥能饱，又何其奇也。是新奇正在于平常，世人不察，反于平常之外觅新奇，是岂得谓之新奇乎！”这里所说的平常，不仅指题材，也指艺术风格技巧。袁宏道的《答李元善》说：“文章新奇，无定格式，只要发人所不能发，句法、字法、调法，一一从自己胸中流出，此真新奇也。近日有一种新奇套子，似新实腐，恐一落此套，则尤可厌恶之甚。”他们从民间俗文艺看到创新。袁宏道致袁宗道的信中说：“近来诗学大进，诗肠大宽，诗眼大阔。世人以诗为诗，未免为诗苦。弟以《打草竿》《劈破玉》为诗，故足乐也。”这就表明，他们主张的新奇，还是发自自然、率性。在文学艺术中，真正出于真情实感，出于赤子之心、童心，往往就新奇；追奇逐异，总是落于格套。

第二节　文学批评态度与存在的时间焦虑

理学家们发表关于文学艺术的言论，建立自己的文学思想、艺术心理学思想架构，如同孔子、孟子以来的儒家的先师们一样，是作为“三不朽”中的“立言”，是他们安身立命的大事，当然要以庄敬慎肃的心理进行。徐渭《评朱子论东坡文》说：“文公件件要中鹄，把定执板，只是要人说他是个圣人，并无一些破绽，所以做别人着，人人不中他意，世间事事不称他心。无过中必求有过，谷里拣米，米里拣虫，只是张汤、赵禹伎俩。”① 这个评论对朱熹虽然显得有些苛酷，但那“把定执板”、“不留破绽”的心理描画还是大致符合实情的。“中鹄”，就是严守儒家的轨则。这种文学批评态度、文学批评写作心理，与文以载道的文学观念相依相伴。刘勰在《文心雕龙·序志》中郑重表白他的写作动机，是因为人生百年，形同草木之脆，而名逾金石之坚；他写这部书就是要传诸其人、扬名后世，也是追求永恒的价值。这种文学批评态度、文学批评写作心理，与文质并重、唯务折衷的文学观念相依相伴。明末文人与以上两者有了很大的不同。狂禅，标志了他们的处世态度和哲学作风，也标志了他们的文学观念和批评态度。

上一节提到，汤显祖、袁宏道已经把文学写作当作花朝月夕的消遣，

① 《徐渭集》第四册，中华书局，1985年，第1096页。

金圣叹评点《西厢记》卷首有“恸哭古人”，更加挥洒淋漓地陈述他的文学批评活动的心理动因。他首先回答“何为而批”的问题，说，“我亦不知其然，然而于我心则诚不能以自已也”。他是由一种内在的心理需要推动，而从事于小说戏曲评点，可以说，他的文学批评，很大程度上是为己而不是为人，不是为当世或者后世的他人。他感叹生命的短暂和脆弱，其心情是无奈和惆怅，于是，认定文学批评活动是他的生命存在的一种形式。他在那篇文字里表述的是：天地之生此芸芸众生，天地殊不能知其为谁也；芸芸众生之被天地生也，亦皆不必自知其为谁也。几万万年月如水逝云卷，风驰电掣，无不尽去，于今年今月而暂有我，且亦将水逝云卷而去，暂有于此，何以消遣？此真不得不致憾于天地也——何其甚不仁也，既已生我，便应永在，脱不能尔，便应勿生。如之何本无有我，我又未尝哀哀然丐之曰：“尔必生我”，而无端而忽生我。无端而忽然生者，又不容之小住。我既前听其生，后听其去，而无所于惜，是则与其中间幸而犹尚暂在，我亦与无法作消遣中，随意自作消遣而已矣。① 他在这里流露的是对生命的短暂无常的焦虑，是个体在时间的无尽流逝中的痛苦失落，可以说是一种哲学性的时间焦虑。他的文学批评活动，就是企图逃避和化解这种焦虑和无奈的消遣。金圣叹的这些议论，他的时间焦虑，与中国佛道的人生无常观相通，也与现代西方存在主义哲学家、心理学家不谋而合。克尔凯郭尔、海德格尔和萨特都反复议论到，时间是存在无法摆脱的焦虑，时间随时警示人们死亡的在场，时间无情地不停顿地腐蚀着生命，让青丝变成华颠，花容月貌上布满皱纹，最终让红颜变为白骨。萨特说：“人毕生与时间斗争，时间像酸一样腐蚀人，把他与自己割裂开，使他不能实现他作为人的属性。一切都是荒唐，‘人生如痴人说梦，充满着喧哗与骚动，却没有任何意义。’”② 人的生存总是被如白驹过隙的时间无情地追逐，艺术则是对时间焦虑的对抗，给主体提供精神支撑。普鲁斯特的《追忆逝水年华》，表现的就是“拼命抓住他们害怕消逝但又知道必将消逝的热情”。

存在主义认为，人是非意志而生、违意志而死——人的出生都不是自己的选择，不是他“哀哀然”向“上帝”请求的；而每个人不管如何地不

① 参见《贯华堂第六才子书西厢记》，甘肃人民出版社，1985 年，第 1—6 页。

② 萨特：《福克纳小说中的时间：〈喧哗与骚动〉》，见李文俊编选《福克纳评论集》，中国社会科学出版社，1980 年，第 165 页。

情愿，“上帝”又都“不容之小住”，注定要死亡。存在主义哲学家说，人是被“抛”到世界上来的。海德格尔反复论述过“此在的被抛状态”：此在不得不在，但对何所来、何所往却懵然不觉，这就是此在的被抛状态。“正是这种最无足轻重、最无关宏旨的日常状态中，此在的存在才能够作为赤裸裸的‘它存在着，且不得不存在’绽露出来。纯粹的‘它存在着’显现出来，而何所来何所往仍留在晦暗中。”“此在的何所来何所往掩蔽不露，而此在本身却愈发昭然若揭——我们称之为这一存在者被抛入它对此的被抛状态。”“被抛状态只要此在作为其所是的东西而存在，它就总是在被抛置状态中被卷入常人的非本真状态的漩涡。此在作为存在者在日常生活中恰恰丧失了自身，沉沦于世界是此在生存论状态针锋相对的现象上的证明。本真的生存不是漂浮在日常生活上空的东西，而是掌握日常生活的变式。”① 对死亡之必不可免的严肃思考，并非始于存在主义，而是古来哲学和文学的永恒的话题。正因为严肃地思考死亡，就必定会严肃地思考生的意义，生命的意义和死亡的意义是两面一体，彼此相对而相傍。因为死亡的必不可免才凸显生的极其可贵，唤醒人们珍视生的价值。哲学家们通过沉思，得到关于人的暂存性与永恒性的矛盾的认知。对于死亡的思考和对于生命意义的思考是很难分开的。要思考生命价值，就一定要思考死亡。清醒地面对死亡的必然，可以使我们更加自觉地看待现在，确立各人人生的目标，或者说找到各人解脱的道路，使自己的每一天活得有充实感。在这个意义上，对死亡的自觉，是探求个体生命创造性、真诚地面对现实生活的立足点。

对于人的生命的短暂和脆弱，人们在无可如何中设计出了多种的应对方式，历来中国外国的思想家、文学家提供了种种不同的方案。大抵有宗教的、伦理的、审美的和心理学的几种，这几种且又彼此交叉。宗教向人们允诺来世，制造生命可以延续的幻想；道德主义教导人们，原则高于个体生命，把生命奉献给道德的热忱；审美主义指点人们在静观中超越；心理学则帮助人们随时调适和转移。就历史上影响最大的思想系统来说，佛教指示信徒破除迷执、消解无明，寄望于西方极乐世界；基督教告诫信徒救赎原罪、期获永生；儒家呼吁人们在对仁义的追求中实现生命的价值，

① 海德格尔：《存在与时间》，陈嘉映、王庆节译，三联书店，1987 年，第 165—171 页。

准备做到杀身成仁、舍生取义；道家则以蔑视人间功利，寻求心灵的安顿，平静地面对死亡。现实社会中的人，或者在宗教中寻求虚幻的安慰，或者追求道德上的终极意义，或者是注重眼前当下快乐的获得。作为文人、知识分子，则主要选择在精神创造活动中展现自己的生命力，不同时代不同类型的知识分子，其选择又各自有异。笛卡尔说，我思故我在；海德格尔是要诗意地栖居；金圣叹所选择的可以名之为“我评故我在”，他在评点所钟爱的作品中显示自己的存在。金圣叹的诗文评点，把思和诗结合在一起，这也与存在主义相似。在西方，古希腊以来，形而上学和科学都使诗与思相分离，存在主义哲学家则倡导诗与思的对话，希望用诗去敞开被形而上学所遮蔽的思想，为一切有目的的深思提供通畅的大道或僻静的小径，学习和实现安居于存在的天命的超越之境。

对于生死的感慨古已有之，孔子、庄子都做过深沉的思考。而明清换代之际，狂禅作风下，文人们侧重于自我心灵安顿，多在审美中寻找栖蔽之地。袁宏道《兰亭记》说：“古今文士爱念光景，未尝不感叹于死生之际。故或登高临水，悲陵谷之不长；花晨月夕，嗟露电之易逝。虽当快心适志之时，常若有一段隐忧埋伏胸中，世间功名富贵，举不足以消其牢骚不平之气。”他说的“隐忧”就是时间焦虑，这种焦虑深深渗透在他的诗文里面。他的弟弟袁中道在《中郎先生全集序》里说：“先生诗文，如《锦帆》《解脱》，意在破人之执缚，故时有游戏语，亦其才高胆大，无心于世之毁誉，聊以抒其意之所欲言耳。”诗文写作，被他当作最好的解脱方式。

时间焦虑决定了金圣叹的批评态度，所以，他的评点，最初的出发点和最终的归宿都不在所评的文本，他说：“夫我之恸哭古人，则非恸哭古人，此又一我之消遣法也。”其《水浒传》第十四回总评说，“嗟乎！生死迅疾，人命无常，富贵难求，从吾所好，则不著书其又何以为活也。”这里的“消遣”、“所好”，不是无所用心，恰恰是一种沉思，是与作家读者共同思考生命的意义。他在《读第六才子书西厢记法》中说，《西厢记》不是王实甫一人所造，是作者“向天下人心里偷取出来”，“妙文是天下万世人人心里公共之宝”。王实甫写的是王实甫的《西厢记》；金圣叹批的是金圣叹的《西厢记》；天下万世之人读的是天下万世之人的《西厢记》。他这些话是什么意思呢？那意思可以理解为，在文学的创作、评论、欣赏中，个人所体现的和所获得的都是自己的生命体验。作品的故事、人物等等，不是最重要的，重要的是各种主体的生命体验。在实际生活中，多数的人习惯于从社会、从他人的坐标衡量自己生命的价值，按照外在的范型塑造自己，文学艺术的创作、评论和欣赏提供一种空间，使人们可以探视自己的内心，从审美活动中体验生命的意味，探求生命意义的价值感。马斯洛提出，自我实现的标志是具有持续的宁静和全神贯注，他在《宗教信仰、价值观和高峰体验》新序言里说："从真正的神秘主义者那里得到的教诲是：神圣寓于平凡，你可以在日常生活中，在自己的邻居、朋友、家庭那里，甚至是在家的后院发现神圣。"更方便更有效地是，在艺术审美活动中得到他所说的"高峰体验"。为了自己和他人能享有此种体验，金圣叹"择世间之一物，其力必能至于后世者"，"而我适能尽智竭力，丝毫可以得当于其间者"。这"一物"就是书，就是《西厢记》。"我真不知作《西厢记》者之初心，其果如是，其果不如是也。设其果如是，谓之今日始见《西厢记》可；设其果不如是，谓之前日久见《西厢记》，今日又别见圣叹《西厢记》可。总之，我自欲与后人少作周旋，我实何曾为彼古人致其矻矻之力也哉。"他也认为，应该在最平常之处寻找这样的体验："世间之所谓骇目惊心之事，固不必定至于洞天福地而后有"；"吾有以知其奇之所以奇、妙之所以妙，则固必在于所谓当其无之处矣"。"然而当其无，斯则真吾胸中一副别才之所翱翔、眉下一副别眼之所排荡也。""如圣叹意者，天下亦何别才别眼之与有，但肯翱翔焉，斯即别才矣；果能排荡焉，斯即别眼矣。""彼不能知一篱一犬之奇妙者，必彼所见之洞天福地皆适得其不奇不妙者也。""一篱一犬"与"洞天福地"相对，两者都蕴含宇宙的美，静观前者即可通于后者。

从以上基本态度出发，金圣叹的评点带有印象主义色调。他说，圣叹批的是圣叹文字，才子读的是才子文字。今提笔写古人，我自欲写，于古人无与。"夫天下后世之读我书者，彼岂不悟此一书中，所撰为古人名色，如君瑞、莺莺、红娘、白马，皆是我一人口头心头，吞之不能、吐之不可，搔爬无极、醉梦恐漏，而至是终竟不得已，而忽巧借古人之事，以自传道其胸中若干日月以来，七曲八曲之委折乎。""君瑞非他君瑞，殆即著书之人焉是也；莺莺非他莺莺，殆即著书之人之心头之人是也。"这样的文学批评家，随时省视文本在自己心里引起的细微感触，并与自己既往的生命体验、情绪记忆碰撞融合。他强调欣赏者心理上的主动性，在《水浒传》第十六回总评中说，"读书随书读，定非读书人"。但印象主义不是把作品、作者抛开不予理会，恰恰相反，是要与作者心心相印。金圣叹在

《水浒传》楔子总评中说，今人不会看书，浑沦吞枣，把作者的苦心经营都付之于茫然不知，“吾特悲读者之精神不生，将作者之意思尽没，不知心苦，实负良工，故不辞不敏，而有此批也”。评论者、作者和作者心灵的沟通，不在那具体的意图，而是存在之思。他在《水浒传》第二十七回夹批中提醒人们，对于优秀作品的精彩之处，“又欲疾读下去，得知其故，又欲且止，试一思之。愿天下后世之读是书者，至此等处，皆且止试思也”。这个“思”，既是艺术欣赏中的再建性想象，通过文字重建作家塑造的艺术形象，也可以理解为人生哲学的思考。

金圣叹对于欣赏者发挥主体性也作了高下、深浅、雅俗和正误之分。他在《西厢记》“读法”中的名言为人们熟知：“文者见之谓之文，淫者见之谓之淫。”不言自明的，他认为，对于文学艺术作品，要从“文”的视角，也就是审美的视角去接受。李渔的《闲情偶寄》说：“圣叹之评《西厢》，可谓析毛辨发，穷幽极微，无复有遗意于其间矣。然予论之，圣叹所评，乃文人把玩之《西厢》，非优人搬弄之《西厢》也。”他觉得金圣叹未能充分注意戏曲的舞台艺术特性。这段话里“文人把玩”却点出了明末清初自我消遣式文学批评的特有心态。梁启超说过“于圣叹有三恨”，其中包括“恨圣叹不生于今日，俾得读西哲诸书”。他也许感觉到金圣叹有与西方某些哲人相通吧。事实上，时代的变迁，地域的间隔，艺术心理会有许多的变化，彼此各具特色，但也必定有很多是相通的。正因为这样，中国古代艺术心理学思想，才会具有当代价值，具有世界的意义。

后　记

在我已经把这部书稿交到出版社以后，责任编辑魏天无先生三次提醒："是否有必要写个后记?"他是一位有经验的编辑，他感觉这本书需要有后记，是从他的职业敏感作出的判断，是很有道理的。我原先也想到，要写个结语，至少是要有个后记，迁延多日，屡觉不好下笔。虽然一时难以详细叙说，无论如何，还是应该把写作的缘由和心态作一个简单的交代。本书讨论艺术心理问题。现代心理学在生理学、医学和计算机科学的支持下迅猛发展，越来越技术化、计量化，有时似乎是把人当作一台机器、当作一台电脑，现代心理科学距离艺术比它的前辈远多了。文学艺术和人的心理都是民族特性渗透很深的领域，是个体特性得以鲜明体现的领域。如何在现代心理学的指点下，利用现代心理学所提供的多种理论构架，所提供的研究方法和技巧，所提供的有深邃内涵的概念，作为思考的支撑点，来考察艺术创作和艺术欣赏的规律，考察中国人的艺术创作和艺术欣赏的规律，这是一个难题。艺术是人掌握世界的一种方式，也是人存在的一种方式。面对社会的急速变动引起的震颤，个体和群体的心理失衡显得越来越突出，人们既需要技术理性，也需要、更需要学会艺术地存在。陶渊明在《归去来兮辞》中自责以往的"以心为形役"，那么，怎样才能做到不以心为形役呢?他对后半生的设计中，很重要的内容是"乐琴书以消忧"和"临清流而赋诗"，也就是在艺术活动中求得解脱。艺术活动，文学艺术的创作和研究，不仅可以作为一种职业，一种谋生手段，还可以作为一种乐生要素，后者才是它的本性。艺术可以引导人的心理净化，有序化，和谐化；减弱、遏制消极的心理，启迪和发扬积极的心理。而且，不仅是赋诗弹琴，从"晨兴理荒秽、戴月荷锄归"到"邻曲时时来、抗言谈在昔"，所有的日常生活都可以艺术化，都可能乐在其中。不是到奢侈的消费中谋求艺术化，而是在与自然、与社会的和谐相处中，在摆脱物欲控制的自由心态中，自然而然地艺术化。要说问题意识，本书就是对于中国人艺术心理的特点、对于现代人精神生活中艺术心理的地位这样的问题的思考。中国古代人对于艺术心理的论述，对现代人在社会的躁动中如何求取相对的宁静、恬适，是不无助益的，也可为心理学新的突破提供参考的思路。

我曾先后承担中华社科基金项目《中国古代艺术心理研究》（1992，前已结项）和教育部项目《中国古代艺术心理的现实价值》（2001），本书是后一项目的最终成果，在此感谢两项基金的资助。研究过程中得到本校社科处的热情支持，湖北教育出版社慨允接受出版，魏天无先生细心地作了大量出版技术方面的加工，谨一并致以诚挚谢意。

作者

2005 年 10 月 5 日于武昌桂子山